A estrada Lincoln

A estrada Lincoln

Amor Towles

Tradução de Regina Lyra

Copyright © 2021 by Cetology, Inc.

TÍTULO ORIGINAL
The Lincoln Highway

COPIDESQUE
Isabela Sampaio

REVISÃO
João Sette Câmara
Cristiane Pacanowski

ADAPTAÇÃO DE PROJETO GRÁFICO E DIAGRAMAÇÃO
Ilustrarte Design e Produção Editorial

MAPA DAS PP. 6-7
Alex Coulter

FOTO DA P. 274
Foto de Edward Hausner/The New York Times/Redux

CIP-BRASIL. CATALOGAÇÃO NA PUBLICAÇÃO
SINDICATO NACIONAL DOS EDITORES DE LIVROS, RJ

T671e

    Towles, Amor, 1964-
        A estrada Lincoln / Amor Towles ; tradução Regina Lyra. - 1. ed. - Rio de Janeiro : Intrínseca, 2022.
        576 p. ; 23 cm.

    Tradução de: The Lincoln Highway
    ISBN 978-65-5560-504-4
    ISBN 978-65-5560-592-1 [*c.i.*]

    1. Romance americano. I. Lyra, Regina. II. Título.

22-76750   CDD: 813
                                                                       CDU: 82-3(73)

Meri Gleice Rodrigues de Souza - Bibliotecária - CRB-7/6439

[2022]
Todos os direitos desta edição reservados à
Editora Intrínseca Ltda.
Rua Marquês de São Vicente, 99, 6º andar
22451-041 – Gávea
Rio de Janeiro – RJ
Tel./Fax: (21) 3206-7400
www.intrinseca.com.br

Para
meu irmão Stokley
e
minha irmã Kimbrough

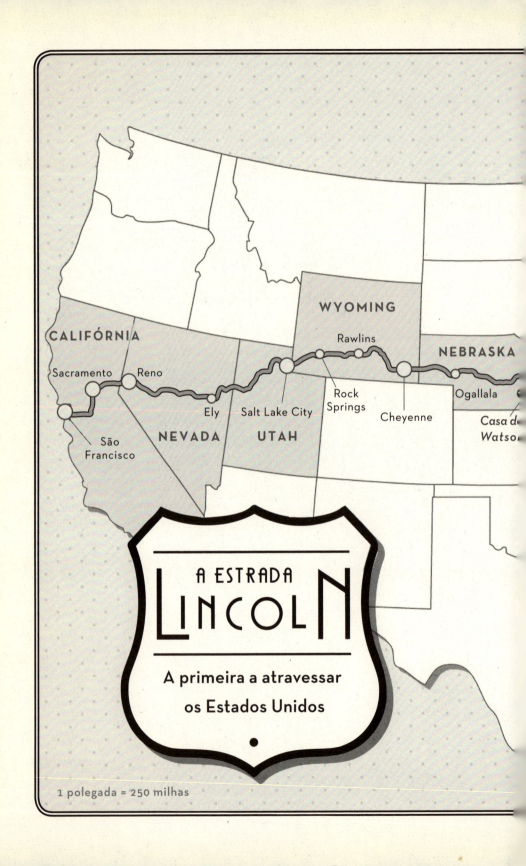

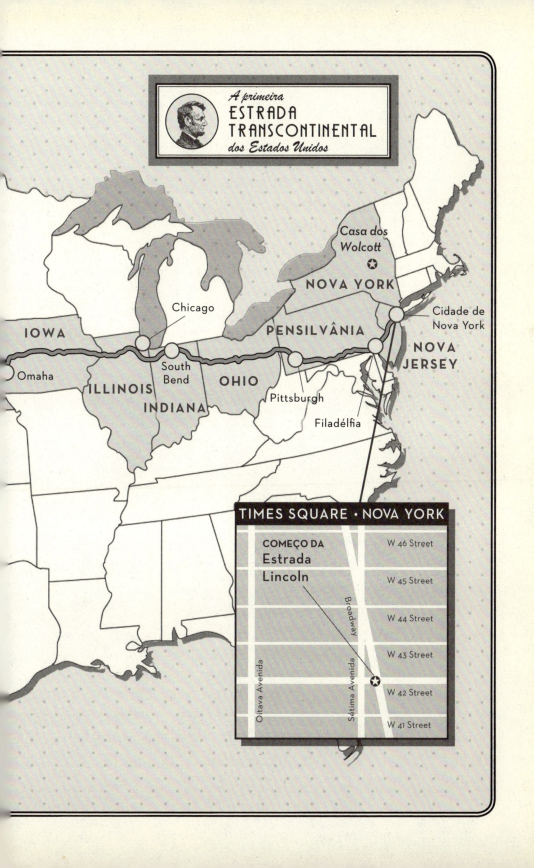

Anoitece e a terra é plana,
Rica e sombria e sempre silente;
Milhas de solo recém-arado,
Pesado, preto, cheio de força e rudeza;
O trigo cresce, cresce o mato,
Cavalos operários, homens cansados;
Longas estradas vazias,
Chamas morosas do pôr do sol que se esvai
No céu eterno, indiferente.
Contra tudo isso, Juventude...

Ó Pioneiros!,
Willa Cather

DEZ

Emmett

12 de junho de 1954 — A viagem de carro de Salina a Morgen levou três horas, e, durante boa parte dela, Emmett não disse uma palavra. Nos primeiros cem quilômetros, mais ou menos, o tutor Williams tentou manter uma conversa amistosa. Contou algumas histórias da própria infância na Costa Leste e fez perguntas sobre a de Emmett na fazenda. Mas essa seria a última vez que os dois estariam juntos, e Emmett não viu muito sentido em falar disso tudo agora. Por isso, quando entraram em Nebraska após cruzarem a fronteira do Kansas e o tutor ligou o rádio, Emmett se manteve calado, contemplando a pradaria pela janela.

Haviam percorrido oito quilômetros na direção sul da cidade quando Emmett apontou para o para-brisa.

— Pegue a próxima à direita. É a casa branca, descendo a estrada uns seis quilômetros.

O tutor reduziu a velocidade e fez a curva. Passaram pela residência dos McKusker e depois pela dos Andersen, com seu par idêntico de grandes celeiros vermelhos. Mais alguns minutos e viram a casa de Emmett, ladeada por um pequeno bosque de carvalhos, a cerca de trinta metros da estrada.

Para Emmett, todas as casas nesse lado do condado pareciam ter surgido do nada, como se caídas do céu, mas a casa dos Watson aparentava ter tido uma aterrissagem mais difícil. O contorno do telhado se vergava em cada lado da chaminé e os batentes das janelas eram enviesados o suficiente para que metade delas não abrisse direito e a outra metade não fechasse direito. Logo adiante, daria para ver a pintura já descascada da fachada. Quando, porém, estavam a cerca de trinta metros da entrada, o tutor parou no acostamento.

— Emmett — disse ele, com as mãos no volante —, antes de entrarmos, eu queria lhe dizer uma coisa.

Que o tutor Williams tivesse algo a dizer não era bem uma surpresa. Quando Emmett chegara a Salina, o tutor era um sujeito de Indiana chamado Ackerly que não tinha a tendência de dizer com palavras um conselho que pudesse ser transmitido com mais eficácia com uma vara. Mas o tutor Williams era um homem moderno, com um diploma de mestrado e boas intenções, que tinha uma foto emoldurada de Franklin D. Roosevelt pendurada atrás de sua mesa. Adquirira suas concepções nos livros e com a própria experiência, e dispunha de um amplo vocabulário para transformar em conselhos.

— Para alguns dos rapazes que vão para Salina — começou —, não importam quais tenham sido os acontecimentos que os levaram para a nossa esfera de influência, aquilo é apenas o início de uma longa jornada de uma vida conturbada. São garotos que nunca aprenderam a diferença entre o certo e o errado na infância e que veem poucos motivos para aprender isso agora. Quaisquer valores e ambições que tentemos incutir neles serão, muito provavelmente, descartados no minuto em que saírem da nossa supervisão. Infelizmente, para eles, é só uma questão de tempo até se verem num instituto penal em Topeka, ou coisa pior.

O tutor se virou para Emmett.

— O que eu quero dizer, Emmett, é que você não é um desses. Não nos conhecemos há muito tempo, mas, levando em conta o período que passamos juntos, tenho certeza de que a morte daquele garoto pesa muito na sua consciência. Ninguém imagina que o que houve naquela noite represente um sinal de maldade ou o seu caráter. Foi o lado sombrio do acaso. Mesmo assim, como sociedade civilizada, pedimos que até os que agiram sem intenção para o infortúnio de outras pessoas recebam alguma punição. É claro que parte disso é para satisfazer os que sofreram as consequências do infortúnio, como a família daquele garoto. Mas nós também exigimos tal punição para o bem do jovem que foi o *agente* do infortúnio, para que, tendo a oportunidade de quitar sua dívida, ele também possa encontrar algum conforto, algum tipo de redenção, e começar o processo de renovação. Você me entende, Emmett?

— Sim, senhor.

— Que bom. Estou ciente de que vai precisar cuidar do seu irmão e que o futuro imediato talvez lhe pareça desanimador, mas você é um jovem brilhante, com a vida toda pela frente. Agora que quitou integralmente a sua dívida, só espero que você faça o melhor possível com a sua liberdade.

— É o que pretendo, tutor.

E, naquele momento, Emmett foi sincero. Porque concordava com a maior parte do que o tutor havia dito. Sabia de forma muito nítida que tinha a vida toda pela frente e que precisava cuidar do irmão. Sabia também que havia sido mais um agente do infortúnio do que, propriamente, seu autor. Mas não considerava ter quitado todo o seu débito, pois, por mais que o acaso tivesse seu papel nisso, quando você põe fim ao tempo de outro homem na terra com as próprias mãos, provar para o Todo-Poderoso que se é digno de misericórdia é missão para uma vida inteira.

O tutor engatou a marcha e embicou na entrada da casa dos Watson. Na clareira ao lado da varanda da frente havia dois carros: um sedã e uma picape. Estacionou ao lado da picape. Quando ele e Emmett saíram do veículo, um homem alto com um chapéu de caubói na mão atravessou a porta e a varanda.

— Oi, Emmett.

— Oi, sr. Ransom.

O tutor estendeu a mão para o rancheiro.

— Sou o tutor Williams. Foi gentileza sua se dar o trabalho de vir nos esperar.

— Trabalho nenhum, tutor.

— Suponho que conheça Emmett há um bom tempo.

— Desde o dia em que ele nasceu.

O tutor pousou a mão no ombro de Emmett.

— Então, não preciso lhe explicar que ótimo rapaz ele é. Acabei de dizer a ele no carro que, agora que quitou seu débito com a sociedade, tem a vida toda pela frente.

— Tem mesmo — concordou o sr. Ransom.

Os três ficaram ali parados sem dizer mais nada.

O tutor morava no Meio-Oeste havia menos de um ano, mas sabia, por já ter estado de pé na frente de outras varandas de casas de fazenda, que, a essa altura da conversa, era provável ouvir o convite para entrar e a oferta de algo gelado para beber, e que, quando se recebia o convite, o certo a fazer era aceitar prontamente, pois seria considerado grosseria recusar, mesmo com uma viagem de três/quatro horas pela frente. Mas nem Emmett nem o sr. Ransom fizeram menção de convidar o tutor para entrar.

— Muito bem — disse Williams, passado um instante —, acho que está na hora de encarar a viagem de volta.

Emmett e o sr. Ransom agradeceram mais uma vez ao tutor, apertaram a mão dele e depois o viram entrar no carro e partir. O tutor estava a quase quinhentos metros de distância quando Emmett indicou o sedã com a cabeça.

— Do sr. Obermeyer?

— Ele está esperando na cozinha.

— E Billy?

— Pedi a Sally para trazê-lo um pouco mais tarde, para que você e Tom possam acertar as coisas.

Emmett assentiu.

— Está pronto para entrar? — indagou o sr. Ransom.

— Quanto antes, melhor — respondeu Emmett.

Encontraram Tom Obermeyer sentado à pequena mesa da cozinha. Usava uma camisa branca de manga curta e gravata. Se também vestia paletó, provavelmente o deixara no carro, porque não estava pendurado nas costas da cadeira.

Quando passaram pela porta, Emmett e o sr. Ransom devem ter pegado o banqueiro de surpresa, pois ele abruptamente arrastou a cadeira para trás, ficou de pé e estendeu a mão, tudo em um único movimento.

— Ora, oi, Emmett. Bom ver você.

Emmett apertou a mão do banqueiro sem responder.

Dando uma olhada em volta, Emmett notou que o chão fora varrido, a bancada, limpa, a pia, esvaziada e os armários estavam fechados. A cozinha parecia mais organizada do que em qualquer momento gravado em sua memória.

— Aqui — disse Obermeyer, indicando a mesa. — Por que não nos sentamos todos?

Emmett ocupou a cadeira em frente ao banqueiro. O sr. Ransom permaneceu em pé, apoiando o ombro no batente da porta. Na mesa havia uma pasta marrom cheia de papéis, pouco além do alcance do banqueiro, como se tivesse sido deixada ali por outra pessoa. O sr. Obermeyer pigarreou.

— Antes de mais nada, Emmett, deixe-me dizer que sinto muito pelo seu pai. Ele era um homem bom e moço demais para ser levado pela doença.

— Obrigado.

— Presumo que, quando você veio para o enterro, Walther Eberstadt tenha conversado com você sobre os bens de seu pai.

— Conversou — disse Emmett.

O banqueiro assentiu com uma expressão de compreensão solidária.

— Sendo assim, imagino que saiba que há três anos seu pai fez um novo empréstimo, além da velha hipoteca. Na época, ele disse que seria para melhorar o maquinário. Na verdade, desconfio de que boa parte desse empréstimo foi usada para quitar algumas dívidas antigas, porque o único maquinário novo que encontramos na propriedade foi o trator guardado no celeiro. Mas eu acho que isso não vem ao caso.

Emmett e o sr. Ransom aparentemente concordaram que isso não vinha ao caso, já que nenhum dos dois fez menção de responder nada. O banqueiro voltou a pigarrear.

— O que estou querendo dizer é que nos últimos anos as colheitas não foram como seu pai esperava, e este ano, com o falecimento dele, não haverá colheita alguma. Assim, não tínhamos alternativa senão cobrar o empréstimo. É uma coisa desagradável, eu sei, Emmett, mas quero que você entenda que não foi fácil para o banco tomar essa decisão.

— Imagino que seria uma decisão bem fácil para tomarem a esta altura — disse o sr. Ransom —, tendo em vista a imensa prática que vocês têm nesse assunto.

O banqueiro fitou o rancheiro.

— Ora, Ed, você sabe que não está sendo justo. Nenhum banco concede um empréstimo na esperança de executar a hipoteca.

O banqueiro voltou a se dirigir a Emmett:

— É da natureza de um empréstimo a exigência do pagamento devido com juros num tempo hábil. Ainda assim, quando um cliente idôneo atrasa o pagamento, tentamos ao máximo fazer concessões. Prorrogar os prazos e adiar as cobranças. Seu pai é um exemplo perfeito. Quando começou a atrasar, nós lhe demos mais tempo. E quando adoeceu, demos mais tempo ainda. Mas às vezes a má sorte de um homem se torna incontornável, por mais tempo que se dê a ele.

O banqueiro estendeu o braço e pousou a mão na pasta marrom, finalmente reivindicando-a como sua.

— Poderíamos ter esvaziado a propriedade e a posto à venda um mês atrás, Emmett. Era nosso direito fazer isso. Mas não fizemos. Esperamos que você cumprisse seu tempo em Salina e voltasse para casa para dormir na própria cama. Quisemos que você tivesse a oportunidade de ir ver a casa com seu irmão sem pressa, para organizar seus pertences pessoais. Droga, chegamos a pedir que a luz e o gás não fossem cortados e estamos pagando as contas.

— Muita gentileza sua — disse Emmett.

O sr. Ransom rosnou.

— Mas, agora que você voltou — prosseguiu o banqueiro —, o melhor para todos os envolvidos é concluirmos esse processo. Como responsável pelo patrimônio do seu pai, precisamos que você assine alguns documentos. E dentro de algumas semanas, lamento dizer, precisamos que você e seu irmão providenciem a mudança.

— Se você tem documentos para eu assinar, vamos assiná-los.

O sr. Obermeyer tirou alguns documentos da pasta. Virou-os de ponta-cabeça para que ficassem visíveis a Emmett e começou a passar as páginas, explicando a finalidade de parágrafos e incisos, traduzindo a terminologia, apontando onde assinar e onde rubricar.

— Tem uma caneta?

O sr. Obermeyer entregou a Emmett a própria caneta. Emmett assinou e rubricou os documentos sem lê-los e depois os deslizou para o outro lado da mesa.

— Só isso?

— Tem mais uma coisa — disse o banqueiro, depois de devolver os documentos à segurança da pasta. — O carro no celeiro. Quando fizemos o inventário de praxe na casa, não encontramos os documentos nem a chave.

— Para que precisa deles?

— O segundo empréstimo que seu pai pegou não foi para itens específicos de maquinário agrícola. Ele deu como garantia qualquer equipamento comprado para a fazenda, e receio que isso se estenda a veículos de uso pessoal.

— Não a esse carro.

— Ora, Emmett...

— Porque ele não é do meu pai. É meu.

O sr. Obermeyer olhou para Emmett com um misto de ceticismo e simpatia — duas emoções que na opinião do jovem não combinavam nada no rosto de alguém. Emmett tirou do bolso a carteira, pegou o documento do carro e o pôs sobre a mesa.

O banqueiro examinou o papel.

— Vejo que o carro está em seu nome, Emmett, mas acho que foi comprado pelo seu pai para você.

— Não foi.

O banqueiro buscou apoio no sr. Ransom. Sem encontrar nenhum, voltou-se para Emmett.

— Durante dois verões — disse Emmett —, eu trabalhei para o sr. Schulte e ganhei o suficiente para comprar aquele carro. Fiz madeiramento de casas. Botei telhas em telhados. Consertei varandas. Cheguei até mesmo a instalar aqueles novos armários na sua cozinha. Se não acredita em mim, pode perguntar ao sr. Schulte. Seja como for, o senhor não vai tocar nesse carro.

O sr. Obermeyer franziu a testa, mas quando Emmett estendeu a mão para o documento, o banqueiro o devolveu sem protestar. E quando partiu levando sua pasta, não lhe surpreendeu o fato de nem Emmett nem o sr. Ransom se darem o trabalho de levá-lo até a porta.

Depois que o banqueiro foi embora, o sr. Ransom saiu para aguardar Sally e Billy do lado de fora, deixando Emmett à vontade para andar pela casa.

Assim como a cozinha, Emmett encontrou a sala de estar mais arrumada que de costume — as almofadas apoiadas nos cantos do sofá, as revistas numa pequena pilha na mesinha de centro e a tampa da escrivaninha do pai baixada. Lá em cima, no quarto de Billy, a cama estava feita, as coleções de tampinhas de garrafas e penas de pássaros, impecavelmente arrumadas em suas prateleiras e uma das janelas estava aberta para arejar o cômodo. Devia haver uma janela aberta do outro lado do corredor também, porque uma corrente de ar fazia balançar os aviões de caça pendurados acima da cama de Billy: réplicas de um Spitfire, um Warhawk e um Thunderbolt.

Emmett sorriu de leve ao vê-los.

Montara aqueles aviões quando tinha mais ou menos a idade de Billy. A mãe lhe dera os kits em 1943, quando Emmett e os amigos só falavam sobre as batalhas que se desenrolavam na Europa e no Pacífico, Patton no comando do Sétimo Exército tomando de assalto as praias da Sicília e o Esquadrão Ovelha Negra de Pappy Boyinton zombando do inimigo sobre o Mar de Salomão. Emmett montara os modelos na mesa da cozinha com a precisão de um engenheiro. Pintara as insígnias e os números de série nas fuselagens com quatro vidrinhos de esmalte e um pincel fininho. Quando ficaram prontos, Emmett os alinhara sobre a escrivaninha numa fila diagonal do jeitinho como ficariam no convés de um porta-aviões.

Desde os quatro anos, Billy os admirava. Às vezes, quando voltava da escola, Emmett o encontrava em pé numa cadeira ao lado da escrivaninha falando sozinho, fingindo ser um piloto de caça. Por isso, quando o irmão fez seis anos, Emmett e o pai penduraram os aviões no teto acima da cama de Billy, como presente surpresa de aniversário.

Emmett seguiu pelo corredor até o quarto do pai, onde encontrou a mesma arrumação: a cama feita, as fotos sobre a escrivaninha espanadas, as cortinas presas dos lados com um laço. Foi até uma das janelas e olhou para as terras do pai. Depois de arados e cultivados durante vinte anos, os campos haviam sido negligenciados por uma única temporada e já dava para ver o avanço incansável da natureza — artemísia, maria-mole e vernônia se infiltrando entre a grama dos prados. Se deixados à própria sorte por mais alguns anos, ninguém seria capaz de dizer que aqueles hectares de terra algum dia haviam sido cultivados.

Emmett balançou a cabeça.

Má sorte...

Foi essa a definição do sr. Obermeyer. Uma má sorte incontornável. E o banqueiro tinha razão, até certo ponto. O pai de Emmett tinha má sorte para dar e vender mesmo. Mas Emmett sabia que esse não era todo o problema: Charlie Watson também tinha mau juízo para dar e vender.

O pai de Emmett se mudara de Boston para Nebraska em 1933, com a nova esposa e um sonho de trabalhar na terra. Ao longo das duas décadas seguintes, tentara cultivar trigo, milho, soja e até mesmo alfafa — e se frustrou todas as vezes. Se o cultivo que escolhia num ano precisava de muita água, lá vinham dois anos de seca. Quando trocava para um cultivo que demandava muito sol, nuvens pesadas se juntavam no céu. A natureza é impiedosa, alguém diria. É indiferente e imprevisível. Mas um fazendeiro que muda de cultivo a cada dois ou três anos? Mesmo quando ainda era garoto, Emmett reconhecia nisso um sinal de que esse homem não sabia o que estava fazendo.

Atrás do celeiro havia um maquinário especial importado da Alemanha para a colheita de sorgo. A certa altura considerado essencial, tornou-se logo desnecessário e já não era mais útil — pois o pai não tivera o bom senso de revendê-lo quando parou de cultivar sorgo. Simplesmente o deixou ali na clareira atrás do celeiro exposto à chuva e à neve. Quando Emmett tinha a idade de Billy e os amigos vinham das fazendas vizinhas para brincar — meninos que, no auge da guerra, ansiavam para subir em qualquer máquina que simulavam ser um tanque —, eles sequer punham o pé na colheitadeira, sentindo instintivamente que era uma espécie de mau presságio, imaginando que dentro daquela carcaça enferrujada existia um legado de fracasso do qual era melhor manter distância, fosse por educação ou autopreservação.

Assim, uma tarde, quando tinha quinze anos e o ano escolar já estava quase no fim, Emmett foi de bicicleta até a cidade, bateu à porta do sr. Schulte e pediu um emprego. O sr. Schulte se viu tão surpreso pelo pedido de Emmett que o sentou à mesa da sala de jantar e lhe deu uma fatia de torta. Em seguida, perguntou por que diabos um menino criado numa fazenda haveria de querer passar o verão martelando pregos.

Não foi por saber que o sr. Schulte era um sujeito amistoso ou por ele morar numa das casas mais bonitas da cidade que Emmett o procurou, mas porque concluiu que, independentemente do que acontecesse, um carpinteiro sempre teria trabalho. Por mais bem construídas que fossem as casas, elas se deterioravam. Dobradiças ficavam frouxas, assoalhos se desgastavam, telhas se deslocavam. Bastava dar uma voltinha na casa dos

Watson para atestar como o tempo tem mil e uma maneiras de cobrar seu preço numa moradia.

Nos meses de verão, havia noites carregadas de trovoadas ou com o sopro de um vento árido, nas quais Emmett ouvia o pai se remexer no quarto contíguo, incapaz de dormir — e não era para menos. Porque um fazendeiro com uma hipoteca era como um homem andando no parapeito de uma ponte com os braços abertos e os olhos fechados. Era um estilo de vida em que a diferença entre a abundância e a ruína podia ser medida por um pouquinho de chuva ou um punhado de noites com geada.

Um carpinteiro, porém, não ficava acordado à noite preocupado com o tempo. Ele *dava boas-vindas* aos excessos da natureza. Dava boas-vindas às geadas, aos temporais e aos tornados. Dava boas-vindas ao surgimento do mofo e aos ataques de pragas. Essas eram as forças naturais que lenta mas inevitavelmente corroíam a integridade de uma casa, enfraquecendo suas fundações, apodrecendo suas vigas e amolecendo o gesso.

Emmett não disse tudo isso quando o sr. Schulte lhe fez a pergunta. Pousando o garfo no prato, simplesmente respondeu:

— O que eu penso, sr. Schulte, é que Jó era quem tinha os bois e Noé, quem tinha o martelo.

O sr. Schulte deu uma gargalhada e contratou Emmett na mesma hora.

Para a maioria dos fazendeiros do condado, se seu primogênito chegasse em casa uma noite com a notícia de que arrumara um emprego de carpinteiro, ouviria uma bronca da qual não se esqueceria tão cedo. Depois, para completar, o pai iria até a casa do carpinteiro e lhe passaria um sermão — sermão para ser lembrado na próxima vez que se sentisse inclinado a interferir na criação do filho de outra pessoa.

Mas na noite em que Emmett chegou em casa e contou que tinha arranjado um emprego com o sr. Schulte, o pai não se zangou. Ouviu com atenção. Refletiu por um momento e, então, disse que o sr. Schulte era um bom homem e a carpintaria, uma atividade útil. E, no primeiro dia do verão, preparou um café da manhã reforçado para Emmett, embrulhou um almoço para ele e depois o mandou, com sua bênção, trabalhar com outro homem num ofício diferente do seu.

E talvez esse também fosse um sinal de mau juízo.

— — —

Quando desceu as escadas de volta, Emmett encontrou o sr. Ransom sentado nos degraus da varanda com os braços apoiados nos joelhos e o chapéu ainda na mão. Emmett sentou-se ao lado e ambos olharam para os campos sem plantações. A quase um quilômetro de distância vislumbrava-se a cerca que indicava o início do rancho do homem mais velho. Pelos últimos cálculos de Emmett, o sr. Ransom tinha mais de novecentas cabeças de gado e empregava oito homens.

— Quero lhe agradecer por acolher Billy — disse Emmett.

— Acolher Billy era o mínimo que podíamos fazer. Além do mais, você pode imaginar como Sally gostou disso. Ela já está farta de cuidar da casa para mim, mas cuidar do seu irmão é outra coisa. *Todos nós* passamos a comer melhor depois da chegada do Billy.

Emmett sorriu.

— Mesmo assim. Fez uma grande diferença para Billy, e foi um conforto para mim saber que ele estava na sua casa.

O sr. Ransom assentiu, aceitando a gratidão do rapaz.

— O tutor Williams parece ser um bom homem — falou o rancheiro, passado um tempo.

— Ele é um bom homem.

— Não parece um nativo do Kansas...

— Não. Ele cresceu na Filadélfia.

O sr. Ransom girou o chapéu na mão. Emmett percebeu que o vizinho estava pensando em algo, tentando decidir como dizer ou se deveria ou não fazer isso. Talvez estivesse apenas procurando o momento certo para falar. Às vezes, porém, o momento é escolhido para você, como quando uma nuvem de poeira ao longe na estrada indicou que a filha dele estava chegando.

— Emmett — começou o sr. Ransom —, o tutor Williams estava certo ao dizer que, no que diz respeito à sociedade, você quitou seu débito. Mas esta aqui é uma cidade pequena, um bocado menor do que a Filadélfia, e nem todos em Morgen terão a mesma opinião.

— O senhor está falando dos Snyder.

— Estou falando dos Snyder, Emmett, mas não apenas dos Snyder. Eles têm primos neste condado. Têm vizinhos e velhos amigos da família. Têm gente com quem fazem negócios e os membros da congregação. Todos sabemos que qualquer confusão em que Jimmy Snyder se envolvesse costumava ser por obra dele mesmo. Aos dezessete anos, ele era o engenheiro de uma vida cheia de montes de bosta. Mas isso não faz diferença nenhuma para os irmãos. Ainda mais depois que perderam Joe Jr. na guerra. Se não gostaram muito de você ter pegado apenas dezoito meses em Salina, ficaram enfurecidos de indignação quando souberam que o deixaram sair com uns meses de antecedência por conta do falecimento do seu pai. Provavelmente farão você sentir o peso dessa fúria tantas vezes quanto puderem. Por isso, embora você tenha a vida toda pela frente, ou exatamente por ter a vida toda pela frente, talvez fosse bom pensar em começá-la em outro lugar que não aqui.

— Não precisa se preocupar com isso — disse Emmett. — Daqui a quarenta e oito horas, espero que Billy e eu não estejamos mais em Nebraska.

O sr. Ransom assentiu.

— Como seu pai não deixou muito, eu gostaria de dar a vocês dois alguma coisa para ajudar nesse começo.

— Eu não poderia aceitar o seu dinheiro, sr. Ransom. O senhor já fez demais por nós.

— Então, considere isso um empréstimo. Você pode me devolver assim que se estabelecer.

— Por enquanto — observou Emmett —, acho que os Watson já bateram a cota de empréstimos.

O sr. Ransom sorriu e assentiu. Então, ficou de pé e pôs o chapéu na cabeça enquanto a velha picape que chamavam de Betty rugia pela entrada dos carros com Sally ao volante e Billy no banco do carona. Antes que ela parasse com um estampido do cano de descarga, Billy já abria a porta e pulava do veículo. Com uma mochila de lona que ia dos ombros até o traseiro, passou correndo pelo sr. Ransom e envolveu com os braços a cintura de Emmett.

Emmett se agachou para poder abraçar o irmão menor.

Sally se aproximava agora num vestido de domingo alegremente colorido com uma assadeira na mão e um sorriso nos lábios.

Com condescendência, o sr. Ransom registrou o vestido e o sorriso.

— Ora, ora — disse Sally —, vejam quem está aqui. Não sufoque seu irmão, Billy.

Emmett ficou em pé e pôs a mão na cabeça do irmão.

— Oi, Sally.

Como era de costume quando estava nervosa, Sally foi direto ao assunto.

— A casa foi varrida e todas as camas foram feitas. Tem sabonete novo no banheiro e manteiga, leite e ovos na geladeira.

— Obrigado — disse Emmett.

— Sugeri que vocês dois jantassem conosco, mas Billy insistiu para que façam a sua primeira refeição em casa. Então, como você acabou de chegar, fiz um ensopado para os dois.

— Não precisava ter tido esse trabalho, Sally.

— Trabalho ou não, aqui está. Tudo que você precisa fazer é pôr no forno a cento e oitenta graus durante quarenta e cinco minutos.

Quando Emmett pegou a assadeira, Sally balançou a cabeça.

— Eu deveria ter anotado.

— Acho que Emmett vai ser capaz de se lembrar das instruções — interveio o sr. Ransom. — Se não lembrar, Billy vai, com certeza.

— Pôr no forno a cento e oitenta graus durante quarenta e cinco minutos — repetiu Billy.

O sr. Ransom virou-se para a filha.

— Garanto que esses garotos estão ansiosos para botar o assunto em dia, e nós precisamos ver umas coisas em casa.

— Vou entrar só um instante para checar se tudo...

— Sally — insistiu o sr. Ransom de um jeito que não admitia réplica.

Sally apontou para Billy e sorriu.

— Comporte-se, criança.

Emmett e Billy observaram os Ransom entrarem nos respectivos veículos e irem embora pela estrada. Então, Billy se virou para Emmett e o abraçou de novo.

— Que bom que você está em casa, Emmett.

— Também estou feliz de estar em casa, Billy.

— Você não vai ter que voltar para Salina desta vez, vai?

— Não. Nunca mais vou ter que voltar para Salina. Venha.

Billy soltou Emmett e os irmãos entraram em casa. Na cozinha, Emmett abriu a geladeira e enfiou a assadeira com o ensopado numa das prateleiras inferiores. Na primeira prateleira estavam o leite, a manteiga e os ovos prometidos. Havia também um pote de molho de maçã e outro de pêssegos em calda, tudo feito em casa.

— Quer comer alguma coisa?

— Não, Emmett, obrigado. Sally fez para mim um sanduíche de manteiga de amendoim logo antes de sairmos.

— Que tal um copo de leite?

— Claro.

Enquanto Emmett punha os copos de leite na mesa, Billy tirou das costas a mochila e a colocou numa cadeira vazia. Desafivelou a aba de cima e cuidadosamente pegou e abriu um embrulhinho envolto em papel-alumínio, no qual havia oito cookies. Botou dois na mesa, um para Emmett e outro para si mesmo. Depois fechou o embrulho e devolveu o restante dos cookies à mochila, aí reafivelou a aba e voltou a se sentar.

— Mochila bacana — disse Emmett.

— É uma mochila oficial do Exército americano — respondeu Billy —, embora chamem apenas de mochila militar, porque nunca chegou a ir para a guerra, na verdade. Comprei na loja do sr. Gunderson. Também consegui uma lanterna militar, uma bússola militar e um relógio militar.

Billy estendeu o braço para mostrar o relógio, folgado em seu pulso.

— Tem até um ponteiro de segundos.

Depois de demonstrar seu apreço pelo relógio, Emmett deu uma mordida no cookie.

— Gostoso. Gotas de chocolate?

— Isso. Foi Sally que fez.

— Você ajudou?

— Lavei a tigela.

— Aposto que sim.

— Sally fez um tabuleiro cheio, na verdade, mas o sr. Ransom disse que ela estava exagerando, por isso ela falou que só daria quatro para a gente, mas, escondido, ela deu oito.

— Sorte a nossa.

— Melhor do que ganhar só os quatro. Mas não tão bom quanto ganhar o tabuleiro inteiro.

Enquanto sorria e tomava um gole de leite, Emmett avaliou o irmão por cima da borda do copo. O menino crescera uns três centímetros e o cabelo estava mais curto, como seria de se imaginar na casa dos Ransom, mas de resto parecia igual: o mesmo corpo e espírito. Para Emmett, deixar Billy havia sido a pior parte da ida para Salina, por isso ficava feliz de encontrá-lo tão pouco mudado. Ficava feliz de poder sentar-se com ele à velha mesa da cozinha. Dava para ver que Billy se sentia feliz por isso também.

— O ano acabou bem na escola? — indagou Emmett, abaixando o copo.

Billy fez que sim.

— Tirei 105 na prova de geografia.

— 105!

— Geralmente, não se tira 105 — explicou Billy. — Geralmente, o máximo que dá para tirar é 100.

— Então, como foi que você arrancou esses 5 pontos a mais da sra. Cooper?

— Tinha uma questão que valia pontos extras.

— Qual foi a questão?

Billy recitou de cor:

— *Qual é o prédio mais alto do mundo?*

— E você sabia a resposta?

— Sabia.

...

— Não vai me dizer?

Billy balançou a cabeça.

— Isso seria cola. Você vai ter que aprender sozinho.

— Muito justo.

Passado um momento de silêncio, Emmett percebeu que estava olhando fixo para o leite. Agora era ele quem estava pensando em algo. Era ele quem tentava decidir como ou quando dizer, ou se dizia.

— Billy — começou. — Não sei o que o sr. Ransom disse para você, mas não vamos mais poder continuar morando aqui.

— Eu sei — disse Billy. — Tomaram a nossa casa.

— Isso mesmo. Você entende o que isso significa?

— Significa que agora ela é do banco.

— Isso mesmo. Embora o banco fique com ela, a gente poderia ficar em Morgen. A gente poderia morar com os Ransom durante algum tempo. Eu poderia voltar a trabalhar para o sr. Schulte, no outono você voltaria para a escola e um dia a gente teria dinheiro para comprar a nossa própria casa. Mas andei pensando que talvez fosse uma boa hora para você e eu tentarmos alguma coisa nova...

Emmett havia refletido um bocado sobre como abordar o assunto, porque temia que Billy ficasse atordoado com a perspectiva de ir embora de Morgen, sobretudo tão pouco tempo após a morte do pai. Mas Billy não se mostrou nem um pouco atordoado.

— Andei pensando a mesma coisa, Emmett.

— Sério?

Billy assentiu, demonstrando certo entusiasmo.

— Sem o papai aqui e com a casa tomada pelo banco, não precisamos ficar em Morgen. Podemos fazer as malas e ir de carro para a Califórnia.

— Acho que estamos de acordo — concordou Emmett com um sorriso. — A única diferença é que acho que deveríamos nos mudar para o Texas.

— Ah, não! Não podemos nos mudar para o Texas — falou Billy, balançando a cabeça.

— Por que não?

— Porque precisamos nos mudar para a Califórnia.

Emmett começou a falar, mas Billy já se levantara e agora mexia na mochila. Dessa vez, abriu o bolso frontal, tirou dele um envelope pardo e voltou para a cadeira. Enquanto desenrolava a linha vermelha que fechava a aba do envelope, começou a explicar.

— Depois do enterro do papai, quando você voltou para Salina, o sr. Ransom mandou a gente vir aqui em casa procurar documentos importantes, Sally e eu. Na última gaveta da escrivaninha do papai, encontramos uma caixa de metal. Não estava trancada, mas era o tipo de caixa que *podia* ser trancada se o dono quisesse. Dentro, achamos documentos importantes, exatamente como o sr. Ransom tinha dito, tipo nossas certidões de nascimento e a certidão de casamento do papai e da mamãe. Mas no fundo, bem no fundinho da caixa, eu achei isto aqui.

Billy virou o envelope de cabeça para baixo em cima da mesa e dele caíram nove cartões-postais.

Emmett percebeu pelo estado dos cartões que não eram nem muito velhos, nem muito novos. Alguns eram fotos e outros, ilustrações, mas todos coloridos. O primeiro trazia a foto do Welsh Motor Court em Ogallala, Nebraska — um hotel de aparência moderna, com alojamentos brancos e plantas à margem da entrada, além de um mastro em que tremulava a bandeira americana.

— São cartões-postais — disse Billy. — Para nós dois. Da mamãe.

Emmett foi pego de surpresa. Fazia quase oito anos desde que a mãe os colocara na cama, dera um beijo de boa-noite e saíra porta afora — e eles não ouviram mais falar dela. Nenhum telefonema. Nenhuma carta. Nenhum embrulho de presente chegando para o Natal. Nem mesmo um mexerico de alguém que por acaso tivesse ouvido alguma coisa de um outro alguém. Ao menos era nisso que Emmett acreditara até agora.

Emmett pegou o cartão do Welsh Motor Court e o virou para ver o verso. Como disse Billy, estava endereçado a ambos na elegante caligrafia da mãe. Por ser um postal, o texto se limitava a poucas linhas, que expressavam o quanto ela já sentia falta dos dois, embora só estivesse longe havia um dia. Emmett pegou outro cartão da pilha. No canto superior esquerdo, via-se um caubói montado num cavalo. O laço que ele girava em espiral se estendia para escrever *Saudações de Rawlins, Wyoming — a Metrópole das Planícies*. Emmett virou o cartão. Em seis frases, incluindo uma que dava a volta no canto inferior direito, a mãe dizia que embora ainda não tivesse visto um vaqueiro com um laço em Rawlins, já vira um monte de vacas. Concluía mencionando mais uma vez o quanto amava os filhos e que sentia saudade dos dois.

Emmett examinou os demais cartões sobre a mesa, registrando o nome de várias cidades, hotéis e restaurantes, paisagens e pontos turísticos, e reparou que todas as fotos, salvo uma, prometiam um brilhante céu azul.

Consciente de que o irmão o observava, Emmett manteve uma expressão imperturbável. Mas o que sentiu foi a pontada do ressentimento — ressentimento contra o pai. Ele devia ter interceptado os cartões e escondido-os. Por mais furioso que estivesse com a esposa, não tinha o direito de ocultá-los dos filhos, certamente não de Emmett, já grande o bastante para conseguir lê-los. Mas a pontada não durou mais do que um momento, pois ele sabia que o pai fizera a única coisa sensata a se fazer. Afinal, que bem faria o recebimento ocasional de um punhado de frases escritas no verso de um pequeno cartão por uma mulher que voluntariamente abandonara os próprios filhos?

Emmett pousou o cartão de Rawlins de volta na mesa.

— Você lembra que a mamãe nos deixou no dia 5 de julho? — perguntou Billy.

— Lembro.

— Ela nos escreveu um cartão-postal por dia durante os nove dias seguintes.

Emmett pegou novamente o cartão de Ogallala e verificou logo acima do lugar onde a mãe escrevera *Queridos Emmett e Billy*, mas não havia data.

— A mamãe não escreveu as datas — explicou Billy. — Mas dá para saber pelos carimbos dos correios.

Billy pegou o cartão de Ogallala da mão de Emmett, espalhou todos os cartões na mesa com o verso virado para cima e apontou cada um dos carimbos.

— Olhe, 5 de julho, 6 de julho. Não tem o do dia 7 de julho, mas tem dois do dia 8. É porque em 1946 o dia 7 de julho caiu num domingo e o correio fecha aos domingos, por isso ela precisou mandar dois cartões na segunda-feira. Mas olhe só isso.

Billy foi de novo até o bolso frontal da mochila e tirou dali algo que parecia um panfleto. Quando o abriu na mesa, Emmett viu que se tratava de um mapa rodoviário dos Estados Unidos da Phillips 66. Atravessando todo o centro do mapa havia uma estrada que fora destacada com tinta preta por Billy. Na metade oeste do país, os nomes de nove cidades ao longo da rota tinham sido circulados.

— Esta é a estrada Lincoln — explicou Billy, apontando para a comprida linha preta. — Foi aberta em 1912 e o nome é uma homenagem a Abraham Lincoln. Foi a primeira estrada a atravessar os Estados Unidos de um lado ao outro.

A partir do litoral atlântico, Billy começou a seguir a estrada com a ponta do dedo.

— Ela começa na Times Square, em Nova York, e acaba 5.450 quilômetros depois, no Lincoln Park, em São Francisco. E atravessa a Central City, a apenas quarenta quilômetros da nossa casa.

Billy fez uma pausa para deslizar o dedo da Central City até a estrelinha preta que desenhara no mapa para representar a casa deles.

— Quando a mamãe foi embora no dia 5 de julho, foi esse o caminho que ela fez...

Billy começou a enfileirar os cartões na parte inferior do mapa numa progressão rumo ao Oeste, colocando cada um abaixo da cidade correspondente.

Ogallala.

Cheyenne.

Rawlins.

Rock Springs.

Salt Lake City.

Ely.

Reno.

Sacramento.

Até o último cartão, que mostrava um prédio grande e clássico erguendo-se acima de uma fonte num parque em São Francisco.

Billy suspirou, satisfeito, ao ver os cartões arrumados em ordem na mesa. O acervo todo deixou Emmett desconfortável, como se estivessem olhando a correspondência particular de outra pessoa — algo que não era da conta deles.

— Billy — disse Emmett —, não sei se deveríamos ir para a Califórnia...

— Temos que ir para a Califórnia, Emmett. Não está vendo? Foi por isso que ela nos mandou os cartões. Para que a gente pudesse ir atrás dela.

— Mas faz oito anos que ela não manda cartão nenhum.

— Porque ela parou de viajar no dia 13 de julho. Só precisamos pegar a estrada Lincoln até São Francisco. Ela está lá.

O instinto imediato de Emmett foi dizer ao irmão algo sensato e que o dissuadisse. Explicar que a mãe não necessariamente havia parado em São Francisco. Que ela bem podia ter seguido em frente — e provavelmente fizera isso. E que, embora talvez tivesse pensado nos filhos naquelas primeiras nove noites, tudo indicava que desde então não pensara mais. Mas, no fim das contas, se contentou em dizer que, mesmo que a mãe estivesse em São Francisco, seria quase impossível achá-la.

Billy assentiu com a expressão de alguém que já tinha pensado nisso.

— Lembra que você me disse que a mamãe gostava tanto de fogos que levava a gente até Seward no feriado de 4 de Julho só para ver aquela baita queima?

Emmett não se lembrava de ter dito isso ao irmão — e, de todo jeito, não conseguia imaginar jamais ter sentido vontade de fazê-lo. Mas não podia negar que era verdade.

Billy estendeu a mão para pegar o último cartão, o que exibia o prédio clássico e a fonte. Virando-o, passou o dedo pela caligrafia da mãe.

Este é o Palácio da Legião de Honra no Lincoln Park de São Francisco, e todo ano, no 4 de Julho, acontece aqui a maior queima de fogos de toda a Califórnia!

Billy ergueu os olhos para o irmão.

— Ela vai estar lá, Emmett. Na queima de fogos no Palácio da Legião de Honra no 4 de Julho.

— Billy...

Mas Billy, já percebendo o ceticismo na voz do irmão, começou a balançar a cabeça com veemência. Depois, tornando a olhar para o mapa na mesa, correu o dedo sobre a rota feita pela mãe.

— Ogallala até Cheyenne, Cheyenne até Rawlins, Rawlins até Rock Springs, Rock Springs até Salt Lake City, Salt Lake City até Ely, Ely até Reno, Reno até Sacramento e Sacramento até São Francisco. É o caminho que a gente vai fazer.

Emmett se recostou na cadeira e refletiu.

Não escolhera o Texas ao acaso. Ponderara cuidadosa e sistematicamente para onde deveria ir com o irmão. Passara horas na pequena biblioteca de Salina folheando as páginas do almanaque e dos volumes da enciclopédia até que a resposta se tornasse absolutamente nítida. Mas Billy andara seguindo uma linha de raciocínio própria, tão cuidadosa e sistematicamente quanto seu irmão, e para ele sua resposta tinha a mesmíssima nitidez.

— Tudo bem, Billy, vamos fazer uma coisa. Por que você não guarda os cartões no envelope e me dá um tempinho para pensar no que falou?

Billy começou a fazer que sim com a cabeça.

— Essa é uma boa ideia, Emmett. Essa é uma boa ideia.

Recolhendo os cartões em sua ordem leste-para-oeste, Billy enfiou-os no envelope, enrolou a linha vermelha para fechá-lo direitinho e colocou-o de volta na mochila.

— Pense um pouco nisso, Emmett. Você vai se dar conta.

— — —

No andar de cima, enquanto Billy se ocupava no próprio quarto, Emmett tomou uma chuveirada longa e quente. Quando acabou, catou as roupas do chão — que vestira tanto para ir para Salina quanto para voltar de lá —, tirou o maço de cigarros do bolso da camisa e jogou as peças no lixo. Passado um instante, jogou os cigarros também, assegurando-se de deixá-los por baixo das roupas.

No quarto, vestiu uma calça jeans e uma camisa de brim limpas, mais o cinto e as botas favoritas. Abriu a gaveta de cima da cômoda, pegou um par de meias dobrado como uma bola. Desenrolando as meias, sacudiu-as até delas surgirem as chaves do carro. Então, atravessou o corredor e deu uma espiada no quarto do irmão.

Billy estava sentado no chão ao lado da mochila. Tinha no colo a velha lata de metal azul para tabaco decorada com o retrato de George Washington, enquanto sobre o tapete todos os seus dólares de prata estavam organizados em colunas e fileiras.

— Parece que você achou mais alguns na minha ausência — observou Emmett.

— Três — respondeu Billy, enquanto colocava um dos dólares no lugar.

— Quantos faltam?

Com o indicador, Billy apontou os lugares vazios na fila.

— 1881, 1894, 1895, 1899, 1903.

— Você está quase completando.

Billy assentiu, concordando.

— Mas 1894 e 1895 vão ser muito difíceis de achar. Tive sorte de encontrar 1893.

Billy ergueu os olhos para o irmão.

— Você andou pensando sobre a Califórnia, Emmett?

— Andei pensando, mas preciso pensar um pouco mais.

— Tudo bem.

Enquanto Billy voltava a atenção para os dólares de prata, Emmett examinou o quarto do irmão pela segunda vez naquele dia, de novo registrando as coleções impecavelmente arrumadas nas prateleiras e os aviões pendurados acima da cama.

— Billy...

Billy tornou a fitá-lo.

— Independentemente de irmos para o Texas ou para a Califórnia, acho que devemos levar pouca bagagem, já que pretendemos começar do zero.

— Andei pensando a mesma coisa, Emmett.

— Sério?

— O professor Abernathe diz que o viajante intrépido quase sempre leva o pouco que cabe numa mochila. Foi por isso que comprei minha mochila na loja do sr. Gunderson. Para me preparar para partir assim que você chegasse. Ela já contém tudo de que preciso.

— Tudo?

— Tudo.

Emmett sorriu.

— Vou até o celeiro dar uma checada no carro. Quer vir?

— Agora? — indagou Billy, surpreso. — Calma aí! Espere um segundo! Não vá sem mim!

Depois de arrumar com cuidado as moedas em ordem cronológica, Billy as recolheu e começou a despejá-las na lata de tabaco o mais rápido possível. Ao fechar a tampa, ele guardou a lata de volta na mochila e pendurou a mochila nas costas. Então, desceu na frente do irmão e saiu porta afora.

Ao cruzarem o quintal, Billy olhou por cima do ombro e relatou que o sr. Obermeyer pusera um cadeado nas portas do celeiro, mas Sally o arrombara com um pé de cabra que mantinha na traseira da picape.

Obviamente, na porta do celeiro encontraram o suporte — com o cadeado ainda preso a ele — pendendo frouxamente dos parafusos. Dentro, o ar era quente e familiar, cheirando a gado, embora não houvesse gado na fazenda desde que Emmett era criança.

Emmett esperou seus olhos se adaptarem ao escuro. Diante dele estava o novo trator e, atrás, uma colheitadeira velha caindo aos pedaços. Foi até os fundos do celeiro e se deteve ante um grande objeto coberto com uma lona.

— O sr. Obermeyer tirou a capa — explicou Billy —, mas Sally e eu botamos de volta.

Pegando a lona pela extremidade, Emmett puxou-a com ambas as mãos e ela se amontoou a seus pés. Ali, aguardando no lugar exato onde o deixara quinze meses antes, estava o seu Studebaker Land Cruiser 1948 azul-claro de quatro portas.

Depois de passar a palma da mão pela superfície do capô, Emmett abriu a porta do motorista e entrou. Ficou sentado por um momento com as mãos no volante. Quando o comprara, o carro já tinha quase cento e trinta mil quilômetros rodados, amassados no capô e marcas de cigarro no estofado dos bancos, mas funcionava bem o bastante. Pegou a chave no bolso, girou-a na ignição e empurrou o botão de arranque, pronto para o ruído tranquilizador do motor — mas só ouviu o silêncio.

Billy, que se mantinha distante, se aproximou com cautela.

— Está quebrado?

— Não, Billy. A bateria deve ter descarregado. Acontece quando se deixa um carro parado por muito tempo. Mas é coisa fácil de resolver.

Aliviado, Billy se sentou num fardo de feno e tirou a mochila das costas.

— Quer outro cookie, Emmett?

— Não, obrigado, mas coma você.

Enquanto Billy abria a mochila, Emmett desceu do carro, foi até a traseira e abriu o porta-malas. Satisfeito por a tampa aberta bloquear a visão do irmão, Emmett removeu o feltro que cobria o buraco onde estava acomodado o estepe e passou a mão suavemente sobre a curva externa do pneu. Na parte de cima, encontrou o envelope com seu nome, exatamente onde o pai dissera que estaria. Dentro, havia um bilhete com a caligrafia do pai.

Mais uma missiva manuscrita de outro fantasma, pensou Emmett.

Querido filho,

Quando você ler isto, imagino que a fazenda já esteja nas mãos do banco. Talvez você esteja zangado ou decepcionado comigo, e não o culparia por isso.

Você se chocaria se soubesse quanto meu pai me deixou quando morreu, quanto meu avô deixou para meu pai e quanto meu bisavô deixou para meu avô. Não apenas títulos e ações, mas casas e quadros também. Mobília, louças e talheres. Títulos de clubes e sociedades. Esses três homens eram devotos da tradição puritana de se mostrar dignos dos favores do Senhor deixando mais para os filhos do que havia sido deixado para eles próprios.

Nesse envelope, você vai encontrar tudo que tenho para deixar para vocês — dois legados, um grande e outro pequeno, ambos uma espécie de sacrilégio.

Enquanto escrevo este bilhete, me envergonha um pouco saber que, ao levar a vida que levei, quebrei'o ciclo virtuoso de prosperidade estabelecido pelos meus antepassados. Ao mesmo tempo, me enche de orgulho saber que vocês, sem dúvida, haverão de conquistar mais com esta pequena lembrança do que eu poderia ter conquistado com uma fortuna.

Com amor e admiração,
Seu pai,
Charles William Watson

Anexado ao bilhete com um clipe estava o primeiro dos dois legados: uma única página arrancada de um livro antigo.

O pai de Emmett não era do tipo que brigava feio com os filhos, nem mesmo quando eles mereciam. Na verdade, a única vez que Emmett se lembrava de ter visto o pai completamente furioso com ele foi quando levara uma suspensão na escola por ter estragado um livro escolar. Como o pai deixou dolorosamente claro naquela noite, danificar as páginas de um livro equivalia a adotar o comportamento de um visigodo. Era desferir um golpe contra a mais sagrada e nobre das conquistas do homem: a capacidade de registrar as ideias e os sentimentos mais sublimes para que pudessem ser partilhados ao longo das eras.

Para o pai, arrancar uma página de qualquer livro constituía um sacrilégio. Mais chocante ainda era o fato de que a página havia sido arrancada de *Ensaios*, de Ralph Waldo Emerson — livro pelo qual o pai nutria mais estima do que por qualquer outro. Próximo ao pé da página, o pai sublinhara cuidadosamente um trecho em tinta vermelha.

Existe um momento na educação de todo homem em que ele se convence de que inveja é ignorância; que imitação é suicídio; que ele precisa se assumir, para o bem e para o mal, como seu quinhão; que, embora o universo esteja cheio de coisas boas, grão algum de alimento ele obterá, salvo por meio do trabalho que investir naquele pedaço de terra que recebeu para cultivar. O poder que nele reside é novo na natureza e ninguém além dele sabe o que lhe é possível fazer, nem ele há de saber até que tenha tentado.

Emmett reconheceu de imediato que esse trecho de Emerson representava duas coisas ao mesmo tempo. Primeiro, se tratava de uma justificativa. Era uma explicação do porquê, contrariando o bom senso, o pai abandonara as casas e os quadros, os títulos de clubes e sociedades, para partir rumo a Nebraska e cultivar a terra. O pai lhe deixara essa página como prova — como se fosse um decreto divino — de que não lhe restara escolha.

Mas se, por um lado, era uma justificativa, por outro, era uma exortação — uma exortação para que Emmett não sentisse remorso ou culpa, nem hesitasse em dar as costas aos cento e vinte hectares aos quais o pai dedicara metade da vida, desde que os abandonasse a fim de correr atrás, sem inveja ou imitação, do próprio quinhão e assim descobrisse aquilo que só ele era capaz de fazer.

Enfiado no envelope atrás da página de Emerson estava o segundo legado: um maço de notas novas de vinte dólares. Passando o polegar nas extremidades limpas e intocadas, Emmett calculou que houvesse ali, ao todo, umas cento e cinquenta notas, totalizando três mil dólares.

Embora entendesse por que o pai considerava a página arrancada um sacrilégio, Emmett não podia concordar que as notas também o fossem. Provavelmente pensara isso por estar legando aquele dinheiro às escondidas dos credores. Ao fazer isso, agira indo de encontro à sua obrigação legal e também contrariando a sua ética. Mas, depois de pagar os juros sobre a hipoteca durante vinte anos, o pai de Emmett já havia pagado o dobro do preço da fazenda. Pagara também com trabalho duro e decepção, com o casamento e, finalmente, com a própria vida. Assim, separar aqueles três mil dólares não constituía um sacrilégio aos olhos de Emmett. Na sua opinião, o pai tinha merecido cada centavo.

Puxando uma nota do maço e botando-a no bolso, Emmett devolveu o envelope ao lugar onde estava sobre o estepe e tornou a cobri-lo com o feltro.

— Emmett... — chamou Billy.

Emmett fechou o porta-malas e olhou para Billy, mas o irmão não estava olhando para ele, mas para duas figuras de pé à porta do celeiro. Com a luz do entardecer às costas de ambas, Emmett não identificou quem eram. Ao menos não até a mais magrela, à esquerda, estender os braços e dizer:

— Tcharan!

Duchess

Você devia ter visto a cara de Emmett quando se deu conta de quem estava de pé ali. Pela expressão dele, parecia que tínhamos nos materializado no ar.

Lá por volta do início da década de 1940, havia um ilusionista chamado Kazantikis. Uns engraçadinhos do meio gostavam de chamar o sujeito de Houdini tapado de Hackensack, mas isso não era muito justo. Embora a primeira metade do seu show fosse meio fraca, o final era uma pérola. Bem debaixo dos nossos olhos, ele amarrava correntes no corpo, se trancava num baú e afundava num grande tanque de vidro. Uma loura bonita girava um cronômetro gigante, enquanto o mestre de cerimônias lembrava a plateia que o humano normal só consegue prender a respiração durante dois minutos; que, privado de oxigênio, quase todo indivíduo fica tonto depois de quatro e inconsciente depois de seis. Dois membros da Agência Nacional de Detetives Pinkerton, famosa agência de investigação e segurança particular, ficavam presentes para garantir que o cadeado do baú estivesse trancado, enquanto um padre da Igreja Ortodoxa Grega — paramentado com uma batina preta comprida e usando uma longa barba branca — ficava à disposição, caso fosse necessário administrar a extrema-unção. O baú afundava na água e a loura acionava o cronômetro. Passados dois minutos, a plateia assoviava e caçoava. Depois de cinco, eram só "oh" e "ah". Mas, ao fim de oito, os Pinkerton trocavam olhares preocupados. Com dez minutos, o padre se benzia e recitava uma prece indecifrável. No décimo segundo minuto, enquanto a loura irrompia em lágrimas, dois contrarregras vinham correndo dos bastidores para ajudar os Pinkerton a alçar o baú do tanque.

O baú era jogado no palco com um baque surdo, fazendo a água escorrer para todo lado e cair no poço da orquestra. Enquanto um dos Pinkerton tentava, nervoso, abrir o cadeado com uma chave, o outro o empurrava para o lado, sacava a pistola do coldre e atirava na fechadura. Ao arrombar a tampa e virar o baú... Descobriam que estava vazio. A essa altura, o padre ortodoxo arrancava a barba, revelando ser Kazantikis, com o cabelo ainda molhado, ao passo que todos os presentes na plateia contemplavam boquiabertos. Foi essa a cara que Emmett Watson fez quando se deu conta de quem estava ali parado à porta. Entre todas as pessoas do mundo, ele não podia acreditar que éramos nós.

— Duchess?

— Em pessoa. E Woolly também.

Ele continuava abobalhado.

— Mas como...?

Eu ri.

— Essa é a questão, não?

Tapei o canto da boca e baixei a voz:

— Pegamos uma carona com o tutor. Enquanto ele assinava a sua soltura, entramos no porta-malas do carro.

— Você não está falando sério.

— Eu sei. Não é o que você chamaria de viagem de primeira classe. Não com uma temperatura de quarenta graus lá dentro e Woolly reclamando de dez em dez minutos que precisava ir ao banheiro. E quando atravessamos Nebraska, então! Achei que eu ia acabar com uma concussão com tantos buracos na estrada. Alguém tinha que escrever uma carta para o governador!

— Oi, Emmett — disse Woolly, como se acabasse de chegar.

Não tem como não gostar disso em Woolly. Está sempre chegando cinco minutos atrasado, aparecendo na plataforma errada com a bagagem errada justo quando o trem está saindo da estação. Tem gente que acha meio exasperador, mas eu prefiro um cara que se atrasa cinco minutos a um cara que chega cinco minutos adiantado, sempre.

Pelo canto do olho reparei que o garoto, antes sentado num fardo de feno, começou a se aproximar da gente. Quando apontei, ele congelou como um esquilo na grama.

— Billy, não é? Seu irmão diz que você é vivo como um azougue. É verdade?

O garoto sorriu e se aproximou um pouco mais até ficar ao lado de Emmett. Olhou, então, para o irmão.

— Esses aí são seus amigos, Emmett?

— Claro que somos amigos dele!

— São de Salina — explicou Emmett.

Eu estava pronto para dar detalhes quando notei o carro. Fiquei tão concentrado no nosso encontro fascinante que não o tinha visto escondido atrás do maquinário pesado.

— Esse é o Studebaker, Emmett? Como chamam essa cor? Azul-bebê?

Objetivamente falando, parecia um pouco o carro que a mulher do seu dentista dirigiria e com o qual iria a um bingo, mas assoviei mesmo assim. Então, me virei para Billy.

— Tem caras em Salina que pregam a foto da namorada na parte de baixo do beliche de cima para poder olhar para ela antes de apagarem a luz. Tem gente que põe a foto da Elizabeth Taylor ou da Marilyn Monroe. Mas o seu irmão pregou o anúncio arrancado de uma revista velha com uma foto colorida do carro dele. Vou ser sincero com você, Billy. Enchemos um bocado o seu irmão por causa disso. Ficar babando por um automóvel... Mas agora vendo o carro de perto...

Balancei a cabeça demonstrando admiração.

— Ei — falei, me virando para Emmett. — Podemos dar uma volta nele?

Emmett não respondeu porque estava olhando para Woolly — que olhava para uma teia de aranha sem uma aranha.

— Como você está, Woolly? — perguntou.

Virando para olhá-lo, Woolly pensou um instante.

— Eu estou bem, Emmett.

— Quando foi a última vez que você comeu?

— Ah, sei lá. Acho que foi antes de a gente entrar no carro do tutor. Não foi, Duchess?

— Billy, se lembra do que Sally disse sobre o jantar? — perguntou Emmett para o irmão.

— Ela falou para pôr no forno a cento e oitenta graus durante quarenta e cinco minutos.

— Por que você não entra com Woolly, bota a assadeira no forno e põe a mesa? Preciso mostrar uma coisa ao Duchess, mas a gente não demora.

— Certo, Emmett.

Enquanto observávamos Billy e Woolly se dirigirem para a casa, fiquei pensando no que Emmett queria me mostrar, mas, quando se virou para mim, ele não parecia igual. Na verdade, parecia fora de si. Acho que tem gente que fica assim diante de surpresas. Eu, ao contrário, adoro surpresas. Adoro quando a vida tira um coelho da cartola. Como quando o prato do dia na lanchonete é peru recheado em meados de maio. Mas tem gente que não gosta de ser pego desprevenido — nem por boas notícias.

— Duchess, o que vocês vieram fazer aqui?

Agora, a surpresa era minha.

— O que viemos fazer aqui? Ora, viemos ver você, Emmett. E a fazenda. Você sabe como é. A gente ouve as histórias de um amigo sobre como é a vida onde ele mora e acaba querendo ver com os próprios olhos.

Para mostrar o que queria dizer, gesticulei na direção do trator, do fardo de feno e da grande pradaria americana logo além do portão, que tentava nos convencer de que o mundo é simples, afinal.

Emmett seguiu o meu olhar e depois tornou a se virar para mim.

— Vamos combinar o seguinte: a gente come alguma coisa, depois dou uma volta com você e Woolly, aproveitamos uma boa noite de sono e, de manhã, levo vocês de volta a Salina.

Sacudi a mão.

— Você não precisa levar a gente de volta a Salina, Emmett. Acabou de chegar de lá. Além disso, acho que não vamos voltar. Pelo menos não por enquanto.

Emmett fechou os olhos por um instante.

— Quantos meses faltam para vocês cumprirem as suas sentenças? Cinco ou seis? Já estão praticamente livres.

— É verdade, concordo. Absolutamente verdade. Mas quando o tutor Williams substituiu Ackerly, ele demitiu aquela enfermeira de Nova Orleans, a que ajudava Woolly a conseguir o remédio dele. Agora, sobraram só alguns poucos frascos, e você sabe como ele fica mal sem o remédio...

— Não é um remédio.

Assenti.

— O que é tóxico para um homem é um tônico para outro, certo?

— Duchess, acho que não preciso falar para você, mas quanto mais tempo vocês dois ficarem foragidos e quanto mais longe estiverem de Salina, piores as consequências. E vocês dois fizeram dezoito anos no último inverno. Ou seja, se forem pegos cruzando os limites estaduais, talvez não mandem vocês de volta para Salina. Talvez mandem vocês para Topeka.

Vamos encarar assim: a maioria das pessoas precisa de uma escada e um telescópio para entender o sentido de dois mais dois. Por isso, em geral não vale a pena a gente se dar o trabalho de se explicar. Mas não é o caso de Emmett Watson. Ele é o tipo de sujeito que pode ver a cena toda desde o primeiro minuto: o plano geral e todos os detalhes. Ergui as mãos, me rendendo.

— Concordo 100% com você, Emmett. Na verdade, tentei dizer exatamente isso a Woolly, com as mesmas palavras. Mas ele não quis me ouvir. Estava decidido a pular o muro. Tinha o plano prontinho. Ia pular fora num sábado à noite, se mandar para a cidade e roubar um carro. Chegou até a surrupiar uma faca quando estava de serviço na cozinha. Não uma faquinha qualquer, Emmett. Estou falando de uma faca de açougueiro. Não que Woolly fosse machucar alguém. Você e eu sabemos disso, mas os guardas não sabem. Veem um estranho agitado com um olhar meio vago e um facão na mão e apagam o cara na hora. Por isso, eu disse para ele guardar o facão onde tinha achado, que eu o ajudaria a sair de Salina são e salvo. Ele guardou a faca, entramos escondidos no carro e, num passe de mágica, cá estamos.

E tudo isso era verdade.

Menos a parte do facão.

É o que você chamaria de florear os fatos: um pequeno exagero inofensivo com a finalidade de enfatizar algo. Do tipo do cronômetro gigante do show de Kazantikis ou do tiro no cadeado dado pelo Pinkerton. Esses pequenos elementos que à primeira vista parecem desnecessários, mas que, de algum modo, fazem o sucesso do espetáculo.

— Olhe só, Emmett, você me conhece. Eu poderia cumprir a pena que me resta e depois a de Woolly. Cinco meses ou cinco anos, que diferença faz? Mas, pelo estado mental de Woolly, acho que ele não aguentaria mais cinco dias.

Emmett olhou na direção em que Woolly tinha ido.

Nós dois sabíamos que ele tinha muitos problemas. Criado num daqueles prédios elegantes da zona mais chique de Manhattan, o Upper East Side, Woolly tinha uma casa de campo, um motorista e uma cozinheira. O avô era amigo de Teddy *e* Franklin Roosevelt, e o pai, um herói da Segunda Guerra Mundial. Mas tem alguma coisa nessa sorte toda que pode acabar sendo demais. Existe um tipo de alma frágil que, diante de tamanha abundância, tem uma sensação de tremor constante, como se todo aquele monte de casas e carros e Roosevelts pudesse cair na sua cabeça. Só de imaginar já tira o apetite e deixa os nervos em frangalhos. O cara passa a ter dificuldade de concentração, o que afeta a leitura, a escrita e a aritmética. Depois de ser convidado a se retirar de um internato, ele vai para outro, depois para outro, talvez. No fim das contas, alguém assim vai precisar de *algo* para manter o mundo sob controle. E quem pode culpá-lo? Eu seria o primeiro a dizer que os ricos não merecem nem dois minutos da sua solidariedade. Mas um cara de bom coração como Woolly? Aí já é outra história.

Pude ver pela expressão de Emmett que ele estava pensando o mesmo, refletindo sobre a natureza sensível de Woolly e se perguntando se deveríamos mandá-lo de volta para Salina ou ajudá-lo a seguir seu caminho em segurança. Um dilema bastante difícil de resolver. Por isso mesmo acho que chamam de dilema.

— Foi um dia longo — falei, pondo a mão no ombro de Emmett. — Que tal a gente voltar para casa e partilhar o pão? Depois de comer, vamos todos estar com mais disposição para pesar os prós e os contras.

— — —

Comida de fazenda...

A gente ouve falar um bocado dela na Costa Leste. É uma das coisas que as pessoas veneram mesmo sem jamais terem de fato conhecido. Como justiça e Jesus. Só que, ao contrário da maioria das coisas que todos admiram de longe, comida de fazenda merece mesmo esse fascínio. É duas vezes mais gostosa do que a que a gente encontra num restaurante chique e — sem aquela frescura toda. Talvez porque usem as receitas que as trisavós aperfeiçoaram no tempo das caravanas de carroça. Ou quem sabe foram as horas que elas passaram na companhia de porcos e batatas. Qualquer que seja o motivo, não me dei por satisfeito antes do terceiro prato.

— Que comida boa!

Eu me virei para o garoto — cuja cabeça mal passava do tampo da mesa.

— Qual o nome daquela morena bonita, Billy? Aquela de vestido florido e botinas, a quem devemos agradecer por essa refeição deliciosa?

— Sally Ransom — respondeu ele. — É um ensopado de galinha. Feito com uma das galinhas que ela cria.

— Uma das galinhas que ela cria! Ei, Emmett, como é que dizem por aí? Sobre o jeito mais fácil de conquistar o coração de um rapaz?

— Ela é nossa vizinha — disse Emmett.

— Pode ser, tudo bem. Mas tive um montão de vizinhas durante a minha vida toda e nunca ganhei um ensopado de nenhuma delas. E você, Woolly?

Woolly desenhava uma espiral no restante do molho no prato com os dentes do garfo.

— O quê?

— Alguma vizinha sua já lhe deu um ensopado? — repeti um pouco mais alto.

Ele refletiu um instante.

— Nunca comi um ensopado.

Sorri e ergui as sobrancelhas para o garoto. Ele sorriu e ergueu as sobrancelhas em resposta.

Com ou sem ensopado, Woolly de repente parecia ter tido alguma ideia tempestiva.

— Ei, Duchess — falou. — Você chegou a falar com Emmett sobre a fuga?

— Fuga? — indagou Billy, erguendo a cabeça um pouco mais acima da mesa.

— Esse é o outro motivo para estarmos aqui, Billy. Queremos organizar uma fugidinha e esperamos que o seu irmão vá conosco.

— Uma fuga... — repetiu Emmett.

— A gente chama assim por falta de um nome melhor — expliquei. — Mas é uma boa coisa, com certeza. Uma espécie de *mitzvah*, quer dizer, de uma boa ação. Na verdade, é a realização do último desejo de um moribundo.

Conforme eu ia explicando, olhei de Emmett para Billy e de volta para Emmett, já que ambos pareciam igualmente intrigados.

— Quando o avô de Woolly morreu, ele deixou um dinheiro para Woolly num troço chamado fundo fiduciário. Não é isso, Woolly?

Woolly assentiu.

— Ora, um fundo fiduciário é uma conta de investimento especial e confiável aberta em nome de um menor, com um administrador que toma todas as decisões até a maioridade do menor, quando o menor passa a poder fazer o que quiser com o dinheiro. Só que, quando Woolly fez dezoito anos, graças a uma pequena ajuda de jurisprudência metida à besta, o administrador, que vem a ser o cunhado do Woolly, declarou que ele era temperamentalmente incapaz. Foi esse o termo, não foi, Woolly?

— Temperamentalmente incapaz — confirmou Woolly com um sorriso apologético.

— Com isso, o cunhado prorrogou a própria autoridade sobre o fundo até que Woolly melhorasse o seu temperamento, ou para sempre, o que acontecesse primeiro.

Balancei a cabeça.

— E chamam isso de um fundo *confiável*?

— Me parece que isso diz respeito ao Woolly, Duchess. O que tem a ver com você?

— *Com a gente*, Emmett. O que isso tem a ver com a gente.

Aproximei a cadeira da mesa um pouco mais.

— Woolly e a família têm uma casa no interior de Nova York...

— Uma casa de campo — interveio Woolly.

— Uma casa de campo — corrigi —, onde a família se reúne de vez em quando. Bem, durante a Depressão, quando os bancos começaram a falir, o bisavô de Woolly concluiu que jamais voltaria a confiar no sistema bancário americano. Por desencargo, guardou cento e cinquenta mil dólares em dinheiro vivo num cofre numa parede da casa de campo. Mas o que mais importa, e que talvez seja até obra do destino, pode-se dizer, é que o valor total do fundo de Woolly hoje é quase exatamente cento e cinquenta mil dólares.

Fiz uma pausa para permitir que a informação fosse registrada. Depois, encarei Emmett diretamente.

— E como Woolly é um homem com um coração enorme e de necessidades modestas, ele propôs que, se você e eu o acompanharmos até as Adirondacks para ajudá-lo a pôr a mão no que é dele de direito, vai dividir a bufunfa em três partes iguais.

— Cento e cinquenta mil divididos por três dá cinquenta mil — disse Billy.

— Precisamente — falei.

— Um por todos e todos por um — disse Woolly.

Quando me recostei na cadeira, Emmett me encarou por um instante. Depois, se virou para Woolly.

— Essa ideia foi sua?

— A ideia foi minha — confirmou Woolly.

— E você não vai voltar para Salina?

Woolly pôs as mãos no colo e balançou a cabeça.

— Não, Emmett, não vou voltar para Salina.

Emmett analisou Woolly, olhando para ele como se estivesse tentando formular mais uma pergunta, mas Woolly, que por natureza não gostava de responder a questionamentos e tinha um bocado de prática em evitá-los, começou a tirar a mesa.

Parecendo hesitante, Emmett passou a mão na boca. Eu me inclinei sobre a mesa.

— O único problema é que a casa de campo sempre é aberta no último fim de semana de junho, o que não nos dá muito tempo. Preciso fazer uma paradinha em Nova York para ver o meu velho, mas depois a gente segue direto para as Adirondacks. Devemos deixar você de volta em Morgen até sexta-feira, meio cansado da estrada, talvez, mas com incríveis cinquenta mil no bolso. Pense nisso, Emmett... Quer dizer, o que você pode fazer com cinquenta mil? O que você *faria* com cinquenta mil?

Nada é mais enigmático do que a vontade humana — ou é nisso que os psiquiatras fazem a gente acreditar. Segundo eles, a motivação de um homem é uma fortaleza sem chave. Ela cria um vasto labirinto do qual as ações individuais brotam sem um motivo discernível. Mas não é realmente tão complicado assim. Se você quer entender as motivações de um homem, basta perguntar a ele: *O que você faria com cinquenta mil dólares?*

Quando você faz à maioria das pessoas essa pergunta, elas precisam de alguns minutos para pensar, para avaliar as possibilidades e sopesar as opções. E isso nos diz tudo que precisamos saber sobre elas. Mas quando a gente faz essa pergunta a um sujeito sério, um sujeito digno do nosso respeito, ele há de responder de imediato — e com detalhes. Porque ele já pensou no que iria fazer com cinquenta mil dólares. Já pensou nisso enquanto cavava fossas ou ficava sentado atrás de uma mesa num escritório ou carregava bandeja num café. Já pensou nisso enquanto ouvia a esposa tagarelar ou botava os filhos na cama ou fitava o teto no meio da noite. De certa forma, passou a vida toda pensando nisso.

Quando fiz a pergunta a Emmett, ele não respondeu, mas não porque não soubesse. Pude ver pela expressão em seu rosto que ele sabia *direitinho* o que faria com cinquenta mil dólares, com cada moeda.

Enquanto estávamos ali sentados em silêncio, Billy olhou de mim para o irmão e de novo para mim, mas Emmett me encarava por cima da mesa, diretamente, como se fôssemos as únicas pessoas no recinto.

— Isso pode até ter sido ideia do Woolly, Duchess. Mas, de todo jeito, não quero participar dessa história. Não quero parar em Nova York, não quero viajar para as Adirondacks, não quero os cinquenta mil. Amanhã, preciso tomar algumas providências na cidade, mas na segunda de manhã, bem cedinho, Billy e eu vamos levar você e Woolly até o terminal rodoviário da Greyhound, em Omaha. De lá vocês podem pegar o ônibus para Manhattan, para as Adirondacks ou para qualquer outro lugar. Depois, Billy e eu vamos pegar o Studebaker e cuidar da nossa vida.

Emmett estava sério ao fazer esse pequeno discurso. Na verdade, eu nunca tinha visto um cara tão sério. Não subiu o tom de voz e não tirou os olhos de mim nem uma vezinha — nem mesmo para olhar para Billy, que ouvia cada palavra com os olhos arregalados de espanto.

Foi quando me toquei. Percebi a minha gafe. Eu tinha explicado todos os detalhes na frente do garoto.

Como eu disse antes, Emmett Watson enxerga o cenário completo melhor do que a maioria. Ele entende que um homem pode ser paciente, mas só até certo ponto; que às vezes é preciso sabotar o funcionamento do mundo a fim de obter seu direito providencial. Mas Billy? Aos oito anos, provavelmente jamais pusera os pés fora do estado de Nebraska. Por isso, não seria razoável esperar que entendesse todos os meandros da vida moderna, todas as sutilezas de o que é e não é justo. Na verdade, ninguém *queria* que ele entendesse. E como irmão mais velho do garoto, como seu responsável e único protetor, a função de Emmett era poupar Billy de tais vicissitudes pelo maior tempo possível.

Recostei na cadeira e assenti com naturalidade.

— Não precisa dizer mais nada, Emmett. Entendi perfeitamente bem.

— — —

Depois do jantar, Emmett declarou que ia dar um pulo na casa dos Ransom para ver se o vizinho podia dar uma chupeta na bateria do carro. Como a casa ficava a mais de um quilômetro de distância, eu me ofereci para ir junto, mas ele achou melhor que Woolly e eu não fôssemos vistos por ninguém. Por isso, continuei na cozinha papeando com Billy, enquanto Woolly lavava a louça.

Considerando o que eu já falei a respeito de Woolly, você deve estar achando que ele não fosse hábil para lavar louça — que seus olhos ficariam vidrados e a cabeça divagaria, que ele faria o serviço de um jeito descuidado. Mas Woolly lavou aquela louça como se a sua vida dependesse disso. Com a cabeça inclinada para baixo num ângulo de quarenta e cinco graus e a ponta da língua presa entre os dentes, ele passava a esponja na superfície dos pratos com uma atenção incansável, removendo algumas manchas que estavam ali havia anos e outras que nem sequer existiam.

Era uma coisa incrível de se ver. Mas, como já falei, eu adoro surpresas.

Quando tornei a olhar para Billy, o garoto estava desembrulhando um pequeno pacote de papel-alumínio que tirara da mochila. De dentro do embrulho, tirou cuidadosamente quatro cookies e os colocou em cima da mesa, um na frente de cada cadeira.

— Ora, ora, ora — falei. — O que temos aqui?

— Cookies de gotas de chocolate — respondeu Billy. — Foi Sally que fez.

Enquanto mastigávamos em silêncio, reparei que Billy olhava timidamente para o tampo da mesa, como se quisesse perguntar alguma coisa.

— No que você está pensando, Billy?

— Um por todos e todos por um — disse o menino, meio hesitante. — É dos *Três mosqueteiros*, né?

— Precisamente, *mon ami*.

Após acertar em cheio a fonte da citação, seria de imaginar que o menino fosse pular de satisfação, mas ele pareceu desanimado. Definitivamente desanimado. E isso a despeito do fato de que a mera menção dos *Três mosqueteiros* costuma fazer brotar um sorriso no rosto de qualquer garoto. Por esse motivo, a decepção de Billy me deixou perplexo. Mas só até eu estar prestes a dar outra mordida e me lembrar do arranjo um-por--todos-e-todos-por-um dos cookies na mesa.

Pousei meu cookie.

— Você já viu *Os três mosqueteiros*, Billy?

— Não — admitiu, com uma pontinha do mesmo desânimo. — Mas li o livro.

— Então, você deve saber melhor do que a maioria das pessoas como um título pode ser enganoso.

Billy ergueu os olhos da mesa.

— Por que, Duchess?

— Porque, na verdade, *Os três mosqueteiros* é uma história sobre *quatro* mosqueteiros. Sim, ela começa com a incrível amizade de Orthos, Pathos e Artemis.

— Athos, Porthos e Aramis?

— Precisamente. Mas o *tema* central da narrativa é a forma como o jovem aventureiro...

— D'Artagnan.

— ... como o jovem aventureiro D'Artagnan se junta às fileiras do trio fanfarrão. E como salva a honra da rainha, para completar.

— Verdade — concordou Billy, aprumando o corpo na cadeira. — Na verdade, é uma história sobre quatro mosqueteiros.

Em homenagem a um trabalho bem-feito, botei o que restava do meu cookie na boca e limpei as migalhas dos dedos. Mas Billy agora me olhava com um novo interesse.

— Percebo que você está pensando em mais alguma coisa, meu jovem William.

Billy se inclinou tanto quanto a mesa permitia e falou baixinho:

— Você quer saber o que eu faria com cinquenta mil dólares?

Eu me inclinei e falei baixinho também:

— Mais do que qualquer coisa no mundo.

— Eu construiria uma casa em São Francisco, na Califórnia. Uma casa branca igualzinha a esta, com uma varanda pequena, uma cozinha e uma sala de estar. Em cima, seriam três quartos. Só que, em vez de um celeiro para o trator, teria uma garagem para o carro do Emmett.

— Adorei, Billy. Mas por que em São Francisco?

— Porque é onde está a nossa mãe.

Tornei a recostar na cadeira.

— Não brinca!

Em Salina, sempre que mencionava a mãe — o que não era frequente, aliás —, Emmett invariavelmente usava o verbo no passado. Mas não de uma maneira que sugerisse que a mãe se mudara para a Califórnia, e sim que dava a entender que ela partira para o além.

— Vamos botar o pé na estrada assim que levarmos você e Woolly até a rodoviária — acrescentou Billy.

— Do nada, vocês vão fazer as malas e se mudar para a Califórnia?

— Não. Não vamos fazer as malas, Duchess. Vamos levar o pouco que couber numa mochila.

— Por que vão fazer isso?

— Porque Emmett e o professor Abernathe concordam que essa é a melhor maneira de começar do zero. Vamos para São Francisco pela estrada Lincoln e, quando a gente chegar lá, a gente vai achar a nossa mãe e construir a nossa casa.

Não tive coragem de dizer ao garoto que, se a mãe não quis morar numa casinha branca em Nebraska, não iria querer morar numa casinha branca na Califórnia. Mas, deixando de lado as peripécias da maternidade, imaginei que depois de realizado o sonho do menino sobrariam quarenta mil dólares.

— Adorei seu plano, Billy. Ele tem o tipo de detalhes que um projeto especial merece. Mas tem certeza de que você não pode sonhar com um pouco mais? Quer dizer, com cinquenta mil, você poderia ir um bocado mais longe. Poderia ter uma piscina e um mordomo. Uma garagem para quatro carros.

Billy balançou a cabeça com uma expressão séria.

— Não. Não acho que a gente precise de uma piscina e um mordomo, Duchess.

Eu estava prestes a sugerir com delicadeza que o menino não deveria tirar conclusões precipitadas, que piscinas e mordomos não caíam do céu e quem tinha esses benefícios em geral não queria dispensá-los, quando, de repente, Woolly surgiu ao lado da mesa segurando um prato numa das mãos e uma esponja na outra.

— Ninguém precisa de piscina ou de mordomo, Billy — disse Woolly.

Nunca dava para prever o que iria captar a atenção de Woolly. Podia ser um pássaro pousando num galho. Ou a forma de uma pegada na neve. Ou algo dito na tarde anterior. Mas o que quer que faça Woolly refletir sempre faz a espera valer a pena. Por isso, quando ele ocupou a cadeira ao lado de Billy, eu rapidamente fui até a pia, fechei a torneira e voltei ao meu lugar, todo ouvidos.

— Ninguém precisa de uma garagem para quatro carros — prosseguiu Woolly. — Mas acho que o que você precisa é de mais quartos.

— Por que, Woolly?

— Para receber os amigos e a família nas festas.

Billy assentiu, registrando o bom senso de Woolly, o que o estimulou a continuar com suas sugestões, animando-se enquanto falava.

— Você deve ter uma varanda coberta, para poder se sentar ali nas tardes chuvosas ou deitar no telhado nas noites quentes de verão. E na parte de baixo tem que ter um escritório e uma sala grande com uma lareira avantajada, para que todo mundo possa se reunir em volta dela quando nevar. E um esconderijo secreto debaixo de uma escada, além de um lugar especial para a árvore de Natal.

Não havia como calar Woolly agora. Pedindo papel e lápis, ele aproximou sua cadeira da de Billy e começou a desenhar uma planta perfeitamente detalhada. E não se tratava de um tipo de esboço que se faz num guardanapo. Como ficou evidente, Woolly desenhava plantas como lavava louça. Os quartos surgiam em escala, com paredes paralelas e cantos em ângulos perfeitos. Dava gosto ver.

Deixando de lado os benefícios de uma varanda coberta *versus* os de uma garagem para quatro carros, Woolly merecia crédito no quesito sonhos. O lugar que imaginou para Billy tinha três vezes o tamanho que o menino imaginara por conta própria. E a ideia foi bem recebida, pois, quando Woolly acabou o desenho, Billy lhe pediu que acrescentasse uma flecha apontando para o norte e uma grande estrela vermelha para marcar o lugar da árvore de Natal. E, depois de Woolly atender seus pedidos, o garoto dobrou com cuidado a planta e guardou-a na mochila.

Woolly pareceu satisfeito também, embora depois de Billy afivelar a mochila e voltar para a cadeira ele tenha olhado o menino com um sorriso triste.

— Eu gostaria de não saber onde está a minha mãe — falou.
— Por que, Woolly?
— Para poder ir procurar por ela como você.

— — —

Depois de lavada a louça e de Billy ter subido com Woolly para lhe mostrar onde ele poderia tomar uma chuveirada, dei uma xeretada.

Não era segredo que o pai de Emmett tinha ido à bancarrota. Mas bastou uma olhada no lugar para ver que não fora por causa de bebida. Quando o dono da casa é um bêbado, a gente vê logo. A gente percebe pela aparência da mobília e do jardim da frente. Pela cara dos filhos. Mas mesmo que o pai de Emmett fosse um abstêmio, supus que houvesse alguma bebida na casa — tipo uma garrafa de licor de maçã ou de Schnapps de menta guardada para ocasiões especiais. Nessa parte do país, isso é comum.

Comecei pelos armários da cozinha. No primeiro, encontrei os pratos e as travessas. No segundo, copos e canecas. No terceiro, achei o estoque habitual de mantimentos, mas nem sinal de uma garrafa, nem mesmo escondida detrás do pote de melado de dez anos de idade.

Nada de bebida à vista ou camuflada. Mas, no último compartimento, achei um monte desorganizado de louça de porcelana coberta por uma fina camada de poeira. Não apenas pratos rasos, veja bem. Havia pratos de sopa, de salada, de sobremesa e enormes pilhas de xícaras de café. Contei vinte conjuntos no total — numa casa que não tinha uma mesa de jantar.

Lembrei vagamente que Emmett havia me dito que os pais foram criados em Boston. Ora, se tinham sido criados em Boston, provavelmente fora no topo do pitoresco e elegante bairro de Beacon Hill. Esse era o tipo de coisa que uma noiva da elite ganha de presente, com a expectativa de que seja passada de geração para geração. Só que o aparelho mal cabia no armário, logo, certamente não caberia num saco de viagem. O que leva a gente a ter umas ideias...

Na sala de estar, o único lugar para guardar uma garrafa era a escrivaninha grande e velha no canto. Eu me sentei na cadeira e levantei o tampo. Na superfície para escrever, vi os acessórios costumeiros — tesoura, um abridor de cartas, um bloco e um lápis —, mas as gavetas estavam entulhadas de coisas incomuns para uma escrivaninha, como um velho despertador, meio baralho, e algumas moedas de pouco valor.

Depois de recolher os trocados (tudo que cai na rede é peixe), abri a última gaveta com os dedos cruzados, sabendo que era um lugar clássico para guardar bebida. Mas não havia espaço para uma garrafa ali, porque a gaveta estava cheia até a boca de correspondências.

Não precisei de mais de uma olhada para saber do que se tratava: contas não pagas. Contas da companhia elétrica e de telefone e de quaisquer outros fornecedores tolos o bastante para conceder crédito ao sr. Watson. Bem no fundo se achavam as primeiras cobranças; por cima os lembretes; e, no topo, os cancelamentos e as ameaças de ação judicial. Alguns desses envelopes sequer tinham sido abertos.

Não consegui refrear um sorriso.

Tinha uma coisa meio terna na maneira como o sr. Watson guardava essas contas na última gaveta — tão pertinho da lixeira. Daria o mesmo trabalho enfiá-las na escrivaninha ou enterrá-las de vez. Talvez ele simplesmente não conseguisse admitir que jamais quitaria aquelas contas.

Meu velho com certeza não se daria esse trabalho. Para ele, uma conta não paga ia direto para o lixo. Na verdade, tamanha era sua alergia até ao papel de impressão das contas, que fazia de tudo para evitar recebê-las, para começo de conversa. Para tanto, o incomparável Harrison Hewett, extremamente rigoroso quando se tratava da língua inglesa, vez por outra era capaz de soletrar errado o próprio endereço.

Mas travar guerra com o serviço postal não é coisa fácil. Eles têm frotas de caminhões à disposição e um exército de soldados de infantaria cujo único propósito na vida é se assegurar de que um envelope com o nome da gente encontre o caminho até nossas mãos, motivo pelo qual os Hewett às vezes optavam por entrar pelo saguão e sair pela porta de incêndio, em geral às cinco da manhã.

Ah, dizia o meu pai, parando entre o quarto e o terceiro andar e gesticulando na direção leste. *Aurora cor-de-rosa! Considere-se sortudo por registrá-la, garoto. Existem reis que jamais puseram os olhos nela!*

Ouvi as rodas da picape do sr. Ransom percorrerem a entrada dos Watson. Os faróis por um instante varreram o aposento da direita para a esquerda enquanto o veículo passava pela casa e se dirigia até o celeiro. Fechei a gaveta de baixo da escrivaninha de modo que a pilha de avisos ficasse a salvo até o acerto de contas final.

No andar de cima, dei uma espiada no quarto de Billy, onde Woolly já tinha se estirado na cama. Cantarolava baixinho, enquanto contemplava os aviões que pendiam do teto. Provavelmente estaria pensando no pai na cabine do seu bombardeiro a dez mil pés de altitude. Era lá que o pai de

Woolly sempre estaria para ele: em algum lugar entre a cabine do avião e as profundezas do Mar da China Meridional.

Achei Billy no quarto do pai, sentado de pernas cruzadas sobre as cobertas, com a mochila ao lado e um grande livro vermelho no colo.

— Ei, pistoleiro. Está lendo o quê?

— O *Compêndio do professor Abacus Abernathe sobre heróis, aventureiros e outros viajantes intrépidos.*

Assoviei.

— Que nome imponente. É bom?

— Ah, já li vinte e quatro vezes.

— *Bom* deve ser pouco para descrever, então.

Entrando no quarto, atravessei-o de um lado ao outro enquanto o menino virava a página. Sobre a escrivaninha havia duas fotos emolduradas. A primeira mostrava um marido em pé e uma esposa sentada, vestidos em trajes da virada do século. Os Watson de Beacon Hill, sem dúvida. A outra era de Emmett e Billy, tirada poucos anos antes, sentados na mesma varanda em que Emmett e o vizinho haviam se sentado mais cedo. Não havia foto da mãe.

— Billy — falei, pondo a foto dos irmãos de volta na escrivaninha. — Posso perguntar uma coisa para você?

— Pode, Duchess.

— Quando foi precisamente que a sua mãe se mudou para a Califórnia?

— No dia 5 de julho de 1946.

— Bastante preciso. Então, ela simplesmente fez as malas e foi embora, né? Nunca mais souberam dela?

— Não — respondeu Billy, virando outra página. — Soubemos dela, sim. Ela nos mandou nove cartões-postais. Por isso sabemos que está em São Francisco.

Pela primeira vez desde que eu entrei no quarto, Billy ergueu os olhos do livro.

— Posso perguntar uma coisa para você, Duchess?

— Muito justo, Billy.
— Como foi que você ganhou esse apelido?
— Porque nasci no Condado de Dutchess.
— Onde fica o Condado de Dutchess?
— A uns oitenta quilômetros ao norte de Nova York.
Billy se sentou empertigado na cama.
— Da cidade de Nova York?
— A própria.
— Você já esteve na cidade de Nova York?
— Já estive em centenas de cidades, Billy, mas na cidade de Nova York estive mais vezes do que em qualquer outro lugar.
— É onde o professor Abernathe mora. Olhe.
Ele me mostrou uma das páginas iniciais do livro.
— Letras miúdas me dão dor de cabeça, Billy. Por que você não lê para mim?
Baixando os olhos, ele começou a ler, guiando-se com a ponta de um dos dedos:
— *Caro leitor, escrevo hoje do meu humilde escritório no quinquagésimo quinto andar do Empire State, na esquina da Thirty-Fourth Street com a Quinta Avenida, na ilha de Manhattan, cidade de Nova York, no extremo nordeste da nossa grande nação: os Estados Unidos da América.*
Billy ergueu os olhos com certo nível de expectativa. Reagi com uma expressão inquiridora.
— Você já encontrou o professor Abernathe? — indagou o menino.
Sorri.
— Já encontrei um monte de pessoas na nossa grande nação, e muitas delas eram da ilha de Manhattan, mas, que eu saiba, jamais tive o prazer de conhecer o seu professor.
— Ah! — exclamou Billy.
Ficou em silêncio um instante e depois franziu sua pequena testa.
— Mais alguma pergunta?
— Por que você já esteve em centenas de cidades, Duchess?

— Meu pai era um tespiano. Embora a nossa base fosse Nova York, passávamos boa parte do ano viajando de cidade em cidade. Ficávamos uma semana em Buffalo e na semana seguinte íamos para Pittsburgh. Depois, para Cleveland ou Kansas City. Cheguei até mesmo a passar um tempo em Nebraska, acredite se quiser. Quando tinha mais ou menos a sua idade, morei um período nos arredores de uma pequena cidade chamada Lewis.

— Eu conheço Lewis — disse Billy. — Fica na estrada Lincoln. No meio do caminho indo daqui para Omaha.

— Está brincando!

Billy colocou o livro de lado e estendeu a mão para a mochila.

— Eu tenho um mapa. Quer ver?

— Acredito na sua palavra.

Billy largou a mochila. Franziu a testa de novo.

— Quando você se mudava de cidade em cidade, como ia à escola?

— Nem todo conhecimento importante pode ser encontrado entre as capas de compêndios, garoto. Digamos simplesmente que a minha academia foi a estrada, meu aprendizado, a experiência, e o meu mestre, o dedo inconstante do destino.

Billy pareceu refletir a respeito por um instante, sem ter certeza se deveria aceitar aquilo como uma doutrina. Então, após assentir duas vezes para si mesmo, me olhou com uma pontinha de constrangimento.

— Posso te perguntar mais uma coisa, Duchess?

— Manda.

— O que é um tespiano?

Eu ri.

— Tespiano é um homem dos palcos, Billy. Um ator.

Estendendo uma das mãos, olhei para o vazio e recitei:

Ela deveria ter morrido depois.
Haveria tempo para uma palavra dessas.
Amanhã, amanhã e amanhã
Movem-se em passo arrastado dia após dia,

Até a última sílaba escrita pelo tempo;
E todos os nossos dias iluminaram os tolos
Na direção do pó da morte...

Foi uma interpretação muito boa, se me permito dizer. Claro que a dramaticidade deixou a desejar, mas botei um bocado de ênfase nos *amanhãs* e emprestei um tom bem sinistro ao pó da morte.

Billy arregalou os olhos, expressão que era sua marca registrada.

— William Shakespeare, da Peça Escocesa — esclareci. — Ato 5, cena 5.

— Seu pai era um ator shakespeariano?

— Muito shakespeariano.

— Ele era famoso?

— Ah, era conhecido pelo nome em todas as tabernas de Pataluma a Poughkeepsie.

Billy pareceu se impressionar, mas depois franziu novamente a testa.

— Aprendi um pouco sobre William Shakespeare. O professor Abernathe diz que ele foi o maior aventureiro que nunca velejou pelos mares. Mas nunca falou da Peça Escocesa...

— Não admira. A Peça Escocesa é como o pessoal de teatro se refere a *Macbeth*. Há alguns séculos, a peça foi considerada amaldiçoada, e diziam que chamá-la pelo nome traria desgraça aos que ousassem encená-la.

— Que tipo de desgraça?

— Do pior tipo. Na primeira estreia da peça, nos anos 1600, o jovem ator que fazia o papel de Lady Macbeth morreu pouco antes de subir ao palco. Uns cem anos atrás, os dois maiores atores shakespearianos eram um americano chamado Forrest e um inglês chamado Macready. É óbvio que as plateias americanas eram tendenciosas quanto ao talento do sr. Forrest. Por isso, quando Macready foi escalado para o papel de Macbeth na Astor Place Opera House, na ilha de Manhattan, eclodiu uma rebelião. Dez mil pessoas entraram em confronto, muitas foram mortas.

Desnecessário dizer que Billy ficou fascinado.

— Mas por que ela é amaldiçoada?

— Ora! Você nunca ouviu a história de Macbeth, o malvado cavaleiro de Glamis? Como assim? Nunca ouviu? Então, garoto, abra espaço e eu o apresentarei à fraternidade!

O *Compêndio do professor Applenathe* ficou de lado e, enquanto Billy se metia debaixo das cobertas, apaguei a luz — como meu pai fazia antes de começar a contar uma história sombria e apavorante.

Obviamente, comecei pelo pântano, com as três bruxas mexendo no caldeirão e cantando as receitas da poção. Contei ao garoto como, estimulado pela ambição da esposa, Macbeth recebeu o seu rei enfiando-lhe uma adaga no coração e como esse ato de assassinato a sangue-frio levou a outro, que, por sua vez, levou a um terceiro. Contei como Macbeth passou a ser atormentado por visões fantasmagóricas e como a esposa começou a andar, sonâmbula, pelos corredores de Cawdor, enquanto limpava o sangue imaginário das mãos. Ah, sim, aparafusei a coragem até o ponto máximo, com certeza!

Depois de relatar o avanço pela floresta de Birnam Wood até a colina de Dunsiname e contar que Macduff, o sujeito não nascido de mulher alguma, deixara o regicida assassinado nos campos, acomodei Billy na cama e desejei bons sonhos. E, enquanto me retirava para o corredor, fazendo uma reverência com um delicado floreio, percebi que o pequeno Billy se levantava da cama para acender novamente a luz.

— — —

Sentado na beira da cama de Emmett, o que me chamou imediatamente a atenção em seu quarto foi tudo que não existia ali. Embora houvesse uma marca no gesso indicando a presença anterior de um prego, não havia quadros, nem pôsteres, nem flâmulas. Não havia rádio nem toca-discos. E, apesar de haver um trilho de cortina acima da janela, não tinha cortinas. Bastaria uma cruz na parede para que eu confundisse o quarto com o aposento de um monge.

Suponho que ele possa ter esvaziado o quarto antes de ir para Salina. Deixado para trás seus pertences infantis, jogado fora suas histórias em quadrinhos e suas figurinhas de basquete. Talvez. Mas alguma coisa me dizia que aquele era o quarto de alguém que vinha se preparando havia muito, muito tempo para ir embora de casa sem nada, só com uma mochila.

A luz dos faróis do sr. Ransom varreu o cômodo de novo, dessa vez da esquerda para a direita, quando a picape passou pela casa a caminho da estrada. Depois que a porta de tela se fechou com um ruído, ouvi Emmett apagar as luzes da cozinha e, em seguida, as da sala. Quando subiu a escada, eu o esperava no corredor.

— Funcionou? — perguntei.

— Felizmente.

Ele me pareceu genuinamente aliviado, mas também um pouco cansado.

— Me sinto péssimo expulsando você do seu quarto. Por que não dorme na sua cama e eu durmo lá embaixo no sofá? Pode ser meio pequeno, mas com certeza é mais confortável do que os colchões em Salina.

Sugeri isso sem esperar que Emmett aceitasse a oferta. Não era do feitio dele, mas percebi que o gesto foi bem recebido. Sorrindo para mim, botou a mão no meu ombro.

— Tudo bem, Duchess. Fique aqui mesmo, vou dormir com Billy. Acho que todos nós precisamos de uma boa noite de sono.

Emmett continuou a caminhar pelo corredor, mas parou e se virou para mim.

— Você e Woolly deveriam trocar de roupa. Deve ter alguma coisa para ele no armário do meu pai. Ele era mais ou menos do mesmo tamanho de Woolly. Já separei umas coisas para mim e Billy, então, você pode pegar o que quiser no meu guarda-roupa. Tem também um par de mochilas de escola velhas que vocês dois podem usar.

— Obrigado, Emmett.

Enquanto ele seguia pelo corredor, tornei a entrar em seu quarto. Por trás da porta fechada, eu o ouvi usar o banheiro e depois ir se juntar ao irmão.

Deitado na cama, olhei para o teto. Acima da minha cabeça não havia aeromodelos. Tudo que vi foi uma rachadura no gesso que fazia uma curva preguiçosa em volta do lustre. No fim de um dia comprido, porém, talvez uma rachadura no gesso seja tudo que baste para desencadear ideias fantasiosas. Porque o jeito como aquela pequena imperfeição circundava o lustre de repente me lembrou muito da forma como o rio Platte circunda Omaha.

Ah, Omaha, como me lembro bem de ti.

Foi em agosto de 1944, apenas seis meses depois do meu oitavo aniversário.

Naquele verão, meu pai fazia parte de um teatro de revista itinerante supostamente destinado a angariar dinheiro para a campanha de guerra. Embora o espetáculo levasse o nome de *Os grandes do Vaudeville*, bem podia ser chamado de *A procissão dos fracassados*. O show começava com um malabarista drogado que começava a tremer na segunda parte da exibição, seguido por um comediante de oitenta anos que jamais se lembrava das piadas já contadas. O número do meu pai era uma coletânea dos melhores monólogos de Shakespeare — ou, segundo ele: *Toda uma vida de sabedoria em vinte e dois minutos*. Usando uma barba de bolchevique e uma adaga no cinto, ele erguia o olhar lentamente das luzes da beira do palco em busca daquele reino de ideias sublimes localizado em algum lugar no canto superior esquerdo do balcão e daí começava: *Mas suave, que luz se escoa agora da janela...* e *Uma vez mais para a brecha, queridos amigos...* e *Oh, não faleis sobre a necessidade...*

De Romeu a Henrique a Lear. Uma progressão sob medida, do jovem apaixonado ao herói nascente ao tolo velho trêmulo.

Segundo me lembro, aquela turnê começou no Majestic Theatre na glamorosa Trenton, Nova Jersey. De lá, seguimos para o Oeste, na direção das luzes brilhantes do interior, de Pittsburgh a Peoria.

A última parada foi uma temporada de uma semana no Odeon, em Omaha. O Odeon, localizado entre a estação ferroviária e o bairro da luz vermelha, era um lugar imponente e antiquado, *art déco*, que não tivera o bom senso de se transformar em cinema quando surgira a oportunidade.

Na maior parte do tempo que passávamos na estrada, nós nos hospedávamos com outros artistas nos hotéis adequados a gente como a gente — os hotéis frequentados por fugitivos e vendedores de bíblias. Mas sempre que chegávamos à última parada da turnê — aquela parada da qual não rumaríamos para um novo destino —, meu pai nos hospedava no melhor hotel da cidade. Usando a bengala de Winston Churchill e a voz de John Barrymore, ele chegava na recepção e pedia que lhe mostrassem seu quarto. Descobrindo que o hotel se achava lotado e não havia registro da sua reserva, mostrava a indignação apropriada a um homem da sua posição. *Como assim, não há reserva? Ora, não foi ninguém menos do que Lionel Pendergast, o gerente geral do Waldorf Astoria (e um amigo íntimo) que, depois de me garantir que não existe outro lugar em Omaha para passar a noite, ligou para cá a fim de reservar o meu quarto!* Quando a administração acabava por revelar que a suíte presidencial se encontrava vazia, papai admitia que, embora fosse um homem de necessidades modestas, a suíte presidencial serviria muito bem, obrigado.

Uma vez instalado, esse homem de necessidades modestas aproveitava ao máximo as comodidades do hotel. Cada peça de roupa nossa era mandada para a lavanderia. Manicures e massagistas vinham ao nosso quarto. Mensageiros do hotel eram mandados ao florista. E no bar do saguão, toda noite às seis, drinques não paravam de ser pedidos.

Foi num domingo em agosto, na manhã seguinte à última apresentação, que meu pai propôs uma excursão. Após ter sido contratado para uma temporada no Palladium, em Denver, sugeriu que comemorássemos com um piquenique nas margens de um rio sinuoso.

Enquanto descíamos com a bagagem pela escada dos fundos do hotel, meu pai se perguntou se não devíamos acrescentar à nossa celebração a companhia de uma representante do sexo frágil, especificamente a srta. Maples, a adorável jovem que Mefisto, o mágico vesgo, vinha serrando ao meio toda noite no segundo ato. E quem encontramos de pé no beco com a mala na mão se não a loura corpulenta da qual falávamos.

Que surpresa!, saudou meu pai.

Que dia maravilhoso acabou sendo aquele!

Comigo no banco traseiro e a srta. Maples na frente, meu pai dirigiu até um grande parque municipal no extremo do rio Platte, onde a grama era exuberante, as árvores, altas e o sol cintilava na superfície da água. Na noite da véspera, meu pai encomendara um piquenique de galinha frita e milho cozido frio. Chegara inclusive a roubar a toalha que forrava a mesa do café da manhã (experimente essa, Mefisto!).

A srta. Maples, que não podia ter mais de vinte e cinco anos, parecia deleitada na companhia do meu velho. Ria de todas as suas piadas e calorosamente expressou gratidão quando ele encheu de novo seu copo com vinho. Até mesmo corou diante de alguns elogios que ele roubara do Bardo.

Ela havia levado um toca-discos portátil e fui encarregado de escolher os discos e posicionar a agulha enquanto os dois dançavam meio inseguros na grama.

Já disseram que o que conforta o estômago embota a mente. E, com certeza, jamais se ouviram palavras tão verdadeiras. Pois, depois de jogarmos as garrafas de vinho no rio, guardarmos o fonógrafo no porta-malas e engatarmos a marcha do carro, quando meu pai mencionou que precisava fazer uma rápida parada numa cidade próxima, não achei nada de mais. E quando estacionamos num velho prédio de pedra no topo de um morro e ele pediu que eu esperasse com uma jovem freira em um quarto enquanto ele falava com uma freira mais velha em outro, eu continuei sem achar nada de mais. Na verdade, foi só quando por acaso olhei pela janela e flagrei o meu pai dirigindo a toda para a saída, com a cabeça da srta. Maples repousando em seu ombro, que me dei conta de ter sido enganado.

NOVE

Emmett

Emmett foi acordado pelo aroma de bacon frito. Não conseguiu se lembrar da última vez que acordara com esse cheiro. Por mais de um ano, acordou com o som de uma corneta e a agitação de quarenta garotos às seis e quinze da manhã. Chovesse ou fizesse sol, eles dispunham de quarenta minutos para tomar banho, se vestir, fazer as camas, tomar café e se posicionar em fila para o serviço. Acordar num colchão de verdade, debaixo de lençóis de algodão limpos, com o cheiro de bacon no ar se tornara tão estranho, tão inesperado, que Emmett levou um tempo para saber de onde vinha o bacon e quem o estaria fritando.

Virou para o lado e constatou a ausência de Billy e que o relógio na mesinha de cabeceira marcava 9h45. Soltando baixinho um palavrão, levantou da cama e se vestiu. Queria ir à cidade e voltar antes que a missa acabasse.

Na cozinha, encontrou Billy e Duchess sentados frente a frente — e Sally no fogão. Diante dos rapazes havia pratos de ovos com bacon e, no centro da mesa, uma cesta de pãezinhos e um pote de compota de morango.

— Cara, você tem um banquete a sua frente — disse Duchess ao ver Emmett.

Puxando uma cadeira, Emmett olhou para Sally, que mexia no coador de café.

— Você não precisava fazer o café para nós, Sally.

Em resposta, ela colocou uma caneca diante dele na mesa.

— Seu café. Os ovos ficarão prontos em um minuto.

Depois, virou-se e voltou para o fogão.

Duchess, que tinha acabado de dar uma segunda mordida num pão, balançava a cabeça, satisfeito.

— Já viajei por todo o país, Sally, mas jamais comi nada parecido com esses pães. Qual é a sua receita secreta?

— Não tem segredo nenhum na minha receita, Duchess.

— Se não tem, deveria ter. E Billy me falou que você também fez a geleia.

— Isso é compota de morango, não geleia. Mas, sim, eu sempre faço essa receita em julho.

— Ela leva um dia inteiro para fazer — interveio Billy. — Você deveria ver a cozinha dela. Tem cestas de frutinhos silvestres em todas as bancadas e um saco de açúcar de dois quilos, e quatro panelas diferentes fervendo no fogão.

Duchess assoviou e balançou novamente a cabeça.

— Pode ser um pouco antiquado, mas, do meu ponto de vista, vale o esforço.

Sally se virou para ele de onde estava e agradeceu meio cerimoniosamente. Depois, olhou para Emmett.

— Já está pronto?

Sem esperar resposta, levou o prato de ovos e bacon até ele.

— Você realmente não precisava se dar esse trabalho — disse Emmett. — Podíamos ter preparado o nosso próprio café, e tem geleia de montão no armário.

— Não vou me esquecer disso — respondeu Sally, pousando o prato na mesa.

Em seguida foi até a pia e começou a esfregar a frigideira.

Emmett fitava as costas de Sally, quando Billy falou com ele:

— Você já foi ao Imperial, Emmett?

Emmett virou-se para o irmão.

— O que é isso, Billy? O Imperial?

— O cinema em Salina.

Emmett franziu a testa para Duchess, que rapidamente se explicou:

— Seu irmão nunca foi ao Imperial, Billy. Só eu e alguns outros rapazes.

Billy assentiu, parecendo refletir sobre alguma coisa.

— Vocês precisavam de uma autorização especial para ir ao cinema?

— Não se precisa de autorização quando se tem... iniciativa.

— Mas como vocês saíam?

— Ah! Essa é uma boa pergunta, dadas as circunstâncias. Salina não é precisamente uma prisão, Billy, com torres de vigilância e holofotes. Parece mais um acampamento militar: um complexo no meio do nada com uma série de barracas e um refeitório, e uns caras mais velhos de uniforme que gritam com a gente por andarmos depressa demais quando não estão gritando por andarmos muito devagar. Mas os caras de uniforme — nossos sargentos, chamemos assim — não dormem com a gente. Eles têm seus próprios alojamentos com uma mesa de sinuca, um rádio e uma geladeira cheia de cerveja. Por isso, depois que as luzes eram apagadas, nos sábados, enquanto eles bebiam e jogavam sinuca, alguns de nós saíamos pela janela do banheiro e íamos até a cidade.

— Ficava longe?

— Não muito. Se nós caminhássemos depressa pelas plantações de batata, dentro de uns vinte minutos chegávamos a um rio. Quase sempre, o rio era pouco profundo e dava para se atravessar de cueca e chegar à cidade a tempo da sessão das dez. Comprávamos pipoca e uma garrafa de refrigerante, víamos o filme do lado de fora e, antes de uma da manhã, já estávamos na cama, sem que ninguém descobrisse.

— Sem que ninguém descobrisse — repetiu Billy, com uma pontinha de assombro. — Mas como vocês pagavam a entrada?

— Que tal mudarmos de assunto? — sugeriu Emmett.

— Claro, por que não? — concordou Duchess.

Sally acabou de enxugar a frigideira e a colocou ruidosamente sobre o tampo do fogão.

— Vou fazer as camas — avisou.

— Você não precisa fazer as camas — disse Emmett.

— Elas não se farão sozinhas.

Sally saiu da cozinha, e todos ouviram seus passos pesados na escada. Duchess olhou para Billy e ergueu as sobrancelhas.

— Com licença — disse Emmett, afastando a cadeira.

Enquanto subia a escada, Emmett ouviu Duchess e Billy mergulharem numa conversa sobre o conde de Monte Cristo e sua miraculosa fuga de uma prisão numa ilha — a prometida mudança de assunto.

Quando Emmett chegou ao quarto do pai, Sally já estava fazendo a cama com movimentos rápidos e precisos.

— Você não comentou que estava com visitas — disse ela, sem erguer os olhos.

— Eu não sabia que ia ter visitas.

Sally afofou os travesseiros dando um soco de cada lado deles e depois os arrumou na cabeceira da cama.

— Com licença — pediu, esgueirando-se para passar por Emmett, parado à porta, enquanto saía para o corredor em direção ao quarto dele.

Quando a seguiu, Emmett encontrou-a olhando embasbacada para a cama — porque Duchess já a fizera. Emmett ficou um pouco impressionado com a dedicação de Duchess, mas Sally, não. Puxou a colcha e o lençol e os arrumou de novo com os mesmos movimentos precisos. No momento em que ela foi afofar os travesseiros, Emmett olhou o relógio de cabeceira. Eram quase dez e quinze. Ele realmente não tinha tempo para aquilo, fosse o que fosse.

— Se você quer dizer alguma coisa, Sally...

Sally parou abruptamente e o encarou diretamente pela primeira vez naquela manhã.

— O que eu teria para dizer?

— Garanto que não sei.

— Isso não me surpreende.

Ela ajeitou o vestido e fez um movimento em direção à porta, mas ele bloqueou o caminho.

— Desculpe se não pareci grato lá na cozinha. Tudo que eu tentei dizer foi...

— Eu sei o que você tentou dizer, porque você disse. Que eu não precisava me dar o trabalho de faltar à missa para fazer o café para você hoje de manhã; assim como eu não precisava ter me dado o trabalho de fazer o seu jantar ontem à noite. O que é educado e elegante. Mas, só para você saber, dizer a alguém que não precisava se dar o trabalho de fazer algo não é o mesmo que agradecer por isso. Nem de longe. Por mais geleia industrializada que se tenha no armário.

— É esse o problema? A geleia no armário? Sally, não quis desmerecer suas compotas de morango. Claro que são melhores do que a geleia no armário. Mas sei a trabalheira que você tem para fazê-las e não quis que desperdiçasse um pote conosco. Não se trata de uma ocasião especial.

— Talvez lhe interesse saber, Emmett Watson, que fico muito feliz de ver meus amigos e parentes comerem minhas compotas, mesmo quando a ocasião não é especial. Mas talvez, quem sabe, eu tenha achado que você e Billy fossem gostar de saborear um último pote antes de juntar suas coisas e partir para a Califórnia sem dizer nada.

Emmett fechou os olhos.

— Pensando bem — prosseguiu Sally —, acho que eu deveria agradecer aos céus que seu amigo Duchess teve a presença de espírito de me informar suas intenções. Do contrário, eu provavelmente chegaria aqui amanhã de manhã para preparar panquecas e salsichas e só então descobriria que não havia ninguém para comê-las.

— Sally, lamento não ter tido a oportunidade de te contar, mas eu não estava tentando esconder. Falei sobre isso com o seu pai ontem à tarde. Na verdade, foi ele quem puxou o assunto, dizendo que talvez fosse melhor que eu e Billy levantássemos acampamento e começássemos do zero em outro lugar.

Sally olhou para Emmett.

— Meu pai disse isso. Que vocês deveriam levantar acampamento e começar do zero.

— Praticamente com essas palavras.

— Ora, se isso não é fantástico...

Passando por Emmett, Sally seguiu para o quarto de Billy, onde Woolly estava deitado de barriga para cima, soprando na direção do teto para balançar os aviões.

Ela pôs as mãos nos quadris.

— E quem seria você?

Woolly ergueu os olhos, atônito.

— Woolly.

— Você é católico, Woolly?

— Não, sou episcopaliano.

— Então o que ainda está fazendo na cama?

— Não sei direito — admitiu Woolly.

— Já passa das dez da manhã, e tenho muita coisa para fazer. Quando eu contar até cinco, vou arrumar esta cama, quer você esteja deitado nela ou não.

Woolly saiu de baixo das cobertas num pulo, de cuecas, e observou, fascinado, Sally cumprir sua tarefa de fazer a cama. Enquanto coçava o topo da cabeça, reparou que Emmett estava parado na porta do quarto.

— Oi, Emmett!

— Oi, Woolly.

Woolly semicerrou os olhos ao fitar Emmett e depois seu rosto se iluminou.

— Isso é bacon?

— Ha! — exclamou Sally.

E Emmett desceu a escada e saiu porta afora.

— — —

Foi um alívio para Emmett se ver sozinho ao volante do Studebaker.

Desde que saíra de Salina, mal tivera um momento para si mesmo. Primeiro foi a viagem com o tutor, depois o sr. Obermeyer na cozinha e o sr. Ransom na varanda, depois Duchess e Woolly, e agora Sally. Tudo que Emmett queria, tudo de que precisava, era uma oportunidade para desanuviar a cabeça, de modo que, para onde quer que ele e Billy decidissem ir, para o Texas, a Califórnia ou outro lugar qualquer, ele pudesse partir com um bom estado de espírito. Mas, ao pegar a Rota 14, o que Emmett se pegou ponderando não foi o lugar para onde Billy e ele iriam, mas a discussão com Sally.

Garanto que não sei.

Foi isso que respondeu quando Sally lhe perguntou o que ela teria para dizer. E, para ser franco, ele não sabia mesmo.

Mas tinha um ótimo palpite.

Ele sabia muito bem o que Sally passara a esperar. A certa altura, talvez ele até tenha dado motivos para ela nutrir tal expectativa. É o tipo de coisa que os jovens fazem: dar esperanças uns aos outros — até as necessidades da vida começarem a se revelar. Emmett, porém, não lhe dera muitos motivos desde sua ida para Salina. Quando ela lhe enviava pacotes com cookies caseiros e notícias da cidade, ele não respondia com um agradecimento. Nem por telefone, nem por bilhete. E, antes de voltar, ele não a informara da chegada iminente nem lhe pedira que botasse a casa em ordem. Não lhe pedira que varresse o chão, nem que fizesse as camas, nem que pusesse um sabonete novo no banheiro ou ovos na geladeira. Não lhe pedira que fizesse coisa alguma.

Ficou grato ao descobrir que ela havia optado por fazer tais coisas para o bem dele e de Billy? Claro que sim. Mas ser grato é uma coisa, outra bem diferente é assumir dívida de gratidão.

Enquanto dirigia, Emmett viu o cruzamento com a Rota 7 se aproximar. Estava ciente de que, se pegasse a direita e desse a volta pela 22D, chegaria à cidade sem precisar passar pelo local da feira anual. Mas que sentido faria isso? O lugar continuaria lá, quer passasse ou não por ali. Continuaria lá, quer ele fosse para o Texas, para a Califórnia ou para qualquer outro lugar.

Não. Pegar o caminho mais longo não mudaria coisa alguma. Salvo, talvez, criar por um instante a ilusão de que o que já acontecera não havia acontecido. Por isso, Emmett não só seguiu em frente após o cruzamento, como reduziu a velocidade para trinta quilômetros por hora ao se aproximar do local da feira municipal, parando do lado oposto do acostamento, onde não lhe restava alternativa a não ser dar uma boa olhada em tudo.

Durante cinquenta e uma semanas do ano, o local da feira tinha exatamente a aparência de agora: mais ou menos dois hectares vazios cobertos de feno para não deixar a poeira levantar. Na primeira semana de outubro, porém, ele era tudo menos vazio. Enchia-se de música, gente e luzes. Havia um carrossel, carrinhos de bate-bate e barraquinhas coloridas nas quais se podia tentar a sorte no arremesso ou no tiro. Havia uma grande tenda listrada, onde, com o apropriado ritual cerimonioso, juízes se reuniam e conferiam prêmios para a maior abóbora e a torta de limão mais saborosa. E também havia um redil com arquibancadas em que tratores competiam e bezerros eram laçados, e onde mais prêmios eram concedidos por mais juízes. E nos fundos, logo atrás dos quiosques de alimentação, ficava um palco iluminado por holofotes para o concurso de rabecas.

Foi bem ao lado da máquina de algodão-doce, por incrível que pareça, na última noite da feira, que Jimmy Snyder resolveu puxar briga.

Quando Jimmy gritou seu primeiro comentário, Emmett achou que ele estivesse falando com outra pessoa, pois mal o conhecia. Um ano mais novo, Emmett não frequentava as mesmas aulas de Jimmy nem jogava em qualquer de seus times, motivo pelo qual não interagiam.

Mas Jimmy Snyder não precisava conhecer alguém para humilhá-lo. Gostava de fazer isso, quer conhecesse a pessoa ou não. E também não interessava o porquê. Podia ser por causa da roupa que ela usava, do que estava comendo ou da forma como sua irmã atravessava a rua. Sim, senhor, podia ser por qualquer razão, desde que isso pudesse perturbar.

Seu estilo era assim: Jimmy apreciava lançar seus insultos como perguntas. Parecendo curioso e tranquilo, fazia sua primeira pergunta para ninguém em particular. E, se a pergunta não incomodasse, ele próprio a respondia e depois fazia outra, cada vez fechando mais o cerco.

Que fofo, hein?, foi a pergunta feita quando ele viu Emmett segurando a mão de Billy. *Nossa, não é a coisa mais fofa do mundo?*

Quando se deu conta de que Jimmy se referia a ele, Emmett ignorou. Por que diabos se importaria de ser visto segurando a mão do irmão menor na feira municipal? Quem não estaria segurando a mão de um menino de seis anos no meio de uma multidão às oito da noite?

Por isso, Jimmy tentou de novo. Mudando a tática, perguntou-se em voz alta se o motivo para o pai de Emmett não ter lutado na guerra era por ter um 3C, a classificação do Serviço de Seleção que permitia aos fazendeiros adiar a convocação por ter um trabalho essencial. Isso pareceu a Emmett uma provocação estranha, pois muitos homens em Nebraska haviam recebido a classificação 3C. Soou tão estranho, que Emmett não conseguiu deixar de parar e se virar — o que foi seu primeiro erro.

Com a atenção de Emmett captada, Jimmy respondeu à própria pergunta:

Não, disse, *Charlie Watson não era 3C. Porque não conseguiria cultivar grama nem no Jardim do Éden. Devia ser um 4F, doença mental.*

Ao dizer isso, Jimmy girou um dos dedos em torno da cabeça para sugerir a incapacidade de raciocinar de Charlie Watson.

Sem dúvida, essas eram provocações juvenis, mas que começaram a fazer Emmett trincar os dentes, sentir um calor subir para o rosto. Mas também podia sentir que Billy puxava sua mão — talvez pelo simples motivo de que o concurso de rabeca estava prestes a começar, ou talvez porque, mesmo aos seis anos, Billy entendesse que nada que prestasse resultaria de se meter com gente como Jimmy Snyder. Antes, porém, que Billy conseguisse afastar Emmett, Jimmy fez outra investida.

Não, não pode ter sido por ele ser um 4F. Ele é simplório demais para ser louco. Acho que se ele não lutou, deve ter sido porque era um 4E, os caras que por dever de consciência...

Antes que Jimmy dissesse *se recusam a servir*, Emmett tinha batido nele. Socara-o sem nem sequer soltar a mão do irmão, estendendo o punho num golpe perfeito que quebrou o nariz de Jimmy.

Não foi o nariz quebrado que o matou, lógico. Foi a queda. Jimmy estava tão habituado a se safar impune que o soco o pegou de surpresa, fazendo-o tombar para trás, abanando os braços. Quando o sapato ficou preso num emaranhado de cabos, Jimmy caiu de costas e bateu a cabeça num bloco de cimento que sustentava a estaca de uma tenda.

Segundo o médico-legista, Jimmy caiu com tanta força, que o canto do bloco fez um buraco triangular de dois centímetros e meio de profundidade na parte de trás do crânio. Aquilo o deixou num coma em que ele respirava, mas que aos poucos drenava suas forças. Passados sessenta e dois dias, finalmente a vida se foi de todo, enquanto a família fazia uma vigília inútil ao lado da sua cama.

Como dissera o tutor: O *lado sombrio do acaso*.

O xerife Petersen foi quem levou a notícia da morte de Jimmy até a casa dos Watson. Evitara apresentar denúncia, aguardando para ver como Jimmy ficaria. Nesse meio-tempo, Emmett mantivera silêncio, não vendo virtude alguma em reviver os acontecimentos enquanto Jimmy lutava pela vida.

Mas os amigos de Jimmy não mantiveram silêncio. Falavam da briga com frequência e em detalhes. Falavam dela na escola, na lanchonete e na sala de estar dos Snyder. Contavam como os quatro estavam a caminho da máquina de algodão-doce quando Jimmy esbarrara em Emmett sem querer, e que, antes mesmo de Jimmy ter a chance de se desculpar, Emmett lhe dera um soco na cara.

O dr. Streeter, advogado de Emmett, o incentivara a depor no julgamento e contar a própria versão dos acontecimentos, mas, independentemente de qual versão prevalecesse, Jimmy Snyder ainda continuaria morto e enterrado. Assim, Emmett disse ao dr. Streeter que não precisava de julgamento. E no dia 1º de março de 1953, numa audiência perante o juiz Schomer no tribunal do condado, depois de admitir livremente a própria culpa,

Emmett foi condenado a passar dezoito meses num programa especial de recuperação de jovens infratores numa fazenda em Salina, no Kansas.

Dentro de dez semanas o local da feira não estaria mais vazio, pensou Emmett. A tenda seria erguida e o palco, reconstruído, e todos se reuniriam novamente para apreciar concursos, comida e música. Enquanto engatava a marcha no Studebaker, Emmett se consolou um pouco pensando que, quando as festividades começassem, ele e Billy estariam a milhas de distância.

— — —

Emmett estacionou ao longo do gramado na lateral do tribunal. Como era domingo, poucos estabelecimentos estavam abertos. Fez breves paradas na loja do sr. Gunderson e na loja de miudezas, onde gastou os vinte dólares tirados do envelope do pai em artigos diversos para a viagem até a Costa Oeste. Então, depois de acomodar as sacolas no carro, subiu a Jefferson a pé até a biblioteca pública.

Na entrada do salão central, uma bibliotecária de meia-idade sentava-se a uma mesa em forma de V. Quando Emmett lhe perguntou onde ficavam os almanaques e as enciclopédias, ela o levou até a seção de referência e indicou vários volumes. Enquanto fazia isso, Emmett percebeu que a senhora o examinava através dos óculos, olhando-o bem, como se o reconhecesse. Ele não ia à biblioteca desde menino, mas ela poderia tê-lo reconhecido por vários motivos, e o fato de que sua foto estampara a primeira página do jornal da cidade mais de uma vez era o menos importante deles. A princípio, essa foto era a do anuário escolar, ao lado da foto de Jimmy. Depois, foi substituída pela imagem de Emmett Watson chegando à delegacia para ser formalmente acusado; por último, pela de Emmett Watson descendo a escadaria do tribunal após a audiência. A moça na loja do sr. Gunderson o olhara com expressão similar.

— Posso ajudá-lo a encontrar algo específico? — indagou a bibliotecária, passado um instante.

— Não, senhora. Vou dar uma olhada nesses aqui mesmo.

Quando a mulher voltou a seu posto, Emmett pegou os volumes de que precisava, levou-os até uma das mesas e sentou-se.

Durante boa parte de 1952, o pai de Emmett estivera lutando contra uma ou outra doença. Mas foi uma gripe que não conseguiu curar na primavera de 1953 que fez com que o dr. Winslow o mandasse a Omaha para fazer exames. Na carta que havia enviado para Emmett em Salina, alguns meses depois, o pai garantia que *estava novamente em forma e a caminho da recuperação*. Não obstante, concordara em empreender uma segunda viagem a Omaha, de modo que os especialistas fizessem mais alguns testes, *como é de hábito dos especialistas*.

Lendo a carta, Emmett não se iludiu com as palavras tranquilizadoras do pai nem com a observação irônica sobre os hábitos dos médicos. O pai vinha usando eufemismos desde quando Emmett era capaz de se lembrar. Eufemismos para descrever como a lavoura estava indo, o que esperar da colheita e por que a mãe de repente sumira no mundo. Além disso, Emmett tinha idade suficiente para saber que o caminho para a recuperação raramente incluía repetidas visitas a especialistas.

Quaisquer dúvidas sobre o diagnóstico do sr. Watson foram deixadas para trás numa manhã de agosto, quando, ao se levantar da mesa do café, ele desmaiou diante dos olhos de Billy, apressando uma terceira viagem a Omaha, dessa vez dentro de uma ambulância.

Naquela noite, depois de Emmett receber o telefonema do dr. Winslow no escritório do tutor, um plano começou a tomar forma em sua cabeça. Ou, para ser mais preciso, tratava-se de um plano que Emmett vinha contemplando havia meses, mas que só então se tornara mais consistente, apresentando-se numa série de variações que difeririam em tempo e espaço, mas que sempre se concretizavam em outro lugar que não Nebraska. Conforme a saúde do pai se deteriorava ao longo do outono, o plano foi ficando mais nítido, e, quando ele morreu em abril, estava tão claro quanto possível — como se o pai houvesse aberto mão da própria vitalidade para garantir a vitalidade das intenções de Emmett.

O plano era bem simples.

Assim que Emmett saísse de Salina, ele e Billy pegariam suas coisas e partiriam para alguma área metropolitana — algum lugar sem silos, colheitadeiras ou feiras municipais —, onde pudessem usar o pouco que restasse da herança do pai para comprar uma casa.

Não precisava ser uma casa imponente. Poderia ter três ou quatro quartos e um ou dois banheiros. Colonial ou vitoriana, com telhado de madeira ou de telhas. Só precisava estar em mau estado.

Porque não iriam comprar essa casa para enchê-la de mobília e louças e talheres, ou tampouco de lembranças. Comprariam a casa para reformá-la e vendê-la. Para dar conta das despesas, Emmett arrumaria um emprego com um construtor local, mas à noite, enquanto Billy estivesse fazendo seus deveres da escola, reformaria a casa, centímetro por centímetro. Primeiro, arrumaria o que fosse necessário no telhado e nas janelas para garantir que a casa ficasse protegida contra intempéries. Depois, voltaria a atenção para as paredes, as portas e o assoalho. Então, viriam os alisares, os corrimões e os armários. Quando a casa estivesse em condições ideais, quando as janelas abrissem e fechassem e a escada não estalasse e os aquecedores não chacoalhassem, uma vez que cada canto parecesse pronto e impecável, e tão somente então, eles a venderiam.

Se desse as tacadas certas, se escolhesse a casa certa, na vizinhança certa e lhe dedicasse o volume certo de trabalho, Emmett acreditava que conseguiria dobrar o capital na primeira venda, permitindo-lhe investir o lucro em mais duas casas caindo aos pedaços, nas quais repetiria todo o processo. Só que dessa vez, quando as duas casas estivessem prontas, ele venderia uma e alugaria a outra. Se mantivesse o foco, acreditava que dentro de poucos anos teria dinheiro para largar o emprego e contratar um ou dois operários. Então, reformaria duas casas e lucraria com quatro. Mas em momento algum, sob quaisquer circunstâncias, pediria um centavo emprestado.

Além do próprio trabalho esforçado, Emmett imaginava haver apenas uma coisa essencial ao seu sucesso: executar seu plano numa área metropolitana grande e em crescimento. Com isso em mente, visitara a biblioteca em Salina, e do volume 18 da *Enciclopédia Britânica*, aberto sobre a mesa, anotara o seguinte:

População do Texas	
1920	4.700.000
1930	5.800.000
1940	6.400.000
1950	7.800.000
1960 (previsão)	9.600.000

Só de ver os dados iniciais sobre o Texas, Emmett sequer se deu o trabalho de ler os parágrafos seguintes — os que resumiam a história do estado, seu comércio, cultura e clima. Quando viu que entre 1920 e 1960 a população mais do que dobraria, se deu por satisfeito.

Mas, pela mesma lógica, deveria estar aberto a considerar qualquer estado grande e em crescimento no país.

Quando se sentou na biblioteca de Morgen, Emmett tirou o pedaço de papel da carteira e pousou-o na mesa. Depois, abriu o volume 3 da enciclopédia e acrescentou uma segunda coluna.

População do Texas		*População da Califórnia*	
1920	4.700.000	1920	3.400.000
1930	5.800.000	1930	5.700.000
1940	6.400.000	1940	6.900.000
1950	7.800.000	1950	10.600.000
1960 (previsão)	9.600.000	1960 (previsão)	15.700.000

Emmett se surpreendeu tanto com o crescimento da Califórnia que dessa vez leu os demais parágrafos da introdução. O que descobriu foi que a economia do estado vinha se expandindo em múltiplas frentes.

Um gigante agrícola por muito tempo, a guerra transformara o lugar em líder na construção de navios e aviões. Hollywood se tornara a fábrica de sonhos para o mundo e, somados, os portos de San Diego, Los Angeles e São Francisco representavam a maior porta de entrada de mercadorias nos Estados Unidos da América. Só na década de 1950, estimava-se que a Califórnia aumentasse a sua população em mais de cinco milhões de cidadãos, numa taxa próxima a 50%.

A ideia de que ele e o irmão fossem achar a mãe parecia tão insana quanto no dia anterior, se não mais insana ainda, devido ao crescimento da população do estado. Mas, se a intenção de Emmett era reformar e vender casas, a Califórnia parecia uma opção inquestionável.

Emmett devolveu à carteira o pedaço de papel e a enciclopédia à prateleira. Depois, porém, de guardar o volume 3 no lugar, pegou o volume 12. Sem se sentar, voltou a atenção para a seção que falava de Nebraska e examinou a página. Com um quê de satisfação sombria, notou que, de 1920 a 1950, a população ficara em torno de 1,3 milhão de almas, e que na década corrente não se esperava que crescesse nadinha.

Emmett repôs o volume na estante e se dirigiu até a porta.

— Achou o que você estava procurando?

Ao passar pela mesa da recepção, Emmett se virou para fitar a bibliotecária. Com os óculos agora pousados no topo da cabeça, viu que se enganara a respeito da idade dela, que provavelmente não tinha mais de trinta e cinco anos.

— Achei — respondeu. — Obrigado.

— Você é irmão do Billy, não?

— Sou — disse Emmett, levemente surpreso.

A moça sorriu e assentiu.

— Meu nome é Ellie Matthiessen. Percebi logo, porque você é a cara dele.

— Você conhece bem o meu irmão?

— Ah, ele passa um bocado de tempo aqui. Pelo menos, desde que você viajou. Seu irmão adora uma boa história.

— Tem razão — concordou Emmett com um sorriso.

Enquanto saía, ele não pôde deixar de acrescentar mentalmente: *seja isso bom ou mau.*

— — —

Eram três as figuras de pé ao lado do Studebaker quando Emmett voltou da biblioteca. Ele não reconheceu o sujeito alto à direita com chapéu de caubói, mas o da esquerda era o irmão mais velho de Jenny Andersen, Eddie, e o do meio, Jacob Snyder. Pela maneira como Eddie chutava a calçada, Emmett deduziu que ele não queria estar ali. Ao ver Emmett se aproximar, o desconhecido alto cutucou Jake nas costelas. Quando Jake ergueu os olhos, Emmett percebeu que ele também não queria estar ali.

Emmett parou a alguma distância, com a chave do carro na mão, e cumprimentou os dois que conhecia.

— Jake. Eddie.

Nenhum dos dois respondeu.

Emmett ponderou se deveria pedir desculpas a Jake, mas o rapaz não estava ali para isso. Emmett já se desculpara com Jake e com o restante dos Snyder. Desculpara-se nas horas seguintes à briga, depois na delegacia e, finalmente, na escadaria do tribunal. Suas desculpas não fizeram bem algum aos Snyder na época e tampouco fariam bem agora.

— Jake, não quero confusão — disse Emmett. — Só entrar no meu carro e voltar para casa.

— Não posso deixar você fazer isso — disse Jake.

E provavelmente tinha razão. Embora Emmett e Jake estivessem conversando havia menos de um minuto, outras pessoas já se reuniam em volta. Alguns empregados de fazenda, as viúvas Westerly e dois garotos que até então estavam matando tempo no gramado do tribunal. Se a igreja pentecostal ou a congregacional encerrassem seus cultos, o grupo só faria aumentar. O que quer que acontecesse em seguida, decerto chegaria até o velho Snyder, e isso significava que só havia um único jeito de Jake permitir que o encontro terminasse.

Emmett pôs a chave no bolso e baixou os braços.

Foi o desconhecido quem falou primeiro. Encostado à porta do Studebaker, inclinou o chapéu para trás e sorriu.

— Parece que o Jake aqui tem um assunto pendente com você, Watson.

Emmett encarou o desconhecido e depois se virou de novo para Jake.

— Se temos algum assunto pendente, Jake, vamos resolvê-lo.

Jake parecia em dúvida sobre como começar, como se a raiva que se esperava que sentisse — que *supostamente* deveria sentir — de repente tivesse se esvaído depois de todos esses meses. Seguindo o exemplo do irmão, começou com uma pergunta:

— Você se acha um grande lutador, não é, Watson?

Emmett não respondeu.

— E talvez você até seja um bom lutador, desde que seja para bater em alguém que não tenha te provocado.

— Eu fui provocado, Jake.

Jake deu meio passo adiante, sentindo agora alguma coisa semelhante a raiva.

— Você está dizendo que Jimmy tentou bater em você primeiro?

— Não, ele não tentou me bater.

Jake assentiu, com os dentes trincados, e deu mais meio passo para a frente.

— Vendo que você gosta tanto de tomar a iniciativa, por que não bate em mim primeiro?

— Não vou bater em você, Jake.

Jake encarou Emmett um instante e depois desviou o olhar. Não olhou para os dois amigos. Não olhou para os moradores à sua volta. Desviou o olhar para nada em particular. E quando tornou a se virar, atingiu Emmett com um cruzado de direita.

Como Jake não estava olhando para Emmett quando fez o movimento, seu punho pegou mais no alto da bochecha do que no queixo. Mas o contato foi suficiente para fazer com que Emmett bambeasse para a direita.

Todo mundo deu um passo à frente: Eddie e o desconhecido, os espectadores e até mesmo a mulher com um carrinho de bebê que havia acabado de se juntar ao grupo. Todo mundo menos Jake, que permaneceu parado, de olho em Emmett.

Emmett recuperou o equilíbrio, as mãos pendendo ao lado do corpo.

Jake estava corado, uma combinação de esforço realizado e raiva e, talvez, de certo constrangimento também.

— Levante os punhos — falou.

Emmett não se mexeu.

— Levante os punhos, droga!

Emmett ergueu um pouco os punhos, como um lutador, mas não na altura apropriada para poder se defender com eficácia.

Dessa vez, Jake o atingiu na boca. Emmett cambaleou três passos para trás, sentindo gosto de sangue nos lábios. Aprumou-se e deu os três passos à frente que o poriam de novo ao alcance do rapaz. Ao ouvir o desconhecido incentivar Jake, ergueu os punhos a meia altura e Jake o derrubou no chão.

De repente, o mundo ficou fora do prumo, inclinado num ângulo de trinta graus. Para conseguir ficar de joelhos, Emmett precisou se apoiar com ambas as mãos na calçada. Enquanto tentava se impulsionar para ficar de pé, pôde sentir o calor do dia passar do concreto para as palmas das mãos.

De quatro no chão, Emmett esperou a cabeça desanuviar e depois começou a se levantar.

Jake deu um passo à frente.

— Não se levante de novo — avisou, a voz rouca de emoção. — Não se levante de novo, Emmett Watson.

Quando já estava totalmente de pé, Emmett começou a erguer os punhos, mas não tinha mais condições de se manter assim. A terra girou e virou de cabeça para baixo, e ele voltou a aterrissar na calçada com um grunhido.

— Já chega — gritou alguém. — Basta, Jake.

Era o xerife Petersen, abrindo caminho por entre os espectadores.

O xerife ordenou que um dos seus ajudantes afastasse Jake e o outro dispersasse as pessoas. Depois, se agachou para verificar o estado de Emmett. Chegou inclusive a estender o braço e virar a cabeça dele para examinar melhor o lado esquerdo do seu rosto.

— Não parece ter nada quebrado. Você vai ficar bem, Emmett?

— Vou ficar bem.

O xerife Petersen continuou agachado.

— Quer prestar queixa?

— De quê?

O xerife fez sinal para um ajudante, indicando que ele podia soltar Jake, depois se virou para Emmett, que estava sentado na calçada enxugando o sangue do lábio.

— Há quanto tempo você voltou?

— Voltei ontem.

— Não demorou para Jake encontrar você.

— Não, senhor.

— Ora, não posso dizer que estou surpreso.

O xerife se calou por um instante.

— Você está hospedado na sua casa?

— Sim, senhor.

— Muito bem, então. Vamos dar uma limpada em você antes de mandá-lo para casa.

O xerife pegou a mão de Emmett para ajudá-lo a se levantar. Mas, ao fazer isso, aproveitou a chance para olhar os nós dos dedos do rapaz.

O xerife e Emmett atravessavam a cidade no Studebaker, com Emmett no carona e o xerife ao volante, a uma velocidade tranquila. Emmett examinava os dentes com a ponta da língua, quando o xerife, que até então assoviava uma canção de Hank Williams, puxou assunto:

— Nada mau este carro. A que velocidade ele chega?

— Sem chacoalhar, acho que a uns cento e trinta.

— Não brinca.

Mas o xerife continuou dirigindo na sua calmaria, fazendo curvas preguiçosas enquanto assoviava sua canção. Quando passou pela entrada da delegacia, Emmett lançou-lhe um olhar inquiridor.

— Pensei em levar você até a nossa casa — explicou o xerife. — Vou pedir a Mary que dê uma olhada em você.

Emmett não protestou. Ficara grato pela oportunidade de se limpar antes de voltar para casa, mas não desejava revisitar a delegacia.

Pararam na entrada da casa dos Petersen, e Emmett estava prestes a abrir a porta do carona quando notou que o xerife permaneceu parado. Continuou sentado, as mãos no volante, exatamente como o tutor fizera na véspera.

Enquanto esperava que o xerife dissesse o que tinha em mente, Emmett olhou pelo para-brisa para o balanço de pneu pendurado no carvalho do quintal. Embora não conhecesse os filhos do xerife, sabia que já eram crescidos, e se perguntou se o balanço seria um vestígio da infância deles ou se o homem o teria pendurado para os netos. Quem sabe, pensou Emmett, talvez o pneu estivesse ali desde antes de os Petersen comprarem a casa.

— Eu só cheguei no finzinho do pequeno desentendimento de vocês — começou o xerife —, mas, pela aparência da sua mão e pela cara do Jake, só posso concluir que você não teve muita reação.

Emmett não respondeu.

— Ora, talvez você já esperasse por isso — prosseguiu o xerife em tom de reflexão. — Ou talvez, depois de passar pelo que passou, tenha decidido deixar para trás seus dias de briga.

O xerife o encarou como se esperasse ouvir algum comentário, mas Emmett permaneceu em silêncio, olhando para o balanço.

— Você se importa se eu fumar no seu carro? — indagou o xerife, passado um instante. — Mary não me deixa mais fumar dentro de casa.

— Não me importo.

O xerife Petersen pegou no bolso um maço de cigarros e tirou dois, oferecendo um a Emmett. Quando o rapaz aceitou, o xerife acendeu ambos com seu isqueiro. Depois, por respeito ao carro de Emmett, abriu a janela.

— Já faz quase dez anos que a guerra terminou — disse, dando uma tragada e soltando a fumaça. — Mas alguns rapazes que voltaram dela agem como se ainda estivessem em combate. Danny Hoagland, por exemplo. Não se passa um mês sem que eu receba uma queixa a respeito dele. Uma semana, ele puxa briga na estalagem, duas ou três depois, estapeia no supermercado aquela mocinha linda com quem é casado.

O xerife balançou a cabeça como se não entendesse o que aquela mocinha linda vira em Danny Hoagland, para início de conversa.

— E na terça passada? Fui arrancado da cama às duas da madrugada porque Danny estava plantado na frente da casa dos Iverson com um revólver na mão gritando sobre alguma desavença velha. Os Iverson não sabiam do que ele estava falando. Porque, como se descobriu depois, a desavença do Danny não era com os Iverson, mas com os Barker. Ele simplesmente errou de casa. Na verdade, errou de quarteirão.

Emmett sorriu, involuntariamente.

— Agora, no outro extremo — continuou o xerife, apontando o cigarro para alguma plateia desconhecida —, estão os rapazes que voltaram da guerra jurando que nunca mais levantariam a mão para um de seus semelhantes. E tenho enorme respeito por essa postura. Certamente eles adquiriram o direito de tê-la. A questão é que, quando se trata de beber uísque, esses garotos fazem Danny Hoagland parecer um decano da igreja. Jamais fui tirado da cama por causa deles. Porque eles não se plantam na frente da casa dos Iverson ou dos Barker ou de qualquer outra pessoa às duas da madrugada. A essa hora, estão sentados em suas salas entornando uma garrafa de bebida no escuro. O que eu quero dizer, Emmett, é que não sei ao certo se alguma dessas abordagens funciona. Não se pode continuar lutando uma guerra, mas também não se pode abrir mão da própria masculinidade. Claro que você pode se deixar apanhar uma ou duas vezes. É prerrogativa sua. Mas, no fim, você vai precisar se impor como fazia antes.

O xerife encarou Emmett.

— Está me entendendo, Emmett?

— Sim, senhor.

— Eu soube por Ed Ransom que você talvez vá embora da cidade...

— Pretendemos ir amanhã.

— Muito bem, então. Depois de limpar essa sujeira, vou dar um pulo na casa dos Snyder e me assegurar de que fiquem fora do seu caminho até lá. Já que vou estar com a mão na massa, tem mais alguém que esteja lhe criando problemas?

Emmett abriu a janela e atirou fora o cigarro.

— Em geral, o que ando ouvindo de quase todo mundo é conselho.

Duchess

Sempre que eu chego numa cidade nova, gosto de me situar. Gosto de entender o traçado das ruas e o das pessoas. Em algumas cidades, isso pode levar dias. Em Boston, pode levar semanas. Em Nova York, anos. O bom de Morgen, em Nebraska, é que levou apenas uns poucos minutos.

A cidade era projetada de forma geométrica, com o tribunal bem no centro. Segundo o mecânico que me deu uma carona no seu reboque, nos idos da década de 1880, as autoridades municipais passaram uma semana toda decidindo a melhor maneira de batizar as ruas até decidirem — de olho no futuro — que as ruas leste/oeste teriam os nomes de presidentes e as norte/sul, os nomes de árvores. Na verdade, podiam muito bem ter escolhido os nomes de estações do ano e naipes, porque, setenta e cinco anos mais tarde, a cidade continuava a ter apenas quatro quarteirões.

— Oie! — saudei as duas senhoras que vinham na direção oposta. Nenhuma das duas respondeu.

Ora, não me entendam mal. Uma cidade dessas tem seu charme. E certamente existe um tipo de pessoa que preferiria morar aqui a morar em qualquer outro lugar — mesmo no século XX. Como alguém que deseje entender um pouco o mundo. Quando se mora numa cidade grande, correndo para lá e para cá em meio àquela algazarra e barulheira, os acontecimentos da vida podem começar a parecer aleatórios. Mas numa cidade do tamanho de Morgen, quando um piano cai de uma janela em cima da cabeça de um cara, existe uma grande possibilidade de se saber por que a vítima mereceu esse castigo.

De todo jeito, Morgen era o tipo de cidade onde, quando algo fora do comum acontece, uma multidão provavelmente aparece para ver. E, quando circundei o tribunal, vi cidadãos reunidos num semicírculo, comprovando minha tese. A quase cem metros de distância, dava para saber que se tratava de uma amostra representativa do eleitorado local. Havia caipiras de chapéu, viúvas distintas com bolsas e rapazes de jardineira. Vi até mesmo uma mulher se aproximar apressada, empurrando um carrinho de bebê e com uma criança pequena ao lado.

Jogando o resto do meu sorvete de casquinha na lixeira, cheguei mais perto para dar uma olhada. E quem vejo no meio do palco? Ninguém menos do que Emmett Watson — sendo provocado por um garoto caipira com uma pose caipira.

As pessoas que haviam se amontoado para assistir pareciam exaltadas, ao menos de um jeito peculiar ao Meio-Oeste. Não gritavam nem arreganhavam os dentes, mas se mostravam felizes por estarem ali exatamente no momento certo. Teriam assunto para falar no barbeiro e no cabeleireiro ao longo das semanas seguintes.

Por sua vez, Emmett estava fantástico. Em pé, de olhos abertos e com os braços pendendo ao longo do corpo, nem entusiasmado por estar ali nem com pressa de ir embora. Era o provocador que ostentava uma expressão ansiosa. Mexia-se para a frente e para trás e suava a camisa, apesar de ter levado a tiracolo dois camaradas para lhe dar cobertura.

— Jake, não quero confusão — ouvi Emmett dizer. — Só quero entrar no meu carro e voltar para casa.

— Não posso deixar você fazer isso — disse Jake, embora a impressão fosse de que era exatamente isso que ele queria que Emmett fizesse.

Então, um dos assistentes — o alto, com chapéu de caubói — fez a sua aposta.

— Parece que o Jake aqui tem um assunto pendente com você, Watson.

Eu jamais vira esse caubói antes, mas, pelo jeito do seu chapéu e o sorriso em seu rosto, vi logo quem ele era: o cara que já começara milhares de brigas sem sequer desferir um soco.

Então, o que fez Emmett? Deixou o caubói irritá-lo? Por acaso mandou que ele calasse a boca e fosse cuidar da própria vida? Sequer se dignou a responder. Apenas se virou para Jake e disse:

— Se temos um assunto pendente, Jake, vamos resolvê-lo.

Pow!

Se temos um assunto pendente, Jake, vamos resolvê-lo.

Tem gente que espera a vida toda para dizer uma frase dessas e não tem a presença de espírito para dizê-la quando a oportunidade se apresenta. Esse tipo de frieza não se adquire pela criação ou com a prática. Ou você nasce com ela, ou não nasce. E, na maioria das vezes, não nasce.

Mas agora é que vem a melhor parte.

Acontece que esse Jake era o irmão do garoto Snyder que Emmett botou fora de ação lá em 1952. Cheguei a essa conclusão porque ele começou a falar umas besteiras sobre como Jimmy tinha sido agredido covardemente, como se Emmett Watson fosse capaz de levantar a mão para bater num homem que estivesse de guarda baixada.

Quando a provocação não surtiu efeito, o sr. Luta Limpa olhou para o nada como se refletisse sobre a vida e então, sem nenhum aviso, acertou Emmett na cara. Depois de cambalear para a direita, Emmett se recompôs do golpe, se empertigou e começou a voltar na direção de Jake.

Lá vamos nós, foi o que todo mundo pensou. Porque Emmett podia nitidamente transformar o cara em pudim, mesmo sendo cinco quilos mais leve e cinco centímetros mais baixo. Para decepção dos espectadores, porém, Emmett não continuou avançando. Parou exatamente no lugar onde estava um minuto antes.

O que realmente enfureceu Jake, que ficou vermelho como o macacão que vestia e começou a gritar para Emmett erguer os punhos. Então, Emmett ergueu os punhos — mais ou menos — e Jake mandou outro soco. Dessa vez, acertou Emmett em cheio nos beiços. Ele tornou a se desequilibrar, mas não caiu. Com o lábio sangrando, se endireitou e voltou para mais uma rodada.

Enquanto isso, o caubói, que continuava encostado desdenhosamente na porta do carro de Emmett, gritou: *Mostre a ele, Jake*, como se Jake estivesse prestes a dar uma lição em Emmett. Mas o caubói entendeu tudo ao contrário. Era Emmett que estava dando uma lição em Jake.

Alan Ladd em *Os brutos também amam*.

Frank Sinatra em *A um passo da eternidade*.

Lee Marvin em *O selvagem*.

Sabe o que esses três têm em comum? Todos levaram uma surra. Não um tapão no nariz nem um soco que lhes tirou o fôlego. Estou falando de *surra*. De deixar os ouvidos zumbindo, os olhos marejados e um gosto de sangue nos dentes. Ladd levou a dele no Grafton's Saloon dos garotos Ryker. A de Sinatra aconteceu numa prisão militar, dada pelo sargento Fatso. E Marvin ganhou a sua nas mãos de Marlon Brando na rua de uma cidadezinha americana, exatamente como esta aqui, também com um círculo de cidadãos honestos reunidos para assistir.

A disposição para levar uma surra: é dessa forma que se sabe que o sujeito com quem se está lidando é um cara firme. Um homem desses não fica à margem jogando lenha na fogueira dos outros; e não volta para casa incólume. Ele dá um passo à frente e se apresenta, destemido, preparado para manter sua posição até não aguentar mais.

Foi Emmett quem deu a lição, sem dúvida. E não apenas em Jake. Deu uma lição na maldita cidade toda.

Não que o pessoal entendesse o que via. Dava para perceber pela expressão no rosto de todo mundo que a ideia da coisa toda lhes escapava.

Jake, que começava a tremer, provavelmente pensou que não poderia sustentar a briga por muito mais tempo. Dessa vez, portanto, tentou aproveitar a chance para valer. Conseguindo, enfim, alinhar o alvo à própria raiva, desferiu um golpe que derrubou Emmett no chão.

Os espectadores ofegaram, Jake deu um suspiro de alívio e o caubói, um risinho de satisfação, como se o golpe tivesse sido dele. Então, Emmett começou a se levantar de novo.

Gente, como eu queria estar com uma câmera. Poderia ter tirado uma foto e enviado para a revista *Life*. Daria capa.

Foi lindo, estou dizendo. Mas também foi demais para Jake. Parecendo prestes a explodir em lágrimas, ele deu um passo à frente e começou a gritar para Emmett não tentar se levantar de novo. Que não deveria ficar de pé de novo, para o próprio bem.

Não sei se Emmett chegou a escutá-lo, já que seus sentidos deviam estar abalados. Se bem que não faria muita diferença se estava ou não escutando Jake. Ele teria a mesma atitude, de um jeito ou de outro. Com passos meio vacilantes, tornou a se pôr ao alcance de Jake, se empertigou e ergueu os punhos. Então, o sangue deve ter lhe faltado à cabeça, porque ele cambaleou e caiu.

Ver Emmett de joelhos foi uma imagem incômoda, mas não me preocupei. Ele só precisaria de um instante para se recompor, então ficaria de pé e voltaria ao ringue. Que isso aconteceria era tão certo quanto o nascer do sol. Mas, antes que tivesse essa oportunidade, o xerife estragou o show.

— Já chega — disse ele, abrindo caminho por entre os espectadores. — Basta, Jake.

Por orientação do xerife, um assistente começou a dispersar as pessoas, abanando os braços e dizendo a todo mundo que estava na hora de ir embora. Mas não foi necessário que o assistente dispersasse o caubói, porque o caubói se dispersara por conta própria. No minuto em que as autoridades surgiram em cena, ele baixara a aba do chapéu e começara a andar em volta do tribunal, como se estivesse a caminho da loja de ferragens para comprar uma lata de tinta.

Eu o segui.

Quando alcançou o outro lado do prédio, o caubói atravessou um dos presidentes e se dirigiu a uma das árvores. De tão ansioso para botar alguma distância entre si mesmo e a sua obra, passou batido por uma idosa de bengala que tentava pôr uma sacola de compras no porta-malas do seu Ford já meio velho.

— Eu ajudo, senhora — falei.

— Obrigada, meu jovem.

Quando a vovó se acomodou ao volante, o caubói já se encontrava a meio quarteirão de distância de mim. Quando virou à direita para entrar no beco atrás do cinema, eu precisei correr para alcançá-lo, a despeito do fato de que correr é algo que costumo evitar, por princípios.

Agora, antes de contar o que aconteceu em seguida, acho que preciso oferecer um pequeno contexto, voltando aos meus nove anos, mais ou menos, quando eu morava em Lewis.

Quando meu velho me largou no St. Nicholas Lar para Meninos, a freira que comandava o lugar era uma mulher com certas opiniões e idade incerta chamada irmã Agnes. É óbvio que uma mulher de ideias firmes que se vê numa profissão evangélica com uma plateia cativa há de aproveitar toda e qualquer oportunidade para partilhar seus pontos de vista. Mas não a irmã Agnes. Como uma artista experiente, ela sabia escolher os momentos oportunos. Podia fazer entrada discreta, permanecer no fundo do palco até que todos tivessem dito suas falas e, então, roubar o espetáculo em cinco minutos debaixo dos holofotes.

Sua ocasião favorita para exibir sabedoria era pouco antes de dormirmos. Ao entrar no dormitório, ela observava, calada, as outras freiras se movimentarem em seus hábitos, orientando um menino a dobrar a roupa, outro a lavar o rosto e todos a rezarem. Quando já estávamos debaixo das cobertas, a irmã Agnes puxava uma cadeira e fazia seu sermão. Como é fácil supor, ela gostava da linguagem bíblica, mas falava de um jeito tão empático que as palavras silenciavam as conversas intermitentes e permaneciam em nossos ouvidos muito tempo depois do apagar das luzes.

Uma de suas lições favoritas era o que ela chamava de Correntes de Malfeitos. *Meninos*, começava com seu estilo maternal, *durante a vida vocês farão mal a outros e outros farão mal a vocês. E essas más ações trocadas se tornarão suas correntes. Os malfeitos que vocês fizerem a outros hão de se prender a vocês sob a forma de culpa, e os malfeitos que outros lhes fizerem, sob a forma de indig-*

nação. Os ensinamentos de Nosso Senhor Jesus Cristo, o Salvador, existem para livrar vocês de ambos. Livrem-se da culpa pela reparação e da indignação pelo perdão. Só quando estiverem livres dessas duas correntes será possível começar a viver a vida com amor no coração e serenidade na caminhada.

Na época, eu não entendia o que ela dizia. Não entendia como os nossos movimentos poderiam ser comprometidos por um pequeno malfeito, já que, por experiência própria, eu sabia que os propensos às más ações eram sempre os primeiros a sair porta afora. Eu não entendia por que quando alguém nos fazia mal precisávamos carregar um fardo em seu nome. E decerto não entendia o que significava ter serenidade na caminhada. Mas, como gostava de dizer a irmã Agnes, *a sabedoria que o Senhor não considera apropriada a nos dar ao nascer, Ele provê por meio da bênção da experiência*. E, sem dúvida, quando fiquei mais velho, a experiência começou a me fazer entender o sermão da irmã Agnes.

Como quando cheguei a Salina.

Era agosto, verão, quando o ar está quente, os dias são longos e a primeira colheita de batatas precisa ser arrancada da terra. Ackerly Brucutu nos obrigava a trabalhar da aurora ao crepúsculo, de modo que a única coisa que queríamos depois de jantar era uma boa noite de sono. Ainda assim, quando as luzes se apagavam, muitas vezes eu me pegava matutando sobre como tinha ido parar em Salina, para começar, revendo cada detalhezinho amargo até o galo cantar. Em outras noites, eu me imaginava sendo chamado ao escritório do tutor, onde me davam solenemente a notícia de um acidente de carro ou de um incêndio num hotel em que o meu velho perdera a vida. E embora tais visões fossem por um instante sedutoras, elas me atormentavam pelo resto da noite com uma sensação vergonhosa de remorso. Assim, ali estavam a indignação e a culpa, duas forças contraditórias tão fáceis de confundir, que eu me conformava com a possibilidade de jamais voltar a dormir direito.

Mas quando o tutor Williams substituiu Ackerly e deu início à era da reforma, instituiu um programa de aulas vespertinas destinadas a nos preparar para vidas de cidadania decente. Para essa finalidade, contratou um professor de educação cívica para falar sobre os três ramos do governo. Chamou um vereador para nos instruir sobre a praga do comunismo e a importância do voto de cada indivíduo. Em pouco tempo, já ansiávamos por voltar às plantações de batata.

Então, alguns meses atrás, ele providenciou para que um contador público certificado, tipo um auditor, explicasse o básico sobre finanças pessoais. Depois de descrever a relação entre bens e dívidas, esse auditor se aproximou do quadro-negro e, em poucos traços rápidos, demonstrou o equilíbrio das contas. E nesse instante, sentado no fundo daquela salinha de aula quente, finalmente entendi do que falava a irmã Agnes.

Ao longo da nossa vida, dissera ela, podemos fazer mal a outros e outros podem nos fazer mal, criando as correntes mencionadas. Mas uma outra maneira de expressar a mesma ideia era que, por conta dos nossos malfeitos, ficamos em dívida com outras pessoas, exatamente como, por conta dos malfeitos que nos fazem, elas ficam em dívida conosco. E como são essas dívidas — as que fizemos e as que fizeram conosco — que nos mantêm acordados de madrugada, a única forma de conseguir ter uma boa noite de sono é equilibrar as contas.

Emmett não tinha muito mais disposição do que eu para prestar atenção nas aulas, mas não precisava fazer isso com essa aula específica. Já aprendera tudo muito antes de chegar a Salina. Aprendera em primeira mão ao crescer à sombra do fracasso do pai. Por isso assinara aqueles papéis da execução da hipoteca sem pestanejar. Por isso não aceitara o empréstimo do sr. Ransom nem usava a louça da última prateleira do armário. E por isso encarou com satisfação a surra que levou.

Exatamente como disse o caubói, Jake e Emmett tinham assuntos pendentes. Não importava quem provocara quem; quando bateu no garoto Snyder na feira municipal, Emmett assumiu uma dívida, do mesmo jeito que o pai fez ao hipotecar a fazenda da família. E, daquele dia em diante, essa dívida pairou acima da cabeça de Emmett — fazendo com que *ele* ficasse acordado à noite —, até que fosse saldada com o credor e diante dos olhos de seus semelhantes.

Mas se tinha uma dívida a saldar com Jake Snyder, Emmett não devia porcaria nenhuma ao caubói. Nem um *shekel*, nem uma *dracma*, nem um tostão furado.

— Oi, caubói — chamei enquanto caminhava apressado atrás do sujeito. — Pare aí!

Ele parou e me olhou de cima a baixo.

— Conheço você?

— Não me conhece, não, senhor.

— Então, o que você quer?

Ergui a mão para recuperar o fôlego antes de responder.

— Lá perto do tribunal, você sugeriu que o seu amigo Jake tinha um assunto pendente com o meu amigo Emmett. Só para constar, eu poderia argumentar com tranquilidade que era Emmett que tinha um assunto pendente com Jake. Mas seja como for, se Jake tinha um assunto com Emmett ou se Emmett tinha um assunto com Jake, creio que nós dois concordamos que não era assunto seu.

— Cara, não sei do que você está falando.

Tentei ser mais direto.

— Estou dizendo que mesmo que Jake possa ter tido um bom motivo para dar uma surra em Emmett e Emmett possa ter tido um bom motivo para levar a surra, você não tinha motivo algum para botar lenha na fogueira. Com o tempo, acredito que você vá se arrepender do seu papel nos acontecimentos de hoje e deseje ter feito diferente, para sua própria paz de espírito. Mas, como Emmett vai embora da cidade amanhã, quando isso acontecer já vai ser tarde demais.

— Sabe em que eu acredito? — indagou o caubói. — Acredito que você pode ir se foder.

Deu meia-volta e recomeçou a se afastar. Simples assim. Sem sequer se despedir.

Admito que me senti meio decepcionado. Quer dizer, ali estava eu, tentando ajudar um desconhecido a entender um fardo que ele mesmo arrumara para carregar, e ele me vira as costas! É o tipo de recepção capaz de nos afastar para sempre de atos caridosos. Mas uma outra lição da irmã Agnes era a de que, ao se fazer o trabalho do Senhor, era preciso ser paciente. Porque assim como é certo que os corretos encontrem reveses no caminho até a justiça, também é certo que o Senhor lhes proverá meios para superá-los.

E eis que de repente surge à minha frente justamente a lixeira do cinema, cheia até a boca com o lixo da noite anterior. E, destacando-se entre as garrafas de Coca-Cola e as caixas de pipoca, vejo um pedaço de pau com sessenta centímetros de comprimento.

— Ei! — tornei a chamar, enquanto corria pelo beco. — Espere um instante.

O caubói se virou e, pela expressão em seu rosto, percebi que ele tinha algo precioso a dizer, algo que provavelmente faria todos os rapazes do bar sorrirem. Mas acho que jamais saberemos, porque eu o acertei antes que abrisse a boca.

O golpe pegou bem na lateral esquerda da sua cabeça. O chapéu saiu voando no ar e deu uma cambalhota antes de aterrissar do outro lado do beco. O sujeito caiu bem no lugar em que estivera de pé, como uma marionete cujas cordas foram cortadas.

Ora, eu jamais havia batido em alguém na vida. E, para ser totalmente honesto, meu primeiro pensamento foi como doía bater. Passando o bastão para a mão esquerda, olhei para a palma direita e vi duas linhas vermelho-vivas deixadas pelas arestas da madeira. Jogando-o no chão, esfreguei as palmas para amenizar a ardência. Depois, me inclinei sobre o caubói para examinar melhor. As pernas estavam dobradas sob o corpo e a orelha esquerda tinha sido partida ao meio, mas ele não perdera a consciência. Ao menos, não totalmente.

— Está me ouvindo, caubói? — perguntei.

Então, falei um pouco mais alto para garantir que ouvisse:

— Considere saldada a sua dívida.

Quando ele olhou para mim, seus cílios estremeceram um instante, mas depois vi em seus lábios um leve sorriso e pude concluir a partir da forma como suas pálpebras se fecharam que ele dormiria como um bebê.

Saindo do beco, percebi não só uma crescente sensação de satisfação moral, mas também que meu passo parecia mais leve e meu andar, um pouco mais jovial.

Quem diria, pensei com um sorriso. Havia serenidade na minha caminhada!

E devia dar para notar, porque, quando saí do beco e disse "oie" a dois velhos que passavam, ambos me retribuíram a saudação. E, ao contrário da ida, quando dez carros passaram por mim em direção à cidade antes que o mecânico parasse e me deixasse embarcar, na volta para a casa dos Watson o primeiro veículo que passou já me ofereceu carona.

Woolly

O engraçado numa história, pensou Woolly — enquanto Emmett estava na cidade, Duchess, numa caminhada e Billy, lendo em voz alta seu enorme livro vermelho —, o engraçado numa história é que ela pode ser contada em vários tamanhos.

A primeira vez que ouvira O *conde de Monte Cristo*, Woolly devia ser mais novo do que Billy. A família estava passando as férias de julho na casa de campo nas Adirondacks, e toda noite sua irmã Sarah lia para ele um capítulo antes de dormir. Mas a irmã lia o texto original de Alexander Dumas, que continha mil páginas.

O problema de se ouvir uma história como O *conde de Monte Cristo* numa versão de mil páginas é que sempre que se pressente a aproximação de uma parte excitante é preciso esperar e esperar e esperar para que ela enfim chegue. Na verdade, às vezes é preciso esperar tanto, que a gente esquece por completo que ela estava próxima e pega no sono. Mas, no livrão vermelho de Billy, o professor Abernathe optara por contar a história toda em oito páginas. Por isso, nessa versão, quando se pressentia que uma parte excitante vinha aí, ela chegava rapidinho.

Como a parte que Billy lia agora — a parte em que Edmond Dantès, condenado por um crime que não cometeu, é despachado para o temido Castelo de If, para ali ficar preso pelo resto da vida. Mesmo quando passa, acorrentado, pelos enormes portões da prisão, você simplesmente sabe que Dantès está fadado a fugir. Mas na versão do sr. Dumas, antes que Dantès recupere a liberdade, a gente tem que ouvir tantas frases espalhadas por tantos capítulos que parece que *a gente* é que está no Castelo de If!

Não é assim com o professor Abernathe. Na versão dele, a chegada do herói à prisão, seus oito anos de solidão, sua amizade com o Abbé Faria e sua miraculosa fuga ocorrem na mesmíssima página.

Woolly apontou para a nuvem solitária que passava no céu.

— Imagino que o Castelo de If fosse assim.

Cuidadosamente marcando com o dedo o ponto onde parara, Billy ergueu os olhos para onde Woolly apontava e prontamente concordou.

— Com suas muralhas de pedra.

— E a torre de vigia no meio.

Woolly e Billy sorriram ao imaginar, mas depois a expressão de Billy ficou mais séria.

— Posso fazer uma pergunta para você, Woolly?

— Claro, claro.

— Era difícil lá em Salina?

Enquanto Woolly pensava na resposta, no céu o Castelo de If se transformava num transatlântico, com uma chaminé gigantesca onde antes ficava a torre de vigia.

— Não — disse Woolly —, não muito, Billy. Com certeza não como o Castelo de If foi para Edmond Dantès. Só que... Só que todo dia em Salina era um dia de todo dia.

— O que é um dia de todo dia, Woolly?

Woolly refletiu mais um pouco.

— Quando a gente estava em Salina, todo dia a gente acordava na mesma hora e vestia a mesma roupa. Todo dia a gente tomava café na mesma mesa com as mesmas pessoas. E todo dia a gente fazia o mesmo trabalho nos mesmos campos antes de ir dormir na mesma hora na mesma cama.

Embora Billy fosse apenas um garoto, ou talvez porque fosse apenas um garoto, ele aparentemente entendia que mesmo não havendo nada de errado, em si, em acordar ou se vestir ou tomar café, existe algo fundamentalmente desconcertante em fazer essas coisas da mesmíssima maneira dia sim e outro também, sobretudo na versão de mil páginas da nossa própria vida.

Depois de concordar com a cabeça, Billy encontrou o ponto em que tinha parado no livro e recomeçou a leitura.

O que Woolly não teve coragem de dizer a Billy foi que, embora sem dúvida esse fosse o estilo de vida em Salina, também era o estilo de vida em vários outros lugares. Certamente era o estilo de vida no colégio interno. E não apenas no St. George's, em Rhode Island, o último frequentado por Woolly. Nos três internatos de elite em que estudara, todo dia os alunos acordavam na mesma hora, vestiam as mesmas roupas e tomavam café na mesma mesa com as mesmas pessoas antes de assistirem às mesmas aulas nas mesmas salas.

Woolly várias vezes se perguntava isso. Por que os diretores de internatos optavam por fazer de todos os dias um dia de todo dia? Depois de alguma reflexão, começou a desconfiar de que eles agiam assim para facilitar a administração. Ao transformar cada dia num dia de todo dia, a cozinheira sempre saberia quando preparar o café, o professor de história, quando ensinar história, e o inspetor dos corredores, quando inspecionar os corredores.

Então, Woolly tivera uma epifania.

Foi no primeiro semestre da segunda vez que cursava o penúltimo ano do ensino médio (o que passou no St. Mark's). A caminho do ginásio, após a aula de física, por acaso ele viu o diretor do colégio sair de um táxi em frente ao prédio. Assim que viu o táxi, Woolly imaginou a feliz surpresa que teria a irmã, que acabara de comprar uma enorme casa branca em Hastings-on-Hudson, se ele lhe fizesse uma visita. Por isso, se meteu no banco de trás do táxi e falou o destino para o motorista.

Você quer dizer em Nova York?, perguntou o taxista.

Sim, em Nova York!, confirmou Woolly, e os dois partiram.

Quando chegou, horas depois, Woolly encontrou a irmã na cozinha prestes a descascar uma batata.

Oi, mana!

Se tivesse feito uma visita surpresa a qualquer outro membro da família, Woolly provavelmente seria recebido com uma infinidade de porquês e o quês (sobretudo levando em conta que ele precisava de cento e cinquenta dólares para pagar o taxista, que aguardava do lado de fora). Mas, depois de pagar o táxi, Sarah apenas botou a chaleira no fogão, alguns biscoitos num prato e os dois se divertiram um bocado — sentados à mesa conversando sobre os vários tópicos que brotavam ao acaso na cabeça deles.

No entanto, uma hora ou uma hora e meia depois, o cunhado de Woolly, "Dennis", entrou pela porta da cozinha. A irmã de Woolly era sete anos mais velha do que Woolly e "Dennis" era sete anos mais velho do que Sarah, logo, matematicamente falando, "Dennis" tinha trinta e dois anos à época. Mas "Dennis" também era sete anos mais velho do que ele mesmo, o que o tornava quase um quarentão de espírito. Daí por que, sem dúvida, já ocupava uma vice-presidência no J.P.Morgan & Sons & Co.

Quando descobriu Woolly à mesa da cozinha, "Dennis" ficou meio nervoso, porque ele deveria estar em outro lugar. Mas ficou mais nervoso ainda ao descobrir a batata semidescascada na bancada.

Quando sai o jantar?, perguntou a Sarah.
Desculpe, mas ainda não comecei a preparar.
Mas são sete e meia.
Ah, pelo amor de Deus, Dennis.

Por um instante, "Dennis" olhou para Sarah com descrença, depois se virou para Woolly e pediu licença para falar com a mulher em particular.

Pela experiência de Woolly, quando alguém pede licença para falar com outro alguém em particular, é difícil saber o que fazer. Para começar, em geral não avisam quanto tempo a conversa vai levar, então é difícil saber se devemos ou não nos envolver profundamente em alguma atividade. Talvez aproveitar a chance para dar uma chegadinha no banheiro? Começar um quebra-cabeça com a figura de uma regata com cinquenta velas? E a que *distância* se deve ficar? Com certeza, longe o bastante para não ouvir o que estão falando. Esse foi, basicamente, o motivo de terem pedido que déssemos licença. Mas também costuma passar a ideia de que se espera que voltemos pouco tempo depois, razão pela qual é preciso estar perto o suficiente para ouvir quando chamarem.

Fazendo o possível para ficar num meio-termo, Woolly se retirou para a sala de estar, onde descobriu um piano não tocado, alguns livros não lidos e um daqueles relógios do avô sem corda — o que, a bem da verdade, era um ótimo nome para relógios de armário, já que aquele pertencera ao avô de Woolly e Sarah! Como ficou imediatamente óbvio, porém, dada a intensidade do nervosismo de "Dennis", a sala de estar não era distante o suficiente, porque Woolly pôde ouvir cada palavra dita na cozinha.

Foi você que quis se mudar para longe da cidade, disse "Dennis". *Mas sou eu que preciso me levantar ao raiar do dia para pegar o trem das 6h42 e estar no banco a tempo da reunião do comitê de investimento às oito. Durante a maior parte das dez horas seguintes, enquanto você está aqui fazendo Deus sabe lá o quê, eu trabalho como um camelo. Depois, se correr até o Grand Central Terminal e tiver a sorte de pegar o trem de 18h14, talvez eu consiga chegar em casa às sete e meia. No fim de um dia assim, será que é demais pedir que você esteja com o jantar pronto na mesa me esperando?*

Foi nesse momento que se deu a epifania. De pé diante do relógio do avô ouvindo o cunhado, de repente ocorreu a Woolly que talvez, quem sabe, o St. George's, o St. Mark's e o St. Paul's organizassem o dia a dia de forma que todo dia fosse um dia de todo dia não porque isso facilitasse a administração, mas por ser a melhor maneira de preparar os jovens de elite para pegarem o trem das 6h42, de modo a chegarem sempre a tempo das suas reuniões das oito horas.

No exato momento em que Woolly se recordou da própria epifania, Billy chegou ao ponto da história em que Edmond Dantès, tendo conseguido fugir da prisão, se viu em frente à caverna secreta na ilha de Monte Cristo, diante de uma fantástica pilha de diamantes, pérolas, rubis e ouro.

— Sabe o que seria fantástico, Billy? Sabe o que seria absolutivamente fantástico?

Marcando o ponto no livro, Billy ergueu os olhos para Woolly.

— O que, Woolly? O que seria absolutivamente fantástico?

— Um dia diferente de todo dia.

Sally

No culto de domingo da semana anterior, o reverendo Pike havia lido uma parábola do Evangelho em que Jesus e Seus discípulos, ao chegarem a uma aldeia, são convidados por uma mulher a visitarem sua casa. Depois de acomodá-los confortavelmente, essa mulher, Marta, vai para cozinha a fim de preparar algo para o grupo comer. Durante todo o tempo em que ela cozinha e atende as necessidades dos convidados, enchendo seus copos e lhes servindo comida, a irmã, Maria, fica sentada aos pés de Jesus.

Chega um momento em que Marta se cansa da situação e expressa seus sentimentos. *Senhor*, diz ela, *não vês que a ociosa da minha irmã me deixa fazer o serviço todo sozinha? Por que não lhe dizes para me dar uma ajuda?* Ou algo do tipo. E Jesus responde: *Marta, tu te afliges com coisas demais quando só uma é necessária. E foi Maria quem escolheu a melhor parte.*

Ora, que me desculpem, mas se alguém precisa de provas de que a Bíblia foi escrita por um homem, aí está ela.

Sou uma boa cristã. Acredito em Deus Pai Todo-Poderoso, criador do céu e da terra. Acredito que Jesus Cristo, Seu único Filho, nasceu da Virgem Maria e sofreu sob Pôncio Pilatos, foi crucificado, morto e sepultado, e ressuscitou ao terceiro dia. Acredito que, tendo subido aos céus, há de voltar para julgar os vivos e os mortos. Acredito que Noé construiu uma arca e nela botou um casal de animais de cada espécie, subindo a prancha de dois em dois, antes que chovesse quarenta dias e quarenta noites. Estou até disposta a acreditar que Moisés falou com uma sarça ardente. Mas *não* estou disposta a acreditar que Jesus Cristo Nosso Salvador — que sem hesitar curava um leproso ou devolvia a visão a um cego — viraria as costas a uma mulher que cuidasse de uma casa.

Por isso, eu não O culpo.

Eu culpo Mateus, Marcos, Lucas e João, e todos os outros homens que serviram como padres ou pregadores desde então.

Do ponto de vista de um homem, a única coisa *necessária* é que você se sente a seus pés e ouça o que ele tem a dizer, não importa quanto tempo ele demore a dizer ou quantas vezes já o tenha dito. Na cabeça dele, você tem tempo bastante para se sentar e ouvir porque comida se faz sozinha. O maná cai do céu e, com um estalar de dedos, a água se transforma em vinho. Qualquer mulher que tenha se dado o trabalho de assar uma torta de maçã pode dizer que é assim que um homem vê o mundo.

Para preparar uma torta de maçã, é preciso primeiro fazer a massa. Você tem que cortar o tablete de manteiga e colocar na farinha, misturar com um ovo batido e algumas colheres de sopa de água gelada e deixar descansar de um dia para o outro. No dia seguinte, é a vez de descascar as maçãs e tirar seus caroços, cortá-las em fatias e passar açúcar e canela nelas. Depois, é preciso abrir a massa e montar a torta na assadeira. Levar ao forno a duzentos e vinte graus durante quinze minutos e a cento e oitenta graus por outros quarenta e cinco. Finalmente, quando termina o jantar, com cuidado se coloca a fatia num prato a fim de levá-la para a mesa, onde, enquanto fala, um homem corta com o garfo metade da fatia, a enfia na boca e engole sem mastigar, para poder voltar imediatamente a falar o que estava falando sem dar chance de ser interrompido.

E compota de morango? Nem me faça falar em compota de morango!

Como o pequeno Billy observou perfeitamente, fazer compotas é uma empreitada *que leva um dia inteiro*. Só colher os frutinhos já toma metade do dia. Depois, é preciso lavar e tirar os talos. Esterilizar as tampas e os potes. Uma vez misturados os ingredientes, eles têm de ser cozidos em fogo brando, e a gente fica vigiando que nem um falcão, jamais se afastando mais do que uns poucos passos do fogão para que não passem do ponto. Quando a compota está pronta, é hora de encher os potes, fechá-los bem e carregar uma bandeja pesada de cada vez até a despensa. Só então começa o processo de lavar tudo, que, por si só, já constitui uma empreitada.

E sim, como Duchess chamou a atenção, o preparo de compotas caseiras é um pouco *antiquado*, remete à era dos porões de víveres e das caravanas de carroças. Suponho que até a própria palavra *compota* esteja ultrapassada em comparação à precisão de *geleia*.

E, como disse Emmett, isso é, acima de tudo, *algo que eu não precisava fazer*. Graças ao sr. Smucker, no armazém existem quinze variedades de geleias vendidas a dezenove centavos o pote, em qualquer estação. Na verdade, geleia hoje é algo tão corriqueiro que quase pode ser comprado na loja de ferragens.

Por isso, sim, o preparo de compota de morango leva um dia inteiro, é antiquado e algo que eu não precisava fazer.

Então por que, você pode perguntar, eu me dou esse trabalho?

Eu me dou esse trabalho *porque* ele leva um dia inteiro.

Quem foi que disse que algo que valha a pena não deve ser demorado? Os peregrinos levaram meses para chegar a Plymouth Rock. George Washington levou anos para ganhar a Guerra da Independência dos Estados Unidos. E décadas foram necessárias para que os pioneiros conquistassem o Oeste.

Tempo é o que Deus usa para separar os ociosos dos diligentes. Porque o tempo é uma montanha, e, ao verem sua inclinação íngreme, os ociosos se deitarão entre os lírios do campo à espera de que alguém apareça com uma jarra de limonada. O que a diligência digna requer é planejamento, esforço, atenção e disposição para a limpeza.

* * *

Eu me dou o trabalho *porque* é antiquado.

Só porque alguma coisa é nova não quer dizer que é melhor, e quase sempre quer dizer que é pior.

Dizer *por favor* e *obrigada* é um bocado antiquado. Casar-se e ter filhos é antiquado. As tradições, que são precisamente os meios pelos quais ficamos sabendo quem somos, nada mais são senão antiquadas.

Faço compotas do jeito que minha mãe me ensinou, que Deus a tenha. Ela fazia compota do jeito que a mãe lhe ensinou, e minha avó fazia compota do jeito que aprendeu com a mãe dela. E assim por diante, até lá atrás, ao longo de todas as eras até Eva. Ou, pelo menos, até Marta.

E me dou esse trabalho *porque* é algo que eu não precisava fazer.

Sim, porque o que é gentileza se não a prática de uma ação que, ao mesmo tempo, beneficia alguém e não é solicitada? Não existe gentileza em pagar uma conta. Não existe gentileza em acordar ao raiar da aurora para alimentar os porcos, ou ordenhar as vacas, ou recolher os ovos no galinheiro. Da mesma forma, não existe gentileza em fazer o jantar ou limpar a cozinha depois que o pai sobe para o quarto sem dizer um obrigado sequer.

Não existe gentileza em trancar as portas e apagar as luzes ou em recolher as roupas do chão do banheiro e botá-las no cesto de roupa suja. Não existe gentileza em cuidar da casa porque sua única irmã teve o bom senso de se casar e se mudar para Pensacola.

Não mesmo, pensei enquanto me deitava na cama e apagava a luz, não existe gentileza em nada disso.

Porque a gentileza começa onde acaba a necessidade.

Duchess

Subi para o quarto depois do jantar e já me preparava para desabar na cama de Emmett quando percebi a absoluta falta de rugas nas cobertas. Após congelar onde estava por um instante, me inclinei sobre o colchão para examinar melhor.

Não restava dúvida. Ela refizera a cama.

Achei que eu havia me saído muito bem na tarefa, se me permitem dizer. Mas Sally se saiu melhor ainda. Não havia uma única dobrinha à vista. E onde o lençol é dobrado sobre o cobertor, perto da cabeceira, tinha um retângulo branco de dez centímetros de largura que ia de um lado ao outro da cama, parecendo medido por uma régua. Já na base, ela puxara tão bem as cobertas que dava para ver os cantos do colchão através da superfície do tecido, do mesmo jeito que é possível ver Jane Russell através da superfície do suéter que ela veste.

Era uma imagem de tamanha beleza que não queria corrompê-la até estar pronto para dormir. Por isso, me sentei no chão, com as costas apoiadas na parede, enquanto refletia um pouco sobre os irmãos Watson e esperava que todos os demais adormecessem.

Mais cedo naquele dia, quando voltei para casa, Woolly e Billy continuavam deitados na grama.

— Como foi seu passeio? — indagou Woolly.

— Rejuvenescedor — respondi. — O que vocês dois andaram fazendo?

— Billy leu para mim algumas histórias do livro do professor Abernathe.
— Pena que eu perdi. Quais?

Billy recitava a lista quando Emmett estacionou na entrada.

Falando em histórias, pensei comigo mesmo...

Emmett logo sairia do carro, um pouco maltratado mas inteiro. Com certeza, com o lábio inchado e alguns hematomas. Talvez o olho estivesse até começando a ficar roxo. A questão era: como explicaria tudo isso? Um tropeção na calçada? Uma queda da escada?

Por experiência própria, eu sabia que as melhores explicações lançam mão do inesperado. Tipo: *eu estava atravessando o gramado do tribunal, admirando um bacurau pousado no galho de uma árvore, quando uma bola de futebol me acertou na cara.* Com uma explicação dessas, o ouvinte fica tão concentrado no bacurau lá em cima da árvore que jamais atenta para a bola de futebol.

Mas quando Emmett se aproximou e um Billy de olhos arregalados perguntou o que acontecera, ele explicou que esbarrara em Jake Snyder na cidade e Jake lhe batera. Simples assim.

Eu me virei para Billy, esperando ver uma expressão de choque ou talvez de indignação, mas ele assentiu, parecendo refletir.

— Você bateu de volta? — perguntou, passado um instante.

— Não — disse Emmett. — Apenas contei até dez.

Billy, então, sorriu para Emmett, e Emmett retribuiu o sorriso.

É verdade, Horácio, existem mais coisas entre o céu e a terra do que sonha a nossa vã filosofia.

— — —

Pouco depois da meia-noite, dei uma espiada no quarto de Woolly. Pelo som da sua respiração, concluí que ele estava completamente perdido em seus sonhos. Cruzei os dedos, torcendo para que não tivesse tomado uma dose exagerada do seu remédio antes de se deitar, pois eu teria que o acordar muito em breve.

Os irmãos Watson também dormiam profundamente: Emmett de barriga para cima e Billy enroscado ao lado. À luz da lua, pude ver o livro do garoto ao pé da cama. Se ele por acaso esticasse as pernas, poderia jogá-lo no chão, por isso eu o mudei de lugar, colocando-o no espaço sobre a escrivaninha onde deveria ficar a foto da mãe.

Encontrei a calça de Emmett pendurada nas costas de uma cadeira — com todos os bolsos vazios. Dando a volta na cama na ponta dos pés, me agachei ao lado da mesinha de cabeceira. A gaveta não ficava a mais de trinta centímetros do rosto de Emmett, o que me obrigou a abri-la muito devagar. Mas a chave também não estava lá dentro.

— Arre! — disse a mim mesmo.

Eu já tinha procurado no carro e na cozinha antes de subir. Onde, diabos, ele pusera a droga da chave?

Enquanto eu matutava sobre isso, a luz de faróis varreu o quarto e um veículo parou na entrada da casa dos Watson.

Silenciosamente, atravessei o corredor e parei no alto da escada. Do lado de fora, ouvi a porta do veículo se abrir. Passado um momento, percebi um ruído de passos entrando e saindo da varanda e, depois, a porta se fechar e o carro partir.

Quando me assegurei de que ninguém havia acordado, desci até a cozinha, abri a porta de tela e saí para a varanda. À distância, vi as luzes do farol indo embora pela estrada. Levei um instante para reparar na caixa de sapato aos meus pés com enormes letras pretas rabiscadas na tampa.

Posso não ser uma pessoa estudada, mas reconheço o meu nome ao vê-lo, mesmo à luz do luar. Agachando-me, com cuidado levantei a tampa, imaginando o que, em nome de Deus, haveria lá dentro.

— Caramba!

OITO

Emmett

Quando saíram de casa às cinco e meia da manhã, Emmett estava de bom humor. Na noite anterior, com a ajuda do mapa de Billy, ele traçara um itinerário. O caminho entre Morgen e São Francisco tinha um pouco menos de dois mil e quinhentos quilômetros. Se fizessem uma média de sessenta e cinco quilômetros por hora e percorressem dez horas por dia — com tempo suficiente para comer e dormir —, conseguiriam fazer a viagem em quatro dias.

Claro que havia muita coisa para ver entre Morgen e São Francisco. Como mostravam os postais da mãe, havia hotéis à beira da estrada e monumentos, rodeios e parques. Para quem estivesse disposto a desviar um pouco, havia o Monte Rushmore, o Old Faithful e o Grand Canyon. Mas Emmett não pretendia gastar tempo nem dinheiro na jornada até a Costa Oeste. Quanto antes chegassem à Califórnia, mais cedo ele começaria a trabalhar, e quanto mais dinheiro tivessem em mãos quando chegassem lá, melhor a casa que conseguiriam comprar. Se começassem a torrar o pouco que tinham ainda na viagem, precisariam se contentar com a compra de uma casa marginalmente pior num bairro marginalmente pior, o que, quando fosse hora de vender, resultaria num lucro marginalmente pior. Segundo o raciocínio de Emmett, quanto mais depressa atravessassem o país, melhor.

A principal preocupação de Emmett ao se deitar na noite anterior havia sido não conseguir acordar os outros, o que o faria gastar as primeiras horas de claridade para tirá-los de casa. Mas ele não precisava ter se preocupado. Quando acordou, às cinco da manhã, Duchess já estava no chuveiro, e ele pôde ouvir Woolly cantarolando no corredor. Billy chegara ao ponto de dormir vestido, para não precisar trocar de roupa de manhã. No momento em que Emmett assumiu seu posto ao volante e tirou a chave do carro de dentro do quebra-sol, Duchess já ocupava o banco do carona e Billy já estava sentado ao lado de Woolly no banco traseiro, com o mapa no colo. E quando, pouco antes do alvorecer, o grupo partiu, ninguém olhou para trás.

Talvez todos tivessem motivos para ansiar partir tão cedo, pensou Emmett. Talvez todos estivessem prontos para estar em outro lugar.

Como Duchess ocupava o banco da frente, Billy perguntou se ele não queria ficar com o mapa. Quando Duchess rejeitou a oferta, dizendo que ler em carros o deixava enjoado, Emmett sentiu certo alívio, por saber que Duchess nem sempre era muito atento a detalhes, enquanto Billy praticamente nasceu para copilotar. Ele não só tinha uma bússola e um lápis à mão, como também uma régua, para calcular a quilometragem da escala cartográfica. Ao dar a seta para virar à direita na rodovia 34, porém, Emmett se pegou desejando que Duchess tivesse assumido a tarefa, afinal.

— Você não precisa ligar a seta ainda — disse Billy. — Temos que seguir em frente um pouco mais.

— Estou virando na rodovia 34 — explicou Emmett — porque esse é o caminho mais rápido para Omaha.

— Mas a estrada Lincoln vai até Omaha.

Emmett parou no acostamento e, por cima do ombro, olhou para o irmão.

— Certo, Billy, mas isso nos faz desviar um pouco.

— Desviar um pouco do quê? — indagou Duchess com um sorriso.

— Desviar um pouco do caminho para onde vamos — respondeu Emmett.

Duchess olhou para o banco traseiro.

— A que distância fica a estrada Lincoln, Billy?

Billy, que já posicionara a régua sobre o mapa, respondeu que ficava a vinte e oito quilômetros.

Woolly, que até então contemplava a paisagem, virou-se para Billy com a curiosidade atiçada.

— O que é a estrada Lincoln, Billy? É uma rodovia especial?

— Foi a primeira estrada a atravessar os Estados Unidos.

— A primeira estrada a atravessar os Estados Unidos... — repetiu Woolly.

— Ora, Emmett — provocou Duchess. — O que são vinte e oito quilômetros?

São vinte e oito quilômetros, quis responder Emmett, além dos duzentos e dez que já estamos rodando fora do nosso caminho para levar vocês até Omaha. Mas Emmett também sabia que Duchess tinha razão. A distância extra não era grande coisa, sobretudo considerando a decepção de Billy se ele insistisse em pegar a 34.

— Tudo bem — concordou. — Vamos pela estrada Lincoln.

Enquanto voltava à estrada, Emmett quase pôde ouvir o irmão assentindo, dizendo que essa era uma boa ideia.

Ao longo dos vinte e oito quilômetros seguintes, ninguém abriu a boca, mas quando Emmett pegou a direita na Central City, Billy ergueu os olhos do mapa, cheio de excitação.

— É esta — exclamou. — Estamos na estrada Lincoln.

Billy começou a se inclinar para a frente a fim de ver por onde iam passar e a olhar por sobre o ombro para ver por onde haviam passado. Central City podia até ser uma cidade apenas no nome, mas, depois de sonhar por meses com a viagem para a Califórnia, o garoto estava satisfeito de ver um punhado de restaurantes e hotéis, contente por descobrir que não eram diferentes daqueles dos postais da mãe. O fato de estarem indo na direção errada aparentemente não fazia grande diferença.

Woolly partilhava a excitação de Billy e observava com uma nova atenção os serviços de beira de estrada.

— Então, essa estrada vai de costa a costa?

— Quase de costa a costa — corrigiu Billy. — Vai da cidade de Nova York até São Francisco.

— De costa a costa, então — disse Duchess.

— Só que a estrada Lincoln não começa nem termina na água. Ela começa na Times Square e termina no Palácio da Legião de Honra.

— O nome dela é uma homenagem a *Abraham* Lincoln? — perguntou Woolly.

— É, sim — respondeu Billy. — E há estátuas dele no caminho todo.

— No caminho todo?

— Grupos de escoteiros arrecadaram dinheiro para encomendá-las.

— Tem um busto do Abraham Lincoln na escrivaninha do meu bisavô — comentou Woolly com um sorriso. — Ele era um grande admirador do presidente Lincoln.

— Há quanto tempo existe essa estrada? — perguntou Duchess.

— Foi inventada pelo sr. Carl G. Fisher em 1912.

— Inventada?

— Sim — respondeu Billy. — Inventada. Ele acreditava que o povo americano deveria poder ir de um extremo do país ao outro. Construiu as primeiras partes em 1913, com a ajuda de doações.

— As pessoas *deram* dinheiro a ele para construir a estrada? — perguntou Duchess, descrente.

Billy assentiu com uma expressão séria.

— Inclusive Thomas Edison e Teddy Roosevelt.

— Teddy Roosevelt! — exclamou Duchess.

— Bacana — emendou Woolly.

Enquanto seguiam na direção leste — com Billy nomeando devidamente cada cidadezinha por onde passavam —, Emmett ficou contente por estarem pelo menos fazendo a viagem em um bom tempo.

Sim, a ida a Omaha ia desviá-los do caminho, mas, por terem saído cedo, Emmett supôs que poderiam deixar Duchess e Woolly na rodoviária, dar meia-volta e facilmente chegar a Ogallala antes de escurecer. Talvez desse até para chegar a Cheyenne. Afinal, a essa altura de junho, o dia tinha dezoito horas de luz solar. Na verdade, pensou, se estivessem dispostos a ficar na estrada doze horas por dia e numa média de oitenta quilômetros por hora, conseguiriam concluir a viagem em menos de três dias.

Mas foi então que Billy apontou para uma torre de água ao longe, na qual se lia LEWIS.

— Veja, Duchess: Lewis. Não é a cidade onde você morou?

— Você morou em Nebraska? — perguntou Emmett, olhando para Duchess.

— Por alguns anos, quando era garoto.

Duchess se esticou mais no assento, observando à volta com interesse crescente.

— Ei — disse ele a Emmett, após um instante. — Podemos dar uma passada por lá? Eu adoraria rever o lugar. Você sabe, em homenagem aos velhos tempos.

— Duchess...

— Ah, vamos. Por favor! Sei que você falou que queria estar em Omaha por volta das oito, mas acho que estamos fazendo um ótimo tempo.

— Estamos doze minutos adiantados — interveio Billy, depois de consultar o relógio militar.

— Opa. Viu?

— Está bem — concordou Emmett. — Podemos dar uma passada. Mas só para uma olhadinha.

— É só o que estou pedindo.

Quando chegaram à cidade, Duchess assumiu a copilotagem, assentindo ao ver as placas que deixavam para trás.

— Isso! Isso! Ali. Pegue a esquerda depois do Corpo de Bombeiros.

Emmett virou à esquerda, que os levou a um bairro residencial de belas casas em terrenos bem-cuidados. Depois de alguns quilômetros, viram uma igreja com campanário e um parque.

— Pegue a próxima à direita — instruiu Duchess.

A direita os levou a uma alameda sinuosa.

— Estacione ali.

Emmett estacionou.

Estavam no sopé de um morro gramado no topo do qual ficava um grande prédio de pedras. Com três andares e torres em cada extremo, parecia uma mansão.

— Essa era a sua casa? — perguntou Billy.

— Não — respondeu Duchess, rindo. — É uma espécie de escola.

— Um internato? — indagou Woolly.

— Mais ou menos.

Todos admiraram a imponência do prédio por um momento. Depois, Duchess se virou para Emmett.

— Posso entrar?

— Para quê?

— Para dar um oi.

— Duchess, são seis e meia da manhã.

— Se ninguém estiver acordado, deixo um bilhete. Eles vão gostar à beça.

— Um bilhete para seus professores? — quis saber Billy.

— Precisamente. Um bilhete para os meus professores. E então, Emmett? Vai levar só uns minutos. Cinco minutos no máximo.

Emmett consultou o relógio do painel do carro.

— Está bem — concordou. — Cinco minutos.

Pegando a mochila escolar a seus pés, Duchess saiu do carro e subiu a largas passadas o morro em direção ao prédio.

No banco traseiro, Billy começou a explicar a Woolly por que ele e o irmão precisavam estar em São Francisco para o 4 de Julho.

Emmett desligou o motor e fitou a paisagem pelo para-brisas, desejando ter um cigarro.

Os cinco minutos de Duchess se foram.

Depois, mais cinco.

Balançando a cabeça, Emmett se reprovou por ter deixado Duchess entrar no prédio. Ninguém visita lugar algum em cinco minutos, seja qual for a hora do dia. Decerto ninguém que gostasse tanto de falar quanto Duchess.

Emmett saiu do carro e deu a volta até o banco do carona. Encostado à porta, ergueu os olhos para a escola, reparando que era feita do mesmo calcário vermelho usado na construção do tribunal de Morgen. O material provavelmente viera das pedreiras no Condado de Cass. No fim de 1800, fora usado na construção de prefeituras, bibliotecas e tribunais em todas as cidades num raio de trezentos quilômetros. Alguns prédios se pareciam tanto, que, quando se ia de uma cidade para a vizinha, a impressão que se tinha era a de que se estava no mesmo lugar.

Ainda assim, havia algo meio estranho nesse prédio. Emmett precisou de alguns minutos para se dar conta de que, curiosamente, ele não tinha uma entrada imponente. Quer tivesse sido originalmente projetado como um solar ou uma escola, um prédio dessa magnitude deveria contar com uma entrada condigna. Deveria ser precedido por uma entrada margeada de árvores levando a um impressionante portão.

Ocorreu a Emmett que eles deveriam estar estacionados nos fundos do prédio, mas por que Duchess não os fizera chegar pela frente?

E por que levara com ele a mochila?

— Já volto — disse a Billy e Woolly.

— Ok — responderam ambos, sem tirar os olhos do mapa de Billy.

Subindo o morro, Emmett se dirigiu a uma porta que ficava no centro do prédio. Conforme andava, começou a sentir uma irritação crescente, quase ansiando pelo sermão que daria em Duchess quando o encontrasse. Diria a ele, de forma cristalina, que não dispunham de tempo para esse tipo de bobagem. Que a sua aparição sem convite já era em si uma imposição e que a viagem até Omaha os estava fazendo desviar duas horas e meia do caminho. Cinco horas, se contassem ida e volta. Mas essas ideias sumiram da cabeça de Emmett assim que ele viu o vidro quebrado — o mais próximo da maçaneta. Abrindo a porta devagar, Emmett entrou, sentindo os cacos esmigalhando sob as solas da bota.

Viu-se numa cozinha enorme com duas pias de metal, um fogão de dez bocas e uma câmara frigorífica. Como a maioria das cozinhas em instituições, havia sido arrumada na véspera à noite — as bancadas estavam limpas, os armários, fechados e todas as panelas, penduradas em seus lugares.

O único sinal de desordem, além dos cacos de vidro, estava na área da despensa, do outro lado da cozinha, onde várias gavetas haviam sido abertas e colheres jaziam espalhadas no chão.

Passando por uma porta vaivém, Emmett entrou num refeitório de paredes de madeira com seis mesas compridas, do tipo que se espera ver num mosteiro. A aura religiosa era reforçada por uma grande janela de vitral que refletia desenhos em amarelo, vermelho e azul na parede oposta. A janela retratava o momento em que Jesus, ressuscitado dos mortos, mostrava as chagas nas mãos — só que, nessa imagem, os discípulos impressionados estavam acompanhados de crianças.

Saindo pelas portas principais do refeitório, Emmett se viu em um grande saguão de entrada. À sua esquerda se achava a imponente porta principal que ele imaginara, enquanto à direita havia uma escada feita da mesma madeira de carvalho. Em outras circunstâncias, Emmett gostaria de ter se demorado estudando os entalhes nas almofadas das portas e os balaústres da escada, mas, enquanto registrava a qualidade do trabalho artesanal, ele ouviu um alvoroço vindo de algum lugar acima.

Galgando os degraus de dois em dois, Emmett passou por mais um emaranhado de colheres. No segundo andar, corredores levavam a direções opostas, mas era do que ficava à direita que vinha o som inconfundível de crianças em rebuliço. Então, ele foi por ali.

A primeira porta que Emmett abriu foi a de um dormitório. Embora as camas estivessem arrumadas em duas fileiras perfeitas, as cobertas estavam bagunçadas e as camas, vazias. A porta seguinte revelou um segundo dormitório com mais duas fileiras de camas e mais cobertas desarrumadas. Nesse quarto, porém, sessenta meninos usando pijamas azuis estavam reunidos em seis grupos ruidosos e, no centro de cada um, se via um pote de compota de morango.

Em alguns dos grupos, os meninos obedientemente se revezavam, enquanto, em outros, havia brigas e empurrões, com crianças enfiando colheres nos potes e botando o doce na boca o mais rápido possível, para poderem pegar mais antes que acabasse.

Pela primeira vez, ocorreu a Emmett que aquilo não era um internato. Era um orfanato.

Enquanto ele registrava a desordem, um menino de dez anos e óculos, que notara sua presença, puxou um dos mais velhos pela manga. Erguendo os olhos para Emmett, o garoto mais velho fez sinal para um companheiro. Sem trocar uma palavra, os dois avançaram, ombro a ombro, a fim de se interporem entre Emmett e os demais.

Emmett levantou ambas as mãos, em sinal de paz.

— Não estou aqui para incomodar vocês, só vim procurar o meu amigo. O que trouxe a compota.

Os dois maiores encararam Emmett em silêncio, mas o menino de óculos apontou na direção do corredor.

— Ele foi embora por onde veio.

Emmett saiu do quarto e voltou ao corredor. Estava prestes a descer a escada quando do corredor oposto ouviu o som abafado de uma mulher gritando, seguido de murros na madeira. Emmett parou e seguiu pelo corredor, onde encontrou duas portas com cadeiras inclinadas prendendo as maçanetas. Os gritos e murros vinham de detrás da primeira porta.

— Abra a porta já!

Quando Emmett removeu a cadeira e abriu a porta, uma mulher de uns quarenta anos usando uma longa camisola branca quase desabou no corredor. Atrás dela, Emmett pôde ver outra mulher sentada numa cama, chorando.

— Como ousa! — gritou a primeira, tão logo recuperou o equilíbrio.

Emmett ignorou-a e foi até a segunda porta remover a cadeira. Dentro desse quarto havia uma terceira mulher ajoelhada ao lado da cama rezando e outra, mais velha, sentada placidamente numa cadeira de espaldar alto fumando um cigarro.

— Ah! — exclamou ela, ao ver Emmett. — Quanta gentileza sua abrir a porta! Entre, entre.

Enquanto a mulher mais velha apagava o cigarro num cinzeiro que tinha no colo, Emmett deu um passo à frente, hesitante. Mas, justo quando fez isso, a freira do primeiro quarto surgiu às suas costas.

— Como ousa! — tornou a gritar.

— Irmã Berenice — disse a mulher mais velha. — Por que está gritando com esse jovem? Não vê que ele é o nosso libertador?

A freira soluçante então entrou no quarto, ainda chorando, e a mulher mais velha se virou para falar com a que rezava ajoelhada.

— Compaixão antes da oração, irmã Ellen.

— Sim, irmã Agnes.

A irmã Ellen se levantou de onde estava e tomou nos braços a irmã chorosa, dizendo *chega, chega*, enquanto a irmã Agnes voltava a atenção para Emmett.

— Como se chama, meu jovem?

— Emmett Watson.

— Muito bem, Emmett Watson, talvez você possa nos ajudar a compreender o que aconteceu aqui no St. Nicholas esta manhã.

Emmett sentiu uma enorme vontade de dar meia-volta e sair porta afora, mas a vontade de responder à irmã Agnes foi ainda maior.

— Eu estava levando um amigo até a rodoviária em Omaha e ele pediu que eu fizesse uma parada. Disse que já morou aqui...

As quatro freiras agora olhavam atentamente para Emmett, a chorosa não mais chorando e a tranquilizadora não mais tranquilizando. A gritalhona não mais gritava, mas deu um passo ameaçador na direção de Emmett.

— *Quem* já morou aqui?

— O nome dele é Duchess...

— Ah! — exclamou a freira, virando-se para a irmã Agnes. — Eu não disse que ainda o veríamos por aqui? Não disse que ele voltaria um dia para cometer um ato derradeiro de afronta?

Ignorando a irmã Berenice, a irmã Agnes encarou Emmett com uma expressão de curiosidade cortês.

— Me diga, Emmett, por que Daniel nos trancou em nossos quartos? Com que propósito?

Emmett hesitou.

— Então? — exigiu a irmã Berenice.

Balançando a cabeça, Emmett fez um gesto na direção dos dormitórios.

— O máximo que posso dizer é que ele me fez parar para trazer alguns potes de compota de morango para os meninos.

A irmã Agnes deixou escapar um suspiro de satisfação.

— Pronto. Viu, irmã Berenice? O que o nosso pequeno Daniel voltou para cometer foi um ato de caridade.

O que fosse que Duchess estivera cometendo, pensou Emmett, essa pequena distração já os atrasara trinta minutos, e ele sentiu que, se hesitasse agora, talvez ficassem retidos ali durante horas.

— Muito bem, então — falou, enquanto se dirigia até a porta —, se tudo está resolvido...

— Não, espere — disse a irmã Agnes, estendendo a mão.

Uma vez no corredor, Emmett se apressou em chegar até a escada. Com as vozes das freiras subindo de tom às suas costas, desceu os degraus a toda, passou pelo refeitório e saiu pela porta da cozinha, com uma sensação de alívio.

No meio da descida do morro, percebeu Billy sentado na grama com a mochila ao lado e o grande livro vermelho no colo — enquanto de Duchess, Woolly e do Studebaker, nem sinal.

— Cadê o carro? — indagou Emmett, sem fôlego, quando alcançou o irmão.

Billy ergueu os olhos do livro.

— Duchess e Woolly pegaram emprestado. Mas vão devolver.

— Devolver quando?

— Depois de irem a Nova York.

Por um instante, Emmett encarou o irmão, ao mesmo tempo pasmo e furioso.

Sentindo haver algo errado, Billy tentou tranquilizá-lo:

— Não se preocupe — falou. — Duchess prometeu voltar antes do dia 18 de junho, o que nos dá bastante tempo para chegar a São Francisco para o 4 de Julho.

Antes que Emmett respondesse, Billy apontou para algo atrás do irmão.

— Olhe! — exclamou.

Virando-se, Emmett viu a figura da irmã Agnes descendo o morro, a bainha do longo hábito preto esvoaçando atrás, como se ela flutuasse no ar.

— — —

— Você disse o Studebaker?

Emmett estava sozinho no escritório da irmã Agnes falando com Sally ao telefone.

— Sim, o Studebaker.

— Duchess o pegou?

— Sim.

Fez-se silêncio do outro lado da linha.

— Não entendo — disse Sally. — Levou para onde?

— Para Nova York.

— Nova York, Nova York?

— Sim, Nova York, Nova York.

...

— E você está em Lewis.

— Quase.

— Achei que vocês fossem para a Califórnia. Por que está perto de Lewis? E por que Duchess está a caminho de Nova York?

Emmett começava a se arrepender de ter ligado para Sally. Mas que outra escolha restara?

— Olhe, Sally, nada disso importa agora. O que importa é que preciso recuperar meu carro. Liguei para a estação em Lewis e aparentemente tem um trem para a Costa Leste hoje mais tarde. Caso eu consiga pegá-lo, posso chegar a Nova York antes de Duchess, recuperar meu carro e estar de volta a Nebraska até sexta-feira. O motivo de eu ter ligado para você é que, enquanto isso, preciso de alguém para tomar conta de Billy.

— Ah, por que não falou logo?

Depois de dizer a Sally como chegar ao orfanato e desligar o telefone da irmã Agnes, Emmett olhou pela janela e se pegou pensando no dia em que foi sentenciado.

Antes de sair para o tribunal com o pai, chamara o irmão para explicar que abrira mão do seu direito a um julgamento. Explicou que embora não pretendesse machucar seriamente Jimmy, permitira que sua raiva falasse mais alto, e estava disposto a aceitar as consequências de seus atos.

Enquanto Emmett explicava, Billy não balançou a cabeça discordando, nem argumentou que o irmão estava cometendo um erro. Pareceu entender que ele estava fazendo a coisa certa. Mas se Emmett ia se declarar culpado sem uma audiência, Billy então quis que ele fizesse uma promessa.

— Qual, Billy?

— Prometa que, sempre que sentir vontade de bater em alguém por raiva, você vai contar até dez.

E além de Emmett prometer, os dois selaram o compromisso com um aperto de mão.

Ainda assim, Emmett desconfiava de que, se Duchess estivesse ali agora, dez talvez não fosse um número suficientemente capaz de dar conta do recado.

— — —

Quando entrou no refeitório, Emmett ouviu o clamor de sessenta meninos falando ao mesmo tempo. Qualquer refeitório repleto de meninos tende a ser barulhento, mas Emmett imaginou que aquele estivesse mais barulhento do que de costume por causa da repercussão dos acontecimentos da manhã: a súbita aparição de um misterioso confrade que distribuiu potes de compota após trancar as freiras em seus aposentos.

Graças ao tempo passado em Salina, Emmett sabia que os meninos não estavam apenas revivendo os acontecimentos por conta da animação. Estavam revivendo os acontecimentos a fim de transformá-los numa lenda: queriam gravar todos os detalhes específicos da história, que certamente seria contada nos corredores do orfanato ao longo das décadas futuras.

Emmett encontrou Billy e a irmã Agnes sentados lado a lado no meio de uma das compridas mesas monásticas. Um prato semivazio de torradas havia sido empurrado para abrir espaço para o grande livro vermelho de Billy.

— Na minha opinião — estava dizendo a irmã Agnes, com um dos dedos pousado sobre uma das páginas —, o seu professor Abernathe deveria ter incluído Jesus no lugar de Jasão, pois, com certeza, Ele foi um dos mais intrépidos viajantes que já existiram. Você não acha, William? Ah, aí vem o seu irmão!

Emmett se sentou na cadeira em frente à da irmã Agnes, já que a diante de Billy estava ocupada pela mochila.

— Podemos lhe oferecer algumas torradas, Emmett? Ou talvez um café com ovos?

— Não, obrigado, irmã. Estou bem.

Ela apontou para a mochila.

— Acho que você não teve oportunidade de me dizer para onde estavam indo quando, por acaso, acabaram por nos visitar.

Acabaram por nos visitar, pensou Billy, franzindo a testa.

— Estávamos indo levar Duchess, quer dizer, Daniel, e um outro amigo até a rodoviária de Omaha.

— Ah, sim — disse a irmã Agnes. — Acho que você mencionou.

— Mas a ida até a estação era só um desvio — interveio Billy. — Na verdade, estávamos a caminho da Califórnia.

— Califórnia! — exclamou a irmã Agnes, olhando para Billy. — Que aventura. E por que estavam indo para a Califórnia?

Foi então que Billy contou para a irmã Agnes que a mãe saíra de casa quando os dois eram pequenos, que o pai morrera de câncer, e falou dos postais guardados na caixa na escrivaninha, os que a mãe havia enviado de nove paradas diferentes ao longo da estrada Lincoln a caminho de São Francisco.

— E é lá que vamos encontrá-la — concluiu Billy.

— Bem — disse a irmã Agnes com um sorriso. — Parece mesmo uma aventura.

— Não sei se é uma aventura — disse Emmett. — A realidade é que o banco executou a hipoteca da propriedade. Precisávamos começar de novo e pareceu sensato fazer isso num lugar onde eu possa achar trabalho.

— Sim, é claro — concordou a irmã Agnes num tom mais moderado.

Ela estudou Emmett por um momento e depois olhou para Billy.

— Terminou seu café, Billy? Que tal levar sua louça? A cozinha fica logo ali.

A irmã Agnes e Emmett observaram Billy colocar os talheres e o copo em cima do prato e carregar tudo com cuidado. Então, a freira voltou a atenção para Emmett novamente.

— Tem algo errado?

Emmett se surpreendeu um pouco com a pergunta.

— Como assim?

— Você pareceu um pouco chateado quando compartilhei o entusiasmo do seu irmão com a viagem para o Oeste.

— Acho que eu preferia que a senhora não o tivesse encorajado.

— E por que não?

— Não temos notícia da nossa mãe há oito anos, não fazemos ideia de onde ela está. Como a senhora provavelmente percebeu, meu irmão tem uma imaginação fértil. Por isso, sempre que é possível, tento poupá-lo de decepções, em vez de criar motivos para outras.

Enquanto a irmã o observava, Emmett pôde perceber o próprio desconforto.

Emmett nunca gostou de sacerdócio. Na metade do tempo, tinha a impressão de que as pessoas que pregam tentavam vender a ele algo de que não precisava; na outra metade, vender algo que ele já tinha. Mas, no tocante a pessoas da Igreja, a irmã Agnes o enervava mais do que a maioria.

— Você reparou na janela atrás de mim? — indagou ela, finalmente.

— Reparei.

Ela assentiu e depois, delicadamente, fechou o livro de Billy.

— Quando vim para o St. Nicholas, em 1942, descobri que aquela janela produzia um efeito bastante misterioso em mim. Existia algo nela que captava minha atenção, mas de um jeito que eu não conseguia identificar com clareza. Em algumas tardes, quando tudo estava tranquilo, eu me sentava com uma xícara de café, aí onde você está sentado agora, e a contemplava, simplesmente para absorver aquela imagem. Então, um dia, percebi o que mexia tanto comigo. Era a diferença entre as expressões nos rostos dos discípulos e as expressões nos rostos das crianças.

A irmã Agnes se virou um pouco na cadeira de forma a poder olhar para a janela. Quase com relutância, Emmett seguiu o olhar da freira.

— Se você olhar os rostos dos discípulos, dá para perceber que eles se mostram bastante céticos quanto ao que acabaram de ver. *Com certeza, eles estão pensando consigo mesmos, isso deve ser algum tipo de engodo ou visão, pois com nossos próprios olhos nós vimos a Sua morte na Cruz e com as nossas mãos levamos o Seu corpo para o túmulo.* Mas, se você olhar para os rostos das crianças, não há sinal de ceticismo. Elas observam esse milagre com surpresa e admiração, sim, mas sem descrença.

Emmett sabia que a irmã Agnes tinha boas intenções. E como era uma sexagenária que dedicara a vida não apenas a servir à Igreja, mas também a servir aos órfãos, o jovem sabia que ela merecia sua atenção integral ao contar uma história. Mas, enquanto a ouvia, Emmett não pôde deixar de notar que o desenho em amarelo, vermelho e azul da tal janela se movera da parede para a superfície da mesa, marcando o progresso do sol e a perda de mais uma hora.

— — —

— ... Então ele subiu o morro com a mochila velha do Emmett e quebrou a janela ao lado da porta da cozinha!

Como um dos meninos do orfanato, Billy relatava os acontecimentos da manhã, todo empolgado, enquanto Sally pilotava Betty em meio ao tráfego.

— Ele quebrou a janela?

— Porque a porta estava trancada! E depois entrou na cozinha e pegou um punhado de colheres e levou lá para cima, para os dormitórios.

— O que ele queria com um punhado de colheres?

— Ele queria as colheres porque estava levando para os meninos as suas compotas de morango!

Sally olhou para Billy com uma expressão de choque.

— Ele deu aos meninos um pote da minha compota de morango?

— Não — disse Billy. — Deu seis. Não foi isso que você disse, Emmett?

Tanto Billy quanto Sally se viraram para Emmett, que contemplava a paisagem pela janela do banco do carona.

— Acho que foi isso mesmo — respondeu Emmett, sem olhar para trás.

— Não entendo — falou Sally, quase para si mesma.

Inclinando-se sobre o volante, ela acelerou para ultrapassar um sedã.

— Só *dei* a ele seis potes. Supostamente durariam até o Natal. Por que razão ele daria tudo para um bando de desconhecidos?

— Porque eles são órfãos — explicou Billy.

Sally ponderou a resposta.

— Claro, Billy. Você tem toda a razão. Porque eles são órfãos.

Enquanto Sally registrava o raciocínio de Billy e a caridade de Duchess, Emmett notou que ela estava muito mais indignada com o destino de sua compota do que com o destino do carro dele.

— Ali — disse Emmett, apontando para a estação.

Para fazer a curva, Sally fechou um Chevy. Quando parou, os três saíram da picape. E enquanto Emmett olhava para a entrada da estação, Billy foi até a traseira da picape, pegou sua mochila e começou a pendurá-la nas costas.

Vendo isso, Sally demonstrou alguma surpresa e olhou para Emmett com os olhos semicerrados, repreendendo-o.

— Você não disse a ele? — indagou baixinho. — Ora, não espere que eu diga.

Emmett puxou o irmão para o lado.

— Billy — começou —, não precisa pegar sua mochila agora.

— Tudo bem — disse Billy, enquanto apertava as tiras dos ombros. — Posso tirá-la quando entrarmos no trem.

Emmett se agachou.

— Você não vai entrar no trem, Billy.

— Como assim, Emmett? Por que eu não vou entrar no trem?

— Faz mais sentido você ir com Sally enquanto eu pego o carro. Assim que eu estiver com ele, volto para Morgen e busco você. Não devo levar mais do que uns poucos dias.

Mas, enquanto ouvia a explicação, Billy balançava a cabeça.

— Não — falou. — Não, eu não posso voltar com Sally, Emmett. Já saímos de Morgen e estamos a caminho de São Francisco.

— Verdade, Billy. Estamos a caminho de São Francisco. Mas, neste exato momento, o carro está a caminho de Nova York...

Ao ouvir essas palavras, os olhos de Billy se arregalaram ante a revelação.

— Nova York é onde a estrada Lincoln começa. Depois que a gente pegar o trem e encontrar o Studebaker, a gente pode dirigir até a Times Square e começar a viagem de lá.

Emmett olhou para Sally em busca de apoio.

Ela deu um passo à frente e pousou a mão no ombro de Billy.

— Billy — emendou Sally em seu tom repleto de bom senso —, você está coberto de razão.

Emmett fechou os olhos.

Então, puxou Sally para o lado.

— Sally... — começou, mas ela o interrompeu.

— Emmett, você sabe que nada me agradaria mais do que ficar com Billy por mais três dias. Deus sabe que eu ficaria feliz de continuar com ele por mais três anos. Mas ele já passou quinze meses esperando você voltar de Salina. E, nesse meio-tempo, perdeu o pai e a casa. Agora o lugar do Billy é com você, e ele sabe disso. E imagino que ele ache que você deveria saber também.

O que Emmett efetivamente sabia era que precisava chegar a Nova York e encontrar Duchess o mais rápido possível, e que levar Billy junto não facilitaria em nada a situação.

Mas, sob um aspecto importante, Billy tinha razão: eles já haviam deixado Morgen. Depois de enterrar o pai e pegar suas coisas, os dois deixaram essa parte das suas vidas para trás. Seria um consolo para ambos saber que, não importava o que acontecesse, não precisariam voltar.

Emmett virou-se para o irmão.

— Tudo bem, Billy. Vamos juntos para Nova York.

Billy assentiu, registrando a sensatez da decisão.

Depois de aguardar até que Billy tornasse a apertar as alças da mochila, Sally lhe deu um abraço, recomendando que ele se comportasse e obedecesse ao irmão. Então, sem abraçar Emmett, ela entrou de volta na picape. Ao ligar o motor, porém, ela o chamou até a janela.

— Tem mais uma coisa — disse.

— O quê?

— Se você quer ir até Nova York atrás do seu carro, isso é problema seu, mas não pretendo passar as próximas semanas acordando no meio da noite cheia de preocupação. Por isso, daqui a alguns dias, trate de me ligar para dizer que vocês estão bem.

Emmett começou a explicar como era impraticável atender ao pedido de Sally — que, chegando a Nova York, o foco de ambos seria encontrar o carro, que não sabia onde se hospedariam ou se teriam acesso a um telefone...

— Você não teve problema para encontrar um jeito de me ligar às sete da manhã de hoje para que eu largasse o que estivesse fazendo e dirigisse até Lewis. Não tenho a menor dúvida de que numa cidade tão grande quanto Nova York você há de encontrar outro telefone e tempo para usá-lo.

— Ok — concordou Emmett. — Eu ligo.
— Ótimo — disse Sally. — Quando?
— Quando o quê?
— Quando você vai ligar?
— Sally, eu nem sei...
— Sexta, então. Você me liga na sexta às duas e meia da tarde.

Antes que Emmett pudesse responder, Sally engatou a marcha da picape e rumou para a saída da estação, onde esperou tranquilamente por uma brecha no tráfego.

Mais cedo nessa manhã, enquanto se preparavam para ir embora do orfanato, a irmã Agnes dera a Billy uma corrente com a medalha de São Cristóvão, o padroeiro dos viajantes. Quando a freira se virou para Emmett, ele temeu que fosse ganhar uma medalha também. Em vez disso, ela falou que queria lhe perguntar algo, mas antes precisava contar uma história: a história de como Duchess chegou ao orfanato.

Numa tarde do verão de 1944, disse ela, um homem cinquentão surgiu à porta do orfanato com um menino magrinho de oito anos ao lado. Quando ficou sozinho com a irmã Agnes em sua sala, o homem explicou que o irmão e a cunhada haviam morrido num acidente de carro e que era o único parente vivo do menino. Claro que o que mais queria era cuidar do sobrinho, sobretudo naquela idade tão delicada, mas, como oficial das Forças Armadas, precisava embarcar para a França no fim da semana e não sabia quando voltaria da guerra, nem, na verdade, se chegaria a voltar...

— Ora, eu não acreditei numa palavra sequer. Nem foi por conta daquele cabelo desalinhado que dificilmente seria aceitável num oficial das Forças Armadas, ou da moça jovem e bonita que o esperava no banco do carona do seu conversível. Ficou evidente que ele era o pai do menino. Mas minha vocação não é me preocupar com a falsidade de homens inescrupulosos. Minha vocação é me preocupar com o bem-estar de meninos abandonados. E que não reste dúvida quanto a isso, Emmett: o jovem Daniel foi abandonado. Sim, o pai reapareceu dois anos depois para buscá-lo, quando lhe foi conveniente, mas Daniel não esperava por isso. A maioria dos meninos que chega aqui é genuinamente órfã. Temos garotos cujos pais morreram de *influenza* ou em incêndios, cujas mães morreram no parto e os pais, na Normandia. E é uma provação terrível para essas crianças, que precisam crescer sem o amor dos pais. Imagine, então, tornar-se órfão não por causa de uma calamidade, mas por opção do pai, pela sua constatação de que o filho se tornou algo inconveniente.

A irmã Agnes deu tempo a Emmett para registrar o que ouvira.

— Não tenho dúvidas de que você está zangado com Daniel por tomar liberdades com o seu carro. Mas ambos sabemos que existe bondade nele, uma bondade que lá está desde o começo, mas que não teve oportunidade de florescer plenamente. Neste momento crucial da vida, o que ele precisa mais do que tudo é de um amigo confiável que permaneça a seu lado, um amigo que o impeça de fazer tolices e o ajude a encontrar o caminho para cumprir seu propósito cristão.

— Irmã, a senhora disse que ia me perguntar uma coisa. Não disse que ia me pedir uma coisa.

A freira fitou Emmett por um instante e depois sorriu.

— Tem toda a razão, Emmett. Não estou perguntando. Estou pedindo.

— Já tenho alguém de quem preciso cuidar. Alguém que é sangue do meu sangue e que ficou órfão de verdade.

A freira olhou para Billy com um sorriso afetuoso, mas depois, sem desistir do seu intento, tornou a se virar para Emmett.

— Você se considera um cristão, Emmett?

— Não sou do tipo que frequenta a Igreja.

— Mas se vê como um cristão?

— Fui criado para ser cristão.

— Então, imagino que você conheça a parábola do Bom Samaritano.

— Sim, irmã, conheço a parábola. E sei que um bom cristão ajuda um homem necessitado.

— Sim, Emmett. Um bom cristão mostra compaixão pelos que estão em dificuldades. E isso é uma parte importante do significado da parábola. Mas uma mensagem igualmente importante que Jesus quer passar é a de que nem sempre conseguimos *escolher* a quem devemos nos mostrar caridosos.

Quando saíra de casa pouco antes do raiar do dia e pegara a estrada, Emmett soubera que ele e Billy estavam libertos — livres de dívidas ou obrigações, prontos para começar a vida do zero. E agora, depois de viajar apenas cem quilômetros na direção errada, já havia feito duas promessas em duas horas.

Uma vez que o tráfego finalmente diminuiu e Sally pegou a esquerda depois da estação, Emmett esperou que ela se virasse e acenasse. Mas, inclinada sobre o volante, Sally pisou no acelerador, Betty tossiu fumaça e ambas rumaram para oeste sem olhar para trás.

Só quando ela já sumira de vista, Emmett se deu conta de que não tinha dinheiro algum.

Duchess

Que dia, que dia, que dia! O carro de Emmett talvez não fosse o mais veloz na estrada, mas o sol brilhava forte, o céu estava azul e todo mundo que víamos estampava um sorriso no rosto.

Depois de Lewis, ao longo dos primeiros duzentos e quarenta quilômetros, passamos por mais silos do que por seres humanos. E quase todas as cidades que atravessamos pareciam obedecer a um decreto municipal que previa uma unidade de cada coisa: um cinema e um restaurante; um cemitério e uma instituição bancária; e muito provavelmente também havia nelas uma única noção de certo e errado.

Mas, para a maioria das pessoas, o lugar onde residem não faz diferença. Quando se levantam de manhã, não têm a pretensão de mudar o mundo. Querem uma xícara de café e uma torrada, querem cumprir suas oito horas de trabalho e terminar o dia com uma garrafa de cerveja diante da tevê. É mais ou menos como vivem todos, quer morem em Atlanta, na Geórgia ou em Nome, no Alasca. E se a maioria não se importa com o lugar onde reside, com certeza não se importa com o lugar para onde está indo.

Isso era o que dava charme à estrada Lincoln.

Quando a gente vê a estrada num mapa, a impressão é a de que o tal de Fisher de quem Billy falou pegou uma régua e traçou uma linha reta de um lado ao outro do país sem dar a mínima para montanhas e rios. Ao fazê-lo, deve ter imaginado que a estrada fosse funcionar como um canal oportuno para o transporte de mercadorias e ideias de mar brilhante para mar brilhante, numa derradeira consecução de um destino manifesto. Só que todo mundo por quem passamos aparentava apenas uma bem-

-aceita falta de propósito. *Que a estrada venha ao nosso encontro*, dizem os irlandeses, e era isso mesmo que acontecia com os intrépidos viajantes na estrada Lincoln. Ela ia ao encontro de cada um, quer rumassem para o Leste, para o Oeste ou ficassem girando em círculos.

— Foi superbacana da parte do Emmett nos emprestar o carro — disse Woolly.

— Foi mesmo.

Woolly sorriu um instante e depois sua testa se franziu igualzinho à de Billy.

— Você acha que eles vão ter algum problema para voltar para casa?

— Não — respondi. — Aposto que Sally botou rapidinho a picape na estrada e, a esta hora, os três já estão na cozinha dela comendo pães com geleia.

— Você quis dizer pães com compotas.

— Precisamente.

Na verdade, eu me sentia um pouco mal por Emmett ter perdido tempo com o percurso de ida e volta a Lewis. Se eu soubesse que ele guardava a chave do carro no quebra-sol, podia ter lhe poupado a viagem.

A ironia é que, quando saímos da casa de Emmett, eu não pretendia pegar o carro emprestado. Àquela altura, só queria pegar o ônibus da Greyhound. Por que não fazer isso? No ônibus a gente se recosta e relaxa. Dá para tirar um cochilo ou bater um papinho com o vendedor de couro para calçados do outro lado do corredor. Mas quando estávamos prestes a fazer a curva para Omaha, Billy veio com a história da estrada Lincoln, e num abrir e fechar de olhos nos vimos nos arredores de Lewis. Então, quando saí do St. Nick, lá estava o Studebaker estacionado com a chave no lugar e o banco do motorista vazio. Foi como se Emmett e Billy tivessem planejado a coisa toda. Ou o Bom Deus. De todo jeito, o destino pareceu se anunciar em alto e bom som — ainda que Emmett fosse precisar fazer a viagem de ida e volta.

— A boa notícia — falei para Woolly — é que, neste ritmo, devemos chegar a Nova York na quarta de manhã. Podemos ver meu velho, zarpar para o campo e voltar com a parte do Emmett antes que ele dê pela nossa falta. E, levando em conta o tamanho da casa que você e Billy imaginaram, acho que Emmett vai gostar de contar com uns trocados a mais quando puser os pés em São Francisco.

Woolly sorriu ao ouvir a menção à casa de Billy.

— Por falar no nosso ritmo — prossegui —, quanto tempo falta para chegarmos a Chicago?

O sorriso de Woolly se apagou.

Na ausência de Billy, eu dera a ele a função de copiloto. Como Billy não nos deixara pegar emprestado o seu mapa, tivemos de arrumar outro por conta própria (num posto de gasolina, claro). E, assim como Billy, Woolly tinha marcado cuidadosamente a nossa rota com uma linha preta que seguia a estrada Lincoln até Nova York. Mas, depois que começamos o trajeto, ele passou a agir como se quisesse se livrar logo do mapa, guardá-lo no porta-luvas.

— Você quer que eu calcule a distância? — indagou num inquestionável tom de agouro.

— Escute só, Woolly: por que você não esquece Chicago e procura alguma coisa para a gente ouvir aí no rádio?

E, simples assim, o sorriso voltou.

Era de se supor que o rádio estivesse sintonizado na estação favorita de Emmett, mas tínhamos deixado esse sinal para trás em algum lugar de Nebraska. Por isso, quando Woolly ligou o rádio, tudo que ouvimos foi estática.

Durante alguns segundos, Woolly voltou sua atenção integral para isso, como se quisesse identificar precisamente de que tipo de estática se tratava. Mas, assim que começou a girar o dial, percebi que ali estava outro dos talentos ocultos de Woolly — como a lavagem de pratos e a planta da casa. Porque Woolly não apenas girou o dial e torceu para que o melhor acontecesse. Ele o girou como um arrombador de cofres. De olhos semicerrados e com a língua presa entre os dentes, deslocou aquela agulhinha laranja por todo o espectro do visor até conseguir uma ínfima sugestão de sinal. Depois, com mais lentidão ainda, deixou esse sinal ganhar força e nitidez, até que de repente parou de mover a agulha ao encontrar uma recepção perfeita.

O primeiro sinal que Woolly conseguiu sintonizar foi o de uma estação de música country que tocava uma canção sobre um caubói no campo que perdera o cavalo ou a amada. Antes que eu conseguisse descobrir qual dos dois, Woolly já havia girado o dial. A próxima transmitia, ao vivo, um relatório de colheita, diretamente de Iowa City, seguido do sermão de um pastor batista e sucedido por uma peça de Beethoven com todas as arestas aparadas. Quando Woolly não parou nem mesmo no "Sh-boom, sh-boom", comecei a me perguntar se nada no rádio lhe soaria satisfatório. Mas, no momento em que ele girou na estação 1540, estava começando um comercial sobre cereais matinais. Largando o botão, Woolly olhou fixo para o rádio, dando ao anúncio o tipo de atenção que se costuma reservar para um médico ou vidente. E foi assim que começou.

Ah, como esse cara adora um comercial. Durante os cento e sessenta quilômetros seguintes, devemos ter ouvido uns cinquenta. E de todos os assuntos. De um Coupê DeVille ao novo sutiã de Playtex. Aparentemente não fazia diferença. Porque Woolly não pretendia comprar coisa alguma. O que o cativava era a dramaticidade.

No início de um comercial, Woolly ouvia com expressão séria o ator ou a atriz enunciar seu dilema específico, como o sabor tépido dos cigarros de mentol ou as manchas de grama nas calças das crianças. Pela expressão de Woolly, percebia-se que não só ele partilhava a aflição do protagonista, como também nutria uma suspeita latente de que *todas* as buscas de felicidade estavam fadadas à decepção. Mas, assim que essas almas apoquentadas decidiam testar a nova marca disso ou daquilo, o semblante de Woolly se iluminava, e quando elas descobriam que o produto em questão não só removia os grumos do purê de batata, mas os grumos das próprias vidas, Woolly abria um sorriso, parecendo animado e com a confiança renovada.

Alguns quilômetros a oeste de Ames, em Iowa, o comercial que Woolly sintonizou nos apresentou a uma mulher que acabara de descobrir —

com absoluta consternação — que cada um dos três filhos chegara para jantar trazendo um convidado. Diante da revelação desse contratempo, Woolly emitiu um suspiro audível. De repente, porém, ouvimos o brandir de uma varinha mágica, seguido pela aparição de ninguém menos do que o Chef Boy-Ar-Dee, com seu grande e extravagante chapéu de mestre--cuca e um sotaque mais extravagante ainda. Um novo abano de mão fez surgirem, enfileiradas na bancada da cozinha, seis latas do seu Espaguete ao Molho de Carne prontas para salvar o dia.

— Parece delicioso, não? — comentou Woolly com um suspiro, enquanto os meninos do comercial atacavam o jantar.

— Delicioso? — exclamei aterrorizado. — É enlatado, Woolly.

— Sei disso. Não é fantástico?

— Sendo ou não fantástico, não é assim que se come um prato italiano.

Woolly se virou para mim com uma curiosidade legítima.

— Como é que se come um prato italiano, Duchess?

Ah! Por onde começar?

— Você já ouviu falar do Leonello's? — perguntei. — Aquele restaurante supertradicional lá no Harlem?

— Acho que não.

— Então, é melhor puxar uma cadeira e se sentar.

Woolly fez uma genuína tentativa de obedecer.

— O Leonello's — comecei — é um lugarzinho italiano com dez sofazinhos mais reservados, dez mesas e um bar. Os sofás são forrados de couro vermelho, as mesas têm toalhas de Vichy vermelho e branco e no *jukebox* toca Sinatra, como seria de esperar. O único problema é que se a gente entrar lá como quem não quer nada numa quinta-feira à noite e pedir uma mesa, não nos deixam jantar, nem se o restaurante estiver vazio.

Como alguém que adora um enigma, o rosto de Woolly se iluminou.

— Por que não nos deixam jantar, Duchess?

— Não nos deixam jantar, Woolly, porque as mesas já estão todas ocupadas.

— Mas você acabou de dizer que o lugar está vazio.

— E está.

— Ocupadas por quem, então?

— Ah, meu amigo, eis a questão. Veja, o Leonello's funciona assim: todas as mesas têm reservas perpétuas. Se você é cliente do Leonello's, você pode ter a mesa para quatro pessoas ao lado do *jukebox* aos sábados às oito da noite. E você paga por essa mesa todo sábado à noite, quer apareça ou não para jantar, para que ninguém mais possa ocupá-la.

Olhei para Woolly.

— Está me acompanhando até aqui?

— Estou te acompanhando — respondeu ele.

E dava para ver que sim.

— Digamos que você não é cliente do Leonello's, mas é sortudo o suficiente para ter um amigo que é, e esse amigo lhe dá o direito de usar sua mesa enquanto ele viaja. Quando chega a noite de sábado, você veste a sua melhor beca e se manda para o Harlem com seus três amigos mais chegados.

— Como você, Billy e Emmett.

— Precisamente. Como eu, Billy e Emmett. Mas, depois de estarmos todos acomodados e termos escolhido nossas bebidas, não podemos pedir cardápios.

— Por que não?

— Porque não existem cardápios no Leonello's.

Eu realmente peguei Woolly nessa. Quer dizer, ele soltou um suspiro mais alto do que aquele durante o comercial do Chef Boy-Ar-Dee.

— Como se pode pedir o jantar sem um cardápio, Duchess?

— No Leonello's — expliquei —, depois que você já se sentou e pediu as bebidas, o garçom puxa uma cadeira, vira a dita-cuja ao contrário e se senta à sua mesa apoiando os braços no encosto para dizer precisamente o que o restaurante está servindo naquela noite. *Sejam bem-vindos ao Leonello's*, diz ele. *Como entrada esta noite, temos alcachofras recheadas, mexilhões à marinara, mariscos à oreganata e calamari fritti. Como primeiro prato, temos linguine com mariscos, espaguete à carbonara e penne à bolonhesa. E, como prato principal, frango à caçadora, scallopini de vitela, vitela à milanesa e ossobuco.*

Dei uma rápida espiada no meu copiloto.

— Vejo pela sua expressão que você ficou meio zonzo com essa variedade toda, Woolly, mas não se preocupe, porque o único prato que você precisa pedir no Leonello's é o que o garçom não mencionou: Fettuccine Mio Amore, a especialidade da casa. Uma massa caseira num molho de tomate, bacon, cebolas caramelizadas e pimenta calabresa.

— Mas por que o garçom não menciona o prato, se é a especialidade da casa?

— Ele não menciona *porque* é a especialidade da casa. Funciona assim com o Fettuccine Mio Amore. Ou você já o conhece bem para poder pedir, ou não merece comê-lo.

Deu para ver pelo sorriso de Woolly que ele estava aproveitando a noite no Leonello's.

— Seu pai tinha uma mesa no Leonello's? — perguntou.

Eu ri.

— Não, Woolly. Meu velho não tinha mesa em lugar nenhum. Mas, durante seis meses gloriosos, ele foi o *maître*, e me deixavam ficar na cozinha, desde que eu não atrapalhasse.

Eu estava prestes a contar a Woolly sobre Lou, o *chef*, quando um motorista de caminhão nos ultrapassou acelerando forte e brandindo o punho.

Normalmente, eu reagiria com um gesto insultuoso como morder o polegar, mas, quando ergui os olhos para fazer isso, percebi que me distraíra tanto contando a história que havia reduzido a velocidade para menos de cinquenta quilômetros por hora. Não era de se estranhar o caminhoneiro perder as estribeiras.

Quando pisei com vontade no acelerador, porém, o indicador laranja no velocímetro caiu de 50 para 40. Afundei o pedal, mas aí reduzimos para 30, e, ao me dirigir para o acostamento, o motor parou.

Ligando e desligando o carro, contei até três e apertei o botão de partida em vão.

Maldito Studebaker, resmunguei baixinho. Provavelmente é a bateria de novo, pensei. Mas, nesse mesmo instante, me dei conta de que o rádio continuava tocando, então não podia ser a bateria. Talvez tivesse algo a ver com as velas de ignição...

— Ficamos sem gasolina? — perguntou Woolly.

Depois de fitar Woolly por um segundo, olhei para o marcador de gasolina. Nele também havia um indicador laranja e, sem dúvida, estava parado lá embaixo.

— Parece que sim, Woolly. Parece que sim.

Por sorte, continuávamos no perímetro urbano de Ames, e não muito longe na estrada vi o cavalo alado vermelho de um posto de gasolina Mobil. Enfiei a mão nos bolsos e retirei todos os trocados que tinham sobrado do que eu pegara da gaveta do sr. Watson. Descontando o que gastei comprando o hambúrguer e o sorvete de casquinha em Morgen, o total era de sete centavos.

— Woolly, por acaso você tem algum dinheiro?

— Dinheiro? — respondeu ele.

Por que será, perguntei a mim mesmo, que gente que nasce com dinheiro sempre fala essa palavra como se fosse de outro idioma?

Saindo do carro, olhei para um lado e para o outro da estrada. Do outro lado da pista, havia uma lanchonete que começava a encher com a clientela do almoço. Ao lado, uma lavanderia automática tinha dois carros no estacionamento. Um pouco mais distante, porém, uma loja de bebidas dava a impressão de ainda não estar aberta.

Na cidade de Nova York, nenhum proprietário de loja de bebidas que se preze deixaria dinheiro no caixa durante a noite. Só que não estávamos em Nova York, mas no interior, onde a maioria das pessoas que lê *Em Deus confiamos* numa nota de um dólar leva ao pé da letra essa máxima. E na hipótese remota de não haver dinheiro no caixa, pensei que poderíamos pegar uma caixa de uísque e oferecer algumas garrafas ao atendente do posto em troca de gasolina para encher o tanque.

O único problema era como entrar.

— Me dê a chave, por favor.

Inclinando-se, Woolly retirou a chave da ignição e passou-a para mim pela janela.

— Obrigado — falei, dirigindo-me para o porta-malas.

— Duchess?

— Sim, Woolly?

— Você acha que é possível...? Você acha que eu devo...?

Em geral, não gosto de interferir nos hábitos de outros homens. Se o sujeito gosta de acordar cedo e ir à missa, que acorde cedo e vá à missa; e se ele quer dormir até o meio-dia vestido com a roupa da véspera, que durma até o meio-dia vestido com a roupa da véspera. Mas considerando que só restavam poucos frascos do remédio de Woolly e eu precisava de sua ajuda como copiloto, eu lhe pedira que pulasse a dose do meio da manhã.

Dei outra olhada na loja de bebidas. Eu não fazia ideia de quanto tempo levaria para entrar e sair. Nesse ínterim, seria até bom que Woolly ficasse perdido nos próprios pensamentos.

— Tudo bem — respondi. — Mas não tome mais de uma ou duas gotas.

Ele já estava estendendo o braço para o porta-luvas quando me aproximei da traseira do carro.

Quando abri o porta-malas, tive que sorrir. Porque, quando Billy dissera que ele e Emmett iam tomar o rumo da Califórnia com nada além do que coubesse num saco de viagem, eu supus que era maneira de dizer. Só que era mesmo um saco de viagem. Botando-o de lado, retirei o feltro que cobria o estepe. Acomodado ao lado do pneu, achei o macaco e a alavanca. A alavanca tinha mais ou menos a largura de uma bengala doce, mas se era forte o suficiente para erguer um Studebaker, supus que fosse forte o suficiente para abrir a porta de uma lojinha de vilarejo.

Pegando a alavanca com a mão esquerda, me dediquei a pôr o feltro no lugar com a direita. Foi quando vi uma beiradinha de papel se destacando por trás do negrume do pneu, tão branca quanto a asa de um anjo.

Emmett

Emmett levou meia hora para chegar ao portão do pátio de carga. Embora as linhas de passageiros e de carga fossem adjacentes, ficavam de costas uma para a outra. Por isso, a despeito de seus respectivos terminais se acharem separados apenas por umas poucas centenas de metros, para ir da entrada de um até a entrada do outro era preciso caminhar mais de um quilômetro e dar a volta. O caminho, a princípio, levou Emmett a cruzar uma via pública bem-cuidada e margeada de lojas, mas que depois ia dar nos trilhos e numa zona de fundições, ferros-velhos e garagens.

Enquanto prosseguia junto à cerca de arame que delimitava o pátio ferroviário, Emmett começou a sentir a enormidade da missão diante de si, pois, enquanto o terminal de passageiros tinha apenas o tamanho suficiente para acomodar as poucas centenas de viajantes que chegavam ou partiam diariamente dessa cidade de médio porte, o pátio de carga era esparramado. Abrangendo uns dois hectares, abrigava um pátio de recepção, um pátio de comutação, rotundas, escritórios e áreas de manutenção e, sobretudo, vagões de carga. Centenas de vagões de carga. Retilíneos e cor de ferrugem, enfileiravam-se traseira com traseira numa extensão quase a perder de vista. E independentemente de estarem embicados para a direção leste ou oeste, norte ou sul, carregados ou vazios, eram bem como o senso comum fizera Emmett imaginar: sem identidade e intercambiáveis.

A entrada para o pátio ficava numa rua larga com depósitos em ambos os lados. Quando Emmett se aproximou, a única pessoa que viu foi um homem de meia-idade numa cadeira de rodas junto ao portão. Mesmo à distância, Emmett conseguiu discernir que as duas pernas do sujeito haviam sido amputadas acima do joelho — um ferimento de guerra, sem dúvida. Se a intenção do veterano era se aproveitar da bondade de desconhecidos, pensou Emmett, ele teria se dado melhor em frente ao terminal de passageiros.

Para avaliar melhor a situação, Emmett se postou do lado da rua oposto aos portões, na entrada de um prédio lacrado. Não muito distante, por trás da cerca, dava para ver uma construção de tijolos de dois andares em estado razoável. Devia ser ali o centro de comando — a sala com as listas de cargas e os horários. Ingenuamente, Emmett imaginara que conseguiria entrar no prédio sem ser visto e colher as informações necessárias de um cronograma pendurado numa parede. Logo além dos portões, porém, havia um prédio pequeno muito semelhante a uma guarita de vigilância.

Como confirmação, enquanto Emmett estudava o local, um caminhão parou na entrada e um homem uniformizado saiu da casinha com uma prancheta, para liberar o caminhão. Não seria possível entrar sem ser visto nem colher informação alguma, pensou Emmett. Teria que esperar a informação chegar até ele.

Emmett consultou o mostrador do relógio militar que Billy lhe emprestara. Onze e quinze. Calculando que sua oportunidade surgiria na hora do almoço, encostou-se à sombra do portal para aguardar e ficou pensando no irmão.

Quando Emmett e Billy tinham entrado no terminal de passageiros, algum tempo antes, Billy arregalou os olhos, registrando os tetos altos, os guichês de bilhetes, a lanchonete, o engraxate e a banca de jornais.

— Nunca pus os pés numa estação de trem — falou Billy.

— É diferente do que você esperava?

— É igualzinho ao que eu esperava.

— Venha — disse Emmett com um sorriso. — Vamos sentar ali.

Emmett atravessou com o irmão o saguão principal até um canto tranquilo onde havia um banco vazio.

Tirando a mochila das costas, Billy se sentou e se afastou para abrir espaço para Emmett, mas Emmett não se sentou.

— Preciso me informar sobre os trens para Nova York, Billy, mas talvez isso demore um pouco. Até eu voltar, quero que você prometa que não vai sair daqui.

— Ok, Emmett.

— E não se esqueça de que aqui não é Morgen. Um monte de gente vai passar para lá e para cá, todos estranhos. Talvez seja melhor não falar com ninguém.

— Entendi.

— Ótimo.

— Mas se você quer se informar sobre os trens para Nova York, por que não pergunta no guichê de informações? É bem ali debaixo do relógio.

Quando Billy apontou, Emmett olhou por sobre o ombro para o guichê de informações, antes de se juntar ao irmão no banco.

— Billy, nós não vamos pegar um dos trens de passageiros.

— Por que não, Emmett?

— Porque todo o nosso dinheiro ficou no carro.

Billy refletiu a respeito e depois estendeu a mão para a mochila.

— Podemos usar meus dólares de prata.

Com um sorriso, Emmett deteve a mão de Billy.

— Não podemos fazer isso. Você vem colecionando esses dólares há anos. E faltam muito poucos, certo?

— Então, como vamos fazer, Emmett?

— Vamos pegar uma carona num dos trens de carga.

Para a maioria das pessoas, supunha Emmett, regras eram um mal necessário, uma inconveniência a ser digerida a fim de garantir o privilégio de viver num mundo ordenado. E por isso a maioria das pessoas, quando tinha uma brecha, desejava esticar um pouco os limites de uma regra.

Correr numa estrada vazia ou subtrair uma maçã de um pomar abandonado. Mas quando se tratava de regras, Billy não era simplesmente um cumpridor, mas um fanático. Fazia a própria cama e escovava os dentes sem que lhe pedissem. Insistia em chegar à escola quinze minutos antes do sinal e sempre levantava o braço na aula antes de abrir a boca. Diante disso, Emmett pensara um bocado em como lhe apresentar a situação e acabara optando pela expressão *pegar uma carona*, na esperança de reduzir quaisquer apreensões que o irmão certamente teria. Pela expressão de Billy, Emmett percebeu que foi a escolha correta.

— Como passageiros clandestinos — disse Billy, arregalando um pouco os olhos.

— Isso mesmo. Como passageiros clandestinos.

Dando um tapinha no joelho do irmão, Emmett se levantou do banco e se virou para ir embora.

— Como Duchess e Woolly no carro do tutor.

Emmett parou e deu meia-volta.

— Como você sabe disso, Billy?

— Duchess me contou. Ontem, depois do café. Estávamos falando do *Conde de Monte Cristo* e de como Edmond Dantès, preso injustamente, escapou do Castelo de If entrando no saco que era para o corpo do Abade Faria, para que os guardas, sem saber, o levassem para fora dos portões da prisão. Duchess me explicou como ele e Woolly fizeram quase exatamente a mesma coisa. Como, por estarem presos injustamente, tinham se escondido no carro do tutor, e o tutor sem saber tirou os dois lá de dentro. Só que Duchess e Woolly não foram jogados no mar.

Durante o relato, Billy exibiu a mesma excitação demonstrada para descrever a Sally o incidente no orfanato — incluindo a janela quebrada e os punhados de colheres.

Emmett voltou a se sentar.

— Billy, você parece gostar do Duchess.

Billy olhou para o irmão com perplexidade.

— Você não gosta do Duchess, Emmett?

— Gosto. Mas só porque eu gosto de alguém não significa que gosto de tudo que essa pessoa faz.

— Tipo quando ele distribuiu as compotas da Sally?

Emmett riu.

— Não. Isso não me incomodou. Estou falando de outras coisas...

Enquanto Billy continuava a encará-lo, Emmett procurou um exemplo apropriado.

— Você se lembra da história que Duchess contou de quando davam uma fugidinha para ir ao cinema?

— Você está falando de quando ele fugia pelo basculante do banheiro e saía correndo pela plantação de batatas?

— Isso. Bom, tem mais umas coisinhas na história que Duchess não contou. Ele não apenas participava dessas fugidinhas para a cidade: era ele quem as organizava. Era ele quem tinha a ideia e convencia um punhado de outros sempre que queria assistir a um filme. O restante da história era aquele mesmo em grande parte. Se escapavam numa noite de sábado por volta das nove, podiam voltar lá pela uma da manhã sem que ninguém ficasse sabendo. Só que uma noite Duchess estava louco para assistir a um bangue-bangue novo com John Wayne. Como tinha chovido a semana toda e parecia que ainda ia chover mais, o único de nós que ele conseguiu convencer foi o meu companheiro de beliche, Townhouse. Os dois não estavam nem na metade do caminho quando começou a chover torrencialmente. Embora estivessem ensopados e com os sapatos atolando na lama, seguiram em frente. Mas, quando enfim chegaram ao rio, que estava cheio por causa da chuva, Duchess se sentou no chão e desistiu. Disse que estava com frio demais, molhado demais, cansado demais para prosseguir. Townhouse achou que já que tinha chegado tão longe não iria desistir. Por isso, nadou para o outro lado, deixando Duchess para trás.

Billy assentia enquanto Emmett falava, franzindo a testa, concentrado.

— Era para ficar tudo bem — continuou Emmett —, mas, depois que Townhouse foi embora, Duchess chegou à conclusão de que estava molhado demais, com frio demais e cansado demais para voltar para o alojamento a pé. Por isso, andou até a estrada mais próxima, acenou para uma picape que passava e perguntou se podia pegar uma carona até uma lanchonete mais à frente. O único problema foi que o motorista da picape era um guarda de folga. Em vez de levar Duchess até a lanchonete, ele o levou até o tutor. E quando Townhouse voltou, à uma da manhã, os guardas o esperavam.

— Townhouse foi punido?

— Foi, Billy. E com bastante severidade, aliás.

O que Emmett não contou ao irmão foi que o tutor Ackerly tinha duas regras simples com relação a *infrações dolosas*. A primeira era que você podia pagar por elas em semanas de sentença ou recebendo chicotadas. Se você arrumasse briga no refeitório, eram três semanas a mais na sentença ou três chicotadas no lombo. A segunda regra era que, como os rapazes negros tinham apenas a metade da facilidade de aprendizagem dos brancos, seus castigos eram duas vezes mais longos. Por isso, enquanto Duchess pegou quatro semanas a mais na sentença, Townhouse levou oito chicotadas, bem na frente do refeitório, com todo mundo em fila para assistir.

— A questão, Billy, é que Duchess é cheio de energia e entusiasmo, e de boas intenções também. Mas, às vezes, a energia e o entusiasmo atrapalham as boas intenções, e, quando isso acontece, as consequências geralmente recaem sobre outra pessoa.

Emmett esperara que essa lembrança fosse causar alguma decepção em Billy — e, pela expressão do irmão, aparentemente acertara na mosca.

— Que história triste — disse o menino.

— É — concordou Emmett.

— Me faz ficar com pena de Duchess.

Emmett fitou o irmão, surpreso.

— Por que pena de Duchess? Foi ele que botou Townhouse em maus lençóis.

— Isso só aconteceu porque Duchess não atravessou o rio por causa da cheia.

— Verdade. Mas por que isso faz você ficar com pena dele?

— Porque ele não deve saber nadar, Emmett. E teve vergonha demais para admitir isso.

— — —

Como Emmett havia previsto, alguns empregados da ferrovia começaram a sair pelo portão logo depois do meio-dia a caminho do almoço. Enquanto observava, Emmett notou que não podia ter se equivocado mais quanto ao posto ocupado pelo veterano de guerra. Praticamente todos os que saíam lhe ofereciam algo — ou uns trocados, ou uma palavra amistosa.

Emmett deduziu que os homens que saíam do prédio da administração muito provavelmente tinham as informações de que ele precisava. Responsáveis pelos cronogramas e embarques, saberiam dizer que vagões de carga iam ser engatados em que trens, a que horas e quais seriam os destinos. Mas Emmett não os abordou. Em vez disso, esperou pelos outros: os guarda-freios, os carregadores e os mecânicos — os homens dos trabalhos manuais e que eram pagos por hora. Por instinto, Emmett sabia que esses homens estariam mais propensos a se enxergar nele e que, caso não se dispusessem propriamente a esbanjar solidariedade, ao menos demonstrariam uma razoável indiferença quanto ao fato de a ferrovia sofrer o prejuízo de uma passagem. Mas, se o instinto disse a Emmett que esses eram os homens a abordar, a lógica lhe indicou que esperasse um retardatário, pois, ainda que um operário se sentisse confortável para infringir as regras em benefício de um desconhecido, tal disposição seria menor se estivesse em grupo.

Emmett precisou esperar quase meia hora pela sua primeira oportunidade: um sujeito solitário que não aparentava mais de vinte e cinco anos, vestindo jeans e uma camiseta preta. Quando o jovem parou para acender um cigarro, Emmett atravessou a rua.

— Com licença — disse.

Apagando o fósforo, o jovem examinou Emmett de alto a baixo, mas não respondeu. Emmett foi em frente com a história que inventara, explicando que tinha um tio em Kansas City que era engenheiro e deveria parar em Lewis em algum momento daquela tarde num trem de carga com destino a Nova York, mas que se esquecera de qual era o trem e a que horas ele chegaria.

Quando pôs os olhos no rapaz, Emmett imaginou que o fato de terem mais ou menos a mesma idade seria uma vantagem. Mas, assim que começou a falar, percebeu que também nisso se equivocara. O desinteresse do jovem por Emmett foi tão grande quanto pode ser o desinteresse de um jovem.

— Não brinca — disse o rapaz, com um sorriso de canto de boca. — Um tio de Kansas City, olhe só.

Então, deu uma tragada e atirou o cigarro inacabado na rua.

— Faça um favor a si mesmo, garoto, e vá embora para casa. A sua mãe deve estar imaginando onde você se meteu.

Quando o rapaz se afastou, Emmett fez contato visual com o pedinte, que assistira a toda a conversa. Emmett desviou o olhar para a guarita para ver se o guarda também observava, mas ele estava recostado na cadeira lendo um jornal.

Um homem mais velho de macacão, que saiu pelo portão em seguida, parou para trocar algumas palavras amistosas com o pedinte. Usava um boné tão empurrado para trás na cabeça que quem visse se perguntaria por que ele o usava. Quando começou a se afastar, Emmett o abordou.

Se a idade próxima se revelou um problema com o primeiro sujeito, Emmett resolveu tirar o máximo proveito da diferença de idades com o segundo.

— Com licença, senhor — falou, de forma respeitosa.

Virando-se, o homem olhou para Emmett com um sorriso amigável.

— Oi, filho. Em que eu posso ajudar?

Quando Emmett repetiu a história do tio, o homem de macacão ouviu com interesse, até mesmo se inclinando para a frente como se não quisesse perder palavra alguma. Mas quando Emmett terminou, o homem balançou a cabeça.

— Eu adoraria ajudar, companheiro, mas só faço conserto. Não pergunto para onde os trens estão indo.

Conforme o mecânico descia a rua, Emmett passou a admitir que precisava de um plano de ação totalmente novo.

— Ei — chamou alguém.

Emmett se virou e viu que era o pedinte.

— Desculpe — disse Emmett, virando os bolsos do avesso. — Não tenho nada para dar a você.

— Você entendeu mal, amigo. Sou eu que tenho algo para dar a você.

Ao perceber sua hesitação, o pedinte moveu a cadeira de rodas para mais perto.

— Você está querendo embarcar num trem para Nova York, não é?

Emmett se mostrou meio surpreso.

— Perdi minhas pernas, não meus ouvidos! Mas ouça: se está tentando embarcar num trem, falou com os caras errados. Jackson não o ajudaria nem que você estivesse morrendo. E Arnie, como ele mesmo disse, só conserta os trens. O que não é pouco, aliás, mas tem tudo a ver com o movimento do trem e nada a ver com o destino dele. Por isso que não adianta falar com Jackson ou Arnie, não mesmo. Se quiser saber como embarcar num trem para Nova York, é comigo que você tem que falar.

Emmett deve ter mostrado incredulidade, porque o pedinte riu e apontou um polegar para o peito.

— Trabalhei vinte e cinco anos para a ferrovia. Quinze como guarda-freios e dez no pátio de comutação, bem aqui em Lewis. Como você acha que perdi as pernas?

Ele apontou para o colo, sorrindo de novo. Depois examinou Emmett, embora de forma mais generosa do que o jovem ferroviário.

— Quantos anos você tem? Dezoito?

— Isso mesmo — respondeu Emmett.

— Acredite se quiser, mas comecei a trabalhar nesses trilhos quando era um pouco mais novo do que você. Naquela época, contratavam quem tinha dezesseis, às vezes quinze anos, se a pessoa fosse alta para a idade.

O pedinte balançou a cabeça com um sorriso nostálgico e depois relaxou na cadeira, como um velho sentado em sua poltrona favorita, confortavelmente acomodado.

— Comecei nas linhas da Union Pacific e trabalhei no ramal sul-oeste durante sete anos. Passei outros oito trabalhando para a Pennsylvania Railroad, a maior do país. Nessa época, eu ficava mais tempo em movimento do que parado. Por isso, em casa, quando me levantava da cama de manhã, parecia que tudo estava se mexendo debaixo dos meus pés. Eu precisava me segurar nos móveis para chegar até o banheiro.

O pedinte riu e tornou a balançar a cabeça.

— Sim, senhor. A Pennsylvania. A Burlington. A Union Pacific e a Great Northern. Conheço todas as linhas.

Então, se calou.

— Você estava falando de um trem para Nova York — retomou Emmett, com delicadeza.

— Isso mesmo — concordou o senhor. — A Big Apple! Mas você tem certeza de que quer ir para Nova York? O bom num pátio de cargas é que você pode ir para qualquer lugar que imaginar e para um bocado de outros que nem cogitou. Flórida. Texas. Califórnia. Que tal Santa Fé? Já foi lá? Isso, sim, é que é cidade. Nesta época do ano, faz calor de dia e frio de noite, e as *señoritas* são as mais graciosas do país.

Quando o pedinte começou a rir, Emmett temeu que ele estivesse novamente perdendo o fio da meada.

— Eu adoraria ir a Santa Fé um dia — disse Emmett —, mas, no momento, preciso ir a Nova York.

O pedinte parou de rir e adotou uma expressão mais séria.

— Bom, a vida é assim, não? Querer ir a um lugar e precisar ir a outro — filosofou, antes de olhar para um lado e depois para o outro e aproximar mais a cadeira. — Sei que você perguntou a Jackson sobre um trem vespertino para Nova York. Ora, é o Empire Special, que sai às 13h55 e é um tesouro. Anda a cento e quarenta e cinco quilômetros por hora e só faz seis paradas. Leva você até lá em menos de vinte horas.

Mas se você quer *chegar* a Nova York, essa não é a melhor escolha, porque, quando chega a Chicago, ele pega uma carga de títulos ao portador que vai para Wall Street. E nunca entram menos de quatro guardas armados, que, quando resolvem retirar você do trem, nem esperam chegar numa estação.

O pedinte olhou para o céu.

— O West Coast Perishables passa por Lewis às seis da tarde. Não é uma viagem ruim. Só que, nesta época do ano, ele vai estar lotado e você vai precisar embarcar em plena luz do dia. Por isso, também não vai querer escolher esse aí. O que você quer é o Sunset East, que passa por Lewis pouco depois da meia-noite. E posso te dar a manha de como embarcar nele, mas antes quero fazer uma pergunta.

— Faça — disse Emmett.

O pedinte abriu um sorriso largo.

— Qual a diferença entre uma tonelada de farinha e uma tonelada de *cream-crackers*?

— — —

Quando voltou ao terminal de passageiros, Emmett ficou aliviado ao encontrar Billy exatamente onde o tinha deixado — sentado no banco, com a mochila ao lado e o grande livro vermelho no colo.

Quando Emmett se aproximou, Billy ergueu os olhos, animado.

— Descobriu em que trem vamos pegar uma carona, Emmett?

— Descobri, Billy. Mas ele só sai pouco depois da meia-noite.

Billy assentiu, demonstrando sua aprovação, como se pouco depois da meia-noite fosse o horário perfeito.

— Tome — disse Emmett, tirando do pulso o relógio do irmão.

— Não — retrucou Billy. — Fica você com ele. Vai precisar prestar atenção na hora.

Enquanto recolocava o relógio, Emmett reparou que já eram quase duas da tarde.

— Estou faminto — falou. — Acho que vou dar uma olhada por aí e ver se consigo arrumar alguma coisa para a gente comer.

— Você não precisa arrumar comida, Emmett. Eu tenho o nosso almoço.

Billy enfiou a mão na mochila e tirou o cantil, dois guardanapos de papel e dois sanduíches embrulhados em papel impermeável com vincos perfeitos e cantos pontiagudos. Emmett sorriu, notando que Sally embrulhava sanduíches tão impecavelmente quanto fazia camas.

— Um é de rosbife e o outro, de presunto — explicou Billy. — Não consegui lembrar se você gosta mais de rosbife do que de presunto ou mais de presunto do que de rosbife, por isso optamos por um de cada. Os dois têm queijo, mas só o de rosbife tem maionese.

— Fico com o de rosbife — disse Emmett.

Os irmãos desembrulharam os sanduíches e ambos deram mordidas avantajadas.

— Deus abençoe Sally.

Billy ergueu os olhos, concordando com Emmett, mas aparentemente curioso com o fato de o irmão se lembrar dela naquele momento. Para explicar, Emmett levantou o sanduíche.

— Ah! — disse Billy. — Não são da Sally.

— Não?

— São da sra. Simpson.

Emmett congelou um instante com o sanduíche no ar, enquanto Billy dava outra mordida.

— Quem é a sra. Simpson, Billy?

— A senhora simpática que se sentou ao meu lado.

— Se sentou ao seu lado aqui?

Emmett apontou para o lugar no banco onde ele próprio estava sentado.

— Não — respondeu Billy, apontando para o lugar vazio à direita. — Ela se sentou ao meu lado aqui.

— Ela fez esses sanduíches?

— Ela comprou na lanchonete, depois trouxe para mim, porque eu disse que não podia me levantar.

Emmett pousou o sanduíche.

— Você não devia aceitar sanduíches de estranhos, Billy.

— Mas não aceitei os sanduíches quando ela era uma estranha, Emmett. Aceitei depois, quando já éramos amigos.

Emmett fechou os olhos um instante.

— Billy — insistiu Emmett com a maior delicadeza —, não dá para ficar amigo de alguém só de falar com esse alguém numa estação de trem. Mesmo que passassem uma hora sentados juntos num banco, você dificilmente saberia alguma coisa dessa pessoa.

— Sei um bocado da sra. Simpson — corrigiu Billy. — Sei que ela foi criada nos arredores de Ottunwa, em Iowa, numa fazenda igualzinha à nossa, embora só plantassem milho e a fazenda nunca tenha sido tomada pelo banco. E ela tem duas filhas, uma que mora em St. Louis e outra que mora em Chicago. E a que mora em Chicago, Mary, está para ter um bebê. O primeiro filho. É por isso que a sra. Simpson estava aqui na estação. Para pegar o Empire Special para Chicago e poder ajudar Mary a cuidar do bebê. O sr. Simpson não pode ir porque é presidente do Lions Club e vai dar um jantar na quinta-feira à noite.

Emmett ergueu as mãos.

— Tudo bem, Billy. Estou vendo que você descobriu um monte de coisas sobre essa tal sra. Simpson. Então, talvez agora ela não seja exatamente uma estranha para você. Vocês passaram esse tempo se conhecendo. Mas isso não transforma vocês dois em amigos. Não basta uma ou duas horas para as pessoas virarem amigas. Leva um pouco mais de tempo. Certo?

— Certo.

Emmett deu mais uma mordida no sanduíche.

— Quanto? — perguntou Billy.

Emmett engoliu.

— Quanto o quê?

— Quanto tempo a gente precisa falar com um estranho para ele se tornar nosso amigo?

Por um instante, Emmett cogitou mergulhar nos meandros de como os relacionamentos se desenvolvem com o tempo. Em vez disso, falou:

— Dez dias.

Billy refletiu um segundo e depois balançou a cabeça.

— Dez dias parece muito tempo para esperar alguém virar nosso amigo, Emmett.

— Seis? — sugeriu Emmett.

Billy deu uma mordida e mastigou enquanto pensava. Depois, anuiu com satisfação.

— Três dias — respondeu.

— Tudo bem — disse Emmett. — Vamos concordar que leva no mínimo três dias para alguém virar um amigo. Mas até lá a gente pensa nessa pessoa como uma estranha.

— Ou uma conhecida — sugeriu Billy.

— Ou uma conhecida.

Os irmãos voltaram a comer.

Emmett indicou com a cabeça o grande livro vermelho, que Billy tinha deixado no banco onde antes a sra. Simpson havia se sentado.

— Que livro é esse que você anda lendo?

— O *Compêndio do professor Abacus Abernathe sobre heróis, aventureiros e outros viajantes intrépidos.*

— Parece interessante. Posso dar uma olhada?

Com uma leve preocupação, Billy olhou do livro para as mãos do irmão e de novo para o livro.

Emmett apoiou o sanduíche no banco e limpou com cuidado as mãos no guardanapo. Então, Billy lhe passou o livro.

Conhecendo o irmão como conhecia, Emmett não abriu simplesmente o livro numa página ao acaso. Começou do começo — do *comecinho* —, pela folha de guarda. O que foi muito bom, porque a capa do livro era lisa, toda vermelha, apenas com o título em letras douradas, ao passo que a folha de guarda continha a ilustração detalhada de um mapa-múndi atravessado por uma série de linhas pontilhadas. Cada uma das linhas era identificada por uma letra do alfabeto e supostamente indicava a rota de determinado aventureiro.

Billy apoiou no banco o próprio sanduíche e limpou as mãos no seu guardanapo; então, se aproximou um pouco de Emmett para que os dois pudessem examinar o livro juntos — exatamente como fazia quando era menor e Emmett lia para ele um livro ilustrado. E, exatamente como naquela época, Emmett olhou para Billy a fim de se assegurar de que podia seguir em frente. Diante da anuência do irmão, Emmett passou para a folha de rosto e se surpreendeu ao ver uma dedicatória:

Ao intrépido Billy Watson,
Desejo todo tipo de viagens e aventuras.
Ellie Matthiessen

Embora o nome soasse vagamente familiar, Emmett não conseguiu se lembrar de quem era Ellie Matthiessen. Billy deve ter percebido a curiosidade do irmão, porque com delicadeza pousou o dedo na assinatura.

— A bibliotecária.

Claro, pensou Emmett. A mulher de óculos que falara de Billy com tanto carinho.

Virando a página, Emmett se deparou com o sumário.

Aquiles
Boone, Daniel
César, Júlio
Da Vinci, Leonardo
Dantès, Edmond
Dom Quixote
Edison, Thomas
Fogg, Phileas
Galileu
Hércules

Ismael
Jasão
Lincoln, Abraham
Magalhães, Fernão de
Napoleão
Orfeu
Polo, Marco
Rei Artur
Robin Hood
Simbá
Teseu
Ulisses
Você
Washington, George
Xenos
Zorro

— Estão em ordem alfabética — explicou Billy.

Passado um momento, Emmett voltou à folha de guarda para relacionar os nomes dos heróis às letras nas várias linhas pontilhadas. Sim, lá estava Fernão de Magalhães navegando da Espanha para as Índias Orientais, Napoleão entrando na Rússia e Daniel Boone explorando as florestas do Kentucky.

Depois de olhar de relance a introdução, Emmett começou a folhear os vinte e seis capítulos do livro, cada qual com oito páginas. Embora todos oferecessem um vislumbre da infância do herói, o foco principal eram suas explorações, conquistas e legados. Emmett entendeu a razão de o irmão voltar repetidas vezes ao livro, já que cada capítulo tinha uma série de mapas e ilustrações fascinantes: o diagrama da máquina voadora de Da Vinci e a planta do labirinto em que Teseu lutou contra o Minotauro.

Ao se aproximar do fim do livro, Emmett parou diante de duas páginas em branco.

— Parece que se esqueceram de imprimir um capítulo.

— Você pulou uma página.

Estendendo a mão, Billy voltou uma página. Eram folhas brancas também, mas no alto da página da esquerda havia o título do capítulo: **Você**.

Billy tocou a página vazia com uma espécie de reverência.

— É aqui que o professor Abernathe convida o leitor a registrar a história da própria aventura.

— Acho que você ainda não viveu a sua aventura — disse Emmett com um sorriso.

— Acho que estamos vivendo agora — emendou Billy.

— Talvez você possa começar a escrevê-la enquanto esperamos o trem.

Billy balançou a cabeça, então voltou até o primeiríssimo capítulo e leu a frase de abertura:

— *Parece apropriado que comecemos as nossas aventuras com a história do veloz Aquiles, cujas explorações antigas foram para sempre imortalizadas por Homero em seu poema épico* A Ilíada.

Billy ergueu os olhos do livro para explicar.

— A origem da Guerra de Troia foi o Julgamento de Páris. Enfurecida por não ter sido convidada para um banquete no Olimpo, a deusa da discórdia lançou na mesa uma maçã de ouro com a inscrição *Para a mais bela*. Quando Atena, Hera e Afrodite reivindicaram a maçã, Zeus mandou as três para a terra, onde Páris, um príncipe troiano, foi escolhido para resolver a disputa.

Billy apontou para uma ilustração de três mulheres de poucos trajes cercando um jovem sentado debaixo de uma árvore.

— Para influenciar Páris, Atena lhe ofereceu sabedoria, Hera ofereceu poder e Afrodite prometeu a ele a mulher mais bonita do mundo, Helena de Esparta, esposa do rei Menelau. Quando Páris escolheu Afrodite, a deusa o ajudou a roubar Helena, o que gerou a fúria de Menelau e a declaração de guerra. Mas Homero não começou do início a sua história.

Billy deslocou o dedo para o terceiro parágrafo e apontou para uma frase em latim de três palavras.

— Homero começou a história *in medias res*, o que significa *no meio de uma coisa*. Começou no nono ano da guerra, com o herói, Aquiles, ruminando a raiva em sua tenda. E, desde então, é assim que várias das maiores histórias de aventura são contadas.

Billy olhou para o irmão.

— Tenho certeza absoluta de que estamos na nossa aventura, Emmett, mas não vou poder começar a escrever até saber qual é o meio dela.

Duchess

Woolly e eu estávamos deitados em nossas camas num Howard Johnson a cerca de oitenta quilômetros de Chicago. Quando passamos pelo primeiro, logo depois de sair do Mississippi e entrar em Illinois, Woolly admirara o telhado laranja e a torrezinha azul. Ao passarmos pelo segundo, ele se espantou — como se imaginasse estar vendo miragens, ou que eu tinha errado o caminho.

— Não precisa ficar nervoso — falei. — É só um Howard Johnson.

— Howard quem?

— É um restaurante e hotel de beira de estrada, Woolly. Existe um montão deles por aí e são todos iguais.

— Todos?

— Todos.

Aos dezesseis anos, Woolly já havia visitado a Europa no mínimo cinco vezes. Estivera em Londres, Paris e Viena, perambulando por museus, assistindo a óperas e subindo até o topo da Torre Eiffel. Mas, na terra natal, Woolly passara a maior parte do tempo viajando do apartamento na Park Avenue para a casa nas Adirondacks e os *campi* das três escolas preparatórias na Nova Inglaterra. Daria para encher o Grand Canyon com tudo que Woolly desconhecia dos Estados Unidos.

Woolly olhou por cima do ombro quando passamos pelo restaurante.

— Vinte e oito sabores de sorvete — comentou, meio espantado.

Por isso, quando foi ficando tarde e já estávamos cansados e com fome e Woolly viu uma torrezinha azul brilhante surgir no horizonte, não houve escapatória.

* * *

Woolly já passara muitas noites em hotéis, mas nunca em algum parecido com um Howard Johnson. Quando chegamos ao quarto, ele o escrutinou como se fosse um detetive de outro planeta. Abriu os armários e ficou atônito ao ver uma tábua de passar e um ferro. Abriu a gaveta da mesinha de cabeceira e ficou atônito ao ver uma Bíblia. E, quando entrou no banheiro, voltou correndo segurando dois sabonetes.

— Estão embrulhados individualmente!

Depois de acomodados, Woolly ligou a tevê. Quando a tela se acendeu, lá estava o Zorro, usando um chapéu ainda maior do que o do Chef Boy-Ar-Dee. Ele conversava com um jovem pistoleiro, passando-lhe um sermão sobre confiança, justiça e o estilo americano de ser. Dava para ver que o pistoleiro começava a perder a paciência, mas, justo quando estava prestes a sacar seu revólver, Woolly mudou de canal.

Agora era o Sargento Joe Friday, de terno e chapéu fedora, dizendo o exato mesmo discurso a um delinquente que trabalhava em sua motocicleta. O delinquente estava perdendo a paciência também. Mas bem na hora em que parecia que ele ia bater na cabeça do sargento com uma manivela, Woolly trocou de canal.

Lá vamos nós de novo, pensei.

Inevitavelmente, Woolly ficou mudando de canal até encontrar um comercial. Então, depois de baixar o volume todo, afofou os travesseiros e se recostou.

Bem típico de Woolly, não? No carro, ele ficara hipnotizado pelo som dos comerciais sem imagem. Agora, queria ver as imagens sem o som. Quando o intervalo comercial terminou, Woolly apagou seu abajur e escorregou na cama para ficar deitado com as mãos atrás da cabeça, olhando para o teto.

Woolly tinha tomado mais umas gotas de remédio depois do jantar, e eu imaginei que elas já estariam fazendo seu efeito mágico a essa altura. Por isso, me surpreendi quando ele falou comigo.

— Ei, Duchess — disse ele, ainda olhando para o teto.
— Sim, Woolly.
— No sábado às oito da noite, quando você, eu, Emmett e Billy nos sentarmos à mesa ao lado do *jukebox*, quem mais vai estar lá?

Deitado na cama, fitei o teto também.

— No Leonello's? Vejamos. Numa noite de sábado, devem jantar por lá alguns figurões. Um lutador de boxe e alguns mafiosos. Quem sabe Joe Di Maggio e Marilyn Monroe, se por acaso estiverem na cidade?

— Todos vão jantar no Leonello's na mesma noite?

— É assim que funciona, Woolly. O pessoal abre um lugar onde ninguém pode entrar e todo mundo quer frequentar.

Woolly pensou um minuto.

— Onde eles vão se sentar?

Indiquei com o dedo um ponto no teto.

— Os gângsteres ficam no sofazinho perto do prefeito. O boxeador, no bar comendo ostras com alguma cantora. E os Di Maggio, na mesa ao lado da nossa. Mas agora vem a parte mais importante, Woolly. Logo ali no sofazinho perto da porta da cozinha tem um sujeito careca de terno listrado sentado sozinho.

— Estou vendo — disse Woolly. — Quem é?

— Leonello Brandolini.

...

— Você diz o dono?

— O próprio.

— E ele se senta sozinho?

— Precisamente. Pelo menos no comecinho da noite. Em geral, ele se acomoda por volta das seis, quando ainda não tem ninguém no restaurante. Come uma coisinha e toma um copo de Chianti. Examina os livros contábeis e às vezes atende um telefonema num daqueles aparelhos com fio comprido que levam para a gente na mesa. Então, por volta das oito, quando o lugar começa a encher, ele arremata com um espresso duplo e vai de mesa em mesa. *Como estão todos hoje?*, pergunta, enquanto afaga o ombro de um cliente. *É um prazer vê-los de novo. Estão com fome? Espero que sim, porque tem muita coisa para comer.* Depois de elogiar as mulheres, ele faz sinal para o barman. *Ei, Rocko, mais uma rodada aqui para os meus amigos.* Então, parte para a mesa ao lado, onde haverá mais afagos em ombros, mais elogios para as mulheres e mais uma rodada de drinques, ou quem sabe dessa vez seja uma travessa de lulas ou um *tiramisu*. Seja o que for, é cortesia da casa. E quando Leonello termina o seu passeio pelo salão, todos — e repito, todos, do prefeito a Marilyn Monroe — sentem que aquela noite é especial.

Woolly estava calado, respeitando o momento, como era devido. Foi quando contei a ele algo que jamais havia contado a ninguém.

— Isso é o que eu faria, Woolly. Isso é o que eu faria se tivesse cinquenta mil.

Pude ouvi-lo virar de lado na cama para olhar diretamente para mim.

— Você compraria uma mesa no Leonello's?

Eu ri.

— Não, Woolly. Eu abriria o *meu próprio* Leonello's. Um lugarzinho italiano com sofás de couro vermelho nos reservados e Sinatra tocando no *jukebox*. Um lugar sem cardápio e onde todas as mesas sejam exclusivas. No sofazinho ao lado da cozinha, eu jantaria e atenderia alguns telefonemas. Depois, por volta das oito, após um espresso duplo, eu iria de mesa em mesa cumprimentando os clientes e dizendo ao barman para servir outra rodada de drinques como cortesia da casa.

Deu para ver que Woolly gostou da minha ideia quase tanto quanto da ideia de Billy, porque depois de tornar a se deitar de barriga para cima ficou sorrindo para o teto, imaginando como seria a cena toda quase tão nitidamente quanto eu podia imaginar. Talvez com mais nitidez ainda.

Amanhã, pensei, vou pedir a ele que desenhe uma planta para mim.

— E onde ele seria? — indagou Woolly, passado um momento.

— Ainda não sei, Woolly. Mas, assim que eu decidir, você será o primeiro a saber.

E ele sorriu de novo.

Uns minutinhos depois, Woolly já estava nos braços de Morfeu. Percebi porque, quando seu braço escorregou da beirada da cama, ficou pendurado ali, com os dedos roçando o tapete.

Então me levantei, coloquei seu braço junto ao corpo e o cobri com o cobertor que estava no pé da cama. Em seguida, enchi um copo com água e o deixei na mesinha de cabeceira. Embora o remédio de Woolly o fizesse acordar com sede de manhã, ele jamais se lembrava de deixar um copo cheio ao alcance da mão antes de dormir.

Depois de desligar a tevê, me despir e me deitar debaixo das cobertas, o que me vi imaginando foi: *Onde ele seria?*

Desde o começo, sempre achei que quando abrisse o meu negócio ele seria na cidade — provavelmente na área do famoso Greenwich Village, na MacDougal ou na Sullivan Street, um daqueles lugarezinhos perto de clubes de jazz e cafés. Mas talvez eu estivesse na trilha errada. Talvez eu devesse abrir num estado onde ainda não existisse um Leonello's. Um estado como... a Califórnia.

Claro, pensei. Califórnia.

Depois que pegássemos o dinheiro de Woolly e voltássemos a Nebraska, não teríamos nem que sair do carro. Seria exatamente como naquela manhã, com Woolly e Billy no banco traseiro e eu e Emmett no banco da frente, só que a agulha na bússola de Billy estaria apontando para oeste.

O problema era que eu não estava tão seguro assim quanto a São Francisco.

Não me entendam mal. É uma cidade cheia de clima: a névoa se estendendo ao longo do cais, os bêbados perambulando pelo estranho bairro de Tenderloin e os dragões de papel gigantes pendurados nas ruas de Chinatown. É por isso que nos filmes alguém sempre acaba sendo assassinado lá. Ainda assim, apesar de todo esse clima, São Francisco não me parecia justificar um lugar como o Leonello's. Simplesmente lhe faltava o estilo.

Mas... e Los Angeles?

A cidade de Los Angeles tem tanto estilo que poderia engarrafá-lo e vendê-lo no exterior. É onde moram os astros de cinema desde o início do cinema. Mais recentemente, virou o ponto ideal para boxeadores e mafiosos se instalarem. Até Sinatra se mudou para lá. E se os Velhos Olhos Azuis puderam trocar a Big Apple por Hollywood, nós também podemos.

Los Angeles, pensei comigo mesmo, onde é verão o inverno todo, onde cada garçonete é uma aspirante a atriz e os nomes das ruas há muito esgotaram o estoque de presidentes e árvores.

Nossa, isso é o que eu chamo de um novo começo!

Mas Emmett tinha razão quanto ao saco de viagem. Um recomeço não envolve apenas ter um novo endereço numa nova cidade. Não é uma questão de ter um novo emprego ou um novo número de telefone, nem mesmo um novo nome. Um recomeço exige zerar a balança. E isso significa pagar tudo que se deve e cobrar tudo que nos é devido.

Ao abrir mão da fazenda e levar sua surra em praça pública, Emmett já acertara as contas. Se íamos juntos para a Califórnia, talvez fosse o momento de eu acertar as minhas.

Não demorei a fazer os cálculos. Já havia passado muitas noites, mais do que o suficiente, no meu beliche em Salina pensando nas minhas dívidas não saldadas, por isso as grandes vieram logo à tona. Eram três no total: uma eu teria que pagar e duas eu teria que cobrar.

Emmett

Emmett e Billy se deslocaram velozes pelo mato na base do aterro, na direção oeste. Teria sido mais fácil ir pelos trilhos, mas a mera ideia soou irresponsável a Emmett, mesmo à luz do luar. Ele parou e se virou para Billy, que fazia o possível para acompanhá-lo.

— Tem certeza de que não quer que eu leve a sua mochila?

— Deixe comigo, Emmett.

Quando retomou o ritmo, Emmett consultou o relógio de Billy e viu que faltavam quinze minutos para a meia-noite. Tinham saído da estação às onze e quinze. Embora a caminhada tivesse sido mais difícil do que Emmett previra, era para eles estarem na altura do pinheiral, motivo pelo qual ele deu um suspiro de alívio quando finalmente vislumbrou as silhuetas de árvores à frente. Chegando ao pinheiral, deram alguns passos sob as sombras e aguardaram em silêncio, ouvindo as corujas piarem acima e sentindo o aroma das pinhas sob os pés.

Consultando novamente o relógio de Billy, Emmett viu que eram 23h55 agora.

— Espere aqui — instruiu.

Emmett escalou o talude e baixou os olhos para os trilhos. À distância, dava para ver os pontinhos de luz da parte frontal da locomotiva. Quando voltou para perto de Billy, ficou feliz por não terem optado por andar sobre os trilhos, pois, ainda que para os olhos de Emmett a locomotiva parecesse estar a mais de um quilômetro, quando alcançou o irmão, a fileira comprida de vagões de carga já passava por eles.

Por excitação ou ansiedade, Billy segurou a mão de Emmett.

Emmett calculou que cinquenta vagões passaram por eles antes que o trem começasse a parar. Quando isso finalmente aconteceu, os últimos dez vagões estavam bem diante de onde os dois se encontravam parados, justo como o pedinte dissera.

Até então, tudo acontecia conforme o pedinte previra.

Qual a diferença entre uma tonelada de farinha e uma tonelada de cream--crackers? Fora essa a pergunta feita pelo pedinte a Emmett no pátio de carga. Então, com uma piscadela, ele solucionara o próprio enigma: *Cerca de três metros cúbicos.*

Uma empresa que transporta carga para lá e para cá pela mesma rota — prosseguiu explicando o pedinte com seu jeito bem-humorado — geralmente se dá melhor se tiver seu próprio meio de transporte, para não ficar sujeita a flutuações de preço. Como a fábrica da Nabisco em Manhattan recebia entregas semanais de farinha do Meio-Oeste e enviava remessas semanais de produtos prontos de volta à mesma região, era vantajoso que tivessem seus próprios vagões. O único problema é que existem poucas coisas mais densas do que um saco de farinha e poucas coisas menos densas do que uma caixa de biscoitos *cream-crackers*. Por isso, enquanto todos os vagões da empresa iam cheios na viagem para o oeste, na volta para Nova York sempre havia cinco ou seis vazios, os quais ninguém se dava o trabalho de vigiar.

Para quem quer pegar carona, observou o pedinte, era uma sorte os vagões vazios serem engatados no fim do trem, pois, quando a locomotiva do Sunset East chegava a Lewis uns minutinhos depois da meia-noite, os tais vagões ainda se encontravam a mais de um quilômetro da estação.

Assim que o trem parou, Emmett rapidamente escalou o talude e testou as portas dos vagões mais próximos. A do terceiro vagão estava destrancada. Depois de chamar Billy com um gesto e lhe dar uma ajuda para entrar, Emmett também subiu, fechou a porta com um estalo ruidoso e mergulhou o vagão na escuridão.

O pedinte dissera que eles poderiam deixar a escotilha aberta para entrar ar e claridade, desde que não se esquecessem de fechá-la quando se aproximassem de Chicago, onde uma escotilha aberta provavelmente não passaria despercebida. Mas Emmett não se lembrou de abrir a escotilha antes de fechar a porta do vagão, nem mesmo de verificar onde ficava. Estendendo as mãos, tateou em busca do trinco para poder abrir a porta de novo, mas o trem deu uma guinada, jogando-o contra a parede oposta.

Na escuridão, ouviu o irmão se mexer.

— Fique quieto, Billy — alertou —, enquanto eu procuro a escotilha.

De repente, porém, um facho de luz surgiu à sua frente.

— Você quer usar a minha lanterna?

Emmett sorriu.

— Sim, Billy, quero. Melhor ainda: por que você não ilumina aquela escada ali no canto?

Subindo na escada, Emmett abriu a escotilha e deixou entrar a luz do luar e um bem-vindo sopro de ar. Depois de ter passado o dia todo exposto ao sol, devia estar fazendo uns trinta graus dentro do vagão.

— Vamos nos deitar ali — disse Emmett, tomando a dianteira em direção ao outro extremo do vagão, onde os dois não seriam vistos com grande facilidade caso alguém olhasse pela escotilha.

Billy tirou duas camisas da mochila e entregou uma delas a Emmett, explicando que, se as dobrassem, seria possível usá-las como travesseiros, do mesmo modo que fazem os soldados. Depois, com as tiras da mochila reafiveladas, deitou a cabeça na camisa dobrada e adormeceu quase imediatamente.

Embora se sentisse quase tão exausto quanto o irmão, Emmett sabia que não conseguiria pegar no sono tão rápido. Estava agitado demais por conta dos acontecimentos do dia. O que queria de verdade era um cigarro. Teria que se contentar com um gole de água.

Pegando com cuidado a mochila de Billy, Emmett a levou para um ponto debaixo da escotilha onde o ar era um pouco mais fresco e sentou-se com as costas apoiadas na parede. Abriu as fivelas da mochila, tirou dela o cantil de Billy, desatarraxou a tampa e tomou um gole. Estava tão sedento que facilmente teria esvaziado o cantil, mas talvez não tivessem a chance de conseguir mais água até chegarem a Nova York. Por isso, tomou um segundo gole e devolveu o cantil à mochila, fechando-a como faria o irmão. Estava a ponto de pousá-la no chão quando reparou no bolso externo. De olho em Billy, ergueu a aba e pegou o envelope pardo.

Por um instante, ficou com o envelope nas mãos, como se tentasse avaliar seu peso. Depois de dar uma segunda espiada no irmão, desenrolou o fio vermelho e despejou os cartões-postais da mãe no colo.

Na infância, Emmett jamais descreveria a mãe como alguém infeliz. Nem para outra pessoa, nem para si mesmo. A certa altura, porém, de um jeito implícito, entendeu que ela era infeliz. Entendeu não por causa de lágrimas ou lamúrias, mas porque via as tarefas inacabadas no início da tarde. Quando descia até a cozinha, descobria uma dúzia de cenouras na tábua de cortar ao lado da faca, seis cortadas e seis inteiras. Ou, ao voltar do celeiro, encontrava metade da roupa lavada pendurada na corda e a outra metade úmida numa cesta. Ia procurar pela mãe e era comum achá-la sentada nos degraus da varanda com os cotovelos apoiados nos joelhos. Quando a chamava baixinho, quase hesitante — *Mãe?* —, ela erguia os olhos como se ficasse agradavelmente surpresa. Abrindo espaço para ele no degrau, apoiava o braço no ombro do filho ou lhe afagava o cabelo, antes de voltar a olhar para o que quer que estivesse olhando antes: algum lugar entre os degraus da varanda e o horizonte.

Como crianças pequenas não sabem como as coisas deveriam ser feitas, elas acabam imaginando que os hábitos da própria casa são os hábitos de todo mundo. Se uma criança cresce numa família em que palavras raivosas são ditas no jantar, ela passa a supor que palavras raivosas sejam ditas em todas as mesas de cozinha, enquanto uma criança que cresce numa família em que não se fala nada no jantar imagina que todas as famílias comam em silêncio. Ainda assim, a despeito da prevalência de tal verdade, o jovem Emmett sabia que tarefas domésticas largadas pela metade no início da tarde eram um sinal de que algo não ia bem — assim como ele viria a se dar conta alguns anos depois de que a mudança de cultivos de uma estação para a outra revelava um fazendeiro perdido que não sabia o que fazer.

Segurando os cartões sob a claridade do luar, Emmett os reviu, um por um, na ordem progressiva para o oeste — Ogallala, Cheyenne, Rawlins, Rock Springs, Salt Lake City, Ely, Reno, Sacramento, São Francisco —, examinando as fotos de borda a borda e lendo as mensagens palavra por palavra, como se fosse um agente do serviço secreto buscando uma comunicação codificada vinda de um agente de campo. Mas, se nessa noite ele analisou os cartões mais atentamente do que fizera na mesa da cozinha, o último deles foi ainda mais estudado.

Este é o Palácio da Legião de Honra no Lincoln Park de São Francisco, e todo ano no 4 de Julho acontece aqui a maior queima de fogos de toda a Califórnia.

Emmett não se lembrava de ter contado a Billy a paixão que a mãe nutria por fogos de artifício, mas isso era inquestionável. Durante a juventude, em Boston, ela costumava passar os verões numa cidadezinha em Cape Cod. Embora nunca tivesse falado muito daquela época, ela relatara com evidente excitação que o Corpo de Bombeiros Voluntário patrocinava uma queima de fogos no porto todo 4 de Julho. Na infância, ela e a família assistiam do fim do píer, mas, quando cresceu, recebeu permissão para remar até os barcos a vela que balançavam no ancoradouro, de modo a poder assistir à pirotecnia deitada sozinha no chão do barco.

Quando Emmett tinha oito anos, a mãe descobriu pelo sr. Cartwright, da loja de ferragens, que a cidade de Seward — a pouco mais de uma hora de distância de Morgen — fazia uma comemoração bela e singela no 4 de Julho, com um desfile à tarde e fogos ao anoitecer. A mãe de Emmett não se interessava pelo desfile. Por isso, depois de jantarem bem cedo, Emmett e os pais entraram no caminhão e partiram para lá.

Quando o sr. Cartwright disse que se tratava de uma *comemoração bela e singela*, a mãe de Emmett supôs que veria uma festa como a de qualquer outra cidadezinha, com cartazes feitos pelos estudantes e refrescos vendidos em mesinhas de armar pelas mulheres da paróquia. Mas quando a família chegou, ela descobriu, atônita, que o 4 de Julho em Seward deixava no chinelo qualquer outro que já vira na vida. Era uma comemoração preparada pelos moradores durante o ano todo, e para a qual ia gente até mesmo de Des Moines. No horário em que os Watson chegaram, o único estacionamento disponível ficava a mais de um quilômetro de distância da cidade, e, quando finalmente os três puseram os pés no Plum Creek Park, onde a queima de fogos aconteceria, cada centímetro de gramado já estava ocupado por famílias em seus cobertores saboreando seus jantares-piqueniques.

No ano seguinte, a mãe de Emmett não quis cometer o mesmo erro. No café da manhã do feriado, ela anunciou que a família viajaria para Seward logo depois do almoço. No entanto, com o jantar-piquenique preparado e a gaveta de talheres aberta para pegar garfos e facas, ela se interrompeu e arregalou os olhos. Virou-se, saiu da cozinha e subiu a escada com Emmett em seus calcanhares. Pegando uma cadeira no quarto, subiu nela e estendeu o braço para uma cordinha que pendia do teto. Quando a puxou, um alçapão se abriu e surgiu uma escada que levava ao sótão.

De olhos esbugalhados, Emmett se preparou para ouvir a mãe dizer o que tinha lá em cima, mas ela estava tão concentrada em seu intento que subiu a escada sem sequer se lembrar de alertá-lo. E quando ele subiu os degraus estreitos atrás dela, a mãe, de tão ocupada em arrastar caixas, não se deu o trabalho de mandá-lo descer.

Enquanto a mãe procurava algo, Emmett examinou o estranho conteúdo do sótão: um velho telégrafo, quase tão alto quanto ele era, uma cadeira de balanço quebrada, uma máquina de escrever preta e dois grandes baús cobertos com adesivos coloridos.

— Aqui está — disse a mãe.

Abrindo um sorriso para Emmett, ela segurou algo que parecia uma pequena maleta, mas que, em vez de couro, era feita de vime.

De volta à cozinha, a mãe colocou a maleta na mesa.

Emmett viu que ela suava por conta do calor do sótão e, quando enxugou a testa com as costas da mão, deixou na pele um risco de poeira. Depois de descerrar os fechos da maleta, ela tornou a sorrir para Emmett e abriu a tampa.

Emmett era esperto o bastante para saber que uma maleta guardada num sótão provavelmente estaria vazia, motivo pelo qual ficou surpreso ao descobrir que essa não só se encontrava cheia, como também arrumada à perfeição. Ali se achava tudo de que alguém poderia precisar num piquenique. Preso sob uma tira, havia um conjunto de seis pratos vermelhos, e, sob outra, uma torre de seis copos vermelhos. Havia escaninhos compridos com garfos, facas e colheres, e um menor para um saca-rolhas. Tinha até mesmo duas ranhuras especialmente desenhadas para abrigar um saleiro e uma pimenteira. E, sob a tampa, ele viu uma toalha de mesa de Vichy vermelho e branco presa por duas tiras de couro.

Em toda a vida, Emmett jamais vira algo tão bem arrumadinho — nada faltava, nada sobrava e tudo tinha seu próprio lugar. Nunca mais voltaria a ver algo assim até ter quinze anos, quando se deparou com a mesa de carpinteiro no galpão do sr. Schulte, com sua organização meticulosa de orifícios, pregos e ganchos para acomodar as diversas ferramentas.

— Nossa — exclamou Emmett, fazendo a mãe rir.

— Era da sua tia-avó Edna.

Depois, a mãe balançou a cabeça.

—Acho que nunca mais abri isso desde o dia do nosso casamento. Mas vamos usá-la hoje à noite!

Naquele ano, a família chegou a Seward às duas da tarde e achou um lugar bem no meio do gramado para estender a toalha de Vichy. O pai de Emmett, que expressara certa relutância em sair de casa tão cedo, não mostrou sinais de impaciência depois de se acomodarem. Na verdade, de surpresa, ele sacou uma garrafa de vinho da sacola. E, enquanto o casal bebia, o pai contou histórias sobre a tia pão-duro, Sadie, e o avoado tio

Dave e todos os outros parentes doidos da Costa Leste, fazendo a esposa rir de um jeito que raramente ria.

Conforme iam passando as horas, o gramado se enchia de mais cobertores e cestas, mais risos e bom humor. Quando finalmente caiu a noite e os Watson se deitaram na toalha com Emmett entre os dois, e o primeiro dos fogos zuniu e estourou, a mãe disse: *Eu não perderia isso por nada no mundo*. E, ao voltar para casa naquela noite, Emmett teve a impressão de que os três assistiriam à celebração do 4 de Julho em Seward pelo resto da vida.

No entanto, no mês de fevereiro seguinte — nas semanas após o nascimento de Billy —, a mãe, de repente, deixou de ser ela mesma. Havia dias em que, de tão cansada, sequer começava as tarefas que antes deixava pela metade. Em outros, nem mesmo se levantava da cama.

Quando Billy tinha três semanas, a sra. Ebbers — cujos filhos já tinham os próprios filhos — começou a ir diariamente à casa dos Watson para manter os afazeres domésticos em dia e cuidar de Billy, enquanto a mãe de Emmett tentava recuperar as forças. Em abril, a sra. Ebbers passou a aparecer somente pela manhã e, em junho, parou de vez. Mas no jantar do dia 1º de julho, quando o pai de Emmett perguntou com algum entusiasmo a que horas a família sairia para Seward, a mãe de Emmett respondeu que não tinha certeza se queria ir.

Olhando para o pai do outro lado da mesa, Emmett achou que jamais o vira tão entristecido. Como era do seu feitio, porém, ele seguiu em frente, movido por uma confiança que resistia a aprender com a experiência. Na manhã do feriado, preparou o jantar-piquenique. Abriu o alçapão e subiu a escada estreita para pegar a maleta no sótão. Botou Billy no bercinho de vime e parou o caminhão na porta da frente. E quando, à uma da tarde, entrou em casa e chamou *Vamos, gente! Não queremos perder o nosso lugar predileto!*, a mãe de Emmett concordou em ir.

Melhor dizendo, ela aquiesceu.

Entrou no caminhão sem dizer uma palavra.

Ninguém disse uma palavra.

Mas quando chegaram a Seward, depois de andarem até o meio do parque e de o pai estender a toalha de Vichy e começar a tirar os garfos e facas de seus escaninhos, a mãe de Emmett disse:

— Eu ajudo você.

Naquele instante, foi como se um peso enorme saísse das costas de todos.

Depois de arrumar os copos de plástico vermelho, ela arrumou os sanduíches feitos pelo marido. Deu a Billy o purê de maçã que o marido tivera a ideia de levar e balançou o bercinho do bebê até ele dormir. Enquanto tomavam o vinho que o marido se lembrara de levar, ela lhe pediu que contasse algumas das histórias dos seus tios e tias doidos. E quando, pouco depois do cair da noite, o primeiro clarão brilhou acima do parque numa grande explosão de fagulhas coloridas, ela estendeu o braço para apertar a mão do marido, abrindo para ele um meigo sorriso enquanto lágrimas lhe escorriam pelo rosto. E quando Emmett e o pai viram as lágrimas, ambos sorriram em resposta, pois pensaram que eram lágrimas de gratidão — gratidão porque, mesmo após a inicial falta de entusiasmo dela, o marido persistira para que os quatro pudessem compartilhar aquele grande espetáculo na noite quente de verão.

Quando os Watson chegaram em casa e o pai de Emmett carregou para dentro o bercinho e a cesta de piquenique, a mãe de Emmett o levou pela mão até o quarto, onde o acomodou sob as cobertas e lhe deu um beijo na testa, antes de seguir pelo corredor a fim de fazer o mesmo com Billy.

Naquela noite, Emmett dormiu mais profundamente do que em qualquer outra noite. Mas quando acordou de manhã, a mãe havia ido embora.

Olhando uma última vez o Palácio da Legião de Honra, Emmett devolveu os cartões ao envelope. Enrolou o cordão vermelho fininho para fechá-los lá dentro e guardou o envelope na mochila de Billy, assegurando-se de afivelar as tiras com firmeza.

O primeiro ano fora difícil para Charlie Watson, lembrou-se Emmett, enquanto se acomodava ao lado do irmão. As mazelas climáticas continuavam incessantes. As dificuldades financeiras cresciam. E o pessoal da cidade fazia fofocas sem fim sobre a súbita partida da sra. Watson. No entanto, o que pesava mais sobre o pai — o que pesava mais sobre os dois — era a consciência de que, quando mãe pegara a mão do marido no início da queima de fogos, não foi um gesto de gratidão por sua persistência, sua lealdade e seu apoio, mas de gratidão pelo fato de que, ao gentilmente afastá-la da melancolia para assistir àquele espetáculo mágico, ele lhe recordara de como poderia ser feliz, desde que se dispusesse a abandonar a vida cotidiana que levava.

SETE

Duchess

— É um mapa! — exclamou Woolly, surpreso.

— É mesmo.

Estávamos sentados num reservado no restaurante do hotel aguardando o café da manhã. Diante de cada um, havia um jogo americano de papel com um mapa simplificado do estado de Illinois que mostrava as estradas e cidades principais juntamente com algumas ilustrações desproporcionais de marcos regionais. Além disso, apareciam dezesseis estabelecimentos Howard Johnson, cada qual com seu telhado laranja e sua torrezinha azul.

— A gente está neste aqui — disse Woolly, apontando para um deles.

— Confio na sua palavra.

— E esta é a estrada Lincoln. E veja só!

Antes que eu pudesse dar uma olhada para ver do que se tratava, nossa garçonete — que nao devia ter mais de dezessete anos — pôs os pratos em cima dos jogos americanos.

Woolly franziu a testa. Depois de observar a moça se afastar, ele moveu o prato para a direita de modo a continuar estudando o mapa enquanto fingia comer.

Era irônico ver como Woolly dava pouca atenção ao seu café depois de ter despendido tanta ao pedido. Quando a nossa garçonete lhe entregara o cardápio, ele pareceu meio desanimado com o tamanho daquilo. Respirando fundo, começou a ler em voz alta a descrição de cada item. Então, para ter certeza de que não havia pulado nada, voltou ao início e leu tudo de novo. Quando a moça voltou para anotar nosso pedido,

Woolly declarou com total segurança que ia querer waffles — ou melhor, ovos mexidos —, para depois mudar para panquecas doces quando ela já virava as costas. E aí, ao chegarem as panquecas, decoradas com uma elaborada espiral de xarope de bordo, Woolly as ignorou em prol do bacon. Por outro lado, eu, que sequer me dera o trabalho de olhar o cardápio, comi rapidamente minha carne moída com ovos estalados.

Depois de esvaziar o meu prato, me recostei e dei uma olhada em volta, imaginando que, se quisesse ter uma ideia de como seria o meu restaurante, Woolly não precisaria ver nada além de um Howard Johnson. Porque, sob todos os aspectos, o meu restaurante seria o oposto.

Do ponto de vista da atmosfera, a boa gente do Howard Johnson tinha escolhido usar dentro do restaurante as cores tão bem conhecidas do telhado, forrando os sofás de laranja brilhante e vestindo as garçonetes de azul brilhante — a despeito do fato de a combinação de laranja e azul não ser famosa por estimular o apetite desde o início dos tempos. O elemento arquitetônico marcante do espaço era uma cadeia infinita de janelas panorâmicas que dava a todos os clientes uma vista direta para o estacionamento. A cozinha era uma versão melhorada do que se poderia encontrar numa lanchonete, e a característica marcante da clientela era a de que, com um único olhar, dava para dizer mais sobre cada um do que seria desejável saber.

Vejamos o sujeito corado no reservado ao lado, que estava limpando a gema do prato com uma beirada da torrada integral. Um caixeiro-viajante, sem dúvida — e eu já vi um estoque imenso deles. Na árvore genealógica de homens de meia-idade imemoráveis, caixeiros-viajantes são primos de primeiro grau de artistas em declínio. Vão para as mesmas cidades nos mesmos carros e se hospedam nos mesmos hotéis. Na verdade, o único jeito de diferenciá-los é pelos sapatos, já que os dos caixeiros-viajantes são mais confortáveis.

Como se eu precisasse de alguma prova, depois de vê-lo utilizar seu domínio de percentagens para calcular a gorjeta da garçonete, flagrei-o anotando no recibo, dobrando o papel ao meio e enfiando-o na carteira para depois poder entregar aos rapazes da contabilidade.

Quando o caixeiro-viajante se levantou para ir embora, notei que o relógio de parede já marcava sete e meia.

— Woolly — falei —, a ideia de acordar cedo é sair cedo. Por que você não come umas panquecas enquanto dou um pulo no banheiro? Depois, podemos pagar a conta e pegar a estrada.

— Claro — concordou Woolly, enquanto empurrava o prato mais alguns milímetros para a direita.

Antes de tomar o rumo do toalete masculino, troquei dinheiro no caixa e entrei numa cabine telefônica. Eu sabia que Ackerly se aposentara e se mudara para Indiana, só não sabia para onde exatamente. Por isso, pedi à telefonista que procurasse o telefone de Salina e ligasse para lá. Por causa do horário, o telefone tocou oito vezes antes que alguém enfim atendesse. Achei que a voz fosse de Lucinda, a morena com óculos cor-de-rosa que ficava tomando conta da porta do tutor. Recorrendo a uma página do manual do meu pai, usei a sabedoria do velho Rei Lear. Era o que o meu pai fazia sempre que precisava de uma mãozinha de alguém do outro lado da linha. Claro que isso exigia um quê de sotaque britânico, com um toque de embriaguez.

Explicando que eu era o tio inglês de Ackerly, disse que queria mandar para ele um cartão no Dia da Independência, para me assegurar de que não havia mágoas entre nós, mas infelizmente não conseguia encontrar meu caderno de endereços. Haveria alguma possibilidade de ela ajudar uma velha alma esquecida? Um minuto depois, voltou ao telefone com a resposta: Rhododendron Road, 132, em South Bend.

Com um assovio nos lábios, desloquei-me da cabine até o toalete. E quem encontro de pé diante dos sanitários? O sujeito corado do reservado contíguo. Quando terminei meus trabalhos e me juntei a ele na pia, dei-lhe um breve sorriso no espelho.

— O senhor me dá a impressão de ser um caixeiro-viajante.

Um pouco impressionado, o sujeito retribuiu meu olhar pelo espelho.

— Trabalho com vendas.

Assenti.

— O senhor tem aquela expressão amistosa de um homem do mundo.

— Ora, obrigado.

— Porta em porta?

— Não — respondeu ele, meio ofendido. — Sou gestor de contas.

— Ah, sim, claro. Em que segmento, se não se importa de responder?

— Eletrodomésticos.

— Como geladeiras e lava-louças?

Ele piscou brevemente, como se eu tivesse cutucado um ponto sensível.

— Nossa especialidade são aparelhos elétricos menores. Como batedeiras e misturadores elétricos de mão.

— Pequenos, mas essenciais — observei.

— Sim, com certeza.

— Me diga, como o senhor faz? Quer dizer, quando procura um cliente. Como o senhor faz uma venda? De uma batedeira, por exemplo?

— Nossa batedeira se vende sozinha.

Pela maneira como ele respondeu, vi logo que ele já fizera isso dez mil vezes.

— O senhor é demasiado modesto, com certeza. Mas, sério, quando fala da sua batedeira em comparação com a dos concorrentes, como o senhor... Como o senhor faz para diferenciá-la?

Ao ouvir o verbo *diferenciar*, o sujeito ficou sério e adotou um tom confidencial. Nem parecia que ele estava falando com um garoto de dezoito anos no banheiro de um hotel de beira de estrada. Ele se preparou para um arremesso certeiro e não seria possível se deter nem se quisesse.

— Falei meio de brincadeira — começou — quando disse que a nossa batedeira se vende sozinha. Porque, veja bem, não faz muito tempo, todas as principais batedeiras vinham com três configurações: baixa, média e alta. A nossa empresa foi a primeira a diferenciar os botões pelo *tipo* de tarefa: misturar, bater e amassar.

— Muito esperto. Vocês devem dominar o mercado todo.

— Durante um tempo, dominamos — admitiu o vendedor. — Mas logo os concorrentes seguiram o nosso modelo.

— Por isso vocês têm que ficar um passo à frente.

— Exato. Por esse motivo, este ano, me orgulho em dizer: nos tornamos a primeira fabricante de batedeiras a inaugurar um quarto tipo de configuração.

— Um quarto tipo? Além de misturar, bater e amassar?

O suspense estava me matando.

— Fazer purê.

— Bravo! — exclamei.

E, de certa forma, fui sincero.

Olhei-o de novo de alto a baixo, dessa vez com admiração. Depois, perguntei se ele havia lutado na guerra.

— Não tive essa honra — respondeu o vendedor, também pela milésima vez.

Balancei a cabeça, solidário.

— Que festança quando os rapazes voltaram para casa. Fogos e desfiles. Prefeitos pregando medalhas em lapelas. E todas as moças bonitas fazendo filas para beijar todo boboca uniformizado. Mas quer saber o que eu acho? Acho que o povo americano deveria prestar mais homenagens aos caixeiros-viajantes.

Ele não podia dizer com certeza se era ou não uma zombaria da minha parte. Por isso, botei um quê de emoção na voz:

— Meu pai era caixeiro-viajante. Nossa, as distâncias que ele percorria. Quantas campainhas tocava. Quantas noites longe do conforto do lar. Para mim, vocês, caixeiros-viajantes, não só trabalham duro, como são os soldados do capitalismo!

Acho que dessa vez ele efetivamente enrubesceu. Embora fosse difícil saber, considerando-se a sua coloração natural.

— Foi uma honra conhecê-lo, senhor — falei, estendendo a mão, mesmo sem tê-la secado ainda.

Ao sair do banheiro, vi a nossa garçonete e lhe fiz um sinal.

— Quer mais alguma coisa? — perguntou a moça.

— Só a conta — respondi. — Temos lugares para ir e gente para encontrar.

Ao ouvir *lugares para ir*, ela adotou uma expressão melancólica. Acredito que se eu tivesse acrescentado que estávamos a caminho de Nova York e lhe oferecido carona, ela pularia no banco traseiro sem sequer se dar o trabalho de tirar o uniforme — pelo menos para ver o que acontece quando se ultrapassa os limites do jogo americano.

— Trago já — disse ela.

Enquanto me dirigia para o nosso reservado, me arrependi de ter zombado do nosso vizinho de mesa por conta da atenção dada a recibos. Porque de repente me ocorreu que eu deveria estar fazendo algo similar por causa de Emmett. Como estávamos usando o dinheiro do seu envelope para cobrir nossas despesas, ele tinha todo o direito de esperar uma prestação de contas meticulosa quando retornássemos — assim poderia ser reembolsado antes de dividirmos a grana.

Na noite da véspera, eu deixara a cargo de Woolly o pagamento da conta do jantar enquanto fazia o nosso registro no hotel. Pretendia perguntar a ele quanto tinha sido, mas, quando cheguei à mesa, nada de Woolly.

Aonde teria ido, me perguntei, revirando os olhos. Não estava no banheiro, pois eu havia acabado de vir de lá. Sabendo o quanto coisas brilhantes e coloridas o fascinavam, dei uma olhada no balcão da sorveteria, mas só vi dois garotinhos com o nariz grudado no vidro, desejando que não fosse tão cedo. Com uma crescente sensação de mau presságio, me virei para as janelas panorâmicas.

Olhei para o estacionamento, varri com o olhar o mar cintilante de vidro e cromados e localizei a vaga exata onde deixara o Studebaker, que não estava mais lá. Dando um passo para a direita — desviando da reta de dois penteados ao estilo bolo de noiva —, mirei a entrada do estacionamento bem a tempo de ver o carro de Emmett fazendo uma curva em direção à estrada Lincoln.

— Puta que pariu!

Nossa garçonete, que por acaso chegava nesse momento à mesa, empalideceu.

— Perdoe o meu linguajar — falei.

Então, depois de olhar a conta, dei a ela uma nota de vinte que tirei do envelope.

Enquanto ela se apressava em me dar o troco, afundei no sofá e olhei para o outro lado da mesa, onde Woolly deveria estar. No seu prato, que voltara a ocupar o espaço que ocupara no início, o bacon sumira, junto com uma estreita fatia da pilha de panquecas.

Enquanto eu admirava a precisão com a qual Woolly retirara uma fatia tão fininha da pirâmide, percebi que sob a cerâmica branca do prato havia somente a superfície da mesa. O que significa dizer que o jogo americano dele sumira.

Afastando para o lado o meu prato, peguei o jogo americano. Como já disse, era um mapa de Illinois, com as principais estradas e cidades. Mas no canto inferior direito havia um recorte com o mapa do Centro da cidade, no meio do qual se via uma pequena praça ajardinada e nela, quase em tamanho real, uma estátua de Abraham Lincoln.

Woolly

Laralá, lalá, laralá, lalá, Woolly cantarolava o jingle do anúncio enquanto olhava de novo o mapa em seu colo. *Vou no meu Chrysler, feliz da vida, o melhor da estrada...* Laralá, lalá, laralá, lalá.

— Cai fora, cara! — alguém gritou com uma buzinada tripla ao ultrapassar o Studebaker.

— Desculpe-me, desculpe-me, desculpe-me — respondeu Woolly três vezes também, dando um aceno amistoso.

Enquanto voltava para a pista, Woolly se deu conta de que provavelmente não seria recomendável dirigir com um mapa no colo, quiçá olhando para cima e para baixo toda hora. Por isso, segurando o volante com a mão esquerda, ergueu o mapa com a direita, para poder consultá-lo com um dos olhos e ver a estrada com o outro.

No dia anterior, quando Duchess comprara o mapa rodoviário dos Estados Unidos da Phillips 66 no posto de gasolina, ele o entregara a Woolly, dizendo que, como estava dirigindo, Woolly teria que ser seu copiloto. Woolly aceitara a responsabilidade com certo desconforto. Quando nos entregam um mapa assim, ele tem quase o tamanho perfeito — como um cartaz de teatro. Mas, para ler um mapa desses, é preciso desdobrá-lo e desdobrá-lo e desdobrá-lo até o oceano Pacífico quase encostar no câmbio de marchas e o oceano Atlântico ficar batendo na porta do carona.

Uma vez totalmente aberto, um mapa de posto de gasolina é capaz de deixar qualquer um zonzo logo de cara, porque ele é posilutamente cortado de alto a baixo e de lado a lado por estradas e atalhos e milhares de estradinhas, cada qual identificada com um nome ou número minúsculo. Isso fazia Woolly se lembrar do livro de biologia que ele estudara no St. Paul's. Ou teria sido no St. Mark's? De todo jeito, logo no início do volume, numa página da esquerda havia a foto de um esqueleto humano. Depois de examinar com cuidado esse esqueleto com todos os seus vários ossos em seus devidos lugares, quando se virava a página, esperando com convicção que o esqueleto sumisse, o esqueleto continuava lá — porque a página seguinte era feita de papel transparente! Era feita de papel transparente para que se pudesse estudar o sistema nervoso por cima do esqueleto. E quando se virava a página seguinte a essa, podia-se estudar o esqueleto, o sistema nervoso *e* o sistema circulatório, com todas as suas linhazinhas azuis e vermelhas.

Woolly sabia que o objetivo dessa ilustração em múltiplas camadas era deixar as coisas perfeitamente compreensíveis, mas ele a considerava irritante. A foto era de um homem ou de uma mulher, por exemplo? Velho ou jovem? Preto ou branco? E como todas essas células sanguíneas e impulsos nervosos que viajavam por essas redes complicadas sabiam aonde deveriam ir? E, uma vez lá, como encontravam o caminho de casa? Um mapa rodoviário Phillips 66 era assim: uma ilustração com centenas de artérias, veias e capilares se ramificando para sempre até que viajante algum que por elas passasse pudesse saber aonde ia.

Mas não era esse, em absoluto, o caso do mapa do jogo americano do Howard Johnson! Ele sequer precisava ser desdobrado. Nem estava coberto por uma barafunda de estradas e atalhos. Continha exatamente a quantidade certa de estradas. E as que estavam com nomes os exibiam de maneira bem visível, enquanto as que não eram nitidamente nomeadas não traziam nome algum.

A outra característica bastante louvável do mapa do Howard Johnson eram as ilustrações. A maioria dos criadores de mapas são particularmente talentosos em encolher as coisas. Os estados, as cidades, os rios, as estradas, sem exceção, são encolhidos. Mas no jogo americano do Howard Johnson, depois de reduzir as cidades, os rios e as estradas, o criador do mapa acrescentou uma série de ilustrações que eram *maiores* do que deveriam ser. Como um grande espantalho no canto inferior esquerdo, que mostrava onde ficavam os milharais. Ou o tigre grandalhão no canto superior direito, que marcava o lugar do Lincoln Park Zoo.

Era igualzinho à forma como os piratas costumavam desenhar seus mapas do tesouro. Eles encolhiam o oceano e as ilhas até ficarem bem pequenos e simples, mas depois acrescentavam um navio grandão ao largo da costa, uma vasta palmeira na praia e uma grande formação rochosa num morro que tinha o formato de uma caveira e ficava exatamente a quinze passos do X que marcava o local.

No quadrado no canto inferior direito do jogo americano havia um mapa dentro do mapa, mostrando o Centro da cidade. Segundo esse mapa, bastava pegar a direita na Second Street e dirigir três centímetros para chegar ao Liberty Park, no meio do qual existia uma baita estátua de Abraham Lincoln.

De repente, pelo canto do olho esquerdo, Woolly viu a placa que indicava a Second Street. Sem tempo a perder, fez uma curva fechada para a direita, fazendo ecoar mais uma buzina exaltada.

— Desculpe-me — gritou.

Inclinando-se para o para-brisa, Woolly vislumbrou um pedaço de gramado.

— Aqui vamos nós — falou. — Aqui vamos nós.

Um minuto depois, já estava lá.

Encostou no meio-fio e abriu a porta, que quase foi varrida por um sedã que passava.

— Oops!

Fechando a porta, Woolly deslizou pelo assento, saiu pela porta do carona, aguardou uma trégua no tráfego e atravessou correndo a rua.

No parque, fazia um dia brilhante e ensolarado. As árvores estavam cheias de folhas, os ramos floresciam e as margaridas desabrochavam em ambas as margens do caminho.

— Aqui vamos nós — repetiu ele, seguindo rápido adiante.

De repente, porém, o caminho margeado de margaridas foi cortado por outro caminho, o que deu a Woolly três opções distintas: pegar a esquerda, pegar a direita ou seguir em frente. Desejando ter levado consigo o mapa do jogo americano, Woolly examinou cada direção. À esquerda, havia árvores e moitas e bancos verde-escuros. À direita, mais árvores, moitas e bancos, bem como um homem usando uma calça folgada e um chapéu molengo que lhe pareceu vagamente familiar. Na reta à frente, se Woolly semicerrasse os olhos, era possível discernir apenas uma fonte.

— Aha! — gritou ele.

Pela sua experiência, Woolly sabia que quase sempre as estátuas se encontram no entorno de fontes. Como a de Garibaldi, próxima à fonte do Washington Square Park, ou a do anjo no alto daquela baita fonte no Central Park.

Com a confiança fortalecida, Woolly correu até a beirada da fonte e parou sob as gotículas refrescantes enquanto se situava. O que descobriu dando uma rápida olhada foi que a fonte era o epicentro de oito vias diferentes (contando aquela por onde ele acabara de chegar correndo). Não se deixando desanimar, Woolly começou a contornar lentamente, no sentido horário, a circunferência da fonte, inspecionando, com uma das mãos acima dos olhos, cada um dos caminhos, como um comandante naval. E lá, no extremo da sexta via, estava Abraham Lincoln, o honesto!

Em vez de seguir por esse caminho, em homenagem à estátua, Woolly caminhou em longas passadas lincolnianas até parar à poucos metros de distância.

Que semelhança estupenda, pensou Woolly. Além de reproduzir a estatura do presidente, a estátua parecia transmitir sua coragem moral. Embora na maioria das vezes Lincoln fosse retratado da maneira esperada, com sua barba sem bigode e o casaco preto comprido, o escultor fizera uma escolha incomum: na mão direita, o presidente segurava sutilmente o chapéu pela aba, como se tivesse acabado de tirá-lo da cabeça ao encontrar um conhecido na rua.

Sentando-se num banco diante da estátua, Woolly voltou seus pensamentos para o dia anterior, quando Billy contou a história da estrada Lincoln no banco traseiro do carro de Emmett. Billy mencionou que, quando ela fora construída (em 1900 e bolinha), os entusiastas haviam pintado listras vermelhas, brancas e azuis em celeiros e cercas ao longo de todo o caminho. Woolly conseguia imaginar a cena perfeitamente, porque ela o fazia lembrar que a família costumava pendurar bandeirolas vermelhas, brancas e azuis nas vigas do salão e no gradil da varanda no 4 de Julho.

Ah, como o bisavô gostava do 4 de Julho!

O bisavô de Woolly não se importava se a prole comemorava os feriados de Ação de Graças, Natal e Páscoa com ele ou preferia passá-los com outras pessoas, mas no Dia da Independência não aceitava ausências. Deixava explícito que todos os filhos, netos e bisnetos tinham que ir para as Adirondacks, independentemente do quão longe fosse a viagem até lá.

E todos se reuniam!

No dia 1º de julho, os familiares começavam a chegar de carro, de trem ou a aterrissar na pequena pista de aviação a trinta quilômetros de distância. Na tarde do dia 2, todos os lugares em que se podia dormir estavam ocupados — os avós, tios e tias se acomodavam nos quartos, os primos menores, na varanda coberta, e todos os primos sortudos o bastante para terem mais de doze anos, nas tendas entre os pinheiros.

Quando chegava o dia 4, havia piquenique na hora do almoço no gramado, seguido de corridas de canoa e de natação, competições de rifles e de arco e flecha, e um incrível jogo de pique-bandeira. Às seis da tarde em ponto, serviam-se coquetéis na varanda. Às sete e meia, o sino era tocado e todos entravam para jantar galinha frita, espiga de milho e os famosos muffins de mirtilo de Dorothy. Então, às dez horas, tio Bob e tio Randy remavam até a balsa no meio do lago a fim de soltar os fogos que haviam comprado na Pensilvânia.

Como Billy adoraria isso tudo, pensou Woolly com um sorriso. Adoraria as bandeirolas nos gradis e as tendas entre as árvores e as cestas de muffins de mirtilo. Mais que tudo, ele adoraria os fogos, que sempre começavam com zunidos e estalidos, mas cresciam e cresciam até parecerem encher o céu.

Mas mesmo enquanto saboreava essa deliciosa lembrança, a expressão de Woolly se fechou, pois ele quase se esquecera daquilo a que a mãe se referia como *o motivo para estarmos todos aqui*: as recitações. Todo ano, no 4 de Julho, depois de servida toda a comida, em vez de todos darem graças, a mais nova das crianças acima de dezesseis anos ocupava o lugar na cabeceira da mesa e recitava o texto da Declaração da Independência dos Estados Unidos.

Quando, no curso dos acontecimentos humanos, e *Consideramos estas verdades autoevidentes*, e daí por diante.

No entanto, como gostava de observar o bisavô de Woolly, se os srs. Washington, Jefferson e Adams tiveram a visão de fundar a República, foi o sr. Lincoln que teve a coragem de aperfeiçoá-la. Por isso, depois que um primo recitava o trecho da declaração e voltava a seu lugar na mesa, a mais nova das crianças acima de dez anos ocupava a cabeceira para recitar o Discurso de Gettysburg inteiro.

Concluída essa etapa, o orador fazia uma reverência e a mesa toda irrompia em ovações quase tão altas quanto as que se seguiam à queima de fogos. Então, os pratos e cestas circulavam rápido em volta da mesa ao som de gargalhadas e muita animação. Esse era o momento que Woolly mais aguardava.

O momento que ele mais aguardava, melhor dizendo, até o dia 16 de março de 1944, quando completou dez anos.

Na ocasião, logo após a mãe e as irmãs cantarem *Parabéns para você*, a irmã mais velha, Kaitlin, achou necessário observar que no 4 de Julho seguinte seria a vez de Woolly ocupar a cabeceira da mesa. Woolly ficou tão aborrecido com esse lembrete que mal conseguiu terminar sua fatia de bolo de chocolate. Porque, se tinha uma coisa que ele sabia aos dez anos, era que não rememorizava bem.

Sentindo a preocupação de Woolly, sua irmã Sarah — que, sete anos antes, recitara impecavelmente — se ofereceu para treiná-lo.

— Decorar o discurso não está além da sua capacidade — disse ela a Woolly com um sorriso. — Afinal, são só dez frases.

De início, esse alento acalmou Woolly. Mas quando a irmã lhe mostrou o texto real do discurso, ele descobriu que, embora à primeira vista *parecesse* conter apenas dez frases, a última delas, na verdade, era formada por três frases distintas disfarçadas de uma só.

— Para todos os fins e prepósitos — como costumava dizer Woolly —, aqui tem doze frases, não dez.

— Dá na mesma — respondeu Sarah.

Mas, para prevenir, ela sugeriu que começassem os treinos com bastante antecedência. Na primeira semana de abril, Woolly aprenderia a recitar a primeira frase, palavra por palavra. Depois, na segunda semana de abril, aprenderia a primeira e a segunda frases. Então, na terceira semana, as primeiras três frases, e daí por diante, até que doze semanas depois, justo no finzinho do mês de junho, Woolly seria capaz de recitar o discurso todo sem tropeços.

E foi exatamente assim que eles treinaram. Semana a semana, Woolly aprendia uma frase atrás da outra até conseguir recitar o discurso todo. Na verdade, no dia 1º de julho ele já o recitava do início ao fim, não apenas diante de Sarah, mas para si mesmo em frente ao espelho, na pia da cozinha enquanto ajudava Dorothy a lavar os pratos e, certa vez, numa canoa no meio do lago. Por isso, quando o dia fatídico chegou, Woolly estava preparado.

Depois que o primo Edward recitou o texto da Declaração da Independência e recebeu uma calorosa salva de palmas, Woolly assumiu o posto privilegiado.

Só que, quando estava prestes a começar, descobriu o primeiro problema no plano da irmã: as pessoas. Pois, embora tivesse recitado o discurso várias vezes diante de Sarah e com frequência para si mesmo, jamais o recitara para outra pessoa. E não se tratava simplesmente de outra pessoa. Eram trinta parentes próximos sentados em lados opostos de uma mesa em duas atentas fileiras, com ninguém menos do que o bisavô na outra cabeceira.

Lançando um olhar para Sarah, Woolly ganhou um gesto de encorajamento que aumentou sua confiança. Mas justo quando ia começar, ele se deu conta do segundo problema no plano da irmã: a roupa. Pois, embora Woolly tivesse anteriormente recitado o discurso vestindo jeans, pijama e calção de banho, nem sequer uma vez ele o recitara usando um blazer azul que pinicava e uma gravata vermelha e branca que o enforcava.

Quando Woolly puxou o colarinho com um dos dedos em gancho, alguns primos mais novos começaram a rir.

— Psiu — ralhou a avó.

Woolly voltou a fitar a irmã, que assentiu mais uma vez, apoiando-o.

— Vá em frente — disse ela.

Como ela lhe ensinara, Woolly se empertigou, tomou fôlego e começou:

— *Há oitenta e sete anos. Há oitenta e sete anos.*

Ouviram-se mais risinhos dos primos menores, seguidos por outro "psiu" da avó.

Lembrando-se de que Sarah lhe dissera para olhar por cima das cabeças dos parentes, caso ficasse nervoso, Woolly mirou na cabeça de alce pendurada na parede. Achando, porém, o olhar do alce pouco solidário, tentou, em vez disso, fitar os próprios sapatos.

— *Há oitenta e sete anos...* — começou de novo.

— *Os nossos pais deram origem* — soprou Sarah baixinho.

— *Os nossos pais deram origem* — prosseguiu Woolly fitando a irmã.

— *Os nossos pais deram origem, neste continêncio...*

— *Neste continente...*

— *Neste continente, a uma nova nação. Uma nova nação...*

— *... Concebida na Liberdade* — disse uma voz amigável.

Só que não era a voz de Sarah. Era a voz do primo James, que se formara em Princeton poucas semanas antes. E dessa vez, quando Woolly voltou a recitar, Sarah e James se juntaram a ele.

— *Concebida na Liberdade* — disseram os três juntos — *e consagrada ao princípio de que todos os homens nascem iguais.*

Então, outros parentes que em suas épocas haviam sido incumbidos de recitar o discurso do sr. Lincoln juntaram suas vozes ao coro. Vieram depois as vozes de outros membros da família dos quais jamais fora exigido que recitassem o discurso, mas que o haviam ouvido tantas vezes que também o sabiam de cor. Logo, todos os presentes — inclusive o bisavô — estavam recitando, e, quando todos juntos disseram aquelas palavras imponentes e esperançosas — *que o governo do povo, pelo povo e para o povo jamais desapareça da face da Terra* —, a família irrompeu numa salva de palmas e vivas que jamais fora ouvida antes.

Sem dúvida, essa era a forma como Abraham Lincoln pretendera que seu discurso fosse recitado. Não por um menino em pé sozinho à cabeceira de uma mesa usando um paletó incômodo, mas em uníssono por quatro gerações de uma família.

Ah, era uma pena que o pai não estivesse presente, pensou Woolly, enxugando uma lágrima do rosto com as costas da mão. Pena que o pai não estivesse presente ali agora.

— — —

Depois de espantar a melancolia e prestar homenagem ao presidente, Woolly voltou pelo caminho pelo qual viera. Dessa vez, ao chegar à fonte, cuidadosamente *anti-horariou* a circunferência até chegar à sexta via.

Nenhum caminho tem a mesma aparência em ambas as direções, razão pela qual, enquanto progredia, Woolly começou a se perguntar se não cometera um erro. Talvez tivesse contado errado o número de vias ao anti-horariar a fonte. Mas, quando já começava a pensar em voltar, viu o sujeito com o chapéu molengo.

Quando Woolly sorriu por reconhecê-lo, o homem retribuiu com um sorriso de igual teor. Mas quando Woolly lhe fez um discreto aceno, o homem não acenou de volta. Em vez disso, enfiou a mão nos bolsos largos do paletó folgado. Então, fez um círculo com os braços, pousando o punho da mão direita no ombro esquerdo e o punho da mão esquerda no ombro direito. Intrigado, Woolly observou enquanto o homem descia as mãos pela extensão dos braços opostos, deixando pequenos objetos brancos em cada centímetro.

— É pipoca! — exclamou Woolly, surpreso.

Quando as pipocas já o cobriam do alto dos ombros até os punhos, bem lentamente o homem começou a abrir os braços, até que eles se estendessem perpendicularmente ao corpo como... como...

Como um espantalho!, deu-se conta Woolly. Por isso o homem do chapéu molengo parecera tão familiar. Por ser igualzinho ao espantalho no canto inferior esquerdo do mapa do jogo americano.

Só que esse homem não era um espantalho. Era o oposto de um espantalho. Porque, quando seus braços se abriram por completo, todos os pardaizinhos que antes estavam ciscando em volta começaram a pairar no ar e se aproximar dos seus braços.

Enquanto os pardais bicavam as pipocas, dois esquilos que estavam escondidos debaixo de um banco correram até os pés do cavalheiro. De olhos esbugalhados, Woolly pensou por um momento que os animais fossem subir no homem como subiriam numa árvore. Mas os esquilos, experientes, esperavam que os pardais deixassem cair uma ou outra pipoca no chão.

Preciso me lembrar de contar tudo isso a Duchess, pensou Woolly, ao se afastar apressado.

Pois o Homem-Pássaro do Liberty Park parecia exatamente um daqueles velhos artistas de vaudevile de que Duchess costumava falar.

Só que, quando Woolly voltou para a rua, a imagem alegre do Homem-Pássaro de pé com os braços estendidos foi substituída pela imagem bem menos alegre de um guarda junto ao carro de Emmett com um bloquinho de multas na mão.

Emmett

Emmett acordou com uma vaga consciência de que o trem havia parado de andar. Consultando o relógio de Billy, viu que passava um pouco das oito. Já deviam estar em Cedar Rapids, em Iowa.

Com cuidado para não acordar o irmão, Emmett se levantou, subiu na escada e enfiou a cabeça pela escotilha do teto. Olhando para trás, pôde ver que o trem, agora num ramal lateral, havia sido acrescido por, no mínimo, vinte vagões.

De pé na escada, com o rosto exposto ao ar fresco matutino, Emmett já não se sentia atormentado pelas lembranças do passado. O que o atormentava agora era a fome. Desde que saíra de Morgen, só havia comido o sanduíche que o irmão lhe dera na estação. Billy, ao menos, teve o bom senso de tomar café no orfanato quando lhe ofereceram. Pelos cálculos de Emmett, faltavam ainda mais umas trinta horas para chegarem a Nova York, e tudo que restava na mochila de Billy era o cantil de água e o último dos cookies de Sally.

Quando, porém, lhe dissera que eles parariam por algumas horas num ramal lateral particular nos arredores de Cedar Rapids, o pedinte explicara que a parada era para que a General Mills pudesse atrelar alguns de seus vagões ao fim do trem — vagões carregados do teto ao chão com caixas de cereais.

Emmett desceu da escada e acordou o irmão com delicadeza.

— O trem vai ficar parado aqui um tempinho, Billy. Vou ver se consigo achar algo para a gente comer.

— Ok, Emmett.

Enquanto Billy voltava a adormecer, Emmett subiu na escada e saiu pela escotilha. Sem ver sinal de movimento na linha férrea, começou a caminhar na direção do fim do trem. Como os vagões da General Mills estavam carregados, Emmett sabia que provavelmente se encontrariam trancados. Só precisava torcer para que algum dos trincos tivesse, inadvertidamente, sido mal fechado. Supondo ter menos de uma hora antes de recomeçarem a andar, ele se movia com a maior rapidez possível, pulando do teto de um vagão para o teto de outro.

No entanto, quando alcançou o último vagão vazio da Nabisco, Emmett se deteve. Embora pudesse ver os tetos achatados e retangulares dos vagões da General Mills lá no fim, os dois seguintes, bem à sua frente, tinham os tetos encurvados, como vagões de passageiros.

Após um momento de hesitação, Emmett desceu para a plataforma estreita e espiou pela janelinha da porta. O interior estava quase todo oculto pelas cortinas que cobriam a parte de dentro da janela, mas o pouco que deu para ver foi promissor. Parecia a sala de um luxuoso vagão particular depois de uma noite de comemorações. Atrás de um par de cadeiras de espaldar alto de costas para ele, Emmett viu uma mesinha coberta de copos vazios, uma garrafa de champanhe emborcada num balde de gelo e um pequeno bufê, com os restos de uma refeição. Os passageiros presumivelmente dormiam nos compartimentos do vagão contíguo.

Emmett abriu a porta e entrou sem fazer ruído. Enquanto se orientava, percebeu que, fossem quais fossem as festividades ocorridas ali, haviam deixado o salão desarrumado. Espalhadas no chão, ele viu penas de um travesseiro rasgado junto a pãezinhos e uvas, como se estes tivessem sido usados como munição num combate. A porta de vidro de um relógio de armário se achava aberta, faltando os ponteiros. E, dormindo profundamente num sofá ao lado do bufê, estava um homem de vinte e poucos anos que vestia um smoking sujo e ostentava no rosto as brilhantes listras vermelhas de um apache, como se fosse um indígena.

Emmett cogitou sair do vagão e prosseguir pelo teto, mas não iria encontrar uma oportunidade melhor do que aquela. Mantendo os olhos na figura adormecida, esgueirou-se por entre as duas cadeiras de espaldar alto e avançou com cautela. No bufê, havia uma travessa de frutas, pães, pedaços de queijo e um presunto consumido pela metade. Havia, ainda, um pote de ketchup virado, sem dúvida a fonte da pintura de guerra. Aos seus pés, Emmett encontrou a fronha do travesseiro destroçado. Enchendo-a rapidamente com comida para dois dias, girou a fronha para fechá-la com um nó, lançou um último olhar para o dorminhoco e se virou para a porta.

— Camareiro...

Esparramado numa das cadeiras de espaldar alto estava um segundo homem de smoking.

Com a atenção concentrada no dorminhoco, Emmett tinha passado direto por esse segundo homem sem notá-lo — o que era mais surpreendente ainda dado o seu tamanho. O sujeito devia ter mais de um metro e oitenta e uns noventa quilos. Não ostentava pintura de guerra, mas uma fatia de presunto se insinuava para fora do bolso do paletó, como se fosse um lenço.

Com os olhos semiabertos, o farrista ergueu a mão e lentamente desdobrou um dedo a fim de apontar para alguma coisa no chão.

— Se puder me fazer a gentileza...

Emmett seguiu com o olhar a direção indicada e viu uma garrafa semivazia de gim caída de lado. Pôs a fronha no chão, pegou o gim e entregou-o ao farrista, que o aceitou com um suspiro.

— Há quase uma hora estou de olho nessa garrafa, tentando imaginar os vários estratagemas possíveis para trazê-la até mim. Um por um, precisei descartá-los, por serem inviáveis, insensatos ou incompatíveis com as leis da gravidade. Por fim, apelei para o último recurso de um homem que deseja que algo seja feito e que exauriu toda e qualquer opção, salvo a de fazê-lo por conta própria: ou seja, rezei. Rezei para Ferdinando e Bartolomeu, os santos padroeiros dos vagões de primeira-classe e garrafas viradas. E eis que um anjo de misericórdia me foi enviado.

Olhando para Emmett com um sorriso agradecido, o homem de repente se mostrou surpreso.

— Você não é o camareiro!

— Sou um dos guarda-freios — disse Emmett.

— Meu muito obrigado, mesmo assim.

Então, o farrista se virou para a esquerda, pegou uma taça de martíni que estava pousada numa mesinha redonda e começou a cuidadosamente enchê-la de gim. Enquanto o observava, Emmett reparou que a azeitona no fundo da taça havia sido espetada pelo ponteiro de minutos do relógio.

Após encher a taça, o farrista olhou para Emmett.

— Posso lhe oferecer...?

— Não, obrigado.

— De serviço, suponho.

Erguendo o drinque por um momento na direção de Emmett, logo esvaziou o copo de um só gole e depois fitou-o com pesar.

— Foi sábio da sua parte recusar. Este gim está incomumente morno. Criminosamente morno, eu diria. Ainda assim...

Tornou a encher a taça, levou-a de novo aos lábios, mas, dessa vez, antes de beber, sobressaltou-se, parecendo preocupado.

— Por acaso você saberia dizer onde estamos?

— Nos arredores de Cedar Rapids.

— Iowa?

— Sim.

— E que horas são?

— Por volta de oito e meia.

— Da manhã?

— Sim — respondeu Emmett. — Da manhã.

O farrista recomeçou a erguer a taça, mas de novo parou.

— A manhã não é de *quinta-feira*, certo?

— Não — disse Emmett, tentando conter a impaciência. — Hoje é terça-feira.

O farrista respirou aliviado e depois se inclinou na direção do homem adormecido no sofá.

— Ouviu isso, sr. Packer?

Sem resposta, o farrista pousou sua taça, pegou um pedaço de pão no bolso do paletó e atirou-o na cabeça de Packer, com precisão.

— Eu falei: você ouviu isso?

— Ouvi o quê, sr. Parker?

— Ainda não é quinta-feira.

Virando para o lado, Packer ficou de cara para a parede.

— Criança de quarta-feira sabe o que é dor, mas criança de quinta-feira corre atrás do amor, já dizia o versinho.

Parker fitou o amigo, pensativo, antes de se virar para Emmett.

— Cá entre nós, o sr. Packer também é estranhamente morno.

— Eu ouvi isso — disse Packer para a parede.

Parker ignorou-o e continuou fazendo confidências a Emmett.

— Em geral, não sou do tipo que se importa com detalhes como os dias da semana. Mas o sr. Packer e eu estamos unidos numa missão sagrada. Porque dormindo profundamente na cabine aqui ao lado está ninguém menos do que Alexander Cunningham, o Terceiro, o amado neto do proprietário deste vagão magnífico. E nos comprometemos a carregar o sr. Cunningham de volta a Chicago e deixá-lo na porta do Clube de Tênis, um clube de esportes mesmo, às seis da noite de quinta-feira, de modo a entregá-lo em segurança...

— Nas mãos de seus captores — emendou Packer.

— Nas mãos da futura esposa — corrigiu Parker. — O que não é um dever a ser encarado com pouca seriedade, sr. Guarda-Freios. Pois o avô do sr. Cunningham é o maior operador de vagões refrigerados dos Estados Unidos e o avô da noiva é o maior produtor de linguiça a granel. Por isso, acho que é possível entender a importância de carregarmos o sr. Cunningham para Chicago a tempo.

— O futuro do café da manhã do país depende disso — completou Packer.

— Com efeito, depende mesmo — concordou Parker. — Certamente.

Emmett fora criado de modo a não desprezar homem algum. Desprezar outro homem, diria seu pai, levaria a presumir que se conheceu tão bem essa pessoa, que se sabe tanto sobre suas intenções, suas ações públicas e privadas, que se poderia comparar o caráter do sujeito desprezado com o próprio caráter sem medo de falsos julgamentos. Mas enquanto observava o tal de Parker esvaziar mais uma taça de gim morno e depois arrancar a azeitona do ponteiro de minutos com os dentes, Emmett não conseguiu deixar de avaliá-lo e achar que era medíocre.

Em Salina, uma das histórias que Duchess gostava de contar — enquanto trabalhavam nos campos ou estavam à toa nos alojamentos — era sobre um artista que chamava a si mesmo de professor Heinrich Schweitzer, mestre de telecinesia.

Quando a cortina se abria, lá estava o professor sentado no meio do palco a uma mesa pequena com uma toalha branca, só um lugar posto e uma vela apagada. Dos bastidores, surgia um garçom, que lhe servia um bife, um copo de vinho e acendia a vela. Quando o garçom virava as costas, o professor, sem pressa, comia parte do bife, bebia um pouco de vinho e espetava o garfo bem no meio da carne, tudo sem dizer uma palavra. Depois de limpar a boca com o guardanapo, ele erguia no ar um polegar e o indicador. Ao unir ambos devagar, a chama da vela tremeluzia e se apagava, deixando um rastro de fumaça. Em seguida, o professor encarava o vinho até vê-lo transbordar do copo, fervendo. Quando voltava a atenção para o prato, a parte superior do garfo se entortava até ficar num ângulo de noventa graus. A essa altura, a plateia, que fora instruída a manter silêncio absoluto, começava a sussurrar com surpresa ou descrença. Com a mão levantada, o professor aquietava o público. Então, fechava os olhos e virava as palmas das mãos para a mesa. Conforme se concentrava, a mesa começava a tremer de tal maneira que era possível ouvir as pernas baterem no assoalho do palco. Reabrindo os olhos, o professor repentinamente movia as mãos para a direita e a toalha era arremessada ao ar, deixando o prato, o copo de vinho e a vela intactos.

O número todo era falso, claro. Uma elaborada ilusão levada a cabo por meio do uso de arames invisíveis, eletricidade e jatos de ar. E o professor Schweitzer? Segundo Duchess, era um polaco de Poughkeepsie que não tinha domínio suficiente de telecinesia nem para derrubar um martelo no próprio pé.

Não, pensou Emmett com uma pontinha de amargura, os Schweitzer deste mundo não têm condições de mover objetos com um olhar ou um aceno de mão. Esse poder estava reservado aos Parker.

Muito provavelmente, ninguém jamais dissera a Parker que ele tinha o poder de telecinesia, mas nem era preciso. Ele descobrira com a própria experiência, desde a infância, quando exigia um brinquedo da vitrine de uma loja ou um sorvete de um ambulante no parque. A experiência lhe ensinara que, se quisesse algo de verdade, o objeto do seu desejo acabaria chegando às suas mãos, mesmo se contrariasse as leis da gravidade. De que forma enxergar um homem que, tendo esse poder extraordinário, o utiliza para resgatar o restinho de uma garrafa de gim caída do outro lado do cômodo sem precisar levantar o traseiro da cadeira? Apenas com desprezo.

Mas, enquanto esse pensamento passava por sua cabeça, ouviu-se um zumbido delicado e o relógio sem ponteiros começou a badalar. Dando uma olhada no relógio de Billy, Emmett viu com uma ponta de ansiedade que já eram quase nove horas. Havia subestimado por completo a passagem do tempo. O trem poderia se pôr em movimento a qualquer momento.

Quando Emmett se abaixou para pegar a fronha aos seus pés, Parker desviou o olhar.

— Você não vai embora, vai?

— Preciso voltar para a locomotiva.

— Mas estávamos começando a nos conhecer. Sem dúvida, não há pressa. Vamos, sente-se um pouco.

Estendendo o braço, Parker puxou a cadeira vazia para perto da sua, efetivamente bloqueando o acesso de Emmett à porta.

À distância, Emmett ouviu o sibilar do vapor quando os freios foram desativados e o trem começou a se mover. Empurrando para o lado a cadeira, deu um passo em direção à porta.

— Espere! — gritou Parker.

Com as mãos apoiadas nos braços da cadeira, ele se ergueu. Uma vez de pé, Emmett percebeu que o sujeito era ainda maior do que lhe parecera. Com a cabeça quase batendo no teto do vagão, ele cambaleou um instante e depois avançou com as mãos esticadas, como se pretendesse agarrar Emmett pela camisa.

Emmett sentiu uma onda de adrenalina e a nauseante sensação de *déjà-vu*, no pior dos sentidos. Alguns centímetros atrás de Parker estava a mesinha com os copos vazios e a garrafa de champanhe emborcada. Dado o desequilíbrio de Parker, Emmett sabia, sem sequer se dar o trabalho de calcular, que se desse um único empurrão no peito do sujeito poderia derrubá-lo tal qual uma árvore. Essa era outra situação oportuna casualmente oferecida a ele capaz de deitar por terra todos os seus planos para o futuro em questão de um instante.

Com uma agilidade surpreendente, porém, Parker de repente enfiou uma nota dobrada de cinco dólares no bolso da camisa de Emmett. Feito isso, deu um passo atrás e desabou na cadeira.

— Com a minha maior gratidão — disse Parker, enquanto Emmett saía porta afora.

Com a fronha em uma das mãos, Emmett subiu a escada, moveu-se com rapidez ao longo da extensão do teto do vagão e saltou por sobre o espaço que o separava do vagão seguinte — exatamente como fizera mais cedo.

Só que agora o trem estava em movimento, balançando de leve para a esquerda e para a direita enquanto ganhava velocidade. Emmett calculou que o trem se deslocava a trinta quilômetros por hora apenas, mas tinha sentido a força do vento no sentido contrário a ele ao pular de um vagão para o outro. Se o veículo alcançasse cinquenta quilômetros por hora, seria preciso apressar muito o passo para transpor os espaços; se ultrapassasse sessenta, não sabia se seria capaz de fazer isso.

Foi então que começou a correr.

Não lembrava quantos vagões de carga atravessara mais cedo antes de chegar ao de passageiros. Com um crescente senso de urgência, ergueu os olhos para ver se conseguia identificar o vagão com a escotilha aberta. O que viu, em vez disso, foi que a cerca de um quilômetro o trem faria uma curva nos trilhos.

Embora a curva nos trilhos fosse um ponto fixo e o trem que se movimentasse, de onde estava, a impressão de Emmett era a de que a curva estava em movimento e atingiria rapidamente a cadeia de vagões, aproximando-se inexoravelmente dele — do mesmo jeito que, quando se balança a ponta de uma corda, a trepidação atravessa toda a extensão.

Emmett começou a correr o mais rápido possível na esperança de alcançar o vagão seguinte antes que chegasse à curva. Mas a curva chegou antes do previsto, passando sob seus pés justo quando ele saltou. Com o vagão balançando, Emmett aterrissou desequilibrado e foi jogado para a frente, de modo que um instante depois se viu estirado no teto do carro com um dos pés pendendo para fora.

Concentrado em não deixar cair a fronha, tentou se agarrar a alguma coisa, qualquer coisa, com a mão livre. Às cegas, conseguiu encontrar uma beirada de metal, que usou para se puxar até o centro do teto.

Sem ficar de pé, foi recuando até o espaço sobre o qual acabara de saltar. Ao tocar os pés na escada, deslizou mais para trás ainda, desceu e caiu na plataforma estreita, sem fôlego por conta do esforço e fervendo de raiva, autorrecriminando-se.

Onde estava com a cabeça quando decidiu pular de vagão em vagão correndo? Podia muito bem ter sido cuspido do trem. O que seria de Billy, então?

O trem estava agora, no mínimo, a uns oitenta quilômetros por hora. Em algum momento na hora seguinte obviamente reduziria a velocidade, e aí ele conseguiria voltar em segurança para o seu vagão. Emmett olhou para o relógio do irmão a fim de consultar as horas, mas descobriu que o vidro se quebrara e o ponteiro dos segundos parara.

Pastor John

Ao ver que havia alguém dormindo no vagão de carga, o pastor John quase se aproximou. Quando se tem muito caminho pela frente, percebe-se como é valiosa a camaradagem. A viagem num vagão de carga é abundante em horas e escassa em conforto básico, e qualquer homem, por mais vagabundo, tem uma história capaz de edificar ou divertir. Ainda assim, desde que Adão viu o Éden pela última vez, o pecado se instalara nos corações dos homens de forma tão absoluta que mesmo aqueles predispostos a serem humildes e generosos podem de repente se tornar cobiçosos e cruéis. Por isso, quando um viajante cansado tem meio quartilho de uísque e dezoito dólares ganhos com o suor da própria testa, a prudência aconselha que ele abra mão dos benefícios de uma companhia e passe o tempo na segurança da própria solidão.

Era nisso que pensava o pastor John no momento em que viu o estranho se sentar, acender uma lanterna e focar a luz nas páginas de um livro enorme, revelando ser apenas um menino.

Um fujão, pensou o pastor com um sorriso.

Sem dúvida tinha se desentendido com os pais e saíra de fininho com a mochila tática pendurada no ombro, partindo à la Tom Sawyer, pois parecia ser um rematado leitor. Ao chegar a Nova York, o menino aceitaria de bom grado o momento em que fosse descoberto, de modo a poder ser devolvido pelas autoridades ao sermão severo do pai e ao abraço caloroso da mãe.

Mas faltava ainda um dia de viagem para chegar a Nova York e, embora os meninos possam ser impetuosos, inexperientes e ingênuos, não são desprovidos de certa inteligência pragmática. Porque, enquanto um homem adulto que sai porta afora no calor da raiva provavelmente leva apenas a roupa do corpo, um menino que foge de casa sempre terá a prudência de carregar um sanduíche. Talvez até mesmo a sobra de um pedaço da galinha frita feita pela mãe no jantar da véspera. E ainda havia a lanterna a considerar. Quantas vezes, só no último ano, o pastor John achou que seria providencial ter uma lanterna à mão? Mais vezes do que podia contar.

— Oi, você!

Sem aguardar resposta, o pastor John desceu pela escada, espanou a poeira dos joelhos e notou que, embora tivesse erguido os olhos, surpreso, o garoto foi educado o bastante para não apontar o foco de luz para o rosto do recém-chegado.

— Para os peregrinos do Senhor — começou o pastor John —, as horas são abundantes e os confortos, escassos. Por isso, particularmente, eu agradeceria um pouco de companhia. Você se importaria se compartilhássemos o seu fogo?

— O meu fogo? — indagou o menino.

O pastor apontou para a lanterna.

— Perdão. Falei de forma poética. São os ossos do ofício dos homens do clero. Pastor John, ao seu dispor.

Quando John estendeu a mão, o menino se levantou e a apertou como um cavalheiro em miniatura.

— Meu nome é Billy Watson.

— É um prazer conhecê-lo, William.

Embora a desconfiança seja velha como o pecado, o menino não demonstrou senti-la. Em compensação, mostrou-se razoavelmente curioso.

— O senhor é um pastor de verdade?

O pastor John sorriu.

— Não tenho um campanário nem sinos sob meu comando, filho. Ao contrário, como meu homônimo, João Batista, minha igreja é a estrada e a minha congregação, os homens comuns. Mas, sim, sou um pastor de verdade, como um desses que você já deve ter conhecido.

— O senhor é a segunda pessoa da Igreja que encontro em dois dias — disse o garoto.

— É mesmo?

— Ontem, conheci a irmã Agnes no St. Nicholas, em Lewis. O senhor conhece a irmã Agnes?

— Já *conheci* muitas irmãs no meu tempo — disse o pastor com uma piscadela para si mesmo. — Mas não creio ter tido o prazer de conhecer alguma chamada Agnes.

O pastor John sorriu para o menino e depois tomou a liberdade de se sentar. Quando o garoto se sentou ao lado, John expressou admiração pela lanterna e perguntou se podia examiná-la mais de perto. Sem hesitar um segundo, o menino lhe entregou o objeto.

— É uma lanterna militar — explicou. — Da Segunda Guerra Mundial.

Como se quisesse se mostrar encantado com a eficiência da lanterna, o pastor usou-a para examinar o restante do vagão, reparando com bem-vinda surpresa que a mochila tática do garoto era maior do que lhe parecera à primeira vista.

— A primeira criação do Senhor — observou o pastor John com deferência ao devolver a lanterna ao dono.

Mais uma vez, o menino fitou-o com curiosidade. À guisa de explicação, o pastor citou o versículo:

— *E disse o Senhor:* Faça-se a luz. *E fez-se a luz.*

— Mas, no comecinho, Deus criou o céu e a terra — disse o menino. — A luz não seria a sua terceira criação?

O pastor pigarreou.

— Você tem toda a razão, William. Em termos técnicos, ao menos. De todo jeito, acho que podemos ter certeza de que o Senhor ficou muito satisfeito com o fato de que, depois de ter visto sua *terceira* criação ser usada para o benefício de homens na guerra, o utensílio encontrou uma segunda utilidade a serviço da edificação de um menino.

Diante dessa observação satisfatória, o garoto emudeceu e o pastor John esticou o olho para a mochila.

Na véspera, andara pregando a Palavra do Senhor nas fímbrias de uma assembleia itinerante de avivamento cristão nos arredores de Cedar Rapids. Embora o pastor não fosse *oficialmente* um membro da assembleia, tão entusiasmados ficaram os presentes com seu estilo especial de fogo e enxofre, que ele pregara da aurora ao crepúsculo sem sequer dar uma parada para um rápido lanche. À noite, quando a equipe começara a desarmar as tendas, o pastor John planejara fazer uma visita a uma taverna próxima, onde uma atraente jovem seguidora de um coro metodista concordara em encontrá-lo para jantar e, talvez, para tomar uma taça de vinho. Revelara-se, porém, que o mestre do coro também vinha a ser o pai da moça, e, tendo uma coisa levado à outra, o pastor fora obrigado a partir de forma mais esbaforida do que o previsto. Por isso, ao sentar-se ao lado do menino, ele se pegou bastante ansioso para antecipar o momento de partilhar o pão.

No entanto, existe tanta necessidade de etiqueta num vagão de carga vazio quanto à mesa de um bispo. E o que exige a etiqueta da estrada é que um viajante conheça o outro antes de esperar compartilhar a comida dele. Com esse objetivo, o pastor tomou a iniciativa:

— Me diga, meu jovem: o que você está lendo?

— O *Compêndio do professor Abacus Abernathes de heróis, aventureiros e outros viajantes intrépidos*.

— Que leitura apropriada! Posso ver?

De novo, o menino entregou um de seus pertences sem qualquer hesitação. Um cristão autêntico, pensou o pastor, enquanto abria o livro. Ao ver o sumário, notou que de fato se tratava, mais ou menos, de um compêndio de heróis.

— Sem dúvida, você está a caminho da sua própria aventura — comentou John.

Em resposta, o menino assentiu energicamente.

— Não me conte. Me deixe adivinhar.

Baixando os olhos, o pastor John correu um dos dedos pela lista.

— Hummm... Vejamos. Sim, sim.

Sorrindo, bateu no livro com um dos dedos e depois fitou o menino.

— Suponho que você pretenda dar a volta ao mundo em oitenta dias, como fez Phileas Fogg!

— Não — replicou o garoto. — Não vou dar a volta ao mundo.

O pastor tornou a consultar o sumário.

— Planeja navegar pelos Sete Mares como Simbá?

O menino balançou outra vez a cabeça.

No silêncio grave que se seguiu, o pastor se lembrou da rapidez com que qualquer um se entedia com jogos infantis.

— Você me pegou, William. Desisto. Por que não me diz aonde a sua aventura vai levar você?

— À Califórnia.

O pastor John ergueu as sobrancelhas. Deveria dizer ao garoto que de todos os caminhos possíveis para chegar ao seu destino ele escolhera o menos provável de levá-lo à Califórnia? A informação decerto seria valiosa para o garoto, mas talvez também o desconcertasse. E o que haveria a ganhar com isso?

— Califórnia, você disse? Um destino excelente. Imagino que esteja indo para lá na esperança de encontrar ouro.

O pastor sorriu, para encorajá-lo.

— Não — respondeu o menino, no seu estilo papagaio —, não estou indo para a Califórnia na esperança de encontrar ouro.

O pastor esperou que o menino explicasse, mas explicações não pareciam ser de sua natureza. De todo modo, pensou, aquele tanto de conversa já soava suficiente.

— Para onde quer que estejamos indo e sejam quais forem os motivos, considero um golpe de sorte me achar na companhia de um jovem conhecedor das Escrituras e amante de aventuras. A única coisa que falta para tornar a nossa viagem mais perfeita...

Durante essa pausa, o menino fitou-o com ansiedade.

— ... seria alguma coisinha para mastigar enquanto passamos o tempo conversando.

O pastor John abriu um sorriso tristonho. Foi sua vez, então, de parecer ansioso.

Mas o menino sequer piscou.

Humm, pensou o pastor. Seria possível que o jovem William estivesse sendo cauteloso?

Não. Ele não era assim. Ingênuo como já demonstrara ser, partilharia um sanduíche caso tivesse um. Infelizmente, qualquer sanduíche que por acaso tivesse levado para a viagem já havia provavelmente sido comido. Porque se meninos fugitivos contavam com a prudência incomum de carregar comida, lhes faltava a autodisciplina para racioná-la.

O pastor franziu o cenho.

A caridade que o Senhor Misericordioso derrama sobre os presunçosos, Ele o faz sob a forma de decepção. Essa lição John ensinara muitas vezes em muitas tendas para muitas almas, com um excelente resultado. Ainda assim, sempre que a prova disso se apresentava no curso de suas próprias interações, o fato sempre lhe causava uma surpresa desagradável.

— Você deveria apagar a sua lanterna — sugeriu o pastor, com algum azedume. — Para não desperdiçar as pilhas.

Considerando a sugestão sábia, o menino pegou a lanterna e a desligou. No entanto, ao estender a mão para a mochila tática a fim de guardá-la, um som delicado veio da sacola.

Ao ouvi-lo, o pastor se sentou mais empertigado e a ruga da testa sumiu.

Seria aquele um som conhecido? Ora, era um som tão familiar, tão inesperado e tão bem-vindo que estimulou cada fibra do seu ser — da forma como o barulho de um rato do campo nas folhas de outono estimula um gato. Porque o que emanou da mochila foi o tilintar inconfundível de moedas.

Quando o menino guardou a lanterna, o pastor John pôde ver a tampa de uma lata de tabaco e ouvir o dinheiro chacoalhar musicalmente lá dentro. Não eram centavos nem níqueis, vale dizer, que se anunciavam com uma pertinente pobreza de som. Era quase certo que aqueles fossem dólares de prata.

Diante das circunstâncias, sentiu o ímpeto de sorrir, de gargalhar, até mesmo de cantar. Mas ele era, acima de tudo, um homem experiente. Então, em vez disso, exibiu ao menino o sorriso provocador de um parente mais velho.

— O que é que você tem aí, meu jovem? Foi tabaco o que eu vi? Não me diga que você tem o hábito de fumar cigarros.

— Não, pastor. Eu não fumo cigarros.

— Graças a Deus. Mas por que, me diga, por favor, você carrega essa lata?

— É onde eu guardo a minha coleção.

— Uma coleção? Nossa, eu adoro coleções. Posso ver?

O menino tirou a lata da mochila, mas, a despeito de ter mostrado sem reservas a lanterna e o livro, demonstrou visível relutância em exibir sua coleção.

Mais uma vez, o pastou se perguntou se o jovem William seria mesmo tão ingênuo quanto fingia ser. No entanto, seguindo o olhar do garoto para o chão irregular e empoeirado do vagão, se deu conta de que a hesitação do menino se devia ao fato de não considerar a superfície digna de confiança.

Era perfeitamente natural, admitiu John, para um colecionador de porcelana fina ou de manuscritos raros se mostrar tão meticuloso quanto às superfícies nas quais pousar seus bens preciosos. Mas no caso de moedas de metal, sem dúvida qualquer superfície servia. Afinal, ao longo de sua vida útil, uma moeda provavelmente trafega dos cofres de um magnata até a mão de um mendigo e faz o caminho inverso muitas e muitas vezes. Ela se vê em mesas de pôquer e em bandejas de oferendas. É levada para a batalha dentro da bota de um patriota e perdida nas almofadas de veludo do budoar de uma jovem senhora. Ora, a moeda comum já deu a volta ao mundo *e* navegou os Sete Mares.

Havia pouca necessidade de ser tão meticuloso assim. As moedas estariam tão aptas a cumprir sua finalidade depois de serem espalhadas no chão de um vagão de carga quanto estiveram no dia em que foram cunhadas. O menino só precisava de um pouco de estímulo.

— Me dê aqui — falou o pastor John —, eu ajudo.

Mas quando o pastor estendeu o braço, o menino — que continuava segurando a lata e olhando para o chão — recuou.

Pelo poder do reflexo, o repentino movimento do garoto para trás levou o pastor a se mover para a frente.

Agora, os dois seguravam a lata.

Mostrando uma determinação quase admirável, o menino a puxou para o peito, mas a força de uma criança não é páreo para a de um adulto, e, um instante depois, a lata estava com o pastor. Afastando-a para um lado com a mão direita, John manteve a esquerda no peito do menino, para mantê-lo distante.

— Cuidado, William — alertou.

Mas, na verdade, o alerta não era necessário, pois o menino parou de tentar recuperar a lata ou seu conteúdo. Como alguém tomado pelo Espírito do Senhor, ele agora balançava a cabeça, pronunciando frases incoerentes, parecendo alheio ao seu entorno. Agarrado à mochila tática em seu colo, estava nitidamente agitado, embora contido.

— Pronto — disse o pastor satisfeito. — Vamos ver o que tem aqui dentro.

Abrindo a lata, espalhou o conteúdo. Se o chacoalhado metálico lá dentro tinha gerado um pequeno e atraente tilintar, o derramamento do conteúdo no assoalho de madeira lembrou o som de uma máquina caça-níqueis pagando o prêmio. Com a ponta dos dedos, o pastor delicadamente espalhou as moedas no chão. Havia, no mínimo, quarenta, e todas eram dólares de prata.

— Louvado seja o Senhor! — exclamou.

Pois sem dúvida fora a providência divina que lhe pusera nas mãos tal recompensa.

Com uma olhadela para William, o pastor John apreciou o fato de que permanecia ensimesmado, o que lhe permitiria voltar toda a sua atenção para a boa sorte inesperada. Pegando uma das moedas, posicionou-a na direção da claridade matinal que começava a entrar pela escotilha.

— 1886 — sussurrou o pastor.

Rapidamente, pegou outra da pilha. Depois outra e mais outra. 1898. 1905. 1909. 1912. 1882!

O pastor fitou o garoto com uma expressão de admiração renovada, pois ele não chamara aquilo de coleção da boca para fora. Ali não estava apenas a poupança de um menino do campo. Era uma amostra pacientemente amealhada de dólares americanos cunhados em anos diversos — alguns dos quais deveriam estar avaliados em mais de um dólar. Talvez em *muito* mais de um dólar.

Quem saberia dizer quanto valia aquela singela pilha?

John não sabia, com certeza. Mas, uma vez em Nova York, conseguiria descobrir com facilidade. Os joalheiros judeus na 47ª Street sem dúvida conheceriam o seu valor e provavelmente se disporiam a comprá-la. Contudo, é difícil acreditar que se mostrariam honestos quanto ao preço. Talvez houvesse algum material de leitura que falasse sobre o valor das moedas. Sim, isso. Sempre havia esse tipo de material que falava sobre o valor de objetos que os colecionadores gostam de colecionar. E, por sorte, a sede da Biblioteca Pública de Nova York ficava pertinho de onde os judeus exerciam sua atividade.

O menino, que ficara repetindo baixinho, sem parar, a mesma palavra, começava a alterar a voz.

— Calma, calma — disse o pastor, repreendendo-o.

Mas, ao olhar para o menino — que balançava o corpo sem sair do lugar, com a mochila no colo, muito longe de casa, faminto e indo na direção errada —, o pastor John sentiu uma pontada de solidariedade cristã. Num momento de euforia, imaginara que Deus lhe mandara o garoto. Mas... e se fosse o contrário? E se Deus *o tivesse mandado para o menino*? Não o Deus de Abraão, que haveria de preferir esmagar um pecador a chamá-lo pelo nome, mas o Deus de Cristo. Ou mesmo o próprio Cristo, Aquele que nos garantiu que, por mais que nos desviemos do caminho, sempre podemos encontrar perdão e até mesmo redenção refazendo os nossos passos em direção à virtude.

Talvez sua missão fosse ajudar o menino a vender sua coleção. Levá-lo em segurança até a cidade e negociar com os judeus em seu nome para se assegurar de que não se aproveitassem dele. Depois, John o levaria até a Pennsylvania Station, onde o poria no trem para a Califórnia. E, em troca, pediria apenas uma contribuição simbólica. Um dízimo, talvez. Sob o teto alto da estação, porém, cercado de companheiros viajantes, o menino insistiria para que dividissem a fortuna igualmente!

O pastor sorriu ao pensar nisso.

Mas... e se o menino mudasse de ideia?

E se numa das lojas da 47th Street de repente ele se recusasse a vender a coleção? E se decidisse manter a lata agarrada ao peito como se agarrava agora à mochila, proclamando aos quatro ventos que as moedas eram *suas*? Ah, como os judeus haveriam de adorar isso! Como lhes agradaria a chance de chamar a polícia, apontar o dedo para um pastor e vê-lo ir preso.

Não. Se o Senhor Misericordioso interviera, era para levar o menino até ele, não o contrário.

Olhou para William com um meneio de cabeça quase generoso.

No entanto, ao fazer isso, o pastor John não pôde deixar de notar a força com que o garoto segurava a mochila contra o peito, com ambos os braços à sua volta, os joelhos erguidos e o queixo baixo, como se tentasse escondê-la de alguma maneira.

— Me diga, William. O que mais você tem nessa sua sacola?

Sem se levantar, o menino começou a recuar pelo assoalho áspero e empoeirado sem relaxar a força com que apertava a mochila.

Sim, observou o pastor. Basta ver como ele a aperta contra o peito mesmo conforme se afasta. Tem mais alguma coisa ali dentro e garanto que vou descobrir o que é.

Enquanto ficava de pé, o pastor ouviu o guincho das rodas de metal indicar que o trem começava a se mover.

Perfeito, pensou. Ele tiraria a mochila tática do garoto e o garoto do vagão de carga. Depois, seguiria para Nova York na segurança da própria solidão com cem dólares ou mais.

De mãos estendidas, o pastor John deu um pequeno passo para a frente à medida que o menino recuava para a parede. Quando o pastor deu outro passo, o garoto começou a deslizar para a direita e se viu acuado no canto, sem ter para onde ir.

O pastor suavizou seu tom, agora explanatório em vez de acusatório.

— Vejo que você não quer que eu olhe o que tem na sua mochila, William. Mas é a vontade do Senhor que eu faça isso.

O menino, que continuava balançando a cabeça, fechou os olhos, como alguém que se dá conta da aproximação de algo inevitável, mas que não deseja testemunhá-lo.

Delicadamente, John se inclinou, apossou-se da mochila e começou a erguê-la. Mas o menino era firme. Tão firme que, quando começou a puxar a mochila, John descobriu que junto o puxava também.

O pastor deixou escapar uma risada diante da comicidade da situação, que parecia a cena de um filme de Buster Keaton.

Só que quanto mais o pastor tentava puxar apenas a mochila, mais o menino se agarrava a ela, e quanto mais ele se agarrava a ela, mais evidente ficava que algo valioso se achava escondido ali dentro.

— Ora, vamos — disse John, num tom que entregava uma razoável falta de paciência.

Mas balançando a cabeça e de olhos firmemente fechados, o menino apenas repetia sua ladainha, cada vez mais alto e nítido.

— Emmett, Emmett, Emmett.

— Nao tem Emmett nenhum aqui — disse John numa voz tranquilizadora, mas o menino não deu sinal de desgrudar da mochila.

Sem alternativa, o pastor John bateu nele.

Sim, ele bateu no garoto. Mas bateu como uma professora costumava bater num aluno, para corrigir seu comportamento e chamar sua atenção.

Algumas lágrimas começaram a escorrer pelo rosto do menino, mas ele não abriu os olhos nem largou a mochila.

Com uma espécie de suspiro, o pastor John segurou com firmeza a sacola com a mão direita e ergueu a esquerda. Dessa vez, ele bateria no menino como seu pai batera nele: em cheio no rosto, com as costas da mão. Às vezes, conforme gostava de dizer o pai, para causar uma impressão numa criança era preciso deixar uma impressão nela. Mas antes que o pastor pudesse movimentar a mão, ouviu-se um baque surdo às suas costas.

Sem largar o menino, John olhou por cima do ombro.

De pé, no outro extremo do vagão, tendo descido pela escotilha, estava um negro de um metro e oitenta de altura.

— Ulysses! — exclamou o pastor.

Por um instante, Ulysses não se mexeu nem falou nada. Talvez não tivesse conseguido ver com nitidez a cena à sua frente, por conta da transição da claridade do dia para as sombras do vagão. Mas logo seus olhos se habituaram ao ambiente.

— Largue o garoto — disse ele devagar.

Mas o pastor não estava segurando o garoto, e sim a mochila tática. Sem largá-la, ele começou a explicar a situação o mais depressa que pôde.

— Esse ladrãozinho entrou no vagão enquanto eu dormia. Felizmente, acordei justo na horinha em que ele remexia na minha sacola. Na luta que travamos, minhas economias se espalharam no chão.

— Largue o garoto, pastor. Não vou repetir.

O pastor John olhou para Ulysses e depois, lentamente, começou a afrouxar a mão.

— Você tem toda a razão. Não é necessário repreendê-lo mais. A esta altura, com certeza ele aprendeu a lição. Vou só pegar os meus dólares e guardá-los na minha sacola.

Por sorte, o garoto não objetou.

Mas, para certa surpresa do pastor, não foi por medo, muito pelo contrário. O menino, que não mais balançava a cabeça com os olhos fechados, encarava Ulysses com uma expressão de assombro.

Ora, ele nunca viu um negro, pensou John.

O que, para ele, era ótimo. Pois, antes que o garoto se reorientasse, o pastor poderia juntar a coleção. Para esse fim, caiu de joelhos e começou a recolher as moedas.

— Deixe as moedas onde estão — disse Ulysses.

Com as mãos ainda a alguns centímetros da fortuna, o pastor tornou a olhar para Ulysses e falou com uma pontinha de indignação:

— Eu só ia pegar o que de direito...

— Nem uma — disse Ulysses.

O pastor mudou de tom:

— Não sou um homem ganancioso, Ulysses. Embora eu tenha ganhado esses dólares com o suor do meu rosto, posso sugerir que nós dois sigamos o conselho de Salomão e dividamos meio a meio?

Enquanto sugeria isso, John percebeu com certo desânimo que havia aprendido errado a lição. Mais uma razão para prosseguir.

— Nós poderíamos dividir por três, se você preferir. Em partes iguais entre você, eu *e* o garoto.

Antes que terminasse de fazer sua proposta, porém, Ulysses já se virara para a porta do vagão de carga, destravara o trinco e abrira a porta com um rangido.

— É aqui que você desce — falou Ulysses.

Quando o pastor John agarrara a sacola do menino, o trem mal se movia, mas nesse meio-tempo tinha ganhado uma velocidade considerável. Do lado de fora, os ramos das árvores pelos quais passavam mais pareciam um borrão.

— Aqui? — indagou o pastor, em choque. — Agora?

— Eu viajo sozinho, pastor. Você sabe disso.

— Sim, eu me lembro de que você prefere assim, mas a viagem num vagão de carga é abundante em horas e escassa em conforto. Decerto um pouquinho de fraternidade cristã...

— Há mais de oito anos viajo sozinho sem contar com fraternidade cristã. Se por algum motivo eu acaso me sentir necessitando de companhia, sem dúvida não será da sua.

O pastor John olhou para o menino, apelando para o seu senso de caridade e na esperança de que ele agisse em sua defesa, mas o menino continuava encarando o negro, atônito.

— Ok, ok — concordou o pastor. — Todo homem tem o direito de fazer suas próprias amizades, e não pretendo impor a você a minha companhia. Simplesmente vou subir a escada, sair pela escotilha e tomar o rumo de outro vagão.

— Não — insistiu Ulysses. — Você vai sair por aqui.

O pastor John hesitou por um momento, mas, quando Ulysses fez um movimento em sua direção, ele se dirigiu à porta.

Do lado de fora, o terreno não lhe pareceu convidativo. Ao longo dos trilhos, havia aterro coberto por um misto de cascalho e mato e, para além, uma floresta densa e respeitável. Quem saberia dizer a que distância estariam da cidade ou da estrada mais próxima?

Sentindo a presença de Ulysses às suas costas, o pastor olhou para trás com uma expressão suplicante, mas o negro não retribuiu o olhar. Também ele observava as árvores lá fora, sem sequer o menor sinal de remorso.

— Ulysses — implorou John novamente.

— Com a minha ajuda ou sem ela, pastor.

— Está bem, está bem — respondeu o pastor, invocando um tom de indignação justificada. — Eu pulo. Mas, antes, o mínimo que você pode me permitir é um instante de oração.

Quase imperceptivelmente, Ulysses assentiu.

— O Salmo 23 seria apropriado — acrescentou o pastor num tom ácido. — Sim, acho que o Salmo 23 se encaixa muito bem.

Unindo as mãos e fechando os olhos, começou:

— *O Senhor é meu pastor; nada me faltará. Ele me faz repousar em verdes pastos. Guia-me a águas tranquilas. Refrigera a minha alma; guia-me pelas veredas da justiça por amor do seu nome.*

O pastor começou a recitar o salmo lenta e tranquilamente, num tom humilde. Mas, ao chegar no quarto verso, a voz se alteou com aquela potência conhecida apenas pelos soldados do Senhor.

— *Sim* — entoou com uma das mãos erguidas, como se balançasse a Bíblia acima das cabeças da congregação. — *Ainda que eu ande pelo vale da sombra da morte, não temerei mal algum, porque estás comigo! A tua vara e o teu cajado me consolam!*

Restavam apenas dois versos no Salmo, mas seria difícil achar dois versos mais pertinentes. Com bastante veemência, tendo elevado sua oratória a um tom propício, a frase *Preparas uma mesa para mim na presença dos meus inimigos* atingiria em cheio Ulysses. E não lhe restaria alternativa, senão tremer ao ouvir a conclusão do pastor: *Certamente que a bondade e a misericórdia me seguirão todos os dias da minha vida, e eu habitarei para sempre na casa do Senhor!*

Só que o pastor John não chegou a ter a oportunidade de tocar esse específico sino da oratória, pois, logo quando estava prestes a recitar os dois últimos versos, Ulysses o fez voar pelos ares.

Ulysses

Quando se virou de volta, Ulysses viu que menino o fitava, com o saco de viagem apertado entre os braços.

Ulysses indicou os dólares com a mão.

— Pegue suas coisas, filho.

Mas o menino não se moveu para obedecer. Simplesmente, continuou a encará-lo sem se perturbar.

Ele não deve ter mais de oito ou nove anos, pensou Ulysses. Não muito mais novo do que seria hoje o meu filho.

— É como você me ouviu dizer ao pastor — prosseguiu, mais suavemente. — Eu viajo sozinho. É assim que tem sido, e é assim que vai continuar sendo. Mas, daqui a uma meia hora, vamos passar por uma inclinação grande e o trem terá que andar mais devagar. Quando chegarmos lá, eu boto você na grama e você não se machuca. Entendido?

Mas o menino continuou a encará-lo como se não tivesse ouvido uma única palavra, e Ulysses se perguntou se ele seria estúpido. Então, o menino disse:

— Você esteve numa guerra?

A pergunta pegou Ulysses de surpresa.

— Sim — respondeu ele, após um instante. — Estive na guerra.

O menino deu um passo à frente.

— Você atravessou o oceano?

— Todos nós atravessamos oceanos — respondeu Ulysses, meio na defensiva.

O menino pensou consigo mesmo e depois deu mais um passo à frente.

— Você deixou para trás uma esposa e um filho?

Ulysses, que jamais recuara ante homem algum, recuou ante a criança. Deu um passo atrás de forma tão abrupta que alguém que observasse a cena acharia que o menino tocara algum fio desencapado em sua pele.

— Nós nos conhecemos? — perguntou, então, abalado.

— Não. Nós não nos conhecemos, mas acho que sei por que você tem o nome que tem.

— Todo mundo sabe disso: por causa de Ulysses S. Grant, comandante do Exército da União, a espada inabalável na mão do sr. Lincoln.

— Não — retrucou o menino, balançando a cabeça. — Não foi por causa desse Ulysses.

— Acho que sei melhor do que você, não?

O menino continuou a balançar a cabeça, embora não de modo a refutar. Balançava a cabeça demonstrando paciência e boa vontade.

— Não — repetiu. — Você recebeu esse nome por causa do *Grande Ulisses.*

Ulysses fitou o menino com uma sensação de incerteza crescente, como alguém que de repente se vê na presença de um ser de outro mundo.

Por um momento, o menino voltou o olhar para o teto do vagão. Quando tornou a encarar Ulysses, tinha os olhos arregalados, como se sobressaltado por uma ideia.

— Eu posso *mostrar* para você — disse ele.

Sentando no chão, ele abriu a aba do saco de viagem e tirou de dentro um grande livro vermelho, que folheou até chegar a uma página próxima ao fim e começar a ler:

Cante para mim, Ó Musa, o notável e astuto errante
Odisseu, ou de Ulisses chamado,
grande em estatura e dócil por natureza,
que depois de mostrar coragem no campo de batalha
foi condenado a viajar para lá e para cá,
de terra estranha em terra estranha...

Foi Ulysses quem deu um passo à frente, então.

— Está tudo aqui — disse o menino, sem erguer os olhos do livro. — Na Antiguidade, com a maior relutância, o Grande Ulisses deixou a esposa e o filho e atravessou o oceano para lutar na Guerra de Troia. Depois que os gregos venceram, Ulisses partiu de volta para casa com seus companheiros, mas seu navio era sempre tirado do rumo.

O menino levantou a cabeça.

— Deve ser por causa dele que você tem esse nome, Ulysses.

E a despeito de ter ouvido o próprio nome dez mil vezes antes, ao ouvi-lo da boca do menino naquele momento — nesse vagão de carga em algum lugar entre seu destino, a oeste, e seu ponto de partida, a leste —, foi como se o escutasse pela primeira vez na vida.

O menino inclinou o livro para que Ulysses pudesse enxergar melhor. Depois, chegou um pouco para a direita, como se costuma fazer para abrir espaço a outra pessoa num banco. E Ulysses se viu sentado ao lado do menino e ouvindo-o ler, como se o menino fosse o viajante experiente calejado pela guerra e ele, Ulysses, a criança.

Nos minutos seguintes, o menino — esse tal de Billy Watson — leu que o Grande Ulisses, tendo hasteado suas velas e ajustado o timão em direção ao lar, enfurecera o deus Poseidon ao cegar seu filho de um olho só, o Ciclope, e assim fora amaldiçoado a vagar por mares inclementes. Leu que Ulisses recebeu de Éolo, o Guardião dos Ventos, um saco de couro para impelir seu progresso, mas seus marujos, desconfiados de que no saco houvesse ouro, o abriram, soltando os ventos e desviando a embarcação de Ulisses mil léguas do seu curso — bem no momento em que a costa de sua tão sonhada terra natal tinha sido avistada.

E, enquanto ouvia, pela primeira vez na vida Ulysses chorou. Chorou pelo seu xará e pela tripulação do seu xará. Chorou por Penélope e por Telêmaco. Chorou pelos companheiros que haviam sido mortos no campo de batalha e pela própria esposa e pelo próprio filho, que deixara para trás. Acima de tudo, porém, chorou por si mesmo.

— — —

Quando Ulysses conheceu Macie no verão de 1939, os dois não tinham mais ninguém no mundo. Nas profundezas da Depressão, ambos haviam enterrado os pais, ambos tinham trocado seus estados natais — no caso dela, Alabama, no dele, Tennessee — pela cidade de St. Louis. Na chegada, ambos passaram de pensão em pensão e de emprego em emprego, sem amigos nem parentes, de tal forma que, ao se verem por acaso, de pé e lado a lado, diante do bar que ficava nos fundos do Salão de Dança Starlight — ambos mais inclinados a ouvir do que a dançar —, já acreditavam que uma vida de solidão era tudo que o céu reservava para gente como eles.

Com que felicidade descobriram estar errados! Conversando naquela noite, como riram — como duas pessoas que não apenas conheciam as fragilidades uma da outra, mas que haviam observado o outro moldá-las deliberadamente à semelhança dos próprios sonhos, caprichos e impetuosidades. E quando ele reuniu a coragem de convidá-la para dançar, ela o seguiu até a pista de um jeito irreversível. Três meses depois, quando ele foi contratado como instalador de linhas na companhia telefônica, com salário de vinte dólares semanais, os dois se casaram e se mudaram para um apartamento de dois quartos na Fourteenth Street, onde, da aurora ao crepúsculo e durante mais algumas horas, aquela dança interminável prosseguiu.

Mas foi então que começaram os problemas do outro lado do mundo. Ulysses sempre imaginara que, caso chegasse a hora, ele responderia ao chamado do seu país como o pai fizera em 1917. No entanto, quando os japas bombardearam Pearl Harbor em dezembro de 1941 e todos os rapazes começaram a correr para a central de recrutamento, Macie — que permanecera sozinha durante tantos anos — fitou-o de olhos semicerrados e com um lento meneio de cabeça que lhe dizia: *Ulysses Dixon, nem pense nisso*.

Como se o próprio governo americano tivesse sido persuadido pelo inquestionável olhar de Macie, no início de 1942 veio a declaração de que todos os instaladores de linhas telefônicas com dois anos de experiência eram muito essenciais, então não serviriam na guerra. Assim, ainda que a campanha crescesse, ele e Macie acordavam na mesma cama, tomavam café da manhã na mesma mesa e saíam para trabalhar com as mesmas marmitas nas mãos. Só que, a cada dia que passava, a disposição de Ulysses para se manter ao largo do conflito era penosamente testada.

Era testada diante dos discursos do presidente Franklin Roosevelt no rádio, em que ele garantia à nação que a determinação conjunta triunfaria sobre as forças do mal. Era testada pelas manchetes nos jornais. Era testada pelos vizinhos que mentiam as idades para se juntarem à luta. E, acima de tudo, era testada pelos homens sessentões que lhe lançavam olhares de esguelha, perguntando-se que diabos um sujeito fisicamente capaz fazia sentado num bonde às oito da manhã, enquanto o resto do mundo estava em guerra. Mas toda vez que acontecia de ele esbarrar num novo recruta em seu uniforme recém-fabricado, lá estava Macie com seus olhos semicerrados para recordá-lo do quanto fora longa a sua espera. Por isso, Ulysses engolia o orgulho e, no decorrer dos meses, viajava no bonde de olhos baixos e passava as horas ociosas dentro das quatro paredes do apartamento.

Então, em julho de 1943, Macie descobriu que estava grávida. Com o passar das semanas, independentemente das notícias de um ou de outro *front*, ela irradiava um brilho inegável. Começou a esperar Ulysses na parada do bonde, usando um vestido de verão e um chapéu amarelo de abas grandes e, de braços dados com ele, voltava para o apartamento, cumprimentando conhecidos e estranhos. Então, próximo ao fim de novembro, quando sua barriga começava a crescer, ela o convenceu a levá-la ao baile de Ação de Graças no Hallelujah Hall.

Assim que cruzou a porta, Ulysses percebeu que cometera um erro terrível. Porque, para onde quer que se virasse, deparava-se com o olhar de uma mulher que perdera um filho, de uma esposa que perdera o marido ou de uma criança que perdera o pai, cada um desses olhares tornado mais amargo ainda pela beatitude de Macie. Pior ainda era encarar os olhares dos outros homens de sua idade, pois, quando estes o viam de pé, constrangido, na beirada da pista de dança, vinham apertar-lhe a mão com sorrisos endurecidos pela própria covardia, aliviados por acharem outro homem fisicamente capaz para partilhar a fraternidade da vergonha.

Naquela noite, quando o casal voltou para o apartamento, antes mesmo de despirem os casacos, Ulysses anunciou sua decisão de se alistar. Preparado para a real possibilidade de Macie se zangar ou explodir em lágrimas, expressou sua intenção como uma conclusão irrevogável, a qual não admitia discussão. Mas quando ele acabou de falar, ela não estremeceu nem derramou lágrima alguma. E quando respondeu, não alteou a voz.

— Se você precisa ir para a guerra, vá para a guerra. Livre-se de Hitler e Tojo com o pé nas costas por mim. Mas não espere nos encontrar aqui quando voltar.

No dia seguinte, ao entrar no centro de recrutamento, Ulysses temeu ser recusado por já ter quarenta e dois anos, mas dez dias depois já estava em Camp Funston e, dez meses mais tarde, a caminho de servir na 92ª Divisão de Infantaria do 5º Exército na campanha da Itália. Ao longo de todos aqueles dias implacáveis, a despeito do fato de não ter recebido uma única carta da esposa, Ulysses jamais imaginou — ou melhor, jamais se permitiu imaginar — que ela e a criança não o estariam esperando quando voltasse.

Mas quando seu trem chegou a St. Louis no dia 20 de dezembro de 1945, os dois não estavam na estação. Quando ele se dirigiu para a Fourteenth Street, eles não estavam no apartamento. E quando procurou o proprietário, os vizinhos e os colegas de trabalho, ouviu a mesma resposta: duas semanas depois de dar à luz um lindo menino, Macie Dixon fizera as malas e deixara a cidade sem dizer para onde ia.

Menos de vinte e quatro horas depois de chegar a St. Louis, Ulysses pendurou a sacola no ombro e voltou a pé para a estação. Lá, embarcou no primeiro trem, sem se preocupar com o lugar de destino. Ficou no trem até o ponto final — Atlanta, na Geórgia — e depois, sem pôr os pés fora da estação, embarcou no trem seguinte, que ia para um lugar diferente, permanecendo nele até seu destino final, Santa Fé. Isso já fazia mais de oito anos. Ulysses viajava assim desde então — nos vagões de passageiros enquanto durou o dinheiro e nos vagões de carga quando o dinheiro acabou —, de um lado para o outro do país, jamais se permitindo passar uma segunda noite em canto algum antes de pular no trem seguinte, sem se importar com o lugar para onde estivesse indo.

— — —

Enquanto o menino lia e o Grande Ulisses enfrentava tempestade seguida de tempestade e mazela atrás de mazela, Ulysses ouvia em silêncio, as lágrimas escorrendo dos olhos, sem constrangimento. Ouviu como seu xará enfrentara os encantamentos metamórficos de Circe, a sedução cruel das Sereias e o perigo intimamente associado de Cila e Caríbdis. Mas quando o menino leu que a tripulação faminta de Ulisses, ignorando os avisos do vidente Tirésias, havia sacrificado o gado sagrado do deus do sol, Hélio, levando Zeus a sitiar novamente o herói entre trovões e marés altas, Ulysses pousou uma das mãos na página do livro do garoto.

— Chega — disse ele.

O menino fitou-o, surpreso.

— Você não quer saber como termina?

Ulysses calou-se por um instante.

— Não termina, Billy. Não há fim para as angústias daqueles que enfureceram o Todo-Poderoso.

Mas Billy estava balançando a cabeça de novo, compreensivo.

— Não é assim. Embora o Grande Ulisses tenha enfurecido Poseidon e Hélio, ele não vagou eternamente. Quando você deixou a guerra para voltar aos Estados Unidos?

Sem saber que diferença faria isso, Ulysses respondeu:

— No dia 14 de novembro de 1945.

Delicadamente empurrando a mão de Ulysses, o menino virou a página e apontou para um trecho.

— O professor Abernathe diz aqui que o Grande Ulisses voltou para Ítaca e reencontrou a esposa e o filho *após dez longos anos.*

O menino ergueu os olhos.

— Isso significa que você já chegou quase ao fim das suas perambulações e vai reencontrar a sua família daqui a menos de dois anos.

Ulysses fez que não.

— Billy, eu nem sei onde eles estão.

— Tudo bem — respondeu o menino. — Se você soubesse onde eles estão, não teria que procurá-los.

O menino, então, baixou os olhos para o livro e assentiu, satisfeito com a conclusão a que chegara.

Seria possível?, perguntou-se Ulysses.

Era fato que no campo de batalha ele violara os ensinamentos do Senhor, Jesus Cristo, sob todos os aspectos possíveis, a tal ponto que era difícil imaginar jamais voltar a entrar numa igreja com a consciência tranquila. Mas todos os homens que haviam lutado ao seu lado — assim como aqueles contra os quais ele lutara — tinham violado os mesmos ensinamentos, rompido as mesmas convenções e ignorado os mesmos mandamentos. Por isso, Ulysses se conformara com os pecados do campo de batalha, considerando-os pecados de uma geração. Ele só não conseguia se conformar com a traição à esposa, que lhe pesava na consciência. Entre eles havia também uma convenção e, quando ele a rompeu, rompeu-a sozinho.

Ao se ver naquela entrada mal iluminada do velho prédio de apartamentos, de uniforme, sentindo-se mais tolo do que herói, ele entendeu que as consequências do que havia feito *deveriam* ser irrevogáveis. Foi essa compreensão que o levou de volta à estação de trem e o conduziu à vida de errante — uma vida destinada a ser vivida sem companheirismo nem propósito.

Mas talvez o menino tivesse razão...

Talvez ao pôr seu próprio senso de constrangimento acima da santidade da união do casal, ao se autocondenar tão prontamente a uma vida de solidão, ele tivesse traído a esposa uma segunda vez. Tivesse traído a esposa e o filho.

Enquanto ele pensava nisso, Billy fechou o livro e começou a catar os dólares de prata, limpando a poeira com o punho da camisa antes de devolvê-los à lata.

— Eu ajudo você — ofereceu-se Ulysses.

Também ele começou a catar as moedas, polindo-as com a manga e despejando-as na lata.

Mas quando estava prestes a guardar a última moeda, o menino de repente olhou por cima do ombro de Ulysses como se tivesse ouvido algo. Guardou rápido a lata e o imenso livro vermelho, atou as tiras do saco de viagem e pendurou-o nas costas.

— O que foi? — indagou Ulysses, meio alarmado pelos movimentos repentinos do menino.

— O trem está diminuindo a velocidade — explicou o garoto, ficando de pé. — A gente deve ter chegado à inclinação.

Foi necessário um instante para que Ulysses entendesse do que falava o menino.

— Não, Billy — continuou ele, seguindo o garoto até a porta. — Você não precisa ir. Pode ficar comigo.

— Tem certeza, Ulysses?

— Tenho certeza.

Billy assentiu, mas, ao olhar para fora, para o borrão da paisagem, Ulysses percebeu que uma nova preocupação passava por sua cabeça.

— O que foi, filho?

— Você acha que o pastor John se machucou quando pulou do trem?

— Não mais do que merecia.

Billy ergueu os olhos para Ulysses.

— Mas ele é um pregador.

— No coração daquele homem — disse Ulysses, empurrando a porta para fechá-la — existe mais violação do que pregação.

Os dois caminharam até o outro extremo do vagão com a intenção de se sentar, mas, quando estavam prestes a fazer isso, Ulysses ouviu um ruído às suas costas como se alguém tivesse cuidadosamente descido da escada.

Sem esperar para ter certeza, Ulysses se virou com os braços abertos, inadvertidamente derrubando Billy no chão.

Ao ouvir o ruído, passou pela mente de Ulysses que o pastor John tivesse de alguma forma reembarcado no trem e voltado para confrontá-lo, querendo vingança. Mas não se tratava do pastor e sim de um jovem branco com contusões e uma expressão decidida. Na mão direita ele apertava um saco de ladrão. Largando o saco, o rapaz deu um passo à frente e adotou uma postura beligerante, com os próprios braços estendidos.

— Não quero arrumar briga com você — disse o jovem.

— Ninguém quer arrumar briga comigo — retrucou Ulysses.

Ambos deram um passo adiante.

Ulysses se pegou desejando não ter fechado a porta do vagão. Se estivesse aberta, ele poderia resolver a situação de forma mais eficiente. Bastaria agarrar o jovem pelos braços e o atirar do trem. Com a porta fechada, seria preciso nocauteá-lo ou imobilizá-lo enquanto Billy teria que abrir a porta. Mas não era seu desejo botar o menino ao alcance do jovem. Por isso, cuidaria de tudo. Ficaria entre Billy e o jovem, chegaria mais perto e depois acertaria o rosto dele no ponto machucado, que sem dúvida estaria mais sensível.

Às suas costas, Ulysses ouviu Billy ficar em pé.

— Fique onde está, Billy — disseram ele e o jovem em uníssono.

Então, um olhou para o outro, ambos surpresos, mas sem se disporem a baixar os braços.

Ulysses ouviu Billy dar um passo para o lado para ver melhor a cena.

— Oi, Emmett.

Com os braços ainda erguidos e de olho em Ulysses, o jovem deu um passo para a esquerda.

— Você está bem, Billy?

— Eu estou bem.

— Você conhece esse rapaz? — perguntou Ulysses.

— Ele é meu irmão — respondeu Billy. — Emmett, este é Ulysses. Ele lutou na guerra como o Grande Ulisses e agora precisa vagar durante dez anos até reencontrar a esposa e o filho. Mas não precisa se preocupar. Ainda não somos amigos. Estamos apenas nos conhecendo.

Duchess

— Olhe só quantas casas! — observou Woolly, admirado. — Você já viu tanta casa assim?

— São muitas casas — concordei.

Mais cedo nesse dia, meu táxi virara a esquina bem a tempo de eu ver Woolly saindo de um parque. Do outro lado da rua, notei onde ele largara o Studebaker: em frente a um hidrante, com a porta do carona aberta e o motor ligado. Também vislumbrei o guarda de pé na traseira do carro segurando o bloquinho de multas na mão enquanto anotava o número da placa.

Pare ali, falei para o motorista.

Não sei o que Woolly disse ao guarda para se explicar, mas, quando acabei de pagar a corrida do táxi, o guarda já estava guardando o bloquinho de multas e retirando do bolso as algemas.

Adotando meu melhor arremedo de um sorriso interiorano, me aproximei.

Algum problema, agente?

(Eles adoram ser chamados de agentes.)

Vocês estão juntos?

De certa forma, sim. Eu trabalho para os pais dele.

O guarda e eu olhamos para Woolly, que tinha se afastado para examinar mais de perto o hidrante.

Quando o guarda recitou para mim a lista das infrações cometidas por Woolly, inclusive o fato de ele aparentemente não portar a habilitação para dirigir, balancei a cabeça.

Estou plenamente ciente das questões, agente. Cansei de dizer a eles que, se queriam trazê-lo de volta para casa, seria melhor contratar alguém para ficar de olho nele. Mas não me deram bola. Afinal, sou só o jardineiro.

O guarda tornou a olhar para Woolly.

Está me dizendo que tem algo de errado com ele?

Digamos que o rádio dele funciona numa frequência diferente do meu e do seu. Ele costuma perambular por aí, e quando a mãe acordou hoje de manhã e viu que o carro dela tinha sumido de novo, me pediu que o procurasse.

Como você sabia onde ele estava?

Ele tem uma quedinha por Abraham Lincoln.

O guarda me olhou com uma ponta de ceticismo. Por isso, lhe mostrei.

Sr. Martin, chamei. *Por que o senhor veio ao parque?*

Woolly pensou nisso um instante e depois sorriu.

Para ver a estátua do presidente Lincoln.

O guarda passou a me olhar com uma ponta de incerteza. Por um lado, ele tinha sua lista de infrações e seu juramento de manter a lei e a ordem no estado de Illinois. Mas o que se esperava que fizesse? Prendesse um garoto perturbado que escapulira de casa para prestar homenagem ao honesto Lincoln?

O guarda olhou de mim para Woolly e de volta para mim. Depois, aprumou os ombros e puxou o cinto, num tique comum aos guardas.

Está bem, falou. *Por que não o leva para casa em segurança?*

É o que pretendo, agente.

Mas um jovem nessa frequência *não deveria dirigir. Talvez seja hora de a família botar a chave do carro numa prateleira mais alta.*

Vou sugerir isso a eles.

Depois que o guarda se foi e já estávamos acomodados no Studebaker, passei um pequeno sermão em Woolly a respeito do significado de um por todos e todos por um.

O que acontece se prenderem você, Woolly? E se seu nome for parar no registro da polícia? Num piscar de olhos, vão nos botar num ônibus para

Salina. Jamais chegaremos à casa de campo, e Billy jamais conseguirá construir a casa dele na Califórnia.

Desculpe, disse Woolly com uma expressão de arrependimento genuíno e as pupilas do tamanho de discos voadores.

Quantas gotas do seu remédio você tomou hoje de manhã?

...

Quatro?

Quantos frascos você ainda tem?

...

Um?

Um! Meu Deus, Woolly. Aquele troço não é Coca-Cola. E quem sabe quando vamos poder arrumar mais! É melhor deixar esse último comigo por enquanto.

Encabulado, Woolly abriu o porta-luvas e me entregou o frasquinho azul. Em troca, dei a ele o mapa de Indiana que eu havia comprado do taxista. Woolly franziu a testa ao vê-lo.

Eu sei, não é um mapa Phillips 66, mas foi o melhor que consegui. Enquanto eu dirijo, preciso que você descubra como chegar ao número 132 da Rhododendron Road, em South Bend.

O que tem no número 132 da Rhododendron Road?

Um velho amigo.

— — —

Após termos chegado a South Bend por volta de uma e meia da tarde, estávamos agora no meio de uma parte novinha de casas idênticas em terrenos idênticos, presumivelmente habitadas por pessoas idênticas. Quase me fez ter saudade das vias de Nebraska.

— É igual ao labirinto do livro do Billy — disse Woolly, com uma pontinha de deslumbramento. — Aquele que Dédalo desenhou com tanta esperteza que ninguém que entrava ali conseguia sair...

— Mais uma razão — observei com expressão séria — para você ficar de olho nas placas com os nomes das ruas.

— Ok, ok, já entendi, já entendi.

Depois de dar uma breve olhada no mapa, Woolly se inclinou para a frente a fim de prestar mais atenção ao nosso destino.

— À esquerda na Tiger Lily Lane, à direita na Amaryllis Avenue... Espere, espere... Aí está!

Fiz a curva e entrei na Rhododendron Road. Todos os gramados estavam verdinhos e muito bem aparados, mas até agora o rododendro do nome não passava de uma aspiração. Quem sabe, talvez fosse continuar assim para sempre.

Reduzi a velocidade para que Woolly ficasse de olho nos números das casas.

— 124... 126... 128... 130... 132!

Quando passei pela casa, Woolly olhou para trás por cima do ombro.

— Era aquela — falou.

Virei à esquina no cruzamento seguinte e estacionei o carro junto ao meio-fio. Do outro lado da rua, um aposentado muito bem alimentado, vestindo camiseta sem manga, molhava a grama com uma mangueira. Achei que não lhe faria mal aproveitar a ducha para si mesmo.

— Seu amigo não está no 132?

— Está, mas quero fazer uma surpresa a ele.

Com a lição aprendida, quando saí do carro levei a chave comigo em vez de deixá-la no quebra-sol.

— Não demoro — falei. — Não saia daqui.

— Certo, certo. Mas Duchess...

— O quê, Woolly?

— Sei que precisamos levar o Studebaker de volta para Emmett o mais rápido possível, mas será que podemos visitar a minha irmã Sarah em Hastings-on-Hudson antes de seguirmos para as Adirondacks?

A maioria das pessoas tem mania de pedir coisas. Num piscar de olhos, já estão nos pedindo um fósforo ou perguntando que horas são. Pedem carona ou empréstimo. Pedem uma mãozinha ou uma esmola. Alguns chegam até a pedir perdão. Mas Woolly Martin raramente pedia alguma coisa. Por isso, quando ele fazia algum pedido, sabia-se logo que era algo importante.

— Woolly — respondi —, se você conseguir nos tirar vivos deste labirinto, podemos visitar quem você quiser.

Dez minutos depois, eu estava de pé numa cozinha com um rolo de macarrão na mão e me perguntando se ele alcançaria o resultado desejado. Devido ao formato e ao peso, certamente parecia melhor do que um bastão. Mas tive a impressão de que aquilo parecia mais adequado para um efeito cômico — por exemplo, uma dona de casa que persegue o marido infeliz em volta da mesa da cozinha.

Devolvendo o rolo de macarrão à gaveta, abri outra. Nessa encontrei um amontoado de utensílios menores, como descascadores de legumes e colheres medidoras. A gaveta seguinte continha os artefatos maiores e mais frágeis, como espátulas e batedores. Enfiado sob uma concha, achei um martelo de carne. Com cuidado para não deixar que os outros apetrechos se esbarrassem e fizessem barulho, tirei-o da gaveta e descobri que ele tinha um belo cabo de madeira e um lado rugoso para socar, mas era um pouco delicado, mais apto para achatar uma costeleta do que amaciar uma bisteca.

Na bancada ao lado da pia, estavam todos os habituais aparelhos modernos: um abridor de latas, uma torradeira e uma batedeira de *três* botões, cada qual impecavelmente projetado para satisfazer o desejo do dono de abrir, torrar ou bater algo. Nos armários acima da bancada, encontrei comida enlatada suficiente para estocar um abrigo antiaéreo. Centralizadas na frente havia no mínimo dez latas de sopa. Mas também latas de picadinho, de *chili* e de feijão com salsicha — o que aparentemente indicava que o único aparelho de que os Ackerly de fato precisavam era o abridor de latas.

Não pude deixar de notar a semelhança entre a comida no armário e o cardápio em Salina. Sempre atribuímos a prevalência desse tipo de culinária ao fato de se tratar de uma instituição, mas talvez ela expressasse o gosto pessoal do tutor. Por um instante, fiquei tentado a usar a lata de feijão com salsicha em prol da justiça poética. Mas agredir alguém com uma lata, supus, poderia causar tanto dano aos dedos do agressor quanto ao crânio do agredido.

Fechando o armário, pus as mãos na cintura como Sally faria. Ela saberia onde procurar, pensei. Tentando avaliar a situação pelos olhos dela, reexaminei a cozinha de canto a canto. E o que vi bem em cima do tampo do fogão? Uma frigideira preta como a capa do Batman! Eu a segurei, avaliei seu peso e admirei o design e a durabilidade. Com uma espessura delicada e bordas curvas, o cabo se encaixava tão bem na palma da mão que provavelmente seria possível exercer uma força de uns bons cinquenta quilos sem deixá-la cair. E no fundo da frigideira havia uma superfície tão ampla e plana que permitiria tirar o couro de alguém de olhos fechados.

Sim, a frigideira de ferro era perfeita sob todos os aspectos, a despeito do fato de não haver nada de moderno ou prático nela. Na verdade, essa panela poderia ter cem anos de idade. Poderia ter sido usada pela bisavó de Ackerly nas caravanas de carroça e legada ao longo de anos e anos até ter fritado costeletas de porco para quatro gerações de homens da família Ackerly. Tirando o chapéu para os pioneiros do Oeste, peguei a panela e a levei para a sala.

Era um aposento pequeno e charmoso com uma televisão no lugar onde se esperaria encontrar uma lareira. As cortinas, a poltrona e o sofá tinham um estofado floral que combinava. Muito provavelmente, a sra. Ackerly tinha um vestido do mesmo tecido, de modo que, caso se sentasse no sofá e ficasse quietinha, o marido não notaria sua presença.

Ackerly permanecia ainda no lugar onde eu o encontrara — esparramado na sua espreguiçadeira, dormindo profundamente.

Dava para perceber, pelo sorriso em seu rosto, que ele adorava aquela espreguiçadeira. Durante seu mandato em Salina, sempre que aplicava as surras de chicote, ele devia pensar no dia em que poderia ser dono de uma espreguiçadeira como essa, na qual cochilaria às duas da tarde. Com efeito, depois de todos aqueles anos de expectativa, é provável que *ainda* sonhasse com os cochilos numa espreguiçadeira, embora fosse precisamente isso que fazia agora.

— Dormir, talvez sonhar — recitei baixinho enquanto erguia a frigideira acima da sua cabeça.

No entanto, alguma coisa na mesinha ao lado da cadeira chamou minha atenção. Era uma foto recente de Ackerly em pé entre dois meninos, que tinham seu nariz e sua testa. Os meninos usavam uniformes da Liga Infantil de Beisebol, e Ackerly, um boné combinando, o que sugeria que ele fora torcer pelos netos num jogo. É lógico que ostentava um sorrisão parrudo na cara, mas os meninos também sorriam, como se alegres pela presença do vovô na arquibancada. Senti brotar em mim um sentimento terno pelo velho, de uma forma que fez minhas mãos suarem. Mas se a Bíblia diz que os filhos não precisam carregar a iniquidade dos pais, é razoável supor que os pais não carregam a inocência dos filhos.

Então, eu o acertei.

Uma vez atingido, seu corpo deu um salto, como se levasse um choque elétrico. Depois, ele escorregou um pouco na cadeira e a calça cáqui ficou escura na braguilha quando sua bexiga relaxou.

Assenti, satisfeito, para a frigideira, pensando que ali estava um objeto cuidadosamente projetado para uma finalidade, porém perfeitamente adequado para outra. Um benefício extra do uso da frigideira — em comparação ao martelo de carne ou à torradeira ou à lata de feijão com salsicha — foi que, quando atingiu o alvo, ela emitiu um harmonioso *clong*, semelhante ao som de um sino de igreja chamando os devotos para as preces. Na verdade, o som foi tão satisfatório, que senti a tentação de bater nele de novo.

Mas eu gastara um bom tempo fazendo meus cálculos com precisão e estava convencido de que a dívida de Ackerly comigo seria saldada com um golpe certeiro na cuca. Acertá-lo uma segunda vez *me* deixaria em débito com ele. Por isso, devolvi a frigideira ao tampo do fogão e saí de fininho pela porta da cozinha, pensando: *Um já foi, faltam dois.*

Emmett

Percebendo que andara desperdiçando não só a fortuna que lhe deixara o pai, mas o tesouro ainda mais valioso que é o tempo, o jovem árabe vendeu os poucos bens que lhe restavam, juntou-se à tripulação de um navio mercante e zarpou para o vasto desconhecido...

Lá vamos nós de novo, pensou Emmett.

Naquela tarde — enquanto Emmett arrumava o pão, o presunto e o queijo que havia conseguido no vagão da primeira classe —, Billy perguntou a Ulysses se ele queria ouvir mais uma história sobre alguém que cruzara os mares. Quando Ulysses disse que sim, o menino pegou o grande livro vermelho, sentou-se ao lado do homem e começou a ler sobre Jasão e os Argonautas.

Nessa história, o jovem Jasão, que era o rei legítimo de Tessália, ouve do tio usurpador que o trono será seu se ele for capaz de navegar até o reino de Cólquida e voltar com o Velocino de Ouro.

Na companhia de quinze aventureiros — inclusive Teseu e Hércules, nos anos anteriores à fama —, Jasão se põe a caminho de Cólquida com os ventos a impeli-lo. Nos incontáveis dias que se seguem, ele e seu grupo viajam de provação em provação, enfrentando um colosso feito de bronze, as harpias aladas e os *spartoi* — um batalhão de guerreiros que brotam da terra pesadamente armados depois que os dentes de um dragão são semeados.

Com a ajuda da feiticeira Medeia, Jasão e seus Argonautas conseguem, afinal, derrotar os adversários, pegar o Velocino e voltar em segurança para Tessália.

Billy estava tão concentrado na leitura e Ulysses, em ouvi-la, que, quando Emmett entregou para eles os sanduíches que havia feito, os dois mal se deram conta do que comiam.

Sentado no outro extremo do vagão com seu sanduíche, Emmett se pegou refletindo sobre o livro de Billy.

Por mais que se esforçasse, não conseguia entender por que esse suposto professor escolhera misturar Galileu Galilei, Leonardo da Vinci e Thomas Alva Edison — três dos maiores cérebros da era científica — com personagens como Hércules, Teseu e Jasão. Galileu, Da Vinci e Edison não eram heróis lendários, mas homens de carne e osso que tinham a rara capacidade de observar fenômenos naturais sem superstições nem preconceito. Foram homens diligentes que, com paciência e precisão, estudaram o funcionamento do mundo e, feito isso, dirigiram todo o conhecimento obtido de maneira solitária para descobertas pragmáticas a serviço da humanidade.

Qual o sentido de misturar a vida desses homens com histórias de heróis míticos que cruzaram mares fictícios para combater bestas fantásticas? Ao juntá-los, Abernathe encorajava, na opinião de Emmett, um menino a crer que os cientistas por trás das grandes descobertas não eram exatamente reais e os heróis lendários não eram exatamente imaginários. Que viajavam lado a lado pelos territórios conhecidos e desconhecidos, tirando proveito da inteligência e da coragem, sim, mas também da feitiçaria e de encantamentos, além de contar com uma eventual intervenção dos deuses.

Ao longo da vida, já não era difícil o bastante separar realidade de fantasia, o que se testemunhava de o que se desejava? Não tinha sido o desafio de fazer tal distinção que deixara o pai deles, após vinte anos de labuta, falido e consternado?

E agora, com o dia chegando ao fim, Billy e Ulysses haviam voltado a atenção para Simbá, um herói que zarpou mar afora sete vezes para viver sete aventuras diferentes.

— Vou dormir — anunciou Emmett.

— Ok — responderam os dois.

Então, para não incomodar o irmão, Billy baixou a voz e Ulysses baixou a cabeça, mais se assemelhando a conspiradores do que a dois estranhos.

Quando se deitou, tentando não ouvir a saga murmurada do marujo árabe, Emmett entendeu perfeitamente bem que a chegada de Ulysses no vagão de carga havia sido um golpe extraordinário de sorte, mas também fora humilhante.

Depois de apresentar um ao outro, Billy havia contado, do seu jeito animado, tudo que ocorreu desde o instante da aparição do pastor John até sua tempestiva partida do trem. Quando Emmett expressou sua gratidão a Ulysses, o desconhecido disse que não era necessário agradecer. Mas, na primeira oportunidade — quando Billy estava tirando o livro da mochila —, Ulysses puxou-o de lado e lhe censurou com veemência. *Como ele pudera ser tão tolo a ponto de largar o irmão sozinho? Só porque um vagão de carga tem quatro paredes e um teto não significa que é um lugar seguro, nem de longe. E que Emmett não se iludisse: o pastor não pretendia apenas estapear o menino. Sua intenção era jogá-lo do trem.*

Quando Ulysses se juntara de novo a Billy e se sentara ao lado do menino, pronto para ouvir a história de Jasao, Emmett sentiu a ardência da reprimenda queimando no rosto. Sentiu o calor da indignação também, indignação por esse homem que ele acabara de conhecer tomar a liberdade de repreendê-lo como um pai repreende um filho. Ao mesmo tempo, Emmett entendia que encarar como ofensa ser tratado como criança era, por si só, uma atitude infantil. Assim como sabia ser infantil se sentir ressentido por Billy e Ulysses não darem bola para seus sanduíches ou ficar enciumado com a repentina união de ambos.

Tentando acalmar as águas turbulentas do próprio temperamento, Emmett desviou a atenção dos acontecimentos do dia para os desafios que os aguardavam.

Quando todos estavam sentados à mesa em Morgen, Duchess dissera que, antes de irem para as Adirondacks, ele e Woolly fariam uma parada em Nova York para visitar o pai de Duchess.

Pelas histórias de Duchess, não havia dúvidas de que o sr. Hewett poucas vezes tivera um endereço fixo. Mas, no último dia de Townhouse em Salina, Duchess havia lhe pedido para procurá-lo na cidade — contatando uma das agências que marcavam apresentações para o pai. *Mesmo sendo um fracassado fugindo dos credores, procurado pela polícia e usando nome falso*, explicara Duchess com uma piscadela, *ele sempre avisa às agências onde pode ser achado. E, na cidade de Nova York, todas as agências de fracassados ficam no mesmo prédio, na parte mais afastada da Times Square.*

O único problema era que Emmett não conseguia se lembrar do nome do prédio.

Tinha quase certeza de que o nome começava com S. Deitado ali, tentava puxar da memória, recitando o alfabeto e experimentando sistematicamente todas as combinações possíveis das primeiras três letras do nome do prédio. Começando com Sa, dizia para si mesmo: sab, sac, sad, saf, sag e daí por diante. Depois, vieram as combinações com Sc, Se e Sh.

Talvez fosse o som dos sussurros de Billy ou seus próprios murmúrios das letras combinadas. Ou talvez fosse o cheiro quente de madeira do vagão de carga após ter passado o dia todo ao sol. Qualquer que tenha sido o motivo, em lugar de recordar o nome do prédio na parte mais afastada da Times Square, Emmett de repente se viu com nove anos no sótão da própria casa com o alçapão aberto, construindo um forte com os baús velhos dos pais — os mesmos baús que no passado tinham viajado para Paris, Veneza e Roma e que, desde então, não foram a lugar algum —, o que, por sua vez, despertou uma lembrança da mãe procurando por ele e do som da sua voz chamando-o enquanto ia de quarto em quarto.

SEIS

Duchess

Quando bati à porta do quarto 42, ouvi um rosnado e um movimento pesado das molas do colchão, como se o som da minha batida o tivesse despertado de um sono profundo. Considerando que era quase meio-dia, o cronograma estava sendo cumprido à risca. Passado um instante, eu o ouvi colocar os pés ressacados no chão. Pude ouvi-lo olhar à volta, tentando se situar, registrando o gesso lascado do teto e o papel de parede rasgado com uma ponta de espanto, como se fosse incapaz de entender o que fazia num quarto como aquele, sem conseguir acreditar, mesmo depois de todos esses anos.

Ah, sim, quase consegui ouvi-lo dizer.

Esbanjando educação, bati de novo.

Mais um rosnado — dessa vez, um rosnado de quem fazia um esforço —, seguido do alívio das molas quando ele se pôs de pé e começou a se encaminhar vagarosamente para a porta.

— Estou indo — falou, numa voz abafada.

Enquanto esperava, me peguei genuinamente curioso sobre como ele estaria. Mal haviam se passado dois anos, mas, na sua idade e com o seu estilo de vida, dois anos poderiam causar um estrago.

Mas quando a porta abriu com um rangido, não era o meu velho.

— Pois não?

O hóspede setentão do quarto 42 tinha a postura de alguém de recursos e um jeito de falar compatível. Em algum momento remoto, poderia ter sido o dono de uma propriedade ou um empregado desse dono.

— Posso fazer algo por você, meu jovem? — indagou, enquanto eu olhava por sobre seu ombro.

— Estou procurando alguém que morava aqui. Na verdade, o meu pai.
— Ah, entendo...

As sobrancelhas desalinhadas caíram um pouco, como se o sujeito lamentasse de verdade ser a causa da decepção de um desconhecido. Então, voltou a erguer as sobrancelhas.

— Quem sabe ele não deixou um endereço lá embaixo?
— É mais provável ter deixado uma conta não paga, mas vou perguntar antes de sair. Obrigado.

Ele assentiu, solidário, mas me chamou de volta quando me virei para ir embora.

— Meu jovem, por acaso seu pai era ator?
— Era conhecido por se rotular assim.
— Espere um minuto. Acho que ele esqueceu uma coisa aqui.

Enquanto o cavalheiro idoso arrastava os pés até a cômoda, examinei o aposento, curioso quanto ao seu ponto fraco. No hotel Sunshine, cada hóspede tinha seu ponto fraco e cada ponto fraco se deixava trair por um artefato. Como uma garrafa vazia que rolava para debaixo da cama, ou um baralho aberto em leque na mesinha de cabeceira, ou um quimono rosa-shocking pendurado num gancho. Algum indício daquele desejo tão deleitoso, tão insaciável, que empanava todos os demais, ofuscando até mesmo o desejo de uma casa, de uma família ou de uma sensação de dignidade humana.

O velho se movia tão devagar que dispus de bastante tempo para olhar o quarto, de apenas três por três metros. Mas, se havia indícios do seu ponto fraco, não consegui flagrá-los.

— Prontinho — disse ele.

Arrastando os pés de volta até onde eu estava, o homem me entregou o que desencavara da última gaveta da cômoda.

Era uma caixa de couro preta de cerca de trinta centímetros de largura e sete de altura, com um pequeno fecho de latão — feito uma versão ampliada do fecho de um colar de pérolas de duas voltas. A semelhança não era coincidência, suponho. Porque quando a fama do meu pai ainda era meia-boca, no período em que era o ator principal de um pequeno grupo shakespeariano que se apresentava em teatros com metade da lotação, ele tinha seis dessas caixas, seus bens preciosos.

Embora a gravação dourada dessa estivesse desbotada e lascada, ainda era possível distinguir o O de *Otelo*. Levantando o fecho, abri a tampa. Dentro, havia quatro objetos aconchegados nos escaninhos forrados de veludo: um cavanhaque, um brinco dourado, um pequeno pote de tintura preta e uma adaga.

Como a caixa, a adaga fora feita por encomenda. O punho dourado, projetado para se encaixar à perfeição na palma da mão do meu velho, era adornado com três grandes pedras preciosas enfileiradas: um rubi, uma safira e uma esmeralda. A lâmina de aço inoxidável fora forjada, temperada e polida por um mestre artesão em Pittsburgh, e permitia que meu pai, no terceiro ato, cortasse uma fatia de uma maçã e espetasse a adaga verticalmente na superfície de uma mesa, onde ela permanecia, como um agouro, enquanto ele alimentava suas suspeitas quanto à infidelidade de Desdêmona.

Mas embora o aço da lâmina fosse autêntico, o punho era de latão dourado e as joias, falsas. E se você pressionasse a safira com o polegar, operava-se um truque, de modo que, quando o meu velho esfaqueava a si mesmo no estômago no fim do quinto ato, a lâmina se retraía para dentro do punho. Enquanto as senhoras nos camarotes prendiam a respiração, ele gastava um bocado de tempo cambaleando para lá e para cá diante dos holofotes à beira do palco antes de finalmente desencarnar. O que significa dizer que a adaga era tão fajuta quanto ele próprio.

Quando o conjunto de seis caixas ainda se achava completo, cada qual ostentava um rótulo próprio dourado: *Otelo, Hamlet, Henrique, Lear, Macbeth* e — sem brincadeira — *Romeu*. Cada caixa tinha escaninhos forrados de veludo para acomodar os acessórios dramáticos. No caso de Macbeth, esses incluíam um vidro de sangue falso para sujar as mãos; no de Lear, uma longa barba grisalha; no de Romeu, um frasquinho de veneno e um pequeno pote de ruge, tão incapaz de esconder os estragos do tempo no rosto do meu velho quanto a coroa era incapaz de esconder as deformidades de Ricardo III.

Ao longo dos anos, a coleção de caixas do meu pai aos poucos encolheu. Uma foi roubada, outra, perdida, outra, vendida. Hamlet foi perdido, num jogo de pôquer, em Cincinnati, apropriadamente para um par de reis. Mas não foi pura coincidência Otelo ter sido o último remanescente, pois era a que ele mais valorizava. Não apenas porque algumas de suas melhores críticas foram pela sua interpretação do Mouro, mas porque em várias ocasiões o pote de tintura preta lhe assegurara uma saída oportuna. Usando o uniforme de um mensageiro de hotel e com a cara de Al Jolson, tirava a própria bagagem do elevador, atravessava com ela o saguão e passava debaixo do nariz de cobradores ou maridos enfurecidos ou de quem quer que por acaso o aguardasse entre as palmeiras da decoração. Para ter deixado a caixa de Otelo para trás, meu velho devia estar mesmo com muita pressa...

— Sim — falei enquanto fechava a tampa —, é do meu pai. Se não se importa que eu pergunte, há quanto tempo o senhor está neste quarto?

— Ah, não faz muito tempo.

— Seria de grande ajuda se o senhor pudesse lembrar mais precisamente.

— Vejamos: quarta, terça, segunda... Desde segunda-feira, creio eu. Sim. Foi segunda-feira.

Em outras palavras, o meu velho levantou acampamento no dia seguinte à nossa saída de Salina — após ter recebido, sem dúvida, uma ligação preocupante de um tutor preocupado.

— Espero que você o encontre.

— Ah, isso eu posso lhe garantir. De todo jeito, desculpe o incômodo.

— Incômodo algum — respondeu o cavalheiro idoso, indicando a cama com um gesto. — Eu só estava lendo.

Ah, imaginei, vendo o canto do livro se insinuando entre as dobras dos lençóis. Eu devia ter visto logo que o pobre coitado sofria do mais perigoso dos vícios.

* * *

Enquanto me dirigia para a escada, reparei numa faixa de luz no chão do corredor, que indicava que a porta do quarto 49 se encontrava entreaberta.

Depois de hesitar, passei pela escada e prossegui pelo corredor. Quando cheguei ao quarto, parei e agucei os ouvidos. Sem escutar som algum lá dentro, empurrei a porta com um dos dedos. Pela fresta, pude ver que a cama estava vazia e desarrumada. Calculando que o hóspede estivesse no banheiro, no outro extremo do cômodo, escancarei a porta.

Quando meu velho e eu nos hospedamos pela primeira vez no hotel Sunshine, em 1948, o quarto 49 era o melhor da casa. Além de ter duas janelas nos fundos do prédio, onde era mais silencioso, no centro do teto havia um lustre vitoriano com um ventilador — a única amenidade do tipo em todo o hotel. Agora, tudo que se via pender do teto era uma lâmpada presa a um arame.

No canto, a pequena escrivaninha de madeira continuava ali, outra conveniência que acrescentava valor ao quarto aos olhos dos hóspedes, a despeito do fato de que ninguém nunca escrevera uma carta no hotel Sunshine em mais de trinta anos. A cadeira da escrivaninha também estava lá, parecendo tão velha e ereta quanto o cavalheiro do outro lado do corredor.

Deve ter sido o quarto mais triste que já vi na vida.

— — —

Lá embaixo, no saguão, me assegurei de que Woolly permanecia à minha espera num dos conjuntos de cadeiras junto à janela. Depois, me dirigi à recepção, onde um sujeito gordo de bigode fino ouvia o jogo no rádio.

— Há quartos disponíveis?

— Para pernoite ou por hora? — indagou ele, depois de lançar a Woolly um olhar meio maldoso.

Sempre me espanta o fato de empregados de lugares como esse ainda serem capazes de imaginar que sabem tudo. Sorte a dele eu não ter comigo uma frigideira.

— *Dois* quartos — respondi. — Para pernoite.

— Quatro dólares adiantados. Mais vinte e cinco centavos, se quiserem toalhas.

— Queremos as toalhas.

Retirando do bolso o envelope de Emmett, abri lentamente o maço de notas de vinte. Isso apagou o risinho da cara do sujeito mais rápido do que teria feito a frigideira. Encontrei o troco que recebera no Howard Johnson, peguei uma nota de cinco e pousei-a no balcão.

— Temos dois quartos agradáveis no terceiro andar — disse ele, de repente usando um tom ultrassolícito. — E o meu nome é Bernie. Se quiser qualquer coisa durante a sua estadia, birita, mulheres, café da manhã, não hesite em me pedir.

— Acho que não vamos precisar de nada disso, mas você talvez possa me ajudar de outra maneira.

Tirei dois dólares do envelope.

— Lógico — respondeu ele, com uma lambida nos lábios.

— Estou procurando uma pessoa que esteve aqui recentemente.

— Que pessoa?

— A pessoa do quarto 42.

— Quer dizer Harry Hewett?

— O próprio.

— Ele foi embora no início da semana.

— Disso eu sei. Ele falou para onde ia?

Bernie pensou por um instante, esforçando-se, e se esforçou de fato, mas em vão. Comecei a guardar as notas de volta.

— Espere — disse o homem. — Espere um instante. Não sei para onde Harry foi, mas tem um cara que morava aqui que é muito chegado a ele. Se alguém sabe do paradeiro de Harry, esse alguém é ele.

— Como se chama?

— FitzWilliams.
— Fitzy FitzWilliams?
— Esse é o cara.
— Bernie, se você me disser onde posso encontrar Fitzy FitzWilliams, eu lhe dou cinco dólares. Se me emprestar seu rádio esta noite, lhe dou dez.

— — —

Na década de 1930, quando meu pai conheceu Patrick "Fitzy" Fitz-Williams, Fitzy era um artista de terceira categoria no circuito secundário do vaudevile. Declamador de versos, em geral era empurrado para o palco entre um ato e outro, para manter a plateia em seus assentos com um punhado de estrofes patrióticas ou pornográficas, às vezes ambas.

Mas Fitzy era um autêntico erudito, e seu primeiro amor era a poesia de Walt Whitman. Quando percebeu, em 1941, que o quinquagésimo aniversário da morte do poeta estava batendo à porta, resolveu deixar crescer a barba e comprar um chapéu na esperança de convencer os diretores de cena a deixá-lo celebrar a data dando vida às palavras do poeta.

Ora, existe todo tipo de barba. Tem a barba de Errol Flynn e de Fu Manchu, a de Sigmund Freud e a boa e velha barba longa, abaixo do queixo, sem bigode. Mas quis a sorte que a barba de Fitzy nascesse branca e lanosa como a de Whitman, de modo que, com o chapéu na cabeça e seus olhos azuis aquosos, ele era a própria canção de si mesmo. E quando estreou seu número num teatro a preços populares em Brooklyn Heights, a zona operária de Nova York — cantando os imigrantes que não paravam de chegar, os lavradores que lavravam, os mineiros que mineravam e os operários que labutavam nas inúmeras fábricas —, a classe trabalhadora ovacionou Fitzy pela primeira vez em sua vida.

Dentro de semanas, todas as instituições de Washington, D.C., a Portland, no Maine, que haviam programado celebrar o aniversário da morte de Whitman queriam Fitzy. Ele viajava em vagões de primeira classe de

Washington a Boston, via Nova York, recitava em auditórios, bibliotecas e em sociedades históricas, ganhando mais dinheiro em seis meses do que Whitman ganhou ao longo de toda a vida.

Então, em novembro de 1942, quando voltou a Manhattan para uma segunda apresentação na Sociedade Histórica de Nova York, uma tal Florence Skinner por acaso se encontrava na plateia. A sra. Skinner era uma socialite que se orgulhava de promover as festas mais comentadas da cidade. Naquele ano, ela planejara abrir a temporada natalina com um evento glamoroso na primeira quinta-feira de dezembro. Ao ver Fitzy com sua grande barba branca e meigos olhos azuis, foi como se um raio a atingisse. Ele seria o Papai Noel perfeito.

Efetivamente, poucas semanas depois, quando Fitzy apareceu na festa com seu barrigão que sacudia como um pote de geleia e recitou *The Night Before Christmas*, os convidados foram à loucura. O irlandês que habitava em Fitzy costumava torná-lo sedento por um trago sempre que precisava ficar de pé, fato que se mostrou problemático no mundo teatral. Mas o mesmo irlandês que habitava em Fitzy também fazia seu rosto corar sempre que ele bebia, o que se revelou vantajoso na *soirée* da sra. Skinner, por prover o arremate perfeito para o seu Bom Velhinho.

No dia seguinte à festa, o telefone na mesa de Ned Mosely — o agente de Fitzy — tocou da aurora ao crepúsculo. Os Van Quens, Van Quês e Van Quais estavam todos preparando suas festas de fim de ano e todos simplesmente *precisavam* contar com Fitzy. Mosely talvez fosse um agente fraco, mas sabia identificar uma galinha dos ovos de ouro quando a via. Faltando apenas três semanas para o Natal, aumentou o cachê de Fitzy numa escala progressiva. Uma apresentação no dia 10 de dezembro saía por trezentos dólares, e, a cada dia sucessivo, essa quantia crescia cinquenta dólares. Assim, se você quisesse que Fitzy descesse pela sua chaminé na Véspera de Natal, teria que pagar redondos mil dólares. Mas, por mais cinquenta, as crianças poderiam puxar a barba dele para dissipar suas desconfianças incômodas.

Desnecessário dizer que, quando o assunto era comemorar o nascimento de Jesus, dinheiro não era um problema para essas pessoas. Com frequência, Fitzy fazia três aparições numa única noite. Walt Whitman foi mandado para o vestiário e Fitzy foi fazendo ho-ho-ho até o banco.

A fama de Fitzy como o Papai Noel da elite crescia de ano para ano, de tal forma que, no fim da guerra, mesmo trabalhando apenas no mês de dezembro, ele morava num apartamento na Quinta Avenida, vestia terno completo e levava uma bengala cuja ponta era a cabeça de prata de uma rena. Mais do que isso, descobriu-se a existência de um grupo de jovens socialites que tinha palpitações toda vez que punham os olhos no Bom Velhinho. Portanto, não foi assim tão surpreendente para Fitzy que, após se apresentar numa festa na Park Avenue, a filha boazuda de um industrial lhe perguntasse se poderia visitá-lo dali a algumas noites.

Quando apareceu no apartamento de Fitzy, a moça usava um vestido ao mesmo tempo sexy e elegante. Mas logo ficou nítido que ela não queria um romance. Recusando um drinque, ela explicou que fazia parte da Sociedade Progressiva de Greenwich Village e que planejava um grande evento para o dia 1º de maio. Quando vira a apresentação de Fitzy, lhe ocorrera que, com sua grande barba branca, ele seria o homem perfeito para abrir a reunião recitando alguns trechos das obras de Karl Marx.

Sem dúvida, Fitzy foi seduzido pelo charme da mulher, persuadido pelos elogios e influenciado pela promessa de um cachê significativo. No entanto, ele também era um artista convicto e, como tal, encarou de boa vontade o desafio de trazer à vida o velho filósofo.

Quando chegou o dia 1º de maio, Fitzy, nos bastidores, teve a sensação de se tratar de mais uma noite no teatro como outra qualquer. Isso até dar uma espiada por uma fresta na cortina. Não só a plateia estava lotada, como também era composta de homens e mulheres trabalhadores. Ali estavam encanadores, soldadores e estivadores, costureiras e empregadas, que, naquele auditório mambembe em Brooklyn Heights tantos anos antes, haviam ovacionado pela primeira vez uma apresentação sua. Com um profundo sentimento de gratidão e um impulso de afeição populista, Fitzy se esgueirou pela fresta na cortina, assumiu seu lugar no palco e fez a apresentação da sua vida.

Seu monólogo saiu diretamente do *Manifesto comunista* e, enquanto ele falava, a plateia se deixou comover até a alma. De tal forma que, quando Fitzy concluiu inflamado o texto, todos teriam se levantado de um salto e irrompido em trovejantes aplausos, caso todas as portas do auditório não houvessem sido abruptamente escancaradas por um pequeno batalhão de policiais soprando apitos e brandindo cassetetes, sob o pretexto de uma infração ao código dos bombeiros.

Na manhã seguinte, a manchete do *Daily News* foi:

PAPAI NOEL DA PARK AVENUE POSA
COMO SÓSIA DE AGITADOR COMUNISTA

E esse foi o fim da boa vida para Fitzy FitzWilliams.

Tendo tropeçado na própria barba, Fitzy rolou pela escada da boa sorte. O uísque irlandês que no passado dava um enrubescimento jovial às suas bochechas natalinas assumiu o domínio sobre seu bem-estar geral, esvaziando seus cofres e dizimando o acesso a roupas limpas e à alta sociedade. Em 1949, Fitzy se vira reduzido a recitar epigramas picantes no metrô, de chapéu na mão, e foi morar no quarto 43 do hotel Sunshine — bem em frente ao que era ocupado por mim e pelo meu velho.

Eu estava ansioso para revê-lo.

Emmett

No fim da tarde, quando o trem começou a reduzir a velocidade, Ulysses botou a cabeça um pouco para fora da escotilha, depois desceu a escada.

— É aqui que a gente fica — anunciou.

Depois de ajudar Billy a pendurar a mochila nas costas, Emmett deu um passo em direção à porta pela qual ele e o irmão tinham entrado, mas Ulysses fez um gesto indicando o outro lado do vagão.

— Por ali.

Emmett imaginara que desembarcariam num pátio de cargas esparramado — como o de Lewis, apenas maior —, situado em algum lugar nos arredores da cidade, com as silhuetas no horizonte. Imaginara que precisariam descer do vagão com cautela a fim de passarem discretamente pelos funcionários da ferrovia e guardas da segurança. Mas quando Ulysses abriu a porta, não havia sinal de pátio de cargas, não havia sinal de outros trens nem de outras pessoas. Em vez disso, do lado de fora via-se a própria cidade. Dava a impressão de estarem numa faixa estreita de trilhos suspensos três andares acima das ruas, com edifícios comerciais no entorno e prédios mais altos à distância.

— Onde estamos? — perguntou Emmett, enquanto Ulysses pulava do trem.

— Este é o elevado West Side. Uma via ferroviária para a passagem de trens de carga.

Ulysses levantou uma das mãos para ajudar Billy a descer, deixando que Emmett se virasse sozinho.

— E o acampamento que você mencionou?

— Não fica longe.

Ulysses começou a caminhar no espaço estreito entre o trem e o parapeito na beirada do elevado.

— Cuidado com as dormentes — alertou Ulysses sem se virar.

Apesar de todas as menções elogiosas ao horizonte de Nova York em poemas e canções, Emmett mal as notou enquanto caminhava. Nunca sonhara com conhecer Manhattan. Não lera os livros nem assistira aos filmes com olhos cobiçosos. Viera a Nova York por um único motivo: recuperar seu carro. Agora que estavam ali, Emmett poderia se concentrar em encontrar Duchess, e o meio para isso era localizar o pai dele.

Ao acordar naquela manhã, a primeira palavra que lhe aflorou aos lábios foi *Statler*, como se a cabeça tivesse continuado a recitar as combinações alfabéticas enquanto ele dormia. Era nesse prédio, segundo Duchess, que todas as agências de artistas ficavam: no Statler Building. Assim que chegassem à cidade, planejava Emmett, ele e Billy partiriam direto para a Times Square a fim de obter o endereço do sr. Hewett.

Quando Emmett explicara a Ulysses o que pretendia fazer, Ulysses franzira o cenho. O veterano observou que não chegariam a Nova York antes das cinco da tarde, o que significava dizer que as agências da Times Square estariam fechadas. Faria mais sentido Emmett aguardar até a manhã seguinte. Ulysses tinha dito que levaria Emmett e Billy até um acampamento onde poderiam passar a noite em segurança, e que, no dia seguinte, tomaria conta de Billy enquanto Emmett fosse ao Centro da cidade.

Ulysses tinha um jeito de falar o que deveria ser feito que soava como uma conclusão irrefutável, característica que logo deu nos nervos de Emmett. Mas não havia como questionar a lógica. Se chegassem às cinco da tarde, seria tarde demais para ir procurar o escritório. E, quando Emmett fosse até a Times Square de manhã, seria muito mais eficiente ir sozinho.

* * *

No elevado, Ulysses caminhava com passos longos e decididos, como se fosse ele a pessoa com assuntos urgentes a resolver na cidade.

Enquanto tentava alcançá-lo, Emmett procurou descobrir aonde estavam indo. Mais cedo naquela tarde, o trem se desfizera de dois terços dos vagões de carga, mas havia ainda setenta carros separando o deles da locomotiva. Ao longe, à sua frente, tudo que Emmett conseguia ver era aquele espacinho estreito entre os vagões e o parapeito.

— Como vamos descer daqui? — perguntou Emmett a Ulysses.

— Não vamos.

— Você quer dizer que o acampamento fica aqui em cima, nos trilhos?

— É o que estou dizendo.

— Mas onde?

Ulysses parou e olhou para Emmett.

— Eu falei que levaria vocês até lá?

— Falou.

— Então, por que não me deixa fazer isso?

Ulysses deixou o olhar se demorar sobre Emmett um segundo, garantindo que a mensagem tivesse sido compreendida. Em seguida, olhou por cima do ombro de Emmett.

— Cadê o seu irmão?

Virando-se, Emmett levou um susto ao perceber que Billy não estava às suas costas. De tão distraído com os próprios pensamentos e com a tentativa de acompanhar o ritmo de Ulysses, não havia se atentado para o paradeiro do irmão.

Ao ver a expressão no rosto de Emmett, a expressão de Ulysses se transformou em consternação. Murmurando alguma imprecação, Ulysses passou por Emmett dando-lhe um esbarrão e começou a fazer o caminho de volta até o trem, com o jovem em seus calcanhares, tentando acompanhá-lo, o rosto corando com o esforço.

Encontraram Billy no exato lugar onde o haviam deixado: ao lado do vagão de carga de que tinham saltado. Se Emmett não fora cativado pelo horizonte de Nova York, o mesmo não se podia dizer de Billy. Ao desembarcarem, o menino dera dois passos até a mureta, subira num caixote de madeira e lançara um olhar sobre a paisagem, maravilhado pela sua escala e verticalidade.

— Billy... — chamou Emmett.

Billy ergueu os olhos para o irmão, nitidamente sem ter se dado conta, tampouco, de que Emmett havia seguido em frente sem ele.

— Não é exatamente como você imaginava, Emmett?

— Billy, precisamos ir andando.

Billy olhou para Ulysses.

— Qual deles é o Empire State, Ulysses?

— O Empire State?

Ulysses disse essas palavras com uma impaciência decorrente mais do hábito do que da urgência. Depois de ouvir a própria voz, porém, amenizou o tom e apontou para a cidade.

— Aquele com um pináculo. Mas seu irmão tem razão. Precisamos ir andando. E você precisa ficar junto da gente. Se estender o braço e não conseguir tocar em nenhum de nós dois, é porque não está perto o bastante. Entendido?

— Entendido.

— Muito bem, então. Vamos.

Quando os três retomaram a caminhada no chão irregular, Emmett reparou que pela terceira vez o trem se moveu durante alguns segundos e depois parou. Matutava sobre a razão disso quando Billy pegou sua mão e o encarou com um sorriso.

— Essa era a resposta — disse.

— A resposta para o quê, Billy?

— O Empire State. Ele é o prédio mais alto do mundo.

Depois de passarem por metade dos vagões, Emmett viu que, cerca de cinquenta metros à frente, o elevado fazia uma curva para a esquerda. Por causa de uma ilusão de ótica, logo após a curva, um prédio de oito andares dava a impressão de se erguer diretamente dos trilhos. No entanto, ao se aproximarem, Emmett viu que não se tratava de uma ilusão de ótica. O prédio realmente brotava direto dos trilhos — porque os trilhos passavam bem no meio dele. Na parede acima da abertura havia uma grande placa amarela em que se lia:

PROPRIEDADE PARTICULAR
PROIBIDA A ENTRADA

A menos de cinco metros de distância, Ulysses fez um sinal para que parassem.

De onde estavam, eles podiam ouvir sons de movimento à frente, do outro lado do trem: portas de vagões de carga sendo abertas, o rangido de carrinhos e a gritaria dos homens.

— É para lá que vamos — disse Ulysses num tom mais baixo.

— Vamos atravessar o prédio? — sussurrou Emmett.

— É o único jeito de chegar ao nosso destino.

Ulysses explicou que naquele momento havia cinco vagões de carga sendo descarregados. Uma vez terminado o desembarque da carga, o trem andaria de novo para que a equipe pudesse descarregar os cinco seguintes. Seria nesse momento que eles se poriam em movimento. E, desde que permanecessem atrás do vagão e caminhassem no mesmo ritmo do trem, ninguém os veria.

Isso soou a Emmett como uma ideia ruim. Ele quis expressar sua preocupação para Ulysses e discutir alguma alternativa, mas lá da frente dos trilhos veio um bafo de vapor e o trem começou a se mover.

— Lá vamos nós — disse Ulysses.

Ele os guiou para o interior do prédio, caminhando no espaço estreito entre o vagão e a parede no ritmo exato do trem. Na metade do percurso, o veículo parou de repente e eles pararam também. Os sons da atividade no depósito ficaram mais altos e Emmett viu, pelas sombras que dançavam entre os vagões, os movimentos rápidos dos operários. Billy ergueu o rosto como se pretendesse fazer uma pergunta, mas Emmett levou um dos dedos aos lábios. Passado um tempo, veio um novo bafo de vapor e o trem voltou a andar. Cuidadosos para manterem a mesma velocidade do veículo, os três saíram do outro lado do prédio sem serem notados.

Uma vez do lado de fora, Ulysses apressou o passo a fim de aumentar a distância entre eles e o depósito. Como antes, eles caminhavam ao longo do estreito espaço entre os vagões e o parapeito. Quando, porém, enfim ultrapassaram a locomotiva, uma ampla vista se abriu à direita.

Antecipando o deslumbramento de Billy, dessa vez Ulysses parou.

— O Hudson — disse, indicando o rio.

Depois de dar a Billy um tempo para apreciar os transatlânticos, os rebocadores e as barcaças, Ulysses olhou Emmett nos olhos antes de prosseguir. Registrando a mensagem, Emmett pegou o irmão pela mão.

— Veja quantos navios... — disse Billy.

— Vamos — insistiu Emmett. — Você pode continuar vendo enquanto caminhamos.

Conforme Billy o seguia, Emmett pôde ouvi-lo contando baixinho as embarcações.

Depois de andarem um pouco, o caminho à frente se mostrou bloqueado por uma cerca alta de arame que atravessava o elevado de parapeito a parapeito. Pisando no meio dos trilhos, Ulysses levantou uma porção da cerca que havia sido cortada e puxou-a para dar passagem a Emmett e Billy. Do outro lado, os trilhos continuavam na direção sul, mas estavam meio cobertos de mato e grama.

— O que houve com essa parte da linha? — indagou Emmett.

— Não é mais usada.

— Por quê?

— As coisas são usadas e depois não são mais — respondeu Ulysses do seu jeito impaciente.

Alguns minutos depois, Emmett finalmente identificou para onde se dirigiam, afinal. Num desvio encostado aos trilhos abandonados, havia um acampamento improvisado com algumas tendas e anexos. Quando se aproximaram, ele percebeu uma fumaça subindo de duas fogueiras diferentes e distinguiu as silhuetas esguias de homens em movimento.

Ulysses guiou-os até a fogueira mais próxima, na qual dois mendigos brancos estavam sentados numa dormente comendo em tigelas de lata e um homem negro recém-barbeado mexia o conteúdo de uma panela de ferro. Ao ver Ulysses, o homem negro sorriu.

— Ora, vejam quem vem aí.

— Oi, Stew — saudou Ulysses.

Mas o semblante de boas-vindas do cozinheiro se transformou num semblante de surpresa quando Emmett e Billy surgiram por trás do recém-chegado.

— Eles estão comigo — explicou Ulysses.

— *Viajando* com você? — indagou Stew.

— Não acabei de falar?

— Acho que sim...

— Tem espaço perto da sua cabana?

— Acredito que sim.

— Vou ver. Enquanto isso, por que não prepara algo para a gente comer?

— Para os meninos também?

— Para os meninos também.

Emmett teve a sensação de que Stew estava prestes a se mostrar surpreso de novo, mas que optou por não fazê-lo. Os mendigos, que haviam parado de comer, olharam interessados quando Ulysses abriu uma bolsinha que pegou do bolso. Emmett levou um instante para se dar conta de que Ulysses pretendia pagar pela refeição dele e do irmão.

— Espere — disse Emmett. — Deixe a gente pagar para você, Ulysses.

Retirando do bolso da camisa a nota de cinco dólares que Parker havia enfiado ali, Emmett deu alguns passos à frente e a entregou a Stew. Só então percebeu que não se tratava de uma nota de cinco dólares. A nota era de cinquenta.

Stew e Ulysses fitaram a nota um instante. Então, Stew olhou para Ulysses, que, por sua vez, olhou para Emmett.

— Guarde isso — falou com firmeza.

Sentindo-se corar novamente, Emmett guardou o dinheiro no bolso. Em seguida, Ulysses se virou para Stew e pagou as três refeições. Depois, se dirigiu a Billy e a Emmett com seu jeito presunçoso.

— Vou reivindicar um espaço para nós. Vocês dois, sentem-se e comam alguma coisa. Volto daqui a um minuto.

Enquanto observava Ulysses se afastar, Emmett não sentiu vontade nem de se sentar, nem de comer. Billy, por sua vez, já estava com um prato de *chili* e pão de milho no colo, e Stew preparava mais um.

— É tão bom quanto o da Sally — comentou Billy.

Dizendo a si mesmo que seria educado aceitar, Emmett pegou o prato.

Na primeira colherada, percebeu como estava faminto. Fazia algumas horas que haviam consumido o que restara da comida do vagão de primeira classe. E Billy tinha razão. O *chili* era tão bom quanto o de Sally, talvez até melhor. A julgar pela fumaça, Stew devia usar um bocado de bacon, e a carne parecia ter uma qualidade surpreendentemente boa. Quando Stew lhe ofereceu um segundo prato, Emmett não recusou.

Enquanto aguardava o prato, ele examinou com atenção os dois mendigos sentados no lado oposto da fogueira. Em razão das roupas surradas e das barbas por fazer, ficava difícil calcular suas idades, embora Emmett desconfiasse de que fossem mais jovens do que aparentavam.

O que era alto e magro à esquerda não prestava atenção alguma em Emmett ou em Billy, talvez de propósito. Mas o da direita, que sorria na direção de ambos, de repente acenou.

Billy acenou em resposta.

— Bem-vindos, viajantes cansados — disse o mendigo. — De onde vocês vêm?

— De Nebraska — respondeu Billy.

— Nebraska! — repetiu o sujeito, acentuando a palavra com um sotaque interiorano. — Faz um bocado de tempo que não piso em Nebraska. O que traz vocês à Big Apple?

— Viemos pegar o carro do Emmett — disse Billy. — Para podermos viajar para a Califórnia.

À menção do carro, o mendigo que até então ignorara os dois ergueu os olhos com súbito interesse.

Emmett pousou a mão no joelho do irmão.

— Estamos só de passagem — disse ele.

— Então, vieram ao lugar certo — comentou o mendigo sorridente. — Não há no mundo lugar melhor para se estar de passagem.

— Tanto que você não consegue passar para outro lugar, não é? — perguntou o alto.

O sorridente virou-se para o outro franzindo o cenho, mas, antes que pudesse responder, o alto olhou para Billy.

— Vocês vieram atrás do seu carro, foi?

Emmett estava a ponto de intervir, mas Ulysses surgiu de repente ao pé do fogo, fitando o prato do cara alto.

— Parece que você terminou de jantar — disse.

Os dois mendigos ergueram os olhos para Ulysses.

— Sou eu que decido quando terminei — replicou o alto.

Então, jogou o prato no chão.

— Agora terminei.

Quando o alto se levantou, o sorridente piscou para Billy e também ficou de pé.

Ulysses observou os dois se afastarem e depois se sentou na dormente, até então ocupada por ambos, e olhou para Emmett por sobre o fogo, incisivamente.

— Eu sei — disse Emmett. — Eu sei.

Woolly

Se dependesse de Woolly, eles não passariam a noite em Manhattan. Sequer atravessariam a cidade. Seguiriam direto para a casa da irmã, em Hastings-on-Hudson, e de lá tomariam o rumo das Adirondacks.

O problema de Manhattan, na opinião de Woolly, era ser tão horrivelmente permanente, com suas torres de granito e tantos quilômetros de calçadas se estendendo a perder de vista. Ora, todo santo dia, milhões de pessoas pisam nessas calçadas e atravessam saguões revestidos de mármore sem jamais deixar um arranhão. Para piorar as coisas, Manhattan era absolutamente repleta de expectativas. Tantas expectativas que tiveram de construir prédios de oitenta andares para prover espaço suficiente para acomodá-las umas sobre as outras.

Mas Duchess queria ver o pai, por isso pegaram a estrada Lincoln até o Lincoln Tunnel, depois cruzaram o Lincoln Tunnel debaixo do rio Hudson e cá estavam.

Se iam ficar em Manhattan, pensou Woolly enquanto levantava o travesseiro para apoiá-lo à cabeceira da cama, pelo menos era esse o jeito de agir. Porque, depois que saíram do Lincoln Tunnel, Duchess não virara à esquerda e seguira para a zona chique. Em vez disso, pegara a direita e seguira até o Bowery, uma rua em que Woolly jamais pusera os pés, para visitar o pai num hotelzinho do qual Woolly nunca ouvira falar. E aí, enquanto estava sentado no saguão, observando o movimento na rua, Woolly tinha visto por acaso um sujeito passar carregando uma pilha de jornais — um sujeito usando um paletó folgado e um chapéu molengo.

O *Homem-Pássaro!*, exclamou Woolly para a janela. *Que coincidência incrível!*

Ele dera um pulo da cadeira e batera no vidro. Mas quando o sujeito se virou, Woolly descobriu que não se tratava do Homem-Pássaro, afinal. Só que a batida havia levado o homem a entrar no saguão com sua pilha de jornais e ir direto até a cadeira do jovem.

Se Duchess era, como gostava de dizer, alérgico a livros, Woolly sofria de uma mazela semelhante. Era alérgico ao noticiário. Em Nova York, aconteciam coisas o tempo todo. Coisas que se esperava que você não apenas soubesse, mas sobre as quais deveria ter uma opinião para expressar assim que o assunto surgisse. Na verdade, tantas coisas aconteciam num ritmo tão rápido, que nem conseguiam reunir todas num único jornal. Nova York tinha o *Times*, lógico, o jornal de referência, mas além dele havia o *Post*, o *Daily News*, o *Herald Tribune*, o *Journal-American*, o *World-Telegram* e o *Mirror*, para falar só nos que Woolly conseguia citar sem pensar muito.

Cada uma dessas empresas conta com um batalhão de funcionários para cobrir setores específicos, entrevistar fontes, correr atrás de pistas e escrever matérias até bem depois do jantar. Cada jornal é impresso no meio da noite; depois, é distribuído às pressas em caminhões que vão para todas as direções, para que as notícias do dia estejam à nossa porta quando acordarmos com a primeira luz da manhã e, assim, possamos pegar o trem das 6h42.

Só de pensar nisso, Woolly sentia arrepios lhe descerem pela espinha. Por isso, quando o sujeito de paletó folgado se aproximou com sua pilha de jornais, estava preparado para mandá-lo pastar.

Mas o sujeito do paletó folgado não vendia os jornais do dia, mas os da véspera. E os da antevéspera. E os da véspera da antevéspera!

— O *Times* de ontem custa três centavos — explicou o homem —, o de anteontem custa dois, e o de anteanteontem, um. Ou cinco centavos pelos três.

Ora, essa já era uma outra história, pensou Woolly. Notícias de um, dois ou três dias antes não chegam com a mesma urgência do que as notícias do dia. Na verdade, mal dá para chamá-las de novidades. E não era preciso tirar 10 em matemática na aula do sr. Kehlenbeck para saber que comprar três jornais por cinco centavos é uma pechincha. Mas, caramba, Woolly não tinha dinheiro algum.

Ou será que...

Pela primeira vez desde que vestira a calça do sr. Watson, Woolly enfiou as mãos nos bolsos. E dá para acreditar, realmente dá para acreditar, que no bolso direito havia algumas notas amassadas?

— Vou ficar com os três — afirmou Woolly, entusiasmado.

Quando o sujeito entregou-lhe os jornais, Woolly lhe deu um dólar, acrescentando, magnânimo, que ele podia ficar com o troco. E, a despeito de o sujeito se mostrar contentíssimo, Woolly teve a certeza inquestionável de que tinha se dado melhor no negócio.

Basta dizer que, quando a noite chegou e Duchess saiu correndo por Manhattan à procura do pai, Woolly se deitou na cama, recostado no travesseiro e com o rádio ligado, depois de tomar duas gotinhas a mais do remédio do frasco extra que pusera na mochila escolar de Emmett, e voltou a atenção para o jornal de três dias antes.

E que diferença fazia três dias! Não só as notícias pareciam muito menos prementes, como também, se bem escolhidas as manchetes, as histórias continham um toque fantástico. Como esta da primeira página do domingo:

PROTÓTIPO DE SUBMARINO NUCLEAR
SIMULA MERGULHO RUMO À EUROPA

A história prosseguia explicando como o primeiro submarino atômico concluíra o equivalente a uma travessia por todo o Atlântico — enquanto estava em algum lugar no meio do deserto de Idaho! A premissa toda pareceu a Woolly tão incrível quanto qualquer coisa do livrão vermelho de Billy.

E tinha mais esta manchete da antevéspera:

TESTE DA DEFESA CIVIL
SERÁ HOJE ÀS DEZ DA MANHÃ

Normalmente, *defesa* e *teste* era uma combinação de palavras que deixava Woolly nervoso e, em geral, o levava a pular a matéria toda. Mas, no *Times* de dois dias antes, o artigo explicava que durante esse teste uma frota de aviões inimigos imaginários jogaria bombas atômicas imaginárias em cinquenta e quatro cidades, causando uma devastação imaginária em todo o país. Só na cidade de Nova York estava previsto o lançamento de três bombas imaginárias distintas, uma das quais destinada a atingir imaginariamente o cruzamento da Fifty-Seventh Street com a Quinta Avenida — bem em frente à Tiffany's, por incrível que pareça. Como parte do teste, quando soasse o alarme, todas as atividades normais das cinquenta e quatro cidades seriam suspensas por dez minutos.

— Todas as atividades normais suspensas por dez minutos — leu Woolly em voz alta. — Dá para imaginar?

Meio ofegante, Woolly pegou o jornal da véspera para ver o que tinha acontecido. E lá, na primeira página — acima da dobra, como dizem —, estava uma foto da Times Square com dois guardas examinando a extensão da Broadway sem vivalma à vista. Ninguém olhando a vitrine da tabacaria. Ninguém saindo do Criterion Theatre ou entrando no hotel Astor. Ninguém abrindo uma caixa registradora ou usando um telefone. Nem uma só pessoa apressada, ou agitada, ou chamando um táxi.

Que visão estranha e bonita, pensou Woolly. A cidade de Nova York em silêncio, imóvel e quase desabitada, perfeitamente ociosa, sem o zumbido de uma só expectativa pela primeiríssima vez desde a sua fundação.

Duchess

Após deixar Woolly instalado no quarto com algumas gotas de remédio e o rádio sintonizado num comercial, me dirigi a um boteco chamado Anchor na West Forty-Fifth Street, em Hell's Kitchen, o bairro operário de má reputação. Com luz baixa e uma clientela apática, era precisamente o tipo de lugar de que o meu velho gostava — onde um fracassado podia se sentar no bar e vituperar contra as iniquidades da vida sem medo de interrupções.

De acordo com Bernie, Fitzy e o meu velho tinham o hábito de se encontrar ali toda noite por volta das oito e beber até o dinheiro acabar. Com efeito, às 7h59 a porta se abriu e Fitzy entrou arrastando os pés, conforme o esperado.

Percebia-se que era um frequentador assíduo pela forma como ninguém reparou nele. Dadas as circunstâncias, até que ele não envelhecera tão mal assim. O cabelo estava um pouco mais ralo e o nariz, um pouco mais vermelho, mas ainda era possível ver o Bom Velhinho escondido ali atrás, caso se examinasse com atenção.

Passando direto por mim, ele se esgueirou entre duas banquetas, espalhou algumas moedas sobre o bar e pediu uma dose de uísque — num copo alto.

Uma dose fica tão ínfima num copo alto, o que me pareceu um pedido estranho para ser feito por Fitzy. Mas quando ele ergueu o copo do balcão, vi seus dedos tremerem, ainda que de leve. Sem dúvida, tinha aprendido do jeito difícil que quando uma dose é servida no copinho apropriado fica um bocado mais fácil entorná-la.

Com o uísque seguro na mão, Fitzy se dirigiu a uma mesa de dois lugares no canto. Nitidamente era ali que ele e meu pai tinham o hábito de beber, pois, quando se acomodou, Fitzy ergueu o copo para o assento vazio. Devia ser a última alma viva na face da terra, pensei, a fazer um brinde a Harry Hewett. Quando já ia levando o uísque aos lábios, me juntei a ele.

— Oi, Fitzy.

Fitzy congelou por um instante e olhou por cima da borda do copo. Então, provavelmente pela primeira vez na vida, pousou o copo de novo na mesa sem ter tomado nem um gole.

— Oi, Duchess — respondeu. — Quase não reconheci você, de tão crescido.

— É o trabalho braçal. Você deveria experimentar uma hora dessas.

Fitzy baixou os olhos para o copo, depois olhou para o barman e, em seguida, para a porta da rua. Quando não tinha mais para onde olhar, voltou a me encarar.

— Bom, é bacana ver você, Duchess. O que o traz à cidade?

— Ah, uma coisa e outra. Preciso encontrar um amigo no Harlem amanhã, mas também ando atrás do meu velho. Ele e eu temos um assuntozinho pendente, na verdade. Infelizmente, ele deixou o hotel Sunshine com tanta pressa que se esqueceu de me deixar um recado sobre seu paradeiro. Mas imaginei que, se alguém na cidade de Nova York sabe onde Harry está, esse alguém só pode ser seu camarada Fitzy.

Fitzy já estava balançando a cabeça antes que eu terminasse de falar.

— Não — disse ele. — Não sei onde está o seu pai, Duchess. Não nos vemos há semanas.

Então, ele olhou para o copo intocado com uma expressão melancólica.

— Nossa, cadê a minha educação? — falei. — Me deixa pagar uma bebida para você.

— Ah, não precisa. Ainda tenho esta aqui.

— Esse pinguinho? Isso aí não faz jus a você.

Levantei e fui até o bar pedir uma garrafa do que Fitzy estava bebendo. Quando voltei, tirei a rolha e enchi o seu copo até a boca.

— Agora, sim — falei, enquanto, sem sorrir, ele baixava os olhos para o uísque.

Que ironia cruel, pensei. Ali estava precisamente o objeto de desejo de Fitzy durante metade da vida. Objeto até de suas preces: um copo alto cheio até a borda de uísque — e às custas de alguém, ainda por cima. Mas agora que estava diante dele, Fitzy não tinha tanta convicção assim de que o desejava.

— Vamos lá — encorajei-o. — Não precisa fazer cerimônia.

Quase com relutância, ele ergueu o copo e fez um brinde a mim. O gesto não foi tão sincero quanto havia sido o de antes, em homenagem ao lugar vazio do meu velho, mas agradeci mesmo assim.

Dessa vez, quando o copo lhe chegou aos lábios, ele deu um gole substancial, como que para compensar o não gole anterior. Então, pousando o copo, olhou para mim e aguardou. Porque é isto que fazem os fracassados: eles aguardam.

Quando se trata de aguardar, os fracassados têm um bocado de prática. Como quando aguardavam sua grande oportunidade ou a chegada da sua vez. Ao se convencerem de que nada disso aconteceria, começavam a aguardar outras coisas, como a hora em que os bares abriam ou o cheque do seguro-desemprego. Em pouco tempo, estavam aguardando para ver como seria dormir num parque ou dar as duas últimas tragadas numa guimba de cigarro atirada no lixo. Aguardavam para ver a que nova indignidade poderiam se habituar, enquanto aguardavam ser esquecidos por aqueles que no passado lhes foram caros. Acima de tudo, porém, aguardavam o fim.

— Onde ele está, Fitzy?

Fitzy balançou a cabeça mais para si mesmo do que para mim.

— Como eu falei, Duchess, não vejo seu pai há semanas, juro.

— Em geral, eu acreditaria em qualquer palavra saída da sua boca. Principalmente, sob *juramento*.

Essa o fez estremecer.

— Só que, quando me sentei, você não pareceu tão surpreso assim em me ver. Ora, por que será?

— Sei lá, Duchess. Talvez eu tenha ficado surpreso por dentro, não?

Soltei uma gargalhada.

— Talvez, por que não? Mas sabe o que eu acho? Acho que não ficou surpreso porque o meu velho disse para você que eu poderia aparecer por aqui. Mas, se ele fez isso, é porque deve ter falado com você nos últimos dias. Na verdade, isso provavelmente aconteceu quando estavam sentados bem aqui.

Bati na mesa com um dos dedos.

— E, se ele disse a você que ia se mandar da cidade, certamente falou para onde ia. Afinal, vocês são mancomunados como ladrões.

À menção da palavra "ladrões", Fitzy estremeceu de novo. Depois, adotou uma expressão ainda mais melancólica, se é que era possível.

— Desculpe — disse baixinho.

— Oi?

Inclinei-me um pouco, como se não tivesse ouvido, e ele ergueu os olhos com o que me pareceu uma genuína pontinha de arrependimento.

— Sinto muito, Duchess. Sinto por ter dito aquelas coisas sobre você num depoimento. Sinto muito por ter assinado.

Para um sujeito que não queria falar, de repente ele dava a impressão de não poder parar.

— Eu tinha passado a noite da véspera bebendo, sabe? E fico um bocado nervoso quando a polícia aparece, ainda mais quando me fazem perguntas. Perguntas sobre o que eu vi ou ouvi, ainda que a minha visão e a minha audição não sejam mais como antes. Nem minha memória, aliás. Então, quando os policiais demonstraram certa frustração, o seu pai me chamou de lado e tentou me ajudar a refrescar a memória...

Enquanto Fitzy prosseguia, peguei a garrafa de uísque e dei uma olhada. No meio do rótulo havia um grande trevo verde, que me fez sorrir. Quer dizer, que sorte um uísque pode trazer para alguém? Ainda por cima um uísque irlandês?

Sentado ali, sentindo o peso da garrafa na mão, ocorreu-me de repente que aquele era outro ótimo exemplo de algo cuidadosamente criado para determinada finalidade, mas perfeitamente adequado a outra. Centenas de anos antes, a garrafa de uísque fora projetada para ter um corpo grande o bastante para ser possível segurá-la e um gargalo estreito o bastante para poder servir o líquido. No entanto, se por acaso fosse virada de cabeça para baixo e segurada pelo gargalo, de repente pareceria projetada para bater na cabeça de alguém. De certa forma, a garrafa de uísque era uma espécie de lápis com borracha: um lado utilizado para dizer coisas e o outro, para desdizê-las.

Acho que Fitzy leu meus pensamentos, pois se calou de súbito. E, pela expressão em seu rosto, pude ver que se assustara. O rosto ficou pálido e o tremor nos dedos piorou visivelmente.

Talvez tenha sido a primeira vez na minha vida que despertei medo em alguém. De certa forma, não dava para acreditar, porque eu não tinha a mínima intenção de machucar Fitzy. De que adiantaria? Apenas Fitzy tinha o direito de se machucar.

Naquelas circunstâncias, porém, achei que seria útil usar a sua perturbação em meu benefício. Por isso, quando ele perguntou se poderíamos esquecer as águas passadas, pousei lenta e teatralmente a garrafa na mesa.

— Eu até que gostaria — respondi. — Gostaria de voltar no tempo e permitir que você desfizesse o que fez, Patrick FitzWilliams. Mas veja, meu amigo, não se trata de águas passadas. Na verdade, estamos mergulhados nelas. Mais que isso: elas estão bem aqui neste recinto.

Seu olhar para mim foi tão sofrido que quase me despertou pena.

— Sejam quais forem os motivos que levaram você a fazer o que fez, Fitzy, acho que concordamos que está me devendo uma. Se me disser onde o meu velho está, ficamos quites. Mas, se não disser, vou precisar usar a minha imaginação para encontrar outro jeito de acertarmos as contas.

Sally

Encontrei o meu pai num canto do pasto consertando um pedaço da cerca com Bobby e Miguel, os cavalos de ambos por perto, ociosos, e algumas centenas de cabeças de gado pastando no campo atrás dos três.

Embicando no acostamento, parei bem onde o trio trabalhava e saí da picape. Eles estavam protegendo os olhos da poeira.

Sempre piadista, Bobby tossiu exageradamente, enquanto meu pai balançava a cabeça.

— Sally, se continuar a dirigir essa picape desse jeito numa estrada esburacada como essa, a coitada vai deixar você na mão.

— Acho que eu sei a esta altura o que Betty aguenta e o que ela não aguenta.

— Só estou dizendo que, quando a transmissão pifar, não espere que eu a troque.

— Não se preocupe com isso, porque se eu sei o que esperar da minha picape, sei melhor ainda o que esperar de você.

Ele se calou um instante, desconfio de que estivesse tentando decidir se mandava ou não os rapazes saírem de perto.

— Muito bem — disse ele, como se houvesse chegado a uma conclusão. — Você veio correndo até aqui por um motivo. Isso é óbvio. Diga logo qual é.

Abri a porta do carona, tirei a placa À VENDA que estava sobre o banco e a ergui, para que ele pudesse dar uma boa olhada.

— Encontrei isto no lixo.

Ele assentiu.

— Foi onde eu joguei.

— E de onde, se não se importa que eu pergunte, ela saiu?

— Da casa dos Watson.

— Por que você tirou a placa de À VENDA da casa dos Watson?

— Porque a casa não está mais à venda.

— E como você viria a saber disso?

— Porque eu a comprei.

Isso foi dito de uma forma curta e direta, tentando mostrar que sua paciência se esgotara, que não dispunha de tempo para esse tipo de conversa, que ele e os rapazes tinham trabalho a fazer e que estava na hora de eu entrar na minha picape e voltar para casa, onde, com certeza, era para eu estar preparando o jantar. Mas ele estava falando com a pessoa errada se achou que entendia mais de paciência do que eu.

Por um instante, esperei. Sem dar um passo, olhei para o nada, como alguém perdido em pensamentos, e depois o encarei de volta.

— A rapidez com que você comprou a casa... faz a gente pensar que há tempos estava espreitando e esperando isso.

Bobby chutava a poeira no chão com a ponta da bota e Miguel contemplava o gado, enquanto meu pai coçava a parte de trás do pescoço.

— Rapazes — disse ele, passado um momento. — Acho que vocês têm coisas a fazer.

— Sim, sr. Ransom.

Os dois montaram em seus cavalos e foram na direção do rebanho, daquele jeito sem pressa de empregados no meio do expediente. Meu pai não se virou para observá-los, mas esperou que o ruído dos cascos ficasse mais distante antes de voltar a falar.

— Sally — disse, no seu tom vou-dizer-isso-uma-vez-só-e-pronto —, não houve espreita nem houve espera. Charlie não pagou a hipoteca, o banco a executou, pôs a fazenda à venda e eu a comprei. Só isso, nada mais. Não foi uma surpresa para ninguém no banco, não será uma surpresa para ninguém no condado e não deveria ser uma surpresa para você. Porque é isso que fazem os rancheiros. Quando a oportunidade se apresenta e o preço é justo, um rancheiro expande o seu terreno, contiguamente.

— *Contiguamente* — repeti, impressionada.

— Sim — retrucou ele. — Contiguamente.

Nós nos encaramos.

— Então, durante todos esses anos em que o sr. Watson lutou para manter a fazenda, você andava ocupado demais para ajudar, mas, no momento em que a oportunidade *se apresentou*, sua agenda ficou livre. É isso? Com certeza, para mim soa como espreitar e esperar.

Pela primeira vez, ele alteou a voz:

— Droga, Sally. O que você queria que eu fizesse? Que fosse até lá e operasse o arado dele? Que plantasse as sementes e providenciasse a colheita? Ninguém pode viver a vida de outra pessoa por ela. Se um homem tem um pingo de orgulho, ele não há de querer isso. E Charlie Watson podia não ser um grande fazendeiro, mas era um homem orgulhoso. Mais orgulhoso do que a maioria.

Olhei ao longe, refletindo, mais uma vez.

— Mas é interessante, não é? Mesmo quando o banco ainda se preparava para botar a propriedade à venda, você se sentou no degrau da varanda com o filho do dono e sugeriu que era hora de ele pegar suas coisas e começar a vida do zero em outro lugar.

Ele me estudou um momento.

— É disso que se trata? De você e Emmett?

— Não tente mudar de assunto.

Novamente, ele balançou a cabeça, do mesmo jeito que fizera ao me ver chegar.

— Ele jamais ficaria aqui, Sally. Como a mãe também não ficou. Você mesma viu. Assim que pôde, ele arrumou um emprego na cidade. E o que foi que fez com as primeiras economias que guardou? Comprou um carro. Não um caminhão nem um trator, Sally. Um carro. Embora eu não tenha dúvida de que ele sentiu imensamente a perda do pai, desconfio de que tenha ficado *aliviado* com a perda da fazenda.

— Não fale comigo sobre Emmett Watson como se você o conhecesse muito bem. Você não faz a mínima ideia do que se passa pela cabeça dele.

— Pode ser. Mas depois de cinquenta e cinco anos em Nebraska, acho que posso distinguir quem quer ficar de quem quer ir embora.

— Será? Então me diga, sr. Ransom: qual deles eu sou?

Eu gostaria que alguém tivesse visto a cara dele quando ouviu isso. Por um momento, ficou branco como papel. Depois, com a mesma rapidez, enrubesceu.

— Sei que não é fácil para uma garotinha perder a mãe. De certa forma, é mais difícil para ela do que para o marido que perdeu a esposa. Porque um pai não está preparado para criar uma menina como ela deve ser criada. Mas é especialmente difícil quando a menina em questão é do contra por natureza.

Ele me lançou um olhar comprido, para o caso de não ter deixado suficientemente claro que falava de mim.

— Foram muitas as noites em que me ajoelhei ao lado da cama e rezei para a sua mãe, pedindo que me ajudasse a reagir melhor à sua teimosia. E durante todos esses anos, a sua mãe — que Deus a tenha — jamais me respondeu. Por isso, precisei confiar nas lembranças de como ela cuidava de você. Embora só tivesse doze anos quando ela morreu, você já era um bocado do contra. E quando eu expressava a minha preocupação com isso, sua mãe me dizia para ser paciente. Ed, nossa menina tem personalidade forte, e isso vai ser bom para quando ela se tornar uma mulher. O que temos que fazer é lhe dar um pouco de tempo e de espaço.

Foi a vez dele de olhar para o nada, ao longe, durante um momento.

— Pois bem, confiei no conselho da sua mãe e continuo a confiar. E é por isso que sempre cedi a você. Cedi ao seu jeito e aos seus hábitos, ao seu gênio e à sua língua, mas, Sally, que Deus me perdoe, cheguei à conclusão de que posso ter feito um enorme desserviço para você. Porque, ao criá-la com rédea solta, permiti que você se tornasse uma jovem voluntariosa, acostumada a ruminar suas fúrias e a falar o que lhe dá na veneta, o que, muito provavelmente, é incompatível com o casamento.

Ah, como ele gostou de fazer esse discursinho. De pé ali, com as pernas afastadas e os pés plantados com firmeza no chão, ele se portava como se pudesse extrair sua força diretamente da terra por ser seu proprietário.

Então, sua expressão se suavizou e ele me lançou um olhar afetuoso, que só fez me enfurecer.

Atirando a placa aos seus pés, dei meia-volta e entrei na picape. Engatei a marcha, acelerei e segui pela estrada a cento e dez quilômetros por hora, fazendo voar cada pedacinho de cascalho, cada torrãozinho de terra, chacoalhando o chassi e balançando as portas e janelas. Dando uma guinada para entrar no rancho, avancei com a picape até a porta da frente e parei faltando um metro e meio para bater nela.

Foi apenas quando a poeira baixou que notei um homem de chapéu sentado na nossa varanda. E foi só quando ele se levantou e se aproximou da luz que vi que se tratava do xerife.

Ulysses

Enquanto Ulysses observava os garotos Watson se afastarem da fogueira para irem se deitar, Stew se aproximou.

— Eles vão embora amanhã?

— Não — respondeu Ulysses. — O mais velho ainda tem negócios para resolver na cidade. Deve voltar à tarde, para eles passarem a noite aqui.

— Muito bem. Não vou mexer na roupa de cama, então.

— Não mexa na minha também.

Stew se virou um pouco abruptamente a fim de encarar Ulysses.

— Vai passar outra noite?

Ulysses encarou Stew de volta.

— Foi o que eu acabei de dizer, não foi?

— Foi o que você disse.

— Tem algum problema?

— Nenhum — respondeu Stew. — Por mim, não tem problema algum. Só que me lembro de alguém dizer que jamais passava duas noites seguidas num mesmo lugar.

— Bem — disse Ulysses —, na sexta-feira, isso terá acontecido.

Stew assentiu.

— Deixei café no fogo — disse, passado um instante. — Acho que vou lá dar uma olhada.

— Parece uma boa ideia — disse Ulysses.

Depois de ver Stew voltar até a fogueira, Ulysses se pegou examinando as luzes da cidade, desde o Battery Park até a ponte George Washington

— luzes que não exerciam qualquer fascínio sobre ele e tampouco prometiam conforto.

Mas Billy lhe falara do acordo que tinha com o irmão, que parecia a Ulysses um acordo razoável. Ele ficaria duas noites na ilha de Manhattan. No dia seguinte, ele e o menino passariam o tempo como conhecidos; no outro dia, se despediriam como amigos.

CINCO

Woolly

Quando embicaram na entrada da casa da irmã, Woolly viu logo que não havia ninguém em casa.

Woolly sempre era capaz de dizer quando uma casa estava vazia apenas olhando para as janelas. Às vezes, quando olhava para as janelas, podia ouvir todo o movimento no interior da casa, como os ruídos de passos subindo e descendo escadas ou de talos de aipos sendo picados na cozinha. Às vezes, podia ouvir o silêncio de duas pessoas sentadas sozinhas em aposentos diferentes. E às vezes, como nesse momento, pela forma como as janelas o encaravam, ele podia dizer que não havia ninguém em casa.

Quando Woolly desligou o motor, Duchess assoviou.

— Quantas pessoas você disse que moram aqui?

— Só a minha irmã e o marido dela — respondeu Woolly. — Mas a minha irmã está grávida.

— Esperando quíntuplos?

Woolly e Duchess saíram do Studebaker.

— Não deveríamos bater? — indagou Duchess.

— Não estão em casa.

— Você consegue entrar?

— Eles gostam de trancar a porta da frente, mas costumam deixar a porta da garagem aberta.

Woolly seguiu Duchess até uma das portas da garagem e observou-o erguê-la com um estrondo.

Dentro, as duas vagas estavam vazias. A primeira devia ser a do carro da irmã, pensou Woolly, porque a mancha de óleo no concreto tinha o formato de um enorme balão — exatamente como o do livro de Billy. A mancha de óleo na segunda vaga, por outro lado, parecia uma daquelas nuvenzinhas de tempestade que ficam em cima de um personagem de tirinha de jornal quando ele está de mau humor.

Duchess voltou a assoviar.

— O que é aquilo? — perguntou, apontando para a quarta vaga.

— Um Cadillac conversível.

— Do seu cunhado?

— Não — disse Woolly, um tantinho envergonhado. — É meu.

— Seu!

Duchess se virou para Woolly com uma expressão de surpresa tão exagerada que fez Woolly sorrir. Duchess não se surpreendia com muita frequência, razão pela qual Woolly sempre sorria quando isso acontecia. Woolly seguiu o amigo quando ele atravessou a garagem para olhar mais de perto.

— Quando foi que você comprou?

— Eu herdei, acho. Do meu pai.

Duchess assentiu de forma solene. Depois, andou ao longo do carro, passando a mão no comprido capô preto e admirando os pneus de faixa branca.

Woolly ficou feliz por Duchess não ter contornado o carro todo, pois na outra lateral estavam os arranhões na porta, de quando Woolly bateu num poste.

"Dennis" ficou muito, muito nervoso quando Woolly chegou com os amassados numa noite de sábado. Woolly sabia que "Dennis" tinha ficado muito, muito nervoso porque foi exatamente assim que o cunhado declarou estar.

Olhe só o que você fez!, exclamara ele para Woolly, enquanto avaliava os danos.

Dennis, interviera a irmã. *O carro não é seu. É do Woolly.*

O que, provavelmente, era o que Woolly deveria ter dito: *O carro não é seu, "Dennis". É meu.* Mas Woolly não pensou em dizer isso. Ao menos não antes de ouvir Sarah dizendo. Sarah sempre sabia a coisa certa a dizer antes que Woolly dissesse. Quando estava no meio de uma conversa no internato ou numa festa em Nova York, Woolly quase sempre pensava consigo mesmo como o papo seria muito mais fácil se Sarah estivesse lá para dizer coisas em seu nome.

Mas na noite em que havia chegado com os arranhões na porta e Sarah tinha dito a "Dennis" que o carro não era dele, que era de Woolly, isso pareceu só deixar "Dennis" mais nervoso.

O fato de ser dele é exatamente o meu ponto. (O cunhado de Woolly sempre deixava bem explícitos os seus pontos. Mesmo quando estava muito, muito nervoso, ele era muito, muito exato.) *Quando um jovem tem a sorte de ganhar algo de muito valor do pai, deve tratar esse presente com respeito. E se não sabe tratá-lo com respeito, então não merece tê-lo.*

Ai, Dennis, rebatera Sarah. *Não é um Manet, pelo amor de Deus. É uma máquina.*

Máquinas são a base de tudo que esta família tem, dissera "Dennis".

E de tudo que ela não tem, falara Sarah.

Lá vai ela de novo, pensou Woolly com um sorriso.

— Posso? — perguntou Duchess, indicando o carro com um gesto.

— O quê? Ah, sim. Claro, claro.

Duchess estendeu a mão para o trinco da porta do motorista, hesitou e depois deu um passo para a direita, abrindo a porta traseira.

— Você primeiro — disse com um floreio.

Woolly deslizou para o banco traseiro e Duchess entrou em seguida. Fechando a porta, Duchess suspirou, admirado.

— Esqueça o Studebaker — disse ele. — É assim que Emmett deve chegar a Hollywood.

— Billy e Emmett vão para São Francisco — corrigiu Woolly.

— Tanto faz. É assim que eles devem viajar até a Califórnia.

— Se Billy e Emmett quiserem viajar até a Califórnia no Cadillac, terão toda a liberdade para isso.

— Sério?

— Nada me deixaria mais feliz — garantiu Woolly. — O único problema é que o Cadillac é muito mais velho do que o Studebaker. Por isso, provavelmente a viagem vai demorar muito mais.

— Pode ser — concordou Duchess. — Mas, num carro como este, para que a pressa?

Como constataram, a porta da garagem para a casa estava trancada, então os dois voltaram para fora. Woolly se sentou no degrau da frente, ao lado dos vasos de plantas, e Duchess tirou as sacolas do porta-malas.

— Talvez eu demore algumas horas — disse Duchess. — Tem certeza de que vai ficar bem?

— Certeza absoluta — respondeu Woolly. — Vou esperar aqui até a minha irmã voltar. Garanto que ela chega logo.

Woolly observou Duchess entrar no Studebaker e dar marcha a ré com um aceno. Uma vez sozinho, retirou o frasco extra de remédio da mochila escolar, desatarraxou o conta-gotas e pingou algumas gotas na ponta da língua. Depois, se permitiu um momento para admirar o entusiasmo do brilho do sol.

— Não tem nada mais entusiástico do que o brilho do sol — comentou consigo mesmo. — E nada mais confiável do que a grama.

A palavra *confiável* de repente o fez pensar em Sarah, outro paradigma de confiabilidade. Guardou o frasco no bolso, ficou de pé e olhou — e, como imaginava, a chave da casa da irmã aguardava pacientemente debaixo do vaso de plantas. Todas as chaves pareciam iguais, sem dúvida, mas Woolly soube que essa era a chave da casa da irmã porque ela girou na fechadura.

Abrindo a porta, Woolly entrou e fez uma pausa.

— Oie! — chamou. — Oie! Oie!

Para ter certeza, Woolly gritou um quarto oie no corredor que levava à cozinha e mais outro para o alto da escada. Depois, esperou para ver se alguém respondia.

Enquanto aguardava e aguçava o ouvido, por acaso baixou os olhos para a mesinha sob a escada na qual havia um telefone. Lustroso, liso e preto, parecia um primo menor do Cadillac. Uma coisa ali não era lustrosa, lisa e preta: um pequeno retângulo de papel no meio do disco com o número do telefone da casa numa caligrafia delicada — para que o aparelho soubesse exatamente quem era ele, pensou Woolly.

Como ninguém respondeu ao seu oie, Woolly entrou no grande aposento banhado pelo sol, à sua esquerda.

— Esta é a sala de estar — disse, como se estivesse guiando a si mesmo num *tour*.

Pouco havia mudado no aposento desde a sua última visita. O relógio do avô do vovô continuava ao lado da janela, sem funcionar. O piano continuava no canto, sem uso. E os livros continuavam em suas prateleiras, intocados.

Uma coisa diferente era que agora havia um leque oriental gigante na frente da lareira, como se a lareira se sentisse envergonhada pela própria aparência. Woolly se perguntou se ele ficava ali o tempo todo ou se a irmã o retirava no inverno para que o fogo pudesse ser aceso. Mas, se ela o retirava, onde será que o guardava? Parecia muito delicado e desajeitado. Talvez pudesse ser fechado como um leque normal, cogitou Woolly, e colocado numa gaveta.

Satisfeito com a hipótese, Woolly se deteve um instante para dar corda no carrilhão e, depois, saiu da sala para continuar seu *tour*.

— Esta é a sala de jantar — explicou —, onde se janta nos aniversários e nas festas... Esta é a única porta da casa que não tem maçaneta, que vai e vem... E esta é a cozinha... E este é o corredor dos fundos... E aqui é o escritório do "Dennis", onde ninguém tem permissão de entrar.

Entrando e saindo dos cômodos dessa maneira, Woolly concluiu um circuito que o levou de volta até o pé da escada.

— E esta é a escada — disse, enquanto subia. — Este é o corredor. Este é o quarto da minha irmã e do "Dennis". Este é o banheiro. E aqui...

Woolly parou diante de uma porta entreaberta. Escancarando-a, entrou num cômodo que, ao mesmo tempo, era e não era o que ele esperava.

Porque, embora sua cama continuasse ali, ela havia sido empurrada para o meio do quarto e estava coberta por um pedaço grande de lona. A lona, de um branco encardido, tinha sido salpicada com centenas de pintas azuis e cinzentas — como um daqueles quadros do Museu de Arte Moderna. O closet, onde as camisas e os paletós formais de Woolly ficavam pendurados antes, encontrava-se totalmente vazio. Não ficou um cabide para contar história, nem a caixa de bolinhas de naftalina que costumava se esconder nas sombras da prateleira de cima.

Três das quatro paredes permaneciam brancas, mas uma delas — na qual se achava encostada a escada — agora era azul. Um azul vibrante e amistoso, como o azul do carro de Emmett.

Woolly não podia reclamar do fato de seu closet estar vazio ou de sua cama se encontrar coberta por uma lona, pois o quarto, ao mesmo tempo, era seu e não era. Quando a mãe se casara de novo e se mudara para Palm Beach, Sarah deixou que ele usasse o quarto. Deixou que ele o usasse nos feriados de Ação de Graças e da Páscoa, e durante aquelas semanas entre a saída de um internato e a entrada em outro. Embora Sarah tenha incentivado o irmão a pensar no quarto como se fosse seu, ele sempre soube que a ideia não era ser um quarto permanente, ao menos não permanentemente seu. A ideia era ser um quarto permanente de outra pessoa.

Pelo formato em corcova da lona, dava para ver que havia algumas caixas ali debaixo — dando à cama a aparência de um bote bem pequenininho.

Verificando antes para se assegurar de que nenhuma das pintas na lona estivesse molhada, Woolly a levantou. Na cama, havia quatro caixas de papelão com seu nome escrito em cada uma.

Woolly parou um momento e se maravilhou com a caligrafia, pois, embora seu nome tivesse sido escrito em letras de cinco centímetros de altura com uma caneta Pilot preta, percebia-se que aquela era a caligrafia da irmã — a mesma caligrafia usada para escrever os numerozinhos no papelzinho no meio do disco do telefone. Que coisa interessante, pensou Woolly, o fato de que a caligrafia de alguém seja a mesma em tamanho grande ou pequeno.

Woolly estendeu a mão para abrir a caixa mais próxima, mas hesitou. Lembrou-se de repente do perturbador paradoxo do Gato de Schrödinger, descrito pelo professor Freely na aula de física. No paradoxo, um físico chamado Schrödinger postulou (essa tinha sido a palavra empregada pelo professor Freely: *postulara*) a existência de um gato com um pouco de veneno dentro de uma caixa, num estado de incerteza benigna. Uma vez aberta a caixa, porém, ou o gato estaria ronronando, ou teria sido envenenado. Por isso, todo homem deve ter certa cautela quando se aventura a abrir uma caixa, mesmo que ela tenha o seu nome escrito. Ou, quem sabe, sobretudo se tiver o seu nome escrito.

Acalmando os nervos, Woolly levantou a tampa e deu um suspiro de alívio. Dentro, estavam todas as roupas que costumavam ficar na cômoda que era e não era sua. Na caixa de baixo, Woolly encontrou tudo que costumava ficar em cima da cômoda. Como a velha caixa de charutos e o vidro de loção pós-barba que ele ganhara de Natal e jamais usara, e o troféu de vice-campeão do clube de tênis com o homenzinho dourado que passaria a eternidade sacando uma bola de tênis. E bem no fundo da caixa estava o dicionário azul-escuro que a mãe havia lhe dado quando ele partiu para o primeiro internato.

Woolly tirou o dicionário da caixa e sentiu seu peso reconfortante nas mãos. Como ele amara esse dicionário — porque sua finalidade era dizer exatamente o significado de uma palavra. Bastava escolher uma palavra, ir até a página correta e lá estava seu significado. E quando na definição havia uma palavra que a gente não sabia o que era, bastava procurar essa palavra para descobrir exatamente o que *ela* significava.

Quando a mãe lhe dera o dicionário, ele fazia parte de um conjunto — acomodado numa embalagem junto com um dicionário de sinônimos com a mesma encadernação. E por mais que amasse o dicionário, Woolly odiava o dicionário de sinônimos. Só de pensar nele, já tinha calafrios. Porque a ideia geral do dicionário de sinônimos era o oposto da ideia do dicionário comum. Em vez de dizer exatamente o que significava uma palavra, ele pegava uma palavra e apresentava dez outras que poderiam ser usadas no lugar.

Como alguém seria capaz de comunicar uma ideia a outra pessoa se, quando esse alguém tinha algo a dizer, havia a possibilidade de escolher dez palavras diferentes para cada palavra numa frase? O número de variações potenciais era de fritar os miolos. De tal forma que, pouco depois de chegar ao St. Paul's, Woolly tinha procurado o professor de matemática, o sr. Kehlenbeck, e lhe perguntado: se houvesse dez palavras numa frase e cada palavra pudesse ser substituída por dez outras palavras, quantas frases poderiam existir? E, sem a menor hesitação, o sr. Kehlenbeck tinha ido até o quadro-negro, rabiscado uma fórmula e feito alguns cálculos para provar, sem controvérsias, que a resposta à pergunta de Woolly era dez bilhões. Ora, deparado com uma revelação desse calibre, como alguém poderia sequer começar a escrever a resposta de uma questão nas provas finais?

Ainda assim, quando saíra do St. Paul's para estudar no St. Mark's, Woolly obedientemente carregara o dicionário de sinônimos e o depositara sobre a escrivaninha, onde ele permanecera quietinho dentro da embalagem, com um risinho jocoso para o dono, com suas dezenas de milhares de palavras que podiam ser substituídas umas pelas outras. Durante o ano seguinte, o dicionário de sinônimos o insultou, provocou e aguilhoou, até que numa tardinha, pouco antes do feriado de Ação de Graças, Woolly tirou-o da caixa, levou-o até o campo de futebol, empapou-o com um pouco de gasolina que tinha achado na lancha do treinador do time e botou fogo naquela coisa maldita.

Olhando para trás, provavelmente teria sido moleza se Woolly decidisse botar fogo no dicionário de sinônimos na linha de cinquenta jardas. Por algum motivo, porém, do qual não conseguia se lembrar, Woolly pusera o livro na *end zone* e, quando atirara o fósforo, as chamas rapidamente seguiram uma trilha de gasolina respingada na grama, engolfaram a lata de gasolina e causaram uma explosão que ateou fogo na trave do *field goal*.

Woolly recuara para a linha de vinte jardas e observara, a princípio em choque e depois encantado, o fogo subir pelo suporte central e então, simultaneamente, se deslocar pelos dois lados e para cima, até a coisa toda arder em chamas. De repente, aquilo não parecia mais as traves de um *field goal*, mas um espírito feroz erguendo os braços para o céu em exultação. E foi muito, muito lindo.

Quando convocaram Woolly para se justificar perante o comitê disciplinar, sua intenção era explicar que havia tido a única intenção de se livrar da tirania do dicionário de sinônimos, de modo a poder se sair melhor nas provas. Mas antes de ter a oportunidade de falar, o reitor, que presidia a audiência, declarou que Woolly estava ali para responder pelo *incêndio* que provocara no campo de futebol. Um instante depois, o sr. Harrington, o representante do corpo docente, referiu-se ao fato como *fogaréu*. Então, Dunkie Dunkle, o presidente do grêmio (que por acaso era também o capitão do time de futebol), fez menção ao episódio como *conflagração*. E Woolly concluíra ali e então que, independentemente do que dissesse, todos tomariam o partido do dicionário de sinônimos.

Enquanto devolvia o dicionário à caixa, Woolly ouviu o ruído hesitante de um passo no corredor, e, quando se virou, viu a irmã parada à porta — com um taco de beisebol nas mãos.

— — —

— Desculpe pelo quarto — disse Sarah.

Woolly e a irmã estavam sentados na cozinha, em volta da mesinha que ficava no nicho defronte à pia. Sarah já havia se desculpado por receber Woolly com um taco de beisebol na mão depois de encontrar a porta da frente escancarada. Agora, se desculpava por lhe tirar o quarto que era e não era dele. Sarah era a única pessoa da família de Woolly que se desculpava com sinceridade. O único problema, ele achava, era que com frequência ela se desculpava quando não havia a mínima razão para isso. Como nesse momento.

— Não, não — disse Woolly. — Não tem por que se desculpar comigo. É maravilhoso aquele ser o quarto do bebê.

— Achamos que podíamos mudar as suas coisas para o quarto junto à escada dos fundos. Você teria muito mais privacidade lá, e seria mais fácil entrar e sair quando quisesse.

— Sim — concordou Woolly. — Perto da escada dos fundos seria bacana.

Woolly assentiu duas vezes com um sorriso e depois baixou os olhos para a mesa.

Depois de abraçar Woolly no andar de cima, Sarah perguntou se ele estava com fome e se ofereceu para fazer um sanduíche. Portanto, era isso que estava diante de Woolly: um queijo quente cortado em dois triângulos, um apontando para cima e outro para baixo. Enquanto observava os triângulos, Woolly sabia que a irmã estava olhando para ele.

— Woolly. O que você está fazendo aqui? — perguntou Sarah, passado um momento.

Woolly encarou-a.

— Ah, não sei — respondeu com um sorriso. — Vagando por aí, eu diria. Viajando para lá e para cá. Meu amigo Duchess e eu conseguimos uma licença temporária de Salina e resolvemos fazer uma pequena viagem para visitar alguns amigos e parentes...

— Woolly...

Sarah deu um suspiro tão delicado que Woolly mal ouviu.

— A mamãe me ligou na segunda, depois de receber um telefonema do tutor. Por isso, sei que você não recebeu uma licença.

Woolly voltou a fitar o sanduíche.

— Mas eu liguei para o tutor, para falar com ele diretamente, e ouvi que você tem sido um membro exemplar da comunidade. E como só restam cinco meses para o fim da sentença, ele disse que, se você voltar voluntariamente, vai fazer de tudo para limitar as repercussões. Posso ligar para ele, Woolly? Posso ligar e dizer que você já está voltando?

Woolly girou o prato, de modo que o triângulo do queijo quente que apontava para cima passou a apontar para baixo e o triângulo do queijo quente que apontava para baixo passou a apontar para cima. O tutor ligou para mamãe, que ligou para Sarah, que ligou para o tutor, pensou Woolly. Então, abriu um sorriso.

— Você se lembra? — indagou. — De quando a gente brincava de telefone sem fio, todo mundo junto no salão da casa de campo?

Por um instante, Sarah fitou Woolly com uma expressão de tristeza profunda. Mas apenas por um instante. Em seguida, também abriu um sorriso.

— Lembro.

Empertigando-se na cadeira, Woolly começou a relembrar por ambos, porque, embora não fosse muito bom para rememorizar, ele era ótimo para recordar.

— Como eu era o menor, sempre começava comigo — falou. — Eu cochichava no seu ouvido, escondendo a boca atrás da mão para ninguém mais me ouvir: *Os marujos jogavam cartas nas escunas*. Aí, você se virava para Kaitlin e cochichava no ouvido dela, e Kaitlin cochichava no do papai, e papai cochichava para a prima Penelope, e a prima Penelope cochichava para a tia Ruthie, e daí por diante, por todo o círculo, até chegar na mamãe. A mamãe então dizia: *Os caramujos se afogavam com as carpas na espuma*.

Ante a lembrança da inevitável confusão da mãe, os dois explodiram numa gargalhada quase tão alta quanto a gargalhada que costumavam gargalhar tantos anos antes.

Depois se calaram.

— Como ela está? — perguntou Woolly, olhando para o sanduíche. — Como está a mamãe?

— Ela está bem — respondeu Sarah. — Quando ligou, estava a caminho da Itália.

— Com Richard.

— Ele é o marido dela, Woolly.

— Sim, sim — concordou Woolly. — Claro, claro, claro. Na riqueza e na pobreza, na saúde e na doença. Até que a morte os separe... Mas nem um minutinho a mais.

— Woolly... Não foi um minuto.

— Eu sei, eu sei.

— Papai já tinha morrido havia quatro anos. E, com você na escola e Kaitlin e eu casadas, ela estava totalmente sozinha.

— Eu sei — repetiu Woolly.

— Você não precisa gostar do Richard, Woolly, mas não pode negar à sua mãe o conforto de uma companhia.

Woolly encarou a irmã, pensando: *Você não pode negar à sua mãe o conforto de uma companhia*. Imaginou, então, que, se tivesse cochichado essa frase para Sarah, e ela tivesse cochichado para Kaitlin, e Kaitlin tivesse cochichado para o pai, e daí em diante por todo o círculo, o que a frase teria se tornado quando chegasse à mãe?

Duchess

No caso do caubói no tribunal e do Ackerly Brucutu, o acerto de contas havia sido perfeito, do tipo um menos um ou cinco menos cinco. Mas, no caso de Townhouse, a aritmética era um pouco mais complicada.

Não restava dúvida de que eu devia a ele pelo fiasco do *Caminhos ásperos*. Não fiz chover naquela noite e com certeza minha intenção não era pegar uma carona com um tira, mas isso não mudava o fato de que, se eu tivesse patinado na lama do campo de batatas até em casa, Townhouse teria comido sua pipoca, assistido ao filme e entrado no alojamento de fininho sem ser visto.

A seu favor, diga-se, Townhouse não fez uma tempestade daquilo, mesmo depois de Ackerly brandir o chicote. E, quando tentei me desculpar, ele só fez dar de ombros — como um cara que já sabe que vai levar uma surra de vez em quando, quer ele a mereça, quer não. Ainda assim, dava para ver que ele não ficou satisfeito com o desenrolar dos acontecimentos, assim como eu também não ficaria se estivesse no seu lugar. Por isso, como compensação pela surra que levou, eu sabia que lhe devia alguma coisa.

O que tornava a aritmética complicada era a questão de Tommy Ladue. Filho de um nativo de Oklahoma que não tivera o bom senso de se mandar de Oklahoma na década de 1930, como todo mundo fez, Tommy era o tipo de cara que dava a impressão de estar de jardineira mesmo quando não estava.

Quando Townhouse chegou ao Alojamento Quatro, para ser colega de beliche de Emmett, Tommy não gostou nem um pouco. Como nativo de Oklahoma, disse ele, em sua opinião os negros deveriam ser acomodados em outros alojamentos e comer em outras mesas, na companhia de seus iguais. Quem olhasse para a foto da família de Tommy em frente à fazenda deles poderia se perguntar o que tinham os Ladue de Oklahoma para que se esforçassem tanto para manter os negros longe, mas aparentemente isso jamais ocorreu a Tommy.

Naquela primeira noite, enquanto Townhouse guardava as roupas que acabara de receber no seu baú, Tommy se aproximou para deixar em pratos limpos algumas questões. Explicou que, embora pudesse fazer o caminho de ida e volta para a cama, Townhouse não seria bem-vindo na outra metade do alojamento. No banheiro, que tinha apenas quatro pias, ele só poderia usar a mais distante da porta. E, quanto a contato visual, ele deveria se limitar ao indispensável.

Townhouse parecia alguém capaz de cuidar de si mesmo, mas Emmett não tinha paciência para esse tipo de conversa. Disse a Tommy que um recluso era um recluso, uma pia era uma pia e Townhouse podia se locomover livremente no alojamento como o restante de nós. Se medisse cinco centímetros a mais, pesasse mais dez quilos e contasse com o dobro da coragem, Tommy talvez tivesse investido contra Emmett. Em vez disso, voltou para a sua metade do alojamento para ruminar a própria queixa.

A vida num reformatório agrícola é programada para embotar o espírito. A gente acorda ao alvorecer, trabalha até o crepúsculo, tem meia hora para comer, meia hora para se acomodar e depois apagam-se as luzes. Como um daqueles cavalos com antolhos do Central Park, não se espera que vejamos coisa alguma além dos dois degraus seguintes debaixo do nariz. Mas, quando se é um garoto criado na companhia de uma trupe de artistas, o que significa conviver com safados insignificantes e ladrõezinhos baratos, não dá para ser *tão* desatento assim.

Caso em questão: eu notara como Tommy andava bajulando Bo Finley, o guarda da mesma laia que ele, nascido em Macon, na Geórgia; eu os ouvira falando mal das raças de pele mais escura, bem como dos brancos que as defendiam; numa noite, atrás da cozinha, eu vi Bo entregando duas caixas azuis e finas nas mãos de Tommy; e às duas da madrugada, observei quando Tommy atravessou pé ante pé o alojamento e as botou no baú de Townhouse.

Por isso, não fiquei especialmente surpreso quando, durante a revista matutina, Ackerly Brucutu — na companhia de Bo e outros dois guardas — anunciou que alguém havia assaltado a despensa; não fiquei surpreso quando ele foi direto até Townhouse e mandou que ele pusesse suas coisas em cima da cama recém-feita; e com certeza não fiquei surpreso quando tudo que saiu do baú de Townhouse foram só as próprias roupas.

A surpresa coube a Bo e Tommy — e, de tão surpresos, sequer tiveram a presença de espírito de não se entreolharem.

Num espetáculo hilário de falta de autocontrole, Bo empurrou Townhouse para o lado e virou o colchão, para ver o que estava escondido debaixo dele.

— Já chega — falou o tutor, nem um pouco satisfeito.

Foi quando eu intervim:

— Tutor Ackerly? Eu afirmo: se a despensa foi pilhada e algum patife manchou a nossa honra afirmando que o culpado mora no Alojamento Quatro, sou da opinião de que todos os nossos baús devem ser revistados. Pois essa é a única forma de recuperarmos a nossa reputação.

— Nós decidimos o que fazer — falou Bo.

— *Eu* decido o que fazer — retrucou Ackerly. — Abram todos.

Ao ouvirem o comando de Ackerly, os guardas começaram a ir de beliche em beliche, esvaziando cada baú. E, quem diria, o que encontram no fundo do baú de Tommy Ladue, se não uma caixa novinha de Oreo?

— O que você nos diz disso? — indagou Ackerly a Tommy, enquanto erguia bem alto a embalagem incriminadora.

Um homem sábio talvez se impusesse declarando jamais ter visto aquela caixa azul-clara. Um homem astuto talvez até mesmo afirmasse, com a segurança dos tecnicamente honestos: *Eu não botei esses biscoitos no meu baú*. Porque, afinal das contas, não havia posto. Mas, sem piscar, Tommy olhou do tutor para Bo e desembuchou:

— Se fui eu que peguei os Oreos, então cadê a *outra* caixa?

Deus o abençoe.

Mais tarde naquela noite, enquanto Tommy sofria no castigo e Bo resmungava sozinho, todos os rapazes no Alojamento Quatro me rodearam para perguntar que diabos havia acontecido. E eu contei. Contei que vira Tommy bajulando Bo, falei da conversa suspeita entre os dois atrás da cozinha e narrei ter visto, tarde da noite, a prova ser plantada.

— Mas como os biscoitos saíram do baú do Townhouse e foram parar no do Tommy? — perguntou algum semiburrinho útil, na horinha certa.

À guisa de resposta, fitei minhas unhas.

— Digamos apenas que eles não foram andando até lá.

Todos os garotos riram. Então, Woolly Martin, aquele que jamais deve ser subestimado, fez a pergunta pertinente:

— Se Bo deu ao Tommy duas caixas de biscoitos e uma delas foi parar no baú do Tommy, o que aconteceu com a outra?

Na parede do centro do alojamento havia um grande painel verde com todas as regras e os regulamentos aos quais tínhamos que obedecer. Enfiando a mão atrás do painel, retirei a caixa azul fininha e a apresentei com um floreio.

— *Voilà*!

Daí todos nos divertimos um bocado, partilhando os biscoitos e rindo da perplexidade de Tommy e do colchão virado por Bo.

Mas quando as risadas cessaram, Townhouse balançou a cabeça e observou que eu me arriscara um bocado. Nisso, todo mundo me olhou com uma pontinha de curiosidade. Por que eu fizera aquilo, se perguntaram todos de repente. Por que correra o risco de enfurecer Tommy e Bo por um companheiro de alojamento que eu mal conhecia? E que ainda por cima era negro.

No silêncio que se seguiu, descansei a mão no punho da minha espada e fitei um por um.

— Me arrisquei? — indaguei. — Não corri risco algum aqui hoje, meus amigos. A oportunidade *se apresentou*. Cada um de nós veio de lugares distintos para cumprir sentenças distintas pelo cometimento de crimes distintos. No entanto, confrontados com uma adversidade partilhada, ganhamos a oportunidade, oportunidade rara e preciosa, de sermos homens concordes. Não nos esquivemos do que o Destino nos impõe. Vamos agarrá-lo como uma bandeira e avançar para a ruptura, para que, daqui a muitos anos, quando olharmos para trás, sejamos capazes de dizer que, embora condenados a dias de labuta, nós não nos intimidamos e os enfrentamos ombro a ombro. Nós poucos; nós, poucos sortudos; nós, um bando de irmãos.

Nossa, que prazer ver a cara deles!

Estavam hipnotizados, garanto, sorvendo cada sílaba. E quando os acertei na testa com o velho *bando de irmãos*, ouvi um coro de vivas. Se meu pai estivesse lá, sentiria orgulho, caso não fosse tão propenso a ficar com inveja.

Depois de todos os tapinhas nas costas e de todos voltarem para seus beliches com sorrisos no rosto e biscoitos na barriga, Townhouse se aproximou de mim.

— Fico te devendo essa — falou.

E tinha razão. Ficou devendo.

Apesar de sermos um bando de irmãos.

Mas, todos esses meses depois, a pergunta permanecia: *quanto* ele me devia? Se Ackerly tivesse encontrado aqueles biscoitos no baú de Townhouse, Townhouse seria castigado no lugar de Tommy — seu castigo duraria quatro noites em vez de duas. Era um crédito na minha conta, certo, mas eu sabia não ser crédito suficiente para compensar as oito chicotadas que Townhouse tinha levado nas costas.

Era sobre isso que eu refletia ao deixar Woolly na casa da irmã em Hastings-on-Hudson e sobre isso que continuei refletindo durante todo o caminho até o Harlem.

— — —

Em algum momento, Townhouse me dissera que morava na 126th Street, o que me parecia suficientemente simples. Mas precisei atravessá-la de ponta a ponta seis vezes até encontrá-lo.

Ele estava sentado no último degrau da escada de um prediozinho de tijolos vermelhos, com seus garotos reunidos em volta. Estacionando do outro lado da rua, observei-o pelo para-brisa. No degrau abaixo do de Townhouse sentavam-se um sujeito grande e gordo com um sorriso no rosto, um negro de pele clara com sardas e, no primeiro degrau, dois jovens no início da adolescência. Acho que o arranjo era o de um pelotão, com o capitão no topo, depois seu primeiro-tenente, seu segundo-tenente e os dois soldados rasos. Mas a ordem poderia ser inversa, com Townhouse no primeiro degrau, que ele ainda se destacaria dos outros — o que nos fazia pensar como eles tinham se virado durante sua estada no Kansas. Provavelmente, roíam as unhas e contavam os dias até a sua volta. Agora, com Townhouse novamente no comando, todos podiam ostentar uma indiferença estudada, anunciando a quem passasse que se importavam tanto com o futuro quanto com o clima.

Quando atravessei a rua e me aproximei, os mais jovens se levantaram e deram um passo na minha direção, como se fossem me pedir a senha.

Olhando por sobre suas cabeças, perguntei a Townhouse com um sorriso:

— Então, essa é uma dessas gangues de rua perigosas de que tanto falam?

Quando Townhouse se deu conta de que era eu, sua surpresa foi quase tão grande quanto a de Emmett.

— Jesus Cristo! — exclamou.

— Você conhece esse branquelo? — perguntou o sardento.

Tanto Townhouse quanto eu o ignoramos.

— O que faz por aqui, Duchess?

— Vim ver você.

— Por quê?

— Venha até aqui que eu explico.

— Townhouse não obedece às ordens de ninguém — disse o sardento.

— Cale a boca, Maurice — retrucou Townhouse.

Olhei para Maurice com alguma solidariedade. Tudo que ele queria era ser um soldado eficiente. O que lhe escapava era que, ao dizer *Townhouse não obedece às ordens de ninguém*, um homem como Townhouse não tinha escolha a não ser fazer precisamente isso. Porque, embora ele possa não obedecer às pessoas como eu, ele também não obedece ao seu segundo-tenente.

Townhouse se pôs de pé e os garotos abriram caminho para ele, como o mar Vermelho abriu caminho para Moisés. Quando chegou à calçada, eu lhe disse como era bom vê-lo, mas ele apenas balançou a cabeça.

— Você saiu sem permissão?

— Por assim dizer. Woolly e eu estamos de passagem a caminho da casa da família dele nas Adirondacks.

— Woolly está com você?

— Está. E sei que ele adoraria ver você. Vamos ao Circus amanhã, no show das seis. Por que não vem junto?

— Não sou fã do Circus, Duchess, mas mande minhas lembranças para Woolly.

— Pode deixar.

— Muito bem, então — concluiu Townhouse, passado um momento. — O que é tão importante a ponto de você vir ao Harlem só para me ver?

Dei de ombros como um penitente.

— O fiasco do *Caminhos ásperos*.

Townhouse me encarou como se não fizesse ideia do que eu estava falando.

— Você sabe. O filme do John Wayne que fomos ver naquela noite chuvosa lá em Salina. Me sinto mal pela surra que você levou.

Ao ouvir a palavra *surra*, os garotos de Townhouse abandonaram qualquer pretensão de indiferença. Foi como se uma descarga elétrica subisse escada acima. O grandalhão devia ser demasiado acolchoado para sentir a força plena da descarga, porque apenas se remexeu no lugar, mas Maurice se levantou.

— Uma surra? — indagou o grandalhão com um sorriso.

Pude ver que Townhouse queria mandar o grandalhão calar a boca também, mas manteve os olhos fixos em mim.

— Talvez eu tenha levado uma surra; talvez, não, Duchess. De todo jeito, não vejo por que isso seria motivo de preocupação para você.

— Você é dono do seu nariz, Townhouse, sou o primeiro a dizer isso, mas convenhamos: você não teria levado aquela surra que levou ou não levou, caso eu não tivesse pegado carona com o tira.

Isso provocou mais uma descarga elétrica escada acima.

Townhouse inspirou fundo e contemplou a extensão da rua quase com melancolia, como se relembrasse tempos mais simples. Mas não me contradisse. Porque não havia nada a contradizer. Fui eu que fiz a lasanha e foi ele que limpou a cozinha. Simples assim.

— E agora? — indagou, após um instante. — Não me diga que veio até aqui só para pedir desculpa.

Eu ri.

— Não, não levo muita fé em desculpas. Elas sempre parecem um dia atrasadas e um dólar menor. O que tenho em mente é algo mais concreto. Tipo um acerto de contas.

— Um acerto de contas?

— Precisamente.

— E como isso funcionaria?

— Se fosse apenas a questão do filme, poderia ser chicotada por chicotada. Oito menos oito e estaríamos quites. O problema é que você ainda está me devendo pelo incidente dos biscoitos.

— O incidente dos biscoitos? — indagou o grandalhão com um sorriso ainda maior.

— Pode não ter o mesmo valor de uma chicotada — prossegui —, mas deveria valer alguma coisa. Em vez de uma situação de oito menos oito, o que temos aqui parece mais um oito menos cinco. Por isso, acho que se você me acertar três vezes, nós ficamos quites.

Todos os garotos na escada me olhavam com vários graus de descrença. Um ato de honra costuma causar esse efeito no homem comum.

— Você quer uma briga — disse Townhouse.

— Não — respondi com aceno de mão. — Não uma *briga*. Uma briga significaria que eu tentaria revidar. O que vou fazer é ficar aqui parado e deixar você me bater, sem reagir.

— Você vai me *deixar* bater em você.

— Três vezes — enfatizei.

— Que porra é essa? — disse Maurice, sua descrença se transformando em certa hostilidade.

Mas o grandalhão chacoalhava, rindo em silêncio. Passado um instante, Townhouse se virou para ele.

— O que acha disso, Otis?

Enxugando as lágrimas dos olhos, Otis balançou a cabeça.

— Sei lá, T. Por um lado, parece uma grande maluquice. Mas, por outro, se um cara branco vem lá do Kansas para pedir que você bata nele, acho que você tem que bater.

Enquanto Otis começava a rir de novo do seu jeito mudo, Townhouse apenas fez que não. Dava para ver que ele não queria. E, se nós dois estivéssemos sozinhos, provavelmente teria me mandado cair fora, insatisfeito. Mas Maurice começou a me encarar com um olhar de indignação que não combinava com ele.

— Se você não bater nele, eu bato — disse.

Lá vai ele de novo, pensei. Maurice não parecia entender a cadeia de comando. Para piorar as coisas, quando se ofereceu para me bater, fez isso com certa bravata apenas para sugerir que talvez o motivo da hesitação de Townhouse fosse o fato de não estar à altura da tarefa.

Townhouse se virou para Maurice muito lentamente.

— Maurice — disse ele —, só porque você é meu primo não significa que não estou disposto a calar a porra da sua boca.

Isso fez Maurice corar de tal maneira que suas sardas quase sumiram. Então, foi a vez dele de contemplar a extensão da rua, desejando reviver tempos mais simples.

Fiquei com um pouco de pena, observando-o ser humilhado assim na frente de todos nós. Mas também pude perceber que, com a sua imprudência, ele elevou a temperatura de Townhouse, o que foi ótimo.

Ergui meu queixo na direção de Townhouse e apontei para meu rosto.

— É só me dar um soco, T. O que você tem a perder?

Quando o chamei de T, Townhouse fez uma careta, como eu sabia que faria.

Ser desrespeitoso com Townhouse era a última coisa que eu queria, mas o meu desafio era levá-lo a dar aquele primeiro golpe. Uma vez dado o primeiro, eu sabia que o restante viria com facilidade. Porque, mesmo que não se queixasse do castigo, tenho certeza de que ele ainda guardava uma pontinha de ressentimento.

— Vamos lá — insisti, pretendendo chamá-lo de T mais uma vez.

Antes que eu tivesse essa chance, ele investiu. O soco acertou precisamente no local esperado, mas me fez recuar apenas alguns passos, como se ele não tivesse dado tudo de si.

— Isso aí — falei de forma encorajadora. — Foi um bom golpe. Mas, desta vez, por que você não me acerta um golpe como os do grande Joe Louis?

E foi o que ele fez. Quer dizer, eu sequer vi a pancada. Num segundo eu estava lá, provocando, e no seguinte me vi caído na calçada, consciente daquele odor estranho que a gente só sente quando o crânio foi chacoalhado.

Com ambas as mãos plantadas no concreto, me apoiei e me levantei, voltando ao ponto de partida — como Emmett havia feito.

Os adolescentes praticamente pulavam de animação.

— Para cima dele, Townhouse — gritavam.

— Foi ele quem pediu — resmungou Maurice.

— Minha nossa! — exclamou Otis, ainda descrente.

Embora os quatro tenham falado ao mesmo tempo, pude ouvi-los tão nitidamente como se fosse uma única pessoa falando. Mas Townhouse, não. Ele não podia ouvir nenhum deles porque não estava na 126th Street. Estava de volta a Salina. De volta àquele momento que jurara nunca mais recordar: sendo surrado por Ackerly enquanto todos nós assistíamos. Era o fogo da justiça que ardia em Townhouse agora. O fogo da justiça que apazigua o espírito ferido e acerta as contas.

O terceiro golpe foi um direto no queixo que me estatelou na calçada.

Foi bonito, tenho que dizer.

Townhouse recuou dois passos, um pouco ofegante por conta do esforço, o suor lhe escorrendo da testa. Então, deu mais um passo atrás, como se precisasse disso, como se temesse que, ficando mais próximo, pudesse voltar a me acertar e talvez não conseguisse parar.

Fiz um aceno amistoso, pedindo arrego. Depois, com cuidado para impedir uma queda de pressão, fiquei em pé.

— É isso aí — falei com um sorriso, depois de cuspir um pouco de sangue na calçada.

— Agora estamos quites.

— Agora estamos quites — concordei, estendendo a mão.

Townhouse fitou a minha mão por um instante. Depois, apertou-a com força e me encarou diretamente nos olhos, como se fôssemos presidentes de duas nações que assinavam um armistício após um conflito de dezenas de anos.

Naquele momento, nós dois nos impusemos aos garotos, e eles entenderam. Deu para perceber pela expressão de respeito no rosto de Otis e dos adolescentes, pela expressão de desalento no de Maurice.

Eu havia me sentido mal por ele. Não era suficientemente homem para ser um homem, nem suficientemente criança para ser uma criança, nem suficientemente preto para ser preto, nem suficientemente branco para ser branco; Maurice aparentemente não conseguia se encaixar no mundo. Tive vontade de afagar seu cabelo e lhe garantir que um dia tudo ficaria bem. Mas era hora de seguir em frente.

Larguei a mão de Townhouse e tirei meu chapéu imaginário para ele.

— A gente se vê por aí, parceiro — falei.

— Claro — respondeu Townhouse.

Eu havia me sentido muito bem ao acertar as contas com o caubói e com Ackerly, sabendo que fazia meu papel, ainda que pequeno, para equilibrar a balança da justiça. Mas aquilo não foi nada comparado à satisfação de deixar que Townhouse acertasse as contas comigo.

A irmã Agnes sempre dizia que as boas ações podem virar hábito. E acho que ela tinha razão, porque, após ter dado a compota de Sally aos meninos no St. Nick's, me vi fazendo meia-volta quando já estava prestes a me afastar da escada de Townhouse.

— Ei, Maurice! — chamei.

Ele me olhou com a mesma expressão de desalento, mas também com uma ponta de incerteza.

— Está vendo aquele Studebaker azul-bebê ali?

— Estou.

— É todo seu.

Então, atirei a chave para ele.

Eu adoraria ter visto a expressão em seu rosto quando ele agarrou a chave. Mas já havia me virado e seguido meu caminho pelo meio da 126th Street, com o sol me batendo nas costas, e pensando: *Harrison Hewett, aí vou eu.*

Emmett

Às quinze para as oito da noite, Emmett estava sentado num bar decadente na periferia de Manhattan com um copo de cerveja e uma foto de Harrison Hewett no balcão à sua frente.

Tomando um gole, estudou com interesse a foto: o perfil de um quarentão bonito olhando para o nada. Duchess nunca dissera especificamente a idade do pai, mas pelas suas histórias dava para perceber que a carreira do sr. Hewett datava do início da década de 1920. E a irmã Agnes achava que ele tinha uns cinquenta quando largou Duchess no orfanato em 1944. Tudo isso sugeria que o sr. Hewett devia estar na casa dos sessenta agora — e essa foto, cerca de vinte anos defasada. Significava também que a foto podia muito bem ser de antes do nascimento de Duchess.

A foto era tão velha e o ator, tão jovem, que não foi difícil para Emmett notar a semelhança familiar. Nas palavras de Duchess, o pai tinha o nariz, o queixo e os apetites de John Barrymore. Se Duchess não herdara propriamente os apetites do pai, com certeza herdara seu nariz e seu queixo. A pele de Duchess era mais clara, mas talvez isso se devesse à mãe, fosse ela quem fosse.

Por mais bem-apessoado que tivesse sido o sr. Hewett, Emmett não conseguiu refrear um certo desprezo pelo sujeito, que, aos cinquenta anos e ao volante de um conversível com uma garota bonita no carona, abandonara o filho de oito anos de idade.

A irmã Agnes acertara ao dizer que Emmett estava zangado com Duchess por ele ter lhe surrupiado o carro. E Emmett sabia que ela também acertara ao dizer que Duchess precisava mais do que tudo de um amigo que, de vez em quando, pudesse salvá-lo das próprias intenções equivocadas. Restava saber se Emmett estava disposto a assumir tal tarefa. De todo jeito, primeiro era preciso encontrar Duchess.

— — —

Quando Emmett acordara às sete horas naquela amanhã, Stew já estava de pé.

Ao ver o jovem, ele apontou para um caixote emborcado sobre o qual havia uma tigela, uma panela com água quente, sabão, uma navalha e uma toalha. Despindo-se até a cintura, Emmett se lavou e se barbeou. Depois de tomar um café da manhã de presunto e ovos — pelo qual pagou — e de ouvir a promessa de Ulysses de que tomaria conta de Billy, seguiu as instruções de Stew até o buraco num trecho da cerca, chegando a uma escada de metal que levava dos trilhos até a Thirteenth Street. Pouco depois das oito, já estava de pé na esquina da Décima Avenida, sentindo que havia poupado tempo.

Mas Emmett subestimou tudo que viria em seguida. Subestimou o tempo que levaria caminhando até a Sétima Avenida. Subestimou a dificuldade de encontrar a entrada para o metrô — passou na frente dela duas vezes. Subestimou o quanto se sentiria desorientado dentro da estação — com sua rede de passarelas e escadas e a multidão impaciente, decidida.

Depois de ser empurrado pela torrente de passageiros, Emmett achou o guichê de venda de bilhetes, encontrou um mapa do metrô, identificou a linha da Sétima Avenida e descobriu que havia cinco paradas até a Forty-Second Street — cada passo do processo apresentando desafios próprios, frustrações próprias e exigindo humildade.

Quando desceu a escada para a plataforma, um trem estava parado lá e os passageiros embarcavam. Rapidamente, ele se juntou à multidão que se empurrava para entrar no vagão. Quando as portas se fecharam e Emmett se viu espremido ombro a ombro com alguns e cara a cara com outros, a sensação foi de desorientação por ser ao mesmo tempo observado e ignorado. Todos a bordo pareciam ter escolhido olhar um ponto fixo com precisão e desinteresse. Adotando o mesmo comportamento, Emmett dirigiu a atenção para um anúncio de cigarros Lucky Strike e começou a contar as paradas.

Nas duas primeiras, teve a impressão de que o número de pessoas que desembarcava era igual ao das que embarcavam, mas, na terceira, o número dos desembarques foi maior e, na quarta, tanta gente desceu que Emmett se viu quase sozinho no vagão. Inclinando-se para a janela a fim de olhar para a plataforma, constatou com um leve desconforto que a estação era a de Wall Street. Quando estudara o mapa na Fourteenth Street, não prestara muita atenção aos nomes das paradas intermediárias, pois não vira necessidade, mas tinha quase certeza de que Wall Street não figurava entre elas.

Além disso, Wall Street não ficava na parte inferior de Manhattan?

Aproximando-se às pressas de um mapa fixado à parede do vagão, Emmett correu o dedo pela extensão da linha da Sétima Avenida. Ao achar a parada de Wall Street, descobriu que, na afobação, havia embarcado num trem expresso que ia para o sul da ilha, quando deveria ter pegado um trem local com destino ao norte. Quando se deu conta disso, as portas já haviam se fechado. Uma segunda olhada no mapa lhe indicou que em um minuto o trem estaria em algum lugar sob o East River, a caminho do Brooklyn.

Emmett ocupou um dos assentos agora vazios e fechou os olhos. Mais uma vez, pegara o rumo totalmente errado, mas dessa vez não podia pôr a culpa em ninguém, apenas em si mesmo. A cada passo poderia ter pedido ajuda a alguém que lhe facilitaria a vida, orientando-o à escada correta, à plataforma correta, ao trem correto. No entanto, tinha se recusado a abordar quem quer que fosse. Com uma sombria autoconsciência, Emmett recordou-se do quanto criticara a relutância do pai em pedir conselhos aos fazendeiros mais experientes à sua volta — como se fazê-lo lhe roubasse, de alguma forma, a virilidade. Autossuficiência da insensatez, pensara Emmett.

Enquanto voltava do Brooklyn para Manhattan, decidiu não cometer duas vezes o mesmo erro. Ao chegar à estação da Times Square, perguntou ao funcionário no guichê que saída o levaria ao Centro; na esquina da Forty-Second Street, perguntou ao jornaleiro onde ficava o Statler Building; e, no Statler Building, perguntou ao recepcionista uniformizado qual das agências do prédio era a maior.

Quando pisou, afinal, na Agência de Talentos Tristar, no décimo terceiro andar, já havia oito pessoas na pequena sala de espera: quatro homens com cães, dois com gatos, uma mulher com um mico numa coleira e um homem de colete, paletó e chapéu-coco com um pássaro exótico no ombro. Ele falava com a recepcionista de meia-idade. Assim que ele terminou, Emmett se aproximou do balcão.

— Sim? — disse a recepcionista, como se já estivesse entediada com o que quer que Emmett tivesse a dizer.

— Vim falar com o sr. Lehmberg.

Ela pegou um lápis de um pote e o posicionou sobre um bloco.

— Nome?

— Emmett Watson.

O lápis rangeu.

— Animal?

— Como assim?

Ela ergueu os olhos do bloco e falou com uma paciência exagerada:

— Que tipo de animal você tem?

— Não tenho animal nenhum.

— Se não há animal no seu número, você está no lugar errado.

— Não tenho um número — explicou Emmett. — Preciso falar com o sr. Lehmberg sobre outro assunto.

— Neste escritório, é uma coisa de cada vez, filhote. Se quiser falar com o sr. Lehmberg sobre outro assunto, terá que voltar outro dia.

— Não vai levar mais do que um minuto...

— Por que você não se senta, cara? — falou um homem que tinha um buldogue deitado aos seus pés.

— Talvez eu nem precise falar com o sr. Lehmberg — persistiu Emmett. — A senhora talvez possa me ajudar.

A recepcionista olhou para Emmett com uma expressão de dúvida genuína.

— Estou procurando alguém que talvez tenha sido cliente do sr. Lehmberg. Um artista. Só queria descobrir o endereço dele.

Quando Emmett acabou a explicação, o rosto da recepcionista se fechou.

— Por acaso pareço um catálogo de telefones?

— Não, senhora.

Quando vários dos artistas às costas de Emmett riram, ele se sentiu corar.

Enfiando o lápis de volta no pote, a recepcionista pegou o telefone e discou um número.

Por imaginar que ela estivesse ligando para o sr. Lehmberg, Emmett permaneceu junto ao balcão. Quando, porém, a ligação se completou, a recepcionista começou a falar com uma mulher chamada Gladys sobre o que tinha acontecido num programa de televisão na noite anterior. Evitando olhar diretamente para os artistas que aguardavam, Emmett se virou e saiu para o corredor — justo a tempo de ver as portas do elevador se fecharem.

Mas, antes de se fecharem por completo, a ponta de um guarda-chuva se intrometeu na abertura. Um instante depois, as portas tornaram a se abrir e revelaram a figura do homem de chapéu-coco com um pássaro no ombro.

— Obrigado — agradeceu Emmett.

— De nada — respondeu o homem.

O dia amanhecera sem prenúncio de chuva, o que levou Emmett a supor que o guarda-chuva fosse para o show. Quando ergueu os olhos do objeto, Emmett se deu conta de que o cavalheiro o observava com expectativa.

— Térreo? — perguntou.

— Ah, desculpe. Não.

Desajeitado, Emmett retirou do bolso a lista que o porteiro havia lhe dado lá embaixo.

— Quinto andar, por favor.

— Ah.

O cavalheiro apertou o botão correspondente. Depois, metendo a mão no bolso, sacou um amendoim, que entregou ao pássaro em seu ombro. Apoiando-se numa única pata, o pássaro pegou o amendoim com a outra.

— Obrigado, sr. Morton — grasnou a ave.

— Não tem de quê, sr. Winslow.

Enquanto Emmett observava o pássaro descascar o amendoim com uma facilidade impressionante, o sr. Morton percebeu seu interesse.

— Um papagaio-cinzento — disse, com um sorriso. — Um dos nossos amigos de penas mais inteligentes. O sr. Winslow aqui, por exemplo, tem um vocabulário de cento e sessenta e duas palavras.

— Cento e sessenta e três — grasnou o pássaro.

— Sério, sr. Winslow? E qual seria a centésima sexagésima terceira palavra?

— ASPCA.

O cavalheiro tossiu envergonhado.

— Isso não é uma palavra, sr. Winslow. É o acrônimo de Sociedade Americana para a Prevenção da Crueldade a Animais.

— Acrônimo — grasnou o pássaro. — Cento e sessenta e quatro!

Só quando o cavalheiro sorriu para Emmett com alguma tristeza que o jovem percebeu que esse diálogo também fazia parte do show.

No quinto andar, o elevador parou e as portas se abriram. Com um obrigado, Emmett saiu e as portas começaram a se fechar. Mas de novo o sr. Morton enfiou a ponta do guarda-chuva na fresta. Dessa vez, quando as portas voltaram a se abrir, ele saiu também, juntando-se a Emmett no corredor.

— Não quero me meter, meu jovem, mas não pude deixar de ouvir a sua pergunta no escritório do sr. Lehmberg. Por acaso você agora está indo à agência McGinley & Co?

— Estou — respondeu Emmett, surpreso.

— Posso lhe dar um conselho?

— O conselho dele é bom e vale o que pesa.

Quando o sr. Morton olhou o pássaro com um ar de embaraço, Emmett soltou uma gargalhada. Era a primeira vez em muito tempo que ele ria assim.

— Eu gostaria de qualquer conselho que o senhor estivesse disposto a me dar, sr. Morton.

O cavalheiro sorriu e apontou com o guarda-chuva para o extremo do corredor, cheio de portas idênticas.

— Na agência do sr. McGinley, você não vai achar a recepcionista, srta. Cravitts, mais solícita do que achou a sra. Burk. As senhoras que ocupam a recepção neste prédio são naturalmente reticentes, relutantes, por assim dizer, em demonstrar solicitude. Pode parecer uma atitude pouco generosa, mas é preciso entender que elas são importunadas da manhã à noite por artistas de todas as áreas que tentam, na lábia, conseguir uma reunião. No Statler Building, as Cravitts e Burk são quem evitam que isso vire o Coliseu. Mas se essas senhoras precisam se mostrar razoavelmente duras com os artistas, elas precisam ser piores ainda com os que estão vindo atrás de nomes e endereços...

O sr. Morton pousou a ponta do guarda-chuva no chão e apoiou-se no cabo.

— Neste prédio, para cada artista representado por um agente, há, no mínimo, cinco credores numa busca frenética. Há espectadores indignados, ex-esposas e donos de restaurantes enganados. Existe uma única pessoa para a qual as guardiãs mostram uma mínima cortesia: o sujeito que é dono da grana — quer ele esteja contratando para uma peça da Broadway ou para um *bar mitzvah*. Por isso, se você vai ao escritório do sr. McGinley, sugiro que se apresente como um produtor.

Enquanto Emmett avaliava o conselho, o cavalheiro estudou-o discretamente.

— Vejo pela sua expressão que a noção de se apresentar como quem não é vai de encontro aos seus princípios. Mas não desanime, meu jovem. Entre as paredes do Statler Building, quem se apresenta como quem não é se representa melhor.

— Obrigado — disse Emmett.

O sr. Morton assentiu e, então, ergueu um dos dedos com uma observação adicional.

— Esse artista que você procura... Você sabe qual é a especialidade dele?

— Ele é um ator.

— Hummm.

— Algum problema?

O sr. Morton gesticulou vagamente.

— A sua aparência. Sua idade e figurino. Digamos que a sua imagem não combina com a imagem que se espera de um produtor teatral.

O sr. Morton examinou Emmett um pouco mais ostensivamente e depois sorriu.

— Posso sugerir que você se apresente como o filho de um proprietário de rodeio?

— O homem que eu procuro é um ator shakespeariano...

O sr. Morton riu.

— Melhor ainda — acrescentou.

E, quando começou a rir de novo, o papagaio riu com ele.

Ao fazer sua visita aos escritórios da McGinley & Co, Emmett se preocupou em agir ao pé da letra como o sr. Morton aconselhara, passo a passo, e não se decepcionou. Quando entrou na sala de espera, lotada de mães jovens e meninos ruivos, a recepcionista o recebeu com a mesma expressão de impaciência que ele encontrara na Tristar. Mas assim que ele explicou que era filho de um operador de rodeios itinerantes interessado em contratar um artista, o semblante da funcionária se iluminou.

Ficando de pé e alisando a saia, ela levou Emmett para uma segunda sala de espera, menor, mas com cadeiras melhores, um bebedouro de água gelada e sem outras pessoas. Dez minutos depois, Emmett foi convidado a entrar no escritório do sr. McGinley, onde foi recebido com a atenção reservada a um velho conhecido e a oferta de uma bebida.

— Então — disse o sr. McGinley, retornando à sua cadeira atrás da mesa. — Alice me disse que você procura um homem para o seu rodeio!

Emmett havia se mostrado cético quando o sr. Morton observara que buscar por um ator shakespeariano para atuar num rodeio era *ainda melhor*. Quando se explicou para o sr. McGinley, fez isso com certa hesitação. Mas assim que terminou de falar, o sr. McGinley bateu palmas de satisfação.

— Uma bela virada, se me permite dizer! Não faltam artistas reclamando que foram estereotipados assim ou assado, mas, sistematicamente, o erro dos produtores não é estereotipar seus atores, mas estereotipar suas *plateias*. Esse grupo só quer isso, dizem eles, e aquele grupo só quer aquilo. Enquanto, provavelmente, o que o entusiasta do teatro almeja é um pouco mais de brincadeira, o fã do rodeio sente falta de um pouco mais de *savoir-faire*!

O sr. McGinley abriu um amplo sorriso. Em seguida, repentinamente sério, pousou a mão sobre uma pilha de arquivos na mesa.

— Fique tranquilo, sr. Watson, seus problemas acabaram. Pois não só tenho um exército de ótimos atores shakespearianos à minha disposição, como quatro deles são capazes de cavalgar e dois sabem atirar!

— Obrigado, sr. McGinley, mas procuro um ator shakespeariano *específico*.

O sr. McGinley se inclinou para a frente com entusiasmo.

— Específico em que sentido? Britânico? Com formação clássica? Dramático?

— Procuro um monologuista que meu pai viu atuar alguns anos atrás e de quem jamais se esqueceu. Um monologuista chamado Harrison Hewett.

O sr. McGinley bateu de leve na mesa três vezes, calado.

— Hewett?

— Isso mesmo.

Batendo uma última vez na mesa, o sr. McGinley apertou o botão do interfone.

— Alice? Me traga a ficha de... Harrison Hewett.

Alguns momentos depois, Alice entrou e entregou um arquivo ao sr. McGinley que não tinha mais do que uma única folha de papel. Após uma rápida olhada, o sr. McGinley pousou-o sobre a mesa.

— Harrison Hewett é uma escolha excelente, sr. Watson. Entendo por que seu pai jamais o esqueceu. E é um homem que brilha diante de desafios artísticos, então tenho certeza de que vai ficar entusiasmado com a oportunidade de atuar em seu espetáculo. Só que, a título de esclarecimento, preciso explicar que representamos o sr. Hewett de forma cooperativa...

Pelos cálculos do sr. Morton, a chance de que o sr. McGinley dissesse exatamente o que disse era superior a cinquenta por cento.

Se um agente diz que representa um artista de forma cooperativa, explicara o sr. Morton, *isso significa que ele não representa o artista. Mas não se preocupe. Os agentes no Statler Building estão universalmente de acordo numa coisa: para ter um pássaro na mão, eles pagam com satisfação dez por cento à selva. O resultado disso é que todos mantêm listas ativas de artistas que trabalham com seus concorrentes, de modo que, mediante a comissão apropriada, podem mandar o interessado subir ou descer a escada.*

No caso de Emmett, essa viagem o levou a um sr. Cohen no décimo primeiro andar. Como o sr. McGinley ligara antes, Emmett foi recebido à porta e encaminhado diretamente para mais uma sala de espera privada. Dez minutos depois, o conduziram até o escritório do sr. Cohen, onde o acolheram calorosamente e lhe ofereceram outra bebida. Novamente, a ideia de colocar um ator shakespeariano num rodeio foi considerada engenhosa. Dessa vez, porém, após o botão do interfone ser apertado e um arquivo aparecer, constatou-se que este tinha quase cinco centímetros de espessura — recheado de matérias de jornal, programas de teatro e uma série de fotos antigas, uma das quais foi dada a Emmett.

Depois de garantir a Emmett que o sr. Hewett (amigo íntimo de Will Rogers, o famoso humorista caubói) ficaria eufórico com tal oportunidade, o sr. Cohen perguntou como entrar em contato com Emmett.

Seguindo as instruções do sr. Morton, Emmett explicou que, como deixaria a cidade na manhã seguinte, precisava acertar quaisquer detalhes de imediato. Isso botou a agência numa atividade frenética, à medida que os termos eram acordados e os contratos, elaborados.

— E se eles redigirem contratos de verdade? — indagara Emmett ao sr. Morton. — Devo assiná-los?

— Assine qualquer coisa que botarem na sua frente, meu garoto! Garanta que o agente assine também. Depois, insista em ficar com duas vias assinadas para os seus arquivos. Porque depois que um agente consegue a sua assinatura, ele é capaz de lhe entregar a chave da casa da própria mãe.

O endereço de Harrison Hewett que o sr. Cohen deu a Emmett levou-o a um hotel mambembe numa rua mambembe no Centro de Manhattan. Por intermédio do sujeito educado que abriu a porta do quarto 42, Emmett descobriu, decepcionado, que o sr. Hewett já não era mais hóspede, mas descobriu também que o filho do sr. Hewett havia estado ali na manhã anterior e que aparentemente voltara ao hotel para dormir.

— Talvez ele ainda esteja aqui — disse o cavalheiro.

No saguão, o recepcionista com o bigode fino como lápis afirmou que com certeza sabia de quem Emmett estava falando. Do filho de Harry Hewett. O rapaz tinha aparecido perguntando sobre o paradeiro do velho, antes de reservar dois quartos para pernoite. Mas já tinha ido embora. Ele e o amigo avoado haviam partido por volta do meio-dia.

— Com a porra do meu rádio — acrescentou o recepcionista.

— Por acaso ele disse para onde ia?
— Talvez tenha dito.
— Talvez tenha dito?
O recepcionista se recostou na cadeira.
— Quando ajudei o seu amigo a encontrar o pai, ele me deu dez dólares...

De acordo com o recepcionista, Emmett encontraria o pai de Duchess se falasse com um amigo dele que frequentava um bar no West Side toda noite depois das oito. Com tempo para matar, Emmett subiu a Broadway até encontrar uma lanchonete movimentada, limpa e bem iluminada. Sentado no balcão, pediu o prato do dia e uma fatia de torta. Terminou a refeição com três xícaras de café e um cigarro que filou da garçonete — uma irlandesa chamada Maureen, que, apesar de dez vezes mais ocupada do que a sra. Burk, foi dez vezes mais gentil.

A informação do recepcionista do hotel levou Emmett de volta à Times Square, que, uma hora antes do crepúsculo, já estava incandescente com os cartazes luminosos que anunciavam cigarros, carros, aparelhos elétricos, hotéis e teatros. O brilho ostensivo de tudo deixou Emmett pouco disposto a comprar qualquer coisa anunciada.

De volta à banca de jornais na esquina da Forty-Second Street, ele encontrou o mesmo jornaleiro de antes. Dessa vez, o jornaleiro apontou para o lado norte da praça, onde um anúncio luminoso do uísque Canadian Club brilhava no alto de dez andares.

— Está vendo aquele anúncio? Logo depois dele, vire à esquerda na Forty-Fifth Street e continue andando até sair de Manhattan.

Ao longo do dia, Emmett se habituara a ser ignorado. Havia sido ignorado pelos passageiros do metrô, pelos pedestres nas calçadas e pelos artistas nas salas de espera, e creditara o fato à hostilidade da vida urbana. Por esse motivo, se surpreendeu ao descobrir que, a partir da Oitava Avenida, deixou de ser ignorado.

Na esquina da Nona Avenida, foi olhado de alto a baixo por um guarda no meio da ronda. Na Décima Avenida, um jovem o abordou lhe oferecendo drogas e outro tentou lhe vender a própria companhia. Ao se aproximar da Eleventh Avenue, foi assediado por um mendigo negro velho, a quem conseguiu driblar apressando o passo, apenas para cair nos braços de um mendigo branco velho alguns metros adiante.

Após ter achado o anonimato da manhã meio perturbador, Emmett o acharia bem-vindo agora. Supôs que sabia por que as pessoas de Nova York andavam com uma urgência determinada: para repelir os vagabundos e andarilhos, bem como os demais fracassados.

Pouco antes de chegar ao rio, ele achou o Anchor — o bar de que lhe falara o recepcionista do hotel. Graças ao nome e à localização, Emmett supusera tratar-se de um lugar que atraía marinheiros ou membros da marinha mercante. Se algum dia fora isso, havia muito deixara de sê-lo. Porque, do lado de dentro, não havia um homem sequer que pudesse ser considerado alguém em condições de navegar. Aos olhos de Emmett, todos tinham aparência pior do que os mendigos velhos nos quais esbarrara do lado de fora.

Como o sr. Morton já o alertara sobre a hesitação dos agentes em compartilhar paradeiros, Emmett temeu que o barman também fosse ficar de bico calado, ou que, talvez, bem como o recepcionista do hotel Sunshine, esperasse ser generosamente recompensado. No entanto, quando Emmett explicou que procurava um homem chamado FitzWilliams, o barman respondeu que ele havia ido ao lugar certo. Sendo assim, o jovem tinha ocupado um assento no bar e pedido a cerveja.

— — —

Quando a porta do Anchor se abriu pouco depois das oito horas e um sessentão entrou, o barman assentiu para Emmett, confirmando que era ele. Da banqueta em que estava, Emmett observou o sujeito se aproximar lentamente do bar, pegar um copo e uma garrafa de uísque pela metade e se dirigir a uma mesa no canto.

Enquanto FitzWilliams se servia de um trago, Emmett recordou as histórias contadas por Duchess sobre sua ascensão e queda. Não era fácil imaginar que esse homem magro, de andar vacilante e aparência decadente fora um dia muito bem pago para encarnar o Papai Noel. Emmett deixou uns trocados no balcão e se dirigiu até a mesa do velho artista.

— Com licença. O senhor é o sr. FitzWilliams?

Quando ouviu a palavra *senhor*, FitzWilliams ergueu o olhar com alguma surpresa.

— Sim — admitiu, passado um momento. — Sou o sr. FitzWilliams.

Ocupando a cadeira vazia, Emmett explicou que era amigo de Duchess.

— Imagino que ele tenha vindo até aqui ontem à noite para falar com o senhor.

O velho artista assentiu, como se agora entendesse, como se devesse ter adivinhado.

— Sim — respondeu num tom que beirava uma admissão. — Ele esteve aqui. Queria encontrar o pai, por causa de um pequeno assunto pendente entre os dois. Mas Harry saiu da cidade e Duchess não sabia seu paradeiro, então veio falar com Fitzy.

FitzWilliams ofereceu a Emmett um sorriso desanimado.

— Sou um velho amigo da família, sabe?

Retribuindo o sorriso, Emmett perguntou a FitzWilliams se ele havia revelado a Duchess o paradeiro do sr. Hewett.

— Sim — disse o velho artista, assentindo primeiro e depois fazendo que não com a cabeça. — Eu disse para onde o Harry foi. Para o hotel Olympic, em Syracuse. E suponho que Duchess deva ter ido até lá. Depois de encontrar com o amigo.

— Que amigo?

— Ah, Duchess não disse. Mas era... Era no Harlem.

— No Harlem?

— Sim. Não é engraçado?

— Não. Faz todo o sentido. Obrigado, sr. FitzWilliams. O senhor ajudou muito.

Quando Emmett afastou a cadeira para se levantar, FitzWilliams demonstrou surpresa.

— Você não vai embora, vai? Com certeza, como dois velhos amigos dos Hewett, deveríamos tomar um drinque juntos em homenagem a eles, não?

Com sua descoberta recente e ciente de que Billy estaria imaginando, àquela altura, onde ele se metera, Emmett não pretendia se demorar no Anchor.

No entanto, apesar de a princípio ter dado a impressão de não querer ser incomodado, o velho artista de repente parecia não querer ficar sozinho. Por isso, Emmett pegou mais um copo no bar e voltou para a mesa.

Depois de servir uísque em ambos os copos, FitzWilliams ergueu o próprio.

— A Harry e Duchess.

— A Harry e Duchess — ecoou Emmett.

Depois que os dois tomaram um gole e pousaram seus copos, FitzWilliams sorriu com certa tristeza, como se recordasse alguma lembrança agridoce.

— Sabe por que deram esse apelido ao Duchess?

— Acho que ele me disse que foi porque nasceu no Condado de Dutchess.

— Não — retrucou FitzWilliams, balançando a cabeça e mantendo o sorriso desanimado. — Não foi por isso. Ele nasceu aqui em Manhattan. Eu me lembro bem daquela noite.

Antes de prosseguir, FitzWilliams tomou outro gole, quase como se precisasse disso.

— A mãe, Delphine, era uma bela parisiense e cantava músicas românticas ao estilo de Edith Piaf. Nos anos anteriores ao nascimento do Duchess, ela se apresentava em todas as grandes casas noturnas. No El Morocco, no Stork Club e no Rainbow Room. Garanto que ficaria famosa, pelo menos em Nova York, se não tivesse adoecido. Tuberculose, acho. Mas não lembro ao certo. Não é horrível? Uma mulher bonita como ela, uma amiga, morre no auge da vida e não consigo sequer me lembrar de quê.

Balançando a cabeça em autorreprovação, FitzWilliams ergueu o copo, mas pousou-o sem beber, como se achasse que fazer aquilo seria uma ofensa à memória da amiga.

A história da morte da sra. Hewett pegou Emmett desprevenido, pois, nas poucas vezes que mencionara a mãe, Duchess sempre falara como se ela tivesse abandonado a família.

— De todo jeito — prosseguiu FitzWilliams —, Delphine era dedicada ao filho. Quando havia dinheiro, ela discretamente o escondia do Harry para comprar roupas novas para o menino. Trajezinhos bonitos como aqueles... Como chamam? Shorts de tirolês! Ela o vestia impecavelmente, deixando o seu cabelo crescer até os ombros. Mas quando ficou acamada e mandava o garoto às tavernas para trazer Harry para casa, Harry...

FitzWilliams balançou a cabeça.

— Ora, você conhece Harry. Depois de alguns tragos, é difícil dizer onde termina Shakespeare e começa Harry. Por isso, quando o garoto entrava pela porta, Harry se levantava, fazia um floreio elaborado e dizia: *Senhoras e senhores, apresento-lhes a Duquesa de Alba*. E na vez seguinte era a *Duquesa de Kent* ou a *Duquesa de Tripoli*. Não demorou até que alguns dos companheiros de copo começassem a chamar o menino de Duchess, duquesa em inglês. Então, todos passamos a chamá-lo de Duchess. Todos nós. A ponto de ninguém nem mais se lembrar do nome verdadeiro dele.

FitzWilliams ergueu novamente o copo, mas dessa vez tomou um longo e bom gole. Quando ele baixou o copo, Emmett viu, atônito, que o velho artista chorava, deixando rolarem as lágrimas pelo rosto sem se preocupar em enxugá-las.

FitzWilliams gesticulou na direção da garrafa.

— Ele me deu isso, sabia? Duchess, quero dizer. Apesar de tudo. Apesar de tudo, ontem à noite ele veio aqui e comprou para mim uma garrafa fechada do meu uísque preferido. Simples assim.

FitzWilliams respirou fundo.

— Ele foi mandado para um reformatório, sabia? Aos dezesseis anos de idade.

— Sei disso. Foi lá que nos conhecemos.
— Ah, entendi. Mas durante todo o tempo que vocês passaram juntos, algum dia ele lhe disse... Ele lhe disse como foi parar lá?
— Não — respondeu Emmett. — Nunca me disse.
Então, depois de tomar a liberdade de servir um pouco mais do uísque do velho em ambos os copos, Emmett aguardou.

Ulysses

Embora o menino já tivesse lido a história uma vez do início ao fim, Ulysses lhe pediu para lê-la de novo.

Pouco depois das dez da noite — com o sol já posto, a lua ainda por aparecer e os outros recolhidos em suas tendas —, Billy havia pegado seu livro e perguntado se Ulysses gostaria de ouvir a história de Ismael, um jovem marinheiro que se unira a um comandante perneta em sua caça à grande baleia branca. Embora nunca tivesse ouvido a história de Ismael, Ulysses não duvidou de que se tratava de uma boa história. Todas as histórias do menino tinham sido boas. Quando, porém, o menino se oferecera para ler essa nova aventura, Ulysses perguntou, com uma pontinha de vergonha, se ele poderia ler, em vez dessa, a história do seu xará.

O menino não hesitou. À luz minguada da fogueira de Stew, ele foi ao fim do livro e iluminou a página com o foco da sua lanterna — um círculo de claridade dentro de um círculo de claridade dentro de um mar de escuridão.

Quando Billy começou, Ulysses temeu por um momento que, já tendo lido a história antes, o menino pudesse parafrasear ou pular alguns trechos, mas o menino aparentemente entendeu que se valia a pena ler de novo a história, valia a pena lê-la palavra por palavra.

Sim, o menino leu a história da exata maneira como lera no vagão de carga, mas Ulysses não a ouviu do mesmo jeito, pois dessa vez sabia o que estava por vir. Sabia que algumas partes despertariam sua expectativa e outras, sua apreensão — ansiava com expectativa aquela em que Ulysses vencia o Ciclope, escondendo seus homens sob peles de carneiro, e com apreensão o momento em que a tripulação gananciosa libertava os ventos de Éolo, tirando do curso o navio do comandante bem quando ele vislumbrava sua terra natal.

Quando a história acabou e Billy fechou o livro e apagou a lanterna, enquanto Ulysses pegava a pá de Stew para cobrir as brasas, o menino lhe pediu que contasse uma história.

Ulysses fitou-o com um sorriso.

— Não tenho nenhum livro de histórias, Billy.

— Não é preciso ler uma história num livro — respondeu Billy. — Você pode contar uma história sua. Da guerra do outro lado do oceano. Você tem alguma?

Ulysses girou a pá na mão.

Será que tinha histórias da guerra? Claro que sim. Mais do que lhe apetecia recordar, pois suas histórias não haviam sido suavizadas pelas brumas do tempo ou enriquecidas pelas metáforas de um poeta. Elas continuavam vívidas e mórbidas. Tão vívidas e mórbidas que, toda vez que uma delas por acaso lhe vinha à cabeça, Ulysses a enterrava — como havia enterrado as brasas da fogueira. Se não tinha estômago para partilhar consigo mesmo as lembranças, decerto não as iria partilhar com uma criança de oito anos.

Mas o pedido de Billy era justo. Generosamente, ele havia aberto as páginas do seu livro e contado as histórias de Simbá, Jasão, Aquiles e do xará de Ulysses — esta, duas vezes. Sem dúvida, merecia uma história em troca. Assim, deixando de lado a pá, Ulysses pôs mais uma tora de lenha na fogueira e voltou para seu lugar na dormente do trilho.

— Tenho uma história para você — falou. — Uma história sobre o meu encontro com o rei dos ventos.

— Quando você velejava pelo mar cor de vinho?

— Não — respondeu Ulysses. — Quando eu caminhava pela terra seca e poeirenta.

* * *

A história começava numa estrada rural de Iowa no verão de 1952.

Poucos dias antes, Ulysses embarcara num trem em Utah, pretendendo viajar pelas Rochosas e cruzar as planícies até Chicago. No meio do caminho, porém, ao passar por Iowa, o vagão de carga em que viajava foi desviado para uma linha de resguardo a fim de aguardar outra locomotiva, programada para chegar ninguém sabia quando. A cerca de sessenta quilômetros ficava o entroncamento em Des Moines, onde ele poderia facilmente pegar um trem para o Leste ou um para o Norte, em direção aos Lagos, ou para o Sul, para Nova Orleans. Com isso em mente, desembarcou e começou a caminhar pela área rural.

Havia caminhado mais de dez quilômetros numa velha estrada de terra quando começou a sentir que algo estava errado.

O primeiro sinal veio dos pássaros. Ou melhor, da ausência deles. Quando se tem o hábito de viajar para lá e para cá pelo interior, explicou Ulysses, um fato constante é a companhia dos pássaros. No percurso de Miami a Seattle ou de Boston a San Diego, a paisagem muda o tempo todo. Mas, aonde quer que se vá, os pássaros estão lá. Pombos ou urubus, condores ou cardeais, gaios-azuis ou melros. Quem vive na estrada acorda ao som dos seus cantos de manhãzinha e dorme com seus arrulhares ao cair da noite.

No entanto...

Enquanto caminhava nessa estrada rural, Ulysses não viu um único pássaro sobrevoando os campos ou empoleirado nos fios telefônicos.

O segundo sinal foi uma caravana de carros. Embora ao longo da manhã tivesse cruzado com uma ou outra picape e um ou outro sedã andando a cinquenta quilômetros por hora, de repente Ulysses se deparou com uma fila de quinze carros, incluída aí uma limusine preta que vinha a toda velocidade em sua direção. Os veículos passavam tão depressa que foi preciso sair do acostamento para evitar ser atingido pelos cascalhos que os pneus espalhavam para todo lado.

Depois de observar os carros passarem correndo, Ulysses se virou para olhar na direção de onde tinham vindo. Foi quando viu o céu ao leste passar de azul para verde, algo que naquela parte do país, como Billy sabia, só podia significar uma coisa.

Às costas de Ulysses nada se via, senão plantações de milho altas a perder de vista. No entanto, a cerca de um quilômetro havia uma fazenda. Com o céu escurecendo a cada minuto, Ulysses começou a correr.

Ao se aproximar, ele viu que a casa da fazenda já havia sido lacrada, com as portas e janelas fechadas. Flagrou o dono garantindo a segurança do celeiro, antes de correr para o abrigo anticiclone, onde a esposa e os filhos o aguardavam. E quando o fazendeiro os alcançou, Ulysses viu o garotinho mais novo apontar na sua direção.

Enquanto os quatro o observavam, Ulysses reduziu o passo e, sem correr, continuou a se aproximar, com os braços abaixados.

O fazendeiro mandou a esposa e os filhos entrarem no abrigo — ela primeiro, para poder ajudar as crianças, depois a filha e, em seguida, o garotinho, que continuou olhando para Ulysses até sumir de vista.

Ulysses esperava que o pai seguisse a família escada abaixo, mas, após se inclinar para dizer uma última coisa, ele fechou o alçapão, virou-se para Ulysses e aguardou que ele chegasse mais perto. Talvez não houvesse tranca no alçapão do abrigo, pensou Ulysses, e o fazendeiro imaginasse que, se houvesse um confronto, melhor seria enfrentá-lo ainda do lado de fora. Ou talvez achasse que, se um homem pretende negar a outro um porto seguro, melhor fazê-lo cara a cara.

Como sinal de respeito, Ulysses parou a alguns passos de distância, próximo o bastante para ser ouvido, mas longe o suficiente para não representar ameaça.

Os dois se estudaram enquanto o vento começava a levantar a poeira em torno de seus pés.

— Não sou destas bandas — explicou Ulysses passado um tempo. — Sou apenas um cristão a caminho de Des Moines para lá pegar um trem.

O fazendeiro assentiu. Assentiu de um jeito que dizia que ele acreditava que Ulysses fosse cristão e estivesse a caminho de Des Moines para pegar um trem, mas nada disso importava nas circunstâncias em questão.

— Não conheço você — disse com simplicidade.

— Não, você não me conhece — concordou Ulysses.

Por um momento, Ulysses cogitou ajudar o sujeito a conhecê-lo. Dizer o próprio nome, contar que fora criado no Tennessee e era um veterano de guerra, que já fora casado e tinha um filho. Mas, mesmo enquanto tais ideias lhe passavam pela cabeça, percebeu que contar isso tudo também não faria diferença. E não ficou ressentido.

Pois, se estivessem em posições inversas, se Ulysses estivesse a ponto de descer para um abrigo, um espaço subterrâneo sem janelas, cavado com suas próprias mãos para dar segurança à sua família, e um homem branco de um metro e oitenta de altura surgisse de repente, ele tampouco o receberia de braços abertos. Teria mandado o estranho ir embora.

Afinal, por que um homem no auge da vida estaria atravessando o país a pé carregando apenas uma sacola de lona pendurada no ombro? Um homem desses devia ter feito determinadas escolhas. Escolhera largar a família, a cidade natal, sua igreja, em busca de algo diferente. Em busca de uma vida descomprometida, não compartilhada e solitária. Ora, se tanto se esforçara para isso, por que, então, num momento como aquele deveria esperar ser tratado de maneira diferente?

— Entendo — disse Ulysses, embora o homem não tivesse se explicado.

O fazendeiro fitou Ulysses por um momento e depois, virando-se para a direita, apontou para uma torre estreita que se erguia por entre um arvoredo.

— A igreja Unitária fica a pouco menos de um quilômetro. Ela tem um porão. E você tem uma grande chance de conseguir chegar lá, se correr.

— Obrigado — agradeceu Ulysses.

Enquanto se encaravam ali de pé, Ulysses reconheceu que o fazendeiro tinha razão. A chance de alcançar a igreja a tempo dependia de ele se pôr a caminho o mais rápido possível. Mas Ulysses não pretendia empreender uma corrida na frente de outro homem, por melhor que fosse seu conselho. Era uma questão de dignidade.

Após aguardar um pouco, o fazendeiro aparentemente entendeu a mensagem e, com um meneio de cabeça que não lançava culpa sobre ninguém, inclusive sobre si mesmo, abriu o alçapão e se juntou à família.

Com uma olhadela para a torre, Ulysses concluiu que o caminho mais curto até a igreja era através dos campos, e não pela estrada, então foi o caminho que tomou, correndo em linha reta. Não demorou a entender que cometera um erro. Embora o milho tivesse apenas uns quarenta centímetros de altura e os corredores fossem largos e bem-cuidados, a terra em si era mole e irregular, o que exigia um esforço enorme. Considerando todos os campos que já tinha atravessado na Itália, deveria ter previsto. Só que era tarde demais para voltar à estrada, então, mirando a torre, ele seguiu em frente dando seu melhor.

Quando chegou à metade do caminho, o ciclone surgiu à distância, um dedo escuro descido do céu — o oposto da torre, tanto na cor quanto no sentido.

A cada passo, o progresso de Ulysses ficava mais lento. Eram tantos os detritos girando à sua volta que precisava seguir com uma das mãos no rosto para proteger os olhos. Logo, ambas as mãos lhe cobriam a face, o que o deixou parcialmente cego, enquanto cambaleava em frente na direção do pináculo ascendente e fugia do pináculo descendente.

Por entre as frestas dos dedos e o véu de poeira revolvida, Ulysses se deu conta de sombras retangulares se erguendo da terra à volta, sombras que pareciam ao mesmo tempo ordenadas e desarranjadas. Baixando as mãos um instante, percebeu que entrara num cemitério e ouviu o sino na torre começar a tocar, como se balançado por alguma mão invisível. Não podia estar a mais de cinquenta metros da igreja.

No entanto, muito provavelmente, cinquenta metros era uma distância demasiado grande.

Porque o tornado começara a girar no sentido anti-horário e o vento empurrava Ulysses na direção contrária ao seu destino. Quando sentiu a chuva de granizo, ele se preparou para um arranco final. *Vou conseguir*, disse a si mesmo. Então, correndo com todas as suas forças, começou a reduzir a distância entre si e o santuário — até tropeçar numa sepultura baixa e se estatelar no chão com a amarga resignação dos abandonados.

— Abandonados por quem? — indagou Billy, agarrado ao livro em seu colo e com os olhos arregalados.

Ulysses sorriu.

— Não sei, Billy. Pela sorte, pelo destino, pelo meu bom senso. Mas, sobretudo, por Deus.

O menino começou a balançar a cabeça.

— Você não acredita nisso, Ulysses. Você não acredita que Deus tivesse abandonado você.

— Acredito piamente, Billy. Se tem uma coisa que eu aprendi na guerra, é que o propósito do abandono total, daquele momento em que você percebe que ninguém virá em seu socorro, nem mesmo o Criador, é nos fazer descobrir a força necessária para seguir adiante. O Bom Senhor não nos ergue com hinos de querubins nem com o arcanjo Gabriel tocando sua trombeta. Ele nos ergue fazendo com que nos sintamos sozinhos e esquecidos. Porque é só quando vê que está *mesmo* abandonado, que você se conforma com o fato de que tudo que acontecer em seguida está em suas mãos, não depende de mais ninguém.

Deitado no chão daquele cemitério, sentindo o velho abandono e entendendo do que se tratava, Ulysses estendeu o braço e se agarrou ao topo da sepultura mais próxima. Conforme se içava, percebeu que a pedra em que se segurava não estava gasta nem molhada. Mesmo em meio à tempestade de poeira e detritos, viu que ela tinha a luminescência cinza-escura de uma pedra recém-plantada ali. Já de pé, Ulysses se pegou olhando por sobre os ombros para uma tumba recém-escavada, no fundo da qual brilhava a tampa preta de um caixão.

Era dali que a caravana de carros tinha saído, concluiu Ulysses. Todos deviam estar no meio de um enterro quando receberam o aviso da chegada do tornado. O reverendo provavelmente se apressou em recitar as leituras suficientes para encomendar a alma do falecido ao Céu e depois todo mundo saiu correndo para seus carros.

Pela aparência do caixão, nele fora enterrado um homem relativamente abastado, pois não se tratava de um caixão de pinho, mas de mogno bem polido com alças de cobre maciço. No tampo do caixão e combinando com as alças, havia uma placa de cobre em que se lia o nome do morto: NOAH BENJAMIN ELIAS.

Esgueirando-se pela fenda estreita entre o caixão e a lateral do túmulo, Ulysses se inclinou para soltar os fechos e abrir a tampa. Dentro do caixão, jazia o sr. Elias, vestindo paletó e colete com as mãos impecavelmente cruzadas sobre o peito. Os sapatos eram tão pretos e lustrosos quanto o caixão, e, numa posição sinuosa sobre o colete, via-se a fina corrente de ouro de um relógio. Embora tivesse apenas cerca de um metro e setenta de altura, o sr. Elias devia pesar mais de noventa quilos — alimentava-se de forma compatível com seu status.

Qual seria a natureza do sucesso terreno do sr. Elias? Seria dono de um banco ou de uma madeireira? Teria sido um homem de fibra e determinação ou de ganância e trapaça? O que quer que tivesse sido, deixara de sê-lo. E tudo que importava a Ulysses era que esse homem de apenas um e setenta de altura nutrira autoestima suficiente para ser enterrado num caixão de mais de um e oitenta de comprimento.

Abaixando-se, Ulysses pegou Elias pelas lapelas, como se costuma fazer quando se pretende chacoalhar alguém para chamá-lo à realidade. Puxando-o para fora do caixão, Ulysses o postou de pé, de modo que os dois ficaram quase cara a cara. Via agora que o agente funerário aplicara ruge nas bochechas do morto e o perfumara com gardênia, emprestando-lhe a perturbadora aparência de uma meretriz. Dobrando os joelhos a fim de sustentar o peso do cadáver, Ulysses o ergueu de seu lugar de descanso e o jogou ao lado da sepultura.

Com uma derradeira olhada para o dedo escuro que girava para a direita e para a esquerda enquanto se aproximava, Ulysses se deitou sobre a seda branca pregueada que forrava o caixão vazio, ergueu uma das mãos e...

Pastor John

Quando a vingança do Senhor se abate sobre nós, ela não desce dos céus como uma chuva de meteoros que deixa um rastro de fogo. Ela não nos atinge como um relâmpago acompanhado do troar de trovões. Ela não se agiganta como uma onda à distância que vem quebrar na praia com estrondo. Não. Quando a vingança do Senhor se abate sobre nós, ela começa como uma brisa no deserto.

Suave e inofensivo, esse pequeno suspiro gira três vezes sobre a terra endurecida, agitando levemente a poeira e o aroma da artemísia. Mas quando gira mais três vezes e três vezes mais de novo, esse pequeno redemoinho adquire a envergadura de um homem e começa a se mover. Espiralando pela terra, ganha velocidade e volume, aumenta de tamanho até virar um colosso, balança e suga para o interior do seu vértice tudo que encontra no caminho: primeiro, a areia e as pedras, os arbustos e os vermes; depois, as obras dos homens. Até que, afinal, chegando a trinta metros de altura e se deslocando a cento e sessenta quilômetros por hora, rodopiando e torcendo, rodando e espiralando, ele reivindica, inexoravelmente, o pecador.

Assim o pastor John concluía seus pensamentos, à medida que saía da escuridão e erguia seu cajado de madeira a fim de acertar o negro chamado Ulysses bem no topo da cabeça.

— — —

Largado para morrer. Foi o que aconteceu com o pastor John. Com os tendões do joelho direito rompidos, a pele do rosto lanhada e o olho direito fechado pelo inchaço, ele ficou deitado entre os arbustos e bambus, preparado para conceder a si mesmo a absolvição. Mas, no preciso momento de sua partida, o Senhor o encontrou ao lado dos trilhos e instilou uma nova vida em seu corpo. Erguendo-o do chão de cascalho e mato, Ele o carregou até a beira de um regato de água fresca, onde sua sede foi saciada, suas feridas foram lavadas e, em suas mãos, pôs o galho de um velho carvalho para ser usado como um cajado.

Nas horas seguintes, o pastor John nem sequer uma vez se perguntou para onde estava indo, como chegaria ao seu destino ou com que propósito — pois podia sentir o Espírito do Senhor operando nele, fazendo dele o Seu instrumento. Da margem do rio, Ele o guiou através da mata até um ramal lateral, onde dez vagões de carga vazios tinham sido deixados sem vigilância. Uma vez em segurança no interior de um deles, uma locomotiva por Ele enviada para engatar nos vagões levou-os até a cidade de Nova York.

Quando o pastor John desembarcou na grande ferrovia situada entre a Pennsylvania Station e o rio Hudson, o Espírito blindou-o dos olhos dos guardas ferroviários e o guiou não para as ruas movimentadas, mas para os trilhos de uma ferrovia elevada. Apoiado ao seu cajado a fim de poupar o joelho, o pastor John caminhou pelo elevado, projetando sua sombra sobre as avenidas. Após o pôr do sol, o Espírito conduziu-o em frente: passando por um depósito vazio, pela brecha numa cerca, por sobre a grama alta e áspera, por dentro da escuridão, até que ele vislumbrou ao longe uma fogueira brilhando como uma estrela.

Aproximando-se mais, o pastor John viu que, em Sua infinita sabedoria, o Bom Senhor acendera o fogo não apenas para guiá-lo, mas para iluminar os rostos do negro e do menino — e deixar a presença do pastor John invisível para ambos. Nas sombras além do círculo do fogo, o pastor parou e ouviu o menino terminar uma história e perguntar se o negro tinha alguma para lhe contar.

Ah, como John riu ao ouvir Ulysses tagarelar sobre o tornado assustador, pois aquele ciclonezinho nada era comparado à rotação sinuosa da vingança do Senhor. Será que ele realmente achava que podia jogar um pastor de um trem em movimento sem temer retribuição? Que suas ações de alguma forma escapariam aos olhos do Divino e à mão do juízo?

O Senhor Deus tudo vê tudo e tudo sabe, disse o pastor John sem abrir a boca. *Ele testemunhou seus delitos, Ulysses. Testemunhou sua arrogância e suas transgressões. E Ele me trouxe até aqui para executar Sua represália!*

Tamanha foi a fúria que o Espírito do Senhor infundiu no corpo do pastor John, que, quando ele acertou a cabeça do negro, a força do golpe partiu no meio o cajado de madeira.

Quando Ulysses tombou no chão e John se aproximou da claridade, o menino, cúmplice do negro em todas as etapas, estendeu as mãos com o horror mudo dos condenados.

— Você se importaria se compartilhássemos o seu fogo? — indagou o pastor com uma gargalhada alta e vigorosa.

Como o cajado se partira, o pastor John foi obrigado a mancar até o garoto, mas isso não o incomodou, pois ele sabia que o menino não iria a lugar algum nem diria coisa alguma. Ao contrário, ia se fechar como um caracol em sua concha. Com efeito, quando o pegou pelo colarinho da camisa, o pastor viu que ele cerrara os olhos e começara a recitar sua ladainha.

— Não tem Emmett nenhum aqui — falou o pastor. — Ninguém há de vir socorrer você, William Watson.

Então, segurando com firmeza o colarinho do menino, o pastor John levantou o cajado partido e se preparou para lhe dar aquela lição que Ulysses interrompera dois dias antes. E daria com juros!

Justo, porém, quando o cajado já estava preparado para o golpe, o menino abriu os olhos.

— Estou realmente abandonado — afirmou com uma convicção misteriosa.

E chutou o pastor no joelho machucado.

Com um uivo animal, o pastor largou a camisa do menino e deixou cair o cajado. Pulando sem sair do lugar e com lágrimas de dor escorrendo do olho bom, se imbuiu com mais fervor ainda a lograr seu intento de dar ao garoto uma lição da qual não se esquecesse tão cedo. Mas, ao estender as mãos, viu, por entre as lágrimas, que o menino sumira.

Ansioso para ir atrás do seu alvo, procurou freneticamente alguma coisa para substituir o cajado partido.

— Ah! — gritou ao ver no chão uma pá.

Pegando-a, o pastor John enfiou-a na terra, apoiou-se no cabo e começou a se dirigir para a escuridão na qual o menino havia desaparecido.

Depois de alguns passos, conseguiu identificar os contornos de um acampamento: uma pequena pilha de lenha coberta por uma lona, um banheiro improvisado, uma fileira de três colchonetes vazios e uma tenda.

— William — chamou baixinho. — Cadê você, William?

— O que está havendo aqui? — indagou uma voz de dentro da tenda.

Prendendo a respiração, o pastor John deu um passo para o lado e aguardou, enquanto emergia a figura de um negro troncudo. Sem ver o pastor, o sujeito caminhou alguns metros e parou.

— Ulysses? — chamou.

Quando o pastor John o acertou com a parte chata da pá, o homem caiu com um gemido.

À sua esquerda, o pastor ouviu outras vozes. As vozes de dois homens que talvez tivessem escutado a comoção.

— Esqueça o garoto — disse ele para si mesmo.

Usando a pá como bengala, o pastor voltou o mais rápido que pôde até a fogueira e se aproximou do lugar onde o menino estivera sentado. No chão estavam o livro e a lanterna. Mas onde estaria a maldita mochila tática?

O pastor John olhou para trás em direção ao lugar do qual acabara de vir. Estaria junto aos colchonetes? Não. Certamente estaria reunida ao livro e à lanterna. Inclinando-se com cuidado, largou a pá, pegou a lanterna e acendeu-a. Dando um pulinho, apontou o foco para a parte atrás das dormentes de trilhos e começou a movê-lo da direita para a esquerda.

Ei-la!

Sentando-se numa dormente com a perna machucada esticada à frente, pegou a mochila tática e a pôs no colo, ouvindo o tilintar musical lá dentro.

Com crescente entusiasmo, desamarrou as tiras e começou a retirar os objetos e jogá-los de lado. Duas camisas. Uma calça. Uma toalha de rosto. Bem no fundo, achou a lata. Removendo-a da sacola, sacudiu-a com satisfação.

Na manhã seguinte, faria uma visita aos judeus da Forty-Seventh Street. À tarde iria a uma loja de departamento comprar roupas novas. E, à noite, se hospedaria num bom hotel, onde tomaria um demorado banho quente e pediria ostras, uma garrafa de vinho e talvez até uma companhia feminina. Mas, no momento, era hora de partir. Devolvendo a lanterna e a lata à mochila, atou as tiras e pendurou-a no ombro. Finalmente pronto para seguir seu rumo, se inclinou para a esquerda a fim de pegar a pá, mas descobriu que ela não estava mais onde...

Ulysses

Primeiro foi a escuridão indecifrável. Depois, aos poucos, a consciência dela, a percepção de não se tratar da escuridão de um local — fria, vasta, remota —, mas de uma escuridão sufocante e quente, uma escuridão que o cobria, o abraçava como uma mortalha de veludo.

Dos recantos da memória assaltou-o a ideia de que ele ainda se encontrava no caixão do homem gordo. Podia sentir em seus ombros a seda macia e preguegada do forro e, debaixo dela, a solidez da estrutura de mogno.

Queria abrir a tampa, mas quanto tempo se passara? O tornado já teria ido embora? Prendendo a respiração, tentou ouvir. Aguçou o ouvido dentro da seda preguegada e do mogno polido, mas nada escutou. Não ouviu o som do vento soprando, nem do granizo caindo sobre a tampa do caixão, nem do sino da igreja badalando por conta própria no campanário. Para ter certeza, resolveu abrir um pouquinho o caixão. Virando as palmas das mãos para cima, pressionou a tampa, mas ela não se mexeu.

Seria possível que tivesse enfraquecido de fome e cansaço? Sem dúvida, não havia passado tanto tempo assim. Ou havia? De repente, lhe ocorreu, com uma pontada de terror, que, no rastro da tempestade, enquanto ele estava inconsciente, alguém pudesse ter visto a cova aberta e atirado terra em cima do caixão para terminar o serviço.

Precisava tentar de novo. Depois de girar os ombros e flexionar os dedos a fim de restaurar a circulação, respirou fundo, espalmou a superfície interna da tampa e empurrou com toda a força, enquanto o suor que se formou na testa escorria em gotas para dentro dos olhos. Devagar, a tampa começou a se abrir e o ar fresco penetrou no caixão. Com uma sensação de alívio, Ulysses reuniu forças e empurrou a tampa até abri-la por completo, esperando ver o céu vespertino.

Mas não era de tarde.

Parecia ser noite fechada.

Erguendo a mão no ar, viu que sua pele refletia uma luz bruxuleante. Aguçando a audição, ouviu o apito longo e abafado de um navio e o grito de uma gaivota, como se estivesse perto do mar. Então, porém, não muito distante, escutou uma voz. A voz de um menino que declarava seu abandono. A voz de Billy Watson.

E, de repente, Ulysses soube onde estava.

Um instante depois, ouviu um homem adulto gemer de raiva ou de dor. E embora não entendesse ainda o que acontecera consigo mesmo, Ulysses sabia o que precisava fazer.

Rolando de lado com um esforço enorme e sem vigor, ficou de joelhos. Ao enxugar o suor dos olhos, descobriu, graças à claridade da fogueira, que se tratava de sangue, não de suor. Alguém o atingira na cabeça.

Ulysses botou-se de pé, procurou em volta da fogueira por Billy e pelo homem que uivara, mas não havia pessoa alguma à vista. Quis gritar o nome do menino, mas se deu conta de que fazer isso enviaria o sinal para um inimigo desconhecido de que tinha recobrado consciência.

Precisava se afastar do fogo, sair do círculo de claridade. Sob o véu da escuridão, conseguiria recuperar o raciocínio e a força, encontrar Billy e, depois, dar início ao processo de caça ao adversário.

Pisando numa das dormentes, deu cinco passos para dentro da escuridão e avaliou onde estava. Ali fica o rio, concluiu, virando-se; lá é o Empire State; e, daquele lado, o acampamento. Ao olhar na direção da tenda de Stew, percebeu um movimento. Num tom quase inaudível, ouviu a voz de um homem chamando Billy, chamando-o pelo nome de batismo. O tom podia ser demasiado baixo para ser ouvido, mas a voz não foi difícil de reconhecer.

Ainda na escuridão, Ulysses começou a contornar a fogueira, deslocando-se com cuidado, em silêncio, irrevogavelmente na direção do pastor.

Congelou onde estava ao ouvir Stew chamar seu nome. Um instante depois, o ruído de metal e o baque de um corpo caindo no chão. Com raiva de si mesmo por ser tão cauteloso, Ulysses se preparava para invadir o acampamento quando viu uma silhueta emergir da escuridão a passos irregulares.

Era o pastor, que usava a pá de Stew como bengala. Largando a pá no chão, ele pegou a lanterna do menino, acendeu-a e começou a procurar alguma coisa.

De olho no pastor, Ulysses se aproximou sorrateiramente da beira da fogueira, esticou o braço por cima de uma dormente de trilho e apossou-se da pá. Quando o pastor soltou uma exclamação por ter encontrado algo, Ulysses recuou para a escuridão e observou-o pegar a mochila de Billy e sentar-se com ela no colo.

Num tom animado, o pastor começou a falar sozinho sobre hotéis e ostras e companhia feminina, enquanto puxava da mochila os pertences de Billy e os atirava no chão — até encontrar a lata de dólares. Ao mesmo tempo, Ulysses começava a se mover até se postar exatamente às costas do pastor. E quando o pastor, depois de pendurar no ombro a mochila, inclinou-se para a esquerda, Ulysses o acertou com a pá.

Com o pastor John agora jazendo com uma trouxa a seus pés, Ulysses sentiu-se ofegar. Por conta do próprio ferimento, o esforço para dominar o pastor o drenara de toda a força de que dispunha no momento. Temendo ser até mesmo capaz de desmaiar, Ulysses enfiou a pá na terra e apoiou-se em seu cabo enquanto, de olhos baixos, verificava se o homem continuava imóvel.

— Ele morreu?

Era Billy, de pé ao seu lado, também de olho no pastor.

— Não — respondeu Ulysses.

Surpreendentemente, o menino pareceu aliviado.

— Você está bem? — indagou Billy.

— Sim — disse Ulysses. — E você?

Billy assentiu.

— Fiz o que você disse, Ulysses. Quando o pastor John me falou que eu estava sozinho, imaginei que todos tinham me abandonado, inclusive o Criador. Então, chutei o joelho dele e me escondi debaixo da lona da fogueira.

Ulysses sorriu.

— Você fez direitinho, Billy.

— Que diabos está havendo aqui?

Billy e Ulysses se viraram e viram Stew atrás deles com uma faca de açougueiro na mão.

— Você também está sangrando — observou Billy com preocupação.

Stew havia sido atingido na lateral da cabeça, de modo que o sangue escorrera da orelha para o ombro da camiseta.

De repente sentindo-se melhor, mais lúcido e firme, Ulysses disse:

— Billy, por que você não vai pegar para nós a bacia de água e algumas toalhas?

Stew enfiou a faca no cinto e se aproximou de Ulysses, olhando para o chão.

— Quem é?

— Um homem mal-intencionado — respondeu Ulysses.

Stew mudou a atenção para a cabeça de Ulysses.

— É melhor me deixar dar uma olhada nisso.

— Já passei por coisa pior.

— Todos já passamos.

— Vou ficar bem.

— Eu sei, eu sei — concordou Stew, balançando a cabeça. — Você é um homem bem forte.

Billy chegou com a bacia e as toalhas. Os dois homens lavaram o rosto e depois, com delicadeza, os ferimentos. Quando acabaram, Ulysses sentou Billy ao seu lado sobre as dormentes de trilho.

— Billy, tivemos um bocado de tumulto esta noite.

Billy concordou.

— Tivemos, sim, Ulysses. Emmett nem vai acreditar.

— Bom, é sobre isso mesmo que quero falar com você. Seu irmão está tentando achar o carro para poder levar você para a Califórnia antes do 4 de Julho já está com a cabeça cheia. Talvez seja melhor guardarmos só para nós o que houve aqui esta noite. Pelo menos por enquanto.

Billy assentiu.

— Provavelmente é melhor mesmo — disse. — Emmett está com a cabeça cheia.

Ulysses deu um tapinha no joelho de Billy.

— Um dia você conta a ele. Você conta a ele e aos seus filhos como foi que derrotou o pastor, igualzinho a um dos heróis do seu livro.

Quando viu que Billy tinha entendido, Ulysses se pôs de pé para falar com Stew.

— Você pode levar o garoto para a sua tenda? Dar alguma coisa para ele comer?

— Está bem. Mas você vai fazer o quê?

— Vou dar conta do pastor.

Billy, que estava escutando às costas de Ulysses, adiantou-se com um olhar de preocupação.

— O que você quis dizer, Ulysses? O que significa dar conta do pastor?

Ulysses e Stew se entreolharam e depois fitaram o garoto.

— Não podemos deixá-lo aqui — explicou Ulysses. — Ele vai recuperar os sentidos como aconteceu comigo. E qualquer que seja a vilania que tivesse na cabeça antes que eu o acertasse com a pá, ela continua lá. Só que vai ficar pior.

Billy ainda encarava Ulysses com a testa franzida.

— Por isso — prosseguiu Ulysses —, vou levá-lo pela escada e largá-lo...

— Na delegacia de polícia?

— Isso mesmo, Billy. Vou largá-lo na porta da delegacia de polícia.

Billy assentiu indicando que isso era o certo a fazer. Depois, Stew se virou para Ulysses.

— Você conhece a escada que desce até Gansevoort?

— Conheço.

— Alguém entortou a cerca lá. Vai ser um caminho mais fácil, considerando a sua carga.

Após agradecer a Stew, Ulysses esperou Billy juntar seus pertences, Stew apagar o fogo e os dois irem para a tenda de Stew, antes de dirigir a atenção ao pastor.

Pegando-o por baixo das axilas, Ulysses o ergueu e botou-o nos ombros. O pastor não era mais pesado do que imaginara, mas era desengonçado, o que o tornava um fardo incômodo. Oscilando para um lado e para o outro, Ulysses tentou centralizá-lo antes de começar a andar com passadas curtas e firmes.

Ao alcançar a escada, caso tivesse parado para pensar, talvez jogasse o pastor escada abaixo para preservar a própria força. Mas estava em movimento e distribuíra o peso do pastor entre os ombros, e temia perder o equilíbrio ou a disposição se parasse. E precisaria de ambos. Porque a distância do pé da escada até o rio era de uns bons duzentos metros.

Duchess

A irmã de Woolly entrou na cozinha como um fantasma. Surgindo à porta com seu penhoar branco comprido e atravessando o cômodo escuro sem qualquer ruído, era como se seus pés não tocassem o chão. Mas, se era um fantasma, não era do tipo assustador — feito um daqueles que uivam, gemem e provocam calafrios na espinha da gente. Era do tipo desamparado. O tipo de fantasma que vaga pelos corredores de uma casa vazia ao longo de gerações, em busca de alguma coisa ou de alguém de que mais ninguém consegue sequer se lembrar. Uma aparição, acho que é esse o nome.

Sim, isso.

Uma aparição.

Sem acender a luz, ela encheu a chaleira e colocou-a no fogo. Do armário, tirou uma caneca e um saquinho de chá e os pousou na bancada. Do bolso do penhoar, tirou um frasquinho marrom, que pôs ao lado da caneca. Depois, voltou até a pia e lá ficou, olhando pela janela.

A impressão foi a de que ela era boa em olhar pela janela — como se praticasse um bocado. Não ficava se mexendo nem batendo os pés no chão. Na verdade, era tão boa nisso, tão boa em se perder nos próprios pensamentos, que, quando a chaleira apitou, ela se surpreendeu, como se não recordasse que a pusera no fogo. Devagar, quase com relutância, ela se afastou da janela, derramou a água na caneca, pegou-a com uma das mãos e o frasquinho marrom com a outra e se dirigiu até a mesa.

— Não consegue dormir? — perguntei.

Pega desprevenida, não soltou uma exclamação nem derrubou o chá. Apenas se mostrou tão surpresa quanto ao ouvir o apito da chaleira.

— Não vi você aí — falou —, tornando a guardar o frasquinho marrom no bolso do penhoar.

Não respondeu à minha pergunta sobre não conseguir dormir, mas não era necessário. A maneira como se deslocava no escuro — atravessando o cômodo, enchendo a chaleira, acendendo o fogão — sugeria tratar-se de uma espécie de rotina. Não me surpreenderia nadinha descobrir que noite sim, noite não ela descia até a cozinha às duas da manhã enquanto o marido dormia pesadamente sem notar sua ausência.

Gesticulando para o fogão, ela perguntou se eu queria um chá. Apontei para o copo diante de mim.

— Encontrei um pouco de uísque na sala. Espero que não se importe.

Ela sorriu de leve.

— Claro que não.

Depois de ocupar a cadeira oposta à minha, examinou o meu olho esquerdo.

— Como se sente?

— Muito melhor, obrigado.

Eu tinha saído do Harlem tão animado, que, quando voltei para a casa da irmã de Woolly, já me esquecera totalmente da minha surra. Quando ela abriu a porta e soltou um gritinho, eu quase gritei de volta.

Mas depois que Woolly nos apresentou e expliquei o tombo que eu havia levado na estação ferroviária, ela tirou do armário de remédios um kit bonitinho de primeiros socorros, me sentou à mesa da cozinha, limpou o sangue do meu lábio e me deu um saco de ervilhas congeladas para apertar contra o meu olho. Eu teria preferido um bife cru, como um campeão de peso-pesado, mas não havia escolha.

— Você quer outra aspirina? — perguntou.

— Não. Estou bem.

Ficamos ambos calados por um instante enquanto eu tomava um gole do uísque do seu marido e ela tomava um gole de chá.

— Você é colega de beliche do Woolly?

— Isso mesmo.

— Então é o seu pai que já atuou no palco?

— Ficou debaixo dele com a mesma frequência com que ficou em cima — expliquei com um sorriso. — Mas, sim, é o meu pai. Ele começou como ator shakespeariano e terminou fazendo vaudevile.

Ela sorriu ao ouvir a palavra *vaudevile*.

— Woolly me escreveu falando de alguns artistas com quem o seu pai trabalhou. Os ilusionistas e os mágicos... Woolly ficou um bocado fascinado com eles.

— Seu irmão adora uma boa história de ninar.

— Ele adora mesmo, não é?

Ela olhou para mim como se pretendesse me perguntar alguma coisa, mas depois voltou a fitar o chá.

— O quê? — falei.

— Era uma pergunta íntima.

— Essas são as melhores.

Ela me estudou um instante, tentando avaliar se eu estava ou não sendo honesto. Deve ter concluído que sim.

— Como você foi parar em Salina, Duchess?

— Ah, essa é uma longa história.

— Eu mal comecei a tomar o meu chá...

Assim, depois de me servir de outro dedinho de uísque, contei minha pequena comédia, pensando: *Vai ver, todo mundo na família de Woolly gosta de uma história de ninar.*

Corria a primavera de 1952, poucas semanas depois do meu décimo sexto aniversário, e morávamos no quarto 42 do hotel Sunshine, o papai no colchão e eu no chão.

Naquela época, meu velho era o que ele gostava de chamar de *nem lá, nem cá*, o que simplesmente queria dizer que, tendo sido demitido de um emprego, precisava encontrar o seguinte do qual seria demitido. Passava os dias com seu camarada de longa data, Fitzy, que morava do outro lado do corredor do hotel. No início da tarde, os dois saíam para garimpar em volta de bancos de parque, carrocinhas de frutas, bancas de jornal e qualquer outro local em que alguém pudesse ter deixado cair uma moeda e não se dado o trabalho de catá-la. De lá, partiam para o metrô, onde entoavam canções melosas de chapéu na mão. Conhecedores de suas plateias, cantavam "Danny Boy" para os irlandeses na linha da Terceira Avenida e "Ave Maria" para os italianos na estação da Spring Street, debulhando-se em lágrimas como se emocionados com cada palavra. Tinham até um número em iídiche sobre os dias no *shtetl*, como se chamam os povoados com população predominantemente judaica, que eles apresentavam quando por acaso se viam na plataforma da parada de Canal Street. À noite — depois de me darem dois tostões e me mandarem para uma sessão dupla de cinema —, pegavam o pagamento suado do dia e se mandavam para um bar na Elizabeth Street para beber cada centavo.

Como os dois não se levantavam antes do meio-dia, quando acordava de manhã, eu saía perambulando pelo hotel atrás de algo para comer ou de alguém com quem conversar. Naquele horário, a safra era muito escassa, mas havia um punhado de madrugadores, e o melhor deles, sem dúvida, era Marceline Maupassant.

Na década de 1920, Marceline havia sido um dos mais famosos palhaços da Europa, atuando em espetáculos com lotação esgotada em Paris e Berlim, com ovações e fila de mulheres à sua espera no camarim. Lógico que Marceline não era um palhaço comum. Não era um sujeito que pintava a cara e patinhava no palco com sapatos gigantes apertando uma buzina. Ele era original. Poeta e dançarino. Um homem que observava o mundo de perto e tinha sentimentos profundos — como Chaplin e Keaton.

Um de seus melhores papéis era o de um mendigo numa rua urbana movimentada. Quando subia a cortina, lá estava ele, embrenhado na multidão. Com uma curta reverência, tentava chamar a atenção de dois sujeitos que discutiam manchetes ao lado da banca de jornal; tirava o chapéu amarfanhado para cumprimentar uma babá, que estava preocupada com o bebê com cólicas sob seus cuidados. Fosse com o chapéu ou com uma reverência, todo mundo que ele tentava abordar seguia em frente como se nem o visse. Então, quando Marceline estava prestes a abordar uma jovem tímida de olhar cabisbaixo, um estudante míope lhe dava um esbarrão, fazendo seu chapéu sair voando.

Marceline saía correndo atrás do chapéu. Mas, a cada vez que estava prestes a resgatá-lo, um pedestre distraído o chutava em outra direção. Depois de várias tentativas, com imenso desânimo, Marceline percebia que um guarda gorducho ia pisar no chapéu sem querer. Não lhe restando alternativa, Marceline erguia a mão no ar e estalava os dedos, daí todos congelavam onde estavam. Todos, com exceção de Marceline.

Era quando acontecia a mágica.

Durante alguns minutos, Marceline deslizava pelo palco, passando entre os pedestres imóveis com um sorriso sereno, como se não tivesse preocupação alguma. Então, pegava uma rosa de cabo longo de um florista e a entregava, timidamente, à jovem de olhos cabisbaixos. Oferecia uma ou duas observações aos homens que discutiam junto à banca de jornais. Fazia caretas para o bebê no carrinho. Ria, comentava e aconselhava, tudo isso sem emitir um único som.

Mas quando se preparava para circular mais uma vez pela multidão, Marceline ouvia um tilintar delicado. Parado no centro do palco, enfiava a mão no bolso do colete surrado e tirava dele um relógio de ouro maciço, nitidamente um resquício de outra época da sua vida. Abrindo a tampa, consultava as horas e percebia, com uma expressão tristonha, que sua brincadeira já fora longe demais. Então, guardava o relógio, tirava com cuidado o chapéu amassado debaixo do pé do guarda gorducho — que ficara suspenso no ar durante todo esse tempo, uma façanha de ginasta. Espanando-o, ele o botava na cabeça, encarava a plateia, estalava os dedos e todas as atividades de seus semelhantes recomeçavam.

Era um show digno de ser assistido mais de uma vez. Porque, na primeira vez que a gente via, quando Marceline estalava os dedos no fim, parecia que o mundo voltava a ser exatamente como antes. Mas, na segunda ou terceira vez, talvez percebêssemos que o mundo não estava *precisamente* do jeito que era. Quando se afasta, a jovem tímida sorri ao descobrir a rosa de cabo longo na mão. Os dois homens que discutiam junto à banca de jornais interrompem a discussão, subitamente menos seguros de suas opiniões. A babá que tentava com ardor apaziguar o bebê chorão se espanta ao vê-lo gargalhar. Se a gente assistisse ao show de Marceline mais de uma vez, tudo isso seria notado nos segundos que antecediam o fechamento da cortina.

No outono de 1929, no auge da sua fama na Europa, Marceline foi atraído para Nova York com a promessa de um contrato de seis dígitos por uma temporada de seis meses no Hippodrome. Com todo o entusiasmo de um artista, ele fez as malas para uma estadia longa na Terra da Liberdade. Mas quis o destino que, no preciso momento em que embarcava no navio em Bremen, o mercado de ações em Wall Street começasse sua queda vertiginosa.

Quando desembarcou no píer do West Side, seus produtores americanos haviam falido, o Hippodrome fechara as portas e seu contrato foi cancelado. Um telegrama à sua espera no hotel, enviado por seus banqueiros, lhe informava que ele também havia perdido tudo no *crash*, não restando nada sequer para uma passagem de volta. E quando bateu à porta de outros produtores, Marceline descobriu que, a despeito da sua fama na Europa, praticamente ninguém nos Estados Unidos sabia quem ele era.

Marceline perdeu inclusive a autoestima. E toda vez que ele tentava recuperá-la, um pedestre distraído a chutava para longe. Lá ia ele, então, correr atrás dela, de um canto para outro, até que no fim se viu fazendo pantomimas em esquinas e morando no hotel Sunshine — bem na ponta do corredor, no quarto 49.

Como consequência natural, Marceline passou a beber. Mas não da forma como bebiam Fitzy e o meu velho. Ele não ia a um bar onde pudesse reviver velhas glórias e ventilar antigas lamúrias. À noite, comprava uma garrafa de vinho tinto barato e a tomava sozinho no quarto com a porta fechada, enchendo de novo o copo num movimento suave, elaborado, como se fizesse parte de um número.

De manhã, porém, Marceline deixava sua porta entreaberta. E quando eu dava uma batidinha, ele me recebia tirando para mim o chapéu que não mais possuía. Às vezes, caso tivesse algum dinheiro, me mandava comprar leite, farinha e ovos e preparava panquecas minúsculas para nós dois na parte de baixo de um ferro elétrico. E enquanto tomávamos o nosso café da manhã sentados no chão, em vez de falar do passado, ele me perguntava sobre o meu futuro — sobre todos os lugares que eu visitaria e todas as coisas que eu faria. Era um belíssimo jeito de começar o dia.

Então, uma manhã, quando atravessei o corredor, sua porta não estava entreaberta. E, quando bati, não houve resposta. Encostando o ouvido na madeira, escutei um ínfimo estalido, como o de alguém se virando sobre o colchão. Temendo que ele estivesse doente, abri um pouquinho a porta.

Sr. Marceline?, chamei.

Quando ele não respondeu, abri de todo a porta e descobri que ninguém dormira na cama, a cadeira da escrivaninha estava virada no meio do quarto e Marceline pendia do ventilador de teto.

O estalido que ouvi não foi do colchão, mas do peso do corpo balançando lentamente para lá e para cá.

Quando acordei o meu pai e o levei até o quarto, ele simplesmente meneou a cabeça, como se esperasse por isso havia muito tempo. Então, me mandou até a recepção para pedir que chamassem a polícia.

Meia hora depois, havia três policiais no quarto: dois patrulheiros e um detetive que tomou os depoimentos do meu pai, de mim e dos hóspedes vizinhos que tinham ido até lá xeretar.

Ele foi roubado?, indagou um hóspede.

Como resposta, um patrulheiro indicou a cômoda de Marceline, na qual o conteúdo de seus bolsos estava espalhado, inclusive uma nota de cinco dólares e alguns trocados.

Cadê o relógio?

Que relógio?, perguntou o detetive.

Todos começaram a falar ao mesmo tempo, explicando a existência do relógio de bolso de ouro maciço que havia sido tão essencial para o número do velho palhaço e do qual ele jamais se dispôs a abrir mão, nem mesmo na bancarrota.

Depois de encarar os patrulheiros, que balançaram a cabeça, o detetive encarou meu pai. E meu pai me encarou.

Veja, Duchess, disse ele, envolvendo meus ombros com um dos braços, *isso é muito importante. Vou lhe fazer uma pergunta e quero que você fale a verdade. Quando encontrou Marceline, você viu o relógio?*

Calado, fiz que não.

Talvez você tenha achado o relógio no chão, sugeriu meu pai, convenientemente. *E aí o pegou, para que não se quebrasse.*

Não, repeti, balançando novamente a cabeça. *Nunca vi o relógio dele.*

Dando um tapinha quase solidário no meu ombro, meu pai se virou para o detetive e deu de ombros, como se quisesse dizer que fizera o melhor possível.

Reviste os dois, ordenou o detetive.

Imagine a minha surpresa quando o patrulheiro pediu que eu virasse meus bolsos do avesso e de lá, entre papéis de bala, surgiu um relógio de ouro pendurado numa corrente dourada comprida.

Imagine a minha surpresa, repito, porque fiquei surpreso. Pasmo. Atônito, mesmo. Durante dois longos segundos.

Depois disso, ficou óbvio como tudo havia acontecido. Meu velho me mandara até a recepção para poder revistar o corpo. E, quando o relógio foi mencionado pelo vizinho xereta, ele passou o braço sobre o meu ombro e deslizou o relógio para dentro do meu bolso antes de ser revistado, daí disfarçou fazendo seu discursinho.

Oh, Duchess, exclamou ele com imensa decepção.

Em menos de uma hora, eu estava na delegacia. Como era menor de idade e sem antecedentes criminais, eu era um ótimo candidato a ser liberado e entregue à custódia do meu pai. No entanto, por causa do valor do relógio do velho palhaço, o crime não foi considerado furto de pequeno valor, mas furto qualificado. Para piorar as coisas, outras denúncias de roubos tinham sido feitas no hotel Sunshine, e Fitzy declarou sob juramento que me vira saindo de um ou dois quartos onde eu não tinha que estar. Como se não bastasse, o pessoal da assistência social descobriu — para absoluto choque do meu pai — que eu não frequentava a escola havia cinco anos. Quando me apresentei ao tribunal juvenil, meu pai foi obrigado a admitir que, como um viúvo trabalhador, não tinha condições de me proteger das influências maléficas da área do Bowery. Para o meu próprio bem, todos concordaram, eu deveria ser mandado para um programa de reabilitação, onde ficaria até completar dezoito anos.

Quando o juiz proferiu a decisão, meu pai perguntou se poderia dar alguns conselhos ao filho cabeça-dura antes que eu fosse levado. O juiz aquiesceu, provavelmente presumindo que ele falaria comigo em particular e de forma breve. Em vez disso, o meu velho enfiou os polegares sob os suspensórios, inflou o peito e se dirigiu ao juiz, ao meirinho, à galeria do amendoim — aqueles assentos mais baratos, dos fundos — e ao estenógrafo. Sobretudo ao estenógrafo!

Ao nos despedirmos, meu filho, disse ele a um e a todos, *leve a minha bênção. Mas, na minha ausência, leve também estes poucos preceitos: seja amistoso, sim, jamais vulgar. Dê ouvido a muitos, mas empreste sua voz a poucos. Acolha a opinião de todos, mas que seja seu o julgamento. E acima de tudo: sê fiel a ti mesmo. Pois assim, tão certamente quanto a noite sucede ao dia, não serás jamais falso com ninguém. Adeus, meu filho,* concluiu, parafraseando um discurso de *Hamlet. Adeus.*

Quando me levaram da sala, ele até mesmo derramou uma lágrima, raposa velha que é.

— Que horror! — exclamou Sarah.

E pude ver pelo seu rosto que ela estava sendo sincera. Sua expressão transmitia solidariedade, indignação e senso de proteção. Dava para ver que, sendo ou não feliz na própria vida, Sarah estava fadada a ser uma mãe maravilhosa.

— Tudo bem — falei, tentando amenizar seu desconforto. — Salina não era tão ruim assim. Eu fazia três refeições e dormia num colchão. E, se não tivesse ido para lá, jamais teria conhecido o seu irmão.

* * *

Quando segui Sarah até a pia para lavar meu copo vazio, ela me agradeceu e sorriu com seu jeito generoso. Depois, me deu boa-noite e se virou para sair da cozinha.

— Irmã Sarah — falei.

Quando se virou de volta, ela ergueu as sobrancelhas de um jeito questionador. Então, observou com a mesma surpresa muda enquanto eu tirava do bolso do seu robe o frasquinho marrom.

— Confie em mim — falei. — Isso não vai fazer bem algum para você.

E depois que ela deixou a cozinha, guardei o frasco na parte de trás da prateleira de condimentos, sentindo ter praticado a minha segunda boa ação do dia.

QUATRO

Woolly

Na sexta-feira, à uma e meia da tarde, Woolly estava no seu lugar favorito da loja de brinquedos. E isso realmente queria dizer um bocado! Porque na FAO Schwarz existem muitos lugares fantásticos para se estar. Ora, para chegar ali, ele precisou passar pela coleção de animais de pelúcia gigantes — inclusive pelo tigre de olhar hipnotizante e pela girafa em tamanho natural cuja cabeça batia no teto. Precisou passar pelos carrinhos de corrida, em que dois meninos disputavam um com o outro em pequenas Ferraris numa pista em forma de oito. E, no alto da escada, precisou passar pelo setor de kits de mágica, onde um mágico fazia sumir um valete de paus. Mas, mesmo com tudo isso para ver, não havia na loja lugar que deixasse Woolly tão feliz quanto a grande vitrine de vidro com a mobília da casa de bonecas.

Com seis metros de comprimento e oito prateleiras de vidro, ela era ainda maior do que a vitrine do troféu no ginásio do St. George's e repleta de cima a baixo e de lado a lado de pequenas réplicas perfeitas. Do lado esquerdo da vitrine, havia toda uma seção dedicada a móveis Chippendale — com cômodas altas Chippendale e escrivaninhas Chippendale e um conjunto de sala de jantar Chippendale com doze cadeiras muito bem arrumadas em volta de uma mesa Chippendale. A mesa era igualzinha àquela que a família tinha na sala de jantar da casa em que moravam na Eighty-Sixth Street. Claro que eles não comiam nela diariamente, já que era reservada para ocasiões especiais, como aniversários e feriados, quando a guarneciam com a melhor porcelana da casa e acendiam todas as velas do candelabro. Quer dizer, ao menos até o pai de Woolly morrer, sua mãe se casar de novo, mudar-se para Palm Beach e doar a mesa para a caridade.

Cara, como sua irmã Kaitlin se enfureceu com aquilo!

Como você pôde fazer isso?, dissera Kaitlin à mãe (na verdade, gritara), quando os homens da mudança apareceram para levar o conjunto. *Isso era da vovó!*

Ora, Kaitlin, respondera a mãe. *O que você faria com uma mesa dessas? Uma velharia para acomodar uma dúzia de pessoas. Ninguém mais dá jantares hoje em dia. Não é mesmo, Woolly?*

Naquela época, Woolly não sabia dizer se as pessoas davam ou não davam jantares. Continuava sem saber, aliás. Por isso, havia ficado calado. Mas a irmã tinha dito alguma coisa. Tinha dito algo a ele enquanto os homens da mudança saíam porta afora com a Chippendale.

Dê uma boa olhada nela, Woolly, porque você jamais verá de novo uma mesa como essa.

Por isso, ele tinha dado uma boa olhada.

Na verdade, porém, comprovou-se que Kaitlin estava errada, pois Woolly veria uma mesa daquelas de novo. Ele a veria bem ali, na vitrine da FAO Schwarz.

A mobília na vitrine estava arrumada em ordem cronológica, de modo que se a gente fosse da esquerda para a direita era possível viajar desde a Corte de Versalhes até a sala de estar de um apartamento da era moderna, com um fonógrafo, um bar e um par de cadeiras Mies van der Rohe.

Woolly entendia que o sr. Chippendale e o sr. Van der Rohe eram muito admirados pelo design de suas cadeiras. Mas lhe parecia que os homens que faziam essas minúsculas réplicas perfeitas mereciam, no mínimo, a mesma admiração, porque fazer uma cadeira Chippendale ou Van der Rohe nessas dimensões tão pequenas sem dúvida devia ser mais difícil do que fazer uma cadeira para alguém se sentar.

Mas, para Woolly, a parte favorita da vitrine ficava na extrema direita, onde havia uma série de cozinhas. No alto, via-se o que chamavam de cozinha rústica, com uma mesa simples de madeira, uma batedeira de manteiga e uma frigideira de ferro em cima de um fogão de ferro. Ao lado, vinha a cozinha vitoriana. Percebia-se que era o tipo de cozinha em que uma cozinheira fazia comida, porque não havia mesa nem cadeiras nas quais se sentar para jantar. Em vez disso, bem no meio ficava uma ilha sobre a qual pendiam seis panelas de cobre em ordem decrescente de tamanho. Por fim, era a vez da cozinha de hoje, com todas as maravilhas da era moderna. Além do fogão branco brilhante e da geladeira branca brilhante, a cozinha tinha uma mesa de quatro lugares com tampo de fórmica vermelha e quatro cadeiras cromadas com assentos vermelhos de vinil. Nela, havia uma batedeira KitchenAid e uma torradeira com uma pequena alavanca preta e duas fatias de torrada. E, no armário acima da bancada, viam-se todas as caixinhas de cereais e as latinhas de sopa.

— Eu sabia que ia achar você aqui.

Woolly se virou e viu a irmã de pé ao seu lado.

— Como você sabia? — questionou, surpreso.

— Como eu sabia? — repetiu Sarah com uma risada.

E Woolly riu também, porque, claro, claro, ele sabia exatamente por que ela sabia.

Quando os dois eram mais novos, todo mês de dezembro a vó Wolcott os levava até a FAO Schwarz para escolherem seus presentes de Natal. Um ano, quando a família já estava pronta para sair da loja, com todos os casacos abotoados e todas as grandes sacolas vermelhas cheias até a boca, alguém percebeu que no meio da correria natalina o pequeno Woolly havia sumido. Membros da família foram despachados para todos os andares, chamando por ele, até que Sarah o encontrou ali.

— Quantos anos a gente tinha?

Ela balançou a cabeça.

— Não sei. Foi um ano antes da morte da vovó, por isso acho que eu tinha catorze e você, sete.

Woolly meneou a cabeça.

— Aqui era bem difícil, não era?

— O que era difícil?

— Escolher um presente de Natal. E logo aqui!

Ele abriu os braços para abarcar todas as girafas, as Ferraris e os kits de mágica da loja.

— Era mesmo — concordou Sarah. — Era muito difícil escolher. Mas era difícil principalmente para você.

Woolly fez que sim.

— E depois — disse ele —, depois que a gente escolhia os nossos presentes e a vovó mandava as sacolas para casa com o motorista, ela nos levava para tomar chá no Plaza. Lembra?

— Lembro.

— A gente se sentava naquele salão com as palmeiras. E os garçons traziam aquelas torres com sanduíches de agrião, pepino e salmão na parte de baixo da bandeja, e tortinhas de limão e bombas de chocolate na parte de cima. E a vovó nos obrigava a comer os sanduíches antes de comer os doces.

— *Vocês precisam escalar o caminho até o céu.*

Woolly riu.

— Isso mesmo. Era o que a vovó dizia.

Quando Woolly e Sarah desceram da escada rolante no térreo, Woolly estava explicando sua percepção novinha em folha de que os criadores das cadeiras da casa de boneca mereciam a mesma admiração que o sr. Chippendale e o sr. Van der Rohe, talvez até mais. Mas, ao se aproximarem da porta, alguém começou a gritar com insistência atrás de ambos.

— Com licença! Com licença, meu senhor!

Quando se viraram para ver o motivo da comoção, Woolly e a irmã avistaram um homem que parecia muito um gerente os perseguindo e acenando com uma das mãos.

— Só um instante, meu senhor — chamou o homem enquanto tomava decididamente a direção de Woolly.

Com a pretensão de ostentar uma expressão de surpresa cômica, Woolly se virou para a irmã, mas ela ainda observava a aproximação do homem com um toque de temor. Apenas um toque, mas de cortar o coração.

Ao alcançá-los, o homem fez uma pausa para recuperar o fôlego. Em seguida, dirigiu-se a Woolly:

— Sinto muito, mesmo, pela gritaria, mas o senhor esqueceu seu urso.

Os olhos de Woolly se esbugalharam.

— O urso!

Ele se virou para a irmã, que parecia ao mesmo tempo espantada e aliviada.

— Esqueci o urso — disse com um sorriso.

Uma jovem que seguia o gerente surgiu, segurando um urso panda quase do seu tamanho.

— Obrigado aos dois — agradeceu Woolly e pegou o urso nos braços. — Dez vezes obrigado.

Enquanto os dois funcionários retornavam ao trabalho, Sarah se virou para Woolly.

— Você comprou um panda gigante?

— É para o bebê!

— Woolly! — exclamou Sarah, que balançou a cabeça e abriu um sorriso.

— Fiquei entre os ursos-cinzentos e os ursos-polares — explicou Woolly —, mas os dois pareciam meio ferozes.

Woolly gostaria de ter mostrado as garras e arreganhado os dentes para ilustrar, mas seus braços já estavam cheios demais segurando o panda.

Os braços estavam tão cheios com o panda, que Woolly não conseguiu passar pela porta giratória, o que levou o homem de uniforme vermelho--vivo, sempre de guarda na entrada da FAO Schwarz, a se pôr em ação.

— Permita-me — falou galantemente, abrindo a porta giratória para permitir a passagem de irmão, irmã e urso para o pequeno pátio que separava a loja da Quinta Avenida.

Fazia um dia lindo, o sol iluminava as carruagens puxadas a cavalo e as carrocinhas de cachorro-quente enfileiradas no entorno do Central Park.

— Vamos nos sentar um instante — disse Sarah, de um jeito que prenunciava uma conversa séria.

Com certa relutância, Woolly seguiu a irmã até um banco e se sentou, acomodando o panda entre ambos. Mas Sarah pegou o panda e o pôs ao seu lado, de modo a não haver nada entre os dois.

— Woolly — começou ela. — Eu queria perguntar uma coisa a você.

Quando a irmã o olhou, Woolly viu no seu rosto uma expressão de preocupação, mas também de dúvida, como se de repente ela não tivesse certeza se gostaria de lhe perguntar o que quer que fosse que tinha desejado perguntar.

Woolly estendeu o braço e pousou a mão no antebraço dela.

— Você não tem que me perguntar uma coisa, Sarah. Não tem que me perguntar nada.

Ao encará-la, Woolly percebeu que a preocupação continuava em conflito com a dúvida. Por isso, esforçou-se para tranquilizá-la.

— Perguntas podem ser traiçoeiras, feito encruzilhadas na estrada. A gente está tendo uma conversa ótima e aí alguém faz uma pergunta, e num piscar de olhos a gente é levado numa direção totalmente diferente. É muito provável que essa nova rota acabe indo dar em lugares perfeitamente agradáveis, mas às vezes a gente só queria mesmo era continuar na direção em que estava indo antes.

Ambos ficaram calados por um tempinho. Depois, Woolly apertou o braço da irmã, empolgado com um novo pensamento que lhe ocorreu.

— Você já reparou — disse ele —, você já reparou quantas perguntas têm a letra Q?

Ele usou os dedos para contar:

— Quem, Quê, Por Quê, Quando, Qual...

Viu que a preocupação e a dúvida da irmã desapareceram por um instante, enquanto ela sorria diante desse pequeno fato fascinante.

— Não é interessante? — prosseguiu Woolly. — Quer dizer, como você acha que isso aconteceu? Tantos séculos atrás, quando as palavras foram criadas, o que os inventores viram no som do Q para usá-lo em quase todas as perguntas? Em vez, digamos, do *T* ou do *P*? Dá para sentir uma certa pena do Q, não? Quer dizer, é um fardo pesado para carregar. Ainda por cima quando, quase sempre que alguém faz uma pergunta com Q, não é propriamente uma pergunta, mas uma afirmação disfarçada. Como, como...

Woolly adotou, então, a postura e o tom de voz da mãe:

— *Quando é que você vai crescer! Por que você fez uma coisa dessas! Que que deu em você!.*

Sarah riu, e foi bom vê-la rindo. Porque ela era boa de riso. Era absolutivamente a melhor pessoa de riso que Woolly já tinha conhecido.

— Tudo bem, Woolly. Não vou fazer uma pergunta para você.

Foi a vez de Sarah estender a mão para apertar o braço do irmão.

— Em vez disso, quero que você me prometa uma coisa. Quero que me prometa que, depois desta visita, você vai voltar.

Woolly quis olhar para os pés, mas dava para sentir os dedos da irmã em seu braço. E pôde ver no rosto dela que, embora a preocupação permanecesse, a dúvida havia sumido.

— Prometo — disse ele. — Prometo... que vou voltar.

Então, Sarah apertou seu braço como ele apertara o dela e, parecendo ter tirado um peso enorme das costas, recostou-se no banco. Woolly imitou o gesto. E, sentados ali ao lado do panda, pegaram-se olhando para o outro lado da Quinta Avenida: diretamente para o hotel Plaza.

Com um amplo sorriso, Woolly ficou de pé e se virou para a irmã.

— Deveríamos ir tomar um chá — falou. — Em nome dos velhos tempos.

— Woolly — disse Sarah, com desânimo. — Já passa das duas, preciso pegar meu vestido no Bergdorf's, fazer o cabelo e voltar para o apartamento para trocar de roupa a tempo de me encontrar com Dennis no Le Pavillon.

— Ah, blá-blá-blá — disse Woolly.

Sarah abriu a boca para verbalizar outro argumento, mas Woolly pegou o panda e o balançou para a frente e para trás diante da irmã.

— Ah, blá-blá-blá — repetiu, imitando a voz de um panda.

— Está bem — concordou Sarah com uma risada. — Em nome dos velhos tempos, vamos tomar um chá no Plaza.

Duchess

Na sexta-feira, à uma e meia da tarde, eu estava diante da cristaleira na sala de jantar da irmã de Woolly admirando a arrumação impecável da louça da casa. Como os Watson, ela também tinha aparelhos de porcelana dignos de serem legados — e que talvez já tivessem sido. Mas ali não se viam torres titubeantes de xícaras nem uma camada fina de poeira. A porcelana da irmã Sarah estava arrumada em escaninhos verticais perfeitamente alinhados, cada prato com um pequeno círculo de feltro no meio para proteger a superfície contra o prato de cima. Numa prateleira sob a louça, havia um estojo preto comprido que continha os talheres de prata da família, numa arrumação igualmente impecável.

Tranquei o armário da parte de baixo da cristaleira e devolvi a chave ao lugar onde a encontrara: na sopeira à mostra no meio da prateleira do meio. A dona da casa nitidamente tinha uma boa noção de simetria, que não era menos louvável por ser fácil de decifrar.

Perambulando pelo corredor que saía da sala de jantar, me dei por satisfeito de ter visitado todos os aposentos do andar térreo e subi pela escada dos fundos.

— — —

No café da manhã, Sarah havia explicado que ela e Dennis passariam o fim de semana no apartamento da cidade, porque tinham jantares nas duas noites. Quando acrescentou que precisava sair antes do meio-dia para resolver alguns assuntos e Woolly sugeriu lhe fazer companhia, Sarah olhou para mim.

— Tudo bem — indagou — se Woolly ficar comigo na cidade por algumas horas?

— Não vejo por que não.

E assim ficou decidido. Woolly iria no carro com Sarah e eu o pegaria mais tarde no Cadillac para irmos ao Circus. Quando perguntei a ele onde nos encontraríamos, obviamente Woolly sugeriu a estátua de Abraham Lincoln na Union Square. Pouco depois das onze, os dois saíram em direção à cidade, deixando a casa só para mim.

Para começar, fui até a sala, me servi de um dedo de uísque, botei Sinatra para tocar no *hi-fi* e relaxei. Eu nunca tinha ouvido aquele disco, mas os Velhos Olhos Azuis estavam perfeitamente em forma, apresentando uma seleção de canções de amor leves e dançantes, como "I Get a Kick Out of You" e "They Can't Take That Away from Me", acompanhados de uma baita orquestra.

Na capa do disco, dois pares de namorados passeavam, enquanto o próprio Sinatra aparecia encostado a um poste de luz. Vestindo um terno cinza-escuro e com um chapéu de feltro meio de lado na cabeça, Sinatra segurava tão de leve um cigarro entre dois dedos que dava a impressão de poder deixá-lo cair a qualquer minuto. Só de ver aquela foto, a gente sentia vontade de fumar, de usar chapéu e de se encostar a um poste de luz, na companhia de si mesmo.

Por um instante, me perguntei se o cunhado de Woolly teria comprado o disco, mas só por um instante. Porque, claro, só poderia ter sido Sarah.

Toquei o disco uma segunda vez, me servi de mais uísque e saí perambulando pelo corredor. De acordo com Woolly, seu cunhado era uma espécie de prodígio de Wall Street, embora não desse para fazer tal diagnóstico observando seu escritório. Nada de fitas de teletipo ou seja lá o que for que se use hoje em dia para informar o que comprar ou vender. Nada de livros contábeis, calculadoras ou réguas de cálculo. Em vez disso tudo, havia ampla evidência da sua vida esportiva.

Numa prateleira no lado oposto da escrivaninha — onde Dennis podia contemplar com facilidade — via-se um peixe empalhado montado num pedestal, com a boca eternamente na direção do anzol. Na prateleira acima do peixe, havia uma foto recente de quatro homens logo após uma rodada de golfe. Felizmente era colorida, então dava para ver todas as roupas que não se haveria de querer usar jamais. Ao estudar o rosto dos golfistas, identifiquei um especialmente presunçoso e concluí tratar-se de Dennis. À esquerda das prateleiras, havia mais uma foto pendurada acima de duas mãos-francesas que se projetavam da parede. Essa era de um time de basquete universitário com um troféu de sessenta centímetros na grama.

O que não havia era uma foto da irmã de Woolly. Nem na parede, nem numa prateleira, nem na mesa do prodígio.

Depois de lavar meu copo na cozinha, descobri o que imagino que possa ser chamado de despensa. Mas não era como a do St. Nick's, lotada do chão ao teto com sacos de farinha e latas de tomates. Essa tinha uma pequena pia de cobre, com uma bancada de cobre e vasos de todas as cores e tamanhos imagináveis, de modo que Sarah pudesse exibir com perfeição qualquer buquê de flores que Dennis jamais lhe traria. Por outro lado — o lado positivo —, Dennis havia garantido que a despensa tivesse um armário especialmente projetado para armazenar algumas centenas de garrafas de vinho.

Da cozinha, passei para a sala de jantar, onde examinei a louça e a prataria, como já mencionei; parei na sala de estar para tampar o uísque e desligar o fonógrafo e depois subi a escada.

Pulei o quarto em que Woolly e eu tínhamos passado a noite e dei uma espiada em outro quarto de hóspedes. Depois, fui a um cômodo que parecia ser um quarto de costura, antes de chegar a outro que estava sendo pintado.

No meio do cômodo, alguém havia retirado a lona protetora de cima das caixas empilhadas na cama, deixando-as expostas aos riscos da tinta azul-clara. Isso não me pareceu o tipo de coisa que a irmã de Woolly faria e, por isso, tomei a iniciativa de botar de volta a lona no lugar. E o que descubro encostado ao estrado da cama, se não um taco de beisebol Louisville Slugger, a marca mais famosa do mundo?

Era para estar pousado em cima daquelas mãos-francesas no escritório de Dennis, pensei comigo mesmo. O sujeito provavelmente tinha feito um *home run* quinze anos antes e pendurou o taco de beisebol na parede para ser lembrado do fato sempre que não estivesse olhando para seu peixe. Mas, por alguma razão estranha, alguém levou o taco até o quarto.

Pegando-o e sentindo seu peso nas minhas mãos, balancei a cabeça, descrente. Por que não tinha pensado nisso antes?

Em formato e propósito, um Louisville Slugger não devia ser tão diferente dos bastões que nossos ancestrais usavam para dominar gatos selvagens e lobos. No entanto, de certa forma, ele parecia tão elegante e moderno quanto uma Maserati. O suave afilamento da haste que garante uma distribuição perfeita do peso... A borda na base que se encaixa na parte inferior da palma para maximizar a força do movimento giratório sem permitir que escorregue da mão... Esculpido, lixado e polido com a mesma devoção presente na confecção de violinos e navios, um Louisville Slugger é simultaneamente beleza pura e puro propósito.

Na verdade, eu desafio qualquer um a citar um exemplo mais perfeito de formato adequado à função do que quando DiMaggio, depois de repousar o cabo do taco no ombro, de repente movimenta o corpo a fim de receber o projétil arremessado contra ele a cento e cinquenta quilômetros por hora e o rebate na direção oposta com uma pancada gratificante.

Sim, pensei com meus botões. Esqueçam os pedaços de pau, as frigideiras e as garrafas de uísque. Quando se trata de fazer justiça, a única coisa necessária é um bom taco americano de beisebol.

Continuei pelo corredor com um assovio nos lábios e usei a ponta do taco para empurrar a porta da suíte máster.

Era um aposento encantador, cheio de claridade, no qual não havia apenas uma cama, mas uma daquelas confortáveis *chaises longues*, uma cadeira de espaldar alto com um descanso para os pés e um par de mesinhas de cabeceira — a dele e a dela. Havia também um par de closets. No da esquerda, viam-se vários vestidos pendurados, a maioria dos quais tão vistosos e elegantes quanto a dona; meio escondidos no canto, porém, havia alguns tão provocantes, que quase me senti constrangido demais para olhar — e, sem dúvida, faziam Sarah se sentir constrangida demais para usá-los.

No segundo closet, viam-se prateleiras com camisas sociais impecavelmente dobradas e um cabideiro do qual pendia uma coleção de ternos de três peças organizados por tonalidades, que iam do bege ao preto, passando pelo cinza e pelo azul-marinho. Na prateleira sobre os ternos, ficavam os chapéus fedora, organizados segundo o mesmo padrão de cores.

O hábito faz o monge, diz o ditado. Mas bastava olhar para a fileira de chapéus fedora para saber que tamanha bobagem é isso. Se juntarmos um grupo de homens de todos os níveis — do mandachuva ao mais reles — e os fizermos empilhar seus fedora, será necessária uma vida inteira para descobrir de quem é cada um. Porque é o homem que faz o fedora, não o contrário. Quer dizer, quem não haveria de preferir usar o chapéu puído do Sinatra a usar o do Sargento Joe Friday? Ao menos é o que espero.

Ao todo, calculei que Dennis tinha cerca de dez chapéus, vinte e cinco ternos e quarenta camisas, para misturar e combinar. Não me dei o trabalho de calcular todas as potenciais combinações de figurinos. Era evidente que, se um sumisse, ninguém sequer notaria.

Emmett

Na sexta-feira, à uma e meia da tarde, Emmett se aproximou de um prédio de tijolos vermelhos na 126ª Street.

— Lá vamos nós de novo — comentou o jovem negro de pele clara encostado ao corrimão no alto da escada.

Quando ele falou, o grandalhão sentado no primeiro degrau ergueu os olhos para Emmett com uma expressão de grata surpresa.

— Você também veio apanhar? — perguntou.

Quando ele começou a se balançar com uma risada muda, a porta do prédio se abriu e por ela saiu Townhouse.

— Ora, ora — saudou com um sorriso —, se não é o sr. Emmett Watson.

— Oi, Townhouse.

Townhouse fez uma pausa para encarar o jovem encostado ao corrimão, que bloqueava parcialmente o caminho. Quando o rapaz se afastou a contragosto, Townhouse desceu a escada e apertou a mão estendida de Emmett.

— É um prazer ver você.

— É um prazer para mim também.

— Eu soube que você saiu uns meses antes.

— Por causa do meu pai.

Townhouse assentiu com a cabeça para expressar solidariedade.

O rapaz negro observava o encontro com uma expressão azeda.

— Quem é esse? — questionou.

— Um amigo — respondeu Townhouse sem olhar para trás.

— Salina deve ser um lugar bem amistoso.

Dessa vez, Townhouse fez questão de olhar para trás.

— Cale a boca, Maurice.

Por um instante, Maurice devolveu o olhar de Townhouse, antes de contemplar a extensão da rua com seu jeito azedo, enquanto o engraçadinho balançava a cabeça.

— Vamos — disse Townhouse a Emmett. — Vamos dar uma volta.

Enquanto os dois desciam juntos a rua, Townhouse não disse nada. Emmett percebeu que ele pretendia se distanciar um pouco dos demais e, por isso, também ficou em silêncio até virarem a esquina.

— Você não parece surpreso em me ver.

— Não estou. Duchess esteve aqui ontem.

Emmett fez que sim.

— Quando me disseram que ele tinha vindo ao Harlem, imaginei que fosse para encontrar você. O que ele queria?

— Queria que eu batesse nele.

Emmett parou e se virou para Townhouse, que também parou e se virou. Por um momento, os dois ficaram ali, encarando-se, sem dizer nada — dois jovens de raças e estratos sociais distintos, mas com visões similares.

— Ele queria que você batesse nele?

Townhouse respondeu num tom mais baixo, como se o assunto fosse confidencial, embora não houvesse ninguém por perto.

— Era o que ele queria, Emmett. Estava com uma ideia na cabeça de que me devia alguma coisa por causa das lambadas que levei do Ackerly, e disse que se eu lhe desse uns murros ficaríamos quites.

— O que você fez?

— Bati nele.

Emmett olhou o amigo com uma leve surpresa.

— Ele não me deu alternativa. Disse que tinha vindo lá do outro lado da cidade para acertar as contas e deixou claro que não iria embora enquanto isso não ficasse resolvido. Então, quando bati uma vez, ele insistiu comigo para bater de novo. Duas vezes. Apanhou três vezes na cara sem sequer levantar os punhos, bem na frente daquela escada onde a gente estava um minuto atrás, na frente dos garotos.

Emmett desviou o olhar e refletiu. Não lhe passou despercebido o fato de que cinco dias antes ele tinha levado uma surra semelhante num acerto de contas pessoal. Emmett não era chegado a superstições. Não tinha apego a trevos de quatro folhas nem medo de gatos pretos. Mas a ideia de Duchess levando três murros diante de uma roda de testemunhas lhe causou uma estranha sensação de presságio. Só que isso não alterava o que era necessário fazer.

Emmett tornou a olhar para Townhouse.

— Ele falou onde estava hospedado?

— Não.

— Disse aonde estava indo?

Townhouse fez uma pausa e depois balançou a cabeça.

— Não. Mas olhe, Emmett, se você está decidido a encontrar Duchess, é melhor saber que não é o único.

— Como assim?

— Dois policiais estiveram aqui ontem à noite.

— Porque ele e Woolly fugiram?

— Talvez. Eles não disseram. Mas, sem dúvida, estavam mais interessados no Duchess do que no Woolly. E algo me diz que tem mais coisa aí do que uma caçada a uma dupla de garotos que pularam a cerca.

— Obrigado por avisar.

— De nada. Mas, antes de ir embora, tenho uma coisa que você vai gostar de ver.

Townhouse levou Emmett até uma rua a oito quarteirões de distância, que parecia mais latina do que negra — com uma bodega e três homens jogando dominó na calçada e uma música dançante latina tocando no rádio. No fim da quadra, Townhouse parou na calçada em frente a uma oficina.

Emmett virou-se para ele.

— É essa *a* oficina?

— A própria.

A oficina em questão era de um homem chamado Gonzalez, que havia se mudado do sul da Califórnia para Nova York depois da guerra, com a esposa e dois filhos — gêmeos conhecidos na comunidade como Paco e Pico. Desde que os meninos tinham catorze anos, Gonzalez os pusera para trabalhar na oficina depois do colégio, limpando ferramentas, varrendo o chão e jogando fora o lixo, para que eles adquirissem a noção do que era necessário fazer para ganhar um dólar honesto. Paco e Pico aprenderam direitinho a lição. E quando, aos dezessete anos, receberam a responsabilidade de fechar a oficina nos fins de semana, os dois começaram um negócio próprio.

A maioria dos carros que ia para lá estava com um para-choque perdido ou um amassado numa das portas, mas funcionava bem. Por isso, nas noites de sábado, os irmãos começaram a alugar os carros para os rapazes da vizinhança por uns poucos dólares por hora. Aos dezesseis anos, Townhouse convidou uma garota chamada Clarise, por acaso a menina mais bonita da sua turma, para sair. Quando ela aceitou, Townhouse pediu emprestados cinco dólares ao irmão e alugou um carro dos gêmeos.

Seu plano era preparar um pequeno piquenique e levar Clarise até a Tumba de Grant, onde poderiam estacionar sob os olmos e contemplar o rio Hudson. Mas quis o destino que o único carro disponível na oficina fosse um Buick Skylark conversível com acabamento cromado. O carro era tão bonito, que teria sido um crime botar uma menina como Clarise no banco da frente e passar a noite admirando barcaças atravessando o rio. Em vez disso, então, Townhouse baixou a capota, ligou o rádio e levou a garota para passear para cima e para baixo na 125th Street, a principal via do Harlem.

Você devia ter visto a gente, contou Townhouse para Emmett enquanto os dois estavam deitados no beliche certa noite em Salina. *Vesti meu terno do domingo de Páscoa, que era quase tão azul-marinho quanto o carro, e ela,* um vestido amarelo-vivo tão decotado nas costas que dava para ver metade da coluna vertebral. O Skylark podia passar de zero a oitenta quilômetros em quatro segundos, mas eu preferi dirigir a quarenta por hora, para poder acenar para todo mundo conhecido e mais meio mundo de desconhecidos. Lá fomos nós pela 125ª Street, passando pelo pessoal bem-vestido em frente ao hotel Theresa, ao Apollo e ao Showman's Jazz Club. Quando chegávamos à Broadway, eu virava e fazia o caminho de volta. Toda vez que terminávamos o percurso, Clarise escorregava para mais perto, até não ter mais espaço para escorregar.

Por fim, foi Clarise quem sugeriu que os dois fossem até a Tumba de Grant e estacionassem debaixo dos olmos, e era lá que estavam, aproveitando ao máximo a sombra, quando as lanternas de dois patrulheiros os flagraram dentro do carro.

Acontece que o proprietário do Skylark era um dos sujeitos bem-vestidos diante do teatro Apollo. Por causa dos muitos acenos de Townhouse e Clarise, não demorou para que os guardas os encontrassem no parque. Depois de desenganchar o jovem casal enamorado, um dos policiais levou Clarise para casa no Skylark, enquanto o outro levou Townhouse para a delegacia no banco traseiro da viatura preta e branca.

Por ser menor de idade e não ter antecedentes criminais, Townhouse poderia ter se safado com um sermão severo caso tivesse denunciado os gêmeos. Mas Townhouse não era um dedo-duro. Quando os policiais lhe perguntaram como ele tinha ido parar atrás do volante de um carro que não era dele, Townhouse respondeu que havia entrado de fininho no escritório do sr. Gonzalez, tirado a chave de onde estava pendurada e saído com o carro do estacionamento sem que ninguém visse. Por isso, em vez de um sermão severo, Townhouse pegou doze meses em Salina.

— Venha — disse ele a Emmett.

Ao atravessarem a rua, os dois passaram pelo escritório em que o sr. Gonzalez falava ao telefone e entraram na área de consertos. Na primeira baia estava um Chevy com a traseira achatada, enquanto na segunda havia um Roadmaster com o capô encurvado, como se os dois carros estivessem nas pontas opostas da mesma colisão. Em algum lugar longe da vista, um rádio tocava uma música dançante que, para o ouvido de Emmett, parecia ser a que ele ouvira ao passarem pelos jogadores de dominó, embora soubesse que devia estar enganado.

— Paco! Pico! — gritou Townhouse por cima do som do rádio.

Os irmãos surgiram de detrás do Chevy, envergando macacões sujos e limpando as mãos em trapos.

Não dava para constatar que Paco e Pico eram gêmeos só dando uma rápida olhadela. O primeiro era alto, magro e cabeludo, enquanto o segundo era atarracado e com corte à escovinha. Apenas quando abriam amplos sorrisos de dentes alvos era possível ver a semelhança familiar.

— Este é o amigo de quem eu falei — disse Townhouse.

Virando-se para Emmett, os irmãos lhe deram o mesmo sorriso cheio de dentes. Em seguida, Paco indicou com a cabeça o extremo da garagem.

— Está logo ali.

Emmett e Townhouse seguiram os irmãos até a última baia, depois do Buick Roadmaster, onde havia um carro coberto por uma lona. Juntos, os irmãos puxaram o tecido, revelando um Studebaker azul-claro.

— É o meu carro! — exclamou Emmett.

— Não brinca — disse Townhouse.

— Como foi que ele veio parar aqui?

— Foi o Duchess que deixou.

— Está funcionando direito?

— Mais ou menos — respondeu Paco.

Emmett balançou a cabeça. Não dava para entender por que, quando ou onde Duchess tinha feito aquilo. Mas, com seu carro recuperado e funcionando direito, não era necessário entender as escolhas dele.

Depois de uma rápida vistoria, Emmett descobriu, satisfeito, que não existiam novos arranhões no carro. Mas, ao abrir o porta-malas, a sacola de viagem não estava ali. Pior: quando tirou o pedaço de feltro que cobria o estepe, descobriu que o envelope também não.

— Tudo certo? — indagou Townhouse.

— Sim — respondeu Emmett, fechando o porta-malas com um estalido discreto.

Emmett caminhou até a frente do carro, espiou pela janela do motorista e depois se virou para Paco.

— Você está com a chave?

Mas Paco se virou para Townhouse.

— Estamos — disse Townhouse. — Só tem uma outra coisinha que você precisa saber.

Antes que Townhouse pudesse explicar, um grito furioso ecoou do outro lado da garagem.

— Que merda é essa?

Emmett supôs que fosse o sr. Gonzalez, aborrecido com o fato de os filhos não estarem trabalhando, mas, quando olhou, viu o rapaz chamado Maurice se aproximando deles.

— Que merda é essa? — repetiu Maurice, mais pausadamente, enfatizando cada palavra.

Depois de cochichar para Emmett que aquele era seu primo, Townhouse esperou que Maurice os alcançasse antes de se dignar a responder.

— Que merda é o quê, Maurice?

— Otis disse que você ia entregar a chave e eu não acreditei.

— Bom, pode acreditar.

— Mas o carro é *meu*.

— Não tem nada de seu nele.

Maurice olhou para Townhouse com uma expressão de espanto.

— Você estava lá quando aquele maluco me deu a chave.

— Maurice — disse Townhouse —, você passou a semana toda me enchendo a paciência, já estou de saco cheio. Então, por que não vai cuidar das suas coisas antes que eu faça isso por você?

Cerrando os dentes, Maurice encarou Townhouse um instante. Depois, deu meia-volta e foi embora.

Townhouse balançou a cabeça e, num um derradeiro gesto de menosprezo pelo primo, adotou a expressão de alguém que tenta recordar a coisa importante que estava dizendo antes de ser tão desnecessariamente interrompido.

— Você ia contar a ele sobre o carro — informou Paco.

Com um gesto de cabeça que agradecia a lembrança, Townhouse se virou para Emmett.

— Quando eu disse aos policiais ontem à noite que não sabia do Duchess, eles talvez não tenham acreditado. Porque hoje de manhã eles voltaram, fazendo perguntas em todo o quarteirão, como, por exemplo, se alguém tinha visto uma dupla de rapazes brancos rondando a minha escada ou andando pela vizinhança de carro. Num Studebaker azul-claro...

Emmett fechou os olhos.

— Isso mesmo — disse Townhouse. — Qualquer que tenha sido o problema em que Duchess se meteu, ao que tudo indica ele estava no seu carro. E se o seu carro está envolvido, os policiais vão acabar chegando à conclusão de que você também está envolvido. Esse é um dos motivos por que guardei o carro aqui em vez de deixar na rua. O outro motivo é porque, no quesito pintura, os irmãos Gonzalez são artistas, não é, rapazes?

— *Los Picassos* — concordou Pico, abrindo a boca pela primeira vez.

— Depois que *acabarmos* o serviço — interveio Paco —, nem a mãe dele vai reconhecê-lo.

Os dois irmãos começaram a rir, mas pararam ao ver que nem Emmett, nem Townhouse estavam rindo.

— Quanto tempo vai levar? — perguntou Emmett.

Os irmãos se entreolharam, e Paco deu de ombros.

— Se começarmos amanhã e dermos uma boa largada, ele deve ficar pronto... segunda de manhã?

— *Sí* — concordou Pico, assentindo. — *El lunes.*

Mais um atraso, pensou Emmett. Mas, já que o envelope tinha sumido, ele não partiria de Nova York antes de encontrar Duchess, de todo jeito. E Townhouse tinha razão quanto ao carro. Se a polícia estava procurando com afinco um Studebaker azul-claro, não fazia sentido dirigir um Studebaker azul-claro.

— Segunda de manhã, então — repetiu Emmett. — E obrigado a vocês dois.

Do lado de fora da garagem, Townhouse se ofereceu para acompanhar Emmett até o metrô, mas Emmett quis saber uma coisa antes.

— Quando você estava lá na escada e perguntei aonde Duchess estava indo, você hesitou, como alguém que sabe de alguma coisa, mas não quer admitir que sabe. Se Duchess contou para onde ia, preciso que você me diga.

Townhouse deu um suspiro resignado.

— Olhe só — disse —, eu sei que você gosta do Duchess, Emmett. Também gosto. Do jeito maluco dele, é um amigo leal, além de ser um dos maiores especialistas em palavrões que já tive o prazer de conhecer. Mas ele também é um desses caras que nascem sem visão periférica. Consegue ver tudo que está diante do nariz até melhor do que a maioria, mas é só essa coisa chegar um centímetro para a esquerda ou para a direita, que ele nem sabe que ela está ali. E isso pode criar todo tipo de problema. Para ele e para qualquer um que esteja por perto. Só estou dizendo, Emmett, que, agora que você já está com seu carro, talvez devesse esquecer Duchess.

— Nada me agradaria mais do que esquecer Duchess — respondeu Emmett —, mas não é tão simples assim. Há quatro dias, justo quando Billy e eu estávamos prestes a partir para a Califórnia, ele se mandou com Woolly no Studebaker, o que já foi um problema e tanto. Mas, antes de morrer, meu pai pôs um envelope com três mil dólares no porta-malas do carro. Estava lá quando Duchess se mandou e agora não está mais.

— Merda — exclamou Townhouse.

Emmett concordou.

— Não me entenda mal: estou feliz por ter recuperado o carro. Mas *preciso* daquele dinheiro.

— Está bem — disse Townhouse, assentindo. — Não sei onde Duchess se hospedou. Mas, antes de ir embora ontem, ele tentou me convencer a ir com ele e Woolly ao Circus.

— Ao circo?

— Isso mesmo. Em Red Hook. Na Conover Street, bem perto do rio. Duchess disse que ia assistir ao espetáculo das seis da tarde de hoje.

Enquanto os dois caminhavam da oficina até a estação do metrô, Townhouse pegou o caminho mais longo para poder apontar marcos. Não os marcos do Harlem, mas os marcos presentes nas conversas de ambos. Lugares que haviam surgido durante o tempo em que conviveram, mencionados enquanto os dois trabalhavam lado a lado nos campos ou aguardavam o sono deitados nos beliches à noite. Como o prédio de apartamentos na Lenox Avenue, onde o avô criava pombos no telhado, o mesmo telhado em que ele e o irmão tinham permissão para dormir nas noites de verão. E a escola secundária onde Townhouse havia sido um astro do beisebol. E, na 125ª Street, Emmett foi apresentado à via movimentada que Townhouse e Clarise cruzaram várias vezes naquela fatídica noite de sábado.

Quando saiu de Nebraska, Emmett pouco lamentou. Não lamentou deixar para trás a casa nem seus pertences. Não lamentou deixar para trás os sonhos do pai nem seu túmulo. E, ao percorrer os primeiros quilômetros da estrada Lincoln, saboreou a sensação de distanciamento da própria cidade natal, ainda que estivesse na direção errada.

Mas, enquanto caminhava pelo Harlem e Townhouse apontava os marcos da própria juventude, Emmett desejou poder voltar a Morgen, ainda que por um único dia, na companhia do amigo, para lhe apontar os marcos da vida passada lá, os lugares das histórias que contara para passar o tempo. Como os aviões que tão laboriosamente havia montado e que ainda pendiam acima da cama de Billy, e a casa de dois andares em Madison, a primeira que ele tinha ajudado a construir como empregado do sr. Schulte, e a terra vasta e implacável que, embora tivesse derrotado seu pai, jamais perdera a beleza aos olhos dele. E, sim, mostraria a Townhouse o terreno da feira também, assim como Townhouse, sem vergonha nem hesitação, lhe mostrava agora a faixa movimentada da via que havia levado à sua perdição.

Quando chegaram à estação do metrô, Townhouse entrou com Emmett e o seguiu até as catracas. Antes de se separarem, quase como um adendo, ele perguntou se o amigo queria sua companhia à noite — quando fosse em busca de Duchess.

— Não precisa — respondeu Emmett. — Não imagino que ele vá me criar problemas.

— Não, não vai — concordou Townhouse. — Pelo menos, não de propósito.

Passado um instante, Townhouse balançou a cabeça e sorriu.

— Duchess tem umas ideias malucas na cabeça, mas estava certo sobre uma coisa.

— Que coisa? — perguntou Emmett.

— Eu realmente me senti muito melhor depois de bater nele.

Sally

Quase sempre que se precisa da ajuda de um homem, não se consegue encontrá-lo. Ele está longe cuidando de uma coisa ou outra que poderia muito bem estar fazendo amanhã, sem prejuízos, e que se encontra cinco passos fora do alcance do nosso chamado. Mas, assim que precisamos que ele esteja em outro lugar, não há como empurrá-lo porta afora.

Como meu pai neste exato minuto.

Agora é meio-dia e meia de uma sexta-feira e ele está cortando seu peito de frango grelhado como se fosse uma espécie de cirurgião e a vida do paciente dependesse de cada corte da faca. E depois de finalmente esvaziar o prato e tomar duas xícaras de café, vem o pedido raríssimo de uma terceira.

— Vou ter que fazer outro bule — aviso.

— Tenho tempo — diz ele.

Por isso, jogo a borra no lixo, lavo o percolador, torno a enchê-lo, ponho no fogão e espero que ferva, pensando como deve ser maravilhoso neste mundo implacável ter tanto tempo livre assim.

— — —

Desde que me entendo por gente, meu pai vai à cidade às sextas depois do almoço para cuidar dos seus assuntos. Assim que termina de almoçar, ele sobe no caminhão com uma expressão decidida e parte para a loja de ferragens, para a loja de rações e para a farmácia. Então, por volta das sete — bem a tempo do jantar —, ele chega em casa com um tubo de pasta de dente, dez arrobas de aveia e um alicate novo em folha.

É pertinente indagar como, em nome do bom Deus, um homem consegue transformar vinte minutos de providências numa excursão de cinco horas. Ora, essa é fácil: tagarelando. Sem dúvida, ele fica tagarelando com o sr. Wurtele na loja de ferragens, com o sr. Horchow na loja de rações e com o sr. Danziger na farmácia. Mas sua tagarelice não se limita aos lojistas: nas tardes de sexta-feira, em cada um desses estabelecimentos se reúne um pelotão de consumidores experientes para prever o tempo, a colheita e as eleições nacionais.

Pelos meus cálculos, uma hora inteira é gasta em prognósticos em cada uma das lojas, mas, aparentemente, três horas não bastam. Porque depois de prever os resultados de tudo que há de imprevisível no dia, o pelotão de idosos se dirige à Taverna McCafferty a fim de continuar opinando durante mais duas horas na companhia de garrafas de cerveja.

Meu pai é um escravo do hábito, razão pela qual, como eu disse, essa rotina é a mesma desde que me entendo por gente. Então, de repente, há cerca de seis meses, depois de terminar de almoçar, em vez de se dirigir direto à porta e ao caminhão, ele subiu para trocar a roupa que estava usando por uma camisa branca limpa.

Não demorei para concluir que, de alguma maneira, uma mulher havia surgido na rotina do meu pai, sobretudo por conta do perfume dela, já que sou eu quem lava a roupa. Mas as dúvidas persistiam: quem seria essa mulher? E onde, em nome de Deus, ele a conhecera?

Eu tinha certeza de que ela não pertencia à congregação, porque nas manhãs de domingo, quando saíamos do culto para o pequeno gramado diante da capela, mulher alguma — casada ou solteira — o cumprimentava discretamente ou o olhava de um jeito estranho. E não era Esther, a senhora que cuida das contas na loja de rações, porque Esther não reconheceria um vidro de perfume nem que um deles caísse do céu e lhe acertasse a cabeça. Eu podia até ter achado que era uma das mulheres que, vez ou outra, aparecem na McCafferty, mas, quando meu pai começou a trocar de camisa, ele parou de voltar para casa com bafo de cerveja.

Ora, se ele não a conheceu na igreja, nas lojas nem no bar, eu simplesmente não conseguia descobrir sua identidade. Por isso, não me restou alternativa a não ser segui-lo.

Na primeira sexta-feira de março, fiz uma panela de *chili* para não precisar me preocupar com o jantar. Depois de servir o almoço ao meu pai, eu o observei sair pela porta vestindo a camisa branca limpa, subir no caminhão e pegar a estrada. Quando ele já devia estar a uns dois quilômetros de casa, peguei um chapéu de aba larga no armário, entrei na Betty e fui atrás.

Como sempre, ele fez sua primeira parada na loja de ferragens, onde comprou algumas coisas e gastou uma hora na companhia de seus semelhantes. Em seguida, foi a vez da loja de rações e da farmácia, onde houve outras comprinhas e mais conversa fiada. Em cada uma dessas paradas, um punhado de mulheres estava presente cuidando dos próprios assuntos, mas, se é que ele trocou mais de uma palavra com elas, nem sequer deu para notar.

Às cinco da tarde, porém, quando saiu da farmácia e subiu no caminhão, ele não desceu a Jefferson na direção da taverna. Em vez disso, depois de passar pela biblioteca, pegou a direita para a Cypress, virou à esquerda na Adams e estacionou na calçada oposta à casinha branca de cortinas azuis. Depois de ficar sentado um minuto, saiu do caminhão, atravessou a rua e bateu na porta de tela.

Não precisou esperar mais de um minuto para ser atendido. E de pé ali à porta estava Alice Thompson.

Pelas minhas contas, Alice não podia ter mais de vinte e oito anos. Era três anos mais adiantada do que minha irmã na escola e frequentava a igreja metodista, motivo pelo qual eu não a conhecia direito. Mas eu sabia o que todo mundo sabia: que ela havia se formado na Universidade do Kansas e depois se casara com um sujeito de Topeka que tinha sido morto na Coreia. Viúva sem filhos, Alice voltara para Morgen no outono de 1953 e conseguira um emprego como caixa no Savings & Loan.

Devia ter acontecido lá. Embora idas ao banco não fizessem parte da rotina do meu pai às sextas-feiras, ele passava por lá às quintas, de quinze em quinze dias, para pegar o pagamento dos rapazes. Numa semana dessas, ele provavelmente foi parar no guichê de Alice e foi seduzido pela expressão melancólica da viúva. Na semana seguinte, deve ter escolhido com cuidado seu lugar na fila, de modo a cair no mesmo guichê, e não no de Ed Fowler, e se esforçado ao máximo para puxar uma conversinha com Alice, enquanto ela contava o dinheiro.

É possível que se imagine que, sentada na picape e de olho na casa, eu estivesse abalada, zangada ou indignada com o fato de meu pai estar deixando de lado a lembrança da minha mãe para namorar uma mulher com metade da idade dele. Que imaginem o que quiserem, ora. Não fará diferença para ninguém, muito menos para mim. Mas, naquela noite, depois de lhe servir o *chili*, limpar a cozinha e apagar as luzes, me ajoelhei ao lado da cama, juntei as mãos e rezei: *Senhor amado*, eu disse, *por favor, dê ao meu pai a sabedoria de ser amável, o desejo de ser generoso e a coragem de pedir a mão dessa mulher em sagrado matrimônio* — assim, outro alguém poderá cozinhar e faxinar para ele, para variar.

Toda noite, durante as quatro semanas seguintes, fiz a mesma prece.

Então, na primeira sexta-feira de abril, meu pai não chegou em casa às sete da noite, a tempo do jantar. Só apareceu quando eu já tinha limpado a cozinha e me deitado. Era quase meia-noite quando o ouvi passar pelo portão. Entreabrindo a cortina, vi seu caminhão estacionado num ângulo de quarenta e cinco graus com os faróis ainda acesos, enquanto ele se dirigia até a porta. Eu o ouvi passar pelo jantar que eu havia deixado em seu prato e subir cambaleando a escada.

Dizem que o Senhor ouve todas as preces, só que algumas vezes Sua resposta é não. E acho que Ele disse não às minhas. Porque, na manhã seguinte, quando tirei sua camisa da roupa suja, o cheiro que senti foi de uísque em vez de perfume.

— — —

Finalmente, às quinze para as duas, meu pai terminou de tomar sua xícara de café e empurrou a cadeira.

— Bom, acho que já vou indo — disse, e não discuti.

Quando subiu no caminhão e saiu pelo portão, consultei o relógio e vi que tinha mais de quarenta e cinco minutos de folga. Assim, lavei os pratos, arrumei a cozinha e pus a mesa. A essa altura, eram duas e vinte. Ao tirar o avental, enxuguei a testa e me sentei no primeiro degrau da escada, onde sempre sopra uma brisa à tarde e de onde eu não teria dificuldade para ouvir o telefone tocar no escritório do meu pai.

E foi ali que fiquei sentada durante a meia hora seguinte.

Ao me levantar, alisei a saia e voltei para a cozinha. Com as mãos nos quadris, examinei-a. Estava impecável: as cadeiras, em seus devidos lugares em volta da mesa; a bancada, seca; os pratos, bem empilhados no armário. Assim, comecei a preparar uma torta de galinha. Quando ficou pronta, limpei novamente a cozinha. Depois, embora não fosse sábado, tirei o aspirador do armário e aspirei os tapetes da sala e do escritório. Estava prestes a levar o aspirador para o andar de cima para usá-lo nos quartos quando me ocorreu que, com todo o barulho que faz um aspirador, eu talvez não conseguisse ouvir o telefone tocar lá de cima. Por isso, tornei a guardar o aspirador no armário.

Fiquei parada ali por um momento, encarando-o todo enrolado no chão do armário, me perguntando qual de nós dois havia sido projetado para servir ao outro. Depois, batendo a porta, entrei no escritório do meu pai, me sentei na cadeira, peguei sua agenda de telefones e procurei o número do padre Colmore.

Emmett

Quando saíram da estação na Carroll Street, Emmett percebeu que cometera um erro ao levar o irmão.

Seus instintos haviam lhe dito para não fazer isso. Townhouse não tinha sido capaz de se lembrar do endereço exato do circo, o que significava que daria trabalho encontrá-lo. Uma vez lá dentro, ele teria que achar Duchess na multidão. E, depois de achar Duchess, havia a possibilidade, ainda que remota, de que ele não lhe entregasse o envelope sem criar alguma confusão. Considerando tudo isso, teria sido mais sábio deixar Billy aos cuidados de Ulysses, pois assim o menino estaria seguro. Mas como dizer a um garoto de oito anos que a vida inteira quis ir ao circo que se pretendia ir ao circo sem ele? Portanto, às cinco horas, os dois desceram pela escada de metal que saía dos trilhos e se dirigiram juntos ao metrô.

De início, Emmett se consolou com o fato de saber para qual estação deveria ir, qual era a plataforma correta e o trem correto, por já ter feito uma vez a viagem ao Brooklyn — embora de forma errada. Mas, na véspera, ao sair do trem sentido Brooklyn para pegar o trem sentido Manhattan, não tinha precisado trocar de estação. Por esse motivo, só quando os dois saíram na parada da Carroll Street foi que Emmett se deu conta de como era decadente essa parte do Brooklyn. Enquanto percorriam Gowanus para chegar a Red Hook, o cenário só parecia piorar. A paisagem logo se tornou um mar de armazéns compridos e sem janelas, ladeados por uma ou outra espelunca ou bar. Dificilmente poderia ser considerada a vizinhança adequada para um circo, a menos que erguessem uma tenda no cais. No entanto, quando avistaram o rio, não viram sinal de uma tenda, nem de bandeiras ou toldos.

Emmett estava a ponto de dar meia-volta quando Billy apontou para o outro lado da rua, onde havia um prédio de aparência comum com uma janela pequena e bem iluminada.

Tratava-se de um guichê de ingressos, ocupado por um homem na casa dos setenta anos.

— Aqui é o circo? — perguntou Emmett.

— O primeiro espetáculo já começou — disse o velho —, mas são dois dólares por cabeça, mesmo assim.

Quando Emmett pagou, o velho empurrou os ingressos para o outro lado do balcão com a indiferença de alguém que havia passado a vida toda empurrando ingressos para o outro lado do balcão.

Emmett sentiu alívio ao ver que o saguão estava mais de acordo com suas expectativas. O chão era coberto por um tapete vermelho-escuro e as paredes tinham desenhos de acrobatas, elefantes e um leão com a bocarra aberta. Havia um quiosque que vendia pipoca e cerveja, e um grande cavalete com um cartaz anunciava o evento principal: AS INCRÍVEIS IRMÃS SUTTER, DE SAN ANTONIO, TEXXXAS!

Ao entregar os ingressos à moça da entrada, que vestia um uniforme azul, Emmett perguntou onde poderiam se sentar.

— Onde quiserem.

Então, depois de piscar para Billy, ela abriu a porta e lhes disse para aproveitarem o espetáculo.

O interior parecia um pequeno picadeiro de rodeio com chão de terra cercado por um baluarte oval e vinte fileiras de arquibancadas. Pelos cálculos de Emmett, a plateia ocupava apenas um quarto dos lugares, mas, com a iluminação focada na arena, não era fácil ver os rostos dos presentes.

Quando os irmãos se sentaram num dos bancos, a luz diminuiu e um holofote iluminou o mestre de cerimônias. Seguindo a tradição, ele estava vestido como quem dirige uma caçada, com botas de montaria de couro, um paletó vermelho-vivo e uma cartola. Apenas quando começou a falar, Emmett se deu conta de que se tratava, na verdade, de uma mulher usando um bigode falso.

— E agora — anunciou ela num megafone vermelho —, voltando do Oriente, onde hipnotizou o rajá da Índia e dançou para o rei do Sião, o Circus tem o orgulho de apresentar a única e inigualável Dalila!

Como se fosse uma extensão da mão da mestre de cerimônias, o holofote atravessou o picadeiro até um portão no baluarte pelo qual uma mulher enorme num *tutu* cor-de-rosa entrou pedalando um triciclo infantil.

Quando a plateia irrompeu em gargalhadas e exclamações obscenas, duas focas com antiquados capacetes de polícia amarrados à cabeça surgiram e começaram a grunhir. Lá se foi Dalila, pedalando freneticamente em volta do picadeiro, enquanto as focas a perseguiam e a plateia as incentivava. Depois de expulsarem Dalila portão afora, as focas se viraram e agradeceram a aprovação da plateia balançando a cabeça e batendo palmas com suas barbatanas.

Em seguida, vieram duas *cowgirls* — uma vestida de couro branco com um chapéu branco e montada num cavalo branco, e a outra, toda de preto.

— As Incríveis Irmãs Sutter — anunciou a mestre de cerimônias em seu megafone, enquanto as moças trotavam em torno do picadeiro acenando com os chapéus, para delírio da plateia.

Depois de contornar a arena uma vez, as irmãs deram início a uma série de peripécias. Cavalgando a uma velocidade razoável, alternavam de um lado para o outro da sela em perfeita sincronia. Então, aumentando a velocidade, a Sutter de preto pulou do próprio cavalo para o da irmã e de volta ao seu.

Billy apontou para a arena e ergueu os olhos para o irmão com uma expressão de espanto.

— Você viu isso?

— Vi — respondeu Emmett com um sorriso.

Mas, quando Billy voltou a atenção para o espetáculo, Emmett focou a dele na plateia. Para o show das irmãs, as luzes na arena haviam se intensificado, o que facilitava a tarefa de examinar os rostos na multidão. Após concluir uma primeira passada sem sucesso, ele se virou para a esquerda e seguiu olhando em volta do picadeiro de forma mais sistemática, de fileira em fileira e de corredor em corredor. Nem assim conseguiu encontrar Duchess, mas reparou, um tanto surpreso, que a maioria da plateia era composta por homens.

— Olhe! — exclamou Billy, apontando para as irmãs, agora de pé sobre os cavalos, cavalgando lado a lado.

— Sim, elas são muito boas.

— Não — disse Billy. — Não as mulheres. Ali na plateia. É Woolly.

Seguindo a direção do dedo de Billy, Emmett olhou para o lado oposto da arena, e lá, na oitava fileira, estava Woolly, sentado sozinho. Emmett havia se concentrado tanto em encontrar Duchess que não tinha lhe ocorrido a ideia de procurar Woolly.

— Boa, Billy. Venha.

Seguindo pelo amplo corredor central, Emmett e Billy contornaram a arena até onde Woolly estava sentado com um saco de pipoca no colo e um sorriso no rosto.

— Woolly! — gritou Billy enquanto subia correndo os últimos degraus.

Ao ouvir o próprio nome, Woolly ergueu os olhos.

— *Mirabile dictu*!* Do nada, lá vêm Emmett e Billy Watson. Que acaso feliz! Que reviravolta! Sentem-se, sentem-se.

Embora houvesse bastante espaço para os irmãos se sentarem, Woolly deslizou para o lado para lhes dar lugar no banco.

— Não é um grande espetáculo? — perguntou Billy enquanto tirava a mochila das costas.

— É, sim — concordou Woolly. — Com toda a certeza.

— Olhe — disse Billy, apontando para o centro da arena, onde quatro palhaços haviam entrado ao volante de quatro carrinhos.

---

* "Que maravilha constatar", do latim. (N. da T.)

Emmett passou por trás do irmão e ocupou o assento vazio à direita de Woolly.

— Cadê Duchess?

— O que é aquilo? — perguntou Woolly, sem tirar os olhos das irmãs, que agora pulavam por cima dos carros, dispersando os palhaços.

Emmett chegou mais perto de Woolly.

— Cadê Duchess, Woolly?

Woolly fitou Emmett como se não fizesse a mínima ideia. Depois, se lembrou.

— Ele está na sala! Foi encontrar uns amigos na sala.

— Onde fica isso?

Woolly apontou para o fim das arquibancadas.

— Subindo os degraus e entrando pela porta azul.

— Vou até lá. Enquanto isso, você pode dar uma olhada no Billy?

— Claro — disse Woolly.

Emmett continuou encarando Woolly, a fim de enfatizar a importância do pedido que acabava de fazer. Woolly virou-se para Billy.

— Emmett vai chamar Duchess, Billy. Por isso, você e eu temos que ficar de olho um no outro, tá?

— Tá, Woolly.

Woolly tornou a se virar para Emmett.

— Viu?

— Muito bem — disse Emmett com um sorriso. — Só não saiam daqui.

Woolly fez um gesto em direção ao picadeiro.

— Por que sairíamos?

Emmett começou a subir os degraus às costas de Woolly e foi até o topo da arquibancada rodeando o corredor central.

Emmett não era fã de circos. Não era fã de shows de mágica nem de rodeios. Nem mesmo gostava de assistir aos jogos de futebol na escola, que contavam com a presença de quase todos os moradores da cidade. Simplesmente nunca tinha sido chegado à ideia de se sentar em meio a uma multidão para ver alguém fazer alguma coisa mais interessante do que o que ele estava fazendo. Por isso, quando começou a galgar os degraus e ouviu o duplo estalido de pistolas de brinquedo e vivas da plateia, não se deu o trabalho de virar para olhar. E quando abriu a porta azul no topo da escada e mais dois estalidos de pistola foram recebidos com vivas ainda mais entusiastas, tampouco se virou.

Caso tivesse se virado, Emmett veria as irmãs Sutter cavalgando em direções opostas e empunhando seus revólveres de seis tiros. Quando se cruzaram, ele as teria visto mirar e arrancar com um tiro os chapéus da cabeça uma da outra e teria visto as duas arrancarem com um tiro as blusas uma da outra, o que quase as desnudou da cintura para cima, não fosse por sutiãs de renda, um preto e um branco. E, se tivesse aguardado apenas alguns minutos a mais antes de passar pela porta, teria visto as irmãs Sutter atirarem em rápida sucessão até ambas passarem a galopar em seus cavalos tão nuas quanto Lady Godiva.

Quando a porta no alto da escada se fechou às suas costas, Emmett se viu no fim de um corredor estreito e comprido, seis portas de cada lado, todas fechadas. Enquanto percorria sua extensão, os vivas abafados da plateia começaram a se distanciar e ele pôde identificar uma peça de música clássica sendo tocada num piano. Vinha por detrás de uma porta no extremo do corredor — uma porta em que haviam pintado a ampla insígnia de um sino igual ao que era usado pela companhia telefônica. Ao pousar a mão na maçaneta, o ritmo da música clássica se reduziu e depois se transmutou sem pausar num *ragtime* de *saloon*.

Após abrir a porta, Emmett parou na entrada de um salão grande e luxuoso. Composto, no mínimo, por quatro áreas de estar separadas, o aposento tinha sofás e cadeiras estofados com tecido escuro e de ótima qualidade. Nas mesinhas laterais havia abajures com cúpulas arrematadas por borlas, e nas paredes se viam quadros a óleo que retratavam navios.

Deitadas em sofás opostos vestindo nada além de *négligés* diáfanos, estavam uma ruiva e uma morena, ambas fumando cigarros com um odor peculiarmente forte, enquanto no extremo da sala, junto a um bar com entalhes elaborados, uma loura com um penhoar de seda encostada ao piano tamborilava os dedos no ritmo da música.

Quase todos os elementos da cena pegaram Emmett de surpresa: a mobília luxuosa, os quadros a óleo, as mulheres seminuas. Mas nada o surpreendeu mais do que descobrir que a pessoa que tocava o piano era Duchess — que vestia uma camisa branca engomada e usava um chapéu de feltro jogado para trás.

Quando a loura no piano olhou para ver quem tinha entrado, Duchess seguiu seu olhar. Ao avistar Emmett, correu os dedos uma vez pela extensão do teclado, tirou dele um derradeiro acorde e se pôs de pé de um salto com um sorriso generoso.

— Emmett!

As três mulheres olharam para Duchess.

— Você conhece esse cara? — perguntou a loura numa voz quase infantil.

— Esse é o cara de quem eu estava falando!

As três mulheres voltaram a atenção para Emmett.

— O sujeito da Dakota do Norte?

— De Nebraska — corrigiu a morena.

A ruiva apontou o cigarro para Emmett com uma expressão de compreensão repentina.

— O que emprestou o carro para você.

— Precisamente — disse Duchess.

As mulheres todas sorriram para Emmett, em reconhecimento à sua generosidade.

Atravessando a sala com largas passadas, Duchess abraçou Emmett.

— Não acredito que você está aqui. Ainda hoje de manhã, Woolly e eu estávamos nos queixando da sua ausência e contando os dias até nos reencontrarmos. Mas espere aí! Cadê a minha educação?

Duchess passou o braço pelo ombro de Emmett e levou-o até as mulheres.

— Deixe-me apresentar a você minhas três fadas madrinhas. À minha esquerda, Helena. A segunda Helena da história a fazer zarparem mil navios.

— Encantada — disse a ruiva a Emmett, oferecendo-lhe a mão.

Quando estendeu o braço para cumprimentá-la, Emmett percebeu que seu *négligé* era tão diáfano que os círculos escuros em torno dos mamilos podiam ser vistos através do tecido. Sentindo-se enrubescer, desviou o olhar.

— Lá no piano, temos Charity. Acho que não preciso dizer a você como ela ganhou esse nome. E esta à minha direita é Bernadette.

Emmett ficou aliviado quando Bernadette, vestida precisamente como Helena, não se deu o trabalho de lhe estender a mão.

— Bem bonita a fivela do seu cinto — comentou a mulher com um sorriso.

— É um prazer conhecê-las — disse Emmett às três, meio sem graça.

Duchess virou-se para o amigo com um sorriso.

— Que coisa boa! — comentou.

— Verdade — concordou Emmett sem grande entusiasmo. — Olhe, Duchess, será que a gente pode trocar uma palavrinha? A sós...

— Claro.

Duchess conduziu Emmett para longe das mulheres, mas, em vez de levá-lo de volta para o corredor, onde teriam privacidade, levou-o para um canto da sala a cerca de cinco metros.

Duchess estudou a expressão de Emmett durante um minuto.

— Você está furioso, dá para ver.

Emmett mal sabia por onde começar.

— Duchess, eu não *emprestei* meu carro para você.

— Tem razão — concordou Duchess, erguendo ambas as mãos em rendição. — Você tem absoluta razão. Eu seria muito mais preciso se dissesse que o peguei emprestado. Mas, como eu disse a Billy lá no St. Nick's, só pretendíamos usá-lo para resolver aquela questão nas Adirondacks e o levaríamos até Morgen rapidinho.

— Ficar com ele um ano ou um dia não altera o fato de que o carro é *meu*. E estava com o meu dinheiro dentro.

Duchess encarou Emmett como se não o compreendesse.

— Ah, você está falando do envelope no porta-malas. Não precisa se preocupar com isso, Emmett.

— Então ele está com você?

— Sim, mas não está comigo agora. Esta é uma cidade grande, afinal. Deixei o envelope na casa da irmã do Woolly, junto com sua mochila, onde ficará são e salvo.

— Vamos pegá-lo, então. E no caminho você pode me falar dos policiais.

— Que policiais?

— Estive com Townhouse, e ele disse que uns policiais apareceram por lá hoje de manhã, fazendo perguntas sobre o carro.

— Não imagino o motivo — disse Duchess, parecendo genuinamente estupefato. — A menos que...

— A menos que...

Duchess balançava a cabeça agora.

— Quando a gente estava vindo para cá, sem que eu visse, Woolly estacionou ao lado de um hidrante. Num piscar de olhos, apareceu um guarda pedindo a habilitação que ele não tinha. Por Woolly ser como é, convenci o guarda a não o multar, mas talvez o cara tenha posto a descrição do carro no sistema.

— Que ótimo — disse Emmett.

Duchess assentiu com expressão séria, mas de repente estalou os dedos.

— Quer saber, Emmett? Não faz mal.

— Por que não?

— Ontem, eu fiz a permuta do século. Talvez não tão boa quanto a de Manhattan por um colar de contas,* mas quase. Em troca de um Studebaker cupê arranhado, consegui para você um Cadillac 1941 con-

---

* Reza a lenda que, em 1626, os povos originários de Manhattan venderam a ilha aos holandeses em troca de contas e bugigangas equivalentes a vinte e quatro dólares em valores atualizados. (N. da T.)

versível em perfeito estado. Não pode ter rodado mais de mil e quinhentos quilômetros, e a procedência é impecável.

— Não preciso do seu Cadillac, Duchess, qualquer que seja a procedência. Townhouse me devolveu o Studebaker. Está levando uma nova demão de pintura e vou pegá-lo na segunda-feira.

— Quer saber? — disse Duchess, com um dos dedos no ar. — Isso é melhor ainda. Agora temos o Studebaker *e* o Caddy. Depois das Adirondacks, podemos seguir em caravana até a Califórnia.

— Oooh! — exclamou Charity, do outro lado da sala. — Uma caravana!

Antes que Emmett pudesse desfazer quaisquer ideias a respeito de uma caravana até a Califórnia, uma porta atrás do piano se abriu e por ela entrou a mulher que havia pedalado o triciclo, embora agora estivesse enrolada num roupão de banho gigante.

— Ora, ora — disse ela numa voz rouquenha. — O que temos aqui?

— Este é Emmett — respondeu Duchess. — Falei dele para você.

Ela examinou Emmett com os olhos semicerrados.

— O dono do fundo?

— Não, o dono do carro que peguei emprestado.

— Tem razão — disse ela com um quê de desapontamento. — Ele se parece com Gary Cooper.

— Eu adoraria cooperar com ele — emendou Charity.

Todos riram, com exceção de Emmett, e ninguém riu mais alto do que a grandalhona.

Quando Emmett se sentiu enrubescer novamente, Duchess pousou a mão em seu ombro.

— Emmett Watson, deixe-me apresentá-lo à mais desenvolta alentadora de ânimos da cidade de Nova York: Ma Belle.

Ma Belle voltou a rir.

— Você consegue ser pior do que o seu pai.

Quando todos se calaram por um instante, Emmett pegou Duchess pelo cotovelo.

— Foi um prazer conhecer todos vocês, mas Duchess e eu precisamos ir andando.

— Ainda é cedo... — argumentou Charity, franzindo a testa.

— Lamento, mas tem gente nos esperando — arrematou Emmett.

Dito isso, pressionou os dedos na dobra do cotovelo de Duchess.

— Ai! — exclamou Duchess, soltando o cotovelo. — Se você estava com tanta pressa, por que não disse logo? Me dê só um minuto para falar com Ma Belle e Charity. Depois, podemos ir.

Duchess deu um tapinha nas costas de Emmett e se afastou para confabular com as duas mulheres.

— Então — falou a ruiva —, você vai para Tinseltown.

— O que é isso? — perguntou Emmett.

— Duchess nos disse que vocês todos vão para Hollywood.

Antes que Emmett processasse a informação, Duchess se virou e bateu palmas.

— Bom, moças, foi divino. Mas chegou a hora de Emmett e eu pegarmos a estrada.

— Se é inevitável... — disse Ma Belle. — Mas não podem ir sem tomar um drinque.

— Acho que não temos tempo, Ma.

— Conversa fiada — retrucou ela. — Todo mundo tem tempo para um drinque. E, além disso, vocês não podem se mandar para a Califórnia sem nos deixarem brindar, como um desejo de boa sorte. Não se faz isso. Não é verdade, moças?

— Sim, um brinde! — concordaram as moças.

Com um gesto de resignação para Emmett, Duchess foi até o bar, estourou a rolha de uma garrafa de champanhe que aguardava no gelo, encheu seis taças e as distribuiu.

— Não quero champanhe — disse Emmett baixinho, quando Duchess se aproximou.

— É falta de educação não participar de um brinde, Emmett. E traz má sorte, ainda por cima.

Emmett fechou os olhos um instante e depois pegou a taça.

— Primeiro — disse Ma Belle —, quero agradecer ao nosso amigo Duchess por nos trazer essas deliciosas garrafas de bolhinhas.

— Saúde, saúde! — exclamaram as mulheres, enquanto Duchess fazia uma mesura em cada direção.

— É sempre agridoce perder a companhia de bons amigos — prosseguiu Ma Belle. — Mas nos consolamos com o fato de que a nossa perda é lucro para Hollywood. Para terminar, quero declamar algumas linhas do grande poeta irlandês William Butler Yeats: *Por entre os dentes e além da gengiva, logo, logo cai na barriga.*

Em seguida, Ma Belle esvaziou de um gole a sua taça.

Todas as mulheres riram e esvaziaram as respectivas taças. Restando-lhe pouca escolha, Emmett fez a mesma coisa.

— Muito bem — aprovou Duchess com um sorriso. — Foi tão ruim assim?

Quando Charity pediu licença e se retirou, Duchess começou a ir de mulher em mulher para se despedir de um jeito previsivelmente prolixo.

Diante do clima do momento, Emmett tentava ao máximo manter a compostura, mas sua paciência já estava por um fio. Para piorar, com tantos corpos, almofadas e borlas, a sala de repente havia ficado excessivamente quente e o aroma doce dos cigarros das mulheres, desagradável.

— Duchess — insistiu ele.

— Tudo bem, Emmett. Só estou acabando de me despedir. Por que você não espera no corredor? Não demoro.

Emmett pousou o copo e voltou de boa vontade ao corredor para aguardar lá.

Embora o ar mais fresco lhe desse um pouco de alívio, o corredor subitamente pareceu mais comprido e estreito do que antes. E também com mais portas. Mais portas à esquerda e mais à direita. E, ainda que ele olhasse fixo para a frente, a localização das portas começou a lhe dar vertigem, como se o eixo do prédio se inclinasse e ele pudesse escorregar pela sua extensão e derrubar a porta no extremo oposto.

Deve ser a champanhe, pensou Emmett.

Balançando a cabeça, ele se virou e olhou para dentro da sala, onde viu que Duchess agora se achava sentado no braço do sofá da ruiva, enchendo de novo a taça dela.

— Não acredito — murmurou entredentes.

Emmett começou a refazer o caminho até a sala, disposto, caso fosse necessário, a pegar Duchess pelo colarinho. Antes, porém, que tivesse dado dois passos, Ma Belle surgiu na entrada e veio andando em sua direção. Dado o seu tamanho, mal havia espaço suficiente no corredor para acomodá-la, e definitivamente não havia espaço suficiente para que ela passasse por Emmett.

— Ande — disse ela com um aceno impaciente. — Abra espaço.

Quando Ma Belle se adiantou, Emmett, que retrocedeu, se deu conta de que a porta de um dos cômodos estava aberta e então entrou no recinto, para deixá-la passar.

Mas, quando emparelhou com ele, em vez de prosseguir pelo corredor, Ma Belle parou e o empurrou com a mão roliça. Quando ele recuou cambaleante para dentro do quarto, ela fechou a porta e Emmett ouviu o inconfundível som de uma chave girando na fechadura. Inclinando-se para a frente, ele agarrou a maçaneta e tentou abrir a porta. Quando não conseguiu, começou a esmurrá-la.

— Abra a porta! — gritou.

Enquanto repetia a exigência, assaltou-o a lembrança de uma mulher gritando-lhe a mesma coisa através de uma porta fechada em algum lugar. Então, às suas costas, a voz de uma mulher diferente se fez ouvir, uma voz mais suave e mais sedutora.

— Por que a pressa, Nebraska?

Ao se virar, Emmett encontrou a mulher chamada Charity deitada de lado numa cama suntuosa, convidativamente alisando as cobertas com a mão. Olhando à volta, Emmett viu que não havia janelas no aposento, apenas mais quadros de navios, incluindo um, enorme, sobre uma cômoda, que retratava uma escuna com a vela enfunada avançando contra a ventania. O robe de seda que Charity antes usava jazia agora, dobrado, sobre as costas de uma poltrona, e ela vestia um *négligé* cor de pêssego debruado de marfim.

— Duchess achou que você talvez fosse ficar meio nervoso — disse ela numa voz que não mais soava infantil. — Mas não precisa ficar. Não neste quarto. Não comigo.

Emmett começou a se virar em direção à porta, mas ela disse *para lá, não, para cá*, o que o fez mudar de rumo.

— Venha — disse ela — e se deite aqui ao meu lado. Porque quero fazer umas perguntas. E posso contar algumas coisas para você. Ou não precisamos falar nada.

Emmett sentiu-se dar um passo na direção dela, um passo difícil, o pé pisando no assoalho lenta e pesadamente. Então, viu-se ao lado da cama de cobertas vermelho-escuras e com a própria mão sobre a dela. Ao baixar os olhos, percebeu que a mulher havia virado sua palma para cima, como faria uma cigana. Emmett se perguntou, por um segundo, com um lampejo de fascínio, se ela ia ler sua sorte. Em vez disso, a mulher espalmou a mão dele em seu seio.

Lentamente, ele afastou a mão da seda macia e fria.

— Preciso ir embora daqui — disse. — Você precisa me ajudar a sair daqui.

Ela fez um beicinho, como se estivesse magoada. E ele se sentiu mal por tê-la magoado. Sentiu-se tão mal, que quis estender o braço para consolá-la, mas, em vez disso, virou-se de novo para a porta. Dessa vez, porém, ao se virar, ele girou, girou e girou.

Duchess

Eu estava de ótimo humor. Essa é a minha desculpa.

O dia transcorrera me trazendo uma surpresa agradável atrás da outra. Primeiro, recebi a incumbência de tomar conta da casa da irmã de Woolly; depois, veio uma série de acontecimentos bacanas: fiz uma visita agradável a Ma Belle e às meninas; contrariando todas as possibilidades, Emmett apareceu, o que me deu a oportunidade (com a ajuda de Charity) de praticar a minha terceira boa ação em poucos dias; e, agora, ali estava eu atrás do volante de um Cadillac 1941 com a capota arriada a caminho de Manhattan. O único senão de tudo foi que Woolly e eu ficamos com o encargo de arrastar Billy conosco.

Quando Emmett apareceu no salão de Ma Belle, não me ocorreu nem por um segundo que ele tivesse levado o irmão, motivo pelo qual me surpreendi um pouco ao encontrar Billy ao lado de Woolly. Não me entendam mal. Billy é um garoto legal, considerando o quanto garotos podem ser legais. Mas também é meio sabichão. E se sabichões costumam encher o saco, nenhum sabichão enche mais o saco do que um jovem sabichão.

Não fazia nem uma hora que estávamos juntos e ele já havia me corrigido três vezes. Primeiro para observar que as irmãs Sutter não atiravam uma na outra com armas de verdade — como se fosse eu o cara que precisasse ser apresentado aos elementos da atividade teatral! Depois, observou que focas são mamíferos, não peixes, porque têm sangue quente e uma coluna vertebral e blá-blá-blá. Por fim, quando entrávamos na Brooklyn Bridge com o horizonte se estendendo diante dos nossos olhos em toda a sua glória e perguntei, ao acaso, do alto do meu ótimo humor, se alguém era capaz de pensar em um único exemplo na história da humanidade de uma travessia de rio mais transformadora, em vez de apreciar calado a poesia do momento e o espírito da observação, o garoto — sentado no banco traseiro como um milionário em miniatura — sentiu a necessidade de responder.

— Sou capaz de pensar em um exemplo — disse ele.

— A pergunta foi retórica — expliquei.

Mas Woolly ficou curioso.

— Qual é o seu exemplo, Billy?

— A travessia do rio Delaware por George Washington. Na noite de Natal de 1776, o general Washington atravessou as águas gélidas do rio para surpreender os hessianos. Pegando eles desprevenidos, os soldados de Washington derrotaram o inimigo e capturaram mil prisioneiros. O episódio foi imortalizado num quadro famoso de Emanuel Leutze.

— Acho que já vi esse quadro! — exclamou Woolly. — Não tem o Washington em pé na proa de um barco a remo?

— Ninguém fica em pé na proa de um barco a remo — observei.

— No quadro de Emanuel Leutze, Washington está em pé na proa de um barco a remo — disse Billy. — Posso mostrar uma foto, se você quiser. Está no livro do professor Abernathe.

— Claro que está.

— Esse é um bom exemplo — disse Woolly, sempre disposto a ouvir uma história.

Como era sexta à noite, havia um pouco de tráfego, e acabamos parando no ponto mais alto da ponte — o que nos deu a oportunidade perfeita para apreciar a vista em silêncio.

— Sei de outro exemplo — falou Billy.

Woolly se virou para o banco traseiro com um sorriso.

— Qual, Billy?

— Quando César cruzou o Rubicão.

— O que houve dessa vez?

Quase deu para ouvir o garoto se aprumar no banco.

— Em 49 a.C., quando César era governador da Gália, o Senado, desconfiado de suas ambições, chamou ele de volta à capital, com ordens para que deixasse seus soldados na margem do Rubicão. Em vez disso, César atravessou com eles o rio, entrou na Itália e levou todos diretamente a Roma, onde tomou o poder e inaugurou a Era Imperial. É daí que vem a expressão *cruzar o Rubicão*, que significa chegar a um ponto sem retorno.

— Mais um bom exemplo — disse Woolly.

— E tem o de Ulisses, que cruzou o rio Estige...

— Acho que já entendemos a ideia — falei.

Mas Woolly não havia terminado.

— E Moisés? — indagou. — Ele não atravessou um rio?

— Aquele era o mar Vermelho — corrigiu Billy. — Foi quando ele...

Sem dúvida o garoto pretendia nos fornecer todos os detalhes sobre Moisés, mas dessa vez ele se interrompeu.

— Olhem! — exclamou, apontando para a frente. — É o Empire State!

Nós três dirigimos a atenção para o arranha-céu em questão, e foi quando a ideia me assaltou. Como um relâmpago, ela me fulminou, causando um formigamento que desceu pela minha espinha.

— Não é lá que fica o escritório dele? — perguntei, de olho em Billy pelo retrovisor.

— O escritório de quem? — perguntou Woolly.

— Do professor Abercrombie.

— Você quis dizer professor Abernathe?

— Precisamente. Como é mesmo, Billy? *Escrevo hoje da esquina da Thirty-Fourth Street com a Quinta Avenida, na ilha de Manhattan...*

— Sim — disse Billy, com os olhos arregalados. — É assim mesmo.

— Que tal fazermos uma visita a ele?

Pelo canto do olho, percebi que Woolly ficou incomodado com a minha sugestão. Mas Billy, não.

— Podemos fazer uma visita a ele? — perguntou o garoto.

— Não vejo por que não.

— Duchess... — interveio Woolly.

Eu o ignorei.

— Como é que ele chama você na introdução, Billy? "Querido Leitor"? Que autor não gostaria de receber a visita de um dos seus queridos leitores? Quer dizer, os escritores devem ter o dobro do trabalho dos atores, certo? Mas não são recompensados com palmas nem com vivas da plateia, nem com gente esperando do lado de fora do camarim. Além disso, se o professor *Abernathe* não quisesse receber visitas dos leitores, por que colocaria o próprio endereço na primeira página do livro?

— Ele provavelmente não vai estar lá a esta hora — retrucou Woolly.

— Talvez esteja fazendo serão — retruquei de volta.

Quando o tráfego nos permitiu voltar a andar, passei para a pista da direita a fim de pegar a saída seguinte, pensando comigo que, se o saguão não estivesse aberto, subiríamos pelas paredes daquele prédio tal qual o King Kong.

Após entrar na Thirty-Fifth Street, virei à esquerda para a Quinta Avenida e estacionei bem em frente à entrada do edifício. Um segundo depois, um dos porteiros veio me abordar.

— É proibido estacionar aqui, amigo.

— Vamos levar só um minutinho — falei enquanto passava uma nota de cinco para ele. — Nesse meio-tempo, talvez você e o presidente Lincoln aí, ó, possam se conhecer melhor.

Em vez de dizer que era proibido estacionar ali, ele agora já estava abrindo a porta de Woolly e nos indicando a entrada com um aceno amistoso. Isso é o que chamam de capitalismo.

Ao entrarmos no saguão, a expressão de Billy era de animação ansiosa. Simplesmente não podia acreditar que estávamos ali e no que estávamos prestes a fazer. Nem em sonho imaginara isso. Woolly, por outro lado, me olhou com uma expressão inquisidora que definitivamente não lhe era comum.

— O quê? — falei.

Antes que Woolly pudesse responder, Billy me puxou pela manga.

— Como vamos achar o professor Abernathe, Duchess?

— Você sabe onde achá-lo, Billy.

— Sei?

— Você mesmo leu para mim.

Os olhos do menino se arregalaram.

— No quinquagésimo quinto andar.

— Precisamente.

Com um sorriso, fiz um gesto em direção aos elevadores.

— Vamos pegar o elevador? — perguntou Billy.

— Com certeza não vamos pela escada.

Embarcamos num dos elevadores expressos.

— Nunca andei de elevador — disse Billy ao ascensorista.

— Aproveite a viagem — respondeu o ascensorista, antes de acionar o painel e nos mandar feito foguetes prédio acima.

Normalmente, Woolly estaria assoviando alguma coisa numa viagem como aquela, mas nessa noite fui eu que me encarreguei disso. E Billy só fazia contar, calado, os andares, conforme passávamos por eles. Dava para ver pelo movimento dos seus lábios.

— Cinquenta e um, cinquenta e dois, cinquenta e três, cinquenta e quatro...

No quinquagésimo quinto andar, o ascensorista abriu a porta e desembarcamos. Quando nos afastamos dos elevadores e entramos no corredor, encontramos fileiras de portas à esquerda e à direita.

— E agora fazemos o quê? — perguntou Billy.

Apontei para a porta mais próxima.

— Começamos por aquela e depois damos a volta no andar até achá-lo.

— No sentido horário? — perguntou Billy.

— No sentido que você quiser.

Assim, fomos de porta em porta — no sentido horário —, enquanto Billy lia os nomes gravados em pequenas placas de metal, precisamente como fizera com os andares no elevador, só que dessa vez em voz alta. Era um bom desfile de burocratas. Além de advogados e contadores, havia corretores de imóveis, de seguros e de ações. Não de firmas de prestígio, diga-se de passagem. Esses eram escritórios de caras que não tinham conseguido entrar em firmas de prestígio. Os caras que botam meias-solas em sapatos e leem a seção de tirinhas do jornal enquanto esperam o telefone tocar.

As primeiras vinte placas, Billy leu de um jeito incisivo, empolgado, como se cada uma fosse uma surpresa agradável. As vinte seguintes já foram lidas com menos entusiasmo. Depois dessas, sua animação foi murchando. Quase dava para ouvir o peso da realidade começando a pressionar aquele ponto na alma de onde brota o entusiasmo juvenil. Sem dúvida, a realidade deixaria sua marca em Billy Watson nessa noite. E a marca provavelmente permaneceria pelo resto da vida, como um lembrete útil de que, se os heróis dos livros de história são, em geral, frutos da imaginação, quase todos os homens que escrevem sobre eles também são frutos da imaginação.

Quando viramos a quarta esquina, vimos a última fileira de portas que levava ao local de onde havíamos partido. Billy caminhava cada vez mais devagar, falava cada vez mais suavemente, até que, por fim, diante da penúltima porta, ele parou e nada disse. Já devia ter lido cinquenta plaquinhas, e, embora eu estivesse às suas costas, pude ver pela sua postura que, simplesmente, já tinha se dado por vencido.

Passado um instante, Billy ergueu os olhos para Woolly com o que devia ser uma expressão de decepção no rosto, porque Woolly de repente estampou um semblante de solidariedade. Então, Billy se voltou para mim. Só que a sua expressão não era de decepção, mas de um espanto atônito.

Virando-se para a pequena placa de metal, estendeu um dos dedos e leu a inscrição em voz alta.

— Escritório do professor Abacus Abernathe, Associação de Linguagem Moderna, Ph.D.

Virando-me para Woolly com a minha própria expressão de espanto, percebi que a solidariedade em seu rosto não era dirigida a Billy, mas a mim.

Porque, mais uma vez, o tapete que puxei fora o meu próprio. Depois de passar alguns dias com esse garoto, seria de supor que eu tivesse aprendido, mas, como já falei, a culpa foi do meu ótimo humor.

Ora, quando as circunstâncias conspiram para estragar os nossos planos tão cuidadosamente esboçados com uma reviravolta inesperada, o melhor a fazer é assumir o crédito tão depressa quanto possível.

— O que foi que eu disse, garoto?

Billy me deu um sorriso, mas depois olhou para a maçaneta com um quê de apreensão, como se não soubesse ao certo se tinha coragem de girá-la.

— Permita-me! — disse Woolly.

Com um passo à frente, Woolly girou a maçaneta e abriu a porta. Do lado de dentro, nos vimos numa pequena área de recepção com um balcão, uma mesinha de centro e um punhado de cadeiras. A sala estaria no escuro, não fosse por uma luz mortiça que brilhava através do basculante acima de uma porta interna.

— Acho que você tinha razão, Woolly — falei com um suspiro audível.

— Parece que não tem ninguém em casa.

Mas Woolly levou um dos dedos aos lábios.

— Psiu. Você ouviu isso?

Todos erguemos os olhos quando Woolly apontou para o basculante.

— De novo — sussurrou ele.

— De novo o quê? — sussurrei de volta.

— O barulho de uma caneta escrevendo — disse Billy.

— O barulho de uma caneta escrevendo — disse Woolly com um sorriso.

Billy e eu seguimos Woolly, que cruzou a área de recepção na ponta dos pés e devagarinho girou a segunda maçaneta. Atrás dessa porta havia uma sala muito maior. Era comprida e retangular, coberta do teto ao chão com livros e decorada com um globo num pedestal, um sofá, duas cadeiras de espaldar alto e uma grande mesa de madeira, atrás da qual se sentava um velho baixinho que escrevia num livrinho preto à luz de um abajur de cúpula verde. De cabelo escasso e branco, vestia um terno de sarja amassado e equilibrava um óculos de leitura na ponta do nariz. Em outras palavras, sua aparência de professor era tamanha que tudo levava a crer que todos os livros na prateleira só podiam ser falsos.

Ao nos ouvir entrar, o velho ergueu os olhos do trabalho com uma pontinha de surpresa ou desânimo.

— Posso ajudar?

Depois de termos, os três, dado alguns passos, Woolly empurrou Billy, que deu mais um.

— Pergunte a ele — encorajou.

Billy pigarreou:

— O senhor é o professor Abacus Abernathe?

Após deslocar os óculos para o alto da cabeça, o velho entortou a cúpula do abajur de modo a poder nos enxergar melhor, embora, basicamente, focasse o olhar em Billy, tendo concluído de imediato que o menino era o motivo para estarmos ali.

— Sou Abacus Abernathe — respondeu ele. — Como posso ajudar?

Embora Billy parecesse saber tudo, o que ele aparentemente não sabia era como Abacus Abernathe podia ajudá-lo. Porque, em vez de responder, virou-se para Woolly com uma expressão de incerteza. Por isso, Woolly falou em seu nome.

— Desculpe a interrupção, professor, mas este é Billy Watson, de Morgen, Nebraska, que acabou de chegar a Nova York pela primeira vez. Ele tem só oito anos, mas já leu seu *Compêndio* de aventureiros vinte e quatro vezes.

Após ouvir Woolly com interesse, o professor voltou a atenção para Billy.

— É verdade, meu jovem?

— É verdade — confirmou Billy. — Só que foram vinte e cinco vezes.

— Bom — respondeu o professor —, se você leu meu livro vinte e cinco vezes e veio lá de Nebraska para Nova York para me contar isso, o mínimo que posso fazer é lhe oferecer uma cadeira.

Com um gesto, o velho convidou Billy a se sentar numa das cadeiras de espaldar alto em frente à sua mesa. Para Woolly e para mim, seu aceno indicou o sofá ao lado da estante.

Preciso explicar desde já que era um belo sofá, estofado de couro marrom-escuro com tachas de metal reluzente e quase tão grande quanto um carro. Mas, quando três pessoas que entram num aposento aceitam o convite de uma quarta para se sentarem, isso significa que ninguém irá a lugar algum tão cedo. É da natureza humana. Depois de se darem o trabalho de se acomodar confortavelmente, as pessoas vão sentir a necessidade de bater papo durante no mínimo meia hora. Na verdade, se faltar assunto, digamos, depois de vinte minutos, elas hão de inventá-lo nem que seja por educação. Por isso, quando o professou indicou que nos sentássemos, abri a boca com a intenção de observar que já era tarde e o nosso carro estava parado em local proibido. Mas, antes que eu proferisse uma palavra sequer, Billy já havia se sentado na cadeira de espaldar alto e Woolly se acomodara no sofá.

— Agora me diga, Billy — falou o professor quando já estávamos todos irremediavelmente acomodados —, o que o traz a Nova York?

No quesito conversa, essa é uma abertura clássica, o tipo de pergunta que qualquer nova-iorquino faz a uma visita com a expectativa razoável de ouvir uma resposta de uma ou duas frases, do tipo *Vim visitar a minha tia* ou *Temos ingressos para um espetáculo*. Mas aquele ali era Billy Watson, motivo pelo qual em vez de uma ou duas frases, o que o professor conseguiu foi uma lenga-lenga sem fim.

Billy começou lá atrás, em 1946, na noite de verão em que a mãe os abandonou. Explicou a estadia de Emmett em Salina, a morte do pai por câncer e o plano do irmão de seguir a pista de um conjunto de cartões-postais para encontrarem a mãe na queima de fogos em São Francisco no 4 de Julho. Chegou a explicar a nossa fuga e que, quando Woolly e eu pegamos o Studebaker emprestado, ele e Emmett pegaram uma carona para Nova York no Sunset East.

— Ora, ora — disse o professor, que não havia perdido uma palavra. — Você disse que viajaram até aqui num trem de carga?

— Foi onde comecei a ler o seu livro pela vigésima quinta vez — completou Billy.

— No vagão de carga?

— Não tinha janela, mas eu estava com a minha lanterna militar.

— Que feliz casualidade.

— Quando decidimos ir para a Califórnia e recomeçar do zero, Emmett concordou com o senhor que deveríamos levar apenas o que coubesse num saco de viagem. Por isso, botei tudo de que eu precisava na minha mochila.

Tendo se recostado na cadeira com um sorriso, o professor de repente tornou a se inclinar para a frente.

— Você estaria, por acaso, com o *Compêndio* na sua mochila agora?

— Sim, é exatamente onde ele está.

— Então talvez eu possa autografá-lo para você, não?

— Seria maravilhoso! — exclamou Woolly.

Por insistência do professor, Billy desceu da cadeira de espaldar alto, pegou a mochila, desfez os cadarços e dela tirou o livrão vermelho.

— Pode trazer aqui — disse o professor com um aceno de mão. — Pode trazer.

Quando Billy contornou a mesa, o professor pegou o livro e o segurou debaixo da luz para examinar seu desgaste pelo uso.

— Poucas coisas são mais belas para os olhos de um autor — confessou ele a Billy — do que um exemplar muito lido de uma de suas obras.

Ao pousar o livro na mesa, o professor pegou a caneta e abriu-o na folha de rosto.

— Foi um presente, estou vendo.

— Da srta. Matthiessen — confirmou Billy. — Ela é a bibliotecária da Biblioteca Pública de Morgen.

— Um presente de uma bibliotecária, ainda por cima — repetiu o professor com mais satisfação.

Depois de escrever bastante no livro de Billy, o professor apôs sua assinatura com um amplo floreio teatral — já que, quando se trata de Nova

York, até os velhos que escrevem compêndios se apresentam para a última fila da plateia. Antes de devolver o livro, folheou uma vez as páginas como se quisesse se assegurar de que estavam todas ali. Em seguida, com uma expressão de surpresa, olhou para Billy.

— Vejo que você não preencheu o capítulo "Você". Ora, por quê?

— Porque quero começar *in media res* — explicou Billy. — E não sei ao certo onde fica o meio.

A mim, a resposta soou esquisita, mas o rosto do professor se iluminou.

— Billy Watson — disse ele, como um historiador experiente e contador de histórias profissional —, acho que posso dizer com convicção que você já passou por aventuras suficientes para poder começar o seu capítulo! Ainda assim...

Nesse momento, o professor abriu uma das gavetas da mesa e tirou um livrinho preto igual àquele em que trabalhava quando chegamos.

— Caso as oito páginas do seu *Compêndio* se mostrem insuficientes para registrar a sua história completa, e tenho quase certeza de que o serão, você pode continuar aqui neste diário. E, se as páginas acabarem, me avise que eu mando outro para você com o maior prazer.

Então, depois de entregar os dois livros a Billy, o professor apertou a sua mão e disse que havia sido uma honra conhecê-lo. E isso, como dizem, deveria coroar o evento.

Mas depois de guardar com cuidado os livros, pendurar a mochila nas costas e dar os primeiros passos em direção à saída, Billy de repente parou, virou-se e encarou o professor com a testa franzida — o que, no caso de Billy Watson, só podia significar uma coisa: mais perguntas.

— Acho que já ocupamos bastante o professor — falei, pondo a mão no ombro de Billy.

— Tudo bem — disse Abernathe. — O que foi, Billy?

Billy olhou para o chão e depois para o professor.

— O senhor acha que os heróis voltam?

— Você quer dizer como Napoleão voltou para Paris e Marco Polo voltou para Veneza...?

— Não — respondeu Billy, balançando a cabeça. — Não falo de voltar para um lugar, mas voltar no tempo.

O professor se calou por um instante.

— Por que a pergunta, Billy?

Dessa vez, o velho escriba definitivamente foi brindado com mais do que esperava. Porque, sem se sentar, Billy engrenou uma história mais comprida e insana do que a primeira. Enquanto estava no Sunset East, explicou, e Emmett tinha saído em busca de comida, um pastor se enfiou, sem convite, no vagão de Billy e tentou roubar sua coleção de dólares de prata, além de pretender jogá-lo do trem em movimento. Num piscar de olhos, um homem negro grandalhão caiu do alçapão no teto e, no fim das contas, foi o pastor quem levou o velho pontapé no traseiro.

Aparentemente, porém, o pastor, os dólares de prata e o resgate de última hora nem sequer eram a questão. A questão era que o homem negro, chamado Ulysses, havia deixado para trás a esposa e o filho ao cruzar o Atlântico para lutar na guerra e, desde então, vivia vagando pelo país a bordo de trens de carga.

Ora, quando um menino de oito anos desenrola um novelo como esse — com homens negros caindo do teto e pastores sendo jogados de trens —, é de se imaginar que os limites da boa vontade de alguém sejam testados, para impedir que a descrença se instale. Sobretudo em se tratando de um professor. Mas isso não ocorreu com Abernathe.

Enquanto Billy contava sua história, o bom professor voltou, em câmera lenta, ao seu lugar, se sentou cautelosamente na cadeira e se recostou devagar, como se não quisesse que um ruído ou um movimento brusco interrompessem a história do garoto ou lhe desviassem a atenção.

— Ele achava que os pais tinham lhe dado o nome de Ulysses por causa de Ulysses S. Grant — disse Billy —, mas expliquei que devia ser por causa do Grande Ulisses. E que, como já vagou por oito anos sem a esposa e o filho, com certeza ele os reencontraria quando seus dez anos de perambulação acabassem. Mas, se os heróis não voltam no tempo —

concluiu Billy, com alguma preocupação —, talvez eu não devesse ter dito isso a ele.

Quando Billy parou de falar, o professor fechou os olhos por um instante. Não como Emmett quando está tentando segurar a raiva, mas como um amante de música que acabou de ouvir o fim do seu concerto predileto. Quando tornou a abri-los, olhou de Billy para os livros que enchiam as paredes da sala e de novo para o menino.

— Não tenho dúvida de que os heróis voltam no tempo — disse ele a Billy. — E você teve razão de dizer a ele o que disse. Mas eu...

Agora foi o professor quem olhou para Billy com hesitação e Billy quem o encorajou a prosseguir.

— Eu só estava me perguntando se esse homem chamado Ulysses ainda está aqui em Nova York.

— Sim — respondeu Billy. — Ele está em Nova York.

O professor ficou quieto, como se tomasse coragem para fazer uma segunda pergunta àquele menino de oito anos.

— Sei que já é tarde — falou o velho afinal —, e você e os seus amigos têm outros lugares para ir e não me cabe o direito de lhes pedir este favor, mas haveria alguma chance de vocês se disporem a me levar até ele?

Woolly

Foi numa viagem à Grécia com a mãe, em 1946, enquanto estava ao pé do Parthenon, que Woolly teve seu primeiro vislumbre da Lista — a enumeração de todos os lugares que se espera que uma pessoa conheça. *Aí está*, havia dito a mãe, abanando-se com o mapa, quando os dois chegaram ao topo do monumento, de onde se apreciava Atenas. *O Parthenon em toda a sua glória.* Além do Parthenon, como Woolly logo ficaria sabendo, havia a praça de São Marcos, em Veneza; o Louvre, em Paris; e a galeria Uffizi, em Florença. Havia a capela Sistina, a Notre-Dame e a abadia de Westminster.

Para Woolly, a origem da Lista era um mistério. Aparentemente, ela tinha sido elaborada por vários acadêmicos e historiadores eminentes muito antes do seu nascimento. Ninguém jamais lhe explicara *por que* era preciso conhecer todos os lugares da Lista, mas não dava para ignorar a importância de se fazer isso. Os mais velhos, sem dúvida, o elogiariam se ele visse um dos pontos, franziriam a testa caso expressasse desinteresse por outro e lhe criticariam severamente se, estando na vizinhança, deixasse de visitar algum.

É desnecessário dizer que Woolly Wolcott Martin não perdia nenhum item da Lista! Sempre que viajava, tinha o cuidado especial de obter os guias apropriados e contratar os serviços dos motoristas apropriados para levá-lo aos pontos turísticos apropriados nos horários apropriados. *Para o Coliseu*, signore, *e pé na tábua!*, dizia ele, e lá ia o carro correndo pelas ruas tortas de Roma com a urgência de policiais no encalço de uma gangue de ladrões.

Sempre que chegava a um dos lugares da Lista, Woolly tinha a mesma reação em três etapas. Primeiro, sentia um deslumbramento, porque esses não eram pontos de parada comuns. Eram grandes, elaborados e feitos com todo tipo de materiais imponentes, como mármore, mogno e lápis-lazúli. Depois, vinha uma espécie de gratidão aos seus ancestrais por terem se dado o trabalho de legar aquele lugar a uma geração após a outra. Mas a terceira e mais importante reação era uma sensação de alívio — alívio por ter largado a bagagem no hotel e saído correndo pela cidade no banco traseiro de um táxi a fim de conhecer mais um item da Lista.

No entanto, apesar de se considerar um conferente zeloso desde os doze anos, mais cedo naquela tarde, quando se dirigiam ao circo, Woolly teve uma espécie de epifania. Embora a Lista tivesse sido passada com critério e cuidado a cinco gerações dos Wolcott — ou seja, de manhattanianos —, por alguma razão incompreensível ela não incluía uma única atração na cidade de Nova York. E, embora Woolly tivesse obedientemente visitado o palácio de Buckingham, o teatro La Scala e a Torre Eiffel, ele jamais, nem uma vezinha sequer, atravessara a Brooklyn Bridge.

Criado no Upper East Side, a zona residencial chique da cidade, Woolly nunca tinha precisado atravessá-la. Para chegar às Adirondacks, a Long Island ou a qualquer um dos internatos de elite na Nova Inglaterra, o caminho era feito pelas pontes de Queensborough ou Triborough. Por isso, depois de descerem a Broadway e contornarem o City Hall com Duchess ao volante, foi com uma palpável sensação de euforia que Woolly de repente se deu conta de que se aproximavam da Brooklyn Bridge e iam atravessá-la.

Como era majestosa a sua estrutura, pensou Woolly. Como eram imponentes os pilares, semelhantes aos de uma catedral, e os cabos, que se erguiam no ar. Que obra suntuosa de engenharia, sobretudo levando-se em conta que a construção da ponte datava de 1800 e alguma coisa e que ela, desde então, aguentava o movimento de multidões se deslocando para lá e para cá todo santo dia. Sem dúvida, a Brooklyn Bridge merecia fazer parte da Lista. Certamente, tinha tanto motivo para figurar ali quanto a

Torre Eiffel, feita com materiais similares numa época similar, mas que não levava ninguém a lugar algum.

Devia ter sido fruto de uma subatenção, concluiu Woolly.

Como sua irmã Kaitlin e os quadros a óleo.

Quando a família visitou o Louvre e a galeria Uffizi, Kaitlin tinha demonstrado a maior admiração por todos aqueles quadros pendurados nas paredes em suas molduras douradas. Conforme passava de sala em sala, ela não parava de fazer sinal para Woolly ficar calado e de apontar um retrato ou uma paisagem que ele deveria admirar de boca fechada. Mas o engraçado é que a casa em que moravam na Eighty-Sixth Street era abarrotada de retratos e paisagens em molduras douradas. Como a da avó. Ainda assim, durante todos aqueles anos de infância e juventude, nem sequer uma vez ele viu a irmã parar diante de um deles para contemplar sua majestade. Por isso, Woolly usava a palavra subatenção. Porque Kaitlin não reparava nesses quadros a óleo, ainda que se encontrassem debaixo do seu nariz. Devia ser esse o motivo pelo qual os manhattanianos que elaboraram e legaram a Lista não haviam incluído nenhuma das atrações de Nova York. O que, pensando bem, levou Woolly a imaginar o que mais teriam esquecido.

E então.

E então!

Apenas duas horas mais tarde, quando atravessaram a Brooklyn Bridge pela segunda vez em uma única noite, Billy parou de falar no meio de uma frase para indicar um ponto ao longe.

— Olhem! — exclamou o garoto. — É o Empire State!

Ora, isso definitivamente pertence à Lista, pensou Woolly. Era o prédio mais alto do mundo. Tão alto, na verdade, que um avião chegou a bater nele certa vez. Ainda assim, embora se situasse bem no Centro de Manhattan, Woolly nunca, jamais, nem uma vezinha sequer pusera os pés no seu interior.

Sendo assim, quando Duchess sugeriu ir até lá para fazer uma visita ao professor Abernathe, seria de se esperar que Woolly sentisse a mesma euforia de quando se deu conta de que ia atravessar a Brooklyn Bridge. Mas o que ele sentiu foi uma pontada de ansiedade — uma pontada que pareceu brotar não da ideia de viajar num microelevador até a estratosfera, mas do tom da voz de Duchess. Porque Woolly já tinha ouvido esse tom. Tinha ouvido esse tom da boca de três professores e de dois ministros episcopais e de um cunhado chamado "Dennis". Era o tom usado pelas pessoas quando queriam botar alguém na linha.

Às vezes, Woolly achava que, no dia a dia, as pessoas são abençoadas com uma percepção. Digamos, por exemplo, que em meados de agosto estamos no nosso barco no meio do lago com as libélulas dando voos rasantes acima da água quando, de uma hora para outra, nos ocorre: por que as férias de verão não vão até o dia 21 de setembro? Afinal, a *estação* não acaba no fim de semana anterior ao Dia do Trabalho, que cai na primeira segunda-feira de setembro. O verão só acaba no equinócio outonal — exatamente como a primavera só acaba no solstício de verão. E olhe só como todo mundo fica despreocupado no meio das férias de verão. Não apenas as crianças, como os adultos também, que encaram com muito prazer um jogo de tênis às dez horas, umas braçadas na piscina ao meio-dia e um gim-tônica às seis da tarde em ponto. É pertinente imaginar que, se todos concordássemos em deixar que as férias de verão fossem até o equinócio, o mundo seria um lugar bem mais feliz.

Bem, quando se é abençoado com uma percepção dessas, precisamos ter *muito* cuidado ao escolher com quem compartilhá-la. Porque, se determinadas pessoas se inteirarem dela — pessoas como os nossos professores, os nossos ministros episcopais ou o nosso cunhado "Dennis" —, talvez se sintam no dever moral de botar a gente na linha. Depois de indicarem a cadeira em frente à própria mesa para nos sentarmos, elas começam a explicar não apenas como é equivocada tal percepção, mas também como seremos cidadãos melhores se reconhecermos esse fato. E foi esse o tom usado por Duchess com Billy: o tom que precede o desmanche de uma ilusão.

Nem dá para imaginar a satisfação de Woolly, o júbilo mesmo, quando, depois de subir até o quinquagésimo quinto andar, de percorrer todos os corredores e ler cada plaquinha, faltando apenas mais duas para encerrar a busca, os três se viram diante de uma em que se lia: PROFESSOR ABACUS ABERNATHE, ASSOCIAÇÃO DE LINGUAGEM MODERNA, PH.D., LMNOP.

Coitado de Duchess, pensou Woolly com um sorriso solidário. Talvez seja ele quem vai aprender uma lição hoje.

Assim que os três adentraram o santuário do professor, Woolly percebeu que o sujeito era sensível, cordial. E, ainda que tivesse uma cadeira de espaldar alto em frente à mesa de carvalho, dava para notar que não era o tipo de homem que mandaria alguém se sentar para lhe passar um sermão. Mais do que isso, não era do tipo que deseja encerrar logo o assunto porque tempo é dinheiro, ou porque é crucial ou mais vale prevenir do que remediar, blá-blá-blá.

Quando nos fazem uma pergunta — ainda que à primeira vista ela pareça relativamente simples e direta —, às vezes é preciso retroceder um bocado para fornecer todos os pequenos detalhes necessários para que a resposta faça sentido a quem perguntou. Apesar disso, existem inquisidores que, assim que a gente começa a fornecer esses detalhes essenciais, começam a fazer caretas, a se remexer na cadeira. Depois, esforçam-se para nos apressar, insistindo para passarmos do ponto A para o Z, pulando todas as letras entre as duas. Mas não o professor Abernathe. Quando ele fez a Billy uma pergunta enganosamente simples e Billy retrocedeu até o berço a fim de dar uma resposta abrangente, o professor se recostou na cadeira e ouviu com a atenção de Salomão.

Por isso, quando Woolly, Billy e Duchess finalmente se levantaram para ir embora, depois de visitarem duas das atrações mundialmente famosas da cidade em uma única noite (*Ticado! Ticado!*) e provarem a existência irrefutável do professor Abacus Abernathe, seria de se imaginar que a noite não pudesse ficar ainda melhor.

Que equívoco.

* * *

Trinta minutos depois, estavam todos no Cadillac — inclusive o professor —, descendo a Nona Avenida até o elevado West Side, mais um local do qual Woolly jamais tinha ouvido falar.

— Pegue a próxima à direita — instruiu Billy.

Seguindo a orientação, Duchess pegou a rua à direita, de paralelepípedos e margeada de caminhões e frigoríficos. Woolly percebeu que se tratava de frigoríficos porque, na doca de cargas, dois homens com casacos brancos compridos estavam descarregando toneladas de carne de um caminhão, enquanto, em cima de um outro, havia um enorme letreiro luminoso no formato de um novilho.

Um instante depois, Billy disse a Duchess para entrar à direita e depois à esquerda e, em seguida, apontou para um gradil de arame que se erguia da rua.

— Ali — falou o garoto.

Quando parou o carro, Duchess não desligou o motor. Nesse pequeno trecho, não havia mais frigoríficos nem letreiros luminosos. Em vez disso, via-se um terreno baldio onde estava estacionado um carro sem rodas. No fim do quarteirão, uma silhueta solitária, baixa e forte passou sob um poste de luz e então sumiu nas sombras.

— Você tem certeza? — perguntou Duchess.

— Tenho certeza de que é aqui — respondeu Billy, enquanto pendurava a mochila nas costas.

Então, sem hesitar, saiu do carro e começou a caminhar em direção ao gradil.

Woolly virou-se para o professor Abernathe para erguer as sobrancelhas em tom de surpresa, mas o professor já estava prestes a alcançar Billy. Por isso, Woolly saltou do carro para alcançar o professor e deixou para Duchess o encargo de alcançá-lo.

Do lado de dentro do gradil havia uma escada de aço que sumia lá em cima. Foi a vez de o professor lançar a Woolly um olhar com as sobrancelhas erguidas, embora mais numa expressão de expectativa do que de surpresa.

Billy estendeu o braço, segurou um pedaço do gradil e começou a puxá-lo.

— Permita-me, permita-me — disse Woolly.

Enfiando os dedos nos buracos da tela de arame, Woolly puxou-a para permitir que todos a atravessassem. Depois, subiram a escada em espiral, os pés fazendo ranger os velhos degraus de metal. Quando chegaram ao topo, Woolly levantou um outro pedaço de tela para que todos pudessem se esgueirar para fora.

Ah, que surpresa teve Woolly quando os quatro saíram daquele cercado para o ar livre. Ao sul, viam-se as torres de Wall Street, enquanto ao norte ficavam as torres do Centro da cidade. E quem olhasse com muita atenção para sudoeste veria a silhueta da Estátua da Liberdade — outro marco de Nova York que, sem dúvida, merecia estar na Lista e que Woolly jamais tinha visitado.

— Não visitei ainda! — exclamou, num tom de desafio destinado a ninguém senão ele mesmo.

O mais incrível, porém, nos trilhos elevados não era a vista de Wall Street ou do Centro, nem mesmo o enorme sol de verão que se punha acima do rio Hudson. O mais incrível era a flora.

Enquanto visitavam o escritório do professor Abernathe, Billy explicava que eles iriam até um trecho da ferrovia elevada que não era usada havia três anos. Mas, aos olhos de Woolly, a ferrovia parecia ter sido abandonada décadas antes. Para onde quer que se olhasse, viam-se flores e arbustos silvestres, e a grama entre as dormentes crescera até quase os joelhos de um homem.

Em apenas três anos, pensou Woolly. Isso era menos tempo do que se passa num internato ou se leva para conseguir um diploma de faculdade. Menos tempo do que um mandato presidencial ou o intervalo entre as Olimpíadas.

Apenas dois dias antes, Woolly pensara com seus botões como Manhattan permanecia incrivelmente permanente, a despeito de milhões de transeuntes pisotearem seu solo todos os dias. Aparentemente, porém, não era a marcha desses milhões que levaria a cidade ao seu fim, mas a ausência dela. Pois ali estava um vislumbre de uma Nova York entregue à própria sorte. Ali estava um pedaço da cidade ao qual os residentes viraram as costas por um breve instante, e logo, por entre o cascalho, surgira mato, hera e grama. E se isso acontecera depois de alguns anos de desuso, concluiu Woolly, qual seria o resultado após algumas décadas?

Quando ergueu os olhos da flora para compartilhar tal observação com os amigos, Woolly se deu conta de que eles haviam continuado a caminhar sem ele, seguindo em direção a uma fogueira ao longe.

— Esperem — gritou. — Esperem!

Quando alcançou o grupo, Billy estava apresentando o professor a um homem negro e alto, o homem que se chamava Ulysses. Embora os dois não se conhecessem, ambos tinham ouvido falar um do outro por intermédio de Billy e, ao apertarem as mãos, Woolly percebeu que o faziam solenemente, com uma grande e invejável solenidade.

— Por favor — disse Ulysses, indicando as dormentes de trilho em volta da fogueira, de forma bem parecida com a maneira com que o professor havia indicado o sofá e a cadeira em seu escritório.

Depois de ocuparem seus lugares, todos ficaram em silêncio por um instante, enquanto o fogo estalava e crepitava, e Woolly teve a impressão de que ele, Billy e Duchess eram jovens guerreiros aos quais tinha sido dado o privilégio de testemunhar o encontro de dois chefes tribais. No fim, contudo, foi Billy quem falou primeiro, para estimular Ulysses a contar sua história.

Depois de assentir para Billy, Ulysses olhou para o professor e começou. Explicou, primeiro, como conhecera uma mulher chamada Macie quando ambos, sozinhos no mundo, se encontraram num salão de dança em St. Louis, se apaixonaram e se uniram em sagrado matrimônio. Explicou que, quando a guerra foi declarada, Macie o mantivera ao seu lado enquanto os vizinhos aptos a lutar se juntavam à batalha, e como a esposa havia ficado ainda mais insistente quanto à sua presença depois de engravidar. Explicou que, a despeito dos avisos dela, ele havia se alistado, lutado na Europa e retornado alguns anos depois, quando descobriu que, fiel a suas palavras, ela sumira com o menino sem deixar rastro. Por fim, Ulysses descreveu como voltara até a Union Station naquele dia, embarcara no primeiro trem sem escolher destino e começara a viajar sobre os trilhos desde então. E foi uma das histórias mais tristes que Woolly já tinha ouvido.

Por um momento, ninguém abriu a boca. Até mesmo Duchess, sempre disposto a engatar uma história própria quando alguém concluía a sua, se manteve em silêncio, percebendo, talvez como Woolly, que algo tremendamente relevante se desenrolaria diante dos seus olhos.

Passados alguns minutos, como se precisasse do momento de silêncio para se recompor, Ulysses prosseguiu:

— Na minha opinião, professor, tudo de valor nessa vida precisa ser conquistado. *Deve* ser conquistado. Porque aqueles que recebem algo de valor sem ter batalhado por isso estão fadados a desperdiçar essa coisa. Acredito que se deva batalhar para obter respeito. Que se deva batalhar para ganhar confiança. Que se deva batalhar pelo amor de uma mulher e pelo direito de chamar a si mesmo de homem. E que se deva batalhar pelo direito de se ter esperança. Houve um momento em que tive uma fonte de esperança — uma fonte pela qual eu não tinha batalhado. E, sem saber seu valor, eu a desperdicei no dia em que deixei minha esposa e meu filho. Por isso, ao longo dos últimos oito anos e seis meses, aprendi a viver sem esperança, assim como Caim viveu sem ela após entrar na terra de Nod.

Viver sem esperança, disse Woolly a si mesmo, enquanto balançava a cabeça para livrar os olhos das lágrimas. Viver sem esperança na terra de Nod.

— Quer dizer — continuou Ulysses —, até eu conhecer este menino.

Sem tirar os olhos do professor, Ulysses pousou a mão no ombro de Billy.

— Quando Billy disse que, como alguém chamado Ulysses, eu talvez estivesse destinado a rever minha esposa e meu filho, senti um alento. E quando ele leu para mim a história do seu livro, esse alento cresceu ainda mais. Tanto que ousei me perguntar se, depois de todos esses anos perambulando sozinho pelo país, eu poderia, finalmente, merecer o direito de voltar a ter esperança.

Quando Ulysses disse isso, Woolly se empertigou. Mais cedo no mesmo dia, ele havia tentado passar para a irmã Sarah a noção de como uma afirmação disfarçada de pergunta podia ser uma coisa feia. Mas, ao lado da fogueira, quando Ulysses disse ao professor Abernathe *eu poderia, finalmente, merecer o direito de voltar a ter esperança*, Woolly entendeu que ali estava uma pergunta disfarçada de afirmação. E achou aquilo lindo.

O professor Abernathe pareceu entender da mesma forma, pois, passado um novo instante de silêncio, ofereceu uma resposta. E, enquanto ele falava, Ulysses ouvia com a mesma deferência com que o professor o ouvira.

— Minha vida, com efeito, sr. Ulysses, tem sido o oposto da sua sob vários aspectos. Não lutei na guerra. Não viajei por este país. Na verdade, durante a maior parte dos últimos trinta anos, permaneci na ilha de Manhattan. E, durante a maior parte dos últimos dez, permaneci ali.

Virando-se, o professor apontou para o Empire State.

— Ali permaneci sentado numa sala cercado de livros, tão impermeável ao som de grilos e gaivotas quanto distante da violência e da compaixão. Se você estiver certo, e desconfio de que esteja, quando diz que o que é valioso precisa ser conquistado ou acabará desperdiçado, com certeza pertenço ao grupo dos desperdiçadores. Sou alguém que viveu a vida na terceira pessoa e no pretérito. Por isso, me deixe começar afirmando que qualquer coisa que eu lhe diga será com a maior humildade.

Cerimoniosamente, o professor baixou a cabeça para Ulysses.

— Mas, se já confessei que vivi por meio de livros, devo ao menos informar que fiz isso com convicção. O que significa, sr. Ulysses, que li muito. Li milhares de livros, muitos deles mais de uma vez. Li histórias verídicas e romances, tratados científicos e livros de poesia. E uma coisa que aprendi de todas essas páginas e mais páginas foi que existe suficiente variedade de experiências humanas para que cada pessoa numa cidade do tamanho de Nova York saiba com segurança que a sua experiência é ímpar. E isso é maravilhoso. Porque para almejar, amar com paixão, tropeçar e mesmo assim prosseguir na luta é preciso crer que aquilo pelo que passamos jamais foi vivenciado da forma como *nós* o vivenciamos.

O professor desviou o olhar de Ulysses de modo a poder fazer contato visual com todos no círculo, inclusive com Woolly. Mas, voltando a atenção para Ulysses, ergueu um dos dedos no ar.

— No entanto — continuou —, embora tenha observado que existe uma variedade suficiente na experiência humana para embasar a nossa sensação de individualidade num local tão vasto quanto Nova York, tenho a forte suspeita de que exista *apenas* o suficiente para esse fim. Pois se gozássemos do poder de reunir todas as histórias pessoais vivenciadas em cidades diferentes no mundo todo e em todos os tempos, não me resta a menor dúvida de que abundariam *doppelgängers*. Homens cujas vidas — apesar de uma variação aqui e acolá — foram idênticas às nossas com relação a tudo. Homens que amaram quando amamos, choraram quando choramos, conquistaram o que conquistamos e fracassaram como fracassamos, homens que discutiram e argumentaram e riram exatamente como nós.

O professor olhou novamente à sua volta.

— Vocês acham impossível?

Mas ninguém disse uma palavra.

— É um dos princípios mais básicos da infinidade que ela deva, por definição, abranger não só uma unidade de tudo, mas a duplicata de tudo, bem como a triplicata. Ou seja, imaginar que existam versões adicionais de nós mesmos espalhadas pela história humana é muitíssimo menos estranho do que imaginar que não haja nenhuma.

O professor voltou o olhar para Ulysses.

— Se eu acho que é possível que a sua vida seja um eco da vida do Grande Ulisses e que depois de dez anos você reencontre sua esposa e seu filho? Estou certo disso.

Ulysses absorveu as palavras do professor com a maior seriedade. Em seguida, ficou de pé, assim como o professor, e os dois apertaram as mãos mais uma vez, cada qual parecendo ter encontrado um conforto inesperado no outro. Mas, quando baixaram as mãos e Ulysses se virou, o professor o pegou pelo braço e o puxou de volta.

— Mas tem uma coisa que você precisa saber, sr. Ulysses. Uma coisa que não botei no livro do Billy. Durante suas viagens, quando o Grande Ulisses visitou o mundo subterrâneo e conheceu o fantasma de Tirésias, o velho adivinho lhe disse que ele vagaria pelos mares até aplacar os deuses com um ato de tributo.

Se estivesse no lugar de Ulysses, ao ouvir essa notícia adicional, Woolly seria acometido por uma enorme sensação de derrota. Ulysses, no entanto, não transpareceu isso; ele assentiu para o professor, como se aquilo fosse a coisa mais natural do mundo.

— Que ato de tributo?

— Segundo Tirésias, Ulisses precisava pegar um remo e levá-lo para o campo até encontrar uma terra tão incompatível com a natureza marinha que levasse um homem a parar para lhe perguntar: *O que você leva aí no ombro?* Nesse local, o Grande Ulisses deveria plantar o remo na terra em homenagem a Poseidon e, dali em diante, estaria livre.

— Um remo... — repetiu Ulysses.

— Sim — respondeu o professor, animado —, no caso do Grande Ulisses, um remo. Mas, no seu caso, seria algo diferente. Algo pertinente à *sua* história, aos seus anos de perambulação. Algo...

O professor começou a olhar à sua volta.

— Algo como aquilo!

Ulysses se inclinou e ergueu o pesado pedaço de ferro apontado pelo professor.

— Um vergalhão — falou.

— Sim — disse o professor. — Um vergalhão. Você deve levá-lo até o lugar em que alguém ache tão estranho um trilho de ferrovia que lhe pergunte o que é isso. Nesse local, então, você deve martelá-lo na terra.

— — —

Quando Woolly, Billy e Duchess estavam prontos para ir embora, o professor Abernathe resolveu ficar para conversar mais um pouco com Ulysses. Então, alguns minutos depois de entrarem no Cadillac, Billy e Duchess adormeceram. Por isso, enquanto dirigia pela West Side Highway rumo à casa da irmã, Woolly teve um momento só para si.

Para ser totalmente honesto, Woolly preferia, na maior parte do tempo, não ter um momento a sós consigo mesmo. Momentos com outras pessoas, no seu entender, costumavam ser mais propensos a riscos e surpresas do que momentos solitários. E momentos solitários são mais propensos a ruminar algum pensamento que não se quer ter, para começo de conversa. Mas nessa ocasião, nessa ocasião em que se viu com um momento só para si, Woolly o acolheu de braços abertos.

Porque teve a oportunidade de revisitar o dia. Começou na FAO Schwarz, de pé no seu lugar favorito, quando a irmã apareceu de repente. Depois, prosseguiu do outro lado da rua, no Plaza, em nome dos velhos tempos, onde os dois tomaram chá com o panda e recontaram algumas histórias antigas formidáveis. Ao se despedir da irmã, vendo que fazia um dia lindo, Woolly havia caminhado até a Union Square para uma visita a Abraham Lincoln. Depois, partiu para o circo, cruzou a Brooklyn Bridge e subiu no Empire State, onde o professor Abernathe deu a Billy um livro cheio de páginas em branco nas quais poderia anotar suas aventuras. Em seguida, Billy os levara até o elevado cheio de mato, onde todos se sentaram em volta da fogueira e ouviram a extraordinária conversa entre Ulysses e o professor.

Mas depois disso, depois de tudo isso, quando enfim chegou a hora de ir embora e Ulysses apertou a mão de Billy e lhe agradeceu pela amizade e Billy lhe desejou boa sorte em sua cruzada para encontrar a família, o menino tirou um pingente do pescoço.

— Isto aqui — disse ele a Ulysses — é a medalha de São Cristóvão, o padroeiro dos viajantes. Ganhei da irmã Agnes antes da nossa viagem para Nova York, mas acho que é você quem deve ficar com ela a partir de agora.

Então, de modo a poder pendurar a medalha no pescoço, Ulysses se ajoelhou diante de Billy, como os cavaleiros da Távola Redonda se ajoelharam diante do Rei Artur para serem sagrados cavaleiros.

— Quando a gente revisa tudo — disse Woolly para ninguém, só para si mesmo —, quando a gente revisa tudo junto assim, com o começo no começo, o meio no meio e o fim no fim, não há como negar que hoje foi um dia diferente de todo dia.

TRÊS
– – –

Woolly

Cravo!, disse Woolly a si mesmo com entusiasmo.

Enquanto Duchess mostrava a Billy como mexer *adequadamente* um molho, Woolly se dedicava a arrumar em ordem alfabética a prateleira de condimentos. E não demorou a descobrir como era grande o número de temperos que começavam com a letra C. Na prateleira toda havia apenas um que começava com a letra *A*: Alfavaca, o que quer que fosse isso. E seguindo Alfavaca vinham apenas dois condimentos com a letra *B*: Baunilha em favas e Bahar. Mas chegando aos temperos começados com a letra C... Ora, aparentemente, essa lista não tinha fim! Até então, já havia identificado Canela, Cardamomo, Cebolinha, Cheiro-Verde, Coentro, Colorau, Cominho e, agora, Cravo.

Sem dúvida, era algo a se pensar.

Talvez, pensou Woolly, se tratasse de uma questão similar à dos Qs das perguntas. À determinada altura nos tempos remotos, a letra C deve ter soado especialmente adequada a condimentos.

Ou talvez tivesse a ver com algum *lugar* nos tempos remotos. Algum lugar em que a letra C detinha maior domínio do alfabeto. De repente, ocorreu a Woolly a lembrança de ouvir numa de suas aulas de história que muitas luas antes houvera algo chamado de Rota de Especiarias — uma trilha longa e árdua atravessada por comerciantes a fim de levar os temperos do Oriente para as cozinhas do Ocidente. Chegou mesmo a se lembrar de um mapa com uma seta que passava por cima do Deserto de Gobi e dos Himalaias até aterrissar em segurança em Veneza ou em local semelhante.

O fato de que os condimentos com C fossem oriundos do outro lado do globo soou como uma nítida possibilidade, já que ele nem sequer conhecia o sabor de metade deles. Conhecia a canela, lógico. Na verdade, era um de seus sabores prediletos. Não se usava canela só para preparar torta de maçã e de abóbora; era também o ingrediente *sine qua non* do bolinho de canela. Mas cardamomo, cominho e coentro? Essas palavras misteriosas lhe pareciam conter um toque tipicamente oriental.

— Ahá! — exclamou Woolly ao descobrir o vidro de curry escondido atrás do de raiz-forte na penúltima fila da prateleira.

Porque curry era certa e definitivamente um sabor do Oriente.

Woolly abriu espaço e posicionou o curry ao lado do cominho. Depois, voltou a atenção para a última fileira, correndo os dedos pelos rótulos do orégano, da sálvia e da…

— Mas que raios *você* está fazendo aí? — pensou Woolly com seus botões.

Antes, porém, que conseguisse responder à própria pergunta, Duchess lhe fez outra.

— Aonde é que ele foi?

Ao erguer os olhos da prateleira de temperos, Woolly viu Duchess parado à porta com as mãos nos quadris e notou a ausência de Billy.

— Virei as costas por um segundo e ele abandonou o posto.

Verdade, pensou Woolly. Billy tinha saído da cozinha, apesar de ter sido encarregado de mexer o molho.

— Ele não foi consultar de novo aquele maldito relógio, foi? — perguntou Duchess.

— Vou investigar.

Devagarinho, Woolly cruzou o corredor e deu uma espiada na sala de estar, onde Billy de fato se encontrava junto ao relógio do avô.

Mais cedo naquela manhã, quando Billy quis saber a que horas Emmett voltaria, Duchess respondera com uma boa dose de segurança que ele chegaria a tempo do jantar — que seria servido às oito em ponto. Em geral, isso levaria Billy a consultar de vez em quando seu relógio militar, mas Emmett tinha quebrado o relógio no trem de carga. Por esse motivo, não lhe restava alternativa senão visitar com regularidade a sala de estar, onde os ponteiros do relógio do avô indicavam nesse momento, de forma inquestionável, que eram 19h42.

Woolly estava voltando à cozinha para explicar o fato a Duchess quando o telefone tocou.

— O telefone! — exclamou Woolly para si mesmo. — Talvez seja Emmett.

Com um rápido desvio para entrar no escritório do cunhado, Woolly contornou a mesa e tirou o fone do gancho no terceiro toque.

— Alô, alô! — atendeu com um sorriso.

Por um instante, a recepção amistosa de Woolly foi recebida com silêncio. Depois, veio uma pergunta numa voz que só poderia ser descrita como rispidamente cortante.

— Quem é? — quis saber a mulher do outro lado da linha. — É você, Wallace?

Woolly desligou.

Ficou encarando o telefone um segundo. Em seguida, tirou o fone do gancho e largou-o em cima da mesa.

O que Woolly amava na brincadeira de telefone sem fio era que a frase que saía do outro lado da linha poderia ser bastante diferente da frase inicial. Poderia ser mais misteriosa. Ou surpreendente. Ou divertida. Mas quando alguém como sua irmã Kaitlin falava num telefone *de verdade*, não chegava nem perto de soar mais misteriosa, surpreendente ou divertida. Soava tão rispidamente cortante quanto ela falava do outro lado.

Na escrivaninha, o gancho começou a zumbir como um mosquito num quarto no meio da noite. Woolly empurrou o telefone para uma das gavetas e a fechou bem, deixando o fio pendurado para fora.

— Quem era? — perguntou Duchess, quando Woolly voltou para a cozinha.

— Engano.

Billy, que também devia estar torcendo para que fosse Emmett, virou-se para Duchess com uma expressão preocupada.

— São quase oito horas — comentou.

— É mesmo? — disse Duchess, de um jeito que sugeria não fazer diferença.

— Como vai indo o molho? — perguntou Woolly, na esperança de mudar de assunto.

Duchess entregou a colher de pau a Billy.

— Por que você não experimenta?

Passado um instante, Billy pegou a colher e mergulhou-a na panela.

— Parece bem quente — alertou Woolly.

Billy fez que sim e soprou com cautela. Quando pôs a colher na boca, Woolly e Duchess se inclinaram ao mesmo tempo, ansiosos para ouvir o veredito. O que ouviram, em vez disso, foi o blim-blom da campainha.

Os três se entreolharam. Então, Duchess e Billy saíram tal qual foguetes, o primeiro pegando o corredor e o último passando pela porta da sala de jantar.

Woolly sorriu por um segundo diante da cena, mas lhe ocorreu um pensamento preocupante: e se essa fosse outra situação como a do Gato de Schrödinger? E se a campainha da porta desse início a duas possíveis realidades distintas, de modo que, se a porta fosse aberta por Billy, lá estaria Emmett, ao passo que, se fosse aberta por Duchess, o recém-chegado se revelaria um caixeiro-viajante? Num estado de incerteza científica e ansiedade crescente, Woolly atravessou, apressado, o corredor.

Duchess

Quando os novatos chegavam ao St. Nick's, a irmã Agnes os botava para trabalhar.

Se nos pedem que nos dediquemos ao que está diante dos nossos olhos, ela costumava dizer, *é menos provável que temamos o que não está.* Por isso, quando os meninos surgiam à porta parecendo meio em choque, meio tímidos, e em geral à beira das lágrimas, a irmã Agnes os mandava para o refeitório para que pusessem as mesas. Depois de postas, ela os mandava para a capela para que distribuíssem os hinários pelos bancos. Com os hinários nos bancos, restavam toalhas a serem separadas para lavar, lençóis a dobrar e folhas a varrer — até que os novatos já não fossem mais novatos.

E foi isso que fiz com o garoto.

Por quê? Porque o café da manhã nem sequer havia terminado quando ele perguntou a que horas o irmão chegaria.

Particularmente, eu não esperava que Emmett chegasse antes do meio-dia. Se eu bem conhecia Charity, imaginei que ele fosse ficar ocupado até as duas da manhã. Presumindo que dormisse até as onze e se demorasse um pouco sob as cobertas, talvez conseguisse estar em Hastings-on-Hudson por volta das duas da tarde. No mínimo. Por via das dúvidas, respondi a Billy que o irmão chegaria para o jantar.

— A que horas é o jantar?

— Às oito horas.

— Oito horas em ponto? — perguntou Woolly.

— Em ponto — confirmei.

Billy assentiu com a cabeça e pediu licença educadamente, fez uma visita ao relógio na sala de estar e voltou com a notícia de que eram 10h02.

A implicação ficou evidente. Faltavam quinhentos e noventa e oito minutos até a prometida chegada do irmão, e Billy pretendia contar cada um deles. Por isso, assim que Woolly começou a lavar a louça do café, pedi a Billy uma ajudinha.

Primeiro, levei-o até a rouparia, de onde tiramos uma bela toalha de mesa e com ela cobrimos a mesa da sala de jantar, cuidando para que o caimento ficasse simétrico em todas as laterais. Nos quatro lugares, pusemos guardanapos de linho, cada qual com o bordado de uma flor diferente. Quando nos dirigimos para a cristaleira e Billy observou que estava trancada, retorqui que raramente as chaves ficavam muito longe de suas fechaduras e procurei dentro da sopeira.

— *Voilà*.

Com as portas da cristaleira abertas, tiramos pratos de porcelana fina para a entrada, o prato principal e a sobremesa. Tiramos os copos de cristal para água e para vinho. Tiramos os dois castiçais e o estojo preto que continha a prataria.

Depois de instruir Billy sobre a maneira correta de arrumar os talheres, imaginei que precisaria ajeitar seu trabalho quando ele terminasse, mas, no que dizia respeito à arrumação de mesas, Billy se revelou um especialista nato. Dava a impressão de que havia posicionado cada garfo, faca e colher com régua e compasso.

Quando nos afastamos para admirar nosso trabalho, ele perguntou se o jantar seria um evento especial.

— Precisamente.

— Por que vai ser um jantar especial, Duchess?

— Porque vai ser um reencontro, Billy. Um reencontro dos Quatro Mosqueteiros.

O menino abriu um amplo sorriso, mas depois franziu a testa. Com Billy Watson, jamais se esperava mais de um minuto entre o sorriso e o franzir do cenho.

— Se é um jantar especial, o que vamos comer?

— Uma pergunta excelente. Atendendo ao pedido de um tal de Woolly Martin, vamos comer uma pequena iguaria conhecida como Fettuccine Mio Amore. E, meu amigo, não existe nada mais especial do que isso.

Depois de encarregar Billy da elaboração de uma lista de compras de todos os ingredientes necessários, partimos para a Arthur Avenue a uma velocidade de trezentas perguntas por hora.

— O que é a Arthur Avenue, Duchess?

— A rua principal do bairro italiano do Bronx, Billy.

— O que é um bairro italiano?

— É onde todos os italianos moram.

— Por que todos os italianos moram no mesmo lugar?

— Para poderem se meter na vida uns dos outros.

O que é uma *trattoria*, Duchess?

O que é um paisano?

O que é alcachofra e *pancetta* e *tiramisu*?

Quando voltamos para casa algumas horas mais tarde, ainda era cedo demais para começar a cozinhar; por isso, depois de confirmar que a matemática de Billy estava nos trinques, levei o garoto até o escritório do cunhado de Woolly para praticar um pouco de contabilidade.

Sentando-o à escrivaninha com um bloco e um lápis, me deitei no tapete e enumerei todas as despesas que Woolly e eu tínhamos feito desde a saída do St. Nick's. Os seis tanques de gasolina; o quarto e a comida nos dois Howard Johnson's; o pernoite e as toalhas no hotel Sunshine; e as duas refeições na lanchonete da Segunda Avenida. Por via das dúvidas, acrescentei vinte dólares extras para futuros desembolsos e depois computei a lista toda sob o cabeçalho de despesas operacionais. Quando resgatássemos o fundo de Woolly nas Adirondacks, tais despesas seriam reembolsadas a Emmett antes que um único dólar fosse partilhado.

Numa coluna separada, sob o cabeçalho despesas pessoais, pedi a Billy que incluísse a ligação interurbana para Salina; os dez dólares para Bernie no hotel Sunshine; a garrafa de uísque para Fitzy; o champanhe e os honorários de acompanhante no salão de Ma Belle; bem como a gorjeta para o porteiro no Empire State. Como nenhuma delas era essencial para o empreendimento conjunto, imaginei que deveriam ser debitadas a mim.

No último segundo, me lembrei dos gastos na Arthur Avenue. Seria possível argumentar que esses pertenciam à rubrica despesas operacionais já que o consumo seria coletivo. Mas, com um dane-se, falei para Billy incluí-los na minha coluna. O jantar seria por minha conta.

Depois de Billy anotar todos os números e checar duas vezes os resultados das somas, estimulei-o a pegar uma folha de papel em branco e passar a limpo as duas colunas. Ao ouvir uma sugestão dessas, a maioria das crianças haveria de querer saber por que depois de ter feito o trabalho precisaria repeti-lo. Mas não quando se tratava de Billy. Com sua instintiva preferência por organização e clareza, ele pegou um pedaço de papel e começou a duplicar o trabalho com a mesma precisão com que havia arrumado os garfos e as facas.

Quando terminou, Billy assentiu com a cabeça três vezes, conferindo ao relatório seu selo de aprovação. Depois, porém, franziu a testa.

— Isso aqui não deveria ter um título, Duchess?

— O que você sugere?

Billy pensou por um instante enquanto mordiscava a ponta do lápis. Então, depois de escrever o título em enormes maiúsculas, ele leu:

— A Fuga.

Ora, que tal?

* * *

Quando concluímos o relatório de despesas, já passava das seis — hora de começar a cozinhar. Depois de separar os ingredientes, ensinei a Billy tudo que Lou, o *chef* do Leonello's, havia me ensinado. Em primeiro lugar, como fazer um molho de tomate básico a partir de tomates enlatados e um *soffritto* (*O que é um* soffritto, *Duchess?*). Com a panela no fogão, mostrei-lhe como picar adequadamente o bacon e fatiar adequadamente a cebola. Pegando uma frigideira, mostrei como refogá-los adequadamente com as folhas de louro. Como cozinhar tudo em vinho branco e em fogo brando com orégano e pimenta calabresa. Finalmente, como acrescentar, mexendo, uma xícara do molho de tomate, nem uma gota a mais.

— O importante agora — expliquei — é ficar de olho, Billy. Preciso ir ao banheiro, então preciso que você não saia daqui. Dê uma mexida de vez em quando, ok?

— Ok, Duchess.

Entreguei a colher para ele, pedi licença e me dirigi ao escritório de Dennis.

Eu tinha dito que não achava que Emmett chegaria antes das duas da tarde, mas pensei que com certeza ele estaria de volta até às seis. Depois de fechar a porta sem fazer barulho, liguei para Ma Belle. O telefone tocou vinte vezes antes que ela atendesse. Após me encher os ouvidos falando da falta de educação de ligar para alguém que está no meio de um banho, ela me botou a par da situação.

— Xiii! — exclamei ao desligar o telefone.

Depois de já ter feito um balanço com Billy, me vi, então, fazendo outro por conta própria: com Emmett já meio irritado por causa do Studebaker, eu tinha a esperança de compensá-lo brindando-o com a companhia de Charity por uma noite, mas obviamente a coisa não correu como o programado. Como eu ia adivinhar que o remédio de Woolly era tão forte assim? Para coroar, eu me esquecera de deixar um endereço. Sim, pensei com meus botões, era bem possível que, quando chegasse, Emmett estivesse de péssimo humor. Supondo, isto é, que conseguisse nos encontrar...

De volta à cozinha, flagrei Woolly contemplando a prateleira de temperos e ninguém vigiando o molho. Foi quando as coisas começaram a acelerar.

Primeiro, Woolly se assustou ao ser flagrado.

Depois, o telefone tocou e Billy reapareceu.

Em seguida, Woolly voltou dizendo que o telefonema era engano, Billy anunciou já serem quase oito horas e a campainha da porta tocou.

Por favor, por favor, por favor, pedi a mim mesmo enquanto saía correndo pelo corredor. Com o coração na boca e Billy nos meus calcanhares, escancarei a porta — e lá estava Emmett de roupas limpas, parecendo apenas um pouco cansado.

Antes que alguém tivesse a chance de abrir a boca, o relógio da sala começou a dar oito badaladas.

Virando-me para Billy, falei:

— O que foi que eu disse, garoto?

Emmett

Quando Emmett começou o penúltimo ano do ensino médio, o novo professor de matemática, o sr. Nickerson, apresentou à turma o paradoxo de Zenão. Na Grécia Antiga, disse o sr. Nickerson, um filósofo chamado Zenão argumentou que, para ir do ponto A ao ponto B, era preciso primeiro chegar à metade, mas, para ir do marco da metade até o ponto B, seria preciso percorrer metade dessa distância, depois novamente a metade, e daí por diante. E quando se empilhavam todas essas metades de metades que precisavam ser percorridas para ir de um ponto a outro, a única conclusão era que isso seria impossível.

O sr. Nickerson disse que esse era um exemplo perfeito do raciocínio paradoxal. Para Emmett, esse era um exemplo perfeito de que frequentar a escola podia ser uma perda de tempo.

Basta imaginar, pensou Emmett, toda a energia mental gasta não só para formular esse paradoxo, mas para transmiti-lo ao longo do tempo, traduzindo-o de idioma para idioma, de modo a poder ser exposto num quadro-negro dos Estados Unidos da América em 1952 — cinco anos após o piloto Chuck Yeager romper a barreira do som acima do Deserto de Mojave.

O sr. Nickerson deve ter notado a expressão de Emmett no fundo da sala de aula, porque, quando o sinal tocou, o professor pediu a ele que ficasse.

— Eu só queria ter certeza de que você acompanhou a aula.
— Acompanhei, sim, senhor.
— E o que achou?

Emmett olhou pela janela um instante, sem saber ao certo se deveria ou não compartilhar seu ponto de vista.

— Pode falar — encorajou o sr. Nickerson. — Quero ouvir a sua opinião.

Tudo bem, então, pensou Emmett.

— Me pareceu um jeito comprido e complicado de provar uma coisa que o meu irmão de seis anos conseguiria refutar em questão de segundos sem a ajuda de ninguém.

Ao ouvir isso, porém, o sr. Nickerson não deu a impressão de ficar minimamente desanimado. Ao contrário, assentiu com entusiasmo, como se Emmett estivesse prestes a fazer uma descoberta tão importante quanto a de Zenão.

— O que você quis dizer, Emmett, salvo melhor juízo, é que Zenão aparentemente correu atrás da sua prova apenas em prol de uma discussão, não por seu valor pragmático. E você não é o único a pensar assim. Na verdade, temos um termo para essa prática, um termo quase tão antigo quanto Zenão: *sofisma*. É derivado dos *sofistas* gregos, os professores de filosofia e retórica que ensinavam aos alunos a habilidade de formular argumentos inteligentes e persuasivos, mas não necessariamente pautados na realidade.

O sr. Nickerson chegou até a escrever a palavra no quadro, bem debaixo do diagrama da jornada infinitamente bissectada do ponto A ao ponto B.

Não era perfeito?, pensou Emmett. Além de passar adiante as lições de Zenão, os acadêmicos passavam adiante uma palavra específica cujo único propósito era identificar a prática de ensinar bobagens como se fizessem sentido.

Pelo menos foi isso o que Emmett pensou ali de pé na sala de aula do sr. Nickerson. O que lhe veio à cabeça enquanto caminhava por uma rua sinuosa margeada de árvores na cidade de Hastings-on-Hudson foi que talvez Zenão não fosse tão doido, afinal.

— — —

Naquela manhã, Emmett recobrou a consciência com uma sensação de que estava flutuando — como alguém que está sendo levado rio abaixo num dia quente de verão. Ao abrir os olhos, viu-se sob as cobertas de uma cama desconhecida. Na mesinha de cabeceira, havia um abajur com uma cúpula vermelha que dava ao aposento uma tonalidade rosada. Só que nem a cama nem o abajur eram suaves o suficiente para amenizar sua dor de cabeça.

Com um gemido, Emmett fez um esforço para ficar de pé, mas do outro lado do quarto veio o ruído de passos de pés descalços e logo ele sentiu no peito a pressão delicada da mão de alguém.

— Fique deitado aí quietinho.

Embora estivesse usando uma blusa branca simples e tivesse prendido o cabelo na nuca, Emmett reconheceu na sua enfermeira a jovem vestida num *négligé* que, na noite anterior, estivera deitada onde ele estava deitado agora.

Charity virou-se para o corredor, gritou *Ele acordou!* e, um instante depois, Ma Belle, que usava um gigantesco vestido de estampa floral, surgiu à porta.

— Aí está ele — disse ela.

Emmett tentou se erguer de novo, dessa vez com mais sucesso. Mas, ao fazê-lo, as cobertas lhe escorregaram do peito e ele se deu conta, assustado, de que estava nu.

— Minhas roupas — falou.

— Você acha que eu deixaria que botassem você numa das minhas camas vestindo aquelas roupas fedidas? — perguntou Ma Belle.

— Onde elas...?

— Esperando por você na cômoda. Por que não se levanta da cama agora e vem comer alguma coisa?

Ma Belle virou-se para Charity.

— Venha, meu bem. Sua vigília chegou ao fim.

Assim que as duas fecharam a porta, Emmett chutou as cobertas e se levantou com cuidado, sentindo as pernas meio bambas. Quando chegou à cômoda, ficou surpreso ao descobrir que suas roupas haviam sido lavadas e passadas e estavam impecavelmente dobradas numa pilha, com o cinto enrolado no topo. Enquanto abotoava a camisa, Emmett se pegou olhando o quadro em que havia reparado na noite anterior. Só que via agora que o mastro se encontrava num ângulo estranho não porque o navio enfrentava um vento forte, mas porque encalhara junto às pedras com alguns marinheiros pendurados no cordame, outros entrando apressados num barco e mais um que parecia prestes a ser atirado contra as rochas ou varrido para o mar.

Como Duchess jamais se cansava de dizer: *precisamente*.

Quando saiu do quarto, Emmett fez questão de virar à esquerda sem dar atenção à vertiginosa sucessão de portas. No salão, encontrou Ma Belle numa cadeira de espaldar alto com Charity de pé ao lado. Na mesa de centro havia bolo e café.

Emmett desabou no sofá e esfregou os olhos.

Ma Belle apontou para uma bolsa de borracha vermelha ao lado do bule.

— Um saco de gelo, se você for adepto deles.

— Não, obrigado.

Ma Belle fez que sim.

— Eu também nunca entendi que benefício trazem. Depois de uma noitada, não quero uma bolsa de gelo perto de mim.

Uma noitada, pensou Emmett, balançando a cabeça.

— O que houve?

— Doparam você — respondeu Charity com um sorriso travesso.

Ma Belle franziu a testa.

— Nada disso, Charity. E não tem nenhum *eles* implícito aí. Foi apenas Duchess sendo Duchess.

— Duchess? — repetiu Emmett.

Ma Belle indicou Charity com um gesto.

— Ele quis dar um presentinho para você. Para comemorar o fim da sua sentença naquela fazenda-reformatório. Mas teve medo de que você amarelasse, por ser cristão e virgem.

— Não tem nada de errado em ser cristão e virgem — interveio Charity para demonstrar apoio.

— Bom, disso não tenho certeza — disse Ma Belle. — Enfim, para criar o clima, eu deveria sugerir um brinde, e Duchess botaria alguma coisinha na sua bebida para ajudar você a relaxar. Mas a coisinha provavelmente era mais forte do que ele imaginou, porque, quando entrou no quarto de Charity, você deu dois rodopios e apagou. Não foi, meu bem?

— Ainda bem que caiu no meu colo — respondeu Charity com uma piscadela.

Ambas pareceram se divertir com o acontecido. Quanto a Emmett, ele apenas trincou os dentes.

— Ora, não se zangue com a gente — pediu Ma Belle.

— Se estou zangado, não é com vocês.

— Bom, não se zangue com Duchess também.

— A intenção dele não foi ruim — emendou Charity. — Ele só queria que você se divertisse.

— Pois é — concordou Ma Belle. — E por conta dele.

Emmett não se deu o trabalho de observar que a pretendida diversão, bem como o champanhe da véspera, tinham sido pagos com o seu dinheiro.

— Mesmo quando ainda era pequeno — acrescentou Charity —, Duchess vivia se esforçando para que todo mundo se divertisse.

— Enfim — prosseguiu Ma Belle —, ficamos encarregadas de lhe dizer que Duchess, seu irmão e aquele outro amigo…

— Woolly — acrescentou Charity.

— Isso — confirmou Ma Belle. — Woolly. Todos estão esperando por você na casa da irmã dele. Mas, primeiro, você precisa comer alguma coisa.

Emmett esfregou os olhos de novo.

— Não sei se estou com fome — falou.

Ma Belle franziu a testa.

Charity inclinou-se para a frente e disse baixinho:

— Ma Belle não costuma servir café da manhã.

— Tem razão, não costumo.

Depois de aceitar uma xícara de café e uma fatia de bolo para não fazer desfeita, Emmett teve que aceitar a máxima de que as boas maneiras quase sempre são para o nosso próprio bem, pois, com efeito, o café e o bolo eram tudo de que ele precisava. De tal forma que de bom grado concordou em repetir a dose.

Enquanto comia, Emmett perguntou como elas haviam conhecido Duchess ainda menino.

— O pai dele trabalhava aqui — respondeu Charity.

— Achei que ele fosse ator.

— Ele era ator, sim — disse Ma Belle. — Mas quando não conseguia nenhum trabalho no palco, dava uma de garçom ou de *maître*. E por alguns meses depois da guerra, ele foi nosso mestre de cerimônias. Harry podia fazer qualquer papel, suponho. Mas na maior parte do tempo ele fazia o papel de pior inimigo de si mesmo.

— Como assim?

— Harry é um sedutor com uma quedinha por álcool. Por isso, embora pudesse arrumar um emprego em questão de minutos, podia perdê-lo quase tão rápido por causa das bebedeiras.

— Mas quando estava trabalhando no Circus — interrompeu Charity —, ele deixava Duchess conosco.

— Ele trazia Duchess para cá? — perguntou Emmett, um pouco chocado.

— Isso mesmo — respondeu Ma Belle. — Na época, Duchess devia ter uns onze anos. E enquanto o pai estava lá no picadeiro, ele trabalhava aqui em cima. Pegava chapéus e servia bebidas aos clientes. Ganhava bem, aliás. Não que o pai deixasse o garoto ficar com o dinheiro.

Emmett olhou à sua volta, tentando imaginar Duchess aos onze anos pegando chapéus e servindo bebidas numa casa de má reputação.

— Não era como agora — explicou Ma Belle, seguindo o olhar do rapaz. — Naqueles tempos, num sábado à noite, o Circus só tinha lugar em pé, e dez garotas trabalhavam aqui em cima. E não vinham só os rapazes da zona portuária. Vinha gente de *sociedade*.

— Vinha até o prefeito — disse Charity.

— O que aconteceu?

Ma Belle deu de ombros.

— Os tempos mudaram. A vizinhança mudou. Os gostos mudaram.

Passou, então, os olhos pelo aposento com alguma nostalgia.

— Achei que a guerra ia nos levar à falência, mas, no fim das contas, foi o esvaziamento do Centro da cidade.

Pouco depois do meio-dia, Emmett já estava pronto para bater em retirada. Depois de ganhar de Charity um beijo no rosto e de Ma Belle um aperto de mão, agradeceu a ambas pelas roupas limpas, pelo café e pela gentileza.

— Se vocês me derem o endereço, estou indo.

Ma Belle olhou para Emmett.

— Que endereço?

— O da irmã do Woolly.

— E por que eu saberia esse endereço?

— Duchess não deixou com você?

— Comigo, não. E com você, meu bem?

Quando Charity balançou a cabeça, Emmett fechou os olhos.

— Que tal consultar o catálogo? — sugeriu Charity, animada.

Charity e Ma Belle olharam para Emmett.

— Não sei o nome de casada dela.

— Nossa, acho que você está sem sorte.

— Ma! — exclamou Charity.

— Tudo bem, tudo bem. Me deixem pensar.

Ma Belle deixou o olhar vagar por um instante.

— Esse amigo de vocês... Woolly. Qual é a história dele?

— Ele é de Nova York.

— Isso já entendemos. Mas de que distrito?

Emmett as encarou sem entender.

— De que *bairro*? Do Brooklyn? Queens? Manhattan?

— Manhattan.

— Já é um começo. Sabe que escolas ele frequentou?

— Internatos. St. George's... St. Paul's... St. Mark's...

— Ele é católico! — disse Charity.

Ma Belle revirou os olhos.

— Esses não são colégios católicos, amada. São colégios de elite. De ricos. E como conheci mais ex-alunos deles do que gostaria, aposto um blazer azul-marinho que seu amigo Woolly mora no Upper East Side. Mas qual dos três ele frequentou: St. George's, St. Paul's ou St. Mark's?

— Os três.

— Os três?

Quando Emmett explicou que Woolly havia sido expulso de dois, Ma Belle deu uma estrondosa gargalhada.

— Cara! — falou ela, afinal. — Se você é expulso de um desses colégios, só consegue entrar em outro se for de uma família supertradicional. Mas ser expulso de dois e entrar num terceiro? Só tendo chegado a bordo do *Mayflower*! Qual é o nome verdadeiro desse tal de Woolly?

— Wallace Wolcott Martin.

— Maravilha. Charity, vá lá no meu escritório e me traga aquele livro preto que fica na gaveta da escrivaninha.

Quando Charity voltou do cômodo atrás do piano, Emmett achou que ela traria uma agenda telefônica. Em vez disso, Charity carregava um livrão preto com um título vermelho-escuro.

— *Social Register* — explicou Ma Belle. — O livro que lista todo mundo da sociedade dos Estados Unidos.

— Todo mundo? — perguntou Emmett.

— Não todo mundo do meu mundo. Quando se trata do *Social Register*, já estive em cima, embaixo, ao lado e na frente, mas nunca dentro. Porque isso foi criado para incluir o *outro* todo mundo. Vejamos. Chegue para lá, Gary Cooper.

Quando Ma Belle desabou no sofá ao lado de Emmett, o rapaz sentiu as almofadas afundarem alguns centímetros. Olhando a capa do livro, Emmett reparou que se tratava da edição de 1951.

— Está defasado — disse.

Ma Belle franziu a testa.

— Você acha que é fácil arrumar um destes?

— Ele não sabe — disse Charity.

— Não, acho que não. Olhe, se você quisesse encontrar algum amigo polonês ou italiano cujos avós aportaram em Ellis Island, não haveria livro algum para consultar. E mesmo que houvesse, não conseguiria achá-lo, porque essa gente muda de nome e de endereço como se mudasse de roupa. Por isso mesmo vieram para os Estados Unidos. Para se livrar do marasmo em que os próprios ancestrais os puseram.

Com um floreio reverente, Ma Belle pousou a mão no livro em seu colo.

— Mas com esta turma aqui, nada muda jamais. Não mudam os nomes. Não mudam os endereços. Não muda uma única coisa. E isso tem tudo a ver com quem *eles* são.

Ma Belle levou cinco minutos para encontrar o que buscava. Como era jovem, Woolly não tinha o próprio nome no livro, mas aparecia como um dos três filhos da sra. Richard Cobb. Nascida Wolcott, viúva de Thomas Martin, membro do Colony Club e do DAR, a organização para mulheres de sociedade cuja linhagem comprovadamente remonta à Revolução. Originalmente de Manhattan, no momento morava em Palm Beach. As duas filhas, Kaitlin e Sarah, ambas casadas, figuravam com os maridos: sr. e sra. Lewis Wilcox, de Morristown, Nova Jersey, e sr. e sra. Dennis Whitney, de Hastings-on-Hudson, Nova York.

Duchess não dissera com qual irmã ele e Woolly estavam hospedados.

— De todo jeito — disse Ma Belle —, você terá que voltar a Manhattan para pegar o trem. Se eu fosse você, começaria pela Sarah, já que Hastings-on-Hudson é mais perto, e tem a vantagem adicional de não ficar em Nova Jersey.

— — —

Quando Emmett saiu da casa de Ma Belle, já era meio-dia e meia. A fim de poupar tempo, ele pegou um táxi, mas quando disse que queria ir até a estação de trem de Manhattan, o motorista lhe perguntou qual.

— Tem mais de uma estação de trem em Manhattan?
— Tem duas, amigo: a Penn Station e a Grand Central. Qual vai ser?
— Qual é a maior?
— As duas são maiores.

Emmett nunca tinha ouvido falar da Grand Central, mas se lembrou de que o pedinte em Lewis dissera que a Pennsylvania era a maior do país.

— Penn Station — respondeu.

Quando chegou, achou ter escolhido bem, porque a fachada da estação tinha colunas de mármore que se erguiam em quatro andares acima da avenida e o interior era um espaço enorme sob um vasto teto de vidro com legiões de viajantes. Ao encontrar, porém, o guichê de informações, descobriu que os trens para Hastings-on-Hudson não saíam de lá, mas ficavam na linha Hudson River, que partia da Grand Central. Por isso, em vez de partir para a casa de Sarah, Emmett embarcou no trem das 13h55 para Morristown, em Nova Jersey.

Ao chegar ao endereço que Ma Belle tinha lhe dado, pediu ao motorista que esperasse enquanto ele batia à porta. A mulher que atendeu disse que era, sim, Kaitlin Wilcox, de uma forma razoavelmente amistosa. Mas logo que Emmett perguntou se seu irmão, Woolly, por acaso estava em casa, ela se mostrou quase furiosa.

— De repente, todo mundo quer saber se o meu irmão está aqui. Por que estaria? Do que se trata? Você está de conluio com aquela garota? O que vocês dois estão tramando? Quem é você?

Enquanto corria de volta para o táxi, Emmett ouviu a gritaria dela junto à porta da frente, exigindo mais uma vez saber quem era ele.

Assim, Emmett retornou à estação de Morristown, onde pegou o trem das 16h20 para a Penn Station, depois um táxi para a Grand Central, que, por sua vez, tinha as próprias colunas de mármore, o próprio teto de vidro, as próprias legiões de viajantes. Lá, precisou esperar meia hora para embarcar no trem das 18h15 para Hastings-on-Hudson.

Ao chegar, pouco antes das sete da noite, entrou no seu quarto táxi do dia. Com dez minutos de viagem, porém, viu o taxímetro progredir de um centavo para um dólar e noventa e cinco, então lhe ocorreu que talvez não tivesse dinheiro o suficiente para a corrida. Quando abriu a carteira, confirmou que os vários trens e táxis o tinham deixado com dois dólares apenas.

— Pode parar aqui? — pediu ao motorista.

Com um olhar curioso pelo retrovisor, o taxista encostou no meio-fio de uma via arborizada. Erguendo a carteira, Emmett explicou que tudo que tinha era o que o taxímetro mostrava no momento.

— Se não tem dinheiro, pode sair.

Emmett concordou, entregou ao taxista os dois dólares, agradeceu a corrida e saiu. Felizmente, antes de ir embora, o taxista teve a gentileza de baixar o vidro do carona e dizer a Emmett como chegar ao seu destino: *A uns três quilômetros daqui, pegue a direita para a Forest; um quilômetro e meio depois, pegue a esquerda para a Steeplechase Road.* Quando o táxi se foi, Emmett começou a andar, a cabeça ocupada com o tormento de jornadas infinitamente bissectadas.

O país tem quase cinco mil quilômetros de largura, pensou com seus botões. Cinco dias antes, ele e Billy haviam pegado a estrada com a intenção de percorrer cerca de dois mil e quinhentos quilômetros para oeste em direção à Califórnia. Em vez disso, viajaram cerca de dois mil e quinhentos quilômetros para leste em direção a Nova York. Ao chegar, Emmett cruzara a cidade, indo da Times Square até o extremo inferior de Manhattan e depois voltando. Até o Brooklyn e o Harlem. E quando, enfim, parecia que seu destino estava próximo, Emmett pegou três trens, quatro táxis e, agora, se via a pé.

Conseguia imaginar exatamente como o sr. Nickerson diagramaria isso tudo: com São Francisco à esquerda do quadro-negro, a progressão em zigue-zague à direita e cada perna da viagem ficando menor do que a anterior. Só que o paradoxo que Emmett precisava encarar não era o de Zenão, mas o paradoxo falastrão, invasivo e arruinador de planos conhecido como Duchess.

No entanto, por mais exasperador que fosse tudo isso, Emmett entendeu que passar a tarde se deslocando para cima e para baixo provavelmente havia sido bom. Porque, do jeito que saiu da casa de Ma Belle, ardendo de frustração, se encontrasse Duchess na rua, lhe daria uma surra daquelas.

Em vez disso, as viagens de trem, de táxi e essa caminhada de cinco quilômetros lhe deram tempo não só para rever todos os motivos para tanta fúria — o Studebaker, o envelope, a droga —, mas também os motivos para temperança. Como as promessas feitas a Billy e à irmã Agnes. E os argumentos de Ma Belle e Charity em defesa de Duchess. Acima de tudo, porém, o que levou Emmett a refletir e ponderar foi a história que Fitzy FitzWilliams lhe contou enquanto haviam tomado uísque naquele bar de quinta categoria.

Durante quase uma década, Emmett alimentara um silencioso sentimento de reprovação quanto às loucuras do próprio pai — o compromisso obsessivo com um sonho agrário, a falta de disposição para pedir ajuda e o idealismo ingênuo que o sustentava, ainda que isso tudo lhe tivesse custado a fazenda e a esposa. Mas, apesar de todas as dificuldades, Charlie Watson jamais chegou perto de trair Emmett da forma como Harry Hewett traiu Duchess.

E para quê?

Uma bagatela.

Uma ninharia furtada do corpo de um palhaço.

A ironia escondida na história do velho artista não passou despercebida a Emmett por um segundo sequer. Ela se anunciava em alto e bom som, como uma repreensão. De todos os rapazes que conhecera em Salina, Emmett diria que um dos mais passíveis de quebrar as regras ou faltar com a verdade em proveito próprio era Duchess. Só que, no fim das contas, Duchess era o inocente. O que foi mandado para Salina sem ter feito nada de errado. Ao passo que Townhouse e Woolly haviam roubado carros e ele, Emmett Watson, tirara a vida de outro homem.

Que direito tinha de exigir de Duchess reparação por seus pecados? Que direito tinha de exigir isso de qualquer pessoa?

Poucos segundos depois de tocar a campainha dos Whitney, Emmett ouviu uma correria dentro da casa. Então, a porta se abriu.

Numa certa medida, Emmett devia estar esperando que Duchess parecesse arrependido, porque sentiu uma pontada aguda de irritação ao vê-lo ali de pé sorrindo, com uma expressão quase vitoriosa ao se virar para Billy, estender os braços — como havia feito na entrada do celeiro dos Watson — e anunciar:

— O que foi que eu disse, garoto?

Com um amplo sorriso, Billy contornou Duchess para dar um abraço em Emmett. Depois, começou a falar sem parar:

— Você não vai acreditar no que aconteceu, Emmett! Depois que saímos do circo, enquanto você ficava lá com seus amigos, Duchess nos levou até o Empire State para encontrar o escritório do professor Abernathe. Pegamos o elevador expresso até o quinquagésimo quinto andar, e não só encontramos o escritório, como também o próprio professor Abernathe! E ele me deu um dos cadernos dele para o caso de me faltarem páginas em branco. E eu contei a ele sobre Ulysses...

— Espere aí — cortou Emmett, rindo a contragosto. — Quero ouvir a história toda, Billy, de verdade. Mas primeiro preciso falar a sós com Duchess um minutinho, ok?

— Ok, Emmett — respondeu Billy, sentindo-se meio vacilante com a ideia.

— Por que você não vem comigo? — sugeriu Woolly a Billy. — Quero mostrar uma coisa!

Emmett observou Billy e Woolly subirem a escada. Só quando ambos sumiram de vista, virou-se para encarar Duchess.

Notou que Duchess tinha algo a dizer. Dava todos os sinais: o corpo apoiado na ponta dos pés, as mãos prestes a gesticular, a expressão ansiosa e solene. Mas Duchess não estava apenas se preparando para falar. Ia mergulhar de corpo e alma em mais uma explicação.

Portanto, antes de lhe dar a oportunidade de abrir a boca, Emmett o pegou pelo colarinho e ergueu o punho.

Woolly

Pela experiência de Woolly, era bem verdade que, quando alguém dizia que queria falar em particular com outra pessoa, era difícil saber onde se enfiar. Mas quando Emmett pediu para falar com Duchess, Woolly soube direitinho o que fazer. Na verdade, vinha pensando nisso desde as 19h42.

— Por que você não vem comigo? — disse ele a Billy. — Quero te mostrar uma coisa!

Woolly levou Billy para o andar de cima e conduziu o garoto ao quarto que era e não era dele.

— Entre, entre — disse ele.

Quando Billy entrou, Woolly fechou a porta, deixando-a só um pouquinho entreaberta, para que não pudessem escutar o que Emmett tinha a dizer a Duchess, mas ouvissem quando ele os chamasse para voltar quando a conversa acabasse.

— De quem é este quarto?

— Houve um tempo em que era meu — respondeu Woolly com um sorriso. — Mas abri mão dele, para o bebê ficar mais perto da minha irmã.

— E agora o seu quarto é aquele ao lado da escada dos fundos.

— O que faz muito mais sentido — observou Woolly —, por causa das minhas idas e vindas.

— Gosto de azul — disse Billy. — É a cor do carro do Emmett.

— Foi isso mesmo que eu pensei!

Depois de admirarem o tom do azul, Woolly voltou a atenção para a pilha de coisas coberta no meio do quarto. Ao tirar a lona, localizou a caixa que procurava, abriu a tampa, pôs de lado o troféu de tênis e removeu a caixa de charutos.

— Aqui está — falou.

Então, como a cama estava ocupada pelos pertences de Woolly, ele e Billy se sentaram no chão.

— É uma coleção? — perguntou Billy.

— É — respondeu Woolly. — Embora não como a dos seus dólares de prata ou de tampinhas de garrafa lá em Nebraska. Porque não é uma coleção de versões diferentes da mesma coisa. É uma coleção da mesma versão de coisas diferentes.

Woolly abriu a tampa e inclinou a caixa na direção de Billy.

— Viu? Esse é o tipo de coisas que se usa raramente, mas que se deve guardar com cuidado para sempre sabermos onde estão quando de repente se precisa delas. Por exemplo, é aqui que guardo os alfinetes de gravata e as abotoaduras do meu pai, caso de repente eu precise vestir um *smoking*. E estes são francos franceses, caso eu precise ir à França. E este é o maior pedaço de vidro marinho que encontrei na vida. Mas aqui...

Empurrando com delicadeza a velha carteira do pai, Woolly tirou um relógio de pulso do fundo da caixa e o entregou a Billy.

— O mostrador é preto — disse Billy, surpreso.

Woolly fez que sim.

— E os números são brancos. Exatamente o oposto do que se espera. Chamam de relógio de oficial. Fizeram desse jeito para que, quando um oficial precisasse consultar a hora no campo de batalha, os atiradores inimigos não conseguissem mirar no branco do mostrador.

— Foi do seu pai?

— Não — disse Woolly balançando a cabeça. — Foi do meu avô. Ele usou na França durante a Primeira Guerra. Mas depois deu para o irmão da minha mãe, Wallace. E depois meu tio Wallace me deu de presente de Natal quando eu era menor do que você. É por causa dele que me chamo Wallace.

— Seu nome é Wallace, Woolly?

— Ah, sim. Com certeza.

— É por isso que te chamam de Woolly? Para não confundirem você com o seu tio quando os dois estão juntos?

— Não — disse Woolly. — Meu tio Wallace morreu há muitos anos. Numa guerra, como o meu pai. Só que não foi numa das guerras mundiais. Foi na Guerra Civil Espanhola.

— Por que o seu tio lutou na Guerra Civil Espanhola?

Woolly enxugou rapidamente uma lágrima e meneou a cabeça.

— Não sei ao certo, Billy. Minha irmã diz que ele fez tantas coisas que se esperava que fizesse, que ele quis fazer algo totalmente inesperado.

Ambos olharam para o relógio, que Billy segurava com cuidado.

— Sabe — disse Woolly —, ele tem um ponteiro dos segundos também. Só que, em vez de ser um ponteiro dos segundos grande, que dá a volta no mostrador, como o do seu relógio, é um ponteirinho pequeno que só dá a volta no próprio mostrador pequenininho. Os segundos são muito importantes nas guerras, acho eu.

— Sim — concordou Billy —, também acho.

Então, Billy estendeu o relógio a fim de devolvê-lo.

— Não, não — recusou Woolly. — É para você. Tirei da caixa porque quero que fique com ele.

Billy fez que não e disse que um relógio daqueles era valioso demais para ser dado.

— Nada disso — refutou Woolly, animado. — Não é um relógio valioso demais para ser dado. É um relógio valioso demais para ser guardado. Passou do meu avô para o meu tio, que passou para mim. Agora estou passando para você. E você vai poder, daqui a muito tempo, passar para outra pessoa.

Talvez Woolly não tenha se explicado com perfeição, mas Billy aparentemente entendeu. Então, Woolly lhe disse para dar corda. Mas primeiro explicou que o único senão do relógio era que uma vez por dia era preciso dar corda nele *exatamente* catorze vezes.

— Se você der corda apenas doze vezes — falou Woolly —, no fim do dia ele vai estar cinco minutos atrasado. Por outro lado, se você der corda dezesseis vezes, ele vai adiantar cinco minutos. Mas se você der corda as exatas catorze vezes, ele vai marcar a hora direitinho.

Depois de registrar a instrução, Billy deu corda exatamente catorze vezes, fazendo calado a contagem.

O que Woolly não disse a Billy foi que às vezes — como quando ele pisou no St. Paul's pela primeira vez — ele dava corda dezesseis vezes no relógio durante seis dias seguidos para poder estar meia hora na frente de todos os colegas. Por outro lado, tinha vezes que dava corda doze vezes durante seis dias seguidos para ficar meia hora atrás dos colegas. De um jeito ou de outro — quer quando dava corda dezesseis vezes, quer quando dava corda doze vezes —, lembrava um pouco quando Alice atravessou o espelho ou quando os Pevensie atravessaram o guarda-roupa e se descobriram num mundo que era e não era o deles.

— Vamos, ponha no braço — disse Woolly.

— Quer dizer que já posso usar?

— Claro — respondeu Woolly. — Claro, claro, claro. Essa é a ideia!

Então, sem ajuda alguma, Billy afivelou-o no pulso.

— Não ficou bacana? — perguntou Woolly.

E após falar isso, Woolly teria repetido o que disse, para enfatizar, não fosse o fato de ter ouvido, de algum lugar lá embaixo, um som repentino que pareceu o de um tiro. Trocando olhares atônitos, Woolly e Billy ficaram de pé num salto e saíram correndo porta afora.

Duchess

Emmett estava mesmo de mau humor. Como era de seu feitio, ele tentava esconder, mas deu para ver mesmo assim. Sobretudo quando interrompeu Billy no meio da sua história para dizer que queria falar comigo a sós.

Droga, se eu fosse ele, também ia querer falar comigo a sós.

Um dos outros ditados favoritos da irmã Agnes era: O *sábio dedura a si mesmo*. A ideia, claro, era a de que, se você fizesse algo errado — fosse atrás do barracão do almoxarifado ou na calada da noite —, ela acabaria descobrindo. Depois de juntar as pistas, ela deduziria tudo no conforto da sua poltrona, feito Sherlock Holmes. Ou concluiria ao observar o comportamento do faltoso. Ou ouviria direto da boca de Deus. Independentemente da fonte, ela descobriria a transgressão, sem sombra de dúvidas. Por isso, para poupar tempo, o melhor era dedurar a si mesmo. Admitir que passou da conta, mostrar arrependimento e prometer se emendar — de preferência antes que qualquer outra pessoa contasse primeiro. Por isso, assim que Emmett e eu ficamos a sós, eu estava preparado.

No fim das contas, Emmett teve uma ideia diferente. Uma ideia ainda melhor. Antes que eu abrisse a boca, ele me agarrou pelo colarinho para me acertar um murro. Fechei os olhos e aguardei a redenção.

Mas nada aconteceu.

Pelo canto do olho direito, vi que ele cerrava os dentes, lutando contra o próprio instinto.

— Vá em frente — falei. — Você vai se sentir melhor. Eu vou me sentir melhor!

Mas enquanto eu tentava encorajá-lo, senti que ele afrouxava a mão no meu colarinho. Depois, me empurrou um ou dois passos. Por isso, acabei tendo que me desculpar.

— Sinto muito — falei.

Então, sem tomar fôlego, comecei a enumerar meus deslizes nos dedos.

— Peguei o Studebaker emprestado sem pedir, abandonei você em Lewis, me enganei quanto ao seu interesse pelo Caddy e, para coroar, ferrei a sua noite no salão da Ma Belle. O que eu posso dizer? Não tive bom senso. Mas vou compensar você.

Emmett ergueu as mãos.

— Não quero que você me compense, Duchess. Aceito suas desculpas. Só não quero mais falar disso.

— Está bem — concordei. — Aprecio sua disposição em virar essa página. Mas prioridade é prioridade…

Tirei do bolso de trás da minha calça o envelope que lhe pertencia e o devolvi com certa solenidade. Emmett ficou visivelmente aliviado de recuperá-lo. Talvez tenha até deixado escapar um suspiro. Mas, ao mesmo tempo, percebi que estava sopesando o conteúdo.

— Não está tudo aí — admiti. — Mas tenho outra coisa para você.

De outro bolso, tirei a conta das despesas.

Emmett me pareceu meio perplexo quando pegou o papel e mais ainda depois de dar uma olhada nele.

— É a caligrafia do Billy?

— Com certeza. Pode acreditar, esse garoto tem uma ótima cabeça para números.

Eu me postei ao lado de Emmett e indiquei com um gesto as colunas.

— Está tudo aí. As despesas necessárias, como a gasolina e os hotéis, que serão reembolsadas a você antes da partilha. Tem também as despesas mais discricionárias, que serão descontadas da minha parte, assim que chegarmos às Adirondacks.

Emmett ergueu os olhos da folha com uma expressão que sugeria descrença.

— Duchess, quantas vezes eu vou ter que dizer para você que não vou até as Adirondacks? Assim que o Studebaker ficar pronto, Billy e eu vamos partir para a Califórnia.

— Entendi — falei. — Já que Billy quer estar lá antes do 4 de Julho, faz sentido começar logo a viagem. Mas você disse que o carro só fica pronto na segunda, certo? E você deve estar morrendo de fome. Por isso, esta noite teremos um bom jantar, só nós quatro. Amanhã, Woolly e eu vamos até a casa de campo e pegamos a grana. Damos uma paradinha rápida em Syracuse para ver o meu velho, mas depois pegamos a estrada. Vamos ficar só uns poucos dias para trás.

— Duchess... — começou Emmett, balançando a cabeça com expressão pesarosa.

Parecia até meio derrotado, o que não combinava com um sujeito tão proativo. Obviamente, alguma parte do plano não lhe agradava. Ou talvez houvesse uma nova complicação que eu desconhecia. Antes de eu abrir a boca para perguntar, ouvimos uma pequena explosão vinda da rua. Virando-se lentamente, Emmett fixou o olhar na porta da frente. Depois, fechou os olhos.

Sally

Se algum dia eu for abençoada com uma filha, não optarei por criá-la como episcopaliana em vez de católica. Os episcopalianos podem ser protestantes, mas ninguém deduziria isso assistindo aos seus cultos, com todas aquelas vestimentas e hinos ingleses. Acho que eles gostam de chamar de alta Igreja. Eu chamo de arrogância e pretensão.

Mas uma coisa que se pode ter certeza quanto à Igreja episcopal é que ela mantém seus registros atualizados. Insistem nisso quase tanto quanto os mórmons. Por isso, quando Emmett não ligou na sexta às duas e meia da tarde como havia prometido, não me restou alternativa senão contatar o padre Colmore em St. Luke.

Quando ele atendeu meu telefonema, expliquei que estava tentando localizar um membro da congregação de uma Igreja episcopal em Manhattan e perguntei se ele fazia ideia de como eu deveria proceder. Sem pestanejar, o padre Colmore me disse para entrar em contato com o reverendo Hamilton Speers, o reitor da St. Bartholomew. Chegou até a me dar seu telefone.

Essa St. Bartholomew deve ser uma senhora igreja, porque, quando liguei, em vez de ser atendida pelo reverendo Speers, falei com uma recepcionista que me pediu para aguardar (a despeito de ser uma ligação interurbana); depois, me passou para um reitor assistente, que, por sua vez, quis saber por que eu desejava falar com o reverendo. Expliquei que era parente distante de uma família da sua congregação, que meu pai havia morrido durante a noite e que, embora precisasse avisar meus primos de Nova York do seu falecimento, eu não consegui encontrar a agenda de telefones do meu pai.

Ora, a rigor não foi uma declaração honesta. Mas, apesar de a religião cristã de modo geral desaprovar o consumo de álcool, um golinho de vinho tinto não apenas é tolerado, como tem papel essencial no sacramento. Então, supus que embora a Igreja em geral reprove a mentira, uma mentirinha inofensiva pode ser tão cristã quanto o gole do vinho dominical, desde que utilizada a serviço do Senhor.

Qual é o nome da família?, quis saber o assistente.

Quando respondi que era a família de Woolly Martin, ele me pediu novamente para aguardar. Minutinhos depois, o reverendo Speers estava na linha. Primeiro, expressou suas profundas condolências pela minha perda e desejou que meu pai descansasse em paz. Prosseguiu explicando que a família de Woolly, os Wolcott, fazia parte da congregação da St. Bartholomew desde a sua fundação, em 1854, e que ele mesmo casara quatro de seus membros e batizara dez. Sem dúvida, enterrara um número bem maior.

Em questão de minutos, consegui os números de telefone e os endereços da mãe de Woolly, que estava na Flórida, e das duas irmãs, ambas casadas e morando na região de Nova York. Tentei primeiro a que se chamava Kaitlin.

Os Wolcott podiam pertencer à congregação da St. Bartholomew desde a sua fundação, em 1854, mas Kaitlin Wolcott Wilcox precisava prestar mais atenção aos ensinamentos, porque quando eu disse que estava tentando encontrar o irmão dela, a criatura ficou ressabiada. E quando falei que tinha ouvido dizer que ele talvez estivesse hospedado com ela, a reação foi claramente inamistosa.

— Meu irmão está no Kansas — falou. — Por que ele estaria aqui? Quem foi que disse isso pra você? Quem está falando?

E daí por diante.

Em seguida, liguei para Sarah. Dessa vez, o telefone tocou, tocou e tocou.

Quando finalmente desliguei, fiquei ali sentada, tamborilando o tampo da escrivaninha do meu pai.

No escritório do meu pai.

Debaixo do teto do meu pai.

Ao entrar na cozinha, peguei minha bolsa, catei cinco dólares e deixei o dinheiro ao lado do telefone para cobrir o gasto com as ligações interurbanas. Depois, fui até meu quarto, tirei a mala do fundo do armário e comecei a fazê-la.

— — —

A viagem de Morgen a Nova York levou vinte horas, distribuídas em um dia e meio.

Para alguns, dirigir todo esse tempo talvez pareça cansativo, mas acredito que até então na minha vida eu nunca tivera vinte horas ininterruptas para pensar. E me peguei pensando, com razão, suponho, no mistério do nosso desejo de mudança.

Tudo indica que o desejo de mudança é tão velho quanto a humanidade. Tomemos o pessoal do Velho Testamento. Essa gente vivia se mudando. Primeiro, Adão e Eva se mudaram do Éden. Depois foi Caim, condenado a ser um andarilho incansável; Noé, incumbido de singrar as águas do Dilúvio; e Moisés, de conduzir os israelitas do Egito para a Terra Prometida. Algumas dessas figuras caíram em desgraça com o Senhor e outras foram favorecidas por Ele, mas todas queriam se mudar. E, a respeito do Novo Testamento, Nosso Senhor Jesus Cristo foi o que chamam de peripatético — alguém que está *sempre* indo de um lugar para o outro —, seja a pé, no lombo de um burro ou nas asas dos anjos.

Mas a prova da disposição para a mudança não fica restrita às páginas da Bíblia. Qualquer criança de dez anos pode dizer que levantar âncora é o tópico número um no histórico das empreitadas do homem. Tomemos aquele enorme livro vermelho que Billy arrasta para todo lado. Nele, há vinte e seis histórias que abrangem várias eras, e quase todas são sobre algum homem indo a algum lugar. Napoleão partindo para suas conquistas, o Rei Artur saindo em busca do Santo Graal. Alguns dos homens do livro são figuras históricas e outros são pura fantasia, mas, reais ou imaginários, quase todos estão a caminho de um lugar diferente daquele onde começaram.

Por isso, se o desejo de mudança é velho como a humanidade e qualquer criança sabe disso, o que acontece com um homem como o meu pai? Que comutador é acionado no corredor da sua mente que transforma o desejo de mudança concedido por Deus em vontade de não sair do lugar?

O motivo não é falta de vigor, pois a transformação não acontece quando homens como meu pai envelhecem e adoecem, mas quando estão sadios, em plena forma e no auge da vitalidade. Se perguntados sobre o que causou essa mudança, eles a esconderão sob a linguagem da virtude. Dirão que o sonho americano é se estabelecer, criar uma família e levar uma vida decente. Falarão com orgulho de seus laços com a comunidade por intermédio da Igreja, do Rotary Club, da Câmara de Comércio e de todas as outras formas de imobilidade voluntária.

Mas talvez, pensava enquanto passava de carro por cima do rio Hudson, quem sabe o desejo de não sair do lugar não brote das virtudes de um homem, mas dos seus vícios? Afinal, a gula, a preguiça e a ganância não têm tudo a ver com imobilidade? Por acaso não significam se acomodar numa cadeira na qual será possível comer mais, ser mais ocioso e almejar mais? De certa forma, orgulho e inveja também têm a ver com imobilidade. Porque, assim como o orgulho se fundamenta naquilo que construímos à nossa volta, a inveja se fundamenta naquilo que o vizinho construiu do outro lado da rua. O lar de um homem pode ser o seu castelo, mas o fosso me parece servir tanto para impedir as pessoas de dentro de sair quanto para manter as demais do lado de fora.

Acredito piamente que o Senhor tenha uma missão para cada um de nós — uma missão que é indulgente com nossas fraquezas, adequada às nossas forças e planejada tão somente para nós. Mas talvez Ele não saia batendo à nossa porta e nos apresentando essa missão confeitada como se fosse um bolo. Talvez o que Ele exija de nós, o que Ele espere de nós e para nós seja que — como Seu único Filho — saiamos pelo mundo e o descubramos por conta própria.

* * *

Quando saí da Betty, Emmett, Woolly e Billy saíram correndo da casa. Billy e Woolly estampavam grandes sorrisos, enquanto Emmett, como de hábito, agia como se sorrisos fossem recursos preciosos.

Woolly, que obviamente havia sido criado da maneira correta, quis saber se eu tinha bagagem.

— Quanta delicadeza sua perguntar — respondi, sem olhar para Emmett. — Minha mala está na traseira da picape. E, Billy, tem uma cesta no banco de trás. Pegue, por favor, mas sem xeretar.

— Nós vamos pegar tudo — disse Billy.

Enquanto Billy e Woolly levavam as coisas para dentro da casa, Emmett balançava a cabeça.

— Sally — disse ele com exasperação mal disfarçada.

— Sim, sr. Watson.

— O *que* você está fazendo aqui?

— O que estou fazendo aqui? Bom, vejamos. Eu não tinha muita coisa particularmente urgente na agenda. E sempre quis conhecer a cidade grande. Depois, teve aquele detalhe maçante de passar toda a tarde de ontem sentada esperando o telefone tocar.

Aquilo fez seu tom baixar uma oitava.

— Desculpe — disse Emmett. — A verdade é que me esqueci completamente de ligar para você. Desde que saímos de Morgen, é um problema atrás do outro.

— Todos temos as nossas dificuldades — falei.

— Tem razão. Não vou perder tempo com desculpas. Eu deveria ter ligado. Mesmo assim, era realmente necessário que você viesse dirigindo de tão longe?

— Talvez não. Suponho que poderia ter cruzado os dedos e torcido para que você e Billy estivessem bem. Mas achei que você ia querer saber por que o xerife me procurou.

— O xerife?

Antes que eu pudesse explicar, Billy me abraçou pela cintura e olhou para Emmett.

— Sally trouxe mais cookies e compotas.

— Achei que tinha dito para você não xeretar — falei.

Então, afaguei seu cabelo, que nitidamente não via água desde a última vez que nos encontramos.

— Sei que você disse isso, Sally. Mas não falou para valer, falou?

— Não, não falei para valer.

— Você trouxe compota de *morango*? — perguntou Woolly.

— Trouxe. E de framboesa também. Falando em compotas, cadê Duchess?

Todos se entreolharam meio surpresos, como se só então reparassem no sumiço de Duchess. Naquele exato momento, porém, ele surgiu pela porta da frente, vestindo camisa e gravata sob um avental branco e limpo e anunciando:

— O jantar está servido!

Woolly

Uau, que noite a deles!

Para começar, quando o relógio bateu as oito da noite, Duchess abriu a porta da frente, revelando a figura de Emmett, em si um motivo de comemoração. Passados menos de quinze minutos — logo após Woolly ter presenteado Billy com o relógio do tio —, ouviu-se uma pequena explosão, e quem surgiu diante dos olhos maravilhados de todos se não Sally Ransom, que tinha vindo de carro lá de Nebraska. E, antes que houvesse a chance de que *isso* fosse comemorado, Duchess apareceu à porta anunciando que o jantar estava servido.

— Por aqui — disse, enquanto todos entravam.

Em vez de levar o grupo até a cozinha, Duchess os encaminhou à sala de jantar, onde a mesa havia sido posta com porcelanas e cristais, além de dois castiçais, ainda que não fosse aniversário de ninguém nem feriado.

— Minha nossa! — exclamou Sally diante da cena.

— Srta. Ransom, sente-se aqui — convidou Duchess, puxando a cadeira para ela.

Depois, Duchess acomodou Billy ao lado de Sally, Woolly do lado oposto da mesa e Emmett à cabeceira, tendo reservado para si a outra cabeceira, a mais próxima da porta da cozinha, onde logo desapareceu. Antes, porém, que a porta parasse de ir e vir, ele voltou com um guardanapo pousado no braço e uma garrafa de vinho na mão.

— Não se pode apreciar um bom jantar italiano — declarou — sem um vinhozinho *rosso*.

Duchess contornou a mesa e serviu uma taça a cada um, inclusive a Billy. Em seguida, pousando a garrafa na mesa, correu novamente para a cozinha, de onde voltou, dessa vez, carregando quatro pratos ao mesmo tempo, cada mão ocupada com um e mais um na dobra de cada braço — as exatas circunstâncias, pensou Woolly, para as quais a porta vaivém foi planejada!

Depois de percorrer a mesa e servir um prato para cada um dos demais comensais, Duchess sumiu e reapareceu para servir o seu próprio. Só que, ao passar pela porta dessa vez, não mais usava o avental, mas um colete com todos os botões abotoados.

Quando ocupou seu lugar, Sally e Emmett estavam encarando os próprios pratos.

— Que diacho é isto? — exclamou Sally.

— Alcachofras recheadas — respondeu Billy.

— Não fui eu que fiz — confessou Duchess. — Billy e eu compramos hoje mais cedo na Arthur Avenue.

— A rua principal do bairro italiano do Bronx — disse Billy.

Emmett e Sally olharam de Duchess para Billy e voltaram a encarar os próprios pratos, não menos perplexos.

— A gente tira a polpa das folhas com os dentes de baixo — explicou Woolly.

— A gente o quê? — perguntou Sally.

— Assim!

Em demonstração, Woolly arrancou uma das folhas, raspou-a com os dentes e depois a descartou no prato.

Em questão de minutos, todo mundo já estava se divertindo à beça arrancando folhas, tomando vinho e falando com a devida admiração sobre a primeira pessoa na história da humanidade audaciosa o bastante para comer uma alcachofra.

Quando todos terminaram a entrada, Sally arrumou o guardanapo no colo e perguntou qual seria o prato seguinte.

— Fettuccine Mio Amore — respondeu Billy.

Emmett e Sally olharam para Duchess em busca de mais explicações, mas, como estava retirando os pratos, ele pediu a Woolly que fizesse as honras da casa.

Foi então que Woolly contou aos demais a história toda. Falou do Leonello's — o restaurante que não aceita reservas nem dispõe de cardápios. Falou da *jukebox* e dos gângsteres e de Marilyn Monroe. Falou do próprio Leonello, que ia de mesa em mesa cumprimentando os clientes e lhes oferecendo drinques como cortesia. E, por fim, explicou que quando ia até a mesa o garçom nem sequer mencionava o Fettuccine Mio Amore, porque, se você não tinha conhecimento o bastante para pedi-lo, não merecia comê-lo.

— Eu ajudei a preparar — disse Billy. — Duchess me mostrou como fatiar adequadamente uma cebola.

Sally olhava para Billy em estado de choque.

— Adequadamente?

— Sim — confirmou Billy. — Adequadamente.

— Me explique, por favor, como é isso.

Antes que Billy pudesse explicar, Duchess surgiu com todos os cinco pratos.

Enquanto descrevia o Leonello's, Woolly pôde perceber que Emmett e Sally se mostraram meio céticos, e não os culpou, porque, quando se tratava de contar histórias, Duchess costumava ser bem folclórico, o tipo de pessoa para quem a neve está batendo no peito dos transeuntes e o rio tem o tamanho do mar. Mas, depois da primeira garfada, todos à mesa deixaram de lado as dúvidas.

— Que delícia — elogiou Sally.

— Preciso tirar o chapéu para vocês dois — emendou Emmett. Em seguida, erguendo o copo, acrescentou: — Aos *chefs*!

Ao que Woolly respondeu:

— Saúde, saúde!

E foi seguido por todos.

* * *

O jantar estava tão delicioso que todos repetiram, e Duchess serviu mais vinho, e os olhos de Emmett começaram a cintilar, enquanto as bochechas de Sally enrubesciam e a cera das velas escorria lentamente pelos castiçais.

Então, todos começaram a pedir uns aos outros que contassem uma história. Primeiro, foi Emmett quem pediu a Billy que falasse da visita ao Empire State. Depois, Sally pediu a Emmett que contasse da carona no vagão de cargas. Aí foi a vez de Woolly querer saber de Duchess as mágicas que ele tinha visto no palco. Finalmente, Billy perguntou a Duchess se *ele* sabia fazer algum truque de mágica.

— Ao longo dos anos, acho que aprendi alguns.

— Que tal fazer um para nós?

Duchess tomou um gole de vinho, refletiu um instante e depois respondeu:

— Por que não?

Ele empurrou o prato, pegou o saca-rolhas no bolso do colete, retirou dele a rolha e o pousou na mesa. Depois, segurando a garrafa de vinho, despejou num copo a borra e forçou a rolha de volta para dentro — não apenas no gargalo, onde costuma ser seu lugar, mas gargalo *abaixo*, de modo que ela caiu onde antes estava a borra.

— Como podem ver — falou —, pus a rolha na garrafa.

Depois, passou a garrafa de mão em mão para todos confirmarem que a garrafa era de vidro resistente e que a rolha estava, de fato, dentro dela. Woolly chegou a virar a garrafa de cabeça para baixo e sacudi-la, provando o que todos, a princípio, sabiam: se era difícil empurrar uma rolha até o fundo de uma garrafa, era impossível fazê-la sair.

Quando a garrafa concluiu seu circuito, Duchess arregaçou as mangas, ergueu as mãos para mostrar que estavam vazias e depois pediu a Billy a gentileza de fazer a contagem regressiva.

Para grande satisfação de Woolly, Billy não só aceitou a incumbência, como usou o ponteirinho dos segundos no mostrador do novo relógio para realizá-la com precisão.

Dez, falou quando Duchess pegou a garrafa e baixou-a para o colo, fora da vista dos demais. *Nove... Oito...*, disse enquanto Duchess respirava fundo e expirava. *Sete... Seis... Cinco*, enquanto Duchess mexia os ombros para a frente e para trás. *Quatro... Três... Dois*, enquanto suas pálpebras se entrefechavam de tal modo que mais pareciam ter se cerrado.

Quanto tempo são dez segundos?, pensou Woolly enquanto a contagem de Billy progredia. Tempo o suficiente para confirmar que um boxeador peso-pesado perdeu a luta. Tempo o bastante para anunciar a chegada de um novo ano. Mas não parecia nem de longe tempo o suficiente para retirar uma rolha do fundo de uma garrafa. Ainda assim... Ainda assim, no preciso momento em que Billy disse *Um*, com uma das mãos Duchess pousou ruidosamente a garrafa na mesa e, com a outra, botou a rolha em pé ao lado.

Com um suspiro de espanto, Sally olhou para Billy, Emmett e Woolly. E Billy olhou para Woolly, Sally e Emmett. E Emmett olhou para Billy, Woolly e Sally. O que significa dizer que todo mundo olhou para todo mundo. Com exceção de Duchess, que olhava para a frente com o sorriso inescrutável de uma esfinge.

Então, todos começaram a falar ao mesmo tempo. Billy afirmava ser mágica. E Sally dizia *Tô boba!*, e Woolly exclamava *Maravilha, maravilha, maravilha*. E Emmett... Emmett quis ver a garrafa.

Por isso, Duchess passou a garrafa de mão em mão e todo mundo viu que ela estava vazia. Emmett sugeriu, então, com boa dose de ceticismo, que talvez houvesse duas garrafas e duas rolhas, e que Duchess tivesse efetuado a troca no colo. Por isso, todos olharam para baixo da mesa e Duchess se virou com os braços estendidos, mas não havia uma segunda garrafa à vista.

Todos começaram a falar ao mesmo tempo de novo, pedindo a Duchess que revelasse o truque. Duchess respondeu que um mágico jamais revela seus segredos, mas depois da quantidade *apropriada* de pedidos e insistências, acabou concordando, apesar dos pesares.

— O que a gente faz — explicou depois de tornar a pôr a rolha no fundo da garrafa — é pegar o guardanapo, escorregar a ponta dobrada pelo gargalo da garrafa assim, sacudir a rolha até ela entrar no cavado da dobra e depois puxar para cima com delicadeza.

Com efeito, quando Duchess puxou com delicadeza, o canto dobrado do guardanapo envolveu a rolha, que subiu pelo gargalo e saiu da garrafa com um *pop* gratificante.

— Quero tentar! — disseram Billy e Sally ao mesmo tempo.

— Vamos todos tentar! — sugeriu Woolly.

Woolly levantou de um salto da cadeira, passou correndo pela cozinha e foi até a despensa, onde "Dennis" guardava os vinhos. Em seguida, pegou três garrafas de *vino rosso* e levou-as para a cozinha, onde Duchess tirou delas as rolhas para que Woolly despejasse o conteúdo ralo abaixo.

De volta à sala de jantar, Billy, Emmett, Sally e Woolly enfiaram suas respectivas rolhas em suas respectivas garrafas e dobraram seus respectivos guardanapos enquanto Duchess contornava a mesa, passando-lhes instruções úteis.

— Dobre um pouquinho mais no canto, assim... Empurre a rolha um pouco mais para cima, assim... Deixe que assente mais fundo na borra. Agora é só puxar, mas com delicadeza.

Pop, pop, pop fizeram as rolhas de Sally, de Emmett e de Billy.

Então, todos olharam para Woolly, circunstância que em geral o levava a querer se levantar e sair da sala. Mas não depois de jantar alcachofras e Fettuccine Mio Amore com quatro dos seus amigos mais próximos. Não essa noite!

— Esperem, esperem — disse ele. — Consegui, consegui.

Mordendo a ponta da língua, Woolly insistiu e persistiu antes de, com toda a delicadeza, começar a puxar. Enquanto ele puxava, todos à volta da mesa, inclusive Duchess, prenderam a respiração até o instante em que a rolha de Woolly fez *pop*, gerando uma salva de vivas!

E foi então que a porta vaivém se abriu e por ela passou "Dennis".

— Ai, minha nossa! — exclamou Woolly.

— Que tumulto é esse, pelo amor de Deus? — exigiu saber "Dennis", usando uma daquelas perguntas começadas com Q para a qual não se espera resposta.

Então, a porta vaivém novamente se abriu para deixar passar Sarah, com um ar de preocupação antecipada.

"Dennis" deu um passo abrupto à frente, pegou a garrafa diante de Woolly e olhou à volta da mesa.

— Château Margaux '28! Vocês beberam quatro garrafas de Château Margaux '28?!

— Só tomamos uma garrafa — disse Billy.

— Verdade — emendou Woolly. — As outras três despejamos no ralo.

Mas assim que falou, Woolly percebeu que não deveria ter falado, porque "Dennis" ficou tão vermelho quanto seu Château Margaux.

— Vocês jogaram fora!

Sarah, que até então tinha ficado parada ao lado do marido segurando a porta, entrou na sala. É ali que ela vai dizer o que precisa ser dito, pensou Woolly, exatamente aquilo que mais tarde ele lamentaria não ter tido a presença de espírito de dizer. Mas, quando passou por "Dennis" e registrou a cena em sua totalidade, Sarah pegou o guardanapo ao lado do prato de Woolly, que, como todos os demais, estava salpicado de grandes manchas vermelhas de vinho.

— Ah, Woolly — disse ela, bem baixinho.

Bem baixinho e com grande tristeza.

Todos se calaram. Por um instante, ninguém pareceu saber para onde olhar, porque não era o desejo deles olhar uns para os outros, para as garrafas, para os guardanapos. Mas quando "Dennis" pôs na mesa a garrafa vazia de Château Margaux, foi como se o encanto tivesse sido quebrado, e todos encararam Woolly, sobretudo "Dennis".

— Wallace Martin — disse ele —, podemos conversar a sós?

Quando seguiu o cunhado até o escritório, Woolly se deu conta de que uma situação ruim ficava ainda pior. Porque, a despeito de "Dennis" ter dito explicitamente que ninguém deveria entrar no seu escritório na sua ausência, lá estava o seu telefone enfiado na gaveta com o fio pendurado para fora.

— Sente-se — disse "Dennis", devolvendo o telefone de forma ruidosa ao seu lugar de direito.

Olhou, então, para Woolly por um longo minuto, o que é algo que as pessoas que se sentam atrás de escrivaninhas têm o costume de fazer. Depois de insistir em falar com a gente sem demora, elas se sentam durante um bom e longo minuto sem dizer uma palavra. Mas até mesmo um bom e longo minuto chega ao fim.

— Suponho que você esteja se perguntando por que sua irmã e eu estamos aqui, não?

Na verdade, Woolly nem tinha pensado nisso ainda, mas, quando "Dennis" mencionou o fato, parecia mesmo algo a se perguntar, pois os dois supostamente estariam passando a noite na cidade.

Ora, por acaso, naquela sexta-feira à tarde, Kaitlin tinha recebido um telefonema de uma jovem que perguntou se Woolly estava em sua casa. Depois, um pouco mais tarde, um rapaz batera à sua porta com a mesmíssima pergunta. Kaitlin não entendia por que havia gente querendo saber se Woolly estava em sua casa, já que ele deveria estar concluindo sua sentença em Salina. Evidentemente, Kaitlin ficou preocupada e resolveu telefonar para a irmã. Mas quando ligou para a casa de Sarah e Woolly atendeu, ele não apenas desligou na sua cara, mas aparentemente deixou o fone fora do gancho, porque, por mais que ela ligasse, o sinal só dava ocupado. Esse desenrolar de acontecimentos lhe deixou pouca escolha a não ser tentar descobrir o paradeiro de Sarah e "Dennis" — embora o casal estivesse jantando nos Wilson.

Quando Woolly era menino, a pontuação sempre lhe parecera uma espécie de adversária — uma força hostil decidida a derrotá-lo, fosse por meio de espionagem ou pela invasão de suas praias com uma força devastadora. No sétimo ano, ao admitir isso para a boa e paciente srta. Penny, ouviu dela que havia entendido tudo ao contrário. A pontuação, segundo ela, era uma aliada, não uma inimiga. Todas aquelas marquinhas — o ponto final, a vírgula, os dois-pontos — existiam para ajudá-lo a garantir que os outros entendessem o que ele dizia. Aparentemente, porém, "Dennis" estava tão certo de que o que tinha a dizer seria entendido que não precisou de pontuação alguma.

— Depois de pedirmos desculpas aos nossos anfitriões e dirigir de volta a Hastings o que encontramos se não uma picape bloqueando a entrada e uma bagunça na cozinha e estranhos na sala de jantar bebendo nosso vinho e as toalhas de mesa meu Deus as toalhas de mesa que sua avó deu à sua irmã agora irremediavelmente manchadas porque você as tratou como trata tudo o mais como trata todo mundo ou seja sem o mínimo respeito

"Dennis" analisou Woolly por um instante, como se genuinamente tentasse entendê-lo, tentasse avaliar o homem em sua plenitude.

— Aos quinze anos sua família mandou você para um dos melhores colégios do país e você conseguiu ser expulso por um motivo do qual nem me lembro mais e depois foi para o St. Mark's de onde também foi chutado por botar fogo numa trave imagine só e quando nenhum colégio de boa reputação demonstra disposição para olhar para a sua cara a sua mãe convence o St. George's a aceitá-lo em honra à memória do seu tio Wallace que não só foi um excelente aluno como também acabou fazendo parte do conselho curador e quando você foi expulso de lá e se viu diante não de um comitê disciplinar mas de um juiz a sua família mentiu a sua idade para você não ser julgado como adulto e contratou um advogado caríssimo da renomada Sullivan e Cromwell que convenceu o juiz a mandar você para um reformatório especial no Kansas onde se pode cultivar legumes e verduras durante um ano mas aparentemente lhe faltou até mesmo firmeza para levar essa inconveniência até o fim

"Dennis" se deteve na pausa de efeito.

Como Woolly sabia muito bem, a pausa de efeito é um recurso essencial quando se fala com alguém a sós, o sinal para o orador e o ouvinte de que o que virá a seguir será da maior importância.

— Entendi pelo que Sarah disse que se você voltar para Salina eles vão deixá-lo concluir sua sentença em questão de meses e que aí você poderá se candidatar a uma universidade e seguir em frente com a sua vida mas o que ficou abundantemente claro Wallace é que você ainda não valoriza a instrução e a melhor maneira de alguém aprender o valor da instrução é passar alguns anos num emprego que não a exija e com isso em mente entrarei amanhã em contato com um amigo no mercado de ações que está sempre à procura de jovens para atuarem como estafetas e talvez ele tenha um pouco mais de sucesso do que o restante de nós em ensinar para você o que significa ganhar o próprio sustento

E nessa hora Woolly soube com certeza o que já deveria saber na noite da véspera — enquanto desfrutava tão encantado a companhia das flores silvestres e da grama alta: que jamais haveria de visitar a Estátua da Liberdade.

Emmett

Encerrada a conversa com Woolly, o sr. Whitney subiu para o próprio quarto, seguido, minutos depois, pela esposa. Com a alegação de que queria checar o progresso das estrelas, Woolly saiu pela porta da frente, seguido, minutos depois, por Duchess, que queria se assegurar de que o amigo estava bem. E Sally subiu ao andar de cima para botar Billy na cama. E assim Emmett ficou sozinho com a bagunça na cozinha.

E Emmett se alegrou por isso.

A entrada do sr. Whitney pela porta da sala de jantar transformou instantaneamente as emoções de Emmett. A satisfação virou vergonha. O que os cinco estavam pensando? Farrear na casa de outro homem, tomar seu vinho e manchar a toalha e os guardanapos da sua esposa por conta de uma brincadeira infantil? Somando-se à sensação de constrangimento, ocorreu-lhe a lembrança de Parker e Packer em seu vagão de primeira classe com a comida espalhada no chão e a garrafa meio vazia de gim descartada. Com que rapidez havia julgado aqueles dois, condenando-os pela forma mimada e insensível com que se comportavam.

Por isso, Emmett não censurou a raiva do sr. Whitney. O sujeito tinha toda a razão de estar zangado. De se sentir insultado. De se mostrar indignado. A surpresa de Emmett foi a reação da sra. Whitney: como havia sido graciosa, delicadamente lhes dizendo, quando Woolly e o sr. Whitney saíram da sala, que estava tudo bem, que eram apenas alguns guardanapos e algumas garrafas de vinho, insistindo — sem nenhum indício de ressentimento — para que eles deixassem tudo para a faxineira e depois lhes indicando os quartos em que poderiam dormir e os armários em que encontrariam cobertores, travesseiros e toalhas extras. Graciosidade era a palavra apropriada. Uma graciosidade que contribuiu para aumentar a vergonha de Emmett.

Foi por isso que gostou tanto de se ver sozinho, feliz com a oportunidade de tirar a mesa e se dedicar a lavar a louça, como um pequeno ato de penitência.

Emmett mal havia acabado de lavar os pratos e passar para os copos quando Sally voltou.

— Ele dormiu — disse ela.

— Obrigado.

Sem dizer mais nada, Sally pegou um pano de prato e começou a enxugar a louça enquanto Emmett lavava os copos; depois, ela enxugou os copos enquanto ele lavava as panelas. E foi um consolo fazer esse trabalho, fazer esse trabalho na companhia de Sally e sem que nenhum dos dois sentisse necessidade de falar.

Emmett percebeu que Sally estava tão envergonhada quanto ele, e também nisso sentiu consolo. Não o consolo de saber que outra pessoa sente uma pontada similar de constrangimento, mas o consolo de saber que a própria noção de certo e errado é compartilhada por outrem — e, assim, de certa forma, torna-se mais verdadeira.

DOIS

Duchess

No vaudevile, tudo tinha a ver com a encenação. Era assim com os comediantes e também com os malabaristas e mágicos. A plateia entrava no teatro com suas próprias preferências, seus próprios preconceitos, seu próprio conjunto de expectativas. Assim, sem que os espectadores se dessem conta, o artista precisava removê-las e substituí-las por um novo conjunto de expectativas — um conjunto de expectativas que o deixasse mais apto a prevê-las, manipulá-las e, sobretudo, a satisfazê-las.

Tome-se o exemplo de Mandrake, o Magnífico. Manny não era o que se chamaria de um grande mágico. Na primeira metade do número, ele tirava um buquê de flores da manga, fitas coloridas dos ouvidos ou uma moeda do ar — basicamente a mesma coisa que se veria na festa de aniversário de uma criança de dez anos. Mas, como Kazantikis, o que faltava a Manny no início do número era compensado no fim.

Uma diferença entre Mandrake e a maioria de seus pares era o fato de que, em vez de ter ao lado uma loura de pernas esguias, ele contava com uma grande cacatua chamada Lucinda. Muitos anos antes, viajando pela Amazônia — explicava Manny à plateia —, ele achara um filhote de pássaro que havia caído do ninho no solo da floresta. Depois de restaurar a saúde do pequenino, Manny o criara até a idade adulta, e estavam juntos desde então. Ao longo do número, Lucinda permanecia empoleirada em seu pedestal dourado e o ajudava, segurando um molho de chaves nas patas ou batendo três vezes com o bico num baralho.

Quase no fim do número, porém, Manny anunciava que tentaria um truque que jamais havia encenado. Um ajudante de palco trazia um estrado com rodinhas sobre o qual havia um baú de esmalte preto decorado com um grande dragão vermelho. Numa recente viagem ao Oriente, dizia Manny, ele descobrira tal objeto num mercado de pulgas. Ao vê-lo, imediatamente o identificara: era uma Caixa do Mandarim. Manny sabia um pouco de chinês, mas o velho que estava vendendo aquela curiosidade não só confirmara suas suspeitas, como lhe ensinara as palavras mágicas que a fariam funcionar.

Esta noite, anunciava Manny, *pela primeira vez nos Estados Unidos, usarei a Caixa do Mandarim para fazer minha leal cacatua sumir e reaparecer diante dos olhos de todos vocês.*

Delicadamente, Manny colocava Lucinda no baú e fechava as portas. Cerrando os olhos, recitava um encantamento em chinês por ele mesmo inventado, enquanto batia no baú com a varinha. Ao reabrir as portas, o pássaro havia sumido.

Depois de se curvar para uma salva de palmas, Manny pedia silêncio e explicava que o encantamento para fazer o pássaro reaparecer era muito mais complicado do que o que o fizera sumir. Respirando fundo, duplicava seu palavrório oriental e o elevava a um tom compatível. Ao abrir, então, os olhos, apontava com a varinha. Aparentemente do nada, uma bola de fogo explodia e engolfava o baú, levando a plateia a arfar e Manny a retroceder dois passos. Quando a fumaça se dissipava, lá estava a Caixa do Mandarim sem um arranhão sequer. Adiantando-se, hesitante, Manny abria as portas do baú... enfiava lá dentro as mãos... e tirava uma travessa na qual se via um pássaro perfeitamente assado rodeado por todos os acompanhamentos.

Durante um momento, o mágico e a plateia partilhavam o silêncio dos atônitos. Depois, erguendo o olhar da travessa, Manny procurava pelo teatro e exclamava: *Opa*.

E a plateia vinha abaixo.

* * *

Então. Eis o que aconteceu no domingo, dia 20 de junho...

Acordamos ao raiar do dia e, por insistência de Woolly, fizemos as malas, descemos a escada na ponta dos pés e saímos de fininho pela porta sem fazer barulho.

Depois de botar o Caddy em ponto morto e empurrá-lo até a rua, nós o ligamos, engatamos a marcha e, meia hora depois, viajávamos pela Taconic State Parkway como Ali Babá em seu tapete mágico.

Como todos os carros na estrada pareciam estar indo na direção oposta à nossa, estávamos fazendo a travessia em um bom tempo, passando por Lagrangeville às sete da manhã e por Albany às oito.

Depois do sermão do cunhado, Woolly se revirou na cama boa parte da noite e acordou mais desanimado do que eu jamais o vira. Portanto, quando vislumbrei uma torrezinha azul no horizonte, liguei a seta.

Voltar à banqueta cor de laranja melhorou seu ânimo, ao que parece. Embora não demonstrasse interesse pelo jogo americano, Woolly comeu quase metade das suas panquecas e todo o meu bacon.

Não muito depois de passarmos pelo lago George, Woolly me fez sair da estrada e seguir por um caminho sinuoso através de grandes florestas bucólicas que representam noventa por cento da paisagem de Nova York e não compõem nenhuma parte da sua reputação. Com as cidadezinhas cada vez mais afastadas umas das outras e as árvores cada vez mais próximas da estrada, Woolly quase voltou a ser ele mesmo, cantarolando em uníssono com os comerciais, ainda que o rádio não estivesse ligado. Deviam ser quase onze horas quando deslizou para a ponta do banco e apontou para uma clareira na mata.

— Pegue a próxima à direita.

Ao virarmos numa estrada de terra, atravessamos uma floresta com as árvores mais altas que eu já tinha visto.

Para ser absolutamente honesto, quando Woolly me falou dos cento e cinquenta mil guardados num cofre da casa de campo da família, tive minhas dúvidas. Simplesmente não consegui imaginar todo esse dinheiro numa cabana no mato. Mas, quando deixamos as árvores para trás, erguendo-se à nossa frente havia uma casa digna de servir de pavilhão de caça aos Rockefeller.

Quando Woolly a viu, seu suspiro de alívio foi ainda mais sonoro do que o meu, como se também ele nutrisse dúvidas de que o lugar não passasse de imaginação sua.

— Bem-vindo ao lar — falei.

E ele me deu seu primeiro sorriso do dia.

Quando saímos do carro, segui Woolly até a frente da casa e atravessei o gramado onde havia um corpo d'água reluzindo ao sol.

— O lago — disse Woolly.

Com as árvores chegando praticamente até a margem, não havia outra residência à vista.

— Quantas casas existem neste lago? — perguntei.

— Uma...? — perguntou ele de volta.

— Certo — falei.

Então, começou a me explicar a geografia do terreno.

— O ancoradouro — disse, enquanto apontava para um ancoradouro. — E a casa de barcos — indicou, enquanto apontava para a casa de barcos. — E o mastro — indicou, enquanto apontava para o mastro. — O zelador ainda não chegou — observou com mais um suspiro de alívio.

— Como você sabe?

— Porque a balsa não está no lago e os barcos a remo não estão no ancoradouro.

Ao nos virarmos, fizemos uma pausa para apreciar a casa, que dava para a água, como se ali estivesse desde os primórdios da América. E talvez estivesse mesmo.

— Acho que podemos pegar nossas coisas, não? — sugeriu Woolly.

— Permita-*me*!

Saltitante como um mensageiro do Ritz, fui até o carro e abri o porta-malas. Empurrando para o lado o taco Louisville Slugger, tirei nossas mochilas e depois segui Woolly até o extremo da fachada, onde duas fileiras de pedras pintadas de branco conduziam à porta.

No alto da escada havia quatro vasos de flores emborcados. Sem dúvida, quando a balsa estivesse no lago e os barcos a remo no ancoradouro, ali seriam plantadas as flores que a elite considera ornamentais, porém discretas.

Depois de espiar embaixo de três dos vasos, Woolly pegou uma chave e destrancou a porta. Em seguida, mostrando uma presença de espírito decididamente não woollyana, pôs a chave de volta onde a havia encontrado e, então, entramos.

Primeiro, adentramos uma salinha em que escaninhos, ganchos e cestas continham um conjunto organizado de tudo que é necessário para atividades ao ar livre: casacos e chapéus, varas e molinetes, arcos e flechas. Diante de uma vitrine que guardava quatro espingardas, havia várias cadeiras grandes e brancas empilhadas umas sobre as outras, tendo sido transportadas de seus lugares pitorescos no gramado para dentro.

— Aqui é o lugar onde deixamos os sapatos enlameados — explicou Woolly.

Como se lama fosse algo que chegasse perto do sapato de um Wolcott!

Acima da vitrine via-se um quadro de avisos grande e verde como aqueles dos alojamentos em Salina, que exibia regras e regulamentos. Placas vermelho-escuras no formato de insígnias com listas pintadas em branco enchiam quase todos os cantos da parede, até o teto.

— Os vencedores — explicou Woolly.

— De quê?

— Dos torneios que fazíamos no 4 de Julho.

Woolly foi apontando cada um.

— Tiro ao alvo, arco e flecha, prova de natação, corrida de canoa, corrida de cem metros.

Quando passei os olhos pelos quadros de vitórias, Woolly deve ter achado que eu procurava seu nome, porque foi logo dizendo que não figurava ali.

— Não sou bom em vencer competições — confessou.

— Isso é superestimado — garanti.

Ao sairmos do quartinho da lama, ele me levou pelo corredor, dando nome aos cômodos por que passávamos.

— A sala de chá... A sala de bilhar... O armário dos jogos...

O fim do corredor se abria numa grande sala de estar.

— Chamamos isto aqui de salão — explicou Woolly.

E não era para menos. Como o saguão de um hotel imponente, o aposento abrangia seis áreas de estar diferentes, com sofás, poltronas e abajures de chão. Também havia uma mesa de jogos forrada de baeta e uma lareira que parecia saída de um castelo. Tudo em seus devidos lugares, salvo as cadeiras de balanço verde-escuras amontoadas junto às portas externas.

Quando as viu, Woolly pareceu decepcionado.

— O que foi?

— Na verdade, o lugar delas é na varanda.

— É para já.

Pousando nossas malas no chão, joguei meu chapéu de feltro numa cadeira para ajudar Woolly a carregar para a varanda as cadeiras de balanço, com cuidado para dispô-las, conforme as instruções dele, em intervalos idênticos. Depois de estarem todas nos devidos lugares, Woolly perguntou se eu gostaria de ver o restante da casa.

— Absolutivamente — respondi, o que lhe arrancou um sorriso ainda maior. — Quero ver tudo, Woolly, mas não podemos esquecer o motivo que nos trouxe até aqui...

Depois de me olhar com curiosidade, Woolly ergueu um dos dedos no ar demonstrando ter entendido a mensagem. Em seguida, me levou pelo corredor que ficava do lado oposto ao salão e abriu uma porta.

— O escritório do meu bisavô — falou.

Enquanto caminhávamos pela casa, me pareceu risível que eu tivesse um dia duvidado da possibilidade de haver dinheiro guardado ali. Diante da dimensão dos cômodos e da qualidade da mobília, era possível que houvesse cinquenta mil pilas debaixo de um colchão no quarto de empregada e mais outros cinquenta mil em meio às almofadas dos sofás. No entanto, se a imponência da casa me encheu de confiança, nada se comparava ao escritório do bisavô. Aquele era um cômodo pertencente a um homem que sabia não só ganhar dinheiro, como também mantê-lo. O que, afinal, são duas coisas totalmente diferentes.

Sob certos aspectos, tratava-se de uma versão menor do salão, com as mesmas cadeiras de madeira e tapetes vermelhos e uma outra lareira. Mas havia também uma enorme escrivaninha, estantes e uma daquelas escadinhas que existem nas bibliotecas para que se alcancem os livros nas prateleiras mais altas. Via-se numa parede um quadro que retratava vários indivíduos da sociedade colonial de calças apertadas e perucas brancas em volta de uma mesa. E sobre a lareira notei o retrato de um homem de cinquenta e muitos anos, alourado e com um rosto bonito e determinado.

— Seu bisavô? — perguntei.

— Não — respondeu Woolly. — É o meu avô.

De certa forma, senti alívio ao ouvir essa resposta. Pendurar um retrato de si mesmo em cima da lareira do próprio escritório não parecia muito apropriado a um Wolcott.

— Foi pintado na época em que o meu avô assumiu o lugar do meu bisavô na empresa de papel. Quando ele morreu, logo depois, meu bisavô mandou pendurar aqui.

Ao olhar de Woolly para o quadro pude ver os traços de família. Tirando, claro, a parte da determinação.

— O que houve com a empresa de papel? — perguntei.

— Meu tio Wallace assumiu quando o vovô morreu. Só tinha vinte e cinco anos, e administrou o negócio até mais ou menos os trinta, mas aí morreu também.

Não me dei o trabalho de observar que o cargo de direção da empresa de papel Wolcott era um emprego que eu evitaria. Desconfiei de que Woolly já soubesse disso.

Woolly se virou, chegou perto do quadro na parede com homens de calças apertadas e estendeu uma das mãos.

— A entrega da Declaração de Independência.

— Você está brincando...

— Não, é serio — disse Woolly. — Estão todos ali: John Adams, Thomas Jefferson, Ben Franklin e John Hancock.

— Qual deles é Wolcott? — perguntei, com um sorrisinho malicioso.

Woolly deu mais um passo à frente e apontou para uma cabeça pequena no fundo do quadro.

— Oliver — respondeu. — Ele também assinou os Artigos da Confederação e foi governador de Connecticut, embora há sete gerações.

Ambos assentimos com a cabeça durante alguns segundos, a fim de prestar a Ollie a devida homenagem. Depois, erguendo a mão, Woolly abriu o quadro como se fosse a porta de um armário e — surpresa! — lá estava o cofre do bisavô, que dava a impressão de ter sido confeccionado com o metal de uma nau de guerra. Com uma maçaneta de níquel e quatro pequenos discos, devia medir uns cinquenta centímetros quadrados. Caso tivesse também cinquenta centímetros de profundidade, proveria espaço suficiente para guardar as economias de toda uma vida de setenta gerações de Hewett. Não fosse a solenidade do momento, eu teria dado um assovio.

Da perspectiva do bisavô, o conteúdo do cofre era provavelmente uma expressão do passado. Nesta mansão majestosa, atrás desta tela antiga e venerável, havia documentos assinados décadas antes, joias legadas de geração em geração e dinheiro acumulado ao longo de várias vidas. Mas, em poucos instantes apenas, parte do conteúdo do cofre seria transformada numa representação do futuro.

O futuro de Emmett. O futuro de Woolly. O meu futuro.

— Aí está — disse Woolly.

— Aí está — concordei.

Então, ambos soltamos um suspiro em uníssono.

— Você gostaria de...? — perguntei, gesticulando para os discos.

— Como assim? Ah, não. Vá em frente.

— Está bem — falei, tentando resistir à tentação de esfregar as mãos. — Basta me dar a combinação que eu faço as honras.

Passado um minuto de silêncio, Woolly me encarou com uma expressão de genuína surpresa.

— Combinação? — perguntou.

Então eu ri. Ri até ficar com dor nos rins e as lágrimas me saltarem dos olhos.

Como eu já disse, no vaudevile tudo tem a ver com a encenação.

Emmett

— Belo trabalho — elogiou a sra. Whitney. — Nem sei como agradecer a você.

— Foi um prazer — disse Emmett.

Os dois estavam parados à porta do quarto do bebê admirando as paredes que Emmett havia acabado de pintar.

— Você deve estar com fome depois dessa trabalheira. Vamos descer que eu lhe faço um sanduíche.

— Eu adoraria, sra. Whitney. Só vou me lavar antes.

— Claro — concordou ela. — Mas, por favor, me chame de Sarah.

Naquela manhã, quando desceu, Emmett descobriu que Duchess e Woolly haviam partido. Acordaram bem cedinho e embarcaram no Cadillac, deixando apenas um bilhete. O sr. Whitney também fora embora: voltara para o apartamento na cidade sem nem sequer tomar café. E a sra. Whitney estava de pé na cozinha, vestindo um macacão, o cabelo preso num lenço.

— Prometi que finalmente acabaria a pintura do quarto do bebê — explicou, com uma expressão envergonhada.

Não foi necessário muita insistência para que Emmett a convencesse a deixá-lo assumir a tarefa.

Com a aprovação da sra. Whitney, ele levou as caixas dos pertences de Woolly para a garagem e botou-as na vaga deixada pelo Cadillac. Com algumas ferramentas que encontrou no porão, desmontou a cama e guardou o estrado e a cabeceira ao lado das caixas. Quando o quarto estava vazio, terminou de proteger as sancas, cobriu o chão com a lona, mexeu a tinta e começou o trabalho.

Quando se organiza direito as coisas — esvaziando o cômodo e protegendo as sancas e o chão —, pintar é moleza. O ritmo do trabalho permite que os pensamentos se assentem ou silenciem de todo. Acaba-se concentrado apenas no movimento do pincel indo e voltando, à medida que a parede antes branca ganha o novo tom de azul.

Quando viu o que Emmett estava fazendo, Sally assentiu num gesto de aprovação.

— Quer uma mãozinha?

— Não precisa, obrigado.

— Você respingou tinta na lona lá perto da janela.

— Foi.

— Tudo bem — disse ela. — Só para você saber.

Sally olhou, então, para um lado e para o outro do corredor com a testa franzida, como se decepcionada por não haver outro cômodo que necessitasse de pintura. Não estava acostumada a ficar ociosa, muito menos como hóspede intrusa na casa de outra mulher.

— Talvez eu possa levar Billy até a cidade — disse. — Encontrar uma lanchonete para almoçarmos.

— Boa ideia — concordou Emmett, pousando o pincel na borda da lata de tinta. — Deixe eu dar algum dinheiro para você.

— Acho que posso arcar com a despesa de um hambúrguer para o seu irmão. Além disso, a última coisa que a sra. Whitney há de querer são suas pegadas de tinta pela casa toda.

— — —

Quando a sra. Whitney desceu para fazer os sanduíches, Emmett levou todos os materiais para baixo pela escada dos fundos (depois de checar os sapatos duas vezes para se assegurar de não ter tinta nas solas). Na garagem, limpou os pincéis, a bandeja da tinta e as mãos com aguarrás. Depois, foi se juntar à sra. Whitney na cozinha, onde um sanduíche de presunto e um copo de leite o aguardavam em cima da mesa.

Depois que Emmett se sentou, a sra. Whitney ocupou a cadeira à sua frente com uma xícara de chá na mão, mas sem coisa alguma para comer.

— Preciso ir até a cidade para me encontrar com meu marido — disse —, mas seu irmão me disse que o carro de vocês está na oficina e só fica pronto amanhã.

— Isso mesmo — confirmou Emmett.

— Nesse caso, por que vocês três não passam a noite aqui? Peguem o que quiserem na geladeira para jantar e de manhã basta trancar a porta quando saírem.

— É muita gentileza sua.

Emmett achou que o sr. Whitney não aceitaria de bom grado um arranjo desses. No mínimo, provavelmente havia comunicado à esposa que queria os três na rua assim que acordassem. Emmett sentiu sua suspeita se confirmar quando a sra. Whitney acrescentou, meio que de passagem, que, se o telefone tocasse, eles não deveriam atender.

Enquanto comia, Emmett notou que no meio da mesa havia um pedaço de papel dobrado em pé entre o saleiro e a pimenteira. Seguindo seu olhar, a sra. Whitney reconheceu ser um bilhete de Woolly.

Quando Emmett desceu pela manhã e ouviu da sra. Whitney que Woolly fora embora, ela parecia quase aliviada com a partida do irmão, mas também um pouco preocupada. Ao olhar para o bilhete, as mesmas emoções voltaram ao seu rosto.

— Você gostaria de ler? — perguntou ela.

— Eu não me atreveria.

— Tudo bem. Garanto que Woolly não se importaria.

Normalmente, o instinto o levaria a rejeitar uma segunda vez, mas Emmett sentiu que a sra. Whitney queria que ele lesse o bilhete. Pousando o sanduíche no prato, puxou o papel.

Escrito na caligrafia de Woolly e endereçado à *Mana*, o bilhete pedia desculpa por ter feito trapalhadas. Pedia desculpa pelos guardanapos e pelo vinho. Pedia desculpa pelo telefone na gaveta. Pedia desculpa por sair tão cedo sem ter a oportunidade de se despedir direito. Mas pedia a ela que não se preocupasse. Nem por um minuto. Nem por um segundo. Nem por um piscar de olhos. Tudo ficaria bem.

De modo enigmático, ele concluía o bilhete com um *postscriptum*: *Os caramujos se afogavam com as carpas na espuma!*

— Será? — perguntou a sra. Whitney quando Emmett pôs o bilhete sobre a mesa.

— Como assim?

— Que tudo vai ficar bem?

— Vai — respondeu Emmett. — Tenho certeza de que vai.

A sra. Whitney fez que sim, mas Emmett percebeu que era menos em concordância com a resposta dele e mais em gratidão por tê-la tranquilizado. Por um instante, ela encarou o chá, que já deveria estar morno.

— Meu irmão não era de se meter em confusão — disse. — Sempre foi Woolly, claro, mas as coisas mudaram para ele durante a guerra. De alguma forma, quando o papai aceitou a convocação para a Marinha, foi Woolly quem acabou ficando à deriva.

Ela sorriu com certa tristeza ante a própria observação espirituosa. Em seguida, perguntou se Emmett sabia por que Woolly havia sido mandado para Salina.

— Ele nos contou que pegou o carro de alguém.

— Sim — confirmou ela, com um risinho. — Foi isso, mais ou menos. Aconteceu quando Woolly estava no St. George's, seu terceiro internato em poucos anos.

— Num dia da primavera, no meio das aulas — explicou ela —, ele resolveu ir a pé até a cidade para comprar um sorvete de casquinha, imagine. Quando chegou ao shopping modesto a alguns quilômetros do colégio, notou um carro de bombeiros estacionado junto ao meio-fio. Depois de olhar em volta e não ver sinal dos bombeiros, Woolly se convenceu, de um jeito que só meu irmão pode se convencer, de que o carro tinha sido esquecido ali. Esquecido como... Nossa, nem sei que comparação fazer... Esquecido como um guarda-chuva nas costas de uma cadeira ou um livro no banco de um ônibus.

Com um sorriso afetuoso, ela balançou a cabeça antes de prosseguir:

— Ansioso para devolver o caminhão aos devidos donos, Woolly assumiu o volante e saiu à procura do quartel. Circulou pela cidade com um capacete de bombeiro na cabeça, como relataram depois, tocando a buzina para todas as crianças que via. Depois de rodar Deus sabe por quanto tempo, encontrou um quartel, estacionou o caminhão e voltou a pé para o *campus*.

O sorriso afetuoso no rosto da sra. Whitney começou a murchar enquanto sua mente pulava para o que havia acontecido em seguida.

— Na verdade, o caminhão se achava no estacionamento do shopping porque vários bombeiros estavam no mercado. E enquanto Woolly rodava pela cidade, veio um chamado para apagar um incêndio num estábulo. Quando o caminhão de uma cidade vizinha chegou, o estábulo já tinha sido destruído pelo fogo. Felizmente, ninguém se feriu, mas o jovem empregado que estava de serviço sozinho não conseguiu retirar todos os cavalos e quatro morreram no incêndio. A polícia foi atrás do Woolly na escola, e assim terminou a história.

Passado um momento, a sra. Whitney apontou para o prato de Emmett para perguntar se ele tinha terminado. Quando ele respondeu que sim, ela o levou, juntamente com sua xícara, para a pia.

Ela estava tentando não imaginar, pensou Emmett. Tentando não imaginar aqueles quatro cavalos presos em suas baias, relinchando e erguendo as patas dianteiras à medida que as chamas se aproximavam. Tentando não imaginar o inimaginável.

Embora estivesse agora de costas para Emmett, ele notou pelos movimentos dos braços que ela enxugava as lágrimas. Após concluir que deveria deixá-la em paz, Emmett enfiou de novo o bilhete de Woolly no lugar de origem, entre o saleiro e a pimenteira, e silenciosamente empurrou sua cadeira para trás.

— Sabe o que eu acho muito estranho? — perguntou a sra. Whitney, ainda de pé diante da pia e de costas para Emmett.

Como ele não reagiu, ela se virou, com um sorriso pesaroso no rosto.

— Quando somos pequenos, gastam muito tempo nos ensinando a importância de conter nossos defeitos... Nossa raiva, nossa inveja, nosso orgulho. Mas quando olho à minha volta, tenho a impressão de que muitos de nós acabam tendo a vida prejudicada por uma virtude. Se você pega uma característica, uma característica elogiada por pastores e poetas, uma característica que admiramos nos amigos e esperamos incutir nos filhos, e a confere em excesso a algum pobre coitado, é quase certo que ela vá se revelar um obstáculo para a sua felicidade. Assim como existem os que são inteligentes demais para o próprio bem, existem os que são pacientes demais para o próprio bem, ou excessivamente trabalhadores.

Depois de balançar a cabeça, a sra. Whitney fitou o teto. Quando tornou a baixar os olhos, Emmett viu que mais uma lágrima escorria pelo seu rosto.

— Os que são excessivamente confiantes... Ou excessivamente cautelosos... Ou excessivamente bondosos...

Emmett entendeu que aquilo que a sra. Whitney partilhava com ele era seu próprio esforço para entender, para explicar, para extrair algum sentido dos desacertos do irmão de coração grande. Ao mesmo tempo, Emmett desconfiou de que no meio da lista da sra. Whitney havia uma desculpa para o marido, que ou era excessivamente inteligente, ou excessivamente confiante, ou excessivamente trabalhador para o próprio bem. Talvez as três coisas. Mas o que Emmett se pegou perguntando foi que virtude a sra. Whitney tinha em excesso. A resposta, disse-lhe o instinto, embora ele quase relutasse em admitir, era provavelmente a capacidade de perdoar.

Woolly

E essa era minha cadeira de balanço predileta, disse Woolly para ninguém.

Estava de pé na varanda, pouco depois de Duchess ter saído para ir à mercearia. Dando um empurrãozinho na cadeira, ele ouviu o som oco que ela fazia quando balançava para a frente e para trás, notando como cada *vrum* ficava mais perto do seguinte e os movimentos de vaivém se reduziam até cessarem de vez.

Woolly tornou a movimentar a cadeira e contemplou o lago. No momento, estava tão sereno que dava para ver cada nuvem no céu refletida na água. Mas dali a uma hora mais ou menos, por volta das cinco, a brisa da tarde ficaria mais forte e a superfície se encapelaria, fazendo sumir todos os reflexos. E as cortinas nas janelas começariam a se agitar.

Às vezes, pensou Woolly, às vezes, no fim do verão, quando os furacões rondam o Atlântico, a brisa vespertina ficava tão forte que as portas dos quartos todos batiam e as cadeiras de balanço balançavam sozinhas.

Depois de dar um empurrão derradeiro na sua cadeira predileta, Woolly entrou de volta no salão atravessando as portas duplas.

— E este é o salão — disse — onde jogávamos ludo e montávamos quebra-cabeças nas tardes chuvosas... E este é o corredor... E esta é a cozinha, onde Dorothy fazia galinha frita e seus famosos bolinhos de mirtilo. E esta é a mesa em que comíamos quando ainda não tínhamos idade para comer na sala de jantar.

Depois de tirar do bolso o bilhete que havia escrito sentado diante da escrivaninha do bisavô, Woolly enfiou-o com cuidado entre o saleiro e a pimenteira. Em seguida, saiu da cozinha pela única porta vaivém da casa.

— E esta é a sala de jantar — falou, indicando com um gesto a mesa comprida em que os primos, tias e tios se reuniam. — Quando já tínhamos idade o suficiente para comer aqui — explicou —, podíamos nos sentar em qualquer lugar desde que não fosse na cabeceira, porque ali era onde o bisa se sentava. E ali está a cabeça do alce.

Woolly saiu pela outra porta da sala de jantar e tornou a entrar no salão, onde, depois de admirá-lo de canto a canto, pegou a mochila que Emmett lhe emprestara e começou a subir a escada, contando os degraus conforme progredia.

— Três, quatro, cinco, seis, quem chegar por último é freguês!

No alto da escada, o corredor se estendia em ambas as direções, com portas de cada lado.

Embora não houvesse nada pendurado na parede do lado direito, na parede à esquerda viam-se retratos por todo lado. Rezava a lenda da família que a avó de Woolly tinha sido a primeira pessoa a pendurar um retrato no corredor do andar de cima — uma foto de seus quatro filhos, que ela pôs bem acima do console em frente à escada. Logo depois, um segundo e um terceiro retratos foram pendurados à esquerda e à direita do primeiro. Em seguida, vieram um quarto e um quinto, em cima e embaixo. Ao longo dos anos, retratos foram sendo acrescentados à direita e à esquerda, em cima e embaixo, até se espalharem em todas as direções.

Depois de apoiar a mochila no chão, Woolly se aproximou do primeiro retrato e então começou a examinar todos os outros na ordem em que tinham sido pendurados. Lá estava o do tio Wallace garotinho vestindo sua roupa de marinheiro. E lá estava o do avô no ancoradouro com a tatuagem de escuna no braço, prestes a dar suas braçadas do meio-dia. E lá estava o retrato do pai segurando seu prêmio depois de vencer o torneio de tiro ao alvo no 4 de Julho de 1941.

— Ele sempre ganhava o torneio de tiro ao alvo — comentou Woolly, enxugando uma lágrima no rosto com as costas da mão.

E ali, a um passo do console, estava a fotografia de Woolly com a mãe e o pai numa canoa.

A foto havia sido tirada... Ah, Woolly não tinha certeza, mas foi por volta de quando ele tinha sete anos. Sem dúvida, antes de Pearl Harbor e do porta-aviões. Antes de Richard e "Dennis". Antes de St. Paul's, St. Mark's e St. George's.

Antes, antes, antes.

O engraçado sobre uma foto, pensou Woolly, o engraçado sobre uma foto é que, embora ela saiba tudo que aconteceu até o momento em que foi tirada, não sabe absolutamente nada que vai acontecer depois. Ainda assim, depois que a foto é emoldurada e pendurada na parede, o que a gente vê quando a examina de perto são todas as coisas que estão *prestes* a acontecer. As não coisas. As coisas imprevisíveis. E involuntárias. E irreversíveis.

Enxugando outra lágrima, Woolly retirou a própria foto da parede e pegou a mochila do chão.

Assim como acontecia com as cadeiras da mesa de jantar, havia um quarto no corredor em que ninguém tinha permissão para dormir porque era do bisavô. Todo mundo, com exceção do bisavô, dormia em quartos variados, dependendo da idade, de ser ou não casado ou do momento do verão em que se chegasse. Ao longo dos anos, Woolly havia dormido em vários desses quartos. Mas, durante a maior parte do tempo, ou o que parecia ter sido a maior parte do tempo, ele e o primo Freddy dormiram no penúltimo à esquerda. Foi para lá que Woolly se dirigiu.

Ao entrar, pôs a mochila no chão e botou a foto dele com os pais na cômoda, atrás da garrafa e dos copos. Depois de olhar para a garrafa por algum tempo, ele a levou até o banheiro, encheu-a de água e voltou com ela para o quarto. Serviu água num dos copos e colocou-o na mesinha de cabeceira. Então, após abrir uma janela para deixar a brisa entrar no quarto, começou a tirar as coisas da mochila.

Primeiro, tirou o rádio e o pôs sobre a cômoda ao lado da garrafa. Depois, foi a vez do dicionário, que pousou ao lado do rádio. Em seguida, retirou a caixa de charutos, na qual guardava a coleção de versões iguais de coisas diferentes, e a posicionou ao lado do dicionário. Por último, tirou o frasco extra de remédio e o frasquinho marrom que havia encontrado à sua espera na prateleira de temperos e botou-os na mesinha de cabeceira ao lado do copo d'água.

Enquanto tirava os sapatos, Woolly ouviu o barulho de um carro entrando — Duchess voltando da mercearia. Ele foi até a entrada do quarto e ouviu a porta de tela no quartinho da lama se abrir e fechar. Depois, escutou passos atravessarem o salão; em seguida, o ruído de móveis sendo arrastados no escritório; e, finalmente, um clangor.

Não era um clangor suave, como o do bonde em São Francisco, pensou Woolly. Era um clangor enfático, como faz um ferreiro batendo numa ferradura incandescente numa bigorna.

Ou talvez não numa ferradura..., pensou Woolly com uma sensação incômoda.

Parecia mais o ferreiro martelando alguma outra coisa. Tipo... Tipo uma espada. Sim, isso. O clangor parecia o de um ferreiro de antigamente martelando a lâmina da Excalibur.

Com essa imagem mais satisfatória em mente, Woolly fechou a porta, ligou o rádio e foi se deitar na cama da esquerda.

Na história de Cachinhos Dourados e os Três Ursos, a menina precisa se deitar em três camas diferentes antes de escolher a ideal. Mas Woolly não precisou se deitar em três camas diferentes, porque já sabia que a da esquerda seria a ideal. Como na infância, ela não era nem dura demais, nem macia demais, nem comprida demais, nem curta demais.

Apoiando os travesseiros na cabeceira, Woolly pegou os últimos comprimidos do frasco extra do seu remédio e se acomodou confortavelmente. Quando olhou para o teto, seus pensamentos voltaram aos quebra-cabeças que eram montados nos dias chuvosos.

Não seria maravilhoso, pensou, se a vida de todo mundo fosse como uma peça num quebra-cabeça? Aí a vida de ninguém jamais seria um inconveniente para a de outra pessoa, porque se encaixaria direitinho no seu devido lugar, o lugar especialmente destinado a ela, e, ao fazê-lo, completaria o desenho complexo.

Enquanto Woolly tinha essa percepção maravilhosa, um comercial chegou ao fim e uma radionovela de suspense começou. Ele se levantou da cama e baixou o volume para dois e meio.

O importante a compreender quando se escuta uma radionovela de suspense no rádio, Woolly sabia muito bem, é que todas as partes destinadas a deixar o ouvinte ansioso — como os sussurros dos assassinos, o farfalhar das folhas ou o ranger dos degraus de uma escada — são relativamente silenciosas, enquanto as partes destinadas a fazer o ouvinte relaxar — como a repentina epifania do herói, ou o cantar dos pneus, ou o estalido da sua pistola — são relativamente ruidosas. Por isso, quando se baixa o volume para dois e meio, mal se consegue ouvir as partes que causam ansiedade, enquanto não se deixa de ouvir todas as partes que nos fazem relaxar.

Ao voltar para a cama, Woolly despejou todas as pilulazinhas cor-de-rosa do frasquinho marrom em cima da mesa. Com a ponta do dedo, empurrou-as para a palma da mão, dizendo: *Uni-du-ni-tê, um sorvete colorê, uni-du-ni-tê, a escolhida foi vo-cê*. Depois, engolindo-as com um grande gole d'água, tornou a se acomodar de um jeito confortável.

Com os travesseiros adequadamente afofados, o volume adequadamente baixado e as pilulazinhas cor-de-rosa adequadamente engolidas, seria de se esperar que Woolly não soubesse no que pensar, levando-se em consideração que Woolly era Woolly, ou seja, propenso a todas as velhas manias woollyanas.

Mas Woolly sabia exatamente no que pensar. Soubera que pensaria nisso quase ao mesmo tempo que isso aconteceu.

— Vou começar diante da vitrine na FAO Schwarz — disse a si mesmo com um sorriso. — Minha irmã aparece e vamos tomar chá no Plaza com o Panda. E depois que Duchess se encontra comigo na estátua de Abraham Lincoln, ele e eu vamos assistir ao circo, onde Billy e Emmett de repente reaparecem. Então, cruzamos a Brooklyn Bridge e subimos o Empire State, onde encontramos o professor Abernathe. Dali seguimos para os trilhos de trem cheios de mato, onde, sentados em volta da fogueira, ouvimos a história de Ulysses e Ulisses e do vidente antigo que explicou como eles conseguiriam encontrar o caminho de casa novamente, como encontrariam o caminho de casa depois de dez longos anos.

Mas não se deve ter pressa, pensou Woolly, enquanto as cortinas se agitavam levemente, a grama começava a brotar por entre as frestas do assoalho e a hera subia pelas pernas da cômoda. Porque um dia diferente de todo dia merece ser revivido no ritmo mais lento possível, com cada momento, cada reviravolta, cada guinada recordada em seus mais ínfimos detalhes.

Abacus

Muitos anos antes, Abacus havia chegado à conclusão de que as maiores histórias heroicas têm o desenho de um losango deitado. Começando num ponto determinado, a vida do herói se expande ao longo da juventude enquanto ele define seus poderes e fraquezas, suas amizades e inimizades. Partindo para o mundo, ele faz explorações em grande companhia, acumulando honrarias e acólitos. Mas, num dado momento não calculado, os dois raios que definem os limites externos desse crescente mundo de companheiros saudáveis e aventuras valiosas simultaneamente se invertem e começam a convergir. O território no qual viaja nosso herói, o elenco de personagens que ele encontra e a noção de propósito que há muito o impele começam a afunilar — afunilar em direção àquele ponto fixo e inexorável que define seu destino.

 Tome como exemplo a história de Aquiles: na esperança de tornar seu filho invencível, a nereida Tétis segura o recém-nascido pelo calcanhar e o mergulha no rio Estige. Naquele exato momento em que é segurado por aqueles dedos, a história de Aquiles tem início. Por ser um rapaz de boa estirpe, ele é instruído sobre história, literatura e filosofia pelo centauro Quíron. No campo dos esportes, ele supera todos em vigor e agilidade. E, com seu companheiro Pátroclo, desenvolve o mais forte dos laços.

 Na juventude, Aquiles se aventura mundo afora, vai de uma façanha a outra, vencendo todo tipo de oponentes até sua reputação precedê-lo onde quer que ele vá. Então, no auge da fama e no clímax da sua destreza física, Aquiles zarpa para Troia a fim de se juntar a gente como Agamenon, Menelau, Ulisses e Ajax na maior batalha já travada pelos homens.

Em algum ponto dessa travessia, porém, em algum lugar no meio do mar Egeu, sem Aquiles perceber, os grandes raios da sua vida se invertem e começam sua incessante trajetória reversa.

Durante dez longos anos, Aquiles ficará nos campos de Troia. Ao longo dessa década, a área de conflito se reduzirá conforme as linhas de batalha se aproximem cada vez mais dos muros da cidade sitiada. As legiões antes incontáveis de soldados gregos e troianos diminuirão, sendo reduzidas com cada morte. E no décimo ano, quando Heitor, o príncipe de Troia, matar seu amado Pátroclo, o mundo de Aquiles encolherá ainda mais.

Daquele momento em diante, o inimigo, com todos os seus batalhões, passa a ser, na mente de Aquiles, unicamente a pessoa responsável pela morte do amigo. Os vastos campos de batalha se restringem aos poucos metros que o separam de Heitor. E a noção de propósito, que antes abrangia dever, honra e glória, passa a se limitar ao único e ardente desejo de vingança.

Assim, talvez não surpreenda o fato de que, dias após Aquiles conseguir matar Heitor, uma flecha envenenada atravesse o ar para perfurar o único local desprotegido do corpo de Aquiles — o calcanhar pelo qual a mãe o segurou ao mergulhá-lo no Estige. E, nesse exato momento, todas as lembranças e sonhos, todas as sensações e sentimentos, virtudes e vícios se extinguem como a chama de uma vela cujo pavio foi apertado entre o polegar e o indicador.

Sim, durante a maior parte do tempo, Abacus havia entendido que as grandes histórias heroicas eram como um losango deitado. Ultimamente, porém, o que dominava seus pensamentos era a percepção de que não só a vida dos ilustres seguia essa geometria. Porque a vida dos mineradores e dos estivadores também seguia. A vida das garçonetes e das amas-secas, idem. A vida dos subordinados e dos anônimos, dos frívolos e dos esquecidos.

Todas as vidas.

A vida dele.

A vida dele também começou num determinado ponto: no dia 5 de maio de 1890, quando um menino chamado Sam nasceu no quarto de uma pequena choupana caiada na ilha de Martha's Vineyard, o único filho de um avaliador de seguros e uma costureira.

Como qualquer criança, os primeiros anos de Sam foram passados no cálido núcleo da própria família. Com sete anos, no rastro de um furacão, Sam foi com o pai até os destroços de um navio que precisavam ser avaliados em nome da seguradora. Depois de ter viajado desde Port-au-Prince, a embarcação encalhara num banco de areia próximo a West Chop e lá ficou, com o casco perfurado, as velas em frangalhos, a carga de rum levada para a praia com as ondas.

Dali em diante, os muros da vida de Sam começaram a se expandir. Após cada tempestade, ele insistia com o pai para acompanhá-lo nas vistorias de destroços: escunas, fragatas, iates. Independentemente de terem sido jogados contra rochas ou inundados por uma maré turbulenta, Sam não via apenas uma nau danificada, mas o mundo que a embarcação encarnava. Via os portos de Amsterdã, Buenos Aires e Singapura. Via as especiarias, os tecidos e as cerâmicas. Via os marujos que zarpavam de todas as nações marítimas ao redor do mundo.

O fascínio de Sam pelos naufrágios levou-o a histórias fantásticas sobre o mar, como as de Simbá e Jasão. As histórias fantásticas o levaram às histórias dos grandes exploradores, e sua visão de mundo se ampliava com a leitura de cada página nova. Por fim, o amor crescente de Sam pela história e pelos mitos levou-o aos prédios cobertos de hera de Harvard e depois a Nova York, onde — tendo se rebatizado de Abacus e se autointitulado escritor — conheceu músicos, arquitetos, pintores, financistas, bem como criminosos e desamparados. E, por fim, conheceu Polly, aquela quintessência da maravilha que lhe deu alegria, companheirismo, uma filha e um filho.

Que período extraordinário foi aquele dos primeiros anos em Manhattan, quando Abacus vivenciou em primeira mão a amplitude onipotente, onipresente, oniforme que é a vida!

Ou melhor, a primeira metade da vida.

Quando ocorreu a mudança? Quando os limites externos do seu mundo se inverteram e começaram a se mover inexoravelmente em direção à sua convergência terminal?

Abacus não fazia ideia.

Não muito depois de os filhos se tornarem adultos e seguirem em frente, talvez. Com certeza, antes da morte de Polly. Sim, provavelmente em algum momento durante aqueles anos em que, sem que os dois soubessem, o tempo dela começara a se esgotar, ao passo que ele, no chamado apogeu da vida, seguia em frente despreocupado.

A forma pela qual essa convergência nos pega de surpresa é a parte mais cruel. No entanto, é quase inevitável. Pois na hora em que a inversão tem início, os dois raios opostos da nossa vida estão tão distantes um do outro que é impossível discernir a mudança de trajetória. E naqueles primeiros anos em que os raios começam a convergir, o mundo ainda parece muito aberto, não há motivo para suspeitar de que esteja diminuindo.

Mas um dia, um dia, anos depois do início da convergência, não apenas se é capaz de sentir a trajetória inversa dos muros, como também passamos a ver o ponto terminal no futuro próximo, ao mesmo tempo que o terreno que permanece à nossa frente começa a encolher a uma velocidade acelerada.

Naqueles anos dourados antes de completar trinta anos, pouco depois de chegar a Nova York, Abacus havia feito três grandes amizades: dois homens e uma mulher. Todos eram excelentes companhias, aventureiros de mente e espírito. Lado a lado, navegaram as águas da vida com diligência razoável e a dose adequada de autoconfiança. Entretanto, nesses últimos cinco anos, o primeiro havia ficado cego, o segundo, desenvolvido um enfisema e o terceiro estava com demência. Como eram distintas suas mazelas, seria tentador observar: perda da visão, da capacidade pulmonar, da cognição, mas, com efeito, as três enfermidades acarretam a mesma sentença — o estreitamento da vida no extremo do losango. Passo a passo, o terreno percorrido por esses amigos havia deixado de ser o mundo em geral para se limitar ao próprio país, ao próprio condado, à própria casa e, finalmente, a um único quarto, onde, sem visão, sem fôlego, sem memória, se descobriram fadados a encerrar seus dias.

Embora Abacus não tivesse ainda doenças para mencionar, seu mundo também vinha encolhendo. Também ele tinha visto os limites exteriores da sua vida deixarem de ser o mundo em geral para se limitarem à ilha de Manhattan, àquele escritório abarrotado de livros, no qual ele aguardava com um conformismo filosófico a pressão de um polegar contra um indicador. E então isso...

Isso!

Essa extraordinária guinada.

Um garotinho de Nebraska surge-lhe à porta com um jeito doce e uma história fantástica. Uma história não de um volume de capa dura, em absoluto. Nem de um poema épico escrito numa língua morta. Nem de um arquivo ou academia. Uma história verídica, em vez disso.

Com que facilidade esquecemos — nós que somos contadores profissionais de histórias — que o tempo todo a ideia é a vida. A mãe que desaparece, o pai falido, um irmão determinado. Uma viagem do interior para a cidade dentro de um vagão de carga com um andarilho chamado Ulysses. Dali para uma ferrovia suspensa acima da cidade, à semelhança do Valhalla nas nuvens. E nesse lugar, o menino, Ulysses e ele, depois de se sentarem em volta de uma fogueira velha como nas origens da humanidade, começam...

— Está na hora — disse Ulysses.

— Como assim? — perguntou Abacus. — Hora?

— Se é que você vem mesmo.

— Vou! — disse ele. — Estou indo.

Depois de se levantar no meio de um bosque, a quase quarenta quilômetros de Kansas City, Abacus cambaleou por entre a vegetação no escuro, rasgando o bolso do paletó de anarruga. Sem fôlego, seguiu Ulysses por entre as árvores, escalou a margem da ferrovia e entrou no vagão de carga que os levaria Deus sabe aonde.

Billy

Emmett dormia. Billy tinha certeza disso porque o irmão estava roncando. Emmett não roncava tão alto quanto o pai costumava roncar, mas alto o bastante para ser possível saber que ele estava dormindo.

Sem fazer barulho, Billy afastou as cobertas e se levantou da cama, pisando no tapete. Estendeu o braço, encontrou a mochila embaixo da cama, abriu o bolso superior e tirou dali sua lanterna militar. Com cuidado para apontar o foco para o tapete — e não acordar o irmão assim —, Billy ligou a lanterna. Depois, pegando o *Compêndio de heróis, aventureiros e outros viajantes intrépidos*, do professor Abernathe, foi até o capítulo 25 e preparou o lápis.

Se era para começar no comecinho, Billy voltaria ao dia 12 de dezembro de 1935, o dia do nascimento de Emmett, dois anos depois do casamento dos pais em Boston e da mudança do casal para Nebraska. O país atravessava a Depressão, Franklin Roosevelt era o presidente e Sally tinha quase um ano de idade.

Mas Billy não começaria do comecinho, mas em *medias res*. A parte mais difícil, como havia explicado a Emmett na estação ferroviária em Lewis, era saber onde ficava o meio.

Uma ideia que lhe ocorreu foi começar no 4 de Julho de 1946, quando ele, Emmett, a mãe e o pai foram até Seward para assistir à queima de fogos.

Billy não passava de um bebê na época, motivo pelo qual não conseguia lembrar como havia sido a viagem até Seward. Mas, certa tarde, Emmett lhe contara tudo. Contara a Billy da paixão que a mãe tinha por fogos de artifício, da cesta de piquenique no sótão e da toalha xadrez que estendiam mais tarde no gramado do Plum Creek Park. Billy podia usar os relatos de Emmett para descrever o dia com precisão.

Mas havia também a foto.

Billy enfiou a mão na mochila e pegou o envelope guardado no bolso mais interno. Ao abri-lo, tirou dele a foto e a segurou junto ao foco da lanterna. A foto mostrava Emmett, Billy num bercinho de vime, a mãe e a cesta de piquenique, tudo enfileirado sobre a toalha xadrez. Devia ter sido o pai o fotógrafo, pois ele não aparecia na foto. Todos sorriam e, embora o pai não aparecesse, Billy imaginava que ele também sorrisse.

Billy tinha achado a foto junto aos postais da estrada Lincoln na caixa de metal na última gaveta da escrivaninha do pai.

Mas quando guardou os postais no envelope pardo para poder mostrá-los a Emmett quando o irmão voltasse para casa, pôs a foto de Seward num envelope diferente. Agiu assim por saber que as lembranças da viagem a Seward deixariam o irmão zangado. Sabia disso porque Emmett se zangara ao lhe contar da viagem a Seward. E jamais voltou a contá-la.

Billy havia guardado a foto porque sabia que Emmett não ficaria zangado com a mãe para sempre. Depois de encontrá-la em São Francisco e ela ter a oportunidade de contar aos dois tudo em que andara pensando durante os anos de separação, Emmett esqueceria a zanga. Então Billy daria a foto ao irmão, que ficaria feliz por Billy tê-la guardado para ele.

Mas não fazia sentido começar a história dali, pensou o menino, devolvendo a foto ao envelope. Porque no 4 de Julho de 1946 a mãe ainda não tinha partido. Por isso, aquela noite estava mais próxima do início da história do que do meio.

* * *

Outra ideia foi começar a história na noite em que Emmett bateu em Jimmy Snyder.

Não precisava de uma foto para se lembrar dessa noite, porque estava com Emmett na feira e já tinha idade o suficiente para lembrar por conta própria.

Foi no sábado, 4 de outubro de 1952, a última noite da feira. O pai, que os havia acompanhado na noite anterior, resolveu ficar em casa no sábado, e Emmett e Billy foram juntos no Studebaker.

Em alguns anos, a temperatura no dia da feira era típica de início de outono, mas, naquele ano, mais parecia de fim de verão. Billy se lembrava disso porque no caminho para lá as janelas do carro estavam abertas e, ao chegarem, ele e o irmão resolveram deixar as jaquetas no carro.

Haviam saído para a feira às cinco da tarde para comer alguma coisa, andar em alguns brinquedos e conseguir se sentar em lugares perto do palco para assistir ao concurso de rabecas. Tanto Billy quanto Emmett adoravam o concurso, principalmente quando se sentavam perto do palco. Nessa noite específica, porém, embora tivessem tempo o suficiente para achar lugares, os dois não conseguiram assistir ao concurso.

Foi quando se encaminhavam do carrossel para o palco que Jimmy Snyder começou a dizer coisas desagradáveis. De início, Emmett pareceu não dar bola para o que Jimmy dizia. Depois, começou a se irritar, e Billy tentou puxá-lo para longe, mas o irmão não quis se afastar. E quando Jimmy soltou um último comentário desagradável sobre o pai deles, Emmett lhe deu um murro no nariz.

Após Jimmy cair de costas e bater com a cabeça, Billy deve ter fechado os olhos, porque não se lembrava de como foram os minutos seguintes. Lembrava-se apenas do som: os amigos de Jimmy arfando agitados, depois pedindo ajuda, depois gritando com Emmett, enquanto outras pessoas se reuniam em volta. Então, Emmett, sem jamais largar a mão de Billy, tentou explicar o acontecido para uma pessoa atrás da outra, até a chegada da ambulância. E em todo o tempo o realejo do carrossel tocava sua música e as espingardas na barraca de tiro ao alvo faziam *pá, pá, pá*.

Mas também não fazia sentido começar a história daí, pensou Billy. Porque a noite na feira foi antes de Emmett ser mandado para Salina e aprender sua lição. Por isso, ela também fazia parte do início.

Para ser *in media res*, pensou Billy, deveria ser em um ponto com o mesmo número de coisas importantes antes e depois. Para Emmett, isso significava já ter estado em Seward para assistir aos fogos, a mãe já ter partido pela estrada Lincoln a caminho de São Francisco, ele já ter parado de trabalhar na fazenda e se tornado carpinteiro, já ter comprado o Studebaker com a sua poupança, já ter ficado zangado na feira a ponto de esmurrar Jimmy Snyder no nariz e já ter sido mandado para Salina para aprender sua lição.

Só que a chegada de Duchess e Woolly a Nebraska, a ida de trem até Nova York, a busca pelo Studebaker, o encontro com Sally e a viagem que estavam prestes a fazer, da Times Square até o Palácio da Legião de Honra para achar a mãe no 4 de Julho, eram coisas que precisavam não ter acontecido ainda.

Por esse motivo, Billy resolveu, ao se inclinar sobre a página inicial do capítulo 25, de lápis em punho, que o ponto ideal para dar início às aventuras de Emmett era a viagem de volta de Salina para casa no banco do carona do carro do tutor.

UM
– – –

Emmett

Às nove da manhã, Emmett se encaminhava a pé e sozinho para a estação ferroviária na 125th Street, no Harlem.

Duas horas antes, Sally havia descido até a cozinha dos Whitney com a informação de que Billy dormia profundamente.

— Ele deve estar exausto — disse Emmett.

— Também acho — concordou Sally.

Por um momento, Emmett supôs que a observação de Sally fosse uma alfinetada — uma censura por ele ter exposto Billy a tantos percalços ao longo dos dias anteriores. Depois de ver a expressão dela, percebeu que simplesmente ecoava os sentimentos dele: Billy estava exaurido.

Assim, os dois resolveram deixá-lo dormir.

— Além disso — prosseguiu Sally —, preciso de tempo para lavar os lençóis e fazer as outras camas.

Nesse ínterim, Emmett tomaria o trem para o Harlem a fim de pegar o Studebaker. Como Billy estava decidido a começar a viagem na Times Square, Emmett havia sugerido que os três se encontrassem lá às dez e meia da manhã.

— Tudo bem — disse Sally. — Mas como vamos nos achar?

— Quem chegar primeiro espera debaixo do anúncio do Canadian Club.

— E onde fica isso?

— Confie em mim — respondeu Emmett. — Você não vai ter dificuldade para descobrir.

* * *

Quando Emmett chegou à oficina, Townhouse o esperava na rua.

— Seu carro está pronto — falou depois de se cumprimentarem. — Conseguiu recuperar seu envelope?

— Consegui.

— Ótimo. Agora você e Billy podem pegar a estrada para a Califórnia. Até que enfim...

Emmett olhou para o amigo.

— Os policiais voltaram ontem à noite — continuou Townhouse. — Só que não os patrulheiros. Dois detetives. Fizeram as mesmas perguntas sobre Duchess, mas dessa vez também perguntaram sobre você. E deixaram claro que, se eu souber do paradeiro dos dois e não avisar à polícia, eu mesmo vou me dar mal. Porque um carro que confere com a descrição do seu Studebaker foi visto perto da casa do Ackerly Brucutu na mesma tarde em que alguém o mandou para o hospital.

— Hospital?

Townhouse fez que sim.

— Parece que alguém desconhecido, ou mais de um alguém, entrou na casa do Ackerly, em Indiana, e o atingiu na cabeça com um objeto rombudo. Acham que ele vai ficar bem, mas ainda não recobrou os sentidos. Nesse meio-tempo, os caras da polícia foram atrás do pai do Duchess num hotelzinho no Centro da cidade. Ele não estava lá, mas Duchess tinha estado. Com um outro jovem branco e um carro azul-claro.

Emmett passou a mão na boca.

— Nossa!

— Pois é. Na minha opinião, o que quer que tenha acontecido com o filho da mãe do Ackerly foi merecido. Mas o melhor para você agora é se afastar da cidade de Nova York. E aproveite para ficar longe do Duchess também. Vamos entrar, os gêmeos estão lá dentro.

Townhouse foi na frente e levou Emmett por entre as baias de conserto até onde os irmãos Gonzalez e o sujeito chamado Otis aguardavam. Com o Studebaker sob a lona, Paco e Pico estampavam amplos sorrisos — dois artesãos ansiosos para exibir seu trabalho.

— Tudo pronto? — perguntou Townhouse.

— Tudo pronto — respondeu Paco.

— Então, vamos lá.

Quando os irmãos tiraram a lona, Townhouse, Emmett e Otis ficaram um instante em silêncio. Depois, Otis começou a se sacudir com uma gargalhada.

— Amarelo? — perguntou Emmett, descrente.

Os irmãos olharam para Emmett e depois se entreolharam, antes de olharem novamente para Emmett.

— Qual o problema do amarelo? — perguntou Paco, na defensiva.

— É cor de covarde — respondeu Otis, soltando mais uma gargalhada.

Pico começou a falar rapidamente em espanhol com o irmão. Quando acabou, Paco se virou para os demais.

— Ele disse que não é o amarelo de um covarde. É o amarelo de uma vespa. Mas o carro não só parece uma vespa, como *pica* feito uma vespa.

Paco começou a gesticular em direção ao carro, como um vendedor que realça as características de um novo modelo.

— Além da pintura, tiramos os amassados, polimos os cromados e arrumamos a transmissão. E também botamos mais alguns cavalos debaixo do capô.

— Bom — disse Otis —, pelo menos os policiais não vão mais reconhecer o carro.

— E, se reconhecerem — acrescentou Paco —, não vão conseguir alcançá-lo.

Os irmãos Gonzalez riram com idêntica satisfação.

Arrependido da sua reação inicial, Emmett expressou gratidão com alguma veemência, principalmente em razão da velocidade com que os irmãos tinham executado o trabalho. Mas quando pegou o envelope de dinheiro no bolso traseiro da calça, os dois balançaram a cabeça.

— Fizemos pelo Townhouse — falou Paco. — Estávamos devendo uma a ele.

* * *

Durante a carona que Emmett deu a Townhouse de volta à 126th Street, os dois riram dos irmãos Gonzalez, do carro de Emmett e do novíssimo poder de picar. Quando estacionaram à porta do prédio de tijolinhos, ficaram calados, mas nem um nem outro fez qualquer movimento para abrir a porta.

— Por que a Califórnia? — perguntou Townhouse, passado um momento.

Pela primeira vez em voz alta, Emmett revelou o plano que tinha para o dinheiro do pai: comprar uma casa caindo aos pedaços, reformá-la e vendê-la para poder comprar mais duas. Daí a necessidade de morar num estado com uma população grande e em crescimento.

— Esse é um plano à la Emmett Watson, sem dúvida — comentou Townhouse com um sorriso.

— E você? — perguntou Emmett. — O que vai fazer agora?

— Não sei.

Townhouse olhou pela janela do carona para o prédio em que morava.

— Minha mãe quer que eu volte para a escola. Ela tem o sonho mirabolante de que vou ganhar uma bolsa e jogar no time da faculdade, mesmo que nem uma coisa nem outra vá acontecer. E o velho quer que me arrumar um emprego nos Correios.

— Ele gosta do dele, certo?

— Não, Emmett, não gosta. Ele adora.

Townhouse balançou a cabeça com um sorriso bem-humorado.

— Quando você é carteiro, tem um itinerário, sabe? Os quarteirões por onde você vai diariamente arrastar seu malote, como um burro de carga numa trilha de terra. Mas meu velho não encara isso como trabalho, porque conhece todo mundo nesse itinerário e todo mundo o conhece. As velhas, as crianças, os barbeiros, os quitandeiros.

Townhouse balançou novamente a cabeça.

— Uma noite, há uns seis anos, ele voltou para casa bastante desanimado. Nunca tinha estado assim. Quando a mamãe perguntou o que havia de errado, ele desatou a chorar. Pensamos que alguém tivesse morrido ou algo do gênero. Na verdade, depois de quinze anos, a chefia tinha mudado o itinerário dele para seis quarteirões depois do habitual. Isso quase partiu seu coração.

— O que aconteceu depois? — perguntou Emmett.

— Ele acordou de manhã, saiu porta afora e, antes do fim do ano, já tinha se apaixonado pelo novo itinerário.

Os dois amigos riram juntos. Depois, Townhouse ergueu um dos dedos.

— Mas ele nunca se esqueceu do primeiro. Todo ano, no Memorial Day, quando está de folga, ele percorre o itinerário antigo. Dá oi para todo mundo que o reconhece e para meio mundo que não o conhece. Ele diz que, quando se é carteiro, o governo americano lhe paga para fazer amigos.

— Por esse ângulo, não parece um emprego ruim.

— Talvez não — concordou Townhouse. — Só que por mais que eu ame meu pai, não me imagino vivendo assim. Fazendo o mesmo percurso dia após dia, semana após semana, ano após ano.

— Está certo. Se não é a universidade nem os Correios, o que vai ser, então?

— Ando pensando no Exército.

— Exército? — perguntou Emmett, surpreso.

— Sim, Exército — confirmou Townhouse, quase como se estivesse testando o som da própria voz. — Por que não? Não estamos em guerra no momento, o salário é bastante bom e vitalício. E quem tem sorte é transferido para o exterior e conhece um pouco do mundo.

— Você vai viver num alojamento — observou Emmett.

— Não me incomodei muito com isso aí — disse Townhouse.

— Fazer fila… Cumprir ordens… Usar uniforme…

— Isso mesmo, Emmett. Quando se é negro, quer se carregue um malote, opere um elevador, bote gasolina em carros ou esteja preso, o cara sempre vai usar uniforme. Por isso, é melhor escolher o mais conveniente. Imagino que se eu ficar de cabeça baixa e cumprir meus deveres, talvez suba na carreira. Vire oficial. Vire o sujeito para quem os outros batem continência.

— Já consigo imaginar — disse Emmett.

— Quer saber? — retorquiu Townhouse. — Eu também.

Quando Townhouse finalmente saiu do carro, Emmett fez o mesmo. Depois de contornar o capô, Emmett juntou-se ao amigo na calçada e os dois trocaram um aperto de mãos com o afeto silencioso de irmãos.

Na semana anterior, quando Billy havia enfileirado os postais, explicando ao irmão como encontrariam a mãe se fossem assistir a uma das maiores comemorações do 4 de Julho do estado da Califórnia, Emmett considerara a ideia no mínimo fantasiosa. No entanto, a despeito do fato de Emmett e Townhouse serem dois jovens prestes a partir em direções diferentes sem ter a menor certeza do próprio destino, quando Townhouse, ao se despedir, disse *A gente se vê*, Emmett não duvidou nem por um segundo de que aquilo era verdade.

— — —

— Por Deus... — exclamou Sally.

— É o meu carro — disse Emmett.

— Parece tanto um carro quanto qualquer um desses letreiros luminosos.

Os dois estavam de pé numa das extremidades da Times Square, onde Emmett havia estacionado o Studebaker bem atrás da Betty.

Sally tinha bons motivos para comparar o carro aos letreiros luminosos à volta, porque era tão chamativo quanto os anúncios e começava a atrair um pequeno punhado de transeuntes. Relutando em olhar os pedestres nos olhos, Emmett não sabia ao certo se o Studebaker despertava zombaria ou admiração.

— É amarelo! — exclamou Billy, ao voltar de uma banca de jornais próxima. — Amarelo como milho.

— Na verdade, é amarelo como uma vespa.

— Se você diz... — disse Sally.

Louco para mudar de assunto, Emmett apontou para a sacola na mão de Billy.

— O que tem aí?

Quando Sally voltou para a picape, Billy retirou com cuidado de dentro da sacola o que havia comprado e entregou a Emmett. Era um postal da Times Square. No alto da foto, surgindo por detrás dos prédios, via-se uma nesga de céu e, como nos outros postais da coleção de Billy, o céu era de um azul imaculado.

Ao lado de Emmett, Billy apontou do postal para os marcos famosos.

— Está vendo? Aquele é o Criterion Theatre. E a Bond Clothiers. E o anúncio do cigarro Camel. Ah, e o do Canadian Club também.

Billy olhou admirado à sua volta.

— O jornaleiro disse que à noite os anúncios se acendem. Todinhos. Dá para imaginar?

— É espetacular.

Billy arregalou os olhos.

— Você já veio aqui com os letreiros acesos?

— De passagem — admitiu Emmett.

— Ei, compadre — disse um marinheiro com o braço em volta de uma morena. — Que tal nos levar para dar uma volta?

Emmett o ignorou e ficou de cócoras para falar com o irmão mais de perto.

— Sei como é fantástico aqui na Times Square, Billy, mas temos um longo caminho pela frente.

— E só estamos começando.

— Isso mesmo. Por que você não dá uma última olhada, a gente se despede da Sally e depois pegamos a estrada?

— Certo, Emmett. Acho que é uma boa ideia. Vou dar uma última olhada e depois a gente pega a estrada. Só não vamos precisar nos despedir da Sally.

— Como assim?

— Por causa da Betty.

— O que tem de errado com a Betty?

— Ela já era — respondeu Sally.

Emmett ergueu os olhos e viu Sally ao lado da porta do carona do Studebaker com a mala numa das mãos e a cesta na outra.

— Ela superaqueceu duas vezes no caminho de Morgen até Nova York — explicou Billy. — E cuspiu uma bela nuvem de vapor junto com um barulho de chocalho quando chegamos aqui. Depois, morreu.

— Acho que exigi mais dela mais do que ela tinha para dar — disse Sally. — Mas que Deus a abençoe por nos levar aonde precisávamos ir.

Quando Emmett se empertigou, Sally olhou dele para o Studebaker. Passado um instante, ele deu um passo adiante para abrir a porta de trás para ela.

— Devemos nos sentar os três no banco da frente — disse Billy.

— Vai ficar meio apertado — interveio Emmett.

— É bem possível que sim — concordou Sally.

Então, ajeitando a mala e a cesta no banco traseiro, ela fechou a porta de trás e abriu a da frente.

— Por que não entra primeiro, Billy? — sugeriu.

Depois que Billy entrou com sua mochila, Sally entrou também. Em seguida, olhou diretamente para a frente pelo para-brisa com as mãos no colo.

— Muito obrigada pela gentileza — agradeceu quando Emmett fechou a porta.

Quando Emmett se sentou atrás do volante, Billy já tinha desdobrado o mapa. Ao erguer os olhos, apontou pela janela.

— O guarda Williams, que foi o segundo policial com quem falei, disse que o início oficial da estrada Lincoln é na esquina da Forty-Second Street com a Broadway. De lá, a gente vira à direita e segue em direção ao rio. Ele disse que quando a Lincoln foi inaugurada, era preciso pegar a balsa para cruzar o Hudson, mas agora tem o Lincoln Tunnel.

Indicando o mapa com um gesto, Emmett explicou a Sally que a estrada Lincoln tinha sido a primeira estrada transcontinental dos Estados Unidos.

— Não precisa me contar. Sei tudo sobre ela — disse Sally.
— Verdade — interveio Billy. — Sally sabe tudo sobre ela.
Emmett engrenou o carro.

Ao entrarem no Lincoln Tunnel, Billy explicou, para o aparente desconforto de Sally, que iam passar debaixo do rio Hudson — um rio tão profundo, que ele tinha visto uma flotilha de navios de guerra cruzando-o poucas noites antes. Depois, para entretê-la, o menino engatou um relato do elevado, de Stew e das fogueiras, e deixou Emmett entregue aos próprios pensamentos.

Agora que estavam em movimento, Emmett só desejava pensar na estrada à frente, ocupar a mente só com isso. Quando disseram que haviam colocado mais cavalos de potência sob o capô, os irmãos Gonzalez não estavam brincando. Emmett podia sentir a potência — e ouvi-la — toda vez que pisava no acelerador. Por isso, caso a estrada entre a Filadélfia e Nebraska estivesse razoavelmente vazia, ele supunha ser capaz de fazer uns oitenta quilômetros por hora, talvez até cem. Poderiam deixar Sally em Morgen no fim da tarde seguinte e pegar, enfim, o rumo da Costa Oeste, com as paisagens de Wyoming, Utah e Nevada se descortinando sob seus olhos. Chegariam, afinal, ao estado da Califórnia, que abrigava uma população de quase dezesseis milhões de almas.

Mas, ao saírem do Lincoln Tunnel e deixarem a cidade de Nova York para trás, em lugar da estrada à frente, Emmett se pegou pensando no que Townhouse dissera mais cedo: que ele deveria guardar uma certa distância de Duchess.

Era um sábio conselho, compatível com os próprios instintos de Emmett. O único problema: enquanto o ataque a Ackerly fosse um assunto em aberto, a polícia estaria à procura de Duchess *e* dele próprio. E isso considerando que Ackerly se recuperasse. Caso Ackerly morresse sem recobrar a consciência, as autoridades não sossegariam até ter um deles, ou ambos, sob custódia.

Quando olhou para a direita, Emmett viu que Billy observava o mapa, enquanto Sally apreciava a estrada.

— Sally...

— Sim, Emmett?

— Por que o xerife Petersen foi falar com você?

Billy ergueu os olhos do mapa.

— O xerife foi falar com você, Sally?

— Não era nada — garantiu Sally aos dois. — Seria até tolice minha mencionar o assunto a vocês.

— Dois dias atrás, você considerou que era algo suficientemente importante para te fazer atravessar metade do país — observou Emmett.

— Isso foi há dois dias.

— Sally.

— Está bem, está bem. Tinha alguma coisa a ver com seu desentendimento com Jake Snyder.

— Quando Jake bateu nele na cidade? — perguntou Billy.

— Ele e eu estávamos apenas acertando umas contas — disse Emmett.

— Foi o que deduzi — disse Sally. — Seja como for, parece que, logo depois de você e Jake acertarem umas contas, um outro sujeito, um amigo do Jake, foi atingido na cabeça no beco atrás do Bijou. O sujeito foi acertado com tamanha força que precisou ser levado ao hospital de ambulância. O xerife Petersen sabe que não foi você, porque estava com você na hora, mas depois ouviu falar de um rapaz desconhecido que andava pela cidade naquele dia. Por isso que o xerife foi falar comigo. Para perguntar se você tinha recebido visitas.

Emmett olhou para Sally.

— Logicamente, eu disse que não.

— Você disse que não, Sally?

— Disse, Billy. Eu menti. Mas foi uma mentirinha de nada. Além disso, a ideia de que um dos amigos do seu irmão estivesse envolvido nesse incidente atrás do Bijou era uma bobagem. Woolly faria um desvio de um quilômetro para evitar pisar numa lagarta. E Duchess? Ora, alguém capaz de preparar um prato como o Fettuccine Sei lá o Quê e depois servi-lo numa mesa tão bem-posta jamais atingiria um sujeito na cabeça com um pedaço de pau.

E assim se encerrou a lição, pensou Emmett.

Mas não tinha tanta certeza assim...

— Billy, naquela manhã, quando eu fui à cidade, Duchess e Woolly ficaram com você?

— Sim, Emmett.

— O tempo todo?

Billy pensou um momento.

— Woolly ficou comigo o tempo todo. E Duchess ficou com a gente quase o tempo todo.

— Quando foi que Duchess não ficou com vocês?

— Quando ele saiu para caminhar.

— Quanto tempo isso levou?

Billy tornou a pensar.

— O tempo de *Conde de Monte Cristo*, *Robin Hood*, *Teseu* e *Zorro*. É a próxima à esquerda, Emmett.

Ao ver a placa da estrada Lincoln, Emmett passou para a outra pista e pegou a saída.

Enquanto prosseguia em direção a Newark, conseguia visualizar o que provavelmente acontecera em Nebraska. Depois do pedido de Emmett para que fosse discreto, Duchess havia ido até a cidade mesmo assim (óbvio). Na cidade, ele devia ter flagrado o confronto entre Emmett e Jake e testemunhado toda aquela cena sórdida. Mas, nesse caso, por que se daria o trabalho de bater no amigo de Jake?

Ao pensar na figura do desconhecido alto com chapéu de caubói encostado no Studebaker, Emmett se lembrou da postura preguiçosa e da expressão arrogante; lembrou-se de como ele havia estimulado Jake durante a briga; e, por fim, lembrou-se também das primeiras palavras do desconhecido: *Parece que o Jake aqui tem um assunto pendente com você, Watson.*

Foram as palavras que ele usou, pensou Emmett: *assunto pendente*. E, segundo o velho artista FitzWilliams, *assunto pendente* é exatamente o que Duchess dizia ter com o pai...

Emmett parou no acostamento e ficou sentado com as mãos no volante.

Sally e Billy o encararam com curiosidade.

— O que foi, Emmett? — perguntou Billy.

— Acho que precisamos encontrar Duchess e Woolly.

Sally pareceu surpresa.

— Mas a sra. Whitney disse que os dois estavam a caminho de Salina.

— Eles não estão a caminho de Salina — retrucou Emmett. — Estão a caminho da casa dos Wolcott nas Adirondacks. O único problema é que não sei onde ela fica.

— Eu sei onde ela fica — interveio Billy.

— Sabe?

Ao baixar os olhos, Billy deslizou lentamente o dedo por Newark, Nova Jersey, saindo da estrada Lincoln e adentrando o norte do estado de Nova York, onde alguém havia desenhado uma grande estrela vermelha.

Sally

Quando estávamos atravessando aquele lugar onde Judas perdeu as botas, em Nova Jersey, e Emmett parou no acostamento para anunciar que precisávamos ir até o norte do estado de Nova York para encontrar Duchess e Woolly, eu não abri a boca. Quatro horas mais tarde, quando parou num hotel de beira de estrada que mais parecia um lugar para entregar doações do que para pernoitar, eu não abri a boca. E quando na recepçãozinha mal-ajambrada do hotel ele assinou o livro de registros com o nome do sr. Schulte, continuei sem abrir a boca.

No entanto...

Depois que encontramos nossos aposentos e eu mandei Billy tomar banho, Emmett veio até mim. Com uma expressão séria, disse que não sabia ao certo quanto tempo levaria para encontrar Duchess e Woolly. Podia levar algumas horas ou mais. Mas que, quando ele voltasse, nós três poderíamos comer alguma coisa e aproveitar uma boa noite de sono. E, se conseguíssemos pegar novamente a estrada por volta das sete da manhã, ele achava que me deixaria em Morgen na noite de quarta-feira sem desviarem muito do caminho deles.

E foi aí que minha cota de silêncio se esgotou.

— Não se preocupe com seu desvio — falei.

— Não tem problema — garantiu ele.

— Ora, se tem ou não tem, não faz grande diferença, porque não pretendo ser deixada em Morgen.

— Tudo bem — concordou ele, meio hesitante. — Onde você quer que a gente te deixe?

— São Francisco está ótimo.

Emmett me encarou por um minuto. Depois, fechou os olhos.

— Só porque você fecha os olhos — falei —, não significa que eu não esteja aqui, Emmett. Longe disso. Na verdade, quando você fecha os olhos, eu não apenas continuo aqui, como Billy também continua aqui, este hotel encantador continua aqui, o mundo todo continua aqui, exatamente onde você o deixou.

Emmett tornou a abrir os olhos.

— Sally — disse ele —, não sei que expectativas eu possa ter levado você a criar, ou que expectativas você possa ter criado por conta própria...

O que é isso?, perguntei a mim mesma. Expectativas que ele pudesse ter me levado a criar? Expectativas que eu pudesse ter criado por conta própria? Eu me aproximei um pouco mais para me assegurar de que tinha ouvido direito.

— ... mas Billy e eu passamos por muita coisa este ano. Perdemos o papai e a fazenda...

— Continue — falei. — Sou toda ouvidos.

Emmett pigarreou.

— É só que... Depois de tudo por que passamos... Acho que o que Billy e eu precisamos no momento... é começar do zero juntos. Só nós dois.

Eu o encarei por um momento. Depois, deixei escapar um leve suspiro.

— Então é isso — falei. — Você acha que estou me convidando para a viagem até São Francisco com a intenção de me tornar parte do lar de vocês.

Ele me olhou meio constrangido.

— Só estou dizendo, Sally...

— Sei o que você está dizendo... Porque você acabou de dizer. Em alto e bom som, apesar de todas as reticências. Por isso, vou responder em alto e bom som. No futuro próximo, sr. Emmett Watson, o único lar do qual pretendo fazer parte é o meu. Um lar onde só vou cozinhar e limpar para mim mesma. Fazer o *meu* café, o *meu* almoço, o *meu* jantar. Lavar a *minha* louça. A *minha* roupa. Varrer o *meu* chão. Então, não tenha medo de que eu vá estragar seu recomeço. Pelo que me consta, existem recomeços suficientes por aí para todos.

Quando Emmett saiu porta afora e entrou no seu carro amarelo reluzente, pensei comigo mesma que existem, com certeza, muitas coisas grandes nos Estados Unidos. O Empire State e a Estátua da Liberdade são grandes. O rio Mississippi e o Grand Canyon são grandes. O céu acima das pradarias é grande. Mas nada é maior do que a autoestima de um homem.

Balançando a cabeça, fechei a porta e depois bati na do banheiro para ver como Billy estava.

— — —

Com exceção do irmão dele, acho que conheço Billy Watson melhor do que qualquer outra pessoa. Sei como ele gosta de comer um prato de frango, ervilhas e purê de batata (começando com o frango, passando para as ervilhas e guardando as batatas para o fim). Sei como ele faz o dever de casa (sentado empertigado à mesa da cozinha e usando aquela borrachinha na ponta do lápis para remover qualquer resquício de erro). Sei como ele reza (sempre lembrando-se de incluir o pai, a mãe, o irmão e a mim). Mas também sei como ele se mete em problemas.

Aconteceu na primeira quinta-feira de maio.

Lembro bem porque eu estava fazendo tortas de limão e suspiro para a festa da igreja quando atendi o telefonema em que pediam que eu fosse até a escola.

Admito que quando entrei na sala do diretor, já estava meio irritada. Tinha acabado de bater as claras em neve para o suspiro quando atendi o telefone, por isso precisei desligar o forno e jogar as claras no ralo. Mas, ao abrir a porta e ver Billy sentado numa cadeira diante da escrivaninha do diretor Huxley enquanto encarava os sapatos, enrubesci. Sei com certeza que nunquinha na vida Billy Watson teve motivos para encarar os próprios sapatos. Portanto, se estava encarando naquele momento, era porque alguém o tinha levado, injustamente, a sentir a necessidade de fazer isso.

Muito bem, falei para o diretor Huxley. *O senhor nos chamou aqui. Qual é o problema?*

Acontece que depois do almoço a escola tinha um treinamento chamado "buscar abrigo", para eventuais ataques nucleares. No meio da aula, durante a lição normal, o sino tocava cinco vezes seguidas, momento em que se esperava que os alunos se enfiassem debaixo das carteiras e protegessem a cabeça com as mãos. Mas aparentemente, quando o sino tocou e a sra. Cooper recordou às crianças o que fazer, Billy desobedeceu.

Billy não desobedecia com frequência, mas quando teimava em desobedecer, era com D maiúsculo. E por mais que a sra. Cooper recorresse a persuasão, insistência ou repreensão, Billy simplesmente se recusava a entrar debaixo da carteira como os colegas.

Tentei explicar ao William, explicou o diretor Huxley, *que a finalidade do treinamento é garantir sua própria segurança, e que a recusa em participar não só nos põe em risco, como causa transtorno no exato momento em que transtornos podem ser mais prejudiciais aos outros.*

Os anos não haviam sido generosos com o diretor Huxley. O cabelo escasseara no alto da cabeça, além de correrem boatos na cidade de que a sra. Huxley tinha um *amigo* em Kansas City. Por isso, suponho que ele merecesse alguma solidariedade. Mas eu não gostava muito do diretor Huxley quando era aluna na Escola Primária de Morgen e não via muitos motivos para gostar dele naquele momento.

Virei-me para Billy.

Isso é verdade?

Sem erguer os olhos dos sapatos, Billy fez que sim.

Talvez você possa nos dizer por que se recusou a seguir as instruções da sra. Cooper, sugeriu o diretor.

Pela primeira vez, Billy olhou para mim.

Na introdução do Compêndio, *o professor Abernathe diz que um herói jamais vira as costas ao perigo. Diz que um herói sempre o encara de frente. Mas como alguém pode encarar o perigo de frente se está debaixo da carteira com as mãos na cabeça?*

Explicação simples e sensata. No meu repertório, não existe alternativa melhor.

Billy, falei, *por que não me espera lá fora?*

Está bem, Sally.

O diretor e eu observamos Billy sair da sala, ainda encarando os sapatos. Quando a porta se fechou, virei-me para o diretor para que ele me encarasse.

Sr. Huxley, falei, esforçando-me ao máximo para manter um tom amistoso, *por acaso está me dizendo que, apenas nove anos após os Estados Unidos da América derrotarem as forças do fascismo em todo o mundo, o senhor vai castigar um menino de oito anos por conta da sua recusa em enfiar a cabeça debaixo da mesa como um avestruz na areia?*

Srta. Ransom...

Eu nunca me considerei cientista, prossegui. *Na verdade, no ensino médio, tirei 5 em física e 7 em biologia. Mas, pelo pouco que aprendi dessas matérias, acredito que o tampo de uma carteira seja tão capaz de proteger uma criança de uma explosão nuclear quanto os cabelos sobre sua cabeça são capazes de proteger seu couro cabeludo do sol.*

Eu sei. Não foi cristão da minha parte dizer isso. Mas eu estava muito nervosa. E só dispunha de mais duas horas para reaquecer o forno, terminar o preparo das tortas e entregá-las na igreja. Portanto, não tinha tempo de pisar em ovos.

E quem diria que, quando saí da sala da diretoria, cinco minutos depois, o diretor Huxley havia concordado em nomear, para garantir a segurança do corpo discente, uma alma corajosa chamada Billy Watson como monitor do treinamento. Dali em diante, quando o sino tocasse cinco vezes seguidas, em lugar de se esconder debaixo da carteira, Billy iria de sala em sala com uma prancheta na mão para confirmar a adesão de todos os demais alunos.

Como eu disse, conheço Billy melhor do que qualquer outra pessoa. Conheço inclusive o modo como ele se mete em problemas.

Por isso, não fiquei surpresa quando, depois de bater três vezes na porta do banheiro, finalmente a abri e descobri a torneira da banheira jorrando água, a janela aberta e nada de Billy.

Emmett

Depois de dirigir mais de um quilômetro numa sinuosa estrada de terra, Emmett começou a desconfiar de ter feito alguma curva errada. O homem no posto de gasolina, que conhecia os Wolcott pelo nome, lhe dissera que ele deveria continuar na Rodovia 28 por mais doze quilômetros e depois virar à direita para a estrada de terra margeada por cedros-brancos. Emmett havia medido a distância no odômetro e, embora não soubesse ao certo que aparência tinha um cedro-branco, a estrada em que entrou era margeada de sempre-verdes, razão pela qual a pegou. Cerca de um quilômetro depois, porém, ainda não via residência alguma. Por sorte, a estrada não era larga o bastante para que ele fizesse um retorno, e por isso seguiu em frente. Poucos minutos depois, deparou com uma grande casa de madeira à beira de um lago — junto ao qual estava estacionado o carro de Woolly.

Parando ao lado do Cadillac, Emmett desceu do Studebaker e se aproximou do lago. Já era fim de tarde e a água estava tão plácida que sua superfície refletia perfeitamente os pinheiros na margem oposta e as nuvens desiguais acima, emprestando ao mundo uma ilusão de simetria vertical. O único vestígio de movimento vinha de uma grande garça-azul que, tendo sido perturbada pelo ruído da porta do carro se fechando, alçou voo e agora deslizava silenciosamente uns sessenta centímetros acima da água.

À sua esquerda, Emmett viu uma pequena construção que dava a impressão de ser uma espécie de barracão de carpintaria, pois, não muito distante, sobre um par de cavaletes, havia um bote emborcado com uma fenda no casco que aguardava reparos.

À direita ficava a casa com vista para o gramado, o lago e o ancoradouro. Uma enorme varanda na frente abrigava cadeiras de balanço e uma escada de amplos degraus que descia até a grama. Deveria haver uma entrada principal no alto daquela escada, sabia Emmett, mas do outro lado do Cadillac ele viu um caminho delimitado por pedras ornamentais que levava a um lance de degraus e a uma porta aberta.

Ao subir a escada, Emmett abriu a porta de tela e chamou:
— Woolly? Duchess?

Como não obteve resposta, entrou, deixando a porta de tela bater às costas. Viu-se numa espécie de vestíbulo com uma série de varas de pescar, botas para caminhada, capas de chuva e patins. Tudo ali estava cuidadosamente arrumado, salvo as cadeiras rústicas de madeira empilhadas no meio do cômodo. Sobre um armário de espingardas via-se pendurada uma placa pintada à mão com uma lista de checagem intitulada ANTES DE FECHAR A CASA.

1. Retirar os pinos de disparo
2. Guardar as canoas
3. Esvaziar a geladeira
4. Levar as cadeiras de balanço para dentro
5. Pôr o lixo para fora
6. Fazer as camas
7. Desligar as caldeiras
8. Trancar as janelas
9. Trancar as portas
10. Ir embora

Depois de sair do pequeno vestíbulo, Emmett entrou num corredor, onde parou, escutou e tornou a chamar Woolly e Duchess. Sem resposta, começou a espiar o interior de vários cômodos. Embora os dois primeiros parecessem intocados, no terceiro, um taco e várias bolas haviam sido deixados sobre o feltro da mesa de sinuca, como se um jogo tivesse sido interrompido antes do fim. Na ponta do corredor, Emmett chegou a uma sala de estar de teto alto com vários conjuntos de sofás e poltronas e uma escada que levava ao segundo andar.

Emmett balançou a cabeça com admiração. Era um dos aposentos mais bonitos que já vira na vida. Boa parte da mobília era no estilo Arts & Crafts, confeccionada em cerejeira e carvalho, em perfeita sintonia e discretamente ornamentada. No centro do cômodo, pendia do teto uma grande luminária que, como os abajures, era revestida de mica, o que fazia com que a sala fosse iluminada por uma claridade amena ao cair da noite. A lareira, o teto, os sofás e a escada eram maiores do que o normal, mas proporcionais e em harmonia com a escala humana, mantendo o ambiente acolhedor e convidativo.

Não era difícil entender por que essa casa ocupava um lugar tão privilegiado na imaginação de Woolly. Ela ocuparia um lugar privilegiado na de Emmett, caso tivesse tido o luxo de crescer ali.

Um par de portas abertas revelava uma sala de jantar dominada por uma mesa de carvalho comprida. Nas laterais do corredor que saía dela havia várias portas que levavam a outros cômodos, inclusive a uma cozinha no fim. Mas se Woolly e Duchess estivessem ali, com certeza teriam ouvido sua voz chamando-os. Por isso, Emmett se dirigiu à escada.

No segundo andar, o corredor se bifurcava.

Primeiro, Emmett verificou os quartos à direita. Embora se diferenciassem em tamanho e mobiliário — alguns continham camas de casal, outros, camas de solteiro, um deles contava com dois beliches —, todos partilhavam a mesma simplicidade rústica. Numa casa como essa, Emmett se deu conta, não se esperava que alguém se demorasse no próprio quarto, mas que se juntasse à família no andar de baixo para o café na mesa de carvalho comprida e depois passasse o resto do dia ao ar livre. Nenhum dos quartos mostrava sinais de ter sido usado na noite anterior; por isso, dando meia-volta, Emmett se dirigiu à outra extremidade do corredor.

Conforme andava, passava os olhos pelas fotos na parede, pretendendo lhes dirigir apenas uma atenção superficial. No entanto, viu-se reduzindo o passo e depois parando de todo para examiná-las mais de perto.

Embora as fotos variassem em tamanho, todas eram de pessoas. Entre elas havia retratos de grupos e de indivíduos, de crianças e de adultos, alguns em movimento, outros, imóveis. Analisadas individualmente, não mostravam nada de peculiar. Os rostos e as roupas eram comuns. Vistas em conjunto, porém, havia naquela parede de fotos em molduras pretas similares algo profundamente invejável. E que não se devia à presença da luz do sol e de sorrisos despreocupados. Tratava-se de tradição.

O pai de Emmett crescera num lugar feito esse. Como havia escrito em sua última carta, os legados passados de geração em geração da sua família não se restringiam simplesmente a títulos e valores, mas abrangiam casas e quadros, móveis e barcos. E quando o pai de Emmett decidia contar histórias da própria juventude, a quantidade de primos, tios e tias reunidos à volta de uma mesa de festa parecia não ter fim. Por algum motivo, porém, por algum motivo que jamais foi plenamente explicado, ele deixara tudo isso para trás ao se mudar para Nebraska. Deixara para trás sem vestígios.

Ou quase sem vestígios.

Havia baús no sótão com adesivos exóticos de hotéis estrangeiros e a cesta de piquenique com seu arranjo organizado de utensílios, e a porcelana sem uso no armário da cozinha — remanescentes da vida de que o pai de Emmett tinha aberto mão para perseguir seu ideal emersoniano. Emmett balançou a cabeça, sem saber ao certo se as ações do pai deveriam lhe causar desapontamento ou admiração.

Como costuma acontecer com tais dilemas do coração, a resposta provavelmente era: ambas as coisas.

Continuando pelo corredor, Emmett percebeu pela qualidade das fotos e pelo estilo das roupas que elas retroagiam no tempo. Começavam em algum ponto da década de 1940, retrocediam à de 1930 e à de 1920 e a anteriores. Mas quando passou pelo console em frente à escada, as fotos reverteram seu curso e começaram a avançar. Foi depois de voltar à década de 1940 e se pôr a examinar com curiosidade um lugar vazio na parede que Emmett ouviu a música — música que vinha em volume baixo do fundo do corredor. Passando por vários quartos, ele se concentrou no som até parar diante da penúltima porta e aguçar o ouvido.

Era Tony Bennett.

Tony Bennett cantando "Rags to Riches".

Emmett bateu à porta.

— Woolly? Duchess?

Quando nem um nem outro respondeu, ele abriu a porta.

Mais um quarto mobiliado com simplicidade, contendo duas pequenas camas de solteiro e uma cômoda. Numa das camas estava Woolly, os pés calçados em meias para fora do estrado, os olhos fechados, as mãos cruzadas no peito. Na mesinha de cabeceira, Emmett viu dois frascos de remédio vazios e três comprimidos cor-de-rosa.

Com uma terrível sensação de mau presságio, Emmett se aproximou da cama. Depois de chamar o nome de Woolly, sacudiu suavemente o amigo pelo ombro, sentindo-o rígido ao toque.

— Ah, Woolly — disse enquanto se sentava na cama em frente.

Sentindo uma onda de náusea, Emmett virou de costas para as feições sem expressão do amigo e fitou a mesinha de cabeceira. Já tendo reconhecido o frasquinho azul como sendo o do suposto remédio de Woolly, Emmett pegou o frasco marrom. Jamais ouvira falar da substância que constava no rótulo, mas viu que a receita estava em nome de Sarah Whitney.

É bem assim que a desgraça atrai mais desgraça, pensou Emmett. Porque, por melhor que fosse a irmã de Woolly na arte do perdão, ela jamais seria capaz de se perdoar por isso. Enquanto ele pousava o frasquinho vazio na mesa, do rádio soava um jazz dançante e dissonante.

Emmett levantou-se da cama, foi até o rádio e desligou-o. Em cima da cômoda, ao lado do rádio, havia uma velha caixa de charutos e um dicionário que podiam ter vindo de qualquer lugar, mas, encostado na parede, ele viu uma foto que só podia ter vindo do espaço vazio na parede do corredor.

Era um instantâneo de Woolly ainda menino sentado numa canoa entre a mãe e o pai. Os dois — um casal bonito de trinta e muitos anos — tinham, cada qual, um remo encostado à borda, como se estivessem prestes a se pôr em movimento. Pela expressão de Woolly, percebia-se um certo nervosismo, mas ele também ria, como se alguém fora da foto, alguém no ancoradouro, estivesse fazendo uma careta para diverti-lo.

Poucos dias antes, quando estavam do lado de fora do orfanato à espera de Duchess, Billy falara com Woolly sobre a mãe e os fogos em São Francisco, e Woolly, por sua vez, contara sobre as comemorações do 4 de Julho que a família fazia ali na casa de campo. Ocorreu a Emmett que essa foto de Woolly sentado entre os pais na canoa pudesse muito bem ter sido tirada no mesmíssimo dia em que Emmett, deitado entre o pai e a mãe, havia assistido à queima de fogos em Seward. E, talvez pela primeira vez, Emmett teve uma ideia de por que a viagem para o Oeste pela estrada Lincoln se tornara tão importante para o irmão.

Com delicadeza, Emmett devolveu a foto ao lugar sobre a cômoda. Em seguida, depois de dar uma última olhada no amigo, saiu em busca de um telefone. Mas, enquanto atravessava o corredor, ouviu um ruído vindo do andar de baixo.

Duchess, pensou.

E a dor que vinha se avolumando em seu interior foi ofuscada por uma sensação de fúria.

Ao descer a escada, Emmett percorreu rapidamente o corredor em direção à cozinha, mais uma vez concentrando-se na fonte de um som. Depois de passar pela primeira porta à esquerda, entrou num cômodo que parecia o escritório de um cavalheiro, porém em desordem — com livros arrancados de estantes, gavetas removidas de escrivaninhas e papéis espalhados pelo chão. À esquerda de Emmett, uma pintura emoldurada se destacava num ângulo de noventa graus da parede, enquanto atrás dela estava Duchess, desferindo golpes de machadinha contra a superfície cinzenta e lisa de um cofre.

— Vamos lá — encorajava Duchess, enquanto atacava novamente o cofre —, vamos lá, meu bem.

— Duchess — chamou Emmett.

Em seguida chamou de novo, dessa vez mais alto.

Assustado, Duchess interrompeu seus movimentos e olhou para trás. Ao ver Emmett, no entanto, abriu um sorriso.

— Emmett! Cara, que bom ver você!

Emmett achou o sorriso de Duchess tão dissonante quanto o jazz que saía do rádio no quarto de Woolly e sentiu o mesmo desejo urgente de desligá-lo. Quando Emmett se aproximou, a expressão de euforia no rosto de Duchess se transformou em preocupação.

— O que foi? O que houve?

— O que houve? — disse Emmett, parando atônito. — Você não esteve lá em cima? Não viu Woolly?

Quando de repente entendeu, Duchess pousou a machadinha numa cadeira e depois balançou a cabeça com uma expressão solene.

— Vi, sim, Emmett. O que posso dizer? É terrível.

— Mas como...? — vociferou Emmett. — Como você *permitiu*?

— Como permiti? — repetiu Duchess, surpreso. — Você acha mesmo que se eu soubesse o que Woolly pretendia fazer teria deixado que ele ficasse aqui sozinho? Estou de olho no Woolly desde o minuto em que o conheci. Não faz nem uma semana, cheguei mesmo a confiscar o último frasco daquele remédio. Mas ele devia ter outro escondido. E não me pergunte onde foi que ele arrumou aqueles comprimidos.

Tomado por um sentimento de impotência e raiva, Emmett queria culpar Duchess. Queria culpá-lo de verdade. Mas entendia que a culpa não era de Duchess. Então, a lembrança das próprias palavras à irmã de Woolly, garantindo que tudo ficaria bem, cresceu dentro dele como bile na garganta.

— Você ao menos chamou uma ambulância? — perguntou Emmett passado um instante, ouvindo a própria voz falsear.

Duchess meneou a cabeça querendo dizer que era inútil.

— Quando o encontrei, já era tarde demais. Ele já estava frio como gelo.

— Muito bem — disse Emmett. — Vou chamar a polícia.

— A polícia...? Por quê?

— Precisamos contar a alguém.

— Claro que precisamos. E contaremos. Só que não vai fazer diferença para Woolly providenciar isso agora ou mais tarde. Mas pode fazer uma enorme diferença para a gente.

Emmett ignorou Duchess e se dirigiu ao telefone sobre a escrivaninha. Quando viu o movimento de Emmett, Duchess o seguiu rapidamente, mas Emmett chegou primeiro.

Afastando Duchess com uma das mãos, Emmett pegou o fone com a outra, mas viu que a linha estava muda — ainda não tinha sido religada para a temporada de férias.

Quando se deu conta de que o telefone não funcionava, Duchess relaxou a postura.

— Vamos conversar sobre isso um segundo.

— Venha — disse Emmett, pegando Duchess pelo cotovelo. — Vamos de carro até a delegacia.

Emmett empurrou Duchess para fora do escritório e o levou pelo corredor, mal escutando enquanto ele tentava convencê-lo a esperar.

— É terrível o que aconteceu, Emmett. Sou o primeiro a reconhecer isso. Mas foi o que Woolly escolheu para si mesmo. Deve ter tido seus motivos. Motivos que talvez a gente jamais entenda plenamente e que não temos o direito de interpretar. O importante agora é ter em mente o que Woolly queria.

Quando chegaram à porta de tela do quartinho de entrada, Duchess se virou para encarar Emmett.

— Você deveria estar lá quando o seu irmão falou da casa que quer construir na Califórnia. Nunca vi Woolly tão entusiasmado. Ele conseguia imaginar vocês dois morando nela juntos. Se chamarmos os policiais agora, pode ter certeza de que em menos de uma hora este lugar vai estar cheio de gente e jamais terminaremos o que Woolly começou.

Com uma das mãos, Emmett abriu a porta de tela; com a outra, empurrou Duchess escada abaixo.

Depois de cambalear alguns passos em direção ao barco emborcado, Duchess de repente deu meia-volta, como se tivesse lhe ocorrido uma ideia.

— Ei! Está vendo a casa de barcos? Tem uma mesa de carpinteiro lá dentro com um monte de formões, limas e brocas. Não vi utilidade em nada daquilo, mas aposto que você poderia abrir aquele cofre em questão de minutos. Depois de pegarmos o fundo de Woolly, podemos ir juntos procurar um telefone. E quando a ambulância estiver a caminho, podemos pegar a estrada para a Califórnia, precisamente como Woolly queria.

— *Nós* não vamos a lugar algum — disse Emmett enquanto o rosto ficava vermelho. — Não vamos para São Francisco, nem Los Angeles, nem Hollywood. Meu irmão e eu vamos para a Califórnia. *Você* vai para Salina.

Duchess olhou para Emmett com descrença.

— Por que diabos eu iria para Salina, Emmett?

Quando Emmett não respondeu, Duchess balançou a cabeça e apontou para o chão.

— Vou ficar bem aqui até conseguir abrir aquele cofre. Se não quiser ficar e ajudar, o problema é seu. Estamos num país livre. Mas vou dizer para você, Emmett, como amigo: se for embora agora, vai se arrepender. Porque quando chegar à Califórnia, vai perceber que alguns dólares não vão te levar muito longe. Então, vai desejar ter pegado sua parte do fundo.

Dando um passo à frente, Emmett pegou Duchess pelo colarinho como fizera na casa dos Whitney, só que dessa vez com ambas as mãos, enquanto sentia o tecido se apertar em volta da garganta de Duchess conforme girava os punhos.

— Você não entendeu? — falou entredentes. — Não existe fundo. Não existe herança. Não existe dinheiro no cofre. É um conto de fadas. Um conto de fadas que Woolly inventou para que você o trouxesse para casa.

Como se estivesse enojado, Emmett empurrou Duchess.

Tropeçando nas pedras que margeavam o caminho, Duchess caiu na grama.

— Você vai falar com os policiais — disse Emmett —, nem que precise ser arrastado até a delegacia.

— Mas, Emmett, *tem* dinheiro no cofre.

Emmett se virou e descobriu o irmão parado à porta do quartinho.

— Billy! O que você está fazendo aqui?

Antes que Billy pudesse responder, sua expressão de alerta transformou-se em alarme, o que levou Emmett a se virar de novo — no exato momento em que o braço de Duchess entrou em ação.

O golpe foi forte o bastante para derrubar Emmett, mas não forte o bastante para deixá-lo inconsciente. Sentindo o sangue frio na testa, Emmett se recompôs e ficou de quatro, bem a tempo de ver Duchess empurrar Billy para dentro de casa e fechar a porta interna.

Duchess

Na véspera, depois de admitir que qualquer noção da combinação muito provavelmente lhe escapara da lembrança, Woolly sugeriu que eu desse uma caminhada até o ancoradouro.

— Vá você — falei. — Acho que prefiro ficar um pouco sozinho.

Quando Woolly saiu, passei alguns minutos diante do cofre do bisavô, encarando-o com as mãos nos quadris. Então, balançando a cabeça, botei as mãos à obra. Primeiro, tentei colar o ouvido ao metal e girar o disco para ouvir os cliques das tranquetas como se vê nos filmes — o que deu tão certo quanto qualquer outra coisa que se vê nos filmes.

Depois de retirar a caixa do Otelo da minha mochila escolar, peguei a faca do meu velho. Minha ideia era enfiar a ponta da lâmina na fresta entre a porta e a esquadria e sacudi-la para a frente e para trás. Mas quando apoiei todo o meu peso no cabo da faca, o que saltou fora foi a lâmina, que se quebrou bem no punho.

— Forjada, temperada e polida por um mestre artesão em Pittsburgh uma ova — sibilei.

Em seguida, saí à procura de ferramentas genuínas, mas, depois de abrir todas as gavetas da cozinha e remexer todos os armários, parti para o quartinho da lama, onde vasculhei em vão cada escaninho e cada cesta. Por um momento, pensei em atirar no cofre com uma das espingardas, mas, com a minha sorte, provavelmente eu seria atingido por um ricochete.

Assim, fui até o ancoradouro, onde Woolly admirava a paisagem.

— Ei, Woolly — chamei da terra firme. — Você sabe se tem uma loja de ferragens aqui na vizinhança?

— O que é isso? — perguntou ele ao se virar. — Uma loja de ferragens? Não tenho certeza, mas tem uma mercearia a uns seis ou sete quilômetros subindo a estrada.

— Perfeito. Não devo demorar. Você precisa de alguma coisa?

Woolly pensou um instante e depois fez que não.

— Tenho tudo de que preciso — respondeu, com um sorriso no estilo Woolly. — Vou dar umas voltas e desfazer minha bagagem. Depois, talvez tire um cochilo.

— Por que não? — concordei. — Você fez por merecer.

Vinte minutos mais tarde, eu estava percorrendo os corredores da mercearia pensando que ela devia se chamar assim porque ficamos à mercê do que eles têm para vender. Era como se alguém tivesse virado uma casa de lado e sacudido até que tudo que não se encontrasse preso ao carpete saísse pela porta: espátulas, luvas térmicas e cronômetros de ovo, esponjas, pincéis e sabões; lápis, blocos e borrachas; ioiôs e bolas de borracha. Num estado de exasperação consumista, finalmente perguntei ao proprietário se ele vendia marretas. O máximo que havia a oferecer era um martelinho e um conjunto de chaves de fenda.

Quando voltei para casa, Woolly já estava no quarto e, por isso, parti para o escritório com minhas ferramentas. Devo ter martelado aquele troço por mais ou menos uma hora sem resultado algum — o metal apenas ficou arranhado e minha camisa, suada.

Passei a hora seguinte em busca da combinação em algum lugar do escritório. Calculei que um astuto e experiente ganhador de dinheiro como o sr. Wolcott não seria descuidado a ponto de deixar a combinação do seu cofre sujeita aos caprichos da memória, ainda mais considerando que ele vivera mais de noventa anos. Devia tê-la anotado em algum lugar.

Evidentemente, comecei pela escrivaninha. Primeiro, remexi nas gavetas atrás de uma agenda ou um caderno de telefones, em que um número importante poderia estar alojado na última página. Depois, puxei todas as gavetas e virei-as ao contrário, para ver se ele não havia anotado os algarismos na parte de baixo de alguma delas. Olhei sob o abajur da escrivaninha e na base do busto de bronze de Abraham Lincoln, a despeito do fato de ele pesar uns duzentos quilos. Em seguida, voltei a atenção para os livros, folheando suas páginas em busca de um pedaço de papel escondido. Essa tarefa levou o tempo necessário para que eu percebesse que folhear todos os livros do velho me tomaria o restante da vida.

Foi quando decidi acordar Woolly, para lhe perguntar qual dos quartos era o do seu bisavô.

Mais cedo, quando Woolly tinha dito que tiraria um cochilo, não achei nada de mais. Como mencionei, ele não dormira muito na noite anterior e me acordara assim que amanheceu para sairmos apressados. Por isso, concluí que um cochilo fosse precisamente o que ele pretendia tirar.

Mas, no instante em que abri a porta do quarto, me dei conta do que via. Afinal, já estive nessa situação antes. Reconheci um simulacro de arrumação — com os pertences de Woolly enfileirados na cômoda e os sapatos lado a lado ao pé da cama. Reconheci a imobilidade — enfatizada pelo movimento delicado das cortinas e o murmúrio de um noticiário no rádio. E reconheci a expressão no rosto de Woolly — uma expressão que, como a de Marceline, não irradiava felicidade nem dor, mas que sem dúvida sugeria algum tipo de paz.

Quando o braço de Woolly deslizou da cama, ele já devia ter partido ou estar indiferente demais para erguê-lo, porque os dedos roçavam o chão como acontecera no Howard Johnson. E, como eu havia feito lá, botei de volta o braço em seu lugar, dessa vez entrelaçando as mãos no peito.

Finalmente, pensei, as casas, os carros, os Roosevelt tinham desmoronado.

— *O que é admirável é que tenha aguentado até esse ponto.*

Ao sair, desliguei o rádio. Mas tornei a ligá-lo, pensando que nas horas seguintes Woolly provavelmente gostaria de ter a companhia de um eventual comercial.

* * *

Naquela noite, jantei feijão enlatado com uma Pepsi sem gelo, as únicas coisas que consegui encontrar na cozinha para comer. Para não incomodar o fantasma de Woolly, dormi no sofá do salão. E quando acordei de manhã, voltei imediatamente ao trabalho.

Nas horas que se seguiram, devo ter golpeado o cofre umas mil vezes. Com a machadinha. Com um taco de críquete. Cheguei até a golpeá-lo com o busto de Abe Lincoln, mas sem a firmeza necessária.

Por volta das quatro da tarde, resolvi fazer uma visita ao Caddy, na esperança de encontrar uma chave de roda. Mas quando ia saindo da casa, notei que o barco emborcado em cima de um cavalete tinha um rombo considerável no casco. Supondo que alguém o pusera ali para ser consertado, entrei na casa de barco em busca de uma ferramenta que me pudesse ser útil. E, com efeito, atrás de todos os remos e canoas havia uma mesa de carpintaria com um monte de gavetas. Devo ter passado uma hora examinando cada centímetro, mas tudo que achei foi mais uma série de ferramentas manuais que não me serviriam muito mais do que as da mercearia. Ao lembrar que Woolly havia mencionado um espetáculo anual de fogos na propriedade, revirei a casa de barco em busca de explosivos. Então, justo quando estava prestes a sair dali num estado de derrota moral, descobri um machado pendurado entre dois pregos na parede.

Com o sorriso de um lenhador nos lábios, voltei contente ao escritório do velho, assumi minha posição diante do cofre e comecei a investir contra ele. Não devia ter desferido mais de dez machadadas quando, de repente e do nada, Emmett Watson entrou na sala resfolegando.

— Emmett! — exclamei. — Cara, que bom ver você!

E fui sincero. Pois se eu conhecia alguém em todo o mundo capaz de achar um jeito de abrir aquele cofre, esse alguém era Emmett.

Antes de conseguir explicar a situação, a conversa saiu um pouco dos trilhos — ainda que justificadamente. Porque, como chegou um pouco antes, enquanto eu estava na casa de barco, e não encontrou ninguém em casa, Emmett havia subido e descoberto Woolly.

Isso o deixara nitidamente abalado. Era bem provável que ele nunca tivesse visto um cadáver antes, muito menos o cadáver de um amigo. Portanto, eu não podia censurá-lo por querer jogar a culpa em mim. É o que fazem as pessoas abaladas. Apontam o dedo. Apontam o dedo para quem quer que esteja mais próximo — e, dada a natureza de nosso convívio social, é mais provável que o apontado seja um amigo do que um inimigo.

Recordei a Emmett que eu que fiquei de olho em Woolly durante o último ano e meio, o que me pareceu tê-lo acalmado. Mas então ele começou a falar como um louco. A agir como um louco.

Para começar, quis chamar a polícia. Quando descobriu que o telefone não funcionava, quis ir de carro até a delegacia — e me levar junto.

Tentei lhe incutir um pouco de bom senso, mas ele estava tão decidido que me arrastou pelo corredor, me empurrou porta afora e me jogou no chão, alegando que não havia dinheiro no cofre, que eu iria à delegacia nem que ele precisasse me carregar até lá.

Devido ao estado em que Emmett se encontrava, não duvidei de que fizesse isso mesmo — por mais que fosse se arrepender depois. Em outras palavras, ele não me deixou muitas opções.

E o destino parece ter concordado, porque, quando Emmett me jogou no chão, caí na grama com a mão praticamente pousada numa daquelas pedras ornamentais. E então, do nada, surge Billy, bem a tempo de desviar a atenção do irmão para a direção oposta.

A pedra que eu tinha na mão era do tamanho de uma toranja. Mas eu não pretendia ferir Emmett gravemente. Só precisava que ele ficasse no chão alguns minutos para recuperar algum juízo antes de fazer algo que não pudesse desfazer depois. Engatinhando um pouquinho para o lado, peguei outra pedra que não era maior do que uma maçã.

É lógico que o derrubei no chão quando o acertei com ela, mas foi mais por conta da surpresa do que da força do impacto. Eu sabia que ele estaria de pé num piscar de olhos.

Imaginando que se alguém pudesse incutir algum juízo em Emmett, esse alguém seria o irmão, subi correndo a escada, empurrei Billy para dentro de casa e tranquei a porta.

— Por que você acertou Emmett? — gritou Billy, parecendo mais abalado do que o irmão. — Por que você acertou Emmett, Duchess? Você não devia ter feito isso!

— Você tem toda a razão — concordei, tentando acalmá-lo. — Eu não devia ter feito isso. E juro que não farei de novo.

Afastei o garoto alguns passos da porta, peguei-o pelos ombros e fiz um esforço para falar com ele de homem para homem.

— Ouça, Billy: estamos diante do caos total. Ou seja, estamos ferrados. O cofre está aqui, como Woolly disse que estaria. E concordo com você de todo o coração que o dinheiro está lá dentro, esperando para ser pego. Mas não temos a combinação. Por isso, precisamos de um pouco de tempo, um pouco de engenhosidade ianque e um bocado de trabalho de equipe.

Assim que eu o peguei pelos ombros, Billy fechou os olhos. E antes que eu chegasse à metade do meu discurso, ele já estava balançando a cabeça e repetindo o nome do irmão.

— Você está preocupado com Emmett? — perguntei. — É isso? Prometo que não há motivo para preocupação. Eu mal o atingi. Na verdade, ele vai estar de pé rapidinho.

Com efeito, enquanto eu dizia isso, ouvi a maçaneta girar às nossas costas e depois as batidas e Emmett chamando nossos nomes.

— Pronto — falei, levando o menino para o corredor. — O que foi que eu disse?

Quando as batidas à porta cessaram, baixei o tom a fim de falar confidencialmente.

— O problema, Billy, é que, por motivos que não devo revelar agora, seu irmão quer chamar a polícia. Mas tenho medo de que, se ele fizer isso, a gente jamais consiga abrir o cofre, daí não haverá partilha, e sua casa, a que você, Emmett e sua mãe terão para morar, não será construída.

Achei que meu argumento era bastante sólido, mas Billy continuou a balançar a cabeça de olhos fechados e a repetir o nome de Emmett.

— Vamos falar com Emmett — garanti, com um toque de frustração. — Vamos falar com ele sobre tudo isso, Billy. Mas, no momento, somos só você e eu.

E, de uma hora para outra, o menino parou de balançar a cabeça.

Isso aí, pensei. Devo estar conseguindo acalmá-lo!

Mas, então, ele abriu os olhos e chutou minha canela.

Não é o máximo?

Um instante depois, lá estava eu, pulando num pé só enquanto ele disparava pelo corredor.

— Diacho! — falei, saindo atrás dele.

Deus é testemunha de que, embora não tenha ficado longe da minha vista mais de trinta segundos, o garoto sumiu do mapa — como Lucinda, a cacatua.

— Billy? — chamei, olhando atrás de cada sofá. — Billy?

De algum ponto distinto na casa, ouvi outra maçaneta girar.

— Billy! — gritei para a sala em geral, com uma crescente sensação de urgência. — Eu sei que a fuga não está indo precisamente como tínhamos planejado, mas o importante é permanecermos juntos e cumprirmos o objetivo. Você, seu irmão e eu! Um por todos e todos por um!

Foi quando, da direção da cozinha, veio um ruído de vidro quebrado. Um instante depois, Emmett estaria dentro da casa. Não restava dúvida sobre isso. Sem outra alternativa, fui direto para o quartinho da lama, onde, ao encontrar o armário das espingardas trancado, peguei um taco de críquete e estilhacei o vidro.

Billy

Depois de se dirigirem ao quarto 14 do hotel White Peaks, na Rodovia 28, e de Billy ter tirado a mochila das costas, Emmett disse que ia sair em busca de Woolly e Duchess.

— Nesse meio-tempo — disse ele a Billy —, é melhor você ficar aqui.

— Além disso — interveio Sally —, quando você tomou banho pela última vez, mocinho? Não ficaria surpresa de saber que foi em Nebraska.

— É verdade — confirmou Billy, fazendo que sim. — A última vez que tomei banho foi lá em Nebraska.

Enquanto Emmett conversava baixinho com Sally, Billy pôs a mochila nas costas e tomou o rumo do banheiro.

— Você realmente acha que vai precisar dessa coisa lá dentro? — perguntou Sally.

— Sim, vou precisar — respondeu Billy com a mão na maçaneta —, porque minhas roupas limpas estão dentro dela.

— Tudo bem. Não se esqueça de lavar atrás das orelhas.

— Pode deixar.

Quando Emmett e Sally voltaram a conversar, Billy entrou no banheiro, fechou a porta e abriu as torneiras da banheira. Mas não despiu as roupas sujas. Não despiu as roupas sujas porque não ia tomar banho. Havia contado uma mentirinha de nada. Como aquela contada por Sally ao xerife Petersen.

Depois de verificar duas vezes se o ralo estava aberto, para que a banheira não transbordasse, Billy afivelou a mochila, subiu na privada, ergueu a vidraça e escapuliu pela janela, sem que ninguém visse.

Billy sabia que o irmão e Sally poderiam ficar conversando por apenas alguns minutos e, por isso, contornou correndo o hotel até onde o Studebaker estava estacionado. Correu tão depressa que, quando entrou no porta-malas e o fechou, pôde ouvir o coração galopando no peito.

Quando Duchess contou a Billy como ele e Woolly tinham se escondido no porta-malas do carro do tutor, Billy quis saber como saíram depois. Duchess explicou que levara com ele uma colher para abrir o trinco. Assim, antes de entrar na mala do Studebaker, Billy tirou o canivete da mochila. Tirou também a lanterna, porque dentro do porta-malas ficaria escuro quando fechado. Billy não tinha medo de escuro, mas Duchess havia falado da dificuldade de abrir o trinco sem conseguir enxergar. *Por um triz*, dissera Duchess, erguendo o polegar e o indicador a um milímetro de distância um do outro, *não voltamos para Salina sem ter sequer um vislumbre de Nebraska.*

Billy ligou a lanterna e deu uma rápida olhada no relógio de Woolly para consultar as horas. Eram três e meia da tarde. Então, desligou a lanterna e aguardou. Alguns minutos depois, ouviu a porta do carro se abrir e fechar, o motor ser ligado e o carro dar partida.

— — —

No quarto do hotel, quando ouvira de Emmett que seria melhor que ficasse ali, Billy não se surpreendeu.

Emmett quase sempre achava melhor Billy ficar onde estava quando ele saía para algum lugar. Como quando compareceu ao tribunal em Morgen para ouvir a sentença do juiz Schomer. *Acho melhor*, dissera ele a Billy, *você esperar aqui com Sally*. Ou na estação ferroviária de Lewis, quando Emmett foi atrás de informações sobre os trens de carga que iam para Nova York. Ou quando eles estavam no elevado West Side e ele saiu em busca do pai de Duchess.

No terceiro parágrafo da introdução do *Compêndio sobre heróis, aventureiros e outros viajantes intrépidos*, o professor Abernathe diz que o herói quase sempre deixa os amigos e parentes para trás quando parte para uma aventura. Deixa os amigos e parentes para trás por medo de expô-los ao perigo e por ter a coragem de enfrentar sozinho o desconhecido. Por isso, Emmett quase sempre achava melhor que Billy ficasse onde estava.

Mas Emmett não conhecia Xenos.

No capítulo 24 do *Compêndio*, o professor Abernathe diz: *Desde o começo da existência de grandes homens que realizaram grandes feitos, há contadores de histórias ansiosos para relatar suas proezas. Mas quer se trate de Hércules ou de Teseu, de César ou de Alexandre, todas as proezas que esses homens realizaram, todas as vitórias que conquistaram, todas as adversidades que superaram jamais teriam sido possíveis sem as contribuições de Xenos.*

Embora Xenos soe como nome de uma figura histórica — como Xerxes ou Xenofonte —, Xenos não é o nome de uma pessoa, mas uma palavra do grego antigo que significa estrangeiro e desconhecido, hóspede e amigo. Ou, mais simplesmente, o Outro. O professor Abernathe diz: *Xenos é aquele de aparência singela, na periferia, que mal é notado. Ao longo da história, ele aparece sob vários disfarces: como vigia ou espectador, mensageiro ou pajem, proprietário de loja, garçom ou andarilho. Embora em geral anônimo, quase sempre desconhecido e, com demasiada frequência, esquecido, Xenos sempre surge na hora certa e no lugar certo a fim de desempenhar seu papel essencial no desenrolar dos acontecimentos.*

Por esse motivo, quando Emmett sugeriu que era melhor Billy ficar onde estava enquanto ele ia procurar Woolly e Duchess, Billy não teve escolha a não ser escapulir pela janela e se esconder no porta-malas.

— — —

Treze minutos depois de deixarem o hotel, o Studebaker parou e a porta do motorista se abriu e fechou.

Billy estava prestes a abrir o trinco da mala quando sentiu cheiro de combustível. Deviam estar num posto de gasolina, pensou, e Emmett provavelmente parou para pedir informações. Embora Woolly tivesse posto uma grande estrela vermelha no mapa de Billy para mostrar onde ficava a casa de campo da família, o mapa havia sido elaborado numa escala grande demais para incluir as estradas vicinais. Assim, apesar de saber que estava próximo da casa de Woolly, Emmett não sabia exatamente onde ela ficava.

Ouvindo com atenção, Billy escutou o irmão agradecer a alguém. Depois, a porta se abriu e fechou, e o carro voltou a andar. Doze minutos mais tarde, o Studebaker fez uma curva e diminuiu pouco a pouco a velocidade até parar. Então, o motor foi desligado e a porta do motorista se abriu e fechou de novo.

Dessa vez, Billy resolveu esperar no mínimo cinco minutos antes de tentar abrir o trinco. Ao apontar o foco da lanterna para o relógio de Woolly, viu que eram 16h02. Às 16h07, ele ouviu o irmão chamar Woolly e Duchess e, depois, a batida de uma porta de tela se fechando. Emmett provavelmente tinha entrado na casa, pensou Billy, mas aguardou dois minutos adicionais mesmo assim. Às 16h09, ele abriu o trinco e saiu da mala. Guardou o canivete e a lanterna na mochila, pendurou a mochila nas costas e fechou o porta-malas sem fazer barulho.

A casa era maior do que qualquer outra que Billy já tinha visto na vida. Próximo ao fim da fachada ficava a porta de tela pela qual Emmett devia ter entrado. Silenciosamente, Billy subiu os degraus da escada que levava a ela, espiou pela tela e entrou também, tomando cuidado para a porta não bater.

O primeiro cômodo era um quarto de guardados com todo tipo de coisa que se usa ao ar livre, como botas e capas de chuva, patins e espingardas. Na parede havia uma placa com as dez regras para ANTES DE FECHAR A CASA. Billy se deu conta de que a lista tinha sido elaborada na ordem em que as coisas deveriam ser feitas, mas se perguntou a respeito do último item, o que dizia *Ir embora*. Logo concluiu que provavelmente era uma piada.

Ao botar a cabeça para fora do quarto de guardados, Billy viu o irmão no extremo do corredor, olhando para o teto de um enorme salão.

Emmett fazia isso às vezes: parar e olhar à volta de um aposento para entender como ele havia sido construído. Depois de uns instantes, Emmett subiu uma escada. Quando escutou os passos do irmão no andar de cima, Billy se esgueirou pelo corredor e entrou no salão.

Assim que viu a lareira grande o suficiente para que todos se reunissem ao redor dela, identificou exatamente onde estava. Pelas janelas, viu a varanda com o telhado projetado para fora, debaixo do qual se podia sentar nas tardes chuvosas e em cima do qual se podia deitar nas noites quentes de verão. Lá em cima devia haver quartos suficientes para hospedar os amigos e os parentes nos feriados. E ali no canto ficava o lugar especial para a árvore de Natal.

Atrás da escada, Billy viu uma sala com uma mesa comprida e cadeiras. Devia ser a sala de jantar, pensou, onde Woolly recitara o Discurso de Gettysburg.

Ao atravessar o salão e entrar no corredor oposto, Billy espiou o interior do primeiro cômodo por que passou. Era o escritório, bem no lugar em que Woolly o desenhara. Embora o salão estivesse limpo e arrumado, o escritório estava uma bagunça, com livros e papéis espalhados por todo lado e um busto de Abraham Lincoln largado no chão em cima de um quadro que retratava a Declaração da Independência. Numa cadeira perto do busto havia um martelo e algumas chaves de fenda, e a parte frontal do cofre estava toda arranhada.

Woolly e Duchess deviam ter tentado abrir o cofre com o martelo e as chaves de fenda, pensou Billy, mas isso não ia funcionar. Um cofre de segurança era feito de aço e planejado para ser impenetrável. Se fosse possível abrir um cofre com um martelo e chaves de fenda, o dito-cujo não se chamaria cofre de segurança.

A porta do cofre continha quatro discos, cada um ostentando números de zero a nove, o que significava que havia dez mil combinações possíveis. Duchess e Woolly teriam mais sucesso se tentassem todas as dez mil, começando com 0000 e indo até 9999, pensou Billy. Isso levaria menos tempo do que tentar arrombá-lo com o martelo e as chaves de fenda. Melhor ainda, porém, seria adivinhar a combinação que o bisavô de Woolly escolhera.

Billy precisou de seis tentativas.

Com a porta do cofre aberta, lembrou-se da caixa no fundo da gaveta da escrivaninha do pai, porque à sua frente também viu documentos importantes — só que numa quantidade bem maior. Debaixo da prateleira com todos os documentos importantes, Billy contou quinze maços de notas de cinquenta dólares. Lembrou, então, que o bisavô de Woolly pusera cento e cinquenta mil dólares no cofre. Isso significava que cada maço continha dez mil dólares. Maços de dez mil dólares, pensou Billy, num cofre com dez mil combinações possíveis. Ao fechar a porta do cofre, Billy lhe deu as costas, mas depois virou-se de novo para embaralhar os números nos discos.

Depois de sair do escritório, ele prosseguiu pelo corredor e entrou na cozinha, que estava limpa e arrumada, salvo pela garrafa vazia de refrigerante e por uma lata de feijão com uma colher espetada nela como se fosse o pauzinho de uma maçã do amor. O único sinal de que alguém estivera na cozinha era o envelope enfiado entre o saleiro e a pimenteira sobre a mesa. O envelope, onde se lia *Para ser aberto em caso da minha ausência*, fora deixado ali por Woolly. Billy sabia que fora Woolly porque a caligrafia no envelope era a mesma caligrafia do desenho da casa feito por ele.

Enquanto devolvia o envelope ao lugar entre o saleiro e a pimenteira, Billy ouviu o som de metal contra metal. Atravessando o corredor na ponta dos pés e espiando pela porta do escritório, viu Duchess desferindo uma machadada no cofre.

Estava prestes a explicar a Duchess a questão das dez mil combinações quando ouviu as passadas do irmão descendo a escada. Billy correu de volta pelo corredor e entrou de novo na cozinha, longe da vista de ambos.

Depois que Emmett entrou no escritório, Billy não conseguiu ouvir o que ele dizia, mas dava para saber que estava furioso pelo tom da sua voz. Passado um instante, Billy escutou um ruído que lhe soou como o de uma briga e, em seguida, Emmett saiu do escritório segurando Duchess pelo cotovelo. Enquanto Emmett o fazia atravessar o corredor, Duchess falava baixinho sobre alguma coisa que Woolly havia escolhido para si mesmo por seus próprios motivos. Depois, Emmett obrigou Duchess a entrar no quarto de guardados.

Seguindo atrás dos dois de forma rápida mas silenciosa, Billy espiou pela fresta entre a porta e o batente do quartinho a tempo de ouvir Duchess explicar a Emmett por que eles não deveriam ir até a delegacia. Então, Emmett empurrou Duchess porta afora.

No primeiro capítulo do *Compêndio sobre heróis, aventureiros e outros viajantes intrépidos* — depois da parte em que o professor Abernathe explica como muitas da maiores histórias de aventura começam *in media res* —, está a explicação dos defeitos trágicos dos heróis clássicos. *Todos os heróis clássicos*, diz ele, *por mais fortes ou sábios ou corajosos que sejam, têm alguma falha de caráter que os leva à ruína*. Em Aquiles, o defeito era a raiva. Quando se enfurecia, Aquiles não conseguia se controlar. Mesmo estando previsto que ele poderia morrer durante a Guerra de Troia, quando seu amigo Pátroclo foi assassinado, Aquiles voltou ao campo de batalha por conta da raiva sombria e assassina que o cegava. E foi atingido pela flecha envenenada.

Billy entendeu que o irmão tinha o mesmo defeito de Aquiles. Emmett não era uma pessoa precipitada. Raramente alteava a voz ou demonstrava impaciência. Mas quando algo por acaso o deixava furioso, a força dessa raiva podia chegar ao ponto de gerar *um ato insensato com consequências irreversíveis*. Segundo o pai de Billy, foi esse o crime que, nas palavras do juiz Schomer, Emmett cometera ao agredir Jimmy Snyder: *um ato insensato com consequências irreversíveis*.

Pela porta de tela, Billy viu que Emmett começava a entrar em ebulição naquele exato momento. O rosto estava ficando vermelho e, agarrando

Duchess pela camisa, gritava. Gritava que não havia fundo algum, herança alguma, dinheiro algum no cofre. E jogou Duchess no chão.

Deve ser agora, pensou Billy. É aqui e agora que preciso estar para desempenhar meu papel essencial no desenrolar dos acontecimentos. Por isso, abriu a porta de tela e disse ao irmão que *havia* dinheiro no cofre.

Mas quando Emmett se virou, Duchess acertou-o na cabeça com uma pedra e Emmett caiu no chão. Caiu no chão exatamente como Jimmy Snyder havia caído.

— Emmett! — gritou Billy.

E Emmett deve ter ouvido Billy, porque começou a se levantar para ficar de joelhos. Então, Duchess surgiu de repente à porta e empurrou Billy para dentro, girando a chave na fechadura e falando rápido.

— Por que você acertou Emmett? — gritou Billy. — Por que você acertou Emmett, Duchess? Você não devia ter feito isso!

Duchess jurou que não faria aquilo de novo, mas depois voltou a falar rápido. Sobre caos total. E depois falou do cofre. E de Woolly. E dos ianques.

Quando Emmett começou a esmurrar a porta do quartinho de guardados, Duchess empurrou Billy para o corredor, e quando os murros de Emmett cessaram, Duchess voltou a falar, dessa vez sobre as autoridades e a casa na Califórnia.

E de repente Billy sentiu como se já tivesse vivenciado tudo isso. A força de Duchess e a urgência com que ele falava o fizeram sentir como se estivesse de volta ao elevado West Side no escuro e nas mãos do pastor John.

— Vamos falar com Emmett — disse Duchess. — Vamos falar com ele sobre tudo isso, Billy. Mas, no momento, somos só você e eu.

E então Billy entendeu.

Emmett não estava lá. Ulysses não estava lá. Sally não estava lá. Mais uma vez, viu-se sozinho e abandonado. Abandonado por todos, inclusive pelo seu Criador. E o que viesse a seguir dependia exclusivamente dele.

Ao abrir os olhos, Billy chutou Duchess com toda a força.

Nesse instante, Duchess o soltou. Billy correu pelo corredor. Correu pelo corredor até o esconderijo debaixo da escada. Encontrou a porta com o trinco pequeno no lugar exato em que Woolly dissera que ela ficava. A entrada tinha mais ou menos a metade do tamanho de um vão de porta normal e a parte de cima era triangular, pois havia sido feita para caber debaixo da escada. Mas sua altura bastava para deixar Billy passar. Devagarinho, ele entrou, fechou a porta e prendeu a respiração.

Logo depois, ouviu Duchess chamar seu nome.

Dava para perceber que Duchess estava a apenas alguns passos de distância, mas ele não conseguiria achar Billy. Como dissera Woolly, ninguém jamais pensava em procurar no esconderijo debaixo da escada porque ele estava bem debaixo do nariz de todo mundo.

Emmett

Depois de tentar abrir a porta da salinha de entrada e ver que ela estava trancada, Emmett deu a volta pelos fundos da casa e tentou a porta que levava à sala de jantar. Quando descobriu que estava trancada e a da cozinha, também, desistiu das portas. Tirou o cinto e enrolou-o na mão direita, de modo que a fivela cobrisse os nós dos dedos. Depois, estilhaçou um dos vidros da porta. Usando a superfície de metal da fivela, removeu da moldura os cacos remanescentes. Enfiou a mão esquerda pelo buraco e destrancou a porta. Deixou o cinto enrolado no punho, considerando que pudesse vir a ser útil.

Quando entrou na cozinha, Emmett viu o vulto de Duchess no extremo do corredor sair correndo e sumir dentro da salinha da entrada — sem Billy.

Emmett não correu atrás dele. Ao se dar conta de que Billy tinha fugido, não teve mais o senso de perigo. O que sentia agora era inevitabilidade. Por mais que Duchess corresse, não importava para onde fosse, era inevitável que Emmett o pegaria.

Mas quando saiu da cozinha, Emmett ouviu o ruído de vidro quebrado. Não era o som de uma janela quebrada. Era uma torrente de vidro. Um instante depois, Duchess reapareceu no extremo do corredor segurando uma das espingardas.

O fato de Duchess ter uma espingarda não mudava nada para Emmett. Devagar, mas sem hesitação, ele começou a caminhar em direção a Duchess, que fez o mesmo. Quando estavam a cerca de três metros de distância da escada, ambos pararam, separados por seis metros. Duchess segurava a espingarda numa das mãos com o cano apontado para o chão e o dedo no gatilho. Pela forma como segurava a espingarda, Emmett percebeu que Duchess já havia segurado uma antes, mas isso também não mudava nada.

— Largue a espingarda — comandou.

— Não posso fazer isso, Emmett. Não até você se acalmar e começar a agir com sensatez.

— Sensatez é o que estou tendo agora, Duchess. Pela primeira vez em uma semana. Querendo ou não, você vai até a delegacia.

Duchess aparentou uma frustração genuína.

— Por causa do Woolly?

— Não por causa do Woolly.

— Então, por quê?

— Porque a polícia acha que você atacou alguém lá em Morgen com um pau e depois mandou Ackerly para o hospital.

Agora Duchess parecia perplexo.

— Do que você está falando, Emmett? Por que eu bateria em alguém em Morgen? Nunca estive lá na minha vida. E quanto a Ackerly, a lista de gente que gostaria de mandá-lo para o hospital deve ter umas mil páginas.

— Não importa se você fez ou não essas coisas, Duchess. O que importa é que a polícia acha que você fez. E que, de alguma forma, estou envolvido nisso. Enquanto estiverem atrás de você, estarão atrás de mim. Por isso, você precisa se entregar e resolver esse assunto com eles.

Emmett deu um passo adiante, mas, dessa vez, Duchess ergueu a espingarda e apontou o cano para o peito dele.

No fundo, Emmett sabia que deveria levar a ameaça de Duchess a sério. Como Townhouse dissera, quando Duchess queria alguma coisa, todos à sua volta corriam risco. Quer seu desejo agora fosse evitar Salina ou conseguir o dinheiro do cofre ou resolver o assunto pendente com o pai, no calor do momento Duchess era perfeitamente capaz de fazer algo idiota como apertar um gatilho. E se Emmett levasse um tiro, o que aconteceria com Billy?

Antes, porém, que Emmett pudesse reconhecer os méritos de tal raciocínio, antes que tivesse sequer a chance de hesitar, pelo canto do olho notou um chapéu de feltro sobre a almofada de uma cadeira de espaldar alto, e a lembrança de Duchess sentado ao piano no salão de Ma Belle com o chapéu de banda na cabeça com aquele jeito de dono do mundo o encheu novamente de raiva, restabelecendo sua noção de inevitabilidade. Emmett teria Duchess nas mãos, o entregaria à polícia e logo Duchess estaria voltando para Salina, para Topeka ou para onde quer que decidissem mandá-lo.

Emmett voltou a andar, fechando o espaço entre os dois.

— Emmett — disse Duchess, com uma expressão de arrependimento antecipado. — Não quero atirar em você. Mas vou atirar, se você não me deixar escolha.

Quando apenas três passos os separavam, Emmett parou. Não foi a ameaça da espingarda ou o argumento de Duchess que o fizeram parar. Foi o fato de que, três metros atrás de Duchess, Billy havia surgido.

Devia estar escondido em algum lugar atrás da escada. Agora, se deslocava silenciosamente em campo aberto para ver o que estava acontecendo. Emmett quis fazer um sinal para que Billy voltasse ao esconderijo, fosse ele qual fosse, fazer um sinal para o irmão sem que Duchess percebesse.

Mas era tarde demais. Duchess notou a mudança na expressão de Emmett e olhou para trás a fim de ver o que havia às suas costas. Quando descobriu que era Billy, deu dois passos para o lado e girou quarenta e cinco graus, posicionando-se de um modo que o permitia continuar de olho em Emmett enquanto apontava o cano da espingarda para Billy.

— Não se mexa — gritou Emmett para o irmão.

— Isso mesmo, Billy. Não se mexa. E seu irmão não vai se mexer, e eu não vou me mexer, e a gente vai resolver isso juntos.

— Não se preocupe — disse Billy para Emmett. — Ele não pode atirar em mim.

— Billy, você não sabe o que Duchess vai ou não vai fazer.

— Não — retrucou Billy. — Não sei o que Duchess vai ou não vai fazer, mas sei que ele não pode atirar em mim. Porque não sabe ler.

— O quê? — disseram Emmett e Duchess ao mesmo tempo; o primeiro, perplexo e o segundo, ofendido.

— Quem disse que eu não sei ler? — perguntou Duchess.

— Você — explicou Billy. — Primeiro disse que as letrinhas miúdas te davam dor de cabeça. Depois, falou que ler deixava você enjoado. Depois, disse que era alérgico a livros.

Billy se virou para Emmett.

— Ele fala assim porque tem vergonha de admitir que não sabe ler. Assim como tem vergonha de admitir que não sabe nadar.

Enquanto Billy falava, Emmett continuava atento a Duchess e pôde ver que Duchess estava enrubescendo. Talvez fosse de vergonha, pensou Emmett, mas o mais provável era que fosse de ressentimento.

— Billy — alertou Emmett —, não faz diferença agora se Duchess sabe ou não sabe ler. Por que não me deixa cuidar disso?

Mas Billy balançou a cabeça.

— Faz diferença, sim, Emmett. Faz diferença porque Duchess não conhece as regras para fechar a casa.

Emmett encarou o irmão por um momento. Depois, olhou para Duchess — pobre, desorientado, analfabeto. Dando os três passos derradeiros, Emmett pegou a espingarda e a arrancou de Duchess.

Duchess começou a falar a um quilômetro por minuto que ele jamais teria apertado o gatilho. Não contra um Watson. Nunca, jamais, em tempo algum. Mas, acima do falatório de Duchess, o que Emmett ouviu foi o irmão dizer uma única palavra. Dizer seu nome como uma espécie de lembrete.

— Emmett...

E Emmett entendeu. No gramado do tribunal do condado, Emmett fizera a promessa ao irmão. Uma promessa que pretendia cumprir. Assim, enquanto Duchess tagarelava sobre as coisas que jamais teria feito, Emmett contou até dez. E, enquanto contava, sentiu o velho calor amainar e a raiva esmaecer até não sentir mais raiva alguma. Então, erguendo a coronha da espingarda, acertou Duchess na cara com toda a força.

— — —

— Acho que você deveria dar uma olhada nisso agora — insistiu Billy.

Depois de ver Duchess desabar no chão, Billy tinha ido até a cozinha. Quando voltou, um minuto depois, Emmett mandou que ele se sentasse na escada e não mexesse um músculo. Então, pegando Duchess pelas axilas, começou a arrastá-lo para fora da sala de estar. Seu plano era arrastá-lo até o quartinho da entrada, descer com ele os degraus e atravessar o gramado até o Studebaker, de modo a levá-lo à delegacia mais próxima, onde o largaria na porta. Não dera mais de dois passos quando Billy falou.

Erguendo os olhos, Emmett viu que o irmão segurava um envelope. Mais uma carta do pai, pensou Emmett com uma ponta de exasperação. Ou mais um postal da mãe. Ou mais um mapa dos Estados Unidos.

— Posso dar uma olhada depois — disse a Billy.

— Não — retorquiu Billy, balançando a cabeça. — Não. Acho que você deve dar uma olhada agora.

Emmett largou Duchess no chão e foi até o irmão.

— É do Woolly — disse Billy. — Para ser aberto em caso de ausência dele.

Meio atônito, Emmett leu a inscrição no envelope.

— Ele está ausente, não? — perguntou Billy.

Emmett ainda não tinha decidido se deveria ou não contar ao irmão sobre Woolly, mas pelo jeito como Billy disse *ausente*, aparentemente ele já sabia.

— Sim — respondeu Emmett. — Está.

Sentando-se no degrau ao lado de Billy, Emmett abriu o envelope. Dentro, encontrou um bilhete manuscrito num papel de carta de Wallace Wolcott. Emmett não sabia se esse Wallace Wolcott era o bisavô de Woolly, seu avô ou seu tio. Mas não importava a quem pertencia o papel de carta.

Datado de 20 de junho de 1954 e endereçado *A quem interessar possa*, a carta declarava que o abaixo assinado, estando no uso e gozo de suas faculdades mentais, deixava um terço de seu fundo fiduciário de cento e cinquenta mil dólares para o sr. Emmett Watson, um terço para o sr. Duchess Hewett e um terço para o sr. William Watson — para que fizessem deles o que bem entendessem. O bilhete terminava com *Atenciosamente, Wallace Wolcott Martin.*

Quando dobrou o bilhete, Emmett se deu conta de que o irmão o lera por cima do seu ombro.

— Woolly estava doente? — perguntou o garoto. — Como o papai?

— Sim — respondeu Emmett. — Ele estava doente.

— Achei que sim, quando ele me deu o relógio do tio. Porque era um relógio para deixar de herança.

Billy refletiu por um momento.

— Foi por isso que você disse a Duchess que Woolly queria ser trazido para casa?

— Sim, foi o que eu quis dizer.

— Acho que você estava certo sobre isso — concordou Billy, assentindo. — Mas errou quanto ao dinheiro no cofre.

Sem esperar pela reação de Emmett, Billy se levantou e saiu caminhando pelo corredor. Com relutância, Emmett seguiu o irmão de volta ao escritório do sr. Wolcott e ao cofre. Ao lado das estantes havia uma peça de mobília que lembrava os três primeiros degraus de uma escada. Arrastando-a até o cofre, Billy galgou os degraus, girou os quatro discos, virou a maçaneta e abriu a porta.

Emmett ficou sem fala.

— Como você sabia a combinação, Billy? Woolly falou para você?

— Não. Woolly não falou para mim. Mas ele me disse que o pai gostava do 4 de Julho mais do que de qualquer outra comemoração. Por isso, a primeira combinação que tentei foi 1776. Depois, tentei 4776, porque é uma forma de escrever a data. Depois disso, tentei 1732, o ano do nascimento de George Washington, mas então me lembrei de que o bisavô de Woolly disse que, embora Washington, Jefferson e Adams tivessem tido a visão necessária para fundar a República, foi o sr. Lincoln quem teve a coragem de aperfeiçoá-la. Daí, tentei 1809, o ano do nascimento do presidente Lincoln, e 1865, o ano da sua morte. Então, me dei conta de que devia ser 1911, porque 19 de novembro foi o dia do Discurso de Gettysburg. Pronto — disse Billy enquanto descia os degraus. — Venha ver.

Emmett empurrou a escadinha e se aproximou do cofre, onde, debaixo de uma prateleira de documentos, milhares de notas novinhas de cinquenta dólares estavam perfeitamente arrumadas em maços.

Emmett passou a mão pela boca.

Cento e cinquenta mil dólares, pensou. Cento e cinquenta mil dólares da fortuna do velho sr. Wolcott tinham sido legados a Woolly, e agora Woolly os legava a eles. Havia legado por meio de um testamento devidamente assinado e datado.

Não havia dúvida quanto ao desejo de Woolly, Duchess tinha toda a razão. O dinheiro era de Woolly, que sabia direitinho o que queria fazer com ele. Tendo sido considerado temperamentalmente incapaz de usá-lo para si, na sua ausência quis que os amigos o usassem como bem entendessem.

Mas o que aconteceria se Emmett conseguisse arrastar Duchess até o Studebaker e o largasse na porta da delegacia?

Por mais que detestasse admitir, Duchess estava certo quanto a isso também. Uma vez que Duchess fosse entregue aos policiais e ficasse evidente que Woolly estava morto, as rodas do futuro de Emmett e de Billy emperrariam. A polícia e os detetives invadiriam a casa, seguidos pelos membros da família e pelos advogados. Circunstâncias seriam investigadas. Levantamentos seriam feitos. Intenções seriam interpretadas. Perguntas sem fim teriam lugar. E quaisquer guinadas do destino seriam encaradas com a maior desconfiança.

Dali a alguns instantes, Emmett fecharia a porta do cofre do sr. Wolcott. Essa era uma certeza. Uma vez, porém, que a porta fosse fechada, dois futuros diferentes seriam possíveis. Num deles, o conteúdo do cofre permaneceria intocado. No outro, o espaço sob a prateleira estaria vazio.

— Woolly queria o melhor para os amigos — observou Billy.

— Sim, queria.

— Para você e para mim — insistiu Billy. — E para Duchess também.

— — —

Tomada a decisão, Emmett sabia que eles teriam que agir com rapidez, arrumando tudo e deixando o mínimo de vestígios possível.

Depois de fechar a porta do cofre, Emmett deu a Billy a tarefa de limpar o escritório, enquanto cuidava do restante da casa.

Primeiro, após recolher todas as ferramentas que Duchess havia juntado — o martelo, as chaves de fenda e a machadinha —, levou-as para fora, passando pelo bote emborcado, até o barracão de carpintaria.

De volta à casa, foi até a cozinha. Convencido de que Woolly jamais comeria feijões diretamente da lata, Emmett pôs a lata vazia e a garrafa de Pepsi numa sacola de papel para serem descartadas. Depois, lavou a colher e guardou-a na gaveta de talheres.

O vidro quebrado da porta da cozinha não o preocupou. As autoridades concluiriam que Woolly quebrara o vidro a fim de entrar na casa trancada. Mas o armário das espingardas era outra história. Provavelmente, suscitaria perguntas. Perguntas sérias. Depois de devolver a espingarda ao seu lugar no armário, Emmett removeu a bola de críquete. Em seguida, reposicionou a pilha de cadeiras rústicas para dar a impressão de que ela havia tombado e estilhaçado o vidro.

Agora era hora de lidar com Duchess.

Pegando-o novamente pelas axilas, Emmett arrastou-o pelo corredor, passou pela porta do quartinho da entrada e deitou-o na grama.

Quando Emmett e Billy decidiram pegar a parte do dinheiro que lhes cabia e deixar Duchess para trás com a dele, Billy fizera Emmett prometer que não machucaria Duchess mais do que já havia machucado. A cada minuto, porém, aumentava o risco de que Duchess recobrasse a consciência e criasse uma nova série de problemas. Emmett precisava colocá-lo em algum lugar que limitasse sua locomoção durante algumas horas.

Ao menos por tempo suficiente para que ele e Billy concluíssem o trabalho e botassem o pé na estrada.

O porta-malas do Cadillac?, pensou Emmett.

O problema é que assim que recobrasse os sentidos, ou Duchess conseguiria sair do porta-malas rapidamente, ou não conseguiria sair de jeito nenhum, ou seja, dois péssimos resultados.

O barracão de carpintaria?

Não. As portas não podiam ser trancadas pelo lado de fora.

Enquanto olhava para o barracão, outra ideia lhe ocorreu, uma ideia interessante. Mas de repente Duchess gemeu aos pés de Emmett.

— Merda! — disse Emmett para ninguém.

Ele baixou o olhar e pôde ver que Duchess virava a cabeça levemente de um lado para o outro, prestes a recobrar os sentidos. Quando Duchess deu outro gemido, Emmett olhou por sobre o próprio ombro, para se assegurar de que Billy não estava ali. Inclinando-se, pegou Duchess pelo colarinho com a mão esquerda e o socou no rosto com a direita.

Com Duchess novamente apagado, arrastou-o até o barracão.

Vinte minutos mais tarde, Emmett e Billy estavam prontos para partir.

Não foi surpresa Billy ter arrumado o escritório de modo impecável. Cada livro voltara à sua prateleira, cada papel, à sua pilha, cada gaveta, ao seu vão. Apenas o busto de Abraham Lincoln não havia sido recolocado em seu devido lugar por ser pesado demais. Quando Emmett o pegou do chão e começou a olhar à sua volta sem saber onde pousá-lo, Billy se aproximou da escrivaninha.

— Aqui — disse ele, pondo o dedo no ponto em que o contorno desbotado da base da escultura podia ser visto.

Enquanto Billy aguardava junto à porta da cozinha, Emmett trancou as portas que davam para a varanda da frente e o quartinho de entrada e fez uma vistoria derradeira na casa.

Voltando ao quarto no andar de cima, parou à porta. Sua intenção era deixar tudo exatamente como encontrara, mas, ao ver o frasquinho marrom vazio, Emmett o pegou e guardou-o no bolso. Depois, deu um último adeus a Wallace Woolly Martin.

Quando ia fechando a porta, Emmett reparou em sua velha mochila escolar numa cadeira e se deu conta de que a emprestada a Duchess devia estar em algum lugar da casa também. Depois de checar todos os quartos, Emmett examinou a sala de estar e encontrou-a no chão, junto a um sofá onde Duchess provavelmente passara a noite. Só quando já se aproximava da cozinha para se juntar a Billy, Emmett se lembrou do chapéu de feltro na cadeira de espaldar alto e voltou para pegá-lo.

Quando saíram da cozinha e passaram pelo ancoradouro, Emmett mostrou a Billy que Duchess estava são e salvo. No banco da frente do Cadillac, ele jogou a mochila e o chapéu de Duchess. No porta-malas do Studebaker, pôs as duas sacolas de papel — a que continha o lixo da cozinha e a outra, com a parte deles do fundo de Woolly. Prestes a fechar a mala, lembrou-se de que meros nove dias antes havia ficado imóvel no mesmo lugar ao tomar posse dos legados do pai: o dinheiro e a citação tirada de Emerson, meio justificativa, meio incentivo. Tendo percorrido dois mil e quinhentos quilômetros na direção errada e com mais cinco mil a percorrer, Emmett se deu conta de que o poder que nele residia era novo na natureza, que ninguém além dele sabia o que lhe era possível fazer e que tão somente começara a entender isso.

Ao fechar a mala, juntou-se a Billy no banco da frente, girou a chave e deu a partida.

— De início pensei em passar a noite aqui — disse ao irmão. — Mas, em vez disso, o que você acha de pegar Sally e botarmos o pé na estrada?

— Acho que é uma boa ideia — respondeu Billy. — Vamos pegar Sally e botar o pé na estrada.

Quando Emmett deu marcha a ré para sair da casa, Billy já estava estudando o mapa — com a testa franzida.

— O que foi? — perguntou Emmett.

Billy balançou a cabeça.

— Saindo de onde estamos, este é o caminho mais curto.

Pousando o dedo na grande estrela vermelha de Woolly, Billy deslizou-o ao longo de várias estradas compatíveis com uma trajetória na direção sudoeste, desde a casa dos Wolcott até Saratoga Springs e Scranton, depois para oeste até Pittsburgh, onde finalmente tornariam a pegar a estrada Lincoln.

— Que horas são? — perguntou Emmett.

Billy consultou o relógio de Woolly e respondeu que faltava um minuto para as cinco.

Emmett apontou para uma estrada diferente no mapa.

— Se voltarmos por onde viemos — disse —, podemos começar a viagem na Times Square. E, se nos apressarmos, podemos chegar lá na horinha em que todas as luzes se acendem.

Billy encarou o irmão com os olhos esbugalhados.

— Podemos fazer isso, Emmett? Podemos de verdade? Isso não vai nos desviar do caminho?

Emmett fingiu refletir um segundo.

— Um pequeno desvio, acho. Mas que dia é hoje?

— Hoje é 21 de junho.

Emmett engatou a marcha do Studebaker.

— Então, temos treze dias para completar a viagem, se a ideia é estar em São Francisco até o 4 de Julho.

Duchess

Recobrei a consciência com uma sensação de que estava flutuando — como alguém que está num barco numa tarde ensolarada. E, como descobri, era precisamente onde eu estava: num barco numa tarde ensolarada! Balançando a cabeça para desanuviá-la, apoiei as mãos nas bordas para me sentar.

A primeira coisa que notei, admito sem pestanejar, foi a beleza natural à minha volta. Embora eu nunca tivesse sido um rato do mato — encarando o campo, em geral, como algo desconfortável e eventualmente inóspito —, havia algo bem gratificante no cenário de pinheiros que se erguiam das margens do lago, com o sol brilhando no céu e a superfície da água levemente agitada por uma brisa suave. Era impossível refrear um suspiro ante a imponência da paisagem.

No entanto, graças à dor no meu traseiro, voltei à realidade. Ao baixar os olhos, vi que estava sentado em cima de uma pilha de pedras ornamentais. Peguei uma delas para examinar mais de perto e percebi que não só havia sangue seco na minha mão, como também na parte da frente da minha camisa.

Então, me lembrei.

Emmett me acertara com a coronha da espingarda!

Havia entrado de supetão porta adentro enquanto eu tentava abrir o cofre. Tivemos uma divergência de opiniões, uma espécie de briga e um toma lá dá cá de empurrões. Para efeito dramático, eu havia brandido uma arma, apontando-a mais ou menos na direção de Billy. Mas, chegando apressadamente à conclusão errada a respeito das minhas intenções, Emmett se apossou da espingarda e deu com ela na minha cara.

Pode até ter quebrado meu nariz, pensei. O que explicaria minha dificuldade de respirar pelas narinas.

Quando ergui a mão para avaliar o ferimento, ouvi o motor de um carro sendo ligado. Ao olhar para a esquerda, flagrei o Studebaker, amarelo como um canário, dando marcha a ré, parando e depois saindo ruidosamente pelo portão dos Wolcott.

— Esperem! — gritei.

Mas quando me inclinei de lado para gritar o nome de Emmett, o barco deu um mergulho na água.

Voltei, então, à posição anterior.

Certo, pensei comigo mesmo, Emmett me acertou com a espingarda. Mas, em vez de me levar até a delegacia de polícia como ameaçou, me largou à deriva num barco a remo sem remos. Por que terá feito isso?

Semicerrei os olhos.

Porque o pequeno sabichão lhe contou que eu não sabia nadar. Foi por isso. E, ao me deixar à deriva no lago, os irmãos Watson calcularam que teriam o tempo necessário para arrombar o cofre e reivindicar a herança de Woolly para si mesmos.

Mas, no momento exato em que me ocorreu ideia tão sórdida — quanto à qual jamais serei capaz de me redimir —, reparei nos maços de dinheiro dentro do casco.

Emmett tinha aberto o cofre do velho, sim, precisamente como eu sempre soube que abriria. Mas em lugar de me largar à deriva de mãos vazias, deixara comigo a cota que me pertencia.

Aquilo ali era mesmo a minha cota, não?

Ou seja, seria aquela a aparência de cinquenta mil dólares?

Com justificada curiosidade, comecei a me deslocar para a proa do barco a fim de fazer uma contagem rápida. Mas a mudança de lugar fez baixar a frente do barco e a água começou a entrar por um buraco no casco. Recuei rapidamente e o casco se elevou, freando a entrada da água.

Aquele não era um barco a remo qualquer, reparei, enquanto a água borbulhava em volta dos meus pés. Era um barco que aguardava reparos perto do barracão de carpintaria. Por isso que Emmett colocara as pedras na popa. Para manter o casco danificado acima da superfície da água.

Quanta engenhosidade, pensei com um sorriso. Um barco com um buraco e sem remos no meio de um lago. Era como um número de Kazantikis. Só ficaria melhor se Emmett tivesse amarrado minhas mãos nas costas. Ou me algemado.

— Muito bem — falei, me sentindo perfeitamente à altura do desafio.

Pelos meus cálculos, eu estava a poucas centenas de metros da margem. Se me inclinasse para trás, metesse as mãos na água e remasse devagar, conseguiria chegar em segurança em terra firme.

Passar os braços por cima da popa do barco se revelou surpreendentemente incômodo, e a água se revelou surpreendentemente fria. Na verdade, a intervalos de poucos minutos eu precisava parar de remar para aquecer os dedos.

Justo, porém, quando eu começava a fazer progresso, uma brisa de fim de tarde começou a soprar mais forte, de tal forma que toda vez que eu tomava fôlego por conta do esforço de remar, o barco recuava para o meio do lago.

Para compensar, comecei a remar com mais velocidade e fazer menos paradas. Só que a brisa passou a soprar com mais força. Tanto é que uma das notas de cinquenta voou do topo do maço e aterrissou a uns cinco metros de distância na superfície da água. Em seguida mais uma voou. E mais outra.

Remei o mais rápido possível e decidi não fazer mais paradas. Mas a brisa continuou soprando e as notas continuaram alçando voo, passando por cima das bordas do barco, cinquenta pilas de cada vez.

Não me restando escolha, parei de remar, fiquei em pé e comecei a me mover bem devagar. Quando dei o segundo passinho, o casco afundou um milímetro além da conta e a água começou a entrar. Dei um passo para trás e a inundação parou.

Não havia como fazer isso com cautela, percebi. Tinha que dar um jeito de resgatar a grana rápido, e depois recuar até a popa antes que entrasse água demais no barco.

Eu me equilibrei com os braços à frente e me preparei para o salto.

Só precisava de destreza. Um movimento ágil combinado com um toque suave. Como quando se quer tirar uma rolha de dentro de uma garrafa.

Isso mesmo, pensei com meus botões. A empreitada toda não levaria mais de dez segundos. Mas, sem Billy para me ajudar, eu precisaria fazer a contagem sozinho.

Em *Dez*, dei meu primeiro passo adiante, e o barco balançou para a direita. Em *Nove*, compensei pisando para a esquerda, e o barco se inclinou para a esquerda. Em *Oito*, com todo aquele balanço e trepidação, perdi o equilíbrio e caí para a frente, aterrissando bem em cima do dinheiro, enquanto a água entrava pela fenda.

Estendendo a mão para me apoiar na borda, tentei ficar de pé, mas meus dedos estavam tão dormentes de remar que a mão escorregou e caí de novo para a frente — batendo o nariz quebrado no casco.

Soltei um uivo e me levantei num reflexo, enquanto a água gelada continuava a borbulhar em volta dos meus tornozelos. Com todo o meu peso na proa do barco e a popa se erguendo às minhas costas, as pedras ornamentais rolaram na direção dos meus pés, o casco afundou mais um pouco e eu mergulhei de cabeça no lago.

Bati os pés nas profundezas, estapeei a superfície com os braços e tentei tomar um bom fôlego, mas tomei foi um bocado de água. Tossindo e me debatendo, senti a água me cobrir a cabeça e meu corpo começou a afundar. Ao olhar através da superfície meio turva, só consegui ver a sombra das notas flutuando no lago como folhas de outono. Então, o barco me encobriu, criando uma sombra bem maior, uma sombra que começou a se alargar em todas as direções.

Justo quando parecia que o lago inteiro seria engolido pela escuridão, uma grande cortina foi erguida e me vi de pé numa rua movimentada de uma grande metrópole, mas à minha volta só havia gente conhecida e todos estavam imóveis.

Sentados lado a lado num banco próximo, estavam Woolly e Billy, contemplando, sorridentes, a planta baixa da casa na Califórnia. E lá estava Sally inclinada sobre um carrinho de bebê, arrumando o cobertor da criança aos seus cuidados. E junto ao carrinho do florista vi a irmã Sarah parecendo melancólica e desamparada. E logo ali, a não mais do que quinze metros de distância, estava Emmett, com uma aparência ilustre e imponente.

— Emmett — chamei.

Mas, mesmo enquanto o chamava, pude ouvir o alarme distante de um relógio de parede. Só que não era um relógio de parede nem estava distante. Era o relógio de ouro que havia sido posto no bolso do meu colete e que agora, de repente, estava na minha mão. Baixando os olhos para o mostrador, não consegui saber que horas eram, mas tive a certeza de que, após mais uns poucos repiques, o mundo inteiro voltaria a se mover.

Por isso, tirando meu chapéu torto, fiz uma mesura para Sarah e Sally. Fiz uma mesura para Woolly e Billy. Fiz uma mesura para o inigualável Emmett Watson.

E quando soou o último alarme sonoro, virei-me para todos a fim de dizer, com meu derradeiro suspiro, O *resto é silêncio*, precisamente como fez Hamlet.

Ou terá sido Iago?

Nunca consegui lembrar ao certo.

1ª EDIÇÃO

PAPEL DE MIOLO
Pólen Soft

TIPOGRAFIA
Berling

IMPRESSÃO
Ipsis